TRISTAN, ENFANT DU VALDONNEZ SOUS L'ANCIEN RÉGIME

Jeannine AMOUROUX

TRISTAN, ENFANT DU VALDONNEZ SOUS L'ANCIEN RÉGIME

Tome 2

Roman

LES ÉDITIONS LA BRUYÈRE
128, rue de Belleville
75020 PARIS

Du même auteur :

- *Confidences dédiées à la jeunesse*,
Editions La Bruyère, 2016

- *Témoignages, Poésies sur la faune et la flore du Languedoc,*
Editions La Bruyère, 2017

- *Quand la vie s'écrit en poésie !,*
Editions La Bruyère, 2017

- *Souvenirs particuliers,*
Editions La Bruyère, 2018

- *Lucille, fille du Gévaudan, au siècle des lumières*
Editions La Bruyère, 2020

- *Tristan, enfant du valdonne sous l'ancien régime*, tome 1
Editions La Bruyère, 2021

ÉDITIONS LA BRUYÈRE
ISBN : 978-2-7500-1693-7
Dépôt légal : 4ème trimestre 2022

Lucie et Tristan, se donnant la main, suivirent la religieuse avec empressement jusqu'à la chapelle, croisant les novices et les pensionnaires, médusées et circonspectes. Leurs regards interrogateurs sur le nouveau comportement de la mère supérieure, conciliante et compatissante quant au sort des jeunes filles qu'on lui confiait, autant libéral que prometteur, en disaient long sur leur propre issue de secours et leur félicité future. En voyant ces deux fiancés, des étoiles dans leurs yeux amoureux, se rendant hardiment à la chapelle, elles éprouvèrent, à l'unanimité, un sentiment de joie mêlée d'envie et d'admiration pour ce couple heureux. Qu'à cela ne tienne, les fiancés se recueillirent, confiants, sans arrière-pensée, recommandant leur amour naissant et leur âme à Dieu. Ensuite, avant de partir, reconnaissant, Tristan ne put s'empêcher de donner une accolade affectueuse à la mère supérieure, quelque peu émue, lui promettant de lui faire connaître sans tarder de ses nouvelles sur l'installation de Lucie, l'officialisation de leurs fiançailles et la publication des bans de leurs épousailles, de la date éventuelle de la cérémonie et les invitations à leur mariage.

Puis, Tristan, toujours aussi attentionné, prit le bras de Lucie, l'éloigna dans le parc du jardin d'honneur pour l'enlacer, hors de la vue de ses camarades, trop curieuses ; il attira son beau visage contre le sien et baisa ses lèvres frémissantes en la serrant très fort contre son corps en émoi. Ils restèrent quelques instants embrassés, enamourés, au regret de se quitter, mais très heureux de se retrouver bientôt dans leur village natal et tous les soirs après leur journée de travail.

Tristan emporta avec lui, et dans son cœur, le visage rayonnant et magnifique de Lucie qui, joyeuse et déterminée, s'enfuit gaiement, solaire, légère comme une colombe, en direction de sa chambre, afin de ranger ses affaires, s'apprêter pour se rendre définitivement dans le Valdonnez, près des siens.

La nuit tombait, noire et douce, sur les larges épaules musclées de Tristan tendant les rênes, lorsqu'il arriva sans problème à Saint-Étienne, quasi désert et silencieux. Après avoir soigné et abreuvé Joyeux, content de retrouver de la paille fraîche et la compagnie des deux comtois, Tristan se dirigea directement vers la rue Droite, où il aperçut dans l'entrepôt éclairé M. Mallet, recensant articles et produits, bien rangés.

« Ah ! Te voilà enfin, mon garçon ! Quand tu vas par monts et par vaux, pour porter secours à ma fille, je m'inquiète toujours un peu. Mais l'amour donne des ailes lorsque l'on va rejoindre sa fiancée ! Dis-moi tout ! Comment va-t-elle à présent ?

– Monsieur Mallet, Lucie est très heureuse de rentrer à Saint-Étienne, de retrouver enfin les siens ! Elle est prête à exercer sans délai son métier d'enseignante auprès des enfants du Valdonnez, grâce à l'autorisation signée de l'évêque de Mende, au soutien de la mère supérieure et de l'abbé Ribourel. Il ne vous reste plus qu'à convaincre Mme Mallet du bien-fondé des désirs de Lucie et en particulier de son projet éducatif au service de la population enfantine valdonnézienne.

– Tristan, mon garçon, pour persuader mon épouse et obtenir son accord, il faut lui présenter une pièce justificative afin de lui faire changer d'opinion sur ses vues ambitieuses. Mme Mallet est comme saint Thomas : elle ne croit que ce qu'elle voit ! De plus, elle est têtue et obstinée : elle ne veut jamais reconnaître ses torts ! Je crois que son orgueil, s'il ne l'étouffe pas, risque de la tuer !

– Monsieur Mallet, la preuve justificative, Lucie la détient en main propre : nous l'avons fait lire à la mère supérieure qui a apprécié et adopté la décision de votre fille. Votre épouse, devant le fait accompli, avéré, devra s'incliner et obtempérer ! D'ailleurs, Lucie s'apprête en ce moment à ranger ses affaires et à déménager dès demain. Elle vous attend à la première heure en ce dernier dimanche de septembre.

– Oh ! Mon fils, permets-moi de t'appeler ainsi, tu me surprends de jour en jour. Je suis non seulement enchanté de ton dévouement mais je suis subjugué par tes capacités physiques et tes interventions opérationnelles efficaces auprès des autorités morales ou religieuses et civiles. Mme Mallet, si elle réalise un jour vraiment tout le mal que tu te donnes pour le bonheur de sa fille et de ses parents, sera fière de toi. Mais surtout ne compte pas sur sa gratitude : elle réserve tous les honneurs pour Lucie, sa fille unique, à qui elle a soi-disant transmis ses qualités et ses talents.

– Eh bien ! Voilà qui promet pour nos relations futures ! répliqua Tristan en souriant jaune.

– N'oublie pas, mon fils, que je serai toujours là, à tes côtés, pour arrondir les angles.

– Ne vous tourmentez par monsieur Mallet, je me ferai petit et discret. D'ailleurs, Lucie et moi, nous avons l'intention de ne pas vous importuner longtemps. Une fois mariés, nous nous installerons dans la propriété du « Chon del Mouly », bien abritée, dont je viens de faire l'acquisition avec mes économies, vers le Moulin-Bas. Avec l'aide de deux bâtisseurs de Lanuéjols, nous avons commencé et bien avancé la construction d'une maison en bonnes pierres du Gard, exposée au sud-ouest et bien ajourée. Je vais commander les ardoises de lauze grise pour couvrir la toiture et les combles autour d'une imposante cheminée devant chauffer les deux chambres, la cuisine, la salle à manger et le salon particulier que Lucie utilisera pour s'adonner à la musique, à la broderie ou la lecture. Il va sans dire que j'ai une prédisposition pour le travail du bois et notamment pour la menuiserie. En tant que bûcherons et gardes forestiers, mon père et moi nous avons le droit de prélever dans nos forêts valdonnéziennes quelques hêtres, et les meilleurs, pour fabriquer nos propres meubles et les teinter.

– Tristan, mon fils, je constate que tu penses à tout, que tu prévois, pour assurer le confort de Lucie, le meilleur de toi-même et ne perds pas de temps ! Sache qu'en contrepartie les recettes de notre commerce et les bénéfices résultants et conséquents économisés par nos soins te seront alloués dans la corbeille de la mariée.

– Monsieur Mallet, je ne puis accepter une dot aussi importante et offenser ainsi votre mémoire, celle de votre épouse et surtout celle de Lucie. Je vous rappelle que Lucie veut enseigner, autrement dit travailler et se rendre utile dans la société. Quant à moi, mon salaire de garde forestier me met largement à l'abri du besoin. À nous deux, nous saurons subvenir aux dépenses immédiates du quotidien et, si Dieu nous l'accorde, élever convenablement nos enfants.

– Tristan, mon fils, ma fille Lucie n'est ni à acheter ni à vendre, je l'admets. Elle veut voler de ses propres ailes en gagnant honnêtement sa vie, comme toi, et ne rien devoir à ses parents ni à personne. Mais tout de même, pour débuter dans la vie, un jeune couple a besoin d'aide et d'un petit coup de pouce. Ne le penses-tu pas ?

– Non, monsieur Mallet, je ne le pense pas ! Souvenez-vous de la fable de Jean de La Fontaine : le laboureur, sentant sa mort prochaine, fit venir ses enfants pour leur annoncer qu'un trésor est caché dans la terre et ce trésor, qu'il leur laisse en héritage, est purement et simplement l'amour de son travail. Or, chez les Vallet, sans prétention, hommes des bois et bûcherons de père en fils, nous laissons à nos enfants, non pas une dot mais l'amour du travail bien fait, en héritage, à partager.

– Tristan, tes idées nobles et désintéressées sont semblables à celles de Robin des Bois, bandit au grand cœur, et en même temps me rappellent les grands principes du bon sauvage de Robinson Crusoé de Daniel Defoe, qui vit simplement, recueille Vendredi et l'éduque comme son propre fils. Ces grands élans humanistes sont utopistes, idéaux et très difficilement applicables dans la vie réelle, active, actuelle de notre société monarchique des trois ordres, où nous évoluons encore sous le régime de droit, avec la noblesse, le clergé et le tiers état, dont nous faisons toi et moi partie intégrante.

– Oui, monsieur Mallet, justement, comme le dit Jean de La Fontaine : “Travaillez, prenez de la peine : / C'est le fonds qui manque le moins. / Un riche Laboureur, sentant sa mort prochaine, fit venir ses enfants, leur parla sans témoins.” Et pour cause, il ne leur laisse pas de l'argent en héritage mais l'amour du travail de la terre, le plus grand trésor à rechercher. Quoi de plus valorisant que le travail que l'on effectue tous les jours, ne ménageant ni ses efforts ni sa peine ni même la sueur de son front ? Et comme tout travail mérite salaire, on peut partager avec les siens les fruits de son labeur. Dans le couple que nous allons former avec Lucie, qui veut se rendre utile dans le Valdonnez, nous serons heureux de partager, à la fin de nos journées de travail, elle, le déroulement de son instruction auprès des enfants, leurs difficultés, leurs devoirs et leurs récompenses ou leur progression, jour après jour, la préparation de ses leçons et de ses cours, plus ou moins fructueux, le choix de ses lectures pour enrichir et améliorer leurs connaissances, un travail de longue haleine et sans répit, dans le long terme, d'une année à l'autre, bref l'amour du travail accompli dans le respect des lois morales et des règles établies ; mon rôle d'époux sera de l'écouter, de la soutenir, de l'encourager dans le plus beau métier du monde, qu'elle exercera parfaitement : celui de l'instruction du peuple, dans l'esprit des philosophes des Lumières, préconisée et privilégiée, selon Lucie votre fille. Quant à moi, après avoir entendu ses impressions, je lui ferai le compte-rendu de mes journées de labeur dans les bois des forêts des Cignolles, de Ventalhac et du Sapet, au rythme des saisons et du calendrier. Ainsi, nous partagerons avec bienveillance et compassion nos ressentis sur notre métier et notre amour du travail bien fait. Et comme à chaque jour suffit sa peine, en fin de semaine, si le temps le permet, au printemps, nous irons dans les endroits humides en balade cueillir des jonquilles au mois de mars, des narcisses des poètes en avril, des mousserons et des pleurotes, des chardons dans les champs fin juin, des fraises des bois, des framboises et des myrtilles au mois de juillet dans les forêts, des mûres et des airelles en août ; et en automne je lui montrerai les endroits et tous les coins où sortent les bolets et les cèpes, les girolles et les pieds-de-mouton ; de plus, si elle veut m'accompagner et participer à mes pêches du printemps à la fin de l'automne, nous remonterons ensemble le Bramont jusqu'au plateau de la Borie, où nous mangerons sur place, avant de nous rendre de la Fage aux Laubies, car Lucie aimerait apprendre à taquiner la truite et même à monter à cheval pour chevaucher avec moi le Gévaudan en long, en large et en travers. Très curieuse, Lucie veut connaître de visu notre province, son histoire, son patrimoine et les cinq régions qui la diversifient et l'enrichissent, tels la Margeride, l'Aubrac, les Cévennes, les

Causses et les gorges du Tarn, avec ses bateliers, leurs mode de vie et traditions, autrement dit tout le folklore gévaudanais, l'industrie de la laine, les produits locaux du terroir exposés dans les foires de Marvejols, de Florac et de Mende, de Saint-Chély et du Malzieu, égayées d'avril à octobre par les sonnailles tintinnabulantes des troupeaux de brebis apprêtées transhumant depuis le causse Noir, le mont Aigoual, parcourant le causse Méjean et le causse de Sauveterre jusqu'en Haute-Margeride, faisant résonner leurs joyeux grelots, accompagnés de leurs chiens et de leurs bergers en direction des grands pâturages de l'estive. Lucie voudrait visiter les fours à pain, les burons de chaque région, les moulins et les églises romanes, la cathédrale Urbain V, les différents châteaux et les villages médiévaux, les manoirs de La Caze et de Montesquiou, entre Sainte-Énimie et la Malène, dans les gorges du Tarn. Pour ce faire, elle doit impérativement apprendre à monter à cheval comme un vrai cavalier. Je me chargerai volontiers de son apprentissage.

– Eh bien, mon fils, vaste programme ! Lucie, à ce rythme-là, ne te donnera pas beaucoup de répit : elle va prendre toute ton énergie et t'épuiser dans peu de temps !

– Que nenni, monsieur Mallet, nous serons deux à visiter, à admirer, à traverser les grands espaces, libres comme l'air, heureux comme des poissons dans l'eau, partageant les mêmes goûts, les mêmes valeurs et les mêmes couleurs. En haut du Point Sublime et au-dessus des gorges de la Jonte, animées par les vautours, nous assisterons à des couchers de soleil uniques et incendiaires, assis sur le causse, au milieu des pierres et des cardabelles, observant tournoyer et planer ces rapaces au-dessus des falaises vertigineuses, truffées de grottes et d'avens inaccessibles, en surplombant le Tarn ou la Jonte, offrant des prises de vue magnifiques et paradisiaques sur les refuges protégés du royaume des oiseaux, où séjournent en osmose et en symbiose la faune et la flore sauvages, dans ces sites grandioses et idylliques.

– Tristan, mon garçon, je ne te savais pas poète et si proche de Mère Nature. Tout compte fait, Lucie et toi, vous n'aurez pas le temps de vous ennuyer ni de nous consacrer quelques instants de votre emploi du temps un peu trop chargé j'en conviens.

Toutefois, Tristan, je me permets de te donner un dernier conseil. Faites en sorte d'avoir plusieurs enfants ; ne restez pas en extase sur un enfant unique qui apporte hélas dans un couple bien des désagréments et des différends de vue, d'opinion et d'optique.

– Ne vous inquiétez pas, monsieur Mallet. Nous avons l'intention de fonder une famille nombreuse. Vous ne serez pas en manque de petits-enfants. Préparez-vous à devenir un excellent grand-père et révisez les contes de Charles Perrault. D'ici là, prenez soin de vous et n'oubliez surtout pas d'aller chercher Lucie aux aurores. Elle s'impatiente de vous retrouver et de rentrer au pays.

– Tranquillise-toi, Tristan, mon fils, ces bonnes nouvelles me rendent guilleret et me font retrouver mon allant ! Je serai le plus heureux des grands-pères. Je sais raconter des histoires sans être à court d'idées : il suffit d'être motivé et disponible.

– Il est tard, monsieur Mallet, je vous souhaite de passer une bonne nuit. À moi de vous donner un dernier conseil : soyez très prudent sur la route sinueuse de Rouffiac à Balsièges ; les virages en tête d'épingle, très dangereux, affolent parfois les chevaux, d'autant plus qu'à l'aller votre carriole sera vide et trop légère ; elle aura tendance à se balancer tantôt à gauche, tantôt à droite, jusqu'au tournant vireux de Changefège ; ensuite, vous aurez à traverser la ville de Mende et à remonter assez inconfortablement la longue avenue contournant la cathédrale, le tribunal d'instance et le foirail, toujours très animé et encombré ; en revanche, derrière les archives et la bibliothèque, vous gravirez sans encombre, à vide et avec facilité, la côte menant à Saint-Privat et à la Providence, plus paisibles et tranquilles le dimanche matin. Au retour, votre char à banc et la carriole seront bien remplis et équilibrés : vous devrez freiner vos deux chevaux dans la descente de l'avenue mendoise, les guider prudemment sur la route plus ou moins occupée dans la journée par d'autres attelages, calèches ou carrosses se rendant en ville ou à la campagne, plus ou moins disciplinés. Ayez à cœur de bien négocier les virages en jouant des rênes doucement et sûrement, en orientant tranquillement vos chevaux sans gestes brusques. On ne compte plus les chars à banc et leur carriole renversés au détour de Balsièges, de Changefège ou des Fonts, hélas très dangereux et accidentogènes !

– Donc, Tristan mon fils, lucidité, vigilance et prudence obligent. Merci mon garçon, j'y veillerai, et bonne nuit à toi et à ta famille. »

Il faisait nuit noire quand Tristan retourna chez les siens, une nuit sans lune mais étonnamment étoilée qui brillait de mille feux, comme si les astres des constellations de la Grande ou de la Petite Ourse et de la Voie lactée s'étaient donné rendez-vous pour aller courir la gueuse avec l'étoile du Berger, Vénus, de Bételgeuse ayant rougi et clignoté plus que d'habitude pour leur faire un signe complice. À cette pensée malicieuse, car c'était la sienne, tant son bonheur était immense, Tristan sourit en remplissant d'air pur et frais de cette nuit extraordinaire et exceptionnelle ses jeunes poumons qui firent soulever ses muscles pectoraux sous sa chemise blanche ouverte, qu'il s'empressa de fermer aussitôt.

Quand il frappa chez lui discrètement pour ne pas déranger les siens, Victor et Anne étaient déjà couchés mais ne dormaient pas. Quant à son père, le visage assombri par le mécontentement et le reproche, Tristan préféra l'éviter en se dirigeant directement vers la cuisine où Marie, sa mère, sans mot dire, faisait réchauffer des haricots verts et un reste de rôti de veau, rissolés dans le jus de viande onctueux. L'estomac de Tristan semblait crier famine et l'odeur de la viande et des légumes mijotés le fit saliver agréablement. Elle l'embrassa affectueusement en mitonnant le plat de résistance avec amour pour son fils aîné. Elle le laissa mettre son couvert, prendre sa serviette, la carafe d'eau, un morceau de pain, du fromage de tomme et une part de tarte aux myrtilles.

Après un bon repas, l'estomac plein et dompté, Tristan, que le moment de s'expliquer hantait et qu'il redoutait par-dessus tout, jugea qu'il était à présent en mesure de relater en détail le déroulement de ses investigations au cours de l'après-midi et de justifier son important retard. Ses parents, à moitié rassurés, l'écoutèrent attentivement sans l'interrompre. Cependant, au fur à mesure qu'il racontait son périple et ses longues retrouvailles avec Lucie, leurs projets d'avenir ensemble dans le Valdonnez, le retour de sa fiancée au village pour exercer le métier de maîtresse d'école, leur mariage, envisagé pour les fêtes de Pâques, et bientôt leur installation dans la propriété du « Chon del Mouly », près du Moulin-Bas, Marie, qui s'attendait à cet heureux dénouement, le félicita sincèrement tandis que Victor et Anne, cachés derrière la porte de la salle à manger, apparurent précipitamment en chemise de nuit et pyjama en poussant des cris de joie perçants, stridents et répétés, et s'exprimant ainsi :

« Alors, Tristan, c'est vrai, tu te maries avec Lucie, la plus belle fille du Valdonnez ?

– En plus, Lucie Mallet sera notre maîtresse d'école attitrée et c'est maintenant la rentrée ! Quelle chance ! Nous aurons beaucoup de livres, de vraies leçons à apprendre, des devoirs et des compositions, et accès sans contrôle à la bibliothèque de M. Ribourel ! s'enflamma Anne.

– Les enfants, calmez-vous ! Laissez rentrer et s'installer tranquillement Lucie à la cure. Elle apportera ses propres livres, vous distribuera des manuels scolaires et quelques fournitures, et vous enseignera le latin, les belles lettres, les mathématiques, l'histoire et la géographie, les sciences de la vie et de la terre, le chant et le solfège. Après la journée de classe, de 5 à 7 heures, elle assurera une permanence dans la salle d'étude pour tous les écoliers qui le désireront ou qui voudront se documenter à la bibliothèque pour enrichir leurs connaissances.

– Dis-moi, Tristan, insista Victor, intrigué, j'espère que nous ne recevrons plus de coups de règle et que nous n'irons plus au piquet pour un oui ou pour un non !

– Tranquillise-toi, petit frère. Lucie m'a parlé de bons points en forme d'images qu'elle doit commander par centaines pour vous récompenser et vous stimuler.

– En somme, plus de punitions corporelles mais des encouragements pour nous faire progresser et nous améliorer. Plus tard, moi aussi je voudrais devenir maîtresse d'école et enseigner comme Lucie à tous les Valdonnéziens toutes mes connaissances et mon savoir.

– En attendant cet heureux jour, il est temps, petite sœur, de penser à dormir car le marchand de sable est passé.

– Pas avant que tu répondes à une question primordiale, répliqua, sûr de lui, Victor. Entre chaque matière enseignée, aurons-nous, comme avec M. l'abbé, une récréation pour jouer dans la cour de la cure et nous détendre entre écoliers ?

– Oui, petit frère, une récréation s'imposera au milieu de la matinée pour ne pas laisser s'installer la fatigue et une autre récréation est prévue en milieu d'après-midi pour la même raison.

– Eh bien, nous voilà rassurés et nous pouvons aller dormir au pays des songes et des rêves bleus.

– Pas avant de me remercier. Vous me devez bien ça, les enfants ! »

Et Anne et Victor se ruèrent sur leur grand frère et le couvrirent de baisers affectueux, l'empêchant de respirer, près de suffoquer de plaisir.

Si Marie et les enfants manifestaient délibérément leur joie à l'annonce de ces nouvelles cruciales et déterminantes pour eux, Antoine, plus sombre et plus rabat-joie que jamais, non seulement ne les approuvait ni ne les appréciait, mais encore il redoutait toutes les conséquences et les représailles qu'elles allaient engendrer. Les seigneurs locaux, qui n'étaient pas dupes, allaient sous peu apprendre que Lucie Mallet, promise depuis le printemps au comte Gilles de Montialoux, sortie récemment de la Providence, bénéficiait d'un poste d'enseignante autorisé et accordé de la main de monseigneur de Choiseul-Beaupré, l'évêque de Mende en personne, pour exercer son métier à Saint-Étienne-du-Valdonnez, auprès de l'abbé Ribourel. De plus, les notables de la noblesse gévaudanaise allaient crier au complot, à la conspiration, voire même au scandale avéré, à l'annonce du mariage de Lucie Mallet, issue de la haute bourgeoisie, avec Tristan Vallet, bûcheron-garde forestier, issu du plus bas de l'échelle du tiers ordre. Cette union que repoussait Antoine avec violence et obstination contrariait amèrement les objectifs qu'il s'était fixés depuis longtemps sur la destinée de Tristan : trois grandes familles paysannes se disputaient les richesses agricoles du Valdonnez dans de vastes terrains fertiles avec d'importantes têtes de bétail bovin et ovin, qui alimentaient à profusion les laiteries et les burons tout au long de l'année. Ces trois riches propriétaires terriens voulaient marier leurs filles à un jeune paysan aisé ou, à défaut, à un ouvrier journalier qualifié. Les jeunes filles stéphanoises ne voyaient, ne pensaient, ne rêvaient que de Tristan Vallet, ce beau jeune homme brun, ténébreux et distant, athlétique et vaillant, discret et respectueux. Trois d'entre elles, très futées et sûres d'elles, Josette, Monique et Jeannette, filles uniques de riches paysans, avaient vainement tenté leur chance, essayant d'attirer par tous les moyens son attention et de l'aguicher. Peine perdue, les jeunes filles avaient pris conscience que le beau jeune homme en question, aux yeux vert émeraude envoûtants, regardait ailleurs, certainement d'autres yeux langoureux, et les méprisait autant qu'il les ignorait. Et, d'après Antoine, les jeunes filles, averties, apprenant la date du mariage publié et annoncé pour les fêtes de Pâques, déclenchant chez elles de la jalousie, une injustice et une frustration croissante, se transformeraient en dangereuses furies. Il fallait s'attendre à tout avec elles et leurs familles, scandalisées et très remontées. Quelles seraient les réactions des seigneurs locaux du Tournel et de Montialoux, et celles des huit baronnies du Gévaudan ? Il y allait de la réputation célèbre et renommée de la famille Vallet, qui risquait d'être remise en question et diminuée aux yeux de tous. Chose étrange, sa sainteté l'évêque Choiseul-Beaupré accordait à Lucie Mallet, fille unique des épiciers et de bonne moralité, un poste d'enseignante à Saint-Étienne, en accord avec l'abbé Ribourel. Mais autoriserait-il aussi généreusement l'union de cette jeune fille bourgeoise et cultivée avec un ouvrier journalier, sachant que quelques mois auparavant, les bans publiés, elle devait épouser Gilles de Montialoux en la cathédrale de Mende en grande pompe ? Les notables du Valdonnez allaient le lui rappeler et s'opposer violemment à ce mariage. Ainsi ressassait Antoine inlassablement ce soir-là. Il en fit part avec franchise et appréhension à Tristan, s'y attendant enfin d'un moment à l'autre et s'y préparant posément :

« Tristan, mon fils, tes interventions et tes engagements chevaleresques et tes projets d'avenir ambitieux bravant les lois, les règles et les principes des trois ordres de notre régime monarchique actuel, m'affolent et m'exaspèrent, me désolent et m'inquiètent énormément ! À ce rythme-là, tu vas attirer l'attention des notables et du clergé de tout le Gévaudan, des intendants de Haute-Auvergne et du Languedoc, et même de ceux de France de

Navarre, au plus haut degré, lorsque tu annonceras officiellement à tout le comté ton mariage avec la jeune fille unique la plus jolie du Valdonnez et pas des moindres, celle des épiciers, gros bourgeois richissimes, convoitée et promise au comte de Montialoux ; sans compter les foudres de la noblesse locale et les représailles des propriétaires agricoles offensés par ton mépris dédaigneux à l'encontre de leurs filles à marier et refusées pour une petite-bourgeoise d'un autre monde, d'une autre classe, n'appartenant plus au tiers état, belle, érudite et cultivée, et soutenue par le clergé. Admettons que son projet éducatif autorisé par l'évêque fonctionne bien, aboutisse et porte ses fruits et soit reconnu enrichissant et bénéfique aux yeux des familles gévaudanaises, as-tu réalisé les effets retentissants, très explosifs, révolutionnaires de l'instruction du peuple ayant enfin accès à la connaissance et au savoir ? Sachant que la noblesse et le clergé, privilégiés, s'y refusent et contestent expressément, violemment l'instruction publique de nos gens et la création des écoles dans les paroisses, tenues et assurées présentement par les abbés, sous la direction de l'évêché, remplacer les postes d'enseignants religieux par des postes d'enseignants publics, civils et profanes, autrement dit les substituer catégoriquement ainsi, peut entraîner des conséquences néfastes et dévastatrices en éloignant les croyances religieuses et morales de nos gens, faisant progressivement d'eux des athées ou des mécréants !

– Père, je t'ai écouté jusqu'au bout et je partage plus ou moins tes inquiétudes et je les respecte. Toutefois, je tiens à te faire savoir que le contrat du projet éducatif accordé par monseigneur Choiseul-Beaupré à Lucie Mallet consiste à enseigner les matières élémentaires aux écoliers, à savoir : la lecture, l'écriture et le calcul ; et en dernière année préparatoire au collège de Notre-Dame pour les filles et Saint-Privat pour les garçons, les rudiments de la littérature, des mathématiques, des sciences de la vie et de la terre, de l'histoire, de la géographie, du chant et du solfège. Alors que l'enseignement de l'abbé Ribourel se bornera en priorité à enseigner le latin, la religion chrétienne et son histoire, et le catéchisme, le jeudi, aux enfants stéphanois.

– Admettons, mon garçon, que cet enseignement satisfasse

et réjouisse les familles de nos enfants valdonnéziens, et je le souhaite infiniment. Quels vont être les avis personnels des seigneurs locaux du Tournel face à cette instruction nouvelle exercée par une jeune fille bourgeoise, ni religieuse ni responsable morale catholique, mais laïque, profane ? De plus, Lucie Mallet est issue d'une famille bourgeoise et bien dotée, convoitée par les jeunes notables gévaudanais, trop souvent sollicités et relancés par Mme Mallet en personne. Aussi, lorsque votre liaison amoureuse éclatera en plein jour et sera concrétisée par les bans publiés avec force date et lieu de votre mariage, à cor et à cri, résonnant dans le Valdonnez et dans tout le Gévaudan, avec tambours et trompettes, tous les notables s'élèveront d'une même et seule voix et voudront laver l'affront causé par l'union d'une riche bourgeoise avec un pauvre bûcheron ouvrier journalier. Alors, Tristan, tu te mettras à dos et à tes trousses toute la noblesse et le clergé, trompés, trahis, lésés, bernés et frustrés, avides de réparations et de représailles. As-tu pensé un seul instant aux conséquences de tes actes et surtout à notre réputation commune dans le Valdonnez ?

– Père, Lucie et moi nous en avons beaucoup parlé et nous avons longuement débattu de tous ces cas de figure que tu as si bien développés à notre désavantage et que je déplore amèrement. Lucie et moi nous nous aimons envers et contre tout. Nous n'avons rien à nous reprocher ! Son projet éducatif auprès des enfants du Valdonnez est mûrement réfléchi, même si, par vocation pour l'instruction du peuple, avide d'apprendre et de savoir, elle va exercer ce métier didactique avec l'esprit humaniste des philosophes des Lumières, qui revendiquent la liberté de s'instruire, luttant contre l'illettrisme, la superstition, notamment. Père, les temps changent et les mentalités aussi. Nous ne sommes plus comme au Moyen Âge des gens incultes, soumis, asservis. Tous les hommes naissent égaux entre eux et doivent bénéficier des mêmes libertés : liberté de conscience, de pensée, de culte ; accès à la connaissance, à la culture et au savoir. Les philosophes français comme Voltaire, Montesquieu, Jean-Jacques Rousseau, Diderot et d'Alembert, Condorcet et Lavoisier, écrivains, mathématiciens et scientifiques prônent la fin de la monarchie absolue de droit divin, l'abolition des privilèges de la noblesse et du clergé, non soumis à l'impôt ; l'abolition de l'esclavage, de la soumission et du servage ; l'abolition des trois ordres ; la construction et l'élaboration d'une société plus juste avec plus de libertés et d'égalité entre les individus pratiquant la tolérance dans le vivre ensemble.

– Tristan, tes idées humanistes sur la société à venir sont non seulement utopistes mais encore révolutionnaires et émanent de lectures philosophiques inapplicables actuellement dans la société civile actuelle, administrée par nos notables attitrés, nos syndics et nos intendants de province. Quant aux mariages entre Valdonnéziens ou Gévaudanais, ils se décident à l'évêché de Mende entre les notables du clergé et les seigneurs actuels locaux de la noblesse du comté du Gévaudan. Bref, tous ces notables acceptent ou désapprouvent les unions avec force détails. En ce qui concerne votre mariage, une fois annoncé je doute fort que les comtes de Montialoux du Tournel et les comtes père et fils de Molette de Morangiès donnent un avis favorable à votre union, revendiquée pour les fêtes de Pâques.

– Père, tu insinues que le sort des jeunes gens sollicitant le mariage se décide à l'évêché entre le comte du Gévaudan et les notables de la noblesse et du clergé. Si ton insinuation se révèle vraie et appliquée entre toutes les parties, les mariages contractés sont purement et simplement des mariages d'intérêt et de raison arrangés, non désirés et non consentants entre les futurs époux. Lucie et moi nous n'en voulons pas ! Nous désirons nous unir par un mariage d'amour consenti et fusionnel, sans contrat de mariage. Demain dimanche j'irai m'entretenir avec l'abbé Peytavin : lui seul me donnera un avis personnel et positif. Dans le cas contraire, Lucie et moi nous nous marierons à l'étranger sans parties civiles, soit en Catalogne à Barcelone, ville cosmopolite et tolérante, soit au Pays basque, à Bilbao ou à San Sebastián, ville indépendante et accueillante. Tout compte fait, nous ne sommes pas pressés ni à six mois près de Pâques. D'ici là, l'eau aura coulé sous les ponts. Laissons du temps au temps et se calmer les mentalités des mauvais sujets. Sur ce, je m'en vais me coucher et me reposer. Je l'ai mérité et j'en ai bien besoin ! Je te souhaite d'en faire autant et de méditer sur notre conversation car la nuit porte conseil. Bonne et heureuse nuit à vous deux. »

Fatigué par sa longue journée, offensé par les propos affligeants de son père, Tristan eut du mal à trouver le sommeil. Pourquoi son père, d'habitude si compréhensif et si modéré, persistait-il avec obstination à démonter ses projets d'avenir de manière si négative ? Il parlait de Lucie comme d'une étrangère, d'une inconnue qu'il fallait ignorer, oublier. Convoitée et courtisée par les seigneurs locaux, cette demoiselle qui n'était pas faite pour lui et qu'il fallait fuir comme la peste, parce qu'elle n'était pas de son monde et qu'elle ne le méritait pas, c'était pourtant Lucie, sa princesse, sa muse, l'amour de sa vie, sa reine de Saba. Il ne pourrait jamais vivre sans elle, il la désirait corps et âme, il l'adorait, prêt à se damner pour elle, prêt à tout sacrifier. Plus son père essayait de le persuader de rompre cette liaison dangereuse, de renoncer à leur mariage et de l'annuler carrément, plus Tristan, déterminé et clairvoyant, constatait que son père était le seul à ne pas aimer sa fiancée, semblant même la mépriser. Son statut de riche bourgeoise lui faisait tellement peur qu'il craignait par-dessus tout les représailles des seigneurs locaux et, pire encore, que sa réputation d'honnête bûcheron reconnu s'en trouvât altérée et amoindrie à cause des incartades de son fils aîné, épris de Lucie Mallet, promise au comte régnant sur le Valdonnez, Gilles de Montialoux, celui-là même qui était venu l'agresser un soir d'avril, terrorisant tout le quartier, aviné et violent, proférant des menaces contre le gueux qui avait osé lui prendre sa fiancée en public en pleine foire de printemps.

En tournant et retournant dans son lit, toutefois, Tristan, exténué mais lucide, avait toutefois la conviction que son père, même effrayé, aurait préféré et de loin pour son fils un meilleur parti : une union arrangée avec une des filles des paysans notoires renommés de ses connaissances. Pourtant, Marie, sa mère, appréciait la liaison amoureuse de Tristan et approuvait cette décision et leurs projets communs : ses yeux brillaient et son visage s'illuminait agréablement quand il lui parlait d'elle ; Victor et Anne étaient ravis de l'avoir bientôt pour maîtresse d'école et l'aimaient déjà. Une fois convaincu de son raisonnement et rasséréné, Tristan finit par céder à la fatigue et au sommeil. En gardant seulement présente l'image du beau visage radieux et pur de Lucie lui souriant, il s'endormit profondément du sommeil du juste jusqu'au petit matin blafard.

Le chant du coq du paysan voisin le réveilla aux aurores, comme à son habitude, et d'un bond il se leva d'un pied ferme ; il se dirigea vers le petit cabinet de toilette, où il fit tranquillement ses ablutions sans bruit, pour ne pas réveiller sa famille encore endormie. En se rasant, en se lavant, en s'habillant et se coiffant, il avait déjà échafaudé l'emploi du temps de la journée de ce dernier dimanche de septembre qu'il allait respecter au pied de la lettre. Après avoir arboré sa tenue de campagne, enfilé ses bottes de pluie et vissé son chapeau à large bord sur sa chevelure brune soigneusement parfumée à l'eau de Cologne, il prit un copieux petit déjeuner : dans un grand bol de café qu'il noya de lait écrémé et de chicorée sucré au miel, il trempa un gros morceau de fougasse cuite de la veille et dorée à point. Tristan se laissa tenter par les gelées de framboise et de groseille toujours à proximité, spécialité de Marie, sa mère, véritable cordon bleu. Il acheva sa délicieuse collation par un verre de café, un vrai moka d'Arabie aux arabicas rares et précieux, que M. Mallet leur réservait en priorité après avoir cuit lui-même les cerises de café que Marie n'avait plus qu'à moudre pour les diluer dans l'eau de la cafetière familiale, d'où s'échappait un arôme unique très particulier, très odorant et énergisant, voire même très stimulant pour le système nerveux et psychique, à condition de ne pas en abuser.

Tristan avait grand besoin de prendre l'air, de se changer les idées dans la nature de son cher Valdonnez. Quoi de plus simple que de prendre la clé des champs, et pas n'importe lesquels. Il suffisait donc de joindre l'utile à l'agréable. En contournant le village par le haut, passant devant l'étable ouverte de son voisin fermier et la bergerie de son frère, il remonta la rue de la Laiterie, déjà bien éclairée et prête à recevoir les premières traites, destinées aux burons attenants pour la fabrication des mottes de beurre dans les grandes barattes et des fromages de tomme blanche et de fédous au lait cru de brebis que l'on ferait cailler, affiner et maturer dans leurs propres moules ou sécher sur des joncs plusieurs jours d'affilée. Tristan aimait de bonne heure respirer les senteurs matinales mêlées aux cris et aux bruits des animaux de la ferme, sentir la peau spéciale des troupeaux ou la laine musquée des moutons, attendant la traite ou la tonte, entendre les caquètements des volailles affairées dans les poulaillers, gloussant et agitant leurs plumes désordonnées, malmenées par les poussins, et les parades du coq ou des poulets nouveau-nés maladroits, insolents, aux crêtes écarlates. Aux bêlements aigus des jeunes agneaux se joignaient ceux lancinants ou plus graves des agnelles et des béliers, pressés de prendre le chemin des champs, se poussant, se bousculant, s'impatientant derrière leur berger et faisant aboyer les chiens, excités, s'évertuant à les faire sortir dans un ordre plus ou moins discipliné et cacophonique, allant crescendo, en traversant le village. Bientôt, les belles vaches brunes sortiraient à leur tour en direction des prés du pont Rouge, faisant tintinnabuler leurs grelots et meuglant de plaisir jusqu'aux pâturages. À l'embranchement du chemin menant à Varazoux, Tristan rencontra le meunier du Moulin-Bas chargé de gros sacs de farine sur sa charrette, conduite par ses deux fidèles mulets : il se rendait au four à pain du boulanger de Langlade et alimenterait bientôt celui de Saint-Étienne, comme il en avait l'habitude, deux à trois fois par semaine. Tristan le salua et pressa le pas sans perdre le fil de ses pensées : arrivé en face de l'emplacement de la Crouzette, il se fit la réflexion que les Mallet devaient être en train de prendre la route de Mende sur leur char à banc attelé à la carriole, et cela lui mit du baume au cœur, car ce soir Lucie serait enfin rentrée à Saint-Étienne parmi les siens. Or il pourrait alors la retrouver régulièrement, la prendre dans ses bras, l'embrasser et l'aimer au grand jour. Sans s'en rendre compte, redoublant d'allant, il courait presque en obliquant vers le hameau de Varazoux, qu'il évita, pour arpenter tous les champs à chardons où les troupeaux de moutons avaient brouté et laissé leurs engrais naturels. Tristan vérifia que son grand sac à dos en bandoulière se balançait légèrement en bonne place sur ses dorsaux, de peur de l'avoir oublié avec, à l'intérieur, son couteau Laguiole qui ne le quittait jamais. Rassuré, il commença à inspecter le premier champ, desséché, parsemé çà et là de pierres sèches et d'épines clairsemées de chardons noircis disposés en rond plus foncés et plus frais, où se réfugiaient des myriades de marasmes des Oréades, appelés par les Gévaudanais « mousserons ». Ces adorables champignons au chapeau en forme de clochettes fauves et odorantes sortaient en automne en colonies généreuses autour des chardons. Plus loin, en solitaires, on pouvait découvrir les oreillettes luisantes et brunes des pleurotes, cachés discrètement derrière les chardons, mais trahis par leur couleur marron foncé et brillante, et leur exposition à la lumière automnale. Pour Tristan, ce jour de chance lui permit de cueillir beaucoup de mousserons et de pleurotes, et de bien remplir sa besace en prenant soin de couper ras leur queue pour laisser en terre le mycélium prometteur. Après avoir inspecté tous les champs avec attention et assiduité jusqu'en dessous de Ventalhac, Tristan s'accorda un moment de répit pour admirer le panorama s'offrant à lui : de son promontoire il observait les paroisses de Langlade et Brenoux, encore assoupies et calmes, Varazoux et Saint-Étienne, plus animées et vivantes, dans la vallée fertile et luxuriante du Valdonnez inondée de soleil. Tristan se dit qu'il emmènerait Lucie dans tous les endroits qu'il connaissait pour lui faire découvrir les richesses de la nature au rythme des saisons. Puis il descendit par le chemin des écoliers jusqu'à Saint-Étienne, où il avait l'intention d'assister à la messe de 10 h 30 avec sa famille réunie. Après le copieux dîner dominical, il se rendrait à Saint-Julien-du-Tournel afin de s'entretenir avec l'abbé Peytavin. Lui seul était en mesure, d'après sa mère, de le conseiller objectivement.

Des cris de joie l'accueillirent devant la porte de sa maison : son frère et sa sœur, impatients, l'attendaient, curieux et avides de faire l'inventaire de sa cueillette et d'ouvrir sa besace avant leur mère, le sourire aux lèvres, toujours d'humeur égale et plutôt joyeuse.

« Doucement les enfants, laissez-moi entrer ! Vous aurez bien le temps de découvrir le contenu de ma besace étalé sur la table de la cuisine. Après la messe, vous m'aiderez à trier les champignons et à les préparer. À présent hâtons-nous pour ne pas être en retard à l'église : les cloches vont bientôt carillonner.

– Excuse-moi Tristan, tu nous avais promis de nous emmener cueillir des pommes, ramasser des noix, aller chercher des champignons. Mais depuis que tu es amoureux de Lucie Mallet, tu ne tiens pas tes promesses ! C'est affligeant, regrettable et de plus en plus inquiétant. Et quand tu seras marié, ce sera de pire en pire, tu ressembleras à un courant d'air, tu te transformeras en homme invisible ou en fantôme volant !

– Et toi, petit frère, tu seras toujours un sacré revenant trop curieux et indiscret, à l'imagination un peu tordue, avec ta langue fourchue et bien pendue, un vrai petit démon !

– Et toi, grand frère, tu deviendras un ange ambulant, déchu et diabolique ! »

Sans donner suite aux réflexions saugrenues de Victor, à l'imagination plus fertile que tordue, Tristan se précipita dans la salle de bain pour procéder à une toilette rapide et s'apprêter pour assister à la messe. Comme à l'accoutumée, l'église était bondée de paroissiens de tout le Valdonnez, mais aussi de ceux du plateau de la Borie, venus nombreux, de la Fage, des Faux, de Badieux et des Laubies. En quel honneur ? Nul ne le savait encore, quand Tristan et sa famille, au son des cloches, durent se frayer un chemin dans le lieu saint, déjà occupé par la famille de Montialoux du Tournel au complet, celle de Cénaret, celle du Villaret et du fils prodigue de l'auberge des Laubies, l'indésirable Justin Trémolet, au milieu des gars du village, au fond de l'église, comme prostré. Faute de places, la famille Vallet dut s'avancer jusqu'au bout de la nef et se placer derrière les notables du Tournel, en faisant sans le vouloir, par ses hésitations, une entrée très remarquée, jusqu'à faire se retourner le comte de Montialoux en personne. Une fois toutes ses ouailles installées et pour ne pas les faire patienter davantage, l'abbé Ribourel annonça solennellement d'une voix émue :

« Mes chers paroissiens, monseigneur l'évêque de Mende et comte du Gévaudan, sa sainteté de Choiseul-Beaupré, m'envoie, pour me seconder, une enfant du pays érudite et cultivée pour instruire tous les enfants du Valdonnez sans exception. Il s'agit de la demoiselle Lucie Mallet, à laquelle vous devrez faire bon accueil et entièrement confiance. Quant à moi, j'assurerai, sans changer mes horaires du jeudi, les leçons de catéchisme, la préparation des offices religieux, des différents sacrements, en restant toujours à l'écoute des paroissiens et de leurs confessions avec davantage de disponibilité. Rendons grâce à Dieu pour tous ses bienfaits et prions ensemble. »

Si les paroissiens avaient envie d'applaudir leur abbé, en se contentant pourtant de bavarder et de sourire, trois personnages ne s'attendaient pas du tout à recevoir une telle nouvelle, annoncée de vive voix et à l'unanimité partagée. Gilles de Montialoux, le visage blême et les yeux furibonds, faillit causer un esclandre au milieu des siens, criant au complot, à la conspiration et au scandale en dévisageant les paroissiens. Maintenu puis maîtrisé et calmé par les membres de sa famille, outrée et offensée, il continua à maugréer, isolé dans son coin. Quant à Tristan, un peu abasourdi, il était à la fois joyeux et inquiet par la nouvelle annoncée de vive voix aux paroissiens valdonnéziens, mais rassuré de constater que tous l'acceptaient sans difficulté avec plaisir, à l'exception de Gilles de Montialoux, qui désormais ne pourrait avoir de visées sur Lucie Mallet ni espoir de la conquérir par n'importe quel moyen, ni aucun autre jeune seigneur local d'ailleurs. Finalement, Tristan se fit la réflexion que l'abbé Ribourel avait bien fait et avec honnêteté de dévoiler officiellement cette bonne nouvelle. Effectivement, il était de son devoir de chrétien d'informer la population de l'installation imminente d'une jeune maîtresse d'école à Saint-Étienne-du-Valdonnez.

Si Tristan avait voulu se retourner et observer son ami d'enfance Justin, il ne l'aurait certes pas reconnu ! Son beau visage d'ange, encerclé de boucles blondes juvéniles et son sourire franc et enfantin, transfigurés, avaient fait place à des traits sombres et haineux. « Là où commence l'amour finit la haine ! » pouvait se lire dans ses yeux injectés de sang, sur les rictus de ses lèvres, sur son visage défiguré par sa passion dévorante, malsaine et inassouvie, et son mutisme inquiétant, significatif, lourd de conséquences vindicatives, enclin, hélas !, sans nul doute, à la vengeance. Fort heureusement, l'ayant aperçu en rentrant au fond de l'église, dans son état de prostration dangereuse et haineuse, Tristan n'avait l'envie ni de se retourner ni de croiser son regard trouble, ni surtout de renouer avec cette amitié qui le mettait si mal à l'aise en sa compagnie, au point de subir... l'irréparable. Décidément, Tristan, très viril et très équilibré, ne comprendrait jamais les homosexuels. Leur passion exclusive, leur amour démesuré des garçons et leur emprise totale, dégradante et dévastatrice sur les jeunes hommes, dominés et abusés, représentaient aux yeux de Tristan des déviations sexuelles condamnables et répréhensibles inspirant le dégoût, la répulsion et le malaise. « Qui s'y frotte s'y pique ! » Mieux valait ne pas se laisser embarquer dans une de ces aventures infernales ni s'y risquer imprudemment. Tout compte fait, un homme averti comme Tristan en vaut deux et c'est tant mieux !

L'office religieux, mi-chanté, mi-prié, mi-parlé, mi-écouté, mi-recueilli, en suivant dévotement le Credo, l'Épître, les Évangiles et le sermon, éloquent et bien prêché, l'Agnus dei et la communion réunissant les fidèles, partageant le corps et le sang du Christ devant l'autel, agrémenté de prières, d'invocations, de cantiques et de psaumes, repris en chœur, soulagea et apaisa pendant une bonne heure les peines, les souffrances et les rancœurs. Et la cérémonie dominicale se déroula sans anicroche jusqu'à la bénédiction du prêtre, exhortant les paroissiens à retrouver et à partager la paix, entonnant un beau chant de louanges, pour clôturer, dans la joie et la paix du Christ, cet office religieux visant à réconcilier les âmes autant que les corps et les esprits.

Sans perdre une minute, à la sortie de la messe où les gens tardaient à se quitter et à se disperser, parlant et s'interpellant bruyamment ou s'apostrophant familièrement, Tristan, donnant la main à son frère et à sa sœur, s'éloigna rapidement avec sa mère sans se retourner jusque devant la porte de leur maison, tandis que son père, Antoine, conversait tranquillement avec quelques connaissances.

Quelques minutes après, Antoine trouva les siens affairés : Marie faisait réchauffer le ragoût de porc aux légumes coupés en dés dans le faitout et mettait le couvert ; Victor et Anne triaient les pleurotes sous l'œil amusé de Tristan, chacun les choisissant par ordre de grandeur et de grosseur et rivalisant de trouvailles insolites ; Victor, qui essayait de les compter, y renonça très vite en les présentant l'un après l'autre à Tristan qui les nettoyait avec soin et proprement ; le nombre inouï de mousserons à trier découragea même Anne, qui avait commencé courageusement à les recenser consciencieusement : tous ces chapeaux, du plus grand au plus petit, un peu comiques et biscornus, avec leur longue queue remplie de terre et de mousse sèche, demandaient aux enfants un travail fastidieux et réclamaient de leur part beaucoup de patience qu'ils n'avaient pas encore. De plus, ils avaient encore moins le droit de posséder ou d'utiliser un couteau, leur travail consistant à mettre de côté les queues souillées et les déchets, et la tâche s'avérait ennuyeuse. En revanche, comme tous les enfants, Victor et Anne, en voyant ces myriades de champignons étalés sur la table, n'avaient qu'une envie : aller par tous les temps les chercher avec leur grand frère. Aller aux champignons, dans les bois, dans les prés, dans les champs, représentait pour eux une véritable aventure riche en surprises et découvertes inespérées. Aussi, quand Victor et Anne le supplièrent pour la énième fois de les emmener, le dimanche suivant, Tristan promit une fois pour toutes de les prendre régulièrement avec lui.

« Enfin ! s'exclama Victor, triomphant, voilà une résolution tant attendue ! Ce serait merveilleux si ta jolie fiancée nous accompagnait. Après tout, elle est à présent notre nouvelle maîtresse d'école. Et dans la nature on pourrait faire d'excellentes leçons de choses et de botanique enrichissantes et passionnantes. Qu'en penses-tu Tristan ?

– En voilà de drôles de suppositions, petit frère. Laissons d'abord revenir et s'installer Lucie Mallet. Elle aura maintes choses à penser, à préparer, plutôt que d'aller se promener.

– Tout de même, Tristan, après une bonne semaine de travail bien remplie, Lucie aura bien le droit de se détendre, avec ou sans toi ! Je te rappelle que toi-même tu ne te gênes pas ! D'ailleurs, où vas-tu le samedi après-midi, bien habillé, bien botté et parfumé ? répliqua Victor avec malice.

– Veux-tu donc te taire, petit morveux ! De quoi te mêles-tu ? La curiosité mal placée est un vilain défaut ! Souviens-t'en !

– Tristan, mon fils, intervint sévèrement, avec une pointe

d'ironie, leur père, écoutant leur conversation, tu sais très bien que la vérité sort toujours de la bouche des enfants. Et Victor a tout compris. Il sait que tu aimes Lucie Mallet et que tu allais la voir tous les samedis après-midi à la Providence. Maintenant, tous les gens du Valdonnez et du Plateau ont appris qu'elle avait obtenu un poste d'enseignante à Saint-Étienne. Mais si la plupart des Stéphanois s'en réjouissent, d'autres en particulier s'en affligent et me l'ont fait savoir tout à l'heure à la sortie de la messe. Ils craignent que la fille de l'épicier soit très libérale, qu'elle instruise les écoliers sans moralité, sans religion chrétienne. Gilles de Montialoux, très déçu, et sa famille, scandalisée, s'en offusquent. Quant aux fermiers valdonnéziens de mes connaissances, ils sont très intrigués. De plus, ils se posent beaucoup de questions sur ton comportement de plus en plus froid et indifférent, sur tes absences répétées, au point de me demander de tes nouvelles sur tes projets d'avenir. Quelle va être leur réaction quand ils vont apprendre que tu aimes Lucie Mallet, que vous êtes fiancés, que vous allez vous marier ?

– Père, nous avons toute la vie devant nous ! Les gens peuvent penser ce qu'ils veulent ! Il faudra bien que tout le monde se rende à l'évidence devant le fait accompli. Justement je dois me rendre expressément à Saint-Julien-du-Tournel, où je compte rencontrer l'abbé Peytavin et m'entretenir avec lui à ce sujet.

– Tristan, mon garçon, je tiens à te donner un dernier conseil. Les gens du Valdonnez ne sont pas dupes : ils vont faire le rapprochement entre le poste d'enseignante obtenu par Lucie Mallet en catimini, son statut, vos fiançailles, et cela ne plaira pas à tout le monde ; ils vont te soupçonner d'avoir précipité les choses. Certains t'accuseront de t'intéresser à sa dot qui, selon les mauvaises langues et de source sûre, est très conséquente. Il ne faut pas tenter le diable, mon garçon, quand on a à portée de main un bonheur sain et légal. Les jeunes filles du tiers état qui aspirent à un tel bonheur et qui rêvent d'unir leur vie à la tienne, et j'en connais beaucoup, ne manquent pas. Alors, mon garçon, pour l'amour du Ciel, renonce à cette liaison dangereuse avec Lucie Mallet qui ne t'apportera que des ennuis et surtout préjudice.

– Père, détrompe-toi, il y a un sérieux malentendu entre nous.

Sache que Lucie et moi nous nous aimons. Depuis trois ans déjà, je l'observais, je l'entendais, mais je n'osais l'approcher. Je me disais qu'elle n'était pas faite pour moi en la voyant évoluer. Or, il y a cinq mois, c'est elle qui a demandé mon aide et qui m'a choisi ; elle m'a supplié de ne pas l'abandonner et de l'aimer. Tout s'est fait naturellement : nous nous sommes fiancés et nous avons fait le serment de vivre ensemble pour le meilleur et pour le pire. En ce qui concerne soi-disant sa dot, j'ai fait savoir à M. Mallet que je la refusais catégoriquement : il en aura largement besoin pour partager sa retraite et leurs économies avec son épouse. Lucie ne veut dépendre de personne et veut vivre des fruits de son travail. C'est elle qui a eu l'idée géniale de ce projet éducatif, soutenu par la mère supérieure de la Providence, l'évêque de Mende et l'abbé Ribourel. Il ne me reste plus qu'à demander conseil à l'abbé Peytavin pour fixer la date officielle de notre mariage. Voilà, père, tu sais tout.

– Eh bien, mon fils, puisque tu persistes dans tes convictions passionnées avec obstination et que tu ne veux pas voir la vérité en face, attends-toi aux représailles de tes ennemis ! Ils sont nombreux et de taille à vouloir réparation et même ta peau, et nuire à notre réputation.

– Père, merci de me mettre en face et exagérément de la réalité. En homme averti et prudent, moi je suis de taille à faire face à mes éventuels ennemis et je ne changerai rien à ma ligne de conduite, en aucune façon. Je n'ai absolument rien à me reprocher : ma destinée est toute tracée. Lucie et moi nous nous marierons après les fêtes de Pâques et nous nous installerons dans notre propriété du “Chon del Mouly”. En attendant ces heureux jours, partageons le repas dominical en paix et prenons des forces. »

Comme un fait exprès et acquis, la famille Vallet consomma avec appétit mais en silence le bon repas mitonné par Marie, composé en entrée de petits pâtés de foie de porc à la noix muscade, du ragoût de viande aux petits légumes, de salade verte de doucette, de bon fromage de tomme blanche et d'une succulente tarte aux pommes reinettes du jardin. Marie avait soigné autant la composition du repas que la présentation en sortant pour l'occasion les assiettes et les plats en porcelaine de Limoges, les assiettes à dessert, les tasses et les sous-tasses, comme si elle avait voulu calmer non seulement les estomacs mais aussi les esprits. Si l'intention de Marie réjouissait pleinement ses enfants qui la remercièrent plusieurs fois pendant le service, Antoine, dont la mauvaise foi persistait et s'affichait ouvertement sur son visage, ne dérogeait pas à sa méchante humeur et ne se déridait pas. Aussi, après avoir bu un excellent café et un petit verre de liqueur de framboise, Tristan, aidé de Victor et d'Anne, desservit les couverts, les différents plats, les assiettes et les verres, les tasses et la cafetière, la corbeille à pain et les carafes d'eau, le moule à gâteau et les assiettes à dessert, et retira la nappe fleurie pleine de miettes pour la secouer. Puis Tristan, priant sa mère de bien vouloir se reposer, procéda au lavage de la vaisselle, tandis que Victor et Anne, un torchon à la main, l'essuyaient, s'exclamant joyeusement et riant aux éclats comme si de rien n'était. Marie, en voyant ses enfants heureux, souriait et, se hasardant, glissa à l'oreille de son aîné : « Tristan, mon garçon, je partage ton bonheur et ta décision. Toutefois, je te recommande d'être très prudent et vigilant, et surtout fais preuve de modération. » Il promit de rendre compte de sa mission à son retour et leur souhaita de passer un bon après-midi en embrassant sa tendre mère et ses frère et sœur.

Ensuite, sans perdre une minute, Tristan se dirigea vers le hangar où l'attendait, impatient, Joyeux, sachant qu'il devait le conduire à Saint-Julien-du-Tournel, comme il le lui avait promis la veille en revenant de Mende. En lui caressant doucement la crinière et les flancs, et parlant à l'oreille de son cheval, attentif et complice, à la vue de son œil vif et mobile, Tristan savait que Joyeux l'écoutait et comprenait ses paroles, et ses oreilles le confirmaient parfaitement. Aussi, prenant les rênes, il le guida tranquillement hors du hangar, plaça doucement la selle sur son dos et enfourcha sa monture. Après une dernière caresse, Joyeux attendant le signal habituel de départ, Tristan le mit au pas et, contrairement à son habitude, il le dirigea dans le sens contraire vers le quartier du Couderc, puis obliqua sur le chemin plus ou moins pavé et caillouteux menant vers Ventalhac, qu'ils traversèrent de part en part jusqu'à la forêt de la Crémade, qu'ils longèrent aisément, sous les ramées caduques et gracieuses des mélèzes et des majestueuses branches des sapins princiers, côtoyant les bouleaux argentés aux feuilles jaunissantes et tremblantes, les chênes, orphelins de leurs glands, aux folioles lobées et bruissantes, mordorées et froissées, tandis que les hêtres, frileux, perdaient déjà leur feuillage fauve, se frayant largement une place entre les clairières humides et moussues et les pins sylvestres centenaires, dont les rameaux élevés des cimes recherchaient avant tout la lumière. Ce florilège d'essences végétales colorées par les feux de l'automne flamboyant exposait une quintessence de teintes dégradées, claires ou foncées, passant du jaune orangé au roux-auburn, du châtain franc au brun noisette, du blond cendré au beige doré, du vermillon sanguin au bordeaux rutilant, du marron d'Inde au noir ébène ou au gris argenté, des troncs des fayards, des saules ou des trembles et des chênes qui offraient leur tignasse feuillue, à moitié dépourvue, au moindre vent, agitant leur chevelure décolorée par les assauts des intempéries. Ces couleurs, en camaïeu, plus ou moins chatoyantes ou délavées, se mêlaient au rose violacé des bruyères et au rouge criard des airelles, au vert tendre ou plus sombre des épicéas altiers et des grands conifères, au sommet impassible mais sublime. Sous les bleus nuancés de l'azur pâle ou turquin, les odeurs des écorces et de la résine, des baies, des pignons et des faines se combinaient en osmose aux senteurs des moisissures de feuilles mortes innombrables et du compost de l'humus végétal, organique et minéral, parfumant et fertilisant la terre, tapissée d'aiguilles et de pommes de pin, de mousse et de glands par milliers germant çà et là parmi une foule de champignons plus ou moins comestibles surgis un peu partout : au milieu des fougères, sur la mousse, autour des vieilles souches soulevant le manteau terreux et humide, feuillu et pierreux, ou bien préférant la lumière le long des sentiers frais ou des coupe-feux. Aussi n'était-on pas surpris de trouver, au plus profond des sous-bois, des myriades de champignons vénéneux paradant comme les gyromitres très toxiques, les amanites phalloïdes, les lactaires « non délicieux » et les fausses oronges ou les bolets de Satan, arrogants, et les amanites tue-mouche très rouges, ces faux amis porteurs de sort malin, pourtant près de leurs voisins comestibles, tels les pieds-de-mouton, les trompettes de la mort ou, en kyrielle, les girolles cendrées, étalées en famille nombreuse après les pluies d'automne de septembre à novembre. En revanche, le long des chemins éclairés, ventilés, aérés, où filtraient en plein jour les rayons solaires et la nuit, les clins d'œil de la lune et l'éclat des astres lumineux, il était fréquent alors de découvrir au détour d'un lacet ou sur les talus d'un sentier, bien en évidence, les taches brunes de plusieurs cèpes, juchés sur leur gros pied blanc, exposant au connaisseur averti leur beau chapeau marron et arrondi : on n'avait plus qu'à s'arrêter et les cueillir délicatement sans les arracher mais laissant en bonne place leur mycélium avec un profond respect pour leur environnement naturel et surtout leur milieu reproducteur. Pour trouver des chanterelles orangées, il fallait s'armer de patience et d'efforts physiques car, si elles aimaient elles aussi la lumière et la clarté, elles préféraient pousser en nappes le long des pentes verticales, ajourées et difficiles d'accès pour le profane ignorant et inexpérimenté, même bien chaussé et motivé.

Chaque fois qu'il parcourait les sous-bois de cette forêt proche des Cignolles, Tristan, s'enivrant d'une multitude de couleurs, d'odeurs, de parfums et de senteurs de cette nature familière et généreuse, jouissait d'une plénitude apaisante et d'une sérénité hors normes, sans égale, en communion avec la faune et la flore existante, égayée par les chants des oiseaux s'égosillant, perchés sur les plus hauts rameaux des arbres ou animée par les craquements, les bruits, les cris, les sauts des écureuils allant de branche en branche, amassant faines et glands, graines et pignons, décortiquant sciemment les pommes de pin et les semant à tous vents, indifféremment. En symbiose avec tous les maillons des chaînes alimentaires, Tristan ne pouvait s'empêcher de remercier le Grand Architecte de l'univers, le Créateur des cieux, de la terre, des éléments liquides et des sources, le Dieu de tous les chrétiens. Toutefois, reconnaissant, réconforté et serein, Tristan, en songeant à tous ces bienfaits, se focalisa essentiellement sur son intervention spéciale : son entrevue avec l'abbé Peytavin au sujet de leurs projets d'avenir avec sa fiancée Lucie Mallet. Il n'était pas dans la nature en villégiature ni dans les bois valdonnéziens à la recherche de fruits sauvages ou de champignons, mais en mission particulière et déterminante pour leur destinée future.

Tristan orienta alors son étalon alezan vers l'orée de la Crémade, surplombant les hameaux de Brajon et de Vareilles, et le guida prudemment dans la descente en diagonale en direction des Terres Bleues, freinant par pression des rênes et en le faisant progresser régulièrement au pas et l'encourageant. Ensuite, Joyeux put trotter sur la plaine fertile et tranquille jusqu'à Lanuéjols, en se dégourdissant les sabots et les pattes, et galopa même jusqu'au hameau de Vitrolles, avant la montée vertigineuse du Masseguin et son immense forêt d'épicéas qu'il fallait parcourir entièrement avant de descendre sur Bagnols-les-Bains. L'ascension se fit sans encombres apparents, les bois étant bien entretenus par les gardes forestiers, mais la descente fut périlleuse en raison du sentier rempli d'embûches, de pierres et d'ornières dues aux dernières pluies diluviennes. Tristan obligea son étalon à freiner son pas jusqu'à l'église du village. Là, ils purent tous deux s'abreuver de l'eau cristalline et pure de la fontaine, sous les yeux ébahis de quelques villageois attroupés sur la place. Après les avoir salués poliment, Tristan, désaltéré et confiant, enfourcha sa monture et mit son cheval au trot sur la route menant directement à Saint-Julien-du-Tournel, plus facile d'accès. Il rencontra quelques attelages de chars à bancs et de carrioles, mais aucun carrosse de notoriété quelconque ou connue jusqu'au village médiéval : le château, son donjon, ses tours, avec ses remparts, abritait les familles Odilon-Guérin du Tournel depuis les débuts du Moyen Âge, gérant et administrant le Valdonnez et toutes ses paroisses environnantes. Le château des gens du Tournel, imposant et fortifié, construit sur un promontoire élevé et rocheux, dominait la route et le village en contrebas, entouré de l'église. Et chose curieuse et angoissante, les attelages et les carrosses de la famille seigneuriale au complet se tenaient là, garés en évidence ; Tristan reconnut même la propre monture de Gilles de Montialoux et eut comme un mauvais pressentiment. Pourquoi les membres de la famille du Tournel se trouvaient-ils réunis au complet dans leur château féodal en présence du comte Gilles de Montialoux, après avoir appris par la bouche de l'abbé Ribourel que Lucie

Mallet venait d'obtenir un poste d'enseignante à Saint-Étienne-du-Valdonnez ? Qu'elle quittait la Providence et qu'elle revenait enfin au village ? Étaient-ils tous en train de persuader le comte de relancer sa demande en mariage auprès de Lucie ou de le dissuader au contraire ou d'y renoncer carrément ? Tristan n'eut pas le temps de résoudre ces questions inquiétantes lorsqu'il entendit derrière lui, sur un ton sarcastique, la voix de son rival :

« Tiens, tiens ! Comme c'est étrange : le destin semble enfin nous donner rendez-vous ! Aurais-tu mauvaise conscience en me rendant des comptes ou voudrais-tu simplement me défier ? Tu me dois non seulement des comptes mais encore réparation. Aurais-tu perdu la mémoire ou la retrouves-tu enfin ?

– Messire, je vous salue d'abord, comme il est d'usage, avec courtoisie. C'est la moindre des politesses, vous en conviendrez. Sachez qu'avec tout le respect que je dois à vous et à votre famille, je n'ai rien à me reprocher si ce n'est de vous rencontrer ici comme à Saint-Étienne ou ailleurs. Je n'ai rien sur la conscience et ne dois à quiconque ni comptes ni réparations.

– Quelles paroles précieuses et insolentes de votre part ! Vous avez tout de même la mémoire un peu courte ! Par votre faute, j'ai perdu la plus belle fiancée du Valdonnez et le meilleur parti attribué par la noblesse locale. La main de Lucie Mallet, accordée par sa propre mère, m'était due officiellement et vous me l'avez dérobée sans vergogne en public, au vu et au su de tous !

– Nenni, détrompez-vous messire, je n'y suis pour rien si Lucie Mallet a refusé vos faveurs car c'est elle qui a choisi délibérément, avec son père, de renoncer franchement et définitivement à vos égards.

– Alors, Tristan Vallet, expliquez-moi pourquoi Lucie Mallet a jeté son dévolu sur un triste sire de votre espèce, au point de lui faire les yeux doux ? Et devant tout le monde, je vous prie ?

– Messire de Montialoux, permettez-moi de vous signifier primo que je suis un honnête bûcheron et garde forestier, secundo que Lucie Mallet est libre de ses choix et de ses actes, et enfin, tertio, vous n'y pourrez rien changer, c'est ainsi.

– Ah, d'accord, vous défendez ses torts avec arrogance et vous les acceptez ! Qui d'autre que vous peut lui apporter assistance dans son projet éducatif ? Avouez que si Lucie Mallet a obtenu un poste d'enseignante à Saint-Étienne c'est de votre propre initiative, pour vous rapprocher d'elle une fois pour toutes.

– Messire de Montialoux, vous vous méprenez sur toute la ligne ! D'après son père et la mère supérieure de la Providence, l'abbé Ribourel et monseigneur de Choiseul-Beaupré, l'évêque de Mende, Lucie Mallet a bien choisi en son âme et conscience de devenir maîtresse d'école et de sa propre et entière volonté.

– Tristan Vallet, vous n'êtes pas sans savoir que dans notre honorable et noble famille les jeunes filles ne travaillent pas et obtiennent tout ce qu'il est en notre pouvoir de leur donner. Or Lucie Mallet est une jeune et riche bourgeoise qui ne fait déjà plus partie du tiers état et peut accéder facilement au titre de comtesse si elle le désire. Et moi, Gilles de Montialoux, je suis en mesure de lui offrir toutes les richesses permises et de faire ses quatre volontés, alors que vous, Tristan Vallet, vous n'êtes qu'un pauvre et rustre ouvrier journalier issu du plus bas de l'échelle du tiers ordre. Comment une jeune et jolie personne comme Lucie Mallet peut-elle porter ses yeux et son attention sur les gars du village et plus particulièrement sur un bûcheron tel que vous ? Et pourquoi veut-elle consacrer sa vie entière aux enfants du Valdonnez et les instruire ? C'est déjà assez d'élever les siens et de les supporter !

– Mais, monsieur le comte, vous êtes jeune, et vous n'en avez point ! Vous avez tout un avenir brillant devant vous et de nobles partis que l'on vous proposera. Vous n'aurez que l'embarras du choix : les jeunes filles gévaudanaises et celles de France et de Navarre ne sont pas en reste et se présenteront à vous sans tarder. Ne désespérez pas !

– Tristan Vallet, vous n'avez rien compris ! J'aime à me damner pour elle Lucie Mallet et je veux l'épouser coûte que coûte, envers et contre tous ! Plus on veut me persuader d'y renoncer, plus je m'accroche à cette volonté. Je ne supporterai jamais cette idée que quelqu'un d'autre me concurrence et me ravisse ma fiancée, dussé-je le provoquer en duel pour la reconquérir.

– Messire de Montialoux, sans vous offenser, je tiens à vous signaler que les duels sont interdits maintenant par nos bons rois et que cet esprit de revanche vindicative vous apporterait plus d'hostilité que de quiétude et ne résoudrait rien. De plus, vos proches vous traiteront d'enfant gâté et vous rappelleront à la dignité, à l'ordre et aux valeurs morales et religieuses établies pour vous faire entendre raison, et vous rendre à l'évidence de la réalité ; autrement dit, renoncer à un bonheur impossible, à convoiter l'amour d'une jeune fille sans partage, fusionnel et sans consentement mutuel.

– Ah ! Nous y voilà ! Je n'aurais jamais imaginé recevoir de vous de sages et raisonnables conseils. Mais venons-en au fait : que faites-vous devant la cure de l'église de l'abbé Peytavin ? Avez-vous l'intention de confesser vos fautes ou de vous marier, et avec qui êtes-vous fiancé ?

– Messire de Montialoux, sur les conseils de mon honorable mère, je dois effectivement rencontrer et m'entretenir avec l'abbé Peytavin. Par contre, en ce qui concerne l'objet de notre conversation, il relève des secrets de la confession. Et de ce fait, notre entrevue est autant sacrée que secrète. Monsieur le comte, je suis au regret de vous quitter, car le temps presse et je ne saurais le perdre davantage. Adieu, monsieur, prenez soin de vous. »

Sans attendre de réplique de Gilles de Montialoux, Tristan toqua trois coups à la porte de la cure, soulagé de fausser compagnie au comte et à son emprise désagréable, obstinée et pénible.

L'abbé Peytavin, qui avait écouté à leur insu leur conversation intéressante et détaillée, ouvrit tout de suite sa porte sans poser de questions embarrassantes ni déplacées.

Après les hommages d'usage adressés à l'ecclésiastique, patient et bienveillant, Tristan exposa sans ambages sa situation actuelle et ses projets d'avenir avec Lucie Mallet. L'abbé Peytavin l'écouta attentivement sans l'interrompre. Enfin, Tristan lui demanda posément :

« Monsieur l'abbé, quelles sont vos impressions sur notre relation actuelle ? Nous nous sommes fiancés et nous projetons de nous marier à Pâques devant Dieu et les hommes. Quels sont vos véritables sentiments et vos conseils à nous apporter afin de mener à bien et à son terme notre union légitime dans les plus brefs délais ?

– Mon fils, je comprends et je partage vos sentiments profonds, francs et sincères. Or, votre situation actuelle, quoique attachante et romantique, devient très délicate. Connaissant mieux que quiconque le comte Gilles de Montialoux, dont les propos violents sont venus jusqu'à mes oreilles, derrière la porte de la cure, en résonnant fortement, je doute qu'à l'annonce de la date fixée de vos épousailles, il apprécie votre engagement et surtout le fait de lui avoir dérobé sous ses yeux sa prétendue fiancée. Pour ne rien vous cacher, le jeune comte est fou amoureux jusqu'à l'obsession de Lucie Mallet. Enfant têtu et gâté, obstiné et déterminé, il est prêt à tout pour arriver à ses fins, quitte à mettre sa vie et celle d'autrui en danger, malgré les mises en garde de sa famille, essayant avec respect de le ménager et de modérer son humeur et ses ardeurs versatiles et intempestives.

– Oui, monsieur l'abbé, nous en avons déjà fait les frais, ma famille et moi. Gilles de Montialoux voulait me provoquer en duel. Mais ce ne sont que des paroles provocatrices, des menaces en l'air qui n'aboutissent ni ne se réalisent pas. Pourtant, je n'aurais jamais cru que le comte se soit épris à ce point de Lucie Mallet : je pensais plutôt qu'il était intéressé par sa dot qu'il savait conséquente.

– Eh bien non, mon fils, Gilles de Montialoux, malgré ses défauts, est bel et bien amoureux de l'unique fille des épiciers et compte de ce fait, d'ici peu, fonder une famille avec elle pour assurer la descendance de la baronnie de Chavagnac de Tournel de Montialoux.

– Mais, monsieur l'abbé, Lucie Mallet ne l'aime pas et a refusé ses avances en public devant les Stéphanois et les Valdonnéziens lors de la foire de printemps. Elle m'a choisi moi comme l'élu de son cœur, l'homme de sa vie.

– Mon fils, cette situation serait moins compliquée si Mme Mallet n'avait pas donné son consentement et encouragé le comte à séduire sa fille à plusieurs reprises.

– Au point de la condamner à se cloîtrer à vie par dépit et à se laisser mourir. La mère supérieure de la Providence, compréhensive et conciliante, a refusé cette décision. C'est la raison pour laquelle aujourd'hui ses parents sont allés expressément la chercher : Lucie rentre ce soir définitivement avec eux et va sans tarder occuper son poste d'enseignante aux côtés de l'abbé Ribourel, avec l'appui de l'évêque de Mende, pour mener à bien et du mieux possible son projet éducatif au plus près des enfants du Valdonnez.

– Dans ce cas, mon fils, laissez couler le temps qui guérit bien des maux et apaise les esprits. Dans six mois, après la Pentecôte, Lucie Mallet et vous vous pourrez envisager l'avenir avec espoir et sérénité, et unir vos vies avant l'été, si Dieu le veut et l'autorise, avec sa miséricorde, et efface la moindre discorde dans les âmes mal intentionnées. Venez me rendre visite à la fin mars, je vous ferai connaître mon opinion sur l'évolution des événements et la conduite à tenir pour la célébration éventuelle de votre mariage. D'ici là, soyez patient et ayez confiance en Dieu tout-puissant. Priez et espérez.

– Merci, monsieur l'abbé, d'avoir bien voulu m'écouter et me conseiller avec bienveillance et compassion, objectivité et impartialité. À présent j'y vois plus clair et vais m'armer de patience et de persévérance pour devenir meilleur et tolérant. Je vais faire dire une messe à votre intention et à celle de vos paroissiens : l'abbé Ribourel n'y verra aucun inconvénient et nous prierons pour vous. Au revoir, monsieur l'abbé, prenez soin de vous et portez-vous bien.

– Que Dieu vous garde, toi et ta fiancée. Je prierai pour vous. Va, mon fils, et sois prudent. »

Tristan, conforté par la confiance et l'espoir que lui avait inspirés l'ecclésiastique, ne put dissimuler sa joie et la fit partager à son cheval tout au long du chemin du retour. Sensible aux paroles de son maître, heureux, Joyeux agitait ses petites oreilles et trottait sur la route fier comme Artaban. Il eut droit à une gâterie devant la fontaine de Bagnols : dans sa besace en bandoulière, Tristan avait toujours deux ou trois pommes reinettes qu'il réservait à ses chevaux ; ils firent rapidement une pause goûter, burent à l'eau fraîche de la fontaine et, désaltérés, ils firent le chemin à l'envers, de Bagnols-les-Bains au plateau du Masseguin, traversèrent la forêt, dévalèrent la pente jusqu'à Vitrolles, en suivant les lacets vertigineux du sentier, serpentant contre la falaise rocheuse et accidentée de la montagne boisée, et arrivèrent enfin dans la plaine de Lanuéjols, encore visible malgré le coucher de soleil déjà commencé et finissant aux Terres Bleues, inondées d'un clair-obscur agréable à Joyeux et son maître, leur permettant de trotter tranquillement sans encombre jusqu'à Langlade, où quelques personnes s'apprêtaient à entrer dans la taverne de l'Auberge, comme tous les dimanches soir. Tristan eut le temps de reconnaître quelques-uns des abonnés, les clients et joyeux lurons des paroisses environnantes un peu fêtards et privilégiant les beuveries entre gars de villages. En passant près d'eux, leur souriant et s'éloignant, ils eurent beau le héler pour qu'il se joigne à eux, Tristan, l'air amusé et décidé, n'avait qu'une idée en tête : arriver à Saint-Étienne et s'assurer que Lucie était bien rentrée. Pour ce faire, sur sa lancée, Tristan talonna son étalon alezan : ils contournèrent le village de Langlade et attaquèrent la côte sinueuse et étroite agrippée au versant de la colline jusqu'au plateau de Varazoux, où les vaches de Gérard rentraient, la panse alourdie et le pis bien rempli, tandis que les brebis de Martin, repues et déshydratées, se hâtaient vers les abreuvoirs et la bergerie. Tristan salua les bergers et leur souhaita le bonsoir. « Le truc de Balduc », imposant comme un pachyderme, mi-éléphant, mi-hippopotame, tel un gardien vétéran du Valdonnez et vigile, bénéficiait encore de lueurs rougeâtres et mordorées des derniers rayons solaires s'attardant sur son sommet et se diluant progressivement en projetant en épis des flammèches orangées, pourpres et dorées, dans les nuées moutonneuses et évanescentes que la tombée de la nuit et le crépuscule allaient absorber dans les abysses de la voûte céleste, enrobée de noir élégant, colorant et effaçant uniformément tout durant son passage, avant de teinter de bleu et de rose, avec l'arrivée de l'aurore, l'azur beige et laiteux annonçant l'aube et enfin le lever incendiaire et éblouissant de l'astre matinal, tel un éternel recommencement entre le lever et le coucher du dieu soleil, ses couleurs, sa chaleur intense, sa pâleur ou sa lumière éclatante, ses reflets miroitants, ses variations et ses jeux de cache-cache derrière les futaies ou les nuages, sa présence ou son absence, au gré du temps et des saisons, ou ses clins d'œil lumineux derrière les montagnes et régnant en maître sur les plateaux arides et les causses désertiques gévaudanais.

Quand Tristan arriva devant la laiterie où régnait une certaine agitation et le four à pain du boulanger, d'où s'exhalaient la bonne odeur des miches et le parfum à la fleur d'oranger des fougasses, la nuit, éclairée de la lune et de l'étoile du Berger, enveloppait déjà de sa fraîcheur crépusculaire et rassurante le village de Saint-Étienne-du-Valdonnez, son village natal et celui de Lucie, sa fiancée désormais. Après avoir déposé et soigné Joyeux dans le box de son hangar, Tristan se précipita vers la rue Droite, très animée devant l'entrepôt de M. Mallet, affairé et dérangé sans relâche par les Stéphanois venus en curieux et nombreux lui poser des tas de questions sur l'installation définitive de sa fille pour instruire leurs propres enfants. Tristan, se souvenant des paroles de l'abbé Peytavin, se fit discret et distant, et remonta sans se faire remarquer dans son quartier, sachant qu'il devait rassurer avant tout sa famille, d'autant plus que Lucie, sa princesse, était au milieu des siens et dormirait dorénavant dans sa chambre, près de son piano et de ses livres, de sa palette, de son chevalet, ses peintures et ses pinceaux, ses plumes et ses papiers, ses encres et ses crayons, de ses affaires personnelles qu'elle chérissait et retrouvait après cinq longs mois d'internat loin du Valdonnez. Tristan se fit la réflexion qu'il fallait laisser Lucie s'installer, se reposer et s'organiser progressivement. En agressant son père de questions indiscrètes et désobligeantes, les Stéphanois manquaient de réserve, de courtoisie, de savoir-vivre et de convenance, et, sans s'en rendre compte, ils risquaient d'alimenter le qu'en dira-t-on des mauvaises langues à l'affût de ragots et de rumeurs nocives.

Mieux valait faire preuve de retenue, de discrétion et de délicatesse, et surtout rester en retrait. Lucie était là, près de lui, c'était l'essentiel et il était le plus heureux des hommes. Aussi décida-t-il de rentrer chez lui et de faire part à ses parents de son immense bonheur, malgré l'effervescence joyeuse qui régnait dans la rue Droite. Les Stéphanois appréciaient les épiciers et se réjouissaient du retour de leur fille : les plus jeunes étaient amoureux de Lucie, de sa beauté naturelle, de ses belles manières respectueuses, distantes et discrètes ; ils allaient de nouveau l'entendre interpréter la « Sonate au clair de lune » et « L'ode à la joie » de Beethoven, les morceaux techniques préférés de Jean-Sébastien

Bach et de Haydn. Même profanes, ces musiques, exécutées par une jeune fille artiste et virtuose originaire de leur village, les enchantaient assurément et chacun rêvait de recevoir ses faveurs, d'autant plus qu'elle avait refusé en public les avances du comte Gilles de Montialoux. Bref, tous les Valdonnéziens se félicitaient avec fierté de revoir l'enfant prodigue et prodige rentrer au pays, cette jeune fille cultivée et érudite qui allait mettre son savoir au service des enfants, avec l'autorisation particulière de l'évêque lui allouant un poste d'enseignante pour les instruire. Qu'importe si les notables de la noblesse de robe, de cape ou d'épée, scandalisés, n'admettaient pas cette décision de la part de monseigneur de Choiseul-Beaupré, comte du Gévaudan, il fallait se rendre à l'évidence, Lucie Mallet ferait une parfaite maîtresse d'école et une merveilleuse épouse dotée de talents et de qualités pluriels. Tristan savait certes tout cela et n'était nullement jaloux ni envieux, bien au contraire, de savoir que tous les Stéphanois aimaient Lucie, sa princesse, pour sa beauté et ses qualités, le rendait de plus en plus fier et reconnaissant, et renforçaient de jour en jour son amour ; il serait le gardien de ses jours, de ses nuits, ferait tout son possible pour ne pas la décevoir et la mériter ; il assurerait en permanence sa sécurité et sa protection envers et contre tous ; encouragerait son projet éducatif et la soutiendrait dans les moments difficiles ou de doute, et tous deux consentants ils partageraient tous les moments et les choses de la vie. Demain soir, si M. Mallet le lui permettait, il demanderait à la voir : il lui renouvellerait son amour, la prendrait dans ses bras, baiserait son beau visage, ses yeux bleus, ses lèvres adorables, son cou et son décolleté offerts, ses petites mains douces et fines de pianiste ; sans se mentir, il avait un besoin organique d'elle et avait constamment envie d'elle, de sentir sur son visage sa bouche, sur sa nuque ses mains, et contre son corps en émoi ses formes généreuses de jeune femme bien faite qui s'abandonnait innocemment à ses caresses répétées. À plusieurs reprises il avait dû freiner ses ardeurs, trouver une échappatoire pour ne pas succomber à la tentation de consommer trop tôt leur liaison et de la transformer en amour charnel et bestial. Dans quatre mois, Tristan aurait vingt et un ans et serait majeur : il ferait sa demande aux Mallet pour officialiser leurs fiançailles en bonne et due forme, selon les convenances d'usage, de façon à unir leurs vies à Pâques ou à la Pentecôte. Tout compte fait, l'abbé Peytavin avait entièrement raison. Lucie et lui avaient toute la vie devant eux, il ne fallait pas brûler les étapes mais laisser du temps au temps et espérer.

Après avoir discuté de ses projets d'avenir en partageant le souper dominical avec ses proches, Tristan accepta, malgré la fatigue, de faire quelques parties de jeu de l'oie, de petits chevaux et de dominos avec Victor et Anne, pour leur faire plaisir, avant d'aller se coucher. Cependant, Tristan, sentant des picotements sur ses paupières lourdes, dut renoncer aux parties de 7 familles, ne pouvant plus fixer son attention sur les cartes et jouer sérieusement. Il entendit pourtant Victor lui dire avec malice : « Dans la famille Mallet, je voudrais Lucie pour Tristan, son fiancé exténué. Je ne savais pas que les rendez-vous galants fatiguaient autant mon frère aîné ! » Ils éclatèrent de rire, s'embrassèrent et allèrent se coucher.

Pendant ce temps, quelque part en Europe, un officier et écrivain français de vingt-sept ans, Pierre Choderlos de Laclos, passait son temps libre à écrire non pas ses Mémoires de guerre mais réfléchissait à la manière de traduire de façon incisive le cynisme et la perversité des « liaisons dangereuses » de son siècle libertin, pris dans un tourbillon de mœurs dépravées, immorales et inconséquentes, afin de prévenir les jeunes filles influençables et leurs familles de la dangerosité de l'emprise et de l'influence compromettante d'éventuels séducteurs, redoutables prédateurs sexuels perfides et pervers. Ne ménageant ni ses efforts de recherche, ni sa peine, à force de constats, de travail et de pugnacité, avec sa plume prolixe (et la volonté téméraire du chevalier Danceny dans ses lettres à Mlle Cécile de Volanges), il fit éditer et publier ses deux chefs-d'œuvre qui allaient être vulgarisés en 1782 et 1783, à savoir « Les liaisons dangereuses » et « De l'éducation des femmes » (un vrai traité moral !). Il est certain que dans les familles aristocratiques du siècle des Lumières plus ou moins aisées, les jeunes filles mineures et fragiles étaient déjà convoitées et courtisées dès la sortie de leur institution religieuse, entre quinze et dix-huit ans, telles des cibles potentielles, voire des proies faciles et de choix pour les séducteurs en herbe. Pierre de Laclos l'a bien compris et a parfaitement analysé les faits sociétaux de son époque. A-t-on tiré les leçons de prévention et d'éducation qu'il donne afin d'éradiquer dès les prémices d'une tentative de séduction douteuse, autrement dit de la détruire dans l'œuf, à l'horizon de son apparition, avec tous les méfaits toxiques et dévastateurs qu'elle implique dans une famille et les conséquences nuisibles aussi dramatiques, psychologiques et tragiques qu'elle engendre dans toutes ces vies souillées et détruites ?

Toujours est-il que dans les provinces agricoles du XVIIIe siècle, encore inféodées et administrées par les seigneurs locaux, les mariages d'arrangement, d'intérêt et de raison entre nobles ou bourgeois, entre riches fermiers ou métayers, où les dots et les profits étaient de mise et monnaie courante, se négociaient dans et grâce à la corbeille des mariées et au contenu des cassettes, et pas des moindres, celles des plus fortunés des notables titrés.

En revanche, dans les familles paysannes agricoles gévaudanaises, quand deux d'entre elles s'unissaient, tout était pesé, mesuré, compté d'avance en biens, en meubles, en terres, en parcelles, en champs de céréales, en bêtes et en prés, bref en propriétés et en chiffre d'affaires, avec à l'appui recettes et bénéfices effectués à faire fructifier et à pérenniser. Autrement dit, on mariait à coups de livres et de sols deux familles et non deux êtres consentants. Pendant que les gros bourgeois enrichis spéculaient en Bourse dans les villes sur les fluctuations du commerce et du marché financier, les petits-bourgeois provinciaux des campagnes du royaume, travailleurs et économes, trimaient et stagnaient, plus ou moins vieux et frustrés. Toutefois, certaines familles issues du tiers état semblaient faire exception aux règles établies et même de la résistance. Les nouveaux couples qui se formaient s'affranchissaient des décisions parentales ancestrales et traditionnelles, volant de leurs propres ailes et comptant vivre des fruits de leur travail journalier et partager librement leur vie et leur destinée. Tel était le cas de Lucie Mallet, qui allait exercer sous peu le métier de maîtresse d'école rémunéré en haut lieu par le clergé, et de Tristan Vallet, qui occupait le poste de bûcheron et garde forestier dans le Valdonnez. Tous deux refusaient de profiter de la dot de Lucie, concrétisée par les économies réalisées avec efforts et abnégation par ses parents : ceux-ci en auraient largement besoin pour assurer leur retraite bien méritée et leurs vieux jours avec certainement leurs petits-enfants. Ainsi raisonnait Tristan tout en repartant travailler dans les bois avec son père. Il savait que sa princesse était en train de ranger ses affaires, installée définitivement à Saint-Étienne chez ses parents, et s'apprêtait à occuper son emploi d'enseignante à la cure du village. Il avait hâte de la retrouver en fin de soirée dans l'entrepôt de l'épicerie. Et le travail aidant, il ne vit pas le temps passer. Aussi, une fois le repas du souper avalé, il se changea rapidement, mit de l'ordre dans sa chevelure brune, s'aspergea de l'eau de Cologne si précieuse, odorante et prisée par la gent masculine et dévala quatre à quatre la rue pentue menant à la rue Droite avec, dans sa musette, quelques cèpes et plusieurs girolles fraîchement cueillis de la veille et nettoyés. Lorsqu'il frappa trois coups légers à la lourde porte, qui s'ouvrit aussitôt, il eut la désagréable surprise de trouver en face de lui et nez à nez Mme Mallet avec un air de deux airs indéfinissable et inquiétant. Sans perdre la face ni se démonter, Tristan trouva rapidement les mots motivant sa visite impromptue en s'excusant :

« Madame Mallet, je vous prie de bien vouloir pardonner ma venue tardive. Or, j'avais promis à votre époux de vous offrir quelques champignons prêts à cuire. C'est la raison pour laquelle je viens vous déranger. Il est tard, veuillez m'excuser.

– Un instant, mon garçon, j'aimerais que vous m'éclairiez sur les rapports que vous entretenez régulièrement avec ma fille depuis un mois. La mère supérieure de la Providence m'a effectivement fait part de vos visites furtives à Lucie avec l'autorisation de M. Mallet et de l'abbé Ribourel, à mon insu. L'avez-vous courtisée et séduite au point de l'influencer et de l'endoctriner ? Car elle ne parle que de vous !

– Madame Mallet, que voulez-vous savoir d'autre que vous ne connaissez déjà, si ce n'est que vos suppositions sont tout à fait erronées ? Votre époux, désespéré, a fait appel à moi pour rassurer votre fille et la dissuader de se cloîtrer à vie à la Providence. Je ne l'ai ni courtisée ni séduite : c'est elle qui m'a choisi. Or nous nous aimons et nous nous sommes fiancés. Au mois de janvier, j'aurai vingt et un ans et j'ai l'intention de vous demander la main de Lucie en bonne et due forme. Notre amour est fusionnel : nous voulons unir nos vies.

– Sachez, jeune homme, que notre fille est mineure et qu'elle est toujours à notre charge. Nous sommes responsables de sa destinée et de son avenir.

– Madame Mallet, je comprends que l'éducation parentale de Lucie vous préoccupe encore et c'est tout à votre honneur. En revanche, votre fille a le droit d'avoir une vie sentimentale et de bâtir des projets d'avenir.

– Et vous n'avez rien trouvé de mieux, jeune homme, que de fourrer dans l'esprit de Lucie un projet éducatif absurde pour se débarrasser de ses obligations filiales en fuyant mes propositions raisonnables la mettant à l'abri du besoin et des convoitises populaires ?

– Madame Mallet, je ne vous apprendrai pas que j'ai essayé du mieux possible de raisonner votre fille, mais elle n'a rien voulu savoir à ce sujet. Et, de sa propre initiative, elle a décidé de mettre au service des enfants du Valdonnez ses connaissances et son savoir. C'est ainsi, vous n'y pourrez rien changer. Monseigneur de Choiseul-Beaupré approuve et autorise Lucie à enseigner les disciplines fondamentales et élémentaires à la population enfantine auprès de l'abbé Ribourel à la cure de Saint-Étienne dans les plus brefs délais. Dans le même esprit novateur, nous mettrons tout en œuvre pour que son projet éducatif aboutisse et porte ses fruits. À mon avis, le métier d'enseignante est le plus beau métier du monde. Qu'en pensez-vous, madame Mallet ?

– Ce que j'en pense, Tristan Vallet, c'est que vous allez vite en besogne et droit dans vos bottes. Pour un simple bûcheron, je vous trouve trop sûr de vous et bien imbu de votre personne, tout en étant issu du plus bas de l'échelle du tiers état. Vous n'êtes pas de notre monde !

– Madame Mallet, je n'ai aucune honte d'être issu du tiers ordre et je suis fier d'être ouvrier journalier, un travailleur utile et reconnu dans le Valdonnez, n'ayant rien à me reprocher si ce n'est de me mettre au service des Stéphanois. Madame, pardonnez-moi si je vous ai offensée. Dorénavant, je ne viendrai plus vous importuner. Dormez en paix. »

Et Tristan, la rage au cœur, les larmes aux yeux, gravit sans rien voir, sans rien entendre, la côte menant à son quartier. Prétextant la fatigue, sans rien laisser paraître de son infortune, Tristan se réfugia dans sa chambre et se jeta sur son lit tout habillé, donnant libre cours à sa peine avec de gros sanglots enfin libérés, plus malheureux que déçu par l'attitude inhumaine et méprisante d'une mère autoritaire et sans cœur.

Pourtant, sans s'en douter, Tristan allait manquer à son avantage le dernier épisode de son entrevue avec Mme Mallet. Effectivement, Lucie et son père, ayant entendu ses propos sectaires et cyniques à l'encontre de Tristan, intervinrent alors qu'il quittait précipitamment l'entrepôt sans pouvoir le retenir ni le suivre. Pour la première fois de sa vie, M. Mallet, révolté et excédé, s'emporta et fit éclater sa colère, pendant que Lucie, épouvantée, regagnait sa chambre, incapable de réagir, comme tétanisée par l'altercation violente et explosive qui ne faisait que commencer entre son père et sa mère. Le courroux de M. Mallet était tel que Mme Mallet ne put placer une seule parole justificative ni une réponse plausible ou crédible lorsque son époux, furieux, hurla sans détour, faisant presque trembler les parois de l'entrepôt, projetant les échos de sa voix sonore :

« Alors, madame Mallet, êtes-vous satisfaite de vos échanges ignobles et sans vergogne avec la personne la plus noble ayant le tort de rendre souvent service, au point de prendre des risques considérables à l'égard de notre famille, au péril de sa vie et pour notre bien ? Eh oui, ce jeune homme probe et courageux, vous l'avez bafoué et outragé, de même sa famille dont tous les Stéphanois reconnaissent et respectent la réputation sans faille et avérée. Lucie, notre fille, aime ce jeune homme honnête et travailleur : leurs sentiments à tous deux sont réciproques et consentis. Avec mon soutien et la bénédiction de la mère supérieure de l'institution, Lucie et Tristan se sont fiancés dans la chapelle de la Providence, recommandant leur amour naissant à

Dieu. Il ne manque plus que mon accord pour fixer la date de leur mariage que nous célébrerons à Pâques ou à la Pentecôte en l'église de Saint-Étienne, unissant avec bonheur la famille Vallet à la famille Mallet. Que cela vous plaise ou non, votre avis quelconque n'a aucune valeur ! Il y a trop longtemps que votre tempérament autoritaire, ambitieux et malveillant m'exaspère ; je ne puis supporter davantage l'emprise implacable et inflexible que vous exercez sans cesse et sans pitié sur notre fille en la privant de liberté. En tant que chef de famille, j'exige que vous la laissiez s'installer tranquillement et librement à la cure et se consacrer à ses fonctions de maîtresse d'école, dans la quiétude et la sérénité nécessaires à son bon fonctionnement, au lieu de lui mettre sans arrêt des bâtons dans les roues ! Je vous somme de laisser Lucie décider par elle-même de la marche à suivre et de lui faire entièrement confiance. Elle a la volonté et le pouvoir d'assumer ses actes, car elle se sait libre et responsable, et s'engage à se rendre utile au sein de la société actuelle, en occupant un poste d'enseignante auprès des enfants valdonnéziens qu'elle désire avant tout instruire. Notre fille va exercer le plus beau métier qui soit : l'instruction du peuple, autrement dit l'accès à la connaissance et au savoir. Dès demain matin, nous procéderons à son déménagement d'affaires didactiques et de fournitures scolaires, dont encres, papiers, plumes, ardoises et craies, et manuels élémentaires pour que Lucie commence à faire sa rentrée des classes en ce début d'octobre 1768 dans les meilleures conditions possibles : c'est le projet qui lui tient le plus à cœur. Elle doit le réaliser et le faire aboutir brillamment. Pour ce faire, nous devons tous l'accompagner en apportant chacun notre soutien, notre contribution à son installation expresse et la meilleure. De plus, en bon père de famille, je vais de ce pas rendre visite à la famille Vallet pour deux raisons valables : d'abord, remercier Tristan, en réparant votre piteuse ingratitude humiliante à son encontre et présenter vos regrets obligés de repentance, et déclarer officiellement les fiançailles de Tristan et Lucie, et leurs projets de mariage. Je ne vous demande pas de m'accompagner, je connais le chemin ! »

Ainsi fut fait ! Dans sa lancée, M. Mallet laissa son épouse, interloquée et pantoise, impuissante et décontenancée, et se dirigea, déterminé, vers le quartier haut. Il fut reçu chaleureusement par Marie Vallet :

« Quel bon vent vous amène, monsieur Mallet ?

– Madame Vallet, je viens tout d'abord chez vous présenter mes hommages et remercier Tristan pour ses offres de champignons. Ses délicates attentions nous font toujours autant plaisir ! Or, mon épouse n'a pas su comme il se doit le recevoir en conséquence et lui a fait des reproches très désobligeants. Aussi, je tenais non seulement à vous adresser ses excuses mais encore à vous révéler les raisons de ces remontrances infondées et injustifiées à son égard.

– Installez-vous, monsieur Mallet, et dites-nous tout.

– J'aimerais autant que possible que le principal intéressé, Tristan, que j'estime beaucoup, soit présent, car il vient d'être victime d'une injustice inqualifiable que je voudrais réparer sur-le-champ. Voulez-vous aller le chercher ? »

Marie s'exécuta pendant que l'épicier s'asseyait près de M. Vallet, qui disposait sur la table une bouteille de vin de noix, de l'alcool de prune, des cerises à l'eau-de-vie et des petits verres à liqueur, sous les yeux ébahis et admiratifs de Victor et d'Anne, heureux et très fiers à la fois d'être témoins de la scène déterminante et décisive qui allait se dérouler devant eux délibérément.

Tristan, déstabilisé et réfugié dans sa chambre, avait entendu les paroles rassurantes de M. Mallet et essayait malgré tout de se ressaisir, non sans mal, car le mal venant de la bouche de Mme Mallet était fait.

Marie trouva son fils aîné fatigué, déçu et même changé depuis son retour de la rue Droite. Jamais Tristan n'avait subi une telle humiliation de la part d'une femme et précisément de la mère de sa fiancée : il pouvait tout entendre des uns et des autres, mais venant de Mme Mallet méprisant son statut d'ouvrier journalier issu du tiers état, cela avait enfoncé désormais la lame dans la plaie, s'employant à l'enraciner au point de ne jamais pouvoir se cicatriser, malgré les excuses sincères et proclamées de M. Mallet l'attendant patiemment dans la salle à manger, où les siens guettaient son entrée. C'est avec la mine défaite et les traits tirés que Tristan fit sa triste apparition au milieu des siens, intrigués, et de

M. Mallet, remarquant son profond désarroi affiché. Alors, n'en pouvant plus, l'épicier vida son sac et raconta tout depuis le début sans ambages, allant jusqu'à maudire sa femme et enfin prendre les bonnes décisions qui s'imposaient pour mettre un terme à son emprise infernale et nocive, et ses conséquences désastreuses et directes sur sa propre fille. Il cita et détailla ses différentes interventions grâce à l'aide précieuse de Tristan à la Providence pour rassurer et récupérer sa fille, et sa fidèle coopération jusqu'à son heureux dénouement.

« Mes chers amis, articula M. Mallet avec émotion, si Lucie a pu intégrer Saint-Étienne et retrouver la joie de vivre et se projeter dans l'avenir avec optimisme, elle le doit à un seul homme, celui qu'elle aime et qu'elle a choisi en son âme et conscience, c'est Tristan, votre fils, que je considère aussi comme le mien au sens providentiel, car c'est l'époux idéal dont rêvent toutes les jeunes filles. En revanche, je déplore l'ingratitude et l'humiliation que Mme Mallet vient de faire subir à Tristan tout à l'heure. Lucie et moi, témoins, nous avons entendu les propos avilissants et méprisants de mon épouse à l'encontre de Tristan et sommes autant choqués que scandalisés. L'état moral et psychologique de Lucie m'inquiète : elle regrette même sa vie d'internat, calme, douce et sereine, et redoute de nouveau de cohabiter avec sa mère, dont la folie des grandeurs, nourrie d'ambition utopique et d'orgueil narcissique, d'envies inaccessibles et irréalisables, pour elle comme pour sa fille, persiste de manière répétitive et maladive, et frise l'obsession pathologique. C'est la raison qui m'anime et qui m'amène chez vous, en faisant appel à vos services charitables pour assurer le déménagement complet des affaires et du mobilier personnels de Lucie à la cure de la paroisse, bref, de prêter main-forte à cette nouvelle installation. Plus tôt Lucie dispensera son enseignement et ses leçons, plus tôt elle retrouvera son état normal, son allant et son indépendance au milieu des enfants et sous la protection assurée de l'abbé Ribourel, combien bienveillante et rassurante. Pour ne pas précipiter les choses, j'ai avisé Mme Mallet de toutes mes prédispositions, avec l'assentiment de Lucie : à présent, mon épouse est au courant de tout et si Tristan veut toujours obtenir la main de notre fille, moi, M. Mallet, en tant que chef de famille, je suis fier de la lui accorder dans les plus brefs délais. Nous pourrions officialiser leurs fiançailles dimanche prochain et fixer la date de leur mariage entre les fêtes de Pâques et celles de la Pentecôte. Qu'en pensez-vous ? »

En guise de réponse, on entendit frapper trois coups légers à la porte. Marie ouvrit aussitôt et reçut de plein fouet une ombre bleue tout en voiles de rubans et de dentelles, affolée, apeurée et pressée de rentrer.

« Madame Vallet, puis-je rencontrer votre fils d'urgence ? Ma mère est entrée dans une folie furieuse et mon père a déserté la maison : Mme Mallet menace de me faire interner au carmel de Mende. Je me suis sauvée et je ne sais où me réfugier, car j'ai peur !

– Lucie, ne vous inquiétez pas, votre père est là, vous ne risquez plus rien céans. Approchez-vous de la cheminée pour ne pas prendre froid. Antoine, ajoute une grosse bûche dans l'âtre et attise le feu. La demoiselle est morte de peur et de froid. Tristan, prépare un verre d'alcool fort de prune avec un doigt d'eau-de-vie. »

À la vue de Lucie, effrayée et toute tremblante dans sa jolie robe bleue de madone, Tristan l'invita à s'asseoir près de lui, réchauffa ses mains froides dans les siennes et lui présenta le mélange d'alcool fort qu'elle but d'un trait, sous les yeux médusés et émerveillés de Victor et d'Anne regardant avec un brin d'admiration voulue leur future maîtresse d'école qui, peu à peu, retrouvait des couleurs et le sourire en compagnie de son fiancé et de sa nouvelle famille. Antoine et M. Mallet engageaient déjà la conversation sur l'organisation et le nombre de tous les membres recrutés éventuels devant participer au déménagement du mobilier, des affaires et du matériel didactique nécessaire à l'installation immanente, fixée au lendemain matin, à la cure, en nombre de bras puissants et robustes, car il faudrait soulever literie, armoire, secrétaire et piano, table et chaises, manuels, livres de contes, de fables et fournitures scolaires diverses, et transporter le tout depuis la rue Droite jusqu'à la place de l'église à bout de bras. Marie, ravie, contemplait sa famille avec plaisir, Lucie et Tristan rassérénés et heureux, Victor et Anne qui piquaient dans le bocal des cerises à l'eau-de-vie, pendant qu'Antoine, son époux, revigoré et transfiguré, conversait joyeusement avec M. Mallet des projets d'avenir de leurs enfants, de leur réalisation et de leur aboutissement positif dans l'immédiat. La réunion de leurs deux familles semblait les enchanter, leur donner des idées nouvelles, des projets solidaires à bâtir entre amis. Quant à Lucie et Tristan, ils savouraient leurs retrouvailles : c'était décidé, ils se retrouveraient tous les soirs après leur journée, libres et indépendants, pour se raconter quelques moments privilégiés et partager enfin leur intimité loin des regards indiscrets. Bien entendu, elle partagerait encore les repas avec ses parents mais gagnerait progressivement son indépendance et toutes ses libertés avec, pour aboutissement, ses épousailles avec le seul homme de sa vie, son bel amour, avec lequel elle voulait fonder une vraie famille aimante.

Pour profiter tous ensemble de cette soirée pas comme les autres et attendrissante, Marie alla chercher dans la cuisine, puiser dans sa réserve le panier rempli de bugnes restantes de dimanche et, dans le cellier, une bouteille de jus de pomme, les mit sur un plateau avec sept verres et les disposa sur la table de la salle à manger, où tous les invités s'étaient rassemblés. Pour la première fois de sa vie, Lucie savourait une vraie réunion de famille où tout le monde partageait un vrai moment de bonheur autour de la même table. On dégusta les bugnes, on but le jus de pomme ; Lucie demanda et obtint la recette de cette spécialité gévaudanaise. On termina la collation par un bon vin de noix fait maison et, le temps passant, on dut à regret se séparer. Lucie embrassa avec effusion sa nouvelle famille ; M. Mallet serra chaleureusement les mains et Tristan raccompagna sa fiancée et son futur beau-père, satisfait, jusqu'à l'entrepôt en prenant soin d'envelopper de sa veste les épaules frêles et peu couvertes de sa fiancée, et de guider ses petits pieds dans la descente caillouteuse et sombre de la rue étroite. Une fois parvenus sur le perron, Tristan prit Lucie dans ses bras, la serra amoureusement contre son corps souple et chaud, la couvrit de baisers brûlants et fougueux, et, prenant avidement ses lèvres une dernière fois, lui murmura dans un souffle à l'oreille :

« Lucie, ma belle aimée, si je m'écoutais je t'aimerais toute la nuit !

– Tristan chéri, nous avons toutes la vie pour nous aimer, toutes les nuits que Dieu fera pour nous.

– Dans ce cas, Lucie, ma chérie, à demain donc. Viens chez moi avec ton père. D'ici là, repose-toi : la nuit nous appartient, elle veille sur nous et sur notre amour.

– Ce qui me rassure, Tristan, c'est que je vais m'endormir non loin de toi, en attendant de dormir définitivement dans tes bras. C'est surtout toi et toi seul qui veilles sur moi et qui me protèges jour et nuit. Et, confiante et reconnaissante à ton encontre, je m'abandonne et me fie à cette intime pensée.

– Bonne nuit, Lucie, ma belle aimée, je partage aussi ton sentiment. Je serai toujours avec toi, près de toi dans tous les moments de la vie. Sache, ma princesse, que mon amour t'accompagne jour et nuit. »

Et les deux fiancés s'étreignirent une dernière fois avant de s'accorder quelques heures de sommeil.

La nuit fut courte. Comme prévu, les Stéphanois unirent leurs bras, leurs muscles et leurs forces pour procéder au déménagement de leur protégée qui allait devenir la maîtresse d'école de leurs enfants. Dans le Valdonnez, les populations des paroisses avoisinantes étaient fières d'avoir enfin une enseignante qui allait ainsi instruire le peuple, comme le prônaient les philosophes des Lumières dans *La Gazette de France*. Et elles en eurent confirmation fin décembre, lorsque les enfants scolarisés apportèrent leurs notes et leurs bons points à la maison avant les fêtes de Noël. L'abbé Ribourel fit un rapport concret, positif et favorable sur l'assiduité de son enseignante, sur la fréquentation des élèves et les bons résultats obtenus à la fin du trimestre à monseigneur de Choiseul-Beaupré, qui apprécia et salua l'excellence de ce projet éducatif éradiquant l'ignorance et la superstition. Effectivement, si l'abbé Ribourel enseignait la religion chrétienne avec le seul objectif de sauver les âmes, Lucie Mallet, dans l'esprit du courant humaniste des philosophes des Lumières, consacrait ses journées à former des « têtes bien faites plutôt que bien pleines » à la manière de François Rabelais dans sa trilogie, sans toutefois négliger les *Contes* plus récents de Charles Perrault et les

Fables de Jean de La Fontaine, dont les enfants sont si friands en fin de journée, ainsi que les poèmes plus anciens des poètes de la Pléiade tels Pierre de Ronsard, Joachim du Bellay, Clément Marot ou François Malherbe. Bref, les écoliers se nourrirent des connaissances littéraires, mathématiques, scientifiques, historiques, géographiques et esthétiques, où le dessin, la peinture, le chant, les travaux manuels, dont le modelage de la terre glaise argileuse et les collages de papier, de tissus, de coquillages ou de fleurs séchées, d'épis de seigle ou de blé sur écorces fines rapportées et le bricolage trouvaient preneurs aussi bien chez les petites filles que chez les petits garçons qui travaillaient en ateliers. Lucie promettait d'exposer les œuvres d'art de ses élèves le premier jour de l'été, afin d'encourager l'imagination créatrice de chacun et de la pérenniser. Pour enrichir leurs connaissances et leur savoir, ou avoir des renseignements supplémentaires, la bibliothèque de l'abbé Ribourel, enrichie des ouvrages divers de Lucie, restait ouverte et à leur disposition.

Tristan se réservait le droit et le plaisir d'emmener les enfants en classe découverte pour leur décrire la flore sauvage printanière afin de leur faire connaître les bienfaits des « simples médicinales » et la beauté singulière des jonquilles, des jolies violettes, des narcisses des poètes au parfum enivrant et entêtant ou la pureté des marguerites à effeuiller ; leur faire distinguer parmi tant d'autres en été les belladones, bourrées d'atropine, les ombellifères de ciguë ou les grosses grappes des digitales pourpres contenant toutes trois des alcaloïdes toxiques, autrement dit de véritables poisons, même si les écoliers connaissaient déjà la toxicité des calices roses des colchiques, à ne pas cueillir, ou la douceur apaisante de l'eau de bleuet et le rouge éclatant des coquelicots parasitant dans les champs de blé ou le bleu des muscaris dans les prés en été. Bref, les enfants ramassèrent et cueillirent des échantillons de plantes, de fleurs, de feuilles d'arbres caducs, simples ou composées, pour constituer des herbiers originaux individuels et collectifs, les étudier, les dessiner ou incruster leurs contours et nervures sur l'argile fraîche ocre et mouillée. On chercha, on trouva des fossiles d'animaux préhistoriques, témoins des premiers temps du paléolithique, et on fit d'importantes collections en parcourant les versants des Terres Bleues, les éboulis des monts entourant Lanuéjols et le Valdonnez. Lucie en profita pour parler de l'âge de pierre, de l'âge du néolithique et de la pierre polie jusqu'à l'âge des métaux et les habitats des hommes vivant de la pêche, de la chasse, de la cueillette jusqu'à la découverte des minerais et de l'agriculture. Elle souligna que certains artistes parmi ces hommes préhistoriques avaient gravé des peintures rupestres sur les parois de leurs grottes, de véritables scènes de chasse, à l'aide de couleurs naturelles tels l'ocre et le noir ; d'autres avaient dressé des menhirs telles des pierres plantées ou des dolmens en forme de tombes funéraires ; et que, grâce au feu allumé par le frottement de deux silex, non seulement ils éloignaient les bêtes sauvages à l'entrée de leurs cavernes, mais ils faisaient aussi cuire les aliments et les femmes tannaient les peaux des animaux tués pour se protéger des rigueurs de l'hiver.

Au cours de ces classes vertes, si Lucie était intarissable sur la préhistoire, Tristan, qui accompagnait avec joie les enfants, l'était tout autant également sur la flore existante et l'écologie, d'autant plus qu'il partageait le bonheur réciproque d'être souvent avec elle. De sorte que les Valdonnéziens avaient coutume de voir souvent Tristan et Lucie ensemble avec les enfants. De plus, à la fin de ses journées dans les bois, le jeune homme ne manquait pas d'aller attendre Victor et Anne à la sortie de la cure ou dans la bibliothèque où ils s'éternisaient. Alors, Tristan profitait de ce moment de calme et de solitude pour réclamer, comme il le disait en riant, un bon point, ou carrément un baiser de la maîtresse d'école qui, en tendant ses lèvres, lui affirmait qu'en tant que mauvais élève il ne le méritait pas. Et les deux amoureux s'embrassaient passionnément sans arrière-pensée. Le soir, après le souper pris avec ses parents, Tristan attendait patiemment que Lucie regagne la cure, son nouveau quartier, pour aller la rejoindre : ils avaient tellement de choses à se dire et à partager, et, entre deux échanges, s'embrasser. Avant de la quitter à regret, il s'assurait que les fenêtres et la porte d'entrée étaient bien fermées et sécurisées, et il lui répétait régulièrement sur le pas de la porte avec fermeté :

« Lucie ma chérie, surtout n'ouvre à personne, même si tu reconnais la voix de quelqu'un. Car personne n'est censé te rendre visite à une heure indue.

– Mais, Tristan chéri, je suis ici dans la maison du bon Dieu. Je ne risque rien.

– Lucie, ma chérie, celui qui veut pratiquer le mal, par jalousie ou envie, ne connaît ni Dieu ni le diable et peut commettre de sang-froid l'irréparable. Aussi je t'écoute à l'instant derrière moi actionner la clenche du loquet de la porte.

– Tristan, tu as raison. Désormais, je fermerai la porte à clé et resterai vigilante, je te le promets. Tu peux partir rassuré. »

Et le jeune homme, tranquillisé, remontait dans son quartier, évidemment rasséréné jusqu'au lendemain, où il se proposait, en cette fin d'octobre, d'emmener les enfants et leur maîtresse à la cueillette des pleurotes dans les champs à chardons, au-dessus de Varazoux, si le temps le permettait. Antoine, son père, lui accordait un après-midi par semaine pour participer aux classes vertes, motivant les leçons de choses destinées aux enfants. M. Mallet, se libérant après le dîner, se joignit à la joyeuse bande d'élèves qui, munis d'un petit panier et rangés deux par deux, se donnant la main, partirent à la conquête des pleurotes et des mousserons. Une fois parvenus au-dessus du village, excités par leurs recherches, ils se dispersèrent dans les champs, en terrain conquis. Si les pleurotes, qu'ils appelaient oreillettes à cause de leur forme d'oreille de souris, étaient plus difficiles à découvrir derrière les chardons desséchés et noircis, les marasmes d'Oréade ou mousserons, eux, sortaient en colonies et en cercles, semblables à des myriades de petits chapeaux brun-noisette disposés du plus grand au plus petit et en ronde, encerclant les chardons, à la queue leu leu, décourageant les petits doigts des mains d'enfants par leur nombre exorbitant qu'il fallait cueillir patiemment avec leur canif. C'était fastidieux et monotone. En revanche, lorsque l'on trouvait çà et là les têtes brunes et luisantes des pleurotes paradant au milieu des champs, on entendait des exclamations, des cris de triomphe, des cris de joie.

Le jeudi suivant, bien habillés et bien chaussés, les petits écoliers étaient fiers et enthousiastes à l'idée de se rendre dans les sous-bois de la forêt des Cignolles avec Tristan à la recherche des cèpes, des chanterelles, appelées aussi les girolles, au chapeau retroussé en forme d'ombrelle jaune orangé. Dès la montée de Tricailloux, les enfants se lâchèrent les mains et, tels des enquêteurs, ils se mirent à évoluer en cavaliers seuls avec cependant l'interdiction de se disperser dans l'ombre derrière les futaies. Tristan proposa à ses élèves de se déplacer en parallèle en progressant en allées et venues par paliers, effectuant des longueurs jusqu'au premier lacet, de façon à explorer tous les coins et recoins des sous-bois, lentement mais sûrement, en observant obstinément la mousse et les fougères, les pourtours des vieilles souches des sapins et des chênes et les touffes de myrtilles ou d'airelles. Lucie accompagnait quelques enfants en suivant et privilégiant le sentier, serpentant en lacets jusqu'au plateau des Cignolles, ce qui lui permettait de superviser les déplacements de presque tous ses élèves, tout en scrutant attentivement les talus de chaque côté, inondés de lumière et de feuilles mouillées, de quelques bruyères persistantes entre quelques pierres moussues qui laissaient s'échapper de grosses racines en forme d'araignées soulevant la terre jusqu'au chemin, jonché de glands, d'aiguilles et de pommes de pin, de flaques d'eau et de petits cailloux colorés. Tristan, arrivé à l'avant-dernier lacet, prit quelques courageux volontaires pour emprunter le célèbre coupe-feu où il avait trouvé récemment une grande quantité de chanterelles ; il les guida et les laissa chercher librement, tout en grimpant, évoluant et progressant lentement. Quelle ne fut pas la surprise des enfants lorsqu'ils aperçurent des nappes jaunâtres disséminées le long du coupe-feu au-dessus d'eux : des familles nombreuses de girolles plutôt orangées exposées en pleine lumière entre deux bois de hêtres et de chênes, de mélèzes et d'épicéas formant des haies de chaque côté, comme pour les protéger du vent et des courants d'air venant du nord ou du midi. Dans une explosion de joie et de cris, les enfants s'empressèrent de cueillir, comme on le leur avait appris, donc délicatement, ces myriades de girolles, de vrais cadeaux de la nature. Pendant ce temps, les autres écoliers avaient rejoint leur maîtresse et continuaient leurs recherches dans le dernier lacet jusqu'au plateau, où ils pourraient se reposer et faire aisément le point.

Partout, dans les sous-bois, les cris de joie et les exclamations des enfants, toutes les voix résonnaient et faisaient écho dans les bois des Cignolles, où l'on jubilait, où l'on s'exprimait, où l'on exultait de plaisir à chaque découverte. Et on remplissait son panier de cèpes et, de plus en plus haut, de bolets, des têtes de nègres et, de girolles en s'interpellant, en s'apostrophant, dans une euphorie communicative et contagieuse, de bouche à oreille, en rires et éclats de rire sonores et résonnant de haut en bas, d'un bout à l'autre de la forêt des Cignolles, faisant fuir ou se taire les oiseaux, alors que la population enfantine lâchait prise et se défoulait aisément. Enfin, un peu calmés et rassemblés, assis sur les larges pierres granitiques tapissant l'immense clairière du plateau, on fit l'inventaire des cueillettes s'avérant fructueuses : Lucie et Tristan s'assurèrent qu'aucun champignon vénéneux comme les amanites phalloïdes ou toxiques comme les fausses oronges, les gyromitres ou les bolets de Satan ne soient du nombre dans leurs paniers, contaminant les autres. Enfin, on retrouva le sérieux pour effectuer la descente en suivant le sentier serpentant en lacets et faisant le chemin à l'envers, mais de nouveau deux par deux, le garde forestier devant, les conduisant, et l'enseignante fermant la marche joyeuse et assurant un minimum de discipline et de régularité. Les écoliers chantonnaient quelques vieilles chansons françaises, notamment « Marlborough s'en va-t-en guerre », « Cadet Rousselle a trois maisons » ou « Compère Guilleri », apprises récemment en classe. En entendant et écoutant les enfants déployant leur joie de vivre dans la nature, Tristan et Lucie étaient aussi heureux qu'eux et partageaient en symbiose leur plaisir d'être ensemble et leur bonheur.

Le retour fut joyeux et plus rapide, car le jour commençait à décliner quand ils arrivèrent dans les sous-bois de Ventalhac, sur le chemin plus ou moins pavé menant directement au quartier du Couderc qu'ils traversèrent jusqu'à la place d'Auriac, vers l'église, où Lucie les rassembla enfin dans la salle de classe ; là, ils retrouvèrent chaises et pupitres pour finir la journée à l'écoute d'une leçon sur les moisissures et les champignons comestibles ou vénéneux et capturer les impressions des enfants en expression orale et les synthétiser pour, ensemble, élaborer un résumé collectif reproduit au tableau noir et recopié par chacun sur leur cahier de sciences de la vie et de la terre qu'ils pourraient illustrer à loisir. Ensuite, Lucie libéra les enfants aux alentours de 6 heures. Or, certains parmi les plus grands restèrent jusqu'au son de l'angélus, quittant à regret la bibliothèque et leur maîtresse. Seuls Victor et Anne, moins pressés et un peu privilégiés, attendaient leur héros de frère en explorant les rayonnages de la bibliothèque pour y dégoter un bon livre d'aventures, de préférence de cape et d'épée pour Victor et de Merlin l'Enchanteur et la fée Mélusine pour Anne ou, à défaut, quelques contes de Charles Perrault comme « Le Petit Chaperon rouge », « Cendrillon » ou « Le Chat botté » et « Le Petit Poucet et les bottes de sept lieues ». Et, d'un air amusé et bienveillant, Lucie les laissait et les regardait faire.

À 7 heures sonnantes, Tristan, changé et rafraîchi, toquait à la lourde porte de la cure et se présenta comme « le mauvais élève repenti mais fidèle pour rejoindre sa maîtresse d'école » et récupérer ses frère et sœur comme chaque soir. Il claqua et ferma rapidement la porte derrière lui et enlaça amoureusement sa fiancée. Elle n'eut pas le temps de réaliser lorsque Tristan l'embrassa avec fougue, la serrant très fort contre son cœur battant la chamade, en lui répétant inlassablement : « Que tu es belle ma douce Lucie, si tu savais combien je t'aime ! » Se dégageant en riant, Lucie ne put s'empêcher de lui dire, non sans malice :

« Tristan, si tu n'as pas mérité d'image ou de bon point, je constate que tu t'es bien servi. Tu m'as volé un baiser brûlant ! Pourtant, je suis en complète admiration devant ta collaboration efficace auprès des enfants et je t'en remercie. Tu vois, nos torts sont partagés et je te devais ce baiser.

– Lucie, ma princesse chérie, si l'on doit admirer quelqu'un aujourd'hui c'est toi ! Tu es une enseignante remarquable et exceptionnelle ! Quant à moi, je n'ai fait que mon devoir d'accompagnateur protecteur, en tant que garde forestier et bûcheron garant des Eaux et Forêts.

– Sais-tu que ta mauvaise foi et ta fausse modestie te vont à ravir et que les vraies raisons sont tout autres ?

– Lucie ma chérie, pour tout te dire, je suis fier d'accompagner la femme que j'aime et les enfants du Valdonnez que je respecte.

Marcher avec vous dans nos bois, Lucie, ce n'est que du bonheur.

– Dans ce cas, Tristan, mon chéri, c'est moi qui te dois céans un baiser. Nous sommes quittes ! »

Et Lucie lui mit les bras autour du cou, se blottit contre son corps protecteur et lui offrit ses lèvres en s'abandonnant tout à fait. Combien de temps les deux fiancés embrassés restèrent-ils enlacés, partageant leur amour ? Toujours est-il que Victor et Anne, oubliés derrière la porte, impatients de rentrer avec leur grand frère à la maison, le leur rappelèrent instantanément. Tristan et Lucie se retournèrent et, voyant leur mine plus piteuse qu'admirative, éclatèrent de rire en guise d'excuses. Et pourtant :

« Anne et Victor, pardonnez-nous de vous avoir oubliés quelques instants. Nous allons réparer cela. Revenez dans la bibliothèque et dites-moi ce que vous avez choisi. »

Anne et Victor retrouvèrent leur sourire et présentèrent aussitôt leurs trouvailles à Lucie.

« Eh bien ! Vous n'avez pas perdu votre temps et je constate que vous avez fait de bons choix. Emportez-les et allez vite chez vous avec Tristan et montrez les trésors de vos cueillettes à vos parents en les embrassant de ma part. »

Tristan raccompagna Lucie en passant devant l'entrepôt de l'épicerie et se pressa avec Victor et Anne de regagner leur quartier.

Partout dans le Valdonnez et dans les familles on ne parlait que des leçons et des classes découverte de Mlle Lucie, accompagnée par Tristan Vallet, dans les champs et dans les bois, avec les enfants qui adoraient leur maîtresse d'école. Tout en retenue et réserve, affichant une complicité professionnelle sans équivoque, si on apercevait Tristan en compagnie de Lucie très souvent on ne soupçonnait pas encore leur idylle amoureuse en dehors des heures scolaires et studieuses, même en questionnant les enfants qui ne vendraient pas la mèche pour autant, mis à part Victor et Anne, qui savaient déjà depuis longtemps. Mais Tristan suivait les sages conseils des abbés Ribourel et Peytavin : pas d'emballement, pas de précipitation, faire ses preuves et donner du temps au temps de façon à laisser les gens s'habituer, accepter et adopter la situation actuelle, dans la réalité des faits et des relations fusionnelles nouvelles entre futurs époux consentants. Bref, le temps nécessaire pour que les mentalités progressivement changent et reconnaissent la validité d'un mariage d'amour consenti. Toutefois, sans brûler les étapes, les deux familles décidèrent d'officialiser les fiançailles après les fêtes de Noël, le dernier jour de décembre, à l'auberge du Bramont. Or, les Stéphanois et même tous les Valdonnéziens ne furent pas du tout étonnés que Lucie Mallet et Tristan Vallet, si bien assortis et estimés de tous, unissent leurs vies. Ils faisaient un si beau couple, n'en déplaise aux jeunes filles stéphanoises qui s'émancipaient et au comte de Montialoux, engagé au service des mousquetaires du roi, ayant renoncé à son projet de mariage insensé. Mais pourquoi se fiancer le 31 décembre ? Tout simplement pour la raison suivante : le 12 janvier, Tristan aurait 21 ans ; il serait donc majeur et pourrait envisager de se marier. En revanche, il jugeait raisonnable d'attendre une date propice entre les fêtes de Pâques et celles de la Pentecôte ou, à défaut, le 22 août, date d'anniversaire de Lucie pour ses 19 ans. Après tout, Tristan et Lucie n'étaient pas pressés, d'autant que leurs parents, réconciliés et de connivence, acceptaient le contrat de mariage, ou plutôt aucun contrat du tout, vu que Tristan refusait catégoriquement toute forme de dot des parents de Lucie, fruit de leur travail et de leurs économies. Car Lucie avait un emploi d'enseignante et Tristan exerçait un honorable métier bien rétribué depuis bientôt quatre ans. Par contre, Tristan ne refusait ni l'entraide ni surtout les bras des volontaires qui l'aideraient à construire leur maison dans sa propriété du « Chon del Mouly » récemment acquise. Les plans avaient été dessinés par deux bâtisseurs de Lanuéjols et les fondations étaient déjà faites : on commençait à monter les murs depuis bientôt quatre mois et il fallait finir le gros œuvre avant l'hiver. Tristan comptait installer sa princesse adorée, devenue son épouse, avant la prochaine rentrée scolaire au « Chon del Mouly », qu'il lui avait fait visiter un dimanche après-midi. Ils descendirent vers le Moulin Bas et s'arrêtèrent à mi-chemin devant un grand champ rectangulaire de deux hectares et demi de terrain plat entouré de trembles et de merisiers, et planté d'arbres fruitiers alignés en son milieu. La bâtisse se trouvait sur la droite, orientée sud-ouest, encadrée de jeunes épicéas : en observant les belles pierres du Gard, celles de la future cheminée, et les ardoises de lauze grise empilées, Lucie, émerveillée, s'exclama :

« Tristan chéri, c'est un endroit paradisiaque que tu as choisi et la maison sera belle !

– Oui ma princesse, ce sera notre nid d'amour rien que pour nous.

– Et pour nos enfants aussi, car je veux beaucoup d'enfants de toi, mon prince !

– Lucie, ma chérie, n'oublie pas que nous serons deux pour nous aimer et les enfants viendront naturellement après », répondit Tristan avec un sourire malicieux.

Lucie comprit ce que voulait exprimer son fiancé, et pour cause : Tristan désirait d'abord partager et consommer leur amour fusionnel, dans l'ivresse passionnée de leurs jeunes années, et Lucie y adhérait, et certes le revendiquait aussi. Or, elle voulut exprimer une tout autre raison :

« Quand je parle d'enfants, Tristan chéri, c'est pour te répéter que je ne désire pas rester sur un enfant unique mais que nous puissions assurer une grande fratrie.

– Lucie, ma chérie, c'est la raison pour laquelle j'ai vu grand pour notre maison. Viens voir, j'ai pensé à tout : voici les plans et les fondations déjà réalisées. »

Et Tristan décrivit avec force détails les emplacements des pièces, à savoir de la cuisine, la salle à manger, la chambre d'enfants, leur chambre conjugale, une chambre d'amis, le salon spacieux pour le piano, le bureau, le secrétaire et la bibliothèque, et au fond, exposée au nord-ouest, une petite salle de bains avec les latrines près de leur chambre à coucher et une grande psyché. Il ajouta :

« Lucie chérie, tu n'auras plus qu'à t'occuper du décor pour assembler les meubles à ta guise.

– Tristan chéri, tu as pensé intelligemment à notre confort et je t'en suis infiniment reconnaissante. Cette bâtisse dans cette prairie sera la maison du bonheur. Mais là-bas, tout au fond, je vois un petit cabanon…

– Alors, ma chérie, prends mon bras, marchons un peu et maintenant ferme tes yeux et avance lentement. Encore quelques pas et voilà, tu peux regarder autour de toi.

– Oh, mon chéri, quel magnifique jardin, et le long de la haie je reconnais des jeunes rosiers bien abrités du vent et dans chaque angle de nouvelles boutures de lilas. Mais qui a planté ces poireaux, ces carottes dont j'aperçois les fanes et ces choux verts pour la soupe ?

– Ne cherche pas plus loin, ma chérie, c'est Marie, ma mère, qui m'en a donné l'idée, de même que ces jeunes pommiers et pruniers que nous avons plantés ensemble en septembre.

– Et ce cabanon en bois de pin, que renferme-t-il, avant que je devine ?

– Tu as trouvé, j'imagine ; il renferme plantoir, sarcloir, pioche, bêche, binette, râteau et arrosoirs. C'est un abri de jardin avec tous les outils de jardinage. Viens y jeter un coup d'œil, je possède la clé.

– Tristan chéri, sais-tu que j'ai la main verte et fleurie ? Je me suis exercée dans le jardin d'honneur de la Providence avec les pensionnaires.

– Lucie, ma chérie, je sais que tu as les mains les plus fines et les lèvres les plus douces aussi. Alors je vais te les emprunter tout de suite. Mets tes bras autour de mon cou, caresse ma nuque et donne-moi ta bouche. Je suis moi aussi capable de finesse et de douceur, de caresses et de délicatesse. Viens, mon amour, nous sommes enfin seuls !

– Tristan, pour être seuls, nous sommes seuls, et tu sais en profiter largement. Tes baisers, tes étreintes ne me déplaisent point. J'aime que tu me prennes dans tes bras. »

Lucie n'eut pas le temps d'en rajouter. Déjà, Tristan la serrait dans ses bras et l'embrassait avec effusion mais avec délicatesse et sensualité : il baisa tendrement ses paupières closes, ses lèvres offertes, son cou si fin et la naissance de sa gorge avec douceur. Il respectait trop Lucie pour la forcer car elle lui faisait entièrement confiance et il savait se retenir, malgré sa soif d'amour, ses besoins, ses envies organiques d'elle, de son jeune corps parfait qu'elle lui destinait dans un abandon total, pour le meilleur et pour le pire, et pour la vie. Et il lui en était redevable car Lucie était la pureté incarnée de l'esprit, du corps et de l'âme. Malheur à celui qui la profanerait. Sa princesse méritait des attentions particulières et la période de leurs fiançailles était semblable à un prélude à l'amour conjugal, sonnant comme les jolies notes d'un hymne à l'amour, annonçant les prémices d'une fête des sens à l'aube d'un hyménée certain à venir. Sagesse, respect, délicatesse obligent pour sa Lucie chérie.

Tristan gardait toujours en mémoire que Lucie l'avait appelé à l'aide depuis la fin du mois d'avril : il lui avait promis de la protéger, de veiller sur elle jour et nuit ; il était le gardien de sa virginité : elle la lui confiait avec abandon et confiance, et il en était responsable autant que de sa sécurité ; elle le savait et pouvait compter sur lui. Pourtant, quand elle se blottissait contre lui, au point d'épouser son corps mâle, il devait se faire violence pour ne pas succomber à la tentation et s'abandonner lui aussi complètement, car Lucie, sans s'en rendre compte, se donnait également sans arrière-pensée et ne pensait jamais à mal. De plus, si Tristan s'excusait d'être aussi ardent et fougueux à son encontre, elle trouvait que les réactions amoureuses de Tristan n'avaient rien d'osé ni encore moins de licencieux : pour un homme de 21 ans, ses nouvelles attitudes envers sa fiancée étaient tout à fait normales et elle les respectait. D'ailleurs, elle le lui rappelait souvent en souriant : Tristan était si doux, si attentionné, si prévenant, si respectueux que Lucie était autant admirative, fière, flattée que reconnaissante d'avoir le fiancé le plus tendre et adorable de la terre, et, qui plus est, qui s'intéressait à elle sans profits douteux, sans convoitises perfides ou perverses. Elle savait qu'il l'aimait telle qu'elle était, avec ses défauts et ses qualités : alors, il était tout à fait naturel et normal qu'elle lui accorde ses attraits, ses faveurs et ses égards librement et honnêtement. Pour Lucie, Tristan était le plus beau, le plus charmant, le plus noble des hommes, et serait le plus merveilleux des époux. Elle était prête à se donner, à tout accepter, à concéder, à tout échanger avec Tristan qu'elle aimait pour la vie : elle ne voyait, n'entendait, n'écoutait que lui, ses propos, ses conseils, ses mots tendres, ses gentilles remontrances, partageait leurs projets d'avenir en dialoguant, en se concertant, en se complétant, en analysant le pour et le contre, en différenciant le vrai du faux, le beau du laid, le bien du mal et du juste. Bref, le soir, après leur journée de travail, lui dans les bois, elle dans sa classe, ils entamaient des conversations intéressantes sur tous les sujets, aussi bien sur l'actualité que sur les idées nouvelles qui circulaient dans le royaume de France, sur les nouveaux ouvrages historiques ou philosophiques, sur les pièces de Corneille, de Racine ou de Molière que l'on représentait. Il arrivait même à Tristan d'emporter deux ou trois livres de la bibliothèque recommandés et même conseillés par Lucie. En contrepartie, Tristan rapportait à Lucie régulièrement le journal local de *La Gazette de France* pour qu'elle soit au courant des faits et gestes, des ordonnances des différents ministères et des faits divers recensés émanant de toutes les provinces, et même les ragots et les rumeurs les plus folles concernant notables et courtisans. Alors, entre Tristan et Lucie, c'étaient des discussions passionnantes qui s'éternisaient à des heures indues. On avait rappelé, dans ce journal périodique, que le jeune marquis Jean-Joseph d'Apcher devait épouser Marie-Thérèse de Rochefort d'Ally, à l'occasion des fêtes de Noël, que Jean Chastel et Jean Terrisse avaient reçu de maigres gratifications pour avoir tué la bête du Gévaudan et sa louve en juin 1767 et, en guise de récompense, ayant éradiqué le terrible fléau qui avait sévi en Haute-Margeride jusqu'en Haute-Auvergne, faisant beaucoup de victimes vulnérables durant trois ans consécutifs : celui qui en tira le plus de gloire et de reconnaissance fut sans nul doute Jean-Joseph de Randon-d'Apcher, qui commanda, ordonna et conduisit les chasses avec ses douze fidèles chasseurs expérimentés et aguerris, dont Jean Chastel et Jean Terrisse. La gazette leur apprit aussi que l'on avait présenté au roi de France, Louis XV le Bien-Aimé, une jeune et jolie maîtresse d'une vingtaine d'années, Jeanne Bécu, la comtesse du Barry, pour consoler le monarque de la disparition de la marquise de Pompadour, décédée récemment ; fort heureusement, pas d'autres projets de mariage annoncés dans la noblesse de cape et d'épée. Et surtout pas de nouvelles du dernier né de la baronnie du Tournel, Philibert, dit Gilles de Montialoux, que l'on savait enrôlé dans la garde montée des mousquetaires du roi depuis peu. Soulagés, Tristan et Lucie prirent en commun une sage décision : il n'était pas question de faire étalage de leur relation amoureuse mais de rester dans l'anonymat, hors de portée des mauvaises langues, et surtout dans la discrétion la plus complète, évitant de s'afficher en public loin du Valdonnez ou de faire connaître la date de leurs fiançailles ni celle de leurs épousailles en publiant les bans trop tôt à l'avance, pour éviter le moindre soupçon, la moindre convoitise, aussi bien de la part de la noblesse que du clergé, très intéressés. Fort heureusement, jusqu'à preuve du contraire, Lucie et Tristan faisaient partie intégrante du tiers état et rien ne pouvait s'opposer à leur mariage ni personne, quand ils s'uniraient le moment venu, discrètement, sans faire de bruit. D'ailleurs, pour plus de sûreté et de tranquillité, Lucie et Tristan choisirent de célébrer leurs fiançailles à Noël dans leurs propres familles, en accord avec leurs parents : le repas des fiançailles aurait lieu non pas à l'auberge du Bramont, comme annoncé, mais chez les Mallet, après la messe de minuit, pour partager la dinde aux marrons, les cailles au nid, les petits pâtés de foie de porc à la noix muscade, les différentes charcuteries concrétisées par des tranches de rosette, des fricandeaux, saucisses et saucissons secs, des salades composées aux noix, arrosés de bon vin rouge et blanc, les plateaux des célèbres fromages du terroir, avec tommes blanches et bleues, pélardons et fédous au lait cru de brebis et bleu des Causses à volonté, avec de belles tranches de miche de pain doré. Au dessert, trois superbes bûches à la crème vanillée et pralinée, ornées de petits lutins, d'étoiles et de petits sapins, accompagnés d'un gros saladier de fruits au sirop, de macarons à la pâte d'amande, de fruits confits, de galettes et de petits beurres, et maintes gourmandises aux noix et au nougat.

Quand les onze coups sonores résonnèrent au clocher de l'église du village, les Stéphanois et tous les Valdonnéziens des alentours se pressèrent pour assister à la messe de minuit, emmitouflés dans leurs manteaux d'hiver : les hommes portaient leur chapeau noir traditionnel, les femmes leur capeline ou leur foulard sombre, les plus âgées leur fichu noir. Quant aux enfants, endimanchés, contents de veiller, en fêtant Noël jusque tard dans la nuit, ils trottaient devant, très excités. Les Mallet emmenant jalousement Lucie étaient rentrés les premiers dans le lieu saint et s'étaient placés discrètement devant à droite de l'autel de manière à ne pas se faire remarquer. De l'autre côté, on attendait d'un moment à l'autre à leurs places respectives attitrées les membres de la baronnie du Tournel de Montialoux, comtesses et comtes régnant sur le Valdonnez, mais plutôt distants. D'ailleurs, ils arrivèrent les derniers et s'installèrent, hautains et indifférents à la populace qui se manifestait bruyamment derrière leur dos en les critiquant vulgairement, ils affichèrent comme d'habitude leur mépris total face à la population agricole et paysanne de la vallée. En revanche, lorsque Tristan et sa famille entrèrent dans la nef, quasi comble, il se fit un silence respectueux et religieux : chacun retrouva son sérieux et consentit au recueillement, d'autant plus que le chœur entonnait « Les anges dans nos campagnes » et les fidèles reprenaient allègrement le refrain après chaque couplet. Ensuite, ce fut « Pastre, pastreto derebeye bous pequayre ». Puis « Il est né le divin enfant » et enfin « Minuit chrétiens » et « Douce nuit, sainte nuit », admirablement chantés par de jolies voix juvéniles. À la communion, Tristan aperçut devant l'autel, digne et sage, Lucie, enveloppée dans son manteau de zibeline, ses cheveux bouclés épars sur ses épaules, retenus par un diadème de roses de crêpe blanches libérant son front haut et ses beaux yeux bleus, le rose de ses joues satinées et le rouge écarlate de ses lèvres pulpeuses, son petit menton volontaire et ses deux fossettes insolentes creusant joliment sa peau veloutée. Comme si elle sentait sa présence, elle leva les yeux sur son passage et noya son regard bleu amoureux dans celui d'émeraude et abyssal de Tristan, dont le cœur battait la chamade durant toute la cérémonie, se disant : « Mais Dieu qu'elle est belle, adorable et désirable ma princesse chérie, et digne comme une reine. Je suis le plus heureux et le plus chanceux des hommes ! Dieu soit loué et Jésus aussi ! » Et il recommanda son amour pour Lucie à l'Enfant Jésus, la Vierge Marie et tous les saints. Quand les douze coups de minuit retentirent et que l'église se vida de tous ses fidèles, Tristan retrouva ses esprits et son calme, et se fit rattraper par la réalité du moment car, donnant la main à son frère et sa sœur, derrière Marie, sa mère, et Antoine, son père, bras dessus, bras dessous, ils se dirigèrent vers la rue Droite où résidaient les Mallet ; et avant qu'il ne frappe, la porte s'ouvrit prestement et Lucie apparut dans toute sa beauté rayonnante, resplendissant de bonheur. Elle fit rentrer et s'installer respectueusement et affectueusement Marie et Antoine, Victor et Anne et son fiancé dans la salle à manger, décorée de bouquets de gui et de houx, éclairée de magnifiques chandeliers à cinq branches élégamment disposés sur la longue table de chêne recouverte d'une nappe blanche immaculée où la vaisselle de porcelaine de Limoges tranchait et complétait les couverts avec les plats assortis entre les verres de cristal d'Arques, avec la ménagère Louis XIII en argent assortie de fourchettes, de cuillères, de couteaux étincelants. Seul Tristan, demeuré debout, prit la parole d'une voix émue qu'il voulait solennelle :

« Chers madame et monsieur Mallet, au nom de ma famille, je tiens à vous remercier de nous convier au repas de Noël dans votre maison et de l'accueil chaleureux que vous daignez nous faire. Et si nous avons l'honneur et le plaisir d'accepter cette prévenante attention, c'est tout simplement parce que nos intentions sont liées en cette belle nuit de Noël qui nous réunit autour de la même table. Et avant toute chose je vous demande humblement, si vous m'en jugez digne, de m'accorder la main de votre fille Lucie.

– Tristan, mon garçon, sache que mon épouse et moi nous estimons que tu es aussi digne que méritant, et sommes admiratifs de ta personnalité et de tes valeurs rares et précieuses. Nous sommes fiers que Lucie t'ait choisi. À dater de cette nuit de Noël, nous te considérons comme notre propre fils. Tu peux venir dans nos bras nous embrasser.

– Avant d'obtempérer, je dois cependant et en priorité honorer la personne à qui je dois tous les mérites que vous m'attribuez céans et officialiser notre relation amoureuse. »

Et Tristan se tourna doucement vers Lucie, ravissante de bleu et d'or vêtue, dans une robe de mousseline légère et souple, se levant et avançant lentement vers lui, le dévorant des yeux. Sortant de la poche de son pantalon noir une jolie petite boîte à bijoux blanche, il présenta à Lucie, ébahie, un anneau d'or sertie d'une grosse améthyste et la lui enfila à l'annulaire gauche avec amour. Émue aux larmes, elle l'embrassa, incapable d'articuler un seul mot de remerciement, et il la serra quelques instants dans ses bras. Et, contre toute attente, tout le monde applaudit. « Mes chers enfants, nous vous déclarons officiellement fiancés. Et comme l'amour ne nourrit pas, nous allons, si vous le voulez bien, procéder aux réjouissances et honorer également le repas de Noël. »

Et on déplia les serviettes brodées, on dégusta les charcuteries, les salades de doucette aux noix, la dinde tendre et cuite à point avec les marrons, délicieux, mijotés dans son jus, les parts de fromages variés, arrosés de bon vin. Et on souffla un peu avant de savourer les bûches de Noël dans de jolies petites assiettes à dessert de porcelaine blanche décorées d'arabesques rouge bordeaux puis la salade de fruits dans de mignonnes coupes de verre travaillé. Les yeux pétillants de plaisir et de gourmandise, Victor et Anne, tenant fort bien leur place à table et allant de surprise en surprise, d'étonnement en étonnement, se comportèrent comme des enfants polis et bien élevés avec des « merci » et des « s'il vous plaît », « merci monsieur », « merci madame », ce qui n'était pas pour déplaire à Mme Mallet qui, au début du repas, un peu froide, distante et réticente, s'attendrit en servant les enfants et leur sourit maternellement. Quant à M. Mallet, jovial, il était ravi de discuter de choses et d'autres avec Antoine Vallet, placé à côté de lui, comme de vieux amis de toujours se retrouvant. Quant à Marie, à la fois élégante et sobre dans sa robe grise à ramages rouges, ses cheveux épais et châtains relevés en chignon, retenus par une broche dorée, elle incarnait la beauté naturelle et noble des filles du sud du Languedoc, avec ses yeux verts en amande mystérieux, sa peau mate et ses traits réguliers. Souriante, mesurée et bienveillante, Marie observait, avec une joie profonde, franche et réelle, ses enfants, notamment son aîné qui partageait son bonheur aux côtés de sa jolie fiancée et de ses parents, réconciliés ; elle voyait d'un bon œil la réunion des deux familles : finalement, Mme Mallet avait la certitude que sa fille faisait le bon choix, sans conditions, sans contrepartie, sans contrat. Sans toutefois reconnaître ses torts vis-à-vis de Tristan, Mme Mallet regrettait vivement de l'avoir sous-estimé et même de l'avoir rabroué et éloigné, mais elle appréciait l'élégance et l'intelligence de son futur gendre qui ne lui en tenait pas rigueur. De plus, la beauté et la grandeur d'âme et d'esprit de ce jeune homme hors du commun, honnête, franc et désintéressé, prêt à tout pour sauver l'honneur de sa fille et sauvegarder le leur, en refusant catégoriquement la dot conséquente de Lucie, pour qu'ils puissent passer une bonne retraite décente avec les fruits de leur travail d'honnêtes bourgeois économes, en tant que nobles épiciers gévaudanais ; tout cela lui avait ouvert les yeux, l'avait fait réfléchir l'avait ramenée à retrouver la raison. Tout compte fait, elle se félicitait de l'union des Mallet et des Vallet. Et sa fille était heureuse.

Pour sceller leur amitié, M. Mallet leur fit goûter son meilleur muscat, originaire des cépages de Frontignan, dans l'Hérault, et ses alcools forts de prune, de framboise et de noix, servis dans de jolis petits verres à liqueur avec de délicieuses cerises à l'eau-de-vie, pendant que les enfants se régalaient de pain d'épices et de nougat, de macarons au chocolat fabriqués avec les fèves du cacaoyer cultivé et importé du Mexique pour ses graines de cacao prisées par les pâtissiers. Avant de se séparer, quittant la salle à manger, Lucie tint à montrer à Tristan toutes les dépendances de la maison et principalement sa vaste chambre, remplie de livres, de tableaux et de partitions. Tristan ne put s'empêcher de fermer doucement la porte derrière lui et aussitôt de prendre Lucie dans ses bras pour la couvrir de baisers. Elle se laissa enlacer et, réceptive à son besoin de l'embrasser, elle s'abandonna et répondit à ses baisers en lui rendant ses caresses ; et, se serrant davantage contre son corps souple et chaud, elle ressentit alors un curieux plaisir, nouveau à ce jour, qui la fit frémir au point de la faire se pâmer jusqu'à éprouver un malaise vertigineux, proche de l'évanouissement, tellement l'étreinte de son fiancé mettait tous ces sens en éveil, jusqu'à l'extase sensuelle de leurs deux corps épousés. Dans l'espace de quelques secondes, Lucie réalisa que Tristan et elle se comportaient comme deux époux consentants prêts à se donner, et qui plus est dans sa chambre à coucher de jeune fille ; mais, sans en prendre ombrage, elle se dégagea doucement et déclara en riant, très bon enfant :

« Tristan chéri, nous sommes deux fiancés heureux de nous aimer librement. Or, nous sommes un peu égoïstes et nous oublions volontairement céans nos invités. Ne penses-tu pas que nous devrions réparer cette négligence sur-le-champ en allant de ce pas les retrouver ?

– Mais oui, Lucie, ma princesse, j'en conviens. Tout de même, en cette belle nuit de Noël, pour sceller nos fiançailles, nous avions grand besoin de nous accorder un peu d'intimité et d'officialiser notre amour par quelques baisers. Dis-moi, regrettes-tu ces étreintes et comment me faire pardonner ?

– Tristan, mon chéri, nous n'avons rien à regretter ni à nous faire pardonner. Ni toi ni moi ne devons des excuses. Nous nous aimons le plus naturellement du monde, un point c'est tout. Nos baisers et nos caresses sont normaux et légitimes, et le prouvent. Et pour le confirmer, je t'accorde un dernier baiser. Allons maintenant rejoindre nos proches, il est tard ; Victor et Anne doivent être fatigués. Au fait, j'ai des cadeaux de Noël à leur offrir : une mallette de jeux de société et des contes. Qu'en penses-tu Tristan chéri ?

– Lucie, ma chérie, je loue ta gentillesse et toutes tes attentions. Tu es bonne et raisonnable. On ne peut que tomber sous ton charme et ta générosité. Lucie, je t'adore !

– Et toi, mon prince, tu m'offres ton amour avec délicatesse, douceur et prévenance. Et, pour comble de bonheur, une grosse améthyste sertie sur un anneau d'or ; une nuit de Noël méritait toute ma gratitude et ma reconnaissance expresses, immédiates, là, contre ton cœur, dans tes bras protecteurs adorés. »

Sensible à sa déclaration amoureuse, Tristan ne répondit pas. Avec tendresse, il embrassa une dernière fois sa fiancée. Tous deux guillerets, main dans la main, ils rejoignirent leurs parents et les enfants comme si de rien n'était, avec sur leurs visages épanouis radieux leur bonheur et leur joie de vivre communicative.

« Voilà les amoureux qui arrivent avec des paquets ! annonça Victor, triomphant.

– Justement, il y a des cadeaux pour vous deux qui, j'espère, vous plairont. Ouvrez vite ! »

Victor déchira le joli papier imprimé multicolore du gros paquet et dégagea rapidement la mallette de jeux de société complets, avec cartes, dés, pions, des billets de banque et une roulette, des jeux de dames, d'échecs, de l'oie, de petits chevaux, dominos et jeu de loto avec cartons et numéros de 1 à 90, et plusieurs jeux de 7 familles. Anne déchira plus délicatement le deuxième papier du deuxième cadeau enrubanné et en sortit des recueils de collection rouge et or : « Les contes des mille et une nuits » (dont « Aladin et la lampe merveilleuse », « Ali Baba et les 40 voleurs », « Sinbad le marin »).

« Puis-je embrasser la jolie fiancée de mon frère Tristan sans le rendre jaloux ? » interrogea, sûr de lui, Victor avec malice.

Tout le monde éclata de rire, sans toutefois désarmer le joyeux prétendant qui s'empressa, sans permission ni avis, d'embrasser sa maîtresse d'école sur les deux joues. Quant à Anne, gracieuse et discrète, des étoiles plein les yeux, elle s'approcha timidement de Lucie pour la remercier avec sincérité. Puis Mme Mallet alla dans sa cuisine en catimini, pendant que les enfants découvraient avec étonnement, ravissement et admiration leurs beaux cadeaux étalés sur la table, déjà bien encombrée. Lorsque Mme Mallet arriva dans la pièce avec sa grande et large boîte enveloppée de papier argenté, elle la présenta non à Marie mais à Antoine Vallet qui, sans perdre ses moyens, lui prit la main et la baisa en bon chevalier servant et respectueux, avant d'ouvrir le cadeau et d'offrir à chacun, en guise de solidarité et d'amitié, un délicieux chocolat de la fabrique réputée Cémoi de Perpignan. Pendant que l'on dégustait les boules de chocolat, M. Mallet remplit une dernière fois les coupes de son précieux muscat et on trinqua au bonheur des fiancés, à l'amour, à l'amitié des familles et à la santé de toutes et de tous, en promettant de fêter la fin de l'année autour de la table des Vallet. Ils n'entendirent pas Tristan murmurer à l'oreille de sa fiancée, en l'embrassant tendrement :

« Lucie, ma chérie, il est préférable que tu passes les fêtes jusqu'au premier de l'an chez tes parents. C'est plus prudent, car nous devons rester discrets. Ce qui ne nous empêchera pas de nous retrouver tous les soirs chez toi, où je passerai pour savoir si tout va bien ou si tu as besoin de quoi que ce soit. N'oublie pas que mon amour t'accompagne jour et nuit, ma douce et belle

Lucie. Bonne nuit, mon amour, je veille sur toi.

– Bonne nuit, mon prince, je t'aime pour la vie. Je vais dormir à quelques mètres de toi, en pensant à toi. Va, mon bel amour, que Dieu vous garde toi et les tiens. »

Ainsi fut fait. La semaine se passa sans anicroche, studieuse pour Lucie, lisant, écrivant, préparant ses cours pour la rentrée prochaine de la nouvelle année, et laborieuse pour Tristan dans la forêt des Cignolles avec son père, élaguant, nettoyant sentiers et chemins forestiers, sécurisant les sous-bois partout où Dame et Mère Nature avait procédé à sa sélection naturelle en privilégiant les jeunes arbres et les belles futaies, et abandonnant çà et là les troncs morts et les branches agonisantes encombrant les clairières et les coupe-feux alentour. Le soir, après le souper, la nuit réunissait les deux fiancés s'accordant un moment d'intimité et, entre deux baisers, se racontant leur journée et leurs projets à venir, à réaliser objectivement, au rythme du calendrier bien chargé, pendant que les parents de Tristan se préparaient à recevoir Lucie et les Mallet pour fêter ensemble le premier de l'an 1769. Au cours de cette semaine, dans le Valdonnez, on avait coutume de tuer le cochon et, dans les familles, chacun mettait la main à la pâte. Qui recueillait le sang pour fabriquer les boudins noirs ? Qui hachait la chair pour remplir les boyaux et obtenir saucisses et saucissons ? Qui récupérait les jambons ? Qui d'autre s'occupait des côtes ou des muscles pour obtenir des filets mignons ? Qui encore s'occupait du gros foie pour confectionner de petits pâtés parfumés à la noix muscade ou aux grisets, ou bien aux cèpes et aux girolles, que l'on recouvrait de graisse et d'un papier sulfurisé pour les conserver ? Qui s'occupait de trancher et recueillir le lard destiné aux soupes et aux pot-au-feu, aux daubes ou aux civets de porc ? Car on ne jetait rien du cochon, que ce soit le museau, les oreilles (remplies de chair), les pieds, les boyaux ou la ventrèche, le sang, les côtes ou le maigre à rôtir, le lard et les deux jambons (conservés dans une cave fraîche appelée souillarde, véritable garde-manger pour la charcuterie, la viande et les fromages entre autres). Bref, dans chaque famille, au début de l'hiver, on célébrait la fête du cochon, où chacun avait ses préférences, la liberté et l'art de s'occuper d'une partie du porc à travailler, à cuisiner. Une chose était sûre : chacun y avait sa place et sa part réservées.

La Saint-Sylvestre arriva avec la neige bienfaisante qui tomba à gros flocons dans la nuit, poudreuse et drue, de 6 heures à midi ; et, à partir de 8 heures, personne ne s'aventura dans les rues. Les Mallet s'étaient rendus avec prudence, doucement mais sûrement, chez les Vallet qui les reçurent avec joie, respect et affection dans leur grande maison chauffée au bois par une imposante et solide cheminée irradiant sa chaleur dans toutes les pièces, disposées tout autour de la vaste salle à manger.

Marie avait posé sur la table de chêne oblongue une de ses plus jolies nappes, brodée de liserons, avec huit serviettes assorties. Aidée des siens, Anne avait disposé les assiettes de porcelaine blanche, Victor les couverts argentés comme il fallait, sans se tromper, et Tristan les verres en cristal d'Arques pour le vin et l'eau, les carafes, les flûtes et les petits verres à liqueur ; Antoine avait ramené beaucoup de gui, parasitant à cette période de l'année sur beaucoup d'arbres, sachant pertinemment que les boules blanches, toxiques, écrasées, donnaient une excellente glu servant à coller papiers et cartons ; il avait placé au centre de la table une grosse couronne d'immortelles roses et mauves séchées, entourées de jolies petites pommes de pin saupoudrées de poussière blanche immaculée et parsemées de minuscules glands dorés ; il avait accroché des bouquets de gui tout autour de la pièce pour lui donner un air de fête et inciter les invités à partager leur convivialité. Marie, elle, s'était consacrée à les mettre tous en appétit et à leur aise autour d'une table bien garnie. Le repas pouvait commencer.

M. Vallet apporta et déboucha un vin blanc de Champagne, et Victor et Anne présentèrent des céramiques remplies de noisettes, d'amandes et de noix décortiquées en guise d'apéritif qu'ils offrirent aux Mallet, tandis que leur père remplissait avec habileté de vin mousseux les jolies flûtes en cristal à niveau, et que Mme Mallet, admirative, félicitait le maître du logis pour sa décoration originale très subtile et leur accueil bien chaleureux. On célébra le jour de l'an en adressant les meilleurs vœux de bonheur aux fiancés, réussite scolaire aux enfants, joie et santé aux deux familles réunies en ce 1er janvier pour le meilleur et pour la vie.

Dans deux larges plats de porcelaine blanche, les convives purent se servir et savourer les petits pâtés de foie à la noix muscade, aux cèpes et aux grisets, posés sur des jolis pains de mie fraîchement coupés, et sur un autre, aussi grand, autour d'une grosse motte de beurre décorée de larges et belles tranches de jambon finement et sciemment disposées. La charcuterie fit saliver et régala les papilles, et grâce au bon vin rouge, chaud et fruité de Saint-Chinian, en Roussillon, elle passa facilement dans les gosiers, en même temps que les feuilles de doucette en salade ajoutées pour faciliter son entrée dans les estomacs satisfaits. On fit honneur aux boudins noirs, aux pommes reinettes, au filet de porc rôti aux marrons, agrémenté de pleurotes, de girolles et de cèpes, émincés en lamelles, aux pommes de terre et aux carottes rissolées et concoctées en ragoût, parfumées de céleri, de persil et de thym en petits bouquets joliment apprêtés dans de grands plats creux généreux de fleurs et de roses bleues. On fit une pause avant de s'attaquer au plateau de fromages variés du terroir, à l'énorme galette des rois et à l'imposante et consistante salade de fruits sauvages cultivés, rouges ou secs, vu que Marie Vallet savait conserver les framboises et les myrtilles des bois ou les fraises et les cerises du jardin, les pommes reinettes, les poires Guyot ou les prunes du verger macérées dans du sirop de cassonade, au frais, dans le noir de sa souillarde et dans des bocaux de verre hermétiques, conseillés et achetés chez M. Mallet, l'épicier, et très prisés ; lorsqu'elle ne confectionnait pas de succulentes confitures de fraises, de framboises ou de mûres, ou bien encore des tartes aux myrtilles, aux cerises ou aux prunes, ou bien aux poires, car inutile de dire que Marie était un vrai cordon bleu.

Pendant qu'Antoine ouvrait une autre bouteille de Saint-Chinian avec un tire-bouchon de son invention et qu'il envoyait chercher Victor et Anne derrière la maison de la neige fraîche et glacée pour y plonger, dans un seau, une nouvelle bouteille de champagne, Marie, elle, enlevait les assiettes et les plats de résistance et les remplaçait par de petites assiettes à dessert avec de belles fourchettes à gâteau et de jolis petits compotiers en verre sculpté et ciselé, et leurs précieuses cuillères en argent tout droit sorties de la ménagère Louis XIII, assorties aux couverts en place, même si on n'avait conservé que les couteaux pour choisir, sur le plateau, les parts à volonté de fédous, de pélardons, de tomme blanche ou de bleu des Causses.

En bavardant gaiement, en se faisant passer les plats poliment, en se servant chacun son tour, on dégusta, on savoura toutes ces bonnes choses bien arrosées de surcroît mais avec modération, ni plus ni moins, en connaisseurs émérites et avertis. Toutefois, si le Saint-Chinian fit descendre facilement le fromage dans les estomacs, une nouvelle bouteille de champagne fut débouchée par le sommelier du logis pour tirer la fève des rois, alors que, vaillante, Marie Vallet découpait la galette en huit parts égales avec application et qu'Antoine remplissait de nouveau les flûtes de vin mousseux. Tristan faillit s'étrangler quand il trouva la fève dans son morceau de galette mais, triomphant, il plaça la couronne sur la chevelure de sa fiancée qui, ravie et reconnaissante, remercia son roi par un baiser. Ravissante dans sa jolie robe rose à volants et à manches ballon et cintrée moulant sa taille fine et soulignant le contour de sa jeune poitrine haute et galbée, mettant en valeur son décolleté de broderies anglaises ajourées, Lucie, très en beauté, certes désirable et adorable, rayonnait de bonheur. La dévorant de ses yeux vert émeraude, Tristan ne put s'empêcher d'embrasser tendrement sa reine en la serrant dans ses bras un long moment. Tous à l'unisson, partageant leur bonheur, les applaudirent la bouche pleine et trinquèrent joyeusement. Marie apporta le grand saladier et, avec la jolie petite louche Louis XIII, elle en recueillit pour chaque compotier une quantité appréciable de fruits des bois rouges, noirs, violets, mélangés à ceux du jardin macérés dans le sirop particulier de leur jus aromatisé par leur parfum unique. Pour faire passer le trop-plein, elle fit réchauffer son précieux moka d'Arabie qu'elle versa dans sa cafetière de porcelaine blanche et apporta sur un plateau les jolies tasses assorties et des morceaux de cassonade pour le sucrer dans un joli bol en céramique, tandis qu'Antoine sortait de la vitrine ses alcools de prune, de framboise, son cognac, le vin de noix et les petits verres à liqueur qu'il distribua.

Après avoir dégusté toutes ces douceurs, Tristan proposa

d'aller faire une petite promenade pour célébrer en beauté la première journée de l'an neuf et faciliter la digestion. La neige ne tombait plus et le soleil d'hiver, éblouissant, avait chassé toutes les nuées grises et beiges en créant et offrant sur la campagne valdonnézienne un spectacle immaculé et féerique, étincelant et magique. Après avoir vérifié que tout le monde fût bien couvert et bien chaussé, les Mallet et les Vallet suivirent Tristan et Lucie, bras dessus, bras dessous, d'un pas décidé, se frayant un chemin dans les rues du village quasi endormi et silencieux, et encombré d'une couche de neige consistante et fraîche, douce et molle. Or, sur la place de l'église, les enfants faisaient un gros bonhomme de neige ; d'autres se lançaient en criant des boules et se couraient après ou se cachaient derrière les murs en riant aux éclats. Les deux familles prirent le chemin du Moulin Bas, cette fois-ci d'un pas assuré mais prudent pour ne pas glisser. Fort heureusement, il n'avait pas encore gelé et le redoux s'était bien installé, en cette journée mémorable de janvier, avec dans l'esprit de Tristan une belle idée derrière la tête que Mme et M. Mallet ignoraient totalement. Le long du chemin, pentu et droit, les arbres, alors squelettiques le jour d'avant, s'étaient parés sur leurs branches de pendeloques blanches scintillant de milliers de cristaux étoilés, sculptés, ciselés par la magie de Dame Nature, souveraine, installée et bienvenue. À mi-chemin, ils s'arrêtèrent devant un grand portail de bois ouvragé par la neige qui avait travaillé le dessin compliqué des planches à la manière d'un orfèvre zélé. Tristan sortit de sa poche la clé du site paradisiaque qui s'étendait devant leurs yeux ébahis, émerveillés. La première à manifester sa surprise fut sans nul doute Mme Mallet devant la prairie que Tristan leur présenta avec fierté :

« Eh bien, Tristan, voilà une magnifique propriété plantée d'arbres fruitiers. Quels beaux et majestueux sapins ! À qui appartient-elle cependant ?

– Chère madame Mallet, j'en ai fait l'acquisition au mois de mai avec mes économies. Lucie et moi nous comptons nous installer dans la maison qui est en voie de construction. Veuillez entrer et constatez vous-même l'avancement des travaux bien commencés. Si le temps le permet, le gros œuvre sera terminé au printemps et nous pourrons emménager à la fin de cette nouvelle année. Qu'en pensez-vous ?

– Alors, nous devons nous hâter de fixer la date de vos noces sans tarder entre les fêtes de Pâques et celles de Pentecôte. Qu'en dites-vous monsieur et madame Vallet ?

– L'abbé Peytavin nous conseille d'être patients et de ne pas précipiter les choses afin d'éviter d'éveiller les convoitises de gens mal intentionnés ou les vieilles rancœurs. Nous sommes à présent fiancés, rien ne presse, s'empressa de répondre Tristan, déterminé.

– Oui, Tristan a raison, répliqua M. Mallet, c'est plus prudent et raisonnable. Nous marierons nos enfants au moment le plus propice : il faut que les Gévaudanais se fassent à cette idée et soient bien préparés, sans arrière ou mauvaises pensées. Ici, les Valdonnéziens voient l'union de nos deux enfants comme une évidence. Laissons du temps au temps et évoluer les mentalités. »

En entendant ces paroles pleines de bon sens, Tristan, resserrant l'étreinte de son bras autour des épaules de Lucie, noya son regard langoureux dans celui amoureux de sa fiancée et entraîna tout le monde faire le tour du propriétaire jusqu'au fond du « Chon del Mouly », où les feuilles des jeunes légumes, toutes blanches, avaient du mal à émerger sous le poids de la neige installée. Ouvrant avec peine la petite porte de l'abri de jardin, Tristan prit une binette et se mit énergiquement à dégager les fanes des carottes, des poireaux et des choux, devant les Mallet, un moment éberlués, ce qui déclencha des éclats de rire lorsque Victor déclara avec malice :

« Mon grand frère sait tout faire : quand il n'est pas bûcheron et garde forestier, il se fait pêcheur de truites ou cavalier pour aller voir sa belle en cachette pour l'embrasser, et le voilà maintenant chevalier servant et même jardinier ! On aura tout vu !

– Petit chenapan, tu lis trop de romans de cape et d'épée ! On va voir qui est le maître ici ! Retrousse tes manches : on va faire une partie de boules ; le premier au portail pourra commencer à lancer la première, et sans tricher s'il te plaît ! »

Et les deux frères, intrépides et infatigables, entreprirent une bataille de boules de neige, tandis que Lucie et Anne élevaient calmement un semblant de bonhomme de neige à l'autre extrémité, sous les yeux médusés de leurs parents, satisfaits et contents, partageant le bonheur de leurs enfants.

Quand Victor, vaincu, cria « Grâce, je me rends ! », Tristan proposa de descendre jusqu'au Moulin Bas, métamorphosé par l'épaisseur de neige qui recouvrait le pont de pierre surplombant le Bramont, s'échappant bruyamment et descendant en cascade depuis le plateau de la Borie, entre les saules, les trembles, les peupliers et les frênes, dépouillés mais stoïques et dignes, avec leurs rameaux blancs et figés tels des gardiens fidèles de ce cours d'eau impétueux et immuable, tels des vigiles veillant inlassablement sur lui, au rythme des saisons et des intempéries, tels des sémaphores gardant et préservant la faune et la flore aquatique de cette rivière prenant sa source au mont Lozère, près du signal de Finiels, à 1 699 mètres, se faufilant entre les falaises boisées de pins sylvestres, dévalant comme un torrent les pentes sinueuses et rocheuses, continuant plus calmement sa course dans les méandres du Valdonnez, traversant la plaine fertile et son verger luxuriant jusqu'à se jeter, riche de ses alluvions et de ses sédiments, dans le Lot, entre Mende et Chanac.

Du haut du pont, penché au-dessus du Bramont, Tristan fit remarquer que le niveau de la rivière serpentant entre les pierres recouvertes de mousses et de lichens blancs étoilés était haut et conséquent, très favorable et prometteur pour les truites encavées. Tristan, répondant aux questions pressantes de Victor, lui promit de l'emmener à la pêche dès le printemps prochain. Ensuite, ils remontèrent le cours d'eau jusqu'au petit ruisseau dévié alimentant le moulin à moudre seigle et blé, se trouvant près de la ferme du meunier, en contrebas, dont la cheminée visible exhalait d'étranges volutes de fumée grise s'évanouissant et mourant dans le ciel uniforme d'un bleu turquin sans nuage présageant une nuit étoilée et froide. Les Vallet et les Mallet revinrent sur leurs pas et remontèrent doucement le chemin du Moulin Bas, désert et calme : seuls, au loin, survolant les champs labourés plantés de céréales, on entendait croasser les corbeaux en quête de graines et de nourriture quelconque ; en revanche, en approchant des maisons du village, les étourneaux et les tourterelles, dérangés, s'envolèrent à tire-d'aile d'un toit à l'autre. Tristan fit remarquer que Mère Nature, en recouvrant de neige la campagne et les contrées agricoles environnantes, permettait à la flore de se régénérer, de s'abreuver et de se ressourcer ; la neige poudreuse, dense et consistante, représentait un engrais des plus naturels pour la terre, car l'apport en eau oxygénée et pure était considérable pour la faune et la flore sauvages et le remplissage des nappes phréatiques et des nombreuses sources, au même titre que l'eau des pluies d'automne et de printemps. La fonte des neiges offrait un volume d'eau conséquent aux terroirs de la province gévaudanaise, même si les populations agricoles de la Margeride redoutaient les hivers rigoureux, dominés par le vent du nord, implacable et glacial. Or, le Valdonnez, protégé par le causse de Mende, les monts alentour, de Montmirat à la barrière frontalière entre Lanuéjols et Bagnols-les-Bains et le grand Truc de Balduc séparant Saint-Étienne de Balsièges et de Saint-Bauzile, réchauffé par le vent du sud venant de la mer, un peu fou, particulier et doux, s'engouffrant en sifflant dans le couloir du Midi jusqu'au col de Montmirat, divergeant soit vers les Cévennes sur Nozières et Florac, soit sous le causse de Sauveterre, surplombant les gorges du Tarn, sur Ispagnac ou Sainte-Énimie et la Malène ; le Valdonnez, blotti entre les montagnes, possède une plaine fertile riche et privilégiée, abritée des vents dominants régnant en maître sur les causses désertiques et pauvres. De plus, le Valdonnez est une région luxuriante, agréable, paradisiaque, où il fait toujours bon vivre en toutes saisons, loin des guerres de religion, des intrigues et des convoitises, en bonne entente cordiale, solidaire, conviviale. Cette vallée est constamment et régulièrement arrosée de part et d'autre du Truc de Balduc d'une part par la Nize, de Lanuéjols à Langlade, Venède à Saint-Bauzile jusqu'à Rouffiac, et d'autre part par le Bramont, de Saint-Étienne à Pruneyrolles, débouchant à Rouffiac et Balsièges, rejoint et marié à la Nize, et bifurquant sur Chanac pour se jeter dans le Lot et l'enrichir, tel un fidèle affluent. Si le Valdonnez est une terre agricole, il n'en est pas moins un grand verger où les prés verdoyants regorgent d'arbres fruitiers, dont les pruniers à reines-claudes, les pommiers à reinettes, les poiriers et les cerisiers, surtout à bigarreaux et à burlats, très sucrées, donnent des fruits charnus et odorants parfumant les salades, les compotes, les tartes et autant de plats cuisinés et de confitures, ou même dans l'eau-de-vie, conservant aussi bien les cerises et les framboises que les prunes dans les alcools forts, au même titre que les châtaignes, les noisettes, les coings et les noix, ramassés au début de l'automne. Bref, au rythme des saisons et du calendrier, les fruits frais, cuits, cuisinés, séchés ou confits, au moment des fêtes, régalaient les papilles et les palais. Or, chaque saison pour les Valdonnéziens travailleurs et économes vivant en paix depuis le début de ce siècle des Lumières avait son charme et son lot de cadeaux généreux et fortuits que Dame Nature leur offrait régulièrement et gratuitement. Chose curieuse et exceptionnelle, le Valdonnez, situé à cinq bonnes lieues de Mende et au sud du Gévaudan, proche des Cévennes, n'avait été ni inquiété ni dérangé par les guerres de succession et d'indépendance, ni celle de Sept Ans, auxquelles les seigneurs locaux comme le comte de Molette de Morangiès ou le jeune marquis de Randon-d'Apcher n'avaient pas participé. Le Valdonnez avait encore moins subi, ni physiquement ni moralement, les méfaits de la bête du Gévaudan et de tous les loups malfaisants ou enragés qui avaient été exterminés tour à tour par les dragons envoyés du roi notamment tel Duhamel, les louvetiers des d'Enneval et même Antoine de Beauterne père et fils. Certes, ils connaissaient ce terrible fléau qui avait sévi sur le Gévaudan de juin 1764 au 19 juin 1767, soit pendant trois ans consécutifs, en agissant horriblement sur des êtres vulnérables, notamment sur des enfants et des jeunes filles que la bête ou les bêtes anthropophages, cruelles et avides, jugulaient, terrassaient, se repaissant de leur chair la plus tendre, du sexe le plus faible et le plus vulnérable. Bien sûr, les Stéphanois, comme tous les Valdonnéziens, étaient au courant : ils avaient lu tous les détails recensés sur *La Gazette de France* ; ils savaient tous qu'on appelait leur province « le pays de la bête, des sauvages et des illettrés », où plus de 100 000 hommes armés jusqu'aux dents avaient tenté par leurs battues, leurs chasses, leurs moyens avortés, les poisons, les harpons et les coups de fusil, de combattre une seule bête et c'était toujours la même bête qui gagnait. Ils savaient évidemment que leurs ennemis héréditaires, les Anglais, outre-Manche, se moquaient d'eux parce qu'ils n'étaient pas civilisés et que chacun d'eux rêvait de tuer la bête, sa louve et ses louveteaux afin d'obtenir la récompense promise par Louis XV le Bien-Aimé, les intendants de Haute-Auvergne et du Languedoc, ajoutée à celle du syndic de Mende, s'élevant jusqu'à 10 000 livres. Comment auraient-ils pu participer jusqu'à d'aventure à cette curée, eux, les bouseux soi-disant, primitifs, illettrés et superstitieux, comme on les désignait avec mépris dans le royaume de France et de Navarre et en Angleterre ? Ils n'avaient même pas le droit de posséder un fusil et encore moins de s'en servir, sous peine de punitions conséquentes. Pourtant, des questions angoissantes en suspens revenaient dans leur esprit tourmenté et leur mémoire, et les rendaient au fil du temps passant très dubitatifs, méfiants et défiants à l'encontre des autorités dirigeantes. Pourquoi, dans leur cher Gévaudan, où les disettes, les famines, les épidémies et la misère ambiante sévissaient encore, les populations agricoles, pauvres, asservies aux fermiers, aux métayers, aux seigneurs locaux, riches propriétaires dans ces contrées reculées de Margeride, subirent-elles de tels carnages sur leurs propres enfants durant trois ans, sans raison et impunément ? Pourquoi avoir attendu de si longs mois sans pouvoir éradiquer ce fléau terrible malgré les moyens infructueux et onéreux employés, plus ou moins avortés et scandaleux, jusqu'à tuer les chiens les plus beaux et des bêtes de ferme, les empoisonner pour appâter la bête et tous les loups, ou procéder à des battues dispendieuses inutiles avec des louvetiers et maints limiers ? Pourquoi l'évêque de Mende, monseigneur de Choiseul-Beaupré, dans son mandement de décembre 1764, avait-il rendu responsables de cet horrible fléau les Gévaudanais élevant mal leurs enfants, se préoccupant plus de leur avancement que de leur salut, et les incitait-il à plus de chrétienté pour obtenir la miséricorde de Dieu ? L'ecclésiastique leur déclarait sans détours, avec insistance et sévérité, que Dieu avait armé cette bête pour les punir de leurs mauvaises actions et les exhortait à honorer leur devoir de chrétiens pour obtenir enfin sa miséricorde divine.

Sinon, la bête vengeresse, cruelle et barbare, s'acharnerait sur le sexe le plus tendre, leurs enfants, le sexe faible, les jeunes femmes, et le sexe le plus vulnérable, les vieillards, impunément. Incroyable ! Les Valdonnéziens, informés par *La Gazette de France* du nombre des victimes et de leurs familles endeuillées, éprouvées, en Margeride, de Saint-Alban à Saint-Chély, du Malzieu à Saugues, dans les paroisses, en Haute-Auvergne, malgré les nombreuses interventions des envoyés royaux, en nombre et en armes, ne comprenaient absolument pas quelles étaient les véritables raisons de ces méfaits à répétition sur leur province, aggravant la misère déjà existante dans ces contrées pauvres et reculées. Et les Gévaudanais commençaient à douter sur les vrais mobiles. Pourtant, malgré les querelles intestines entre dragons, chasseurs, louvetiers et seigneurs locaux, Jean Joseph de Randon-d'Apcher, jeune marquis, conduisait et organisait les chasses avec douze fidèles chasseurs aguerris et expérimentés en Haute-Margeride sans discontinuer, de jour comme de nuit, embusqués dans les bruyères, les fourrés, sur les versants pentus et rocheux des monts Mouchet de la Haute-Margeride. Le syndic de Mende, représenté par le dévoué Étienne Lafont, fit appel au marquis d'Apcher, âgé seulement de 18 ans, pour tenter de purger la terre de ce terrible fléau qui sévissait depuis trois ans sur le Gévaudan. Et le 19 juin 1767, à 10 heures, au pied du mont Mouchet, à La Sogne d'Auvers, un de ses fidèles chasseurs postés à l'affût, Jean Chastel, vit la bête, la visa, la tua ; puis, une semaine après, Jean Terrisse abattait sa louve. Tous les loups malfaisants, errants ou enragés étaient enfin exterminés.

Toutefois, les Stéphanois, témoins, comme tous les Valdonnéziens, songeurs, frustrés et sceptiques, ne se satisfaisaient en aucune façon de l'issue fatale de ces événements tragiques qui avaient durement éprouvé leur province et rapporté à leur cher Gévaudan une très mauvaise réputation. Pendant trois ans, on avait rabaissé, humilié, méprisé les Gévaudanais ; on s'était moqué d'eux comme des gens primitifs, illettrés, superstitieux et rustres, et on avait abusé de leur vulnérabilité, de leur pauvreté et de leur faiblesse en les maintenant en l'état dans leurs conditions d'esclavage déplorables et d'avilissement perpétuel moyenâgeux, écrasés de tailles et de taxes, condamnés à vivre sans liberté dans le tiers ordre dont ils faisaient partie intégrante depuis la nuit des temps, face au clergé dominant, les endoctrinant, les instrumentalisant, et à la noblesse locale, les opprimant sans cesse et sans vergogne. Or, les Valdonnéziens, qui n'étaient pas dupes mais avides de savoir et de connaître, par l'intermédiaire de leurs braves curés, érudits et humanistes, apprenaient vite, dévoraient les gazettes et les ouvrages de la bibliothèque de la cure en se tenant régulièrement au courant des faits divers et de l'actualité, et ils aimaient se retrouver à la taverne de l'auberge pour débattre, partager, échanger leurs avis en refaisant le monde à leur manière, avec l'espoir d'acquérir eux aussi un jour les libertés d'expression et de conscience, le droit à l'instruction, à la connaissance raisonnée, l'égalité en droits et en devoirs pour tous, l'abolition de la monarchie absolue, des trois ordres et des privilèges de la noblesse et du clergé, l'égalité devant l'impôt et l'abolition de l'esclavage sous toutes ses formes ; autrement dit, les Gévaudanais adhéraient aux idées nouvelles du courant humaniste des philosophes des Lumières propagées par tous ceux qui combattaient l'illettrisme, la superstition et l'injustice comme Voltaire, Montesquieu, Diderot, d'Alembert et Jean-Jacques Rousseau ; comme eux, ils aspiraient à l'élaboration d'une société plus juste et tolérante où tous les hommes seraient libres et égaux en droits, ce qui affolait évidemment la noblesse de cape et d'épée et de robe.

Entre-temps, récemment, on avait appris par la gazette que Jean Chastel et Jean Terrisse recevaient une maigre gratification pour avoir enfin débarrassé le Gévaudan de la bête immonde et vorace et de tous les loups qui avaient terrorisé les populations de ces contrées agricoles ; celui qui en tira le plus de gloire était sans nul doute le jeune marquis d'Apcher qui, d'ailleurs, était sur le point de se marier avec Marie-Thérèse de Rochefort d'Ally, riche héritière, seulement âgée de 17 ans. En revanche, Philibert de Montialoux, dit Gilles, n'avait pas encore de descendance et craignait que l'héritage de la baronnie de sa propre famille du Tournel, régnant sur le Valdonnez, revienne au neveu de sa mère, le futur Gilbert, Marie Joseph Paul Yves Roque Motier de La Fayette, né au château de Chavaniac en 1757, en Haute-Auvergne, déjà âgé de 11 ans. Il était temps que Gilles de Montialoux prenne femme pour devancer cet intrigant cousin qui dilapiderait sa fortune comme un vulgaire bâtard. Ayant appris que Lucie Mallet occupait un poste d'enseignante à Saint-Étienne, il se présenta un matin de janvier à l'épicerie, croyant obtenir facilement la main de leur fille sans problème et ce que de droit. À son grand étonnement, il reçut un cuisant refus catégorique de la part des époux Mallet qui lui fermèrent la porte au nez. Quand il frappa à la porte de la cure de l'église pour tenter de rencontrer Lucie Mallet et de lui déclarer sa flamme et ses intentions, il fut confronté à l'abbé Ribourel en personne qui l'incita à passer son chemin en le persuadant vivement de renoncer à ses projets d'avenir avec la demoiselle Mallet, très impliquée auprès des enfants dans son projet éducatif. Il se garda bien de lui apprendre que Lucie était fiancée, sur le point de se marier avec Tristan Vallet, mais il insista sur le fait que l'instruction du peuple enfantin était sa seule et unique préoccupation. Sans attendre de réplique du jeune comte de Montialoux, prétextant la préparation urgente d'un office religieux, l'abbé Ribourel le congédia sans tambour ni trompettes comme le plus commun des mortels. Après tout, un curé averti en vaut deux ! L'abbé ne pouvait, en son âme et conscience, se reprocher d'avoir menti : il avait tout simplement obéi et appliqué la requête de Tristan : répondre lui-même aux passants et aux pèlerins comme à son habitude frappant à sa porte, mais ne jamais les laisser entrer à la cure pour ne pas déranger les cours et les leçons de la demoiselle Mallet.

Pour ne pas effrayer Lucie, l'abbé prit le parti de ne rien lui dire ; par contre, lorsque Tristan, après sa journée laborieuse, vint la retrouver, il s'empressa de l'informer de cette visite insolite et impromptue, et de renforcer la protection et la sécurité de sa bien-aimée vivant et dormant seule à la cure depuis la rentrée scolaire de janvier. Ainsi fut fait. Tristan vérifia les serrures et les fermetures des différences portes des communs de la cure, de la salle de classe à la chambre, de la salle d'eau au petit salon, de la salle d'étude à la bibliothèque, remplaça les pênes et les clenches des loquets défectueux des serrures, renforça les châssis et les targettes des fenêtres, l'étanchéité des volets, s'assura enfin que portes, fenêtres et volets, en meilleur état, fermaient bien. Excellent menuisier et plombier, Tristan sécurisa aussi bien l'église que la cure et, par la même occasion, la devanture de l'épicerie des Mallet et les portes des communs. Ainsi, les Mallet, monsieur le curé, les Vallet, Tristan et Lucie purent-ils exercer leurs activités en toute tranquillité et se reposer sans craindre d'être inquiétés par quelque malandrin ou revenant mal intentionné. Chacune et chacun se sentaient protégés et ne pouvaient être que rassurés. Leurs nombreuses occupations leur permirent de voir défiler les assauts de l'hiver plus facilement et sereinement, et les retrouvailles n'en furent que plus chaleureuses et soudées entre les Mallet et les Vallet, plus amoureuses et fusionnelles pour Lucie et Tristan, pleins d'espoir à l'approche du printemps naissant. Effectivement, les enfants, assidus et exigeants, remplissaient le temps et aussi l'espace des journées bien remplies de Lucie, du lundi au samedi, au sens propre et au sens figuré, profitant des leçons à recevoir, de la salle d'étude et de la bibliothèque, ouverte à loisir et toujours à leur portée. Si bien que ni les écoliers ni même Lucie ne voyaient passer ni le temps ni l'heure, et c'est souvent Tristan, impatient de retrouver sa bien-aimée, qui le leur rappelait assurément. Avant de l'accompagner chez ses parents pour partager leur repas, Tristan fermait vivement la porte, prenait Lucie dans ses bras puissants et fermes et la couvrait de baisers passionnés et brûlants. Puis, prenant Victor et Anne, médusés, par la main, il laissait à regret Lucie à la rue Droite et prenait le chemin de son quartier pour partager avec eux leur repas. Une bonne heure après, Tristan descendait quatre à quatre la rue verticale et perpendiculaire à la rue Droite, frappait trois coups chez les épiciers, le recevant à bras ouverts. Il acceptait volontiers d'échanger quelques paroles sur l'actualité du moment en prenant quelques articles récents de la gazette qu'il lirait à tête reposée. Lucie prétextant la préparation de ses cours à assurer pour le lendemain et quelques devoirs à corriger, les Mallet, conciliants, la confiaient à Tristan qui prenait congé d'eux respectueusement. Bras dessus, bras dessous, les fiancés n'avaient que quelques pas à faire de la rue Droite débouchant devant la fontaine et la porte de la cure, proche de l'auberge du Bramont et de la place de l'Église, très fréquentées et souvent mouvementées. Sans prendre de risques inutiles, Tristan jugeait qu'il fallait demeurer prudents et même très vigilants, comme le lui avaient conseillé les abbés Peytavin et Ribourel avec insistance et sagesse. Une fois barricadés, installés dans la bibliothèque, les amoureux avaient le champ libre pour se raconter leur journée, échanger leurs impressions et leurs idées, sans perdre de vue leurs sentiments réciproques. Intéressés par les faits divers, ils épluchaient les divers articles relatés avec force détails dans *La Gazette de France*. Très friands de l'histoire du Valdonnez, ils apprirent que depuis l'an 1722, le château du Boy avait été choisi pour abriter les commissaires des États du Gévaudan suite à la peste régnant à Mende, La Canourgue et Marvejols, depuis 1721. Aussi, le lieu, sain et non suspect, du Boy était l'endroit idéal pour administrer le diocèse de Mende : les propriétaires du château reçurent alors une indemnité de 11 527 livres pour accueillir ces commissaires accompagnés d'hommes et d'armes qui purent y siéger. Or, depuis 1723, la baronnie du Tournel était tombée en quenouille faute d'héritier mâle. L'héritière, Louise-Claude de Châteauneuf-Randon, épousa le marquis de Molette de Morangiès et lui transmis ses biens, et notamment le Boy, le château et ses dépendances, les domaines et maisons de Chapieu, les possessions, les terres et bois, les parcelles attachées et unies aux deux domaines du Boy et de Chapieu. Cette famille originaire du Velay, alliée aux Châteauneuf-Randon de la baronnie du Tournel, était, par ses biens et ses richesses, une des familles les plus influentes du Gévaudan. Ainsi, le nouveau maître du Boy était devenu marquis de Saint-Alban, baron de la Garde-Guérin, coseigneur de Serverette et de Villefort. Avec le titre de maréchal de camp, il s'était illustré à Fontenoy mais, capitulant à Minden, le roi Louis XV l'avait disgracié. Aussi dut-il meubler son temps : ses loisirs forcés et ses moyens avantageux lui permirent de restaurer son immense domaine du Boy et de faire de son château un petit Versailles gévaudanais, afin de tromper la nostalgie des fastes de la cour. De sa descendance, son fils aîné et héritier, que l'on connaissait sous le nom de Jean-François Charles de Molette de

Morangiès, était lui aussi maréchal de camp et guerroya jusqu'en 1763 au cours de la guerre éprouvante et catastrophique de Sept Ans. Tristan et Lucie apprirent que le seigneur de Molette de Morangiès avait fait un brillant mariage, épousant une fille de duc, pair de France, et eut, malgré le décès prématuré de sa jeune épouse, deux fils âgés à présent de 16 et 20 ans. On savait également, par les journalistes de la gazette et de source sûre, que Jean-François Charles de Molette de Morangiès avait participé activement aux chasses et battues menées par les dragons de Duhamel pour éradiquer le fléau de la bête de Gévaudan et contribué à abattre, avec les gens de sa maison, des loups malfaisants. Or, il avait dénoncé les abus des louvetiers et des limiers des d'Enneval père et fils, ne payant pas de leur personne, obligeant les habitants journaliers et les paysans gévaudanais à accompagner tous ces chasseurs et ces rabatteurs le ventre creux, tombant d'inanition. De plus, le comte de Morangiès, mécontent des interventions d'Antoine de Beauterne, avait dénoncé à peu près en ces termes que « le pauvre sort du Gévaudan se décidait autour des verres et des bonnes bouteilles partagées et vidées à la taverne du Malzieu », ce lieu maudit, par tous les envoyés royaux, bousculant, molestant, agressant les populations agricoles et foulant sans vergogne à cheval et détruisant les épis de blé, d'avoine et de seigle, en piétinant et traversant incessamment les champs et les cultures impunément ; ils se servaient en fourrage et volaient aux fermiers charcuteries et fromages ; de plus, ils occupaient les hangars, les chambres, il s'invitaient dans les auberges et prenaient d'assaut les gîtes et s'asseyaient aux meilleures tables, en terrain conquis, faisaient bombance, aggravant la misère existante qui régnait déjà dans ces terres agricoles pauvres et reculées. La gazette ajoutait avec ironie que les seigneurs locaux du Gévaudan s'étaient consolés avec soulagement du départ des imposteurs qui avaient souillé de leur présence leur province ; ils saluèrent en revanche les chasseurs aguerris et expérimentés du jeune marquis d'Apcher qui, à peu de frais, avaient purgé la terre de l'horrible fléau de la bête et de ses méfaits, sévissant durant trois ans consécutifs. Toutefois, aucun des envoyés royaux ne toucha les 10 000 livres promises par tous les partis réunis et chacun d'eux rentra bredouille et humilié, moqué et raillé. Rappelons que celui qui en tira le plus de gloire et de reconnaissance fut évidemment Jean-Joseph, le jeune marquis d'Apcher, adulé par tous les Gévaudanais, qui ordonna, conduisit, organisa avec bravoure et sans relâche les chasses, du haut de ses 18 ans, jeune chevalier sans peur et sans reproche, comptant uniquement sur ses douze fidèles et intrépides chasseurs, dont Jean Chastel et Jean Terrisse, et leurs autres compagnons qui durent se partager de bien maigres récompenses. Malgré ces faits héroïques et reconnus, et le nombre important de victimes vulnérables jugulées et terrassées en Haute-Margeride, tous les Gévaudanais, ayant connu beaucoup de misère depuis la terrible peste de 1721, aspiraient à une paix durable en cette fin de règne de Louis XV le Bien-Aimé.

Tristan et Lucie s'intéressaient et comprenaient cet état de fait, et compatissaient à tous ces malheurs. Mais ils n'acceptaient pas que les seigneurs locaux tombassent avec frénésie dans des excès extrêmes considérables et condamnables. Depuis un an et demi, les jeunes fils des comtes de Cénaret, de Villaret, de Montialoux et de Morangiès, et certains bourgeois anoblis comme les fils des familles Roux, Martin ou Malafosse, s'évertuaient à rechercher dans la province du Gévaudan et même dans le Valdonnez de riches héritières à marier bien dotées, pour assurer leur descendance et agrandir leur patrimoine, mais aussi pour faire fructifier leurs biens et leurs dépendances, et continuer à mener un train de vie dispendieux et fastueux dans le monde étourdissant de la noblesse. Les dernières rumeurs concrétisées dans la gazette faisaient justement état du grand train de vie fastueux que menaient certains notables, aussi bien dans leur province qu'à Paris. Et le comte de Molette de Morangiès, dont les ressources n'étaient pas inépuisables, en faisait également partie : avec sa langue dorée, baptisé « le roi de l'arnaque », il vivait au-dessus de ses moyens dans un monde d'escrocs, d'usuriers, d'aventuriers et d'aventurières, et ne payait jamais ses créanciers. À ce rythme-là, les membres de sa famille craignaient qu'il dût vendre tous les biens provenant de l'héritage de sa mère et notamment le château du Boy et ses dépendances (basse-cour et jardin) et le domaine de Chapieu, riche de ses maisons, terres, bois et parcelles, et toutes ses possessions réunies dans le Valdonnez. Bref, ses frères et sœurs pressentaient que Jean-François Charles de Morangiès dilapiderait sa fortune et par la même occasion ruinerait sa propre famille et surtout ses deux fils ; car, pour comble de déchéance et de déshonneur, il céderait le riche mobilier du château du Boy et des maisons de Chapieu, meublés avec leurs belles tapisseries, les boiseries et le plafond en caisson du salon doré et les cheminées en bois sculpté ; autrement dit, tous les produits acquis, précieux, hérités, estimés à 30 000 livres tournois, lesquels seraient bientôt soumis à la vente et convoités par les bourgeois aisés gévaudanais (si l'on pouvait penser certes aux Jabrun, aux Roux, aux Martin, ou même aux Malafosse, récemment anoblis, vivant à Marvejols).

Quant aux derniers ressortissants de la baronnie du Tournel, dont Philibert, dit Gilles de Montialoux, faisait partie, assez désargenté, il ne roulait effectivement pas sur l'or et cherchait une juteuse opportunité qui remplirait ses caisses, renflouerait sa fortune et assurerait sa postérité, lui procurant une haute et distincte notoriété au sein de la noblesse du Tournel. Or, sans riche alliance et sans héritier mâle en postérité, la baronnie risquait de tomber en quenouille et sa mère céderait en héritage tous ses biens à son neveu, Gilbert Motier de La Fayette, vivant à Chavaniac.

À la lecture de tous ces renseignements détaillés dans la gazette, Lucie éprouva un profond malaise en pensant à ces unions de notables où les intérêts matériels, la raison, alliés à l'arrangement, primaient sur les sentiments et le consentement mutuel, et surtout sur l'amour fusionnel des futurs époux. Face au regard interrogateur et surpris de Tristan, elle ne put s'empêcher de lui dire :

« Tristan chéri, que serait-il advenu de moi si j'avais cédé aux avances de Gilles de Montialoux en obéissant à ma mère purement et simplement ?

– Eh bien, Lucie, ma chérie, tu serais actuellement comtesse de Montialoux de la baronnie du Tournel, riche héritière et à l'abri du besoin, répondit Tristan en riant.

– Mais, Tristan, nous venons de lire que Gilles de Montialoux est très désargenté.

– Oui, Lucie chérie, tu oublies que ton honorable mère lui a promis une dot très conséquente s'il t'épousait.

– Alors Gilles de Montialoux m'épouserait par intérêt pour arranger et augmenter ses biens et ses affaires ? Et sans consentement réciproque ?

– Lucie, ma chérie, à une exception près. Le comte de Montialoux est tombé amoureux de ton adorable personne. Il me l'a avoué à Saint-Julien-du-Tournel alors que je m'apprêtais à rencontrer l'abbé Peytavin.

– Mais alors, Tristan, Gilles de Montialoux est plus à plaindre qu'à blâmer ! C'est terrible !

– Détrompe-toi, ma chérie. N'oublie pas qu'il a voulu me provoquer en duel et qu'il sera impitoyable lorsqu'il apprendra que nous sommes fiancés et que nous allons nous marier.

– Tout de même, le comte de Montialoux agit par amour. Il est jeune et malheureux. Qu'aurais-tu fait à sa place ?

– Eh bien, ma chérie, j'aurais agi en mon âme et conscience pour le bien de ma famille, répondit Tristan, très agacé.

– Tristan, tu fais preuve de très mauvaise foi ! Dis-moi sincèrement ce que tu aurais fait.

– Si j'étais à sa place, j'aurais, comme lui, essayé de t'enlever, arrêté de m'enivrer dans les tavernes et aurais repris mon service dans la garde montée du roi en tant que mousquetaire, au lieu de m'acoquiner avec les paysans et de m'encanailler avec quelques seigneurs locaux dont je tairai les noms. Voilà, ma chérie, es-tu satisfaite ? lança, dans un souffle, Tristan, aussi attristé qu'irrité.

– Tristan, mon chéri, pardonne-moi de t'avoir poussé à bout. Je désirais tout simplement avoir ton avis. Je ne voulais en aucune façon ni te blesser ni te contrarier.

– Ce n'est rien ma chérie. Au diable les suppositions ! Je ne puis me mettre à la place d'un autre. Avec des si et des mais on ne fait rien de bon. Je t'aime, voilà tout. »

Et Lucie mit ses bras autour du cou de Tristan, se serra un peu plus contre son corps, lui offrit ses lèvres et s'abandonna entièrement contre sa poitrine haletante, leurs deux cœurs battant à l'unisson et leurs jeunes corps enlacés, quelque peu affolés, tant l'étreinte, resserrée, les faisait s'épouser. Combien de temps restèrent-ils ainsi embrassés, jouissant d'un moment d'extase et de bonheur partagé ? Toujours est-il que les douze coups de minuit, en retentissant au clocher de l'église, le leur rappelèrent en les invitant à l'évidence, à la raison et surtout à la sagesse et à la modération de leurs effusions.

Sans arrière-pensée, sans prendre ombrage de leur comportement amoureux de plus en plus fougueux, les deux fiancés se quittèrent heureux, rassasiés, sans regrets, se donnant rendez-vous le lendemain même lieu, même heure, jusque tard dans la nuit, car le temps leur appartenait désormais et ils en jouissaient pleinement.

Les journées hivernales occupèrent à plein temps tous les Valdonnéziens en fonction de leur savoir-faire, de leurs talents, joignant l'utile à l'agréable, le superflu à la nécessité, ou s'adonnant à leur passion à laquelle seule la rigueur de la saison leur permettait de consacrer des moments privilégiés devant l'âtre, à demeure, dans leur foyer. Les femmes se remettaient à filer la laine sur leur rouet ; les hommes reprenaient leurs vieilles habitudes en tressant des paniers d'osier ; quelques artistes rallumaient leur four pour cuire leurs poteries et les émailler ; d'autres gravaient des dessins originaux sur de grosses écorces ; certains, plus habiles, plus adroits, découpaient et façonnaient des plaques d'ardoise destinées à couvrir de dalles le sol ou le toit de tuiles de lauze grise, pendant que d'autres taillaient et équarrissaient les blocs de granit et de schiste pour construire de solides maisons, secondés par les menuisiers, préparant les planches de pin, de sapin, pour consolider la charpente et la couverture des toitures. Certains artisans, très qualifiés, experts et adroits, travaillaient le bois de hêtre et réalisaient de magnifiques meubles dont les buffets, les vaisseliers, les bahuts, les tables et les secrétaires, les commodes et les armoires portaient la marque minutieuse, le cachet et la signature de la main d'ouvriers, artistes très méticuleux et surtout gévaudanais. Quant aux tailleurs de pierre, depuis le début du Moyen Âge, les églises romanes et les jolis petits ponts construits enjambant le Lot, le Tarn et la Truyère, les petits cours d'eau comme le Bramont et la Nize, l'Altier, l'Ance ou le Champeauroux, la Colagne ou la Rimeize et l'Allier, tous ces ponts édifiés en bonnes pierres de granit, de schiste et de calcaire extraites de Margeride notamment résistaient par leur solidité inébranlable au temps et aux intempéries, comme les moulins à roues pour moudre le grain, les fours à pain et les burons pour la fabrication du beurre et des fromages, sans oublier les imposantes laiteries. Toutes ces constructions, toujours en place, témoignent de mains de spécialistes ouvriers concrétisées par la vitalité de toute une population laborieuse d'individus qui s'activent, se déplacent, fabriquent et meublent leur temps, été comme hiver, en plein jour ou même lors des veillées autour des chandelles où se réunissait chaque famille.

Si le Gévaudan n'a jamais été une terre de grande production agricole en raison de la nature du sol et de la rigueur du climat, les vraies richesses du pays sont les grands pâturages et les grandes étendues où peuvent paître de grands troupeaux. Et les Gévaudanais l'ont bien compris depuis longtemps. Si les produits du sol apportaient la nourriture indispensable, l'industrie des laines assurait aussi l'argent nécessaire à la pérennité de la famille et de son domaine pour le cultivateur ou les éleveurs. Car, de mai à octobre, 500 000 têtes de bêtes ovines venaient dans les pâturages du Gévaudan et précisément en Margeride, y compris les troupeaux transhumants montant des plaines chaudes et sèches du Languedoc. Or, la laine de ces nombreux troupeaux était, au XVIIIe siècle, un commerce très important et florissant. Et les étoffes du Gévaudan, de bonne qualité, étaient exposées dans les foires et les marchés du royaume de France et de Navarre et exportées à l'étranger. On savait qu'elles habillaient les troupes royales et qu'elles étaient vendues à Lyon, à Florence et en bien d'autres villes.

La laine brute était lavée, dégraissée à l'eau chaude puis peignée, cardée et ensuite filée. Si la filature était le travail des femmes, elles travaillaient l'hiver à la maison, soit à la quenouille, soit au grand rouet, l'été dans la rue ou sur la place publique. On donnait à la fileuse la quantité de laine lavée pour la filer : le travail était payé moitié à la remise de la laine, moitié à la fin.

La laine filée était confiée aux tisserands qui disposaient les fils suivant le dessin choisi. La toile était ensuite portée au foulage et à la teinte : le grand nombre de teintes donnait l'embarras du choix entre le musc (clair ou foncé), le plomb, le feu, l'argenté, le violet, le noir, le citron, le rose, le céleste, le verre, la frangipane, le turquin, le cerf, l'isabelle, le gris, la feuille morte, la belette ou la noisette, etc. Les règlements fixaient à la fois la grosseur du fil, sa qualité et la dimension de la pièce. Grâce aux nombreux métiers à tisser gévaudanais, qui s'élevaient à 8 000 environ, on faisait des cadis et des serges. Le tableau des ventes sur les marchés nous faisait connaître l'importance des fabrications et le nombre de pièces et leur valeur en livres, non négligeable, en pleine croissance. On peut ainsi examiner sur le tableau de *La Gazette de France* quelques dates de ventes et comparer les valeurs des pièces d'étoffe :

Année	Nombre de pièces	Valeur en livres
1742	88 305	2140.938
1743	103 156	2805.142
1744	117 240	3009.631
1745	109 441	2783.343
1746	120 180	3187.101
1747	113 075	2958.950
1748	108 331	2889.026
1749	109 816	2995.038
1751	110 479	2890.570
1752	106 040	2795.590
1754	109 173	2973.500
1758	100 341	2797.199
1759	89 913	2282.966
1760	99 935	1998.872
1761	95 813	2174.529
1762	99 238	2262.795

De même, le périodique nous donne l'état général des marchandises en cadisserie achetées aux foires et marchés du pays de Gévaudan pendant l'année courante 1762, à savoir :

Lieux (villes)	Qualités de la laine	Nombre de produits	Prix de la pièce	Produit total en livres
MENDE	Serges Escots Cadis Dauphine	19 980 2 701 2 119	2810 5210 1610	646196,10
MARUEJOLS	Serges Impériales Cadis refoulés	4 344 9 704 12 036	2710 2410 1910	602935,10
LA CANOURGUE	Cadis refoulés	13 641	1910	265999,10
SAINT-CHELY	Serges Cadis Montagne	3 266 14 995	2710 1710	352227,10
SERVERETTE	Serges	10 631	2710	292352
LE MALZIEU	Serges Cadis Montagne	322 2 506	2710 1710	39085
SAUGUES	Cadis Montagne	2 160	1610	35640
LANGOGNE	Burattes	822 par 60 aunes à 11 sols 6d. l'aune		28359

Or, les habitants du Gévaudan attribuaient à leur industrie de la laine une haute antiquité et déclaraient à juste titre qu'elle était la plus ancienne du royaume de France. Ils savaient que dès le début du Moyen Âge on fabriquait du drap à Mende. D'ailleurs, la baronne du Tournel avait demandé, pour sa sépulture, que les pauvres présents soient habillés du drap blanc de Mende. De plus, dans son rapport en 1698, M. Basville faisait savoir : « Il n'y a point de paysans dans chaque famille gévaudanaise qui n'ait au moins un métier chez lui, où il s'occupe tout le temps qu'il n'emploie à cultiver la terre et surtout pendant les longs hivers dans les montagnes où les neiges durent six mois entiers. Les enfants y filent la laine dès l'âge de quatre ans et il n'y a personne qui ne soit occupé. À la vérité, leurs gains sont très petits : les fileuses ne gagnent que deux sols et les meilleurs tisserands, huit sols ; ces étoffes, que l'on nomme cadis, se vendent à bon marché ; les meilleures ne valent que douze sols l'aune. Aussi, le grand débit s'en fait dans les pays étrangers : Suisse, Allemagne, côte d'Italie de Sicile, jusqu'à Malte et même, depuis peu, vers Paris. Les négociants de Nîmes vont ramasser ces étoffes à Mende et à Saint-Léger ; et c'est eux qui en tirent le principal profit, car ce commerce monte tous les ans à plus de deux millions. Or, le pays du Gévaudan ne s'enrichit pas autant qu'il devrait car, au reste, cette manufacture est si ancienne qu'elle a toujours été dans l'état où elle se trouve ; et comme son débit passe presque tout dans les pays étrangers, il n'y en a point qui soit d'un si grand rapport en argent. »

Rien d'étonnant à cela : la nature du sol pauvre et la rigueur du climat expliquent ce prodigieux développement.

Le commerce des étoffes de laine était monopolisé par un petit nombre de marchands fixés à Marvejols, Mende et Saint-Léger. Quelques-uns habitaient le Gévaudan, les autres n'étaient que les commissionnaires ou les commis des commerçants de Lyon, Nîmes, Montpellier, Bayonne, Toulouse, Montauban, Bordeaux ou même Genève et Turin.

Dans la première moitié du XVIIIe siècle, un sixième des articles gévaudanais trouvaient leur débit dans le royaume : en Saintonge, Poitou, Bretagne, Anjou, Maine et Touraine ; le reste s'exportait en Allemagne, Pologne, Suisse, Italie, Espagne, Sicile, Malte et au Levant. En 1708, les serges de Mende se vendaient : les plus ordinaires en Haut-Languedoc, Guyenne, Saintonge, Poitou et l'Espagne ; les meilleures en Bas-Languedoc, à Lyon, en Provence et en Italie ; Lyon fut longtemps un gros entrepôt de serges et de cadis du Gévaudan.

On apprit certes qu'en 1754 les étoffes s'expédiaient à Lyon, Paris, Rouen, Limoges, Montauban, Saint-Hippolyte, Nîmes et Montpellier. Là, les négociants les faisaient teindre, assortir et leur donnaient le dernier apprêt selon les pays auxquels ils les destinaient, à savoir l'Espagne, l'Italie, les échelles du Levant, les Indes. La foire de Beaucaire, les cinq foires de Pézenas et de Montagnac, dans l'Hérault, étaient aussi d'importants marchés réputés de serges et de cadis.

Chose curieuse et peut-être unique, l'émigration de commerçants et artisans qui suivit la révocation de l'édit de Nantes, loin de faire tort à l'industrie, avait augmenté dans certains pays l'exportation des étoffes gévaudanaises, malgré l'affectation indignée et mortifère des religionnaires réfugiés en Suisse et en Allemagne, car revêtus de ces étoffes les exhortant à faire pénitence et à se mortifier.

Comme toutes les régions du Gévaudan, le Valdonnez prenait une part active dans l'industrie des laines et du commerce, aussi florissante. Lorsqu'on dispose d'un métier à tisser, on file et on tisse à la maison. Si l'on n'a pas de métier, on confie la laine filée aux tisserands. On s'aperçoit d'ailleurs qu'il y a davantage de tisserands à Saint-Étienne-du-Valdonnez qu'à Brenoux et Lanuéjols. On en dénombre deux à Saint-Bauzile, six à Saint-Étienne et un à Brenoux au milieu du XVIIIe siècle (soit en 1754).

Or, en ce troisième tiers du XVIIIe siècle, dit des Lumières, et en 1768 notamment, la consommation française augmente l'importance de l'industrie des laines, tandis que les débouchés semblent se restreindre à l'étranger. Entre 1757 et 1770, la fileuse percevait entre 4 et 6 sols, le tisserand de 10 à 12 sols en 1757, de 25 à 30 sols en 1770, et les négociants et commerçants gagnaient 27,10 livres la pièce de serge, 52,10 livres la pièce d'escot et entre 16,10 livres et 19,10 livres la pièce de cadi. Autrement dit ils s'enrichissaient au profit des tisserands et des fileuses, malgré le coût de la vie à Mende, quand le setier de froment s'élevait de 12 livres à 20 livres et la livre de mouton entre 3 sols et 6 deniers et 6 sols et 9 deniers.

Toutefois, depuis peu, *La Gazette de France* informait les Gévaudanais que l'industrie anglaise était en grand progrès face à l'industrie des laines française, car mieux outillée, libre des entraves des règlements, ce qui lui permettait de satisfaire aux exigences d'une clientèle variée et concurrencer sérieusement les serges et les cadis gévaudanais en Italie, dans le Levant et surtout en Espagne et aux Indes, dont elle était en train de devenir le fournisseur exclusif. De plus, en Saxe, s'établissaient aussi des manufactures à l'imitation de celles du Gévaudan, dont les produits, inférieurs en qualité, n'en tendaient pas moins à avilir les prix.

Pourtant, dès le Moyen Âge, le travail de la soie, importée de Chine, commençait à prendre le dessus sur le travail de la laine dans les Cévennes méridionales et la région d'Anduze. Grâce aux feuilles de mûrier, les vers à soie étaient « éduqués » dans des bâtiments appelés magnaneries. C'est à Ra renaissance que fut introduit le mûrier blanc, meilleur pour les vers à soie, supplantant le mûrier noir. Henri IV et Olivier de Serres encouragèrent fortement cette activité ainsi que Colbert par la suite. Et au début du XVIIIe siècle, cette activité était florissante. Les magnaneries de Gabriac et de Molezon entre autres en témoignent : on obtenait des filoselles, soit du fil et du tissu fabriqués avec la soie de cocons percés dont on laissait éclore puis sortir les papillons. Ces myriades de filoselles alimentaient les nombreuses filatures existant dans les Cévennes du Gévaudan, comme celle en particulier de Sainte-Croix-Vallée-Française. Ainsi, grâce à la culture du bombyx du mûrier blanc dans les magnaneries, on obtenait une fibre textile souple et brillante à partir du cocon de ce ver à soie ; et dans les filatures de filoselles, des étoffe légères plus ou moins moirées. Il va sans dire que les vêtements en soie supplantaient sans équivoque les vêtements de laine, plus grossiers, du Gévaudan, mais plus chauds, même si les fabriques de tissus de cadi et de serge proposaient à Mende et à Marvejols apprêts et couvertures dans leurs maisons de peignage, filature, tissage et teinture, quand d'autres confectionnaient étoffes en tout genre et chapeaux faits main en laine peignée.

Inutile de dire également que toutes ces étoffes produites en Gévaudan, cadis, impériales, serges et soies, si elles habillaient les paysans et les coiffaient grossièrement, apprêtaient de cette manière les soldats et les dragons royaux et ravissaient les belles dames de la noblesse et de la haute bourgeoisie émergente, optant plutôt pour les robes de soie chatoyantes dans leur salon mais aussi pour les vêtements de laine, capes, manteaux, tricots ou jupons et gants, pour affronter les hivers rigoureux, sans oublier, pour la literie, matelas et couvertures chaudes et colorées. Finalement, en ce siècle des Lumières où, dans les années 1760, on retrouvait enfin une paix durable en Gévaudan, il faisait bon vivre dans cette province et surtout dans le Valdonnez, où, l'hiver touchant à sa fin, tous se préparaient à célébrer les fêtes de Pâques.

Entre-temps, comme convenu, le 24 mars de l'année 1769, Tristan Vallet enfourcha son étalon alezan et se rendit après le repas de midi à Saint-Julien-du-Tournel afin de s'entretenir de nouveau avec l'abbé Peytavin à la veille des Rameaux. Le printemps précoce avait fait fondre les dernières langues de neige et couvert les saules de chatons, les bouleaux, les peupliers et les frênes de jolis petits bourgeons, et les merisiers de fleurs blanches le long du Bramont et de la Nize, serpentant et déversant gaiement leurs eaux vives et cristallines entre leurs rives caillouteuses et moussues, bordées par les buissons épineux des framboisiers, des ronciers et des rameaux d'osier encore dénudés destinés à la vannerie. Dans le Valdonnez, au bord de l'eau, pavoisaient des touffes de violettes et des ficaires éclatants, sous les saules et les merisiers en fleurs ; et, dans les prés verdoyants, les premières jonquilles pointaient leurs boutons et les plus précoces, déjà, montraient, insolentes, leurs trompettes jaune pétard et criard entre leurs six pâles sépales. Admirant la nature renaissante et frémissante dans toute sa splendeur, Tristan, traversant toute la vallée de Langlade aux Terres Bleues jusqu'à Lanuéjols, talonna son cheval en direction de la commune de Vitrolles, nichée contre la montagne à l'abri des vents ; puis il le freina pour la gravir, empruntant le chemin qui serpentait en lacets le long de la forêt du Masseguin, boisée de magnifiques sapins, de mélèzes princiers, de fayards disséminés et de rares chênes verts côtoyant les noisetiers sauvages et, agrippés à la falaise rocheuse, les pins sylvestres, fidèles et altiers, faisant oublier le précipice vertigineux, tels des sémaphores singuliers accrochés contre la paroi d'un immense gouffre verdâtre allant s'assombrissant au fur et à mesure que l'on s'éloignait en progressant, sans se retourner, vers le sommet jusqu'au hameau du Masseguin, inondé de lumière printanière et de soleil irradiant toute la flore silencieuse et paisible du plateau. Si l'ascension fut facile d'accès pour Tristan et sa monture, qu'ils effectuèrent sans problème, ils savaient par expérience que la descente sur Bagnols n'était pas sans embûche ni sans péril. Il fallait faire preuve de prudence dans le sentier rempli d'ornières, de cailloux pointus et tranchants, de branches mortes et craquantes et d'aiguilles de pin pouvant blesser les pattes et les sabots de l'équidé et provoquer une chute fatale de son cavalier. Alors, Joyeux adopta le pas précautionneux adéquat et régulier transmis par la pression de son maître actionnant les rênes avec douceur et mesure jusqu'à la paroisse très animée de Bagnols-les-Bains. L'étalon alezan eut droit à la pause devant la fontaine et put s'abreuver à volonté. Ensuite, sans perdre de temps inutile, ils prirent la direction de Saint-Julien-du-Tournel et cette fois-ci au trot, la route étant droite, bien dégagée, quasi déserte et sans danger apparent.

Le cœur de Tristan se mit à battre plus vite lorsqu'il aperçut, perché sur son promontoire, le château de la baronnie du Tournel. Tristan, retrouvant son calme, entra dans le village de Saint-Julien, situé à droite, s'approcha de l'église et souleva la clenche du loquet de la porte de la cure où demeurait l'abbé Peytavin ; il toqua trois coups brefs après avoir attaché à un piquet prévu à cet effet sa monture, plutôt satisfaite de brouter l'herbe verte de la cour spacieuse, tranquille et rassurante. Comme s'il était attendu, la porte s'ouvrit aussitôt et l'abbé reçut Tristan chaleureusement dans le petit salon où, apparemment, il était en train de lire et de préparer les cérémonies religieuses des Rameaux, assurément prévues pour le lendemain. Devinant son embarras, l'ecclésiastique, comprenant tout à fait, à l'expression de son regard interrogateur sur les livres religieux ouverts et étalés sur son bureau, que Tristan, hésitant, allait exprimer le regret de l'avoir dérangé et s'excuser poliment, le devança en ces termes :

« Mon garçon, j'attendais votre visite et je me réjouis de vous revoir. L'abbé Ribourel me donne souvent des nouvelles de Saint-Étienne et c'est avec joie que j'ai appris non seulement vos fiançailles avec la demoiselle Lucie Mallet mais aussi les bons résultats scolaires obtenus et issus de son projet éducatif par les enfants du Valdonnez. Je ne vous apprendrai pas que notre évêque monseigneur Choiseul-Beaupré est très satisfait de cette première expérimentation en Gévaudan, même si les notables du clergé ne partagent pas les mêmes vues sur l'enseignement. Certains de mes amis prêtres se sentent frustrés et même inquiets quant aux idées nouvelles des libertés que les philosophes, comme dans l'*Émile* de Jean-Jacques Rousseau, font circuler dans le royaume. Mais ne nous y trompons pas ! Ce qui affole les seigneurs locaux de la noblesse en Gévaudan et en France, ce sont entre autres la liberté d'expression et de conscience, et le droit à l'instruction du peuple, et même l'abolition des trois ordres, des privilèges de la noblesse et du clergé, et surtout, l'égalité des individus en droits devant l'impôt. Et ce qui les effraie le plus, c'est la montée en puissance de la bourgeoisie qui, mécontente de toujours faire partie intégrante du tiers état, voudrait bien bénéficier des fruits de son travail et même s'anoblir à l'occasion, de la même manière que M. Jourdain, le bourgeois gentilhomme de Molière, très visionnaire. Or, pour le moment, ce n'est qu'une infime minorité de la noblesse et du clergé qui s'insurge.

– Monsieur l'abbé, depuis un an et demi, en Gévaudan comme dans tout le royaume de France, nous vivons en paix à présent, loin des guerres de religion très dévastatrices, de succession et d'indépendance, même si nous avons perdu nos possessions aux Indes, au Canada et en Louisiane occidentale, et si nous avons gagné la Lorraine et la Corse. Les gouvernements successifs de Choiseul et de Maupéou gèrent bien le pays, qui affiche de bons résultats économiques et commerciaux, car l'activité intensive dans chaque province, avec ses savoir-faire, est en plein essor. Les produits de nos terroirs agricoles et viticoles, de cultures maraîchères et de l'élevage nourrissent toutes les populations ; nos étoffes de laine et de soie, de serge, de cadi et de drap, habillent aussi bien les Français que les étrangers et nous exportons beaucoup de produits artisanaux issus des fleurons français et confectionnés par les mains d'ouvriers journaliers reconnus et valorisés représentés dans tous les corps de métier. Alors quoi de plus naturel que de donner au peuple de France, illettré, dans nos terroirs agricoles confinés, reculés, comme dans les paroisses de toutes les provinces et les villes, le droit à l'instruction, à la connaissance et à la culture ? Tous les individus, en ce siècle dit des Lumières, doivent savoir lire, écrire et compter, car, d'après les philosophes humanistes, tous les hommes sont égaux entre eux et ont les mêmes droits et les mêmes libertés dès leur naissance. Effectivement, ce que craignent les notables de la noblesse de cape, d'épée et de robe, dont le clergé, c'est l'abolition de la monarchie absolue, des trois ordres et surtout celle de leurs privilèges car, malgré les efforts du gouvernement, du ministre et duc de Maupéou, ils refusent de se soumettre à l'impôt. De ce fait, ils n'admettent pas que les gens du tiers état, encouragés et soutenus par les bourgeois, travailleurs, économes, écrasés de taxes et impôts comme eux, soient instruits et obtiennent le droit d'expression et la liberté de conscience. Il est évident et certain que la haute noblesse préfère que les paysans et les ouvriers soumis restent dans l'ignorance, l'esclavage et la superstition dans lesquels ils sont asservis et instrumentalisés depuis la nuit des temps, sans aucune liberté : de serfs, ils sont devenus plus ou moins vilains, telles sont encore leurs conditions. À vrai dire, aujourd'hui, les notables de la noblesse et du clergé, et même les seigneurs locaux de nos terroirs, redoutent qu'une fois leurs serviteurs et les paysans instruits et conscients d'injustices, ils ne se retournent ou se révoltent contre eux. D'après eux, on peut éteindre un incendie mais, comme l'eau d'un déluge qu'on ne peut détourner ni stopper, un peuple en colère est imprévisible et on ne pourra pas l'arrêter sans subir un déchaînement de violences sanglantes, proportionnel à leurs revendications de justice sociale et fiscale, nourrie d'un ressentiment ancien, coexistant et latent. Ce sont les paroles exactes et authentiques d'un haut dignitaire aisé dont je tairai le nom.

– Mon garçon, il est vrai que ces idées nouvelles humanistes qui circulent dans le royaume de France arrivent jusqu'à nous : les Français aspirent à plus de liberté, d'égalité et de justice. Les mentalités commencent à changer et à évoluer. Le peuple revendique, il est vrai, une société plus juste, plus fraternelle, où chacun aura sa place, ses droits et ses libertés. Or, tous les aristocrates bien nés et privilégiés craignent d'être les grands perdants de ce renouveau qui devra s'accomplir, je l'espère et le souhaite, progressivement et en douceur. Si Jean-Jacques Rousseau, Voltaire, Montesquieu, d'Alembert et Diderot le réclament, les grands gagnants seront, à la fin de notre siècle, les travailleurs et surtout les bourgeois, tous issus du tiers état.

– Monsieur l'abbé, en refaisant le monde je ne voudrais pas abuser de votre précieux temps. Comme vous me l'avez conseillé, je recours à la sagesse de vos services pour vous soumettre mes projets d'avenir avec Lucie Mallet. Depuis le 18 janvier, j'ai 21 ans, je suis majeur et en âge de me marier. Nos parents, d'un commun accord, souhaitent célébrer nos noces au cours de cette année à une date convenable, entre les fêtes de Pâques et celles de Pentecôte. Quelle date propice, à votre avis, nous conseillez-vous, si ce n'est pas trop vous demander ?

– Mon fils, pour être franc, il serait plus prudent de fixer la date de votre union avec Lucie Mallet après la Pentecôte, au plus tard fin mai, soit le dimanche 27 de ce mois, ou à partir de cette date à votre convenance.

– Monsieur l'abbé, votre avis est raisonnable, j'en conviens. Sans être indiscret, Philibert de Montialoux, qui se fait appeler Gilles, cherche-t-il toujours à prendre épouse ? Et pour être plus précis, a-t-il toujours des vues sur les jeunes filles du Valdonnez, et précisément sur Lucie Mallet ?

– Mon fils, je serai franc et direct. Philibert de Montialoux, très amoureux, n'a pas accepté que Lucie refuse ses avances et le rejette. Il a tenté à plusieurs reprises de forcer la porte de la Providence et celle de la cure de l'église de Saint-Étienne. Bien que tu aies mis bon ordre en devançant ses projets avortés, plus ou moins vicieux, Tristan, mon fils, reste sur tes gardes et surtout n'éveille pas son attention ni ses soupçons. Lucie et toi, soyez discrets et vigilants. Pour éviter toute suspicion, ne faites pas publier les bans de vos noces. L'abbé Ribourel et moi-même, le moment venu, nous aviserons notre évêque : lui seul et vos familles seront informés et les Valdonnéziens assisteront à votre mariage sans avoir été informés de la date fixée à l'avance. C'est la raison pour laquelle je vous recommande de fixer cette date après toutes les fêtes du printemps et avant le 15 août.

– Qui nous unira et dans quelle église, monsieur l'abbé, s'il vous plaît ?

– Mon fils, il va de soi que vous soyez inscrits sur le registre paroissial où vous êtes nés, Lucie et toi, c'est-à-dire à Saint-Étienne-du-Valdonnez. L'abbé Ribourel vous a baptisés, il vous mariera dans votre lieu de naissance d'origine devant témoins et enregistrera votre date de mariage.

– Monsieur l'abbé, c'est on ne peut plus clair et je vais en informer l'abbé Ribourel. Veuillez excuser mon intrusion soudaine, mon indiscrétion, et pardonnez-moi si je vous ai dérangé et obligé. Je vous remercie pour vos sages et raisonnables conseils que nous allons suivre à la lettre, Lucie et moi. Demain, jour des Rameaux, commémorant l'entrée du Christ accueilli à Jérusalem par la foule, en recommandant nos projets d'avenir à Jésus, nous dédierons cette joyeuse fête à votre intention et à votre paroisse de Saint-Julien-du-Tournel, en faisant bénir nos rameaux de laurier. Il me reste à vous souhaiter de joyeuses fêtes de Pâques.

– Tristan, c'est avec joie que j'ai pu converser avec toi. Ton érudition, ton honnêteté, ta franchise et ta bonté t'honorent. Je vous souhaite à Lucie et à toi tout le bonheur terrestre, pour le meilleur et pour le pire, et pour la vie. Ce sera un plaisir de te revoir et que tu me présentes ton épouse. À mon tour, je vous souhaite de joyeuses fêtes de Pâques, à vos familles, aux paroissiens du Valdonnez et à mon ami l'abbé Ribourel. Qu'elles nous réunissent, toutes et tous, dans l'amour et la paix de Jésus, présent dans nos cœurs et nos âmes. »

Une joie nouvelle illumina le visage de Tristan lorsqu'il quitta l'abbé Peytavin et sortit du village, en l'accompagnant tout le long du chemin du retour ; une joie qui donnait un sens à sa vie et qui emplissait son esprit et son cœur de sérénité et d'amour. Le soleil printanier chauffait les timides bourgeons des frênes et des bouleaux, à l'écorce blanche, argentée, les chatons tremblants des saules, agités par la douce brise, et les chênes frileux perdaient enfin leurs feuilles rousses, désespérément, craquant sous les sabots de l'étalon alezan, indifférent, qui marchait au pas gaiement, au rythme de l'ascension le menant au plateau du Masseguin, habité de part et d'autre d'immenses forêts d'épicéas et de résineux parfumant l'air ambiant de l'odeur de pin et de résine ; sous le hameau du Masseguin, Tristan le freina à plusieurs reprises dans la descente, contournant la falaise granitique, impressionnante et vertigineuse, où le regard permettait de déceler la profondeur anxiogène du précipice, visible à l'œil nu, averti et prudent. Confiant et vigilant, Joyeux obéissait à la pression des rênes de son maître, évoluant en symbiose au gré du sentier rempli de quelques obstacles coutumiers, anodins, évités, dont feuilles mortes, cailloux, glands, aiguilles et pommes de pin. Les bûcherons et gardes forestiers, les Clavel père et fils, avaient bien dégagé et nettoyé les travers, les coupe-feux et les sentiers, souvent empruntés par les chasseurs et quelques habitués, les cavaliers faisant à cheval le trajet aller-retour de Lanuéjols à Saint-Julien-du-Tournel régulièrement. Aussi, Tristan et sa monture ne virent aucune branche cassée en travers de leur chemin, au fur et à mesure de leur lente progression, côtoyant les toutes dernières futaies de l'épaisse forêt longeant le village de Vitrolles. À partir de là, Joyeux s'accorda un léger trot jusqu'aux Terres Bleues, évitant de s'arrêter à Lanuéjols pour ne pas éveiller l'attention des curieux mal intentionnés ; puis il put galoper sur le chemin tout droit tracé jusqu'à Langlade. À mi-chemin, Tristan jeta un coup d'œil à gauche sur la grande propriété du château du Boy, où régnait une curieuse effervescence au milieu de charrettes et d'attelages de chars à bancs en mouvement que l'on déchargeait bruyamment. Encore une fois, Tristan se fit la réflexion qu'il était inutile de se faire remarquer. Ayant cru reconnaître le comte de Morangiès et ses deux fils, entourés de plusieurs personnages, il jugea bon de se faire discret et de circuler tranquillement, incognito, jusqu'à Saint-Étienne.

Justement, au village, que ce soit chez les Vallet ou les Mallet, on attendait patiemment Tristan et les nouvelles qu'il rapporterait de Saint-Julien. Les épiciers, prévoyants, avaient reçu d'un riche négociant et voyageur de commerce la robe blanche en soie moirée de la future mariée et une partie de son trousseau ; ce qui rendait plus ou moins fébrile et tendue l'ambiance entre les deux époux, qui attendaient le feu vert pour célébrer les noces de leurs enfants. Si Marie Vallet voyait d'un œil tranquille et modéré cet heureux événement, Marcelle Mallet était dans un état second et son mari avait du mal à la calmer et à la maîtriser. De nature perfectionniste et obstinée, elle mettait et gaspillait toute son énergie dans les détails des préparatifs du mariage de sa fille unique ; sans s'en rendre compte, elle créait par son comportement des plus agités, dans son ménage et dans son environnement familial et professionnel, un climat électrique qui surprenait même les clients de l'épicerie et déprimait Étienne Mallet. Quant à Lucie et Tristan, médusés, ils préféraient occulter son mauvais caractère et son désagréable tempérament, ses sautes d'humeur et ses remontrances démesurées, en se consacrant à leurs activités respectives, chacun de son côté, elle à la cure pour dispenser l'enseignement primaire aux enfants, lui dans les bois et la forêt des Cignolles, partageant, après le souper, toutes leurs soirées, en attendant d'emménager au « Chon del Mouly » à la rentrée de septembre. Progressivement, Lucie avait acquis son indépendance et résistait aux assauts désobligeants de sa mère qui la voyait voler de ses propres ailes et lui échapper inexorablement, ce qui expliquait évidemment sa mauvaise et méchante humeur.

À la demande de Tristan, les deux familles devaient se réunir juste après la messe des Rameaux chez les Vallet. La cérémonie religieuse s'était déroulée dans l'église du Valdonnez où toutes les familles des alentours et les membres de la baronnie du Tournel au complet et au premier rang, toutes et tous rassemblés, firent salle comble autour des chapelles et de chaque côté de l'autel, décoré de laurier et d'arums. Les chœurs d'enfants que Lucie avait entraînés et fait répéter après la classe en catimini, sous la direction de monsieur le curé, entonnèrent et interprétèrent de joyeux cantiques, acclamant l'entrée de Jésus à Jérusalem : tous les paroissiens, recueillis, furent tous autant émus que surpris et ravis. Inutile de dire que Lucie, entre ses parents, discrète et satisfaite, était fière de ses élèves qui non seulement apprenaient vite mais encore chantaient étonnamment bien, en y mettant tout leur souffle et leur cœur. Quant à Tristan, très au courant, s'il évita de la regarder, il ne put cacher son admiration en serrant la main de son petit frère et de sa mère, Anne faisant partie de la chorale, alors que les regards des jeunes filles du Valdonnez étaient braqués sur lui. Il fit un gros effort pour garder les yeux baissés tout le long de la cérémonie afin de paraître le plus discret possible et le plus indifférent à ce qui se passait derrière lui, autour et dans son entourage. Les déplacements, à la communion, devant l'autel, envahi, remirent les attitudes et les comportements des uns et des autres en question : Tristan eut droit aux regards fulgurants de certaines Stéphanoises, appuyés, et à ceux plus méprisants de certaines autres. Quant à Lucie, non seulement quelques gars du village la dévisagèrent de la tête aux pieds, mais également au fond de l'église ; ils y allèrent de leurs commentaires plus ou moins admiratifs, envieux, vulgaires ou déplacés, malgré les protestations de leurs proches et des paroissiens, indignés, les exhortant à se taire et au respect.

Mais par tous les saints que Lucie était belle dans sa robe bleue de madone, enveloppée dans une étole d'hermine, ses beaux cheveux châtains aux reflets dorés et bouclés relevés en chignon, retenus par une discrète couronne de roses blanches laissant s'échapper quelques anglaises rebelles sur ses épaules menues. Et ses grands yeux bleus ourlés de longs cils noirs, son regard profond et troublant, envoûtant, son front téméraire, ses fossettes insolentes creusant ses joues roses, son adorable minois, son teint de porcelaine délicat que l'on avait envie d'effleurer du bout des lèvres, sa bouche vermeille et pulpeuse que l'on voudrait baiser, ses si petites mains agiles et ses doigts de pianiste, ses jambes fines et fuselées que l'on devinait sous ses apprêts, son corps de vestale mince et parfait, offert et promis à un seul homme, l'homme de son cœur, de sa vie, Tristan Vallet. Ainsi cogitait, distant, Tristan, assis sur son banc au milieu des siens, au passage de Lucie, revenant de la communion, digne, sage et recueillie. Il savait que sa beauté rare et sublime attirait tous les regards masculins et c'était justice car sa fiancée, jolie et distinguée, ne passait jamais inaperçue. Dans le Valdonnez, depuis longtemps, tous les paroissiens connaissaient ses allées et venues sous la bonne escorte de ses parents épiciers ; ils connaissaient aussi à présent tous ses talents cachés dans le savoir et surtout son professionnalisme pour l'enseignement élémentaire et secondaire auprès des enfants, dans l'apprentissage du français, des mathématiques, des sciences humaines, de l'histoire, de la géographie, des sciences de la vie et de la terre et des arts, en particulier la littérature, la culture, la poésie, la peinture, la musique et le chant accompagné au piano ; le tout proposé au rythme du calendrier à tous ses élèves, sans exception, dans l'esprit des philosophes du courant humaniste des Lumières, avec pour mentor personnel Jean-Jacques Rousseau qui, dans son ouvrage sur l'enseignement « L'Émile », avait attiré les foudres des membres du clergé jusqu'à être censuré. Si les Valdonnéziens, comme les Stéphanois, se sentaient fiers et très privilégiés en Gévaudan, certains habitants, jaloux et frustrés, n'étaient pas aussi enchantés et le faisaient déjà savoir, comme les membres de la famille de la baronnie du Tournel, présents à l'office religieux, dont Philibert, dit Gilles de Montialoux, près de son frère, Jacques de Guérin de Chavaniac, baron de Montialoux, de son épouse, Louise-Charlotte du Motier de La Fayette, depuis l'an 1755, et de leur fillette, Marie-Louise Jeanne de Guérin de Chavaniac de Montialoux, devant épouser le marquis d'Abos à ses 18 ans. Le comte, délaissé et sournois, n'était pas en reste. Furieux, il avait du mal à cacher son mécontentement : ayant appris que Lucie Mallet exerçait le métier d'enseignante depuis sept mois, il savait désormais que ses tentatives pour l'épouser étaient réduites à néant ; si ses efforts furent impuissants, son amour pour la jeune fille avait viré à la passion obsessionnelle et, aux rares fois où il l'entrevoyait, lors des offices religieux, son corps tout entier était à la torture ; et l'indifférence, augmentée de l'affront et des refus subits, lui procurait des pulsions violentes, avec des envies de vengeance et de représailles alarmant, de facto, son propre entourage, essayant souvent de le maîtriser et de le raisonner, en vain. Avec Gilles de Montialoux, il fallait se tenir régulièrement sur ses gardes et Tristan le savait en connaissance de cause. Le regard menaçant et lourd de ressentiment qu'il lui adressa à la sortie de la messe des Rameaux confirma cette impression : comme la vengeance est un plat qui se mange froid, mieux vaut ni allumer ni jouer avec le feu, mais méfions-nous de l'eau qui dort !

Mine de rien, sans le remarquer pour autant, simulant la discrétion, l'indifférence et les distances, toutefois sans défiance, Tristan se demandait franchement quelle était la juste valeur des sentiments amoureux que Gilles de Montialoux nourrissait à l'encontre de Lucie : l'aimait-il seulement pour sa beauté physique ou ses qualités intellectuelles, culturelles et morales, ou encore parce qu'elle représentait un bon parti, avec une dot conséquente ? On le savait très imbu de sa personne, voire narcissique, et très sanguin. Son amour-propre et son orgueil, touchés au vif, son statut de seigneur de Montialoux, ses titres de noblesse avaient été minimisés et durement éprouvés, et même bafoués en public. Certes, ce devait être dur à supporter, mais pas catastrophique pour un notable de la baronnie du Tournel : le comte était jeune et plein d'avenir. Comme son frère Jacques de Guérin de Chavaniac, baron de Montialoux, Pierre-Philibert, dit Gilles, n'avait-il pas fait preuve de noblesse pour être reçu page du roi en sa petite écurie le 27 mars 1742 ? Tandis que sa sœur Jeanne-Rose était mariée depuis l'an 1740 à Charles de Retz, seigneur de Serviès ? Alors, pourquoi Gilles de Montialoux, mousquetaire de la garde montée du roi, s'obstinait-il à vouloir le bien d'autrui et même les fruits défendus ? Et pourtant, certains témoignages persistaient : ils affirmaient et confirmaient que le dernier-né et bien né des Montialoux, Pierre-Philibert Gilles de Montialoux, avec son nom à particule, était fou amoureux de Lucie Mallet. Finalement, quel bon parti pour les jeunes filles à marier, nobles et bourgeoises incluses. Tant pis pour l'amoureux transi et trahi ou déchu. Or, le jeune comte, déterminé, ne s'avouait ni exclu ni vaincu et l'affichait résolument au vu et au su de tous, même au nez et à la barbe de Tristan, son principal rival et concurrent. Cependant, souvent en campagne au service du roi Louis XV le

Bien-Aimé, Gilles de Montialoux était bien loin de se douter que Tristan et Lucie étaient fiancés et sur le point de se marier. Aussi fallait-il anticiper sur des risques éventuels suite à des fuites de communication de la presse ou de bouches malveillantes. C'est la raison pour laquelle Tristan jugeait impératif de réunir leurs deux familles afin de leur faire part de ses inquiétudes et prendre les mesures nécessaires pour faire preuve de discrétion jusqu'à la date présumée de leur mariage.

À la sortie de l'église, où les cloches sonnaient les douze coups de midi, les familles se dispersèrent rapidement vers leurs quartiers respectifs. Les Mallet étaient conviés au repas à 12 h 30 par mesure de sécurité et de précaution, pour ne pas dire de prudence, car ils se rendaient dans le quartier haut des Vallet. Une légère bruine mouillait les rues et les toitures grises des maisons, soigneusement fermées, quand Lucie, revêtue d'une capeline beige et chaussée de bottillons marron, accompagnée de ses parents endimanchés, gravit l'étroite rue montante d'un bon pas. Antoine Vallet les fit entrer aussitôt et s'occupa de leurs vêtements, légèrement mouillés, en promettent de les faire sécher, tandis que Lucie, en robe bleue, libérée, se jetait dans les bras de Tristan, qui la reçut contre sa poitrine haletante :

« Lucie, ma chérie, tu es resplendissante de beauté ! J'ai de bonnes nouvelles à t'annoncer et à vous faire tous partager !

– Merci, Tristan mon chéri, tu me vois soulagée ! Quand je te sais à cheval sur les sentiers incertains, je me fais un sang d'encre et je ne suis pas du tout rassurée ! Mais te voilà en forme, beau comme un preux chevalier, et je suis la plus heureuse des fiancées quand tu es là à mes côtés. Si tu savais combien je t'aime, mon prince !

– Lucie, ma douce princesse, non seulement je t'aime, mais je t'adore ! »

Puis, élevant la voix, Tristan s'adressa aux convives en ces termes :

« Mes chers parents et invités, j'ai des nouvelles déterminantes à vous apporter. Lors de ma visite chez l'abbé Peytavin à Saint-Julien-du-Tournel, celui-ci m'a conseillé de fixer la date de notre mariage après la Pentecôte, soit le 27 mai, ou en tout cas après cette date, soit après les fêtes religieuses, mais avant le 15 août. De plus, il nous somme de ne pas publier de bans pour ne pas éveiller de soupçons malveillants ni de convoitises désobligeantes chez les seigneurs locaux. L'abbé insiste sur le fait qu'il est en personne le curé de la paroisse de la baronnie du Tournel et donc des membres de la famille noble de Montialoux, qui pourraient prendre ombrage de ce mariage et derechef s'y opposer. Pour éviter toute méprise désagréable et controversée, il nous propose cette simple et unique solution : avec l'accord de l'abbé Ribourel, l'abbé Peytavin s'octroiera le droit d'aviser notre évêque, monseigneur Choiseul-Beaupré, de la date présumée de nos noces sans l'avis d'autres parties plus ou moins contestataires. Le moment venu, l'abbé Ribourel annoncera lui-même l'union de la famille Mallet à la famille Vallet, à savoir les noces de Lucie Mallet avec Tristan Vallet, tel dimanche à telle heure, en la paroisse de Saint-Étienne-du-Valdonnez, sous le régime de la communauté, sans contrat de mariage, autrement dit sans dot dans la corbeille de la mariée, car Lucie et moi nous voulons vivre du produit de notre travail sans importuner nos propres parents, profitant d'une retraite décente et bien méritée. Qu'en pensez-vous ?

– Tristan, vos propositions sont raisonnables, à une exception près. Il est très fâcheux et inconvenant d'organiser vos noces dans le secret : notre fille unique mérite des honneurs dignes de ses talents et de sa notoriété, non négligeables dans le Valdonnez, où la population reconnaît les bienfaits de son projet éducatif. Il est de notre devoir d'organiser nous-mêmes le mariage de notre fille, au vu et au su de tous, et d'inviter toutes nos relations personnelles, sans distinction, en publiant des bans légitimes et légaux.

– Votre ambition d'organiser nos noces en grande pompe vous honore, certes. Or, l'abbé Peytavin nous recommande la discrétion et la plus grande prudence quant à la publication de ces bans qui, trop tôt connus par les notables de la noblesse et du clergé, risqueraient de nous porter préjudice. C'est pour cette raison qu'il ne faut pas ébruiter la date de nos épousailles trop tôt à l'avance dans la presse et les paroisses environnantes. Si, d'un commun accord, par exemple, nous la fixions au 27 mai, alors l'abbé Ribourel la fera connaître le 20, le dimanche de la Pentecôte, soit une semaine avant. Qu'en dites-vous à présent ?

– Mes chers parents, Tristan a raison. Nous devons suivre les sages conseils de l'abbé Peytavin sans faire étalage de notre projet de mariage trop tôt à l'avance. Seul notre évêque sera prévenu dans les temps et l'abbé Ribourel l'annoncera au dernier moment. Cela ne nous empêchera pas d'activer les préparatifs, de prévoir les invitations, bref, d'assurer, de pratiquer et de respecter les convenances dans la mesure du raisonnable et dans la plus grande discrétion. Le 27 mai me semble la date la plus propice, idéale, pour nous unir. »

Avant que quelqu'un ne s'oppose à la réponse de Lucie et la conteste, Antoine Vallet, en train de déboucher une bouteille de vin de Champagne, fit sauter le bouchon et s'exclama avec jovialité :

« Chers amis et parents, buvons à la santé de nos chers enfants sur le point de se marier le 27 mai ! Que Jésus, fils de Dieu, veille sur cette future union et nos deux familles réunies. Que Jésus, témoin du bonheur de nos propres enfants, nous accompagne et nous garde dans son amour, sa paix et la sérénité retrouvée ! »

Antoine Vallet avait trouvé les mots pour le dire et mettre tout le monde d'accord, avec la bonne humeur et la convivialité qui lui étaient maintenant coutumières depuis qu'il avait, avec son charme habituel, réussi à convaincre Marcelle Mallet et sympathisé avec Étienne Mallet, devenu son meilleur ami. Et on trinqua avec joie au bonheur des fiancés, à l'amitié, à la bonne santé de tous et aux excellents résultats scolaires de Victor et d'Anne, fiers de leur maîtresse d'école. Bref, la glace sur l'épineuse date des épousailles de leurs enfants étant brisée, on pouvait partager le repas de l'amitié réconciliée sur ce sujet et faire honneur aux bons petits plats de la cuisinière, attentive, Marie Vallet, soulagée de la tournure de l'heureuse solution proposée de bonne foi par son époux et bien arrosée. La charcuterie, composée de petits pâtés parfumés, de rondelles de saucisson et de saucisse sèche sur de larges canapés de mie de seigle et de blé, de belles tranches fines de jambon déposées dans de jolis plats décorés de feuilles de doucettes fraîchement cueillies, avec des cœurs de pissenlits apprêtés joliment, suivis du gigot d'agneau, cuit à point, soigneusement aillé et salé, tendre et juteux, la jardinière de petits légumes rissolés et variés, le tout présenté délicatement avec les ustensiles de la ménagère Louis XIII et la porcelaine de Limoges, sortie et assortie, régalèrent et calmèrent les estomacs impatients et maintenant rassasiés. Au cours de la pause souhaitée, Marcelle Mallet, enfin souriante, en profita pour féliciter Marie pour ses talents de cordon bleu et Antoine pour son service parfait de maître de maison et de sommelier. Il est vrai que le bon vin chambré de Faugères et de Saint-Chinian, dont Antoine emplissait généreusement les verres de cristal, avait quelque peu coloré les joues et libéré la parole des uns et des autres autour de la joyeuse tablée. Et Marcelle Mallet, légèrement émoustillée, étonnant tout le monde et placée à côté d'Antoine, n'était pas en reste et plaisantait gaiement à tout bout de champ. Avait-elle sous-estimé les Vallet ? Voulait-elle se faire pardonner, faire amende honorable ? Qu'à cela ne tienne, si dans la famille Vallet on était franc et familier, on n'était jamais rancunier et on savait pardonner.

Toujours est-il qu'entre les deux familles, si la bonne humeur et la gaieté régnaient, dans la convivialité, c'était tout simplement parce que chacun y mettait du sien, comprenait, acceptait par le dialogue les points de vue plus ou moins différents, sans arrière-pensée de l'un ou de l'autre, pesait le pour et le contre avec franchise ; et, progressivement, des liens s'étaient tissés lors des échanges plus ou moins houleux, en démêlant le vrai du faux et le meilleur pour leurs enfants respectifs. Autrement dit, les Mallet appréciaient enfin à leur juste valeur les Vallet et désormais s'unissaient, pour le meilleur et pour le pire, et pour la vie, avec eux, avec respect et solidarité. L'amour viendrait après. Tout compte fait, c'était ce que Tristan et Lucie souhaitaient conjointement : réconcilier et réunir leurs parents, souder durablement et renforcer les liens parentaux face à l'adversité, à long terme et en toute liberté. Pour continuer à célébrer leurs retrouvailles, sur sa lancée, Antoine déboucha une dernière bouteille de Saint-Chinian pour accompagner les fromages, servis sur le plateau en bois sculpté par Tristan, apporté avec soin par Marie, tandis que Victor et Anne retiraient et changeaient les assiettes et les couverts pour les remplacer par celles à dessert et les petites cuillères en argent. Chacun se servit de tomme blanche, de bleu des Causses, d'une part de fédou au lait cru de brebis ou de pélardon, un peu plus corsé et poivré. Marie, ensuite, présenta deux tartes aux fruits du jardin de l'été : l'une aux reines-claudes et l'autre aux grosses fraises de juillet, conservées, saupoudrées de miel et caramélisées, faisant saliver les papilles des convives. Pour faire descendre la pâtisserie, Marie distribua des coupelles en verre ciselé pour que chacun puisse goûter l'excellente salade de fruits composée de cerises bigarreaux, de framboises et de myrtilles sauvages ramassées, mélangées à des lamelles de pommes reinettes et de poires guyot émincées, tout droit cueillies et récoltées en automne dans le verger, macérant en osmose dans leur jus naturel et particulier, agrémenté de minuscules pépites de noix gaulées en octobre par les enfants puis broyées. Marie put enfin s'asseoir et déguster aussi une part de tarte et les fruits au sirop, puisés avec la louchette dans le grand saladier de porcelaine qui, pour son plus grand plaisir, se vida tout à fait, alors qu'Antoine débouchait une dernière bouteille de vin de Champagne et remplissait les coupes de ce nectar pétillant et mousseux, faisant briller les regards des enfants, des étoiles plein les yeux, lorsque leur père sortit de la vitrine en hêtre et merisier un gros bocal de cerises à l'eau-de-vie, ses alcools forts de noix, de prune et de framboise, sa gnôle faite maison ou son cognac, recommandé par Étienne Mallet, et huit adorables petits verres à liqueur, un pour chacun. Aussitôt, Marie retourna dans la cuisine afin de faire réchauffer le café et le servir dans les jolies tasses de porcelaine blanche que Victor et Anne placèrent devant chaque invité. La cafetière pleine ne fut pas de trop. Après avoir siroté le précieux moka d'Arabie et les pousse-café, Tristan proposa, pour faciliter la digestion, de faire une petite promenade et de profiter d'une éclaircie prometteuse et durable, d'après l'état du ciel délavé, débarrassé de tout nuage suspect. On remit et ferma les vêtements chauds, bien qu'en ce dernier jour de mars le printemps fût arrivé, mais l'air, après la bruine du matin, était plutôt frais. Tristan vérifia que chacun fût bien couvert, en particulier Victor et Anne, impatients, sortis les premiers pour gambader ; il resserra l'étole d'hermine autour des épaules de sa fiancée, tandis qu'elle ajustait sa capeline sur son chignon ; puis il lui susurra à l'oreille :

« Lucie, ma chérie, tu es splendide ! Si je ne me retenais pas, je t'emmènerais dans mon jardin secret pour t'aimer.

– Tristan, mon prince, contentons-nous de nous promener bras dessus, bras dessous, sagement.

– Lucie, ma princesse, je préfère, si tu n'y vois pas d'inconvénient, prendre ta taille, te sentir contre moi, à défaut de t'embrasser, depuis deux longues journées sans baisers partagés.

– Tristan chéri, je croyais t'avoir entendu parler de discrétion et de prudence ! N'oublie pas que nous devons traverser entièrement le village ! Au fait, où nous amènes-tu de ce pas ?

– Si vous êtes d'accord (s'adressant à tous), nous allons descendre au Moulin-Bas et constater l'avancement des travaux du "Chon del Mouly". Le gros œuvre doit être terminé ! »

Par couples de deux, les enfants en tête, les Mallet et les Vallet longèrent le quartier du Couderc, traversèrent la place Auriac, quasiment vide, descendirent vers l'église, la contournèrent et débouchèrent sur la place de la Paro, encore déserte, bordée de marronniers couverts de gros bourgeons collants et luisants. Puis, d'un pas décidé, ils prirent le chemin du Moulin-Bas, dont les bords étaient remplis de touffes de violettes parfumées. À mi-chemin, on s'arrêta, comme promis, devant le « Chon del Mouly » et, comme prévu, le gros œuvre était bien avancé : les murs étaient bien montés ; la charpente, en forme de voûte, était placée ; les ardoises, en lauze grise, entassées, allaient bientôt être fixées de part et d'autre de l'imposante cheminée de schiste et de granit devant chauffer au bois toutes les pièces de la maison, en forme de gentilhommière, orientée sud-ouest, à l'abri du vent du nord, mais face au vent marin, plus doux et humide. On devinait l'emplacement des deux portes d'entrée et de secours, et l'ouverture des quatre fenêtres, la petite lucarne originale circulaire prévue au-dessus des latrines et de la salle de bains, destinée à les éclairer et les aérer. Les beaux jours s'annonçant, on pourrait ajouter vitres et volets, portes et fenêtres, et les isoler sans problème. Tristan pouvait se libérer en fin de journée et de semaine et prêter ses bras et ses mains aux maçons, aux couvreurs, aux menuisiers, et contrôler les travaux. Pour sa princesse adorée, il fallait que tout soit parfait et prêt pour la rentrée de septembre, car son objectif était de s'installer définitivement avec elle à l'abri des regards indiscrets, tous deux indépendants, enfin libres de vivre leur amour sans être dérangés ni inquiétés. Pendant que leurs parents inspectaient les lieux à l'intérieur et tout autour de la bâtisse en construction, entourée de toutes sortes de matériaux divers, Tristan, ayant pressé le pas, entraîna Lucie au fond du champ, ouvrit l'abri de jardin précipitamment, l'enlaça, écarta les pans de l'étole et de la capeline, lui prit le visage entre ses mains souples et chaudes et la couvrit de baisers brûlants partout où ses lèvres sensuelles et gourmandes trouvaient une parcelle de chair où se poser et baiser, assoiffées d'amour et de tendresse. Réceptive et compréhensive, Lucie mit ses bras autour de son cou et s'abandonna à ses baisers et ses caresses passionnées. Lorsqu'il s'aventura, éperdu, sur le creux de son décolleté offert à sa bouche avide et ses mains frivoles très proches de son cœur, elle le repoussa brusquement en riant et le gronda gentiment :

« Tristan, mon chéri, n'oublie pas que nous sommes fiancés et que nous devons nous conduire raisonnablement, sans brûler les étapes.

– Lucie, ma chérie, je n'ai pu résister à te serrer dans mes bras et t'embrasser : or, depuis vendredi, j'ai été privé de tes baisers et de notre intimité. Entre mes occupations dans les bois, mon intervention à Saint-Julien-du-Tournel et la présence effective de nos parents, je n'ai pu t'approcher. De plus, je ne te retrouverai que demain soir, après la classe. Aussi, je me suis permis ce petit moment d'égarement avec toi pour renouveler mon amour et ma tendresse.

– Tristan, mon prince, ne t'excuse pas, je ne te fais aucun reproche. Au contraire, je comprends tout à fait ton comportement amoureux. C'était agréable et sensuel, voire même exquis ; je ne t'en tiens pas rigueur. Mais nous ne devons pas pousser trop loin nos effusions. Or, je suis aussi responsable et coupable que toi, quand nous nous abandonnons à nos étreintes passionnées. En revanche, c'est un honneur et un bonheur d'être aimée par le plus beau, le plus tendre, le plus respectueux, le plus charmant des jeunes gens du Valdonnez, et tous les jours que Dieu fait, je le remercie de t'avoir rencontré, de m'avoir accordé cette chance d'être remarquée et choisie par toi pour unir sa vie à la mienne pour le meilleur et pour le pire.

– Lucie, ma princesse chérie, non seulement tu es belle et désirable à souhait, mais tu es raisonnable et adorable à ravir. Tu fais pertinemment la part des choses avec le sourire et la mesure. Tu es la seule jeune femme incarnant tout à la fois la beauté et la pureté du corps, de l'esprit, du cœur et de l'âme, sans prétention, avec respect et modestie. Et je suis le plus chanceux et heureux des hommes de partager toutes tes qualités, tes talents et tes mérites, rares et uniques, dont tu as désiré me doter sans hésiter et m'accorder, en me choisissant en priorité, parmi tous les prétendants. Aussi, sache que toute ma vie durant je ferai tout mon possible pour ne pas te décevoir et te mériter. Tu es ma muse, mon trésor, ma princesse ; je ferai de toi, jour et nuit, ma reine de Saba ! »

Sans répondre à son émouvante déclaration, cette fois-ci Lucie saisit entre ses mains fines le visage adoré de Tristan et l'embrassa avec fougue. Puis, subitement, éclatant de rire, elle ajusta son étole et sa capeline, choisit rapidement dans le cabanon une pioche, une binette et un râteau en s'exclamant gaiement, devant Tristan médusé mais content :

« Tristan, mon gentil fiancé, il est temps de sortir de ce cabanon avec ces outils de jardin et de biner les feuilles et les fanes des légumes qui pointent le bout de leurs tiges, ainsi que les premières pousses des rosiers bourgeonnants et les petits buissons de lilas en boutons que j'ai aperçus en rentrant derrière l'abri de jardin. »

Et nos deux amoureux, pourtant endimanchés et mal chaussés, se mirent à creuser, à biner, à ratisser et à travailler la terre meuble et fertile, à mettre en valeur le futur jardin potager, la roseraie et les arbrisseaux d'ornement. Plus sérieusement, Tristan soigna aussi les arbres fruitiers avec la bouillie bordelaise qu'il répandit généreusement autour de chaque cerisier, de chaque prunier, des pommiers à reinettes et des poiriers. Quand leurs parents, attirés par le bruit des outils et les cris joyeux de leurs grands enfants, occupés à jardiner en plaisantant, les rejoignirent, quelle ne fut pas leur surprise de voir Lucie puiser et remplir avec un arrosoir dans la réserve d'eau pour la répandre sur les mains souillées de Tristan ; puis ce fut au tour de Tristan de procéder au lavage des mains de Lucie, ce qui provoqua des fous rires contagieux provoqués par l'eau plutôt fraîche, irrégulièrement versée et distribuée trop en abondance ou à côté. Finalement, les deux tourtereaux se résignèrent à ranger tous les outils et l'arrosoir dans le cabanon et, avant de sortir et de fermer la porte, satisfaits, ils s'accordèrent quelques baisers ni vu ni connu. Les plus discrets et les plus sages furent indubitablement Anne et Victor, occupés à cueillir de belles violettes le long des haies ; Anne offrit un gros bouquet composé à Marcelle et Étienne Mallet, et Victor un aussi important à sa mère et à son père. En regardant le soleil pâle décliner, on referma avec précaution les vêtements chauds et on se décida à rentrer avant que la fraîcheur de la rosée printanière ne s'installe durablement sur Saint-Étienne et les alentours. Et on remonta deux par deux le chemin pentu, bordé sur la gauche d'immenses champs de blé et de seigle, orphelins d'épis mais remplis de cœurs de pissenlits et de doucettes, très prisées des Stéphanois car délicieuses dans les salades ; et sur la droite quelques grands jardins encore désertés mais plantés de semences invisibles et prometteuses. Les enfants, à l'arrière et à la traîne, semblaient marcher à reculons, faisant durer les plaisirs éphémères de ce dernier dimanche de mars où ils vivaient des moments de liberté uniques, alors que le lundi n'allait pas tarder à montrer le bout de son nez, et que le retour à l'école pour une semaine bientôt sonnerait. Or, dimanche prochain, 1er avril, et le lundi seraient jours de Pâques et ils pourraient s'en donner à cœur joie, d'autant plus que les fêtes et leurs réjouissances auraient lieu chez les Mallet, où l'on pourrait ensemble s'adonner aux jeux de société avec Tristan et Lucie. Ainsi Victor et Anne discutaient-ils de leurs projets en faisant à regret le chemin à l'envers. Mais on se hâtait, on pressait le pas, il fallait rentrer : ils devaient réviser leurs leçons et lire un peu ; de plus, Lucie elle aussi devait préparer les cours de français et de mathématiques, d'histoire et de géographie, et Tristan semblait un peu triste et préoccupé de quitter sa fiancée ; les enfants, un peu curieux, se rapprochèrent pour saisir quelques bribes de leur conversation animée :

« Tristan chéri, je suis au regret de lâcher ton bras et de rattraper mes parents pour rentrer discrètement chez eux dans notre appartement de la rue Droite. Je vais aussi préparer ma nouvelle journée de classe. Nous devons également respecter les convenances avec prudence. D'ailleurs, en ce moment, sur la place de la Paro, devant l'auberge et la taverne, on entend déjà les voix des habitués. Tristan chéri, nous devons nous quitter sans tarder.

– Lucie, ma chérie, je comprends ton empressement et tes inquiétudes. Pourtant, n'as-tu rien oublié à mon encontre ? Ma princesse, peux-tu me laisser sans un au revoir, comme un adieu sans lendemain, moi qui t'aime éperdument plus que tout ?

– Tristan, mon chéri, suis-je bête ? Je fais à l'instant preuve d'ingratitude à l'encontre de l'homme de ma vie, à qui je dois tout ! Comment me faire pardonner d'un tel oubli ?

– Ma chérie, ma princesse, rien n'est plus simple ! Faisons quelques pas en arrière sous les marronniers, donne-moi tes lèvres et laisse-moi t'embrasser une dernière fois avant de t'enfuir loin de moi jusqu'à demain soir.

– Mais où avais-je la tête, mon prince ? Rien n'est plus simple en effet ! Nous sommes enfin seuls à présent, tous les deux, profitons-en ! »

Lucie se blottit contre la poitrine rassurante de son fiancé qui n'attendait que cela. Sans se faire prier, Lucie se laissa faire et accepta le long baiser chaud de leurs bouches tendres, frôlant le malaise vertigineux, presque vagal, éprouvé fréquemment dans les bras puissants et musclés de Tristan, où elle avait tendance à se laisser aller agréablement, sans contrôle de sa part, sans pouvoir s'échapper, tant le plaisir de sentir son corps ferme contre le sien lui procurait une jouissance nouvelle, troublante, sensuelle et intense, frisant un moment l'extase, abolissant toute volonté personnelle raisonné et critique dans ces instants jouissifs partagés avec son fiancé. C'était ce qu'elle s'était efforcée de lui faire comprendre dans l'abri de jardin. Cependant, elle cédait et se soumettait sans résistance à la tentation toute naturelle, virile et normale de l'homme qu'elle adorait par-dessus tout.

Lucie et Tristan, énamourés, dans les bras l'un de l'autre,

étaient loin de s'imaginer que quatre yeux scrutateurs, insistants, désapprobateurs étaient braqués sur eux depuis de longues secondes interminables. Perdant patience et futé, le premier des spectateurs se hasarda sans vergogne :

« Puis-je déranger deux amoureux qui se croient seuls au monde, oubliant leurs proches ? »

Sursautant et surpris autant qu'étonnés, Lucie et Tristan se retournèrent et aperçurent, tout penauds et interrogateurs, Anne et Victor attendant patiemment que l'on s'intéresse à eux. Constatant leur présence effective et leur infortune dépitée, un peu comique, ils éclatèrent de rire en s'excusant gentiment chacun à leur façon :

« Veuillez nous excuser de vous avoir oubliés. Je vous croyais déjà rentrés chez vous. Que faisiez-vous loin derrière nous ?

– On suivait et on fermait la marche. On espérait tout simplement que Tristan nous ramènerait chez nous. Rien de plus !

– Alors, Tristan, tu sais ce qu'il te reste à faire sur-le-champ. Bonsoir les enfants. »

Et Lucie plaqua deux gros baisers sur les deux jours de Victor et d'Anne, par ma foi pas mécontents du tout. Ils l'avaient bien mérité, après tout, comme leur grand frère. Après s'être arrêté à la rue Droite et avoir laissé à regret sa fiancée en souhaitant une bonne soirée aux Mallet, Tristan prit la main de son frère et de sa sœur et retourna rapidement chez lui, où il proposa ses services pour essuyer et ranger la vaisselle, les verres et les couverts, afin de soulager sa mère qui s'était beaucoup investie dans les travaux du ménage et la cuisine pour fêter les Rameaux.

« Mère, tout était parfait et réussi. Grâce à toi et à papa, nous avons passé une merveilleuse journée, nos deux familles réunies dans la bonne humeur et la convivialité.

– Tristan, mon garçon, c'est surtout grâce à toi et à Lucie que tout s'est bien passé. Ton père et moi, nous avons fait le reste.

– Finalement, Marcelle Mallet s'est rendue à l'évidence. Papa a su la mettre à l'aise et elle s'est même montrée charmante. Nous ne devons pas lui tenir rancune pour avoir voulu le meilleur et l'impossible pour sa fille : elle a su cultiver les dons et les talents en herbe de Lucie et lui préparer un exceptionnel avenir professionnel. D'ailleurs, Lucie elle-même m'a déclaré qu'elle devait son instruction et son érudition, son goût pour la littérature et la musique à sa mère, depuis l'âge de raison, avec bien entendu la complicité de son père.

– Tristan, mon garçon, sache que ton père et moi nous voulons le meilleur pour toi. »

Une nouvelle semaine se déroula sans anicroche dans le Valdonnez : les enfants reprirent le chemin de l'école, motivés et avides d'apprendre, de connaître, de savoir, dans la classe comme à la bibliothèque, dans leurs recherches avec leur chère maîtresse. Les Stéphanois retournèrent dans leurs champs, dans les prés ou avec leurs bêtes ou dans les bois, ou encore dans leur jardin potager qu'il fallait retourner, travailler, ensemencer ; les ouvriers journaliers employés à la ferme se levaient aux aurores pour seconder les paysans à la traite et au gardiennage des troupeaux ; les burons, les moulins, les fours à pain fonctionnaient à plein régime, et les épiciers, débordés, ne savaient pas où donner de la tête tant les ménagères les sollicitaient pour remplir de provisions leurs paniers d'osier. Bref, chacun vaquait à ses occupations et remplissait bien ses journées. Les cloches de l'église rythmaient aussi les heures de la journée : le matin à cinq heures, les matines faisaient lever les éleveurs pour aller soigner leurs bêtes ; l'angélus de sept heures donnait le signal de départ pour d'autres se pressant d'aller travailler à l'extérieur ; si les enfants n'étaient plus autorisés à assurer le gardiennage d'un troupeau en raison de leur vulnérabilité, ils étaient tous censés se trouver présents à l'école du village à partir des huit coups de cloche, les leur rappelant au-dessus de la place de l'Église ; car si l'école et ses cours dispensés étaient gratuits, ils étaient obligatoires dès l'âge de six ans, comme le préconisaient les philosophes et surtout Jean-Jacques Rousseau, jugeant l'instruction et l'éducation des enfants prioritaires dès l'âge de raison. En revanche, comme tout travail mérite salaire, l'évêché du Gévaudan versait un traitement mensuel conséquent à Lucie pour son métier d'enseignante en tant que maîtresse d'école, ce qui la rendait dorénavant très indépendante et entièrement libre dans la société valdonnézienne. Depuis qu'elle connaissait Tristan, elle gagnait en confiance et en autonomie, et elle s'épanouissait à merveille auprès des enfants, pour le plus grand bonheur de ses proches et de son fiancé. Son amour platonique et débutant au printemps s'était rapidement métamorphosé en amour fusionnel, sensuel et consentant entre Tristan et elle : comme lui, elle ressentait entre ses bras protecteurs et attachants d'agréables sensations qui la faisaient frissonner de bien-être et de plaisir partagé : elle adorait se blottir contre son torse athlétique, souple et chaud ; elle aimait et recherchait le contact de ses lèvres gourmandes, de ses mains caressantes, de son corps ferme, bien bâti, affolé, contre le sien en émoi et leurs étreintes fougueuses, passionnées, éperdues. Elle savait que Tristan l'aimerait, la protégerait en la respectant, et elle lui rendrait en retour la pareille pour le meilleur et pour la vie. Car désormais, s'ils étaient fiancés, ils deviendraient amants et, une fois mariés, ils s'efforceraient, grâce à leur amour charnel et conjugal, de fonder une famille aimante et d'être, auprès de leurs enfants, des parents attentionnés exemplaires, toujours amoureux comme au premier jour de leur idylle naissante, saine et tendre, sans cesse recommencée et renouvelée. Ainsi pensait, les yeux grands ouverts, Lucie dans sa chambre partiellement éclairée par la lune pleine, brillante et complice, au milieu des constellations d'étoiles scintillantes ou clignotantes, de part et d'autre de la Grande Ourse, de la Voie lactée ou de la Petite Ourse, illuminant des milliers d'astres irradiés par ses rayons d'argent fluorescents et phosphorescents comme l'immense voûte céleste nocturne et noire, couleur de jais et d'ébène, apaisante et rassurante, préparant au sommeil et aux rêves. Pas un bruit, pas un son, pas un chant, pas un cri dans la campagne environnante. Seule la luminescence intrusive des rayons lunaires se reflétait dans le miroir des fenêtres et des vitres entrouvertes, et pénétrait derrière les volets et les rideaux des maisons grises endormies, insouciantes et confiantes, en ce dernier dimanche de mars 1769. Seul l'observateur insomniaque, motivé et envoûté, scrutant le ciel étoilé, pouvait surprendre à son insu une étoile filante furtive, rapide et évanescente, décrivant de sa flèche fulgurante et dorée un curieux mirage de feu éphémère, surprenant mais violent, comme tendu par la corde d'un arc invisible fantastique et diabolique, avant d'aller mourir quelque part tel un mauvais génie indésirable, maléfique, dans les broussailles abyssales de quelque bois réputé dangereux et proscrit par la nuit de tous les dangers.

On ne vit pas passer la semaine sainte : les journées de labeur remplirent le temps et l'espace, meublés par les longues veillées ancestrales partagées par les familles préparant avec joie les fêtes de Pâques s'annonçant dès le 1er avril avec leur lot de réjouissances traditionnelles. Les soirées réunirent également Lucie et Tristan, se retrouvant régulièrement après le souper, seuls au monde dans le petit appartement de la cure où ils pouvaient librement se livrer ou échanger leurs impressions et leurs sentiments, et enfin souffler un peu dans le calme, loin du tumulte et des cris des enfants toujours en mouvement et quelquefois turbulents et insatiables, mais tellement captivants par leurs questionnements et leur intérêt pour toutes les matières de l'enseignement. Fort heureusement, Lucie avait de la patience et de la persévérance en réserve, de l'énergie pour deux, et faisait preuve d'écoute et de pédagogie. Bien que très heureuse de faire partager ses connaissances et son savoir à travers les ouvrages des différentes disciplines et les livres divers à portée de main, les manuels scolaires distribués et proposés à la bibliothèque à volonté et à satiété, Lucie était fière de participer à l'instruction des enfants représentant l'avenir d'un peuple en marche vers une société plus juste, plurielle et fraternelle, avec plus d'égalité, de liberté mais aussi de droits et de devoirs, où chacun aurait sa place tout en étant responsable de ses actes, dans son milieu professionnel, culturel, personnel et social, avec sa personnalité propre, ses talents, ses savoir-être et savoir-faire, en s'épanouissant librement sans contrainte. Toutefois, Lucie éprouvait un certain mais réel soulagement à retrouver la quiétude des soirées, après ses journées bien remplies, mouvementées mais riches d'enseignements, quoique source de surcroît de travail supplémentaire puisqu'elle devait s'adonner à des corrections, aux préparations et à l'organisation du lendemain avec recul et réflexion. Aussi, après huit heures du soir, Tristan, possédant la clé de l'appartement, ouvrant doucement, entrant, marchant sur la pointe des pieds pour ne pas la déranger, trouvait sa fiancée pensive et concentrée, penchée sur ses livres et ses cahiers épars ou ouverts, crayon en l'air, semblant chercher la solution, réfléchissant à combler ses recherches, sérieuse et quelque peu inquiète pour la marche à suivre. Aussitôt, sentant la présence effective de Tristan derrière elle, Lucie, retrouvant son sourire et rayonnante de joie à la vue de son fiancé, abandonnait brusquement son travail scolaire, trop prenant et contraignant, soupirait, soulagée, et retrouvait alors son allant :

« Enfin, disait-elle, voilà mon conseiller pédagogique qui vient chaque soir à la même heure à mon secours pour m'éclairer de ses sages et raisonnables conseils. Tristan, mon chéri, je reconnais que bien que mes connaissances soient nombreuses et intéressantes, je constate à mon désavantage qu'elles sont encore très théoriques, même si je parviens à les faire partager avec un minimum de pédagogie pratique à de nombreux enfants de plus en plus exigeants. Je crains que mon enthousiasme du début, débordant et exhaustif, ne se tarisse au fil des semaines et des mois. Tristan chéri, que penses-tu de mon état d'esprit sur mon enseignement ?

– Lucie ma chérie, je crois sincèrement que tu te sous-estimes ! Il y a seulement six mois que tu mets en pratique ton projet éducatif et les résultats, positifs, sont probants. Tout enseignant débutant dans le métier se pose les mêmes questions pertinentes et doute assurément. Sache qu'après des mois et des années de pratique, d'expérience et de conscience professionnelle, connaissant bien les rythmes biologiques et psychologiques des enfants, de ta pédagogie personnelle appliquée en fonction de leurs besoins immédiats ou à long terme, ton enseignement organisé et enrichi dans l'espace et dans le temps, au rythme des saisons et du calendrier, portera ses fruits et te donnera beaucoup de satisfaction. Lucie, tu exerces peut-être un métier difficile, j'en conviens, mais c'est le plus beau métier du monde ! Le travail est noble et fait de main d'ouvrier réfléchi, pensé, pesé, révisé, vérifié, documenté, échangé et partagé. Tout est dans la pratique, l'expérience, la maturité, les trois sœurs jumelles accompagnant constamment la conscience professionnelle, l'amour des enfants et de la profession.

– Tristan, mon chéri, je ne puis qu'apprécier ton raisonnement plausible. J'oubliais, en fille égoïste, qu'en connaissance de cause, de par ton métier physique où les efforts, la rigueur, les règles, la prudence sont de mise, tu faisais preuve de pratique, de vigilance, de maîtrise et d'expérience journalière avec une conscience professionnelle exemplaire. De plus, je sais aussi que tu as acquis depuis ton adolescence une importante dose de valeurs et de maturité pérennisées par tes ancêtres, ton grand-père et ton père, en tant que bûcherons, débardeurs et gardes forestiers. Pardonne-moi, Tristan chéri, de t'avoir interpellé ainsi. Tu es mon meilleur confident et mon conseiller providentiel. Tu as raison : ne mettons pas la charrue avant les bœufs et à chaque jour suffit sa peine !

– Lucie chérie, je vais me faire discret pendant que tu corriges les exercices de tes élèves. J'ai apporté la gazette et j'ai de quoi lire. Mais avant de m'exécuter, en guise de remerciement, est-ce que je ne mérite pas, comme eux, une image, un bon point ou à défaut, comme je suis bien sage dans mon coin, esseulé, un petit baiser, si ce n'est pas trop te demander ? »

Et Lucie partit d'un éclat de rire communicatif et se jeta sans tarder dans les bras de Tristan, se faisant éperdument tendre et amoureux en serrant sa fiancée contre son cœur et la couvrant de baisers passionnés. La soirée jusqu'aux douze coups de minuit leur appartenait. Pendant qu'elle procédait aux corrections avec application, lui lisait beaucoup : il dévorait livres et gazette, se mettant au courant de l'actualité, et découvrait avec plaisir, intérêt et délectation les pièces dramatiques de Pierre Corneille telles « Le Cid », « Cinna » ou « Polyeucte » et « Horace », celles de Jean Racine telles « Andromaque », « Phèdre », « Iphigénie » ou « Les plaideurs » ; il préférait de loin et en priorité les comédies de Jean-Baptiste Poquelin, dit Molière, comme « Le Bourgeois gentilhomme », « Le Tartuffe », « L'Avare », « Les Femmes savantes », « Le Malade imaginaire », « Le Médecin malgré lui », « Les Fourberies de Scapin » ou « Georges Dandin ». La bibliothèque de la cure de l'abbé Ribourel renfermait toutes les pépites de la mine d'or de la littérature française, que l'on pouvait compulser à loisir, librement, mais que le brave curé, érudit, méticuleux et consciencieux, avait soigneusement classées, reliées, recouvertes et codifiées. Or, il s'octroyait le droit de les contrôler régulièrement pour éviter qu'un des volumes de sa riche collection ne soit égaré ou altéré, voire même disparaisse des rayonnages. Aussi tenait-il un grand cahier où l'on devait obligatoirement mentionner les sorties et les entrées des ouvrages consultés, avec ses coordonnées, nom, adresse, titre du livre, nom de l'auteur et de l'éditeur et le code chiffré de tout ouvrage emprunté. Lucie et Tristan n'y dérogeaient pas et apportaient leur contribution à la bonne tenue du cahier de contrôle de l'abbé avec respect, rigueur et soin. Quant aux enfants, sous la surveillance discrète de Lucie, ils n'étaient habilités à retirer des rayonnages que les « Contes » de Perrault, les « Fables » de La Fontaine, du moins certaines à leur niveau, quelques romans de cape et d'épée tels « Lancelot du Lac », « Perceval le Gallois », « Les Chevaliers de la Table ronde », « Merlin l'enchanteur et la fée Viviane », et les merveilleux « Contes des mille et une nuits », ou les chansons de geste des troubadours, des ménestrels et des trouvères, prônant l'amour courtois et relatant les épopées de Charlemagne et de Roland à Roncevaux. Si toutefois Lucie surveillait les lectures de ses élèves avec bienveillance et tolérance, elle veillait à ce que les règles déontologiques appliquées par l'abbé Ribourel et elle-même soient rigoureusement respectées, mais s'efforçait de préserver l'anonymat de ses lecteurs mineurs, jugeant qu'en tant qu'enseignante laïque seules la morale et l'éthique, sans veto religieux, lui revenaient de droit, et elle assumait pleinement, avec objectivité et impartialité, la responsabilité qui lui incombait, avec l'approbation franche et sincère de Tristan.

Un soir, pour faire diversion et arracher sa fiancée au bourrage de crâne, à la routine du métier, au travail fastidieux et répétitif des préparations et des corrections, les privant de liberté et d'intimité, Tristan lui soumit, avant de la laisser se reposer, deux propositions récréatives :

« Lucie ma chérie, du lundi au samedi, tu passes des journées studieuses et laborieuses enfermée parmi les enfants ; tu es maîtresse d'école du matin au soir et n'as que le dimanche pour te reposer, te divertir et te recréer. À ce rythme-là, sans pouvoir te détendre ni t'aérer, de la rue Droite à la cure, ta santé risque de s'altérer. Si tu n'y vois pas d'inconvénient, nous pourrions organiser des classes vertes le mercredi ou le jeudi, à ta convenance, ensemble, avec les enfants, ce qui permettrait de profiter du bon air, de la flore printanière, déjà bien avancée dans la nature valdonnézienne. Partir avec tes élèves à la découverte des espèces florales, de maintes fleurs dans les champs, dans les prés, les bois et le long du Bramont, ce serait bénéfique pour vous tous. Les enfants observeront, cueilleront, rendront compte, s'exprimeront oralement et par écrit en belles compositions, dessineront et poétiseront sur la flore et la faune gévaudanaises. Ce ne sera que du bonheur de profiter du bon air et de la nature environnante. Et pour toi, en tant qu'enseignante motivée, ces classes vertes et découvertes t'ouvriront un immense champ des possibles dans le domaine de la littérature et des sciences, et de nouvelles disciplines à explorer. Qu'en penses-tu, ma chérie ?

– Tristan, mon chéri, tu as raison ! Il faut absolument que les enfants par eux-mêmes découvrent, observent, recueillent fleurs, écorces, feuilles et moisissures, cailloux, champignons ou autres merveilles de la nature fortuites et gratuites, écoutent les oiseaux, les chants, les cris, les sons, décryptent les empreintes, apprennent la vie et l'existence des chaînes alimentaires, fassent des herbiers, des collections diverses. Effectivement, ces classes découverte m'ouvriront un champ pluridimensionnel, où toutes les matières de l'enseignement primaire seront développées et exploitables à souhait. J'accepte ta proposition avec joie, à deux conditions : d'une part, tu dois nous accompagner ; d'autre part, tu devras commenter chaque découverte avec force détails. Quand partirons-nous, mon guide ?

– Lucie, ma douce princesse, je pense que la première sortie peut avoir lieu après les fêtes de Pâques, soit mercredi ou jeudi prochain, et de préférence l'après-midi, juste après le dîner, car je peux me libérer un de ces jours.

– Tristan chéri, le mercredi après-midi couperait parfaitement la semaine et les enfants seront ravis, de même que leurs parents, te connaissant bien et t'appréciant dans le Valdonnez.

– Lucie chérie, j'ai une deuxième proposition à te faire. Comme tu le sais, je me libère également tous les samedis. Voudrais-tu m'accompagner à la pêche à la truite dans le Bramont la journée du samedi ? Le cours d'eau s'est bien régénéré et les truites, ayant hiberné et jeuné, commencent à rechercher vers d'eau, mouches et insectes pour s'alimenter. Tu connais la passion des Vallet pour la pêche et je compte bien taquiner la truite samedi prochain. Qu'en penses-tu ma princesse ?

– Tristan, ce sera un honneur pour moi de t'accompagner. Pourtant, je ne voudrais pas te gêner ni te déranger dans ta progression le long du Bramont. À quelle heure doit-on se lever ? Je serai matinale et à l'heure.

– Je savais, ma chérie, que tu accepterais cette proposition. Au mois d'avril, le cours d'eau du moulin d'Auriac à la maison forestière est bordé de touffes de violettes, de primevères et de ficaires, et le sentier qui le suit jusqu'à la ferme de Bassy est bien dégagé et abordable. Il suffit d'être bien chaussé et de prévoir un vêtement imperméable. Qu'en dis-tu ?

– Ce que j'en dis, Tristan chéri, c'est que tu es le plus charmant et le plus merveilleux des hommes ! Tu as toujours d'excellentes idées en m'associant à tous tes projets au plus près de la nature. Je suppose qu'il faudra se lever aux aurores si tu veux attraper quelques truites ?

– Oui ma chérie, tu as deviné. Les truites mordent très tôt le matin, avant le lever du soleil. Quand les premiers rayons solaires filtrent entre les branches des saules et des peupliers et se reflètent dans le miroir des gouffres et des cascades du Bramont, les truites, alors surprises et craintives, ne mordent plus et s'encavent. Aussi doit-on partir des 5h00 et remonter doucement le courant sans se faire voir, sans précipitation, patiemment, et lancer le fil de la canne à pêche dans chaque gouffre sous la cascade posément et attendre une touche pour ferrer. Tu verras, ma chérie, c'est passionnant ! »

Les fêtes de Pâques rassemblèrent de nouveau les membres des deux familles chez les Mallet, comme prévu, et resserrèrent leurs liens d'affection et de solidarité, même si, aux messes du dimanche et du lundi, ils durent se faire tous discrets comme à celles de l'Ascension et de la Pentecôte, où ils furent remarqués, épiés par tous les Stéphanois, les Valdonnéziens et surtout la famille de Montialoux de Chavaniac de la baronnie du Tournel au complet, où Philibert-Gilles, examinateur et interrogateur, se montra le plus intéressé et assidu en dévisageant Lucie, les yeux braqués et fixés obstinément sur elle, les sourcils exagérément dressés en accent circonflexe et l'air sévère et menaçant empreint de reproches de frustration à la fois et d'une infinie tristesse à l'encontre de Lucie, qui, les yeux baissés et recueillis, ne daignait même pas le regarder et fuyait les signes amoureux lancés et manifestés à chaque fois qu'il la croisait au cours des offices religieux. Si Gilles de Montialoux ne percevait les raisons mystérieuses du mépris dédaigneux que Lucie affichait à son encontre, une chose était sûre, à son désavantage. Il était fou amoureux de la jeune fille et il ne pouvait ni le cacher, ni le dissimuler, ni le refouler, ni l'oublier : sa passion pour Lucie virait à l'obsession et il voulait ostensiblement le montrer à tous les Valdonnéziens présents. Aussi devait-on redoubler de prudence et de vigilance avant le 27 mai, jour des épousailles de Lucie et de Tristan.

Les sorties de classes de découverte des 4, 11, 18 et 25 avril, organisées, bien programmées et orchestrées par les jeunes fiancés, furent des plus séduisantes et très agréables pour les enfants s'échappant dans la nature printanière du Valdonnez. Le 4 de ce mois, comme convenu, après le repas, deux par deux, Tristan en tête, guidant le peuple enfantin, Lucie fermant la marche, ils commencèrent à descendre sur le chemin du Moulin-Bas, en direction de Pruneyrolles : ils passèrent devant l'auberge du Pré du Juge, dévalèrent la pente juste avant l'imposant pont de pierre enjambant le Bramont, torrentiel et impétueux, s'écoulant depuis les gorges encaissées du plateau avec violence et suivant sa course jusqu'à s'unir avec la Nize au rythme de son courant et de son débit, à Rouffiac puis, chargé d'alluvions et de sédiments, s'engraissant et s'enrichissant, il rejoignait et se déversait dans le Lot entre Mende et Chanac : en écoutant le bruit continu et assourdissant du cours d'eau du haut du pont, penchés et attentifs, Tristan expliquait aux enfants, fascinés par la force extraordinaire et bruyante du Bramont, que cette rivière prenait sa source au signal de Finiels, à 1 699 mètres d'altitude, tout comme le Tarn, en parallèle, mais le quittant alors que ce dernier, dévalant les pentes du mont Lozère, serpentait dans la vallée marquée par l'érosion des falaises rocheuses et vertigineuses, de part et d'autre des paroisses d'Ispagnac, de Castelbouc, de Sainte-Énimie jusqu'à la Malène, aux Vignes, au Rosier et à Millau, vers le Rouergue. Après cette petite leçon de géographie servant de repères, la joyeuse classe prit le chemin de gauche et obliqua sur le petit village planté d'arbres fruitiers en fleurs, appelé à juste titre Pruneyrolles. Il fut interdit de s'emparer des jolies fleurs des pommiers, des poiriers et des pruniers dont les branches basses, à portée de main, offraient de belles inflorescences blanches légèrement rosées et tentantes. « Pas de fleurs, pas de fruits ! » avait averti sévèrement Tristan. Ils ne s'y arrêtèrent pas et les dépassèrent en quittant même le chemin pour s'aventurer dans la verdure à l'état sauvage et humide : partout des taches jaunes s'agrandissant, s'élargissant au fur et à mesure de la découverte progressive de la végétation naturelle et vivace, concrétisée par de grosses touffes de primevères solaires disposées en gracieux bouquets de fleurs étoilées et serrées, bien ancrés dans la terre et difficiles à déterrer à la main sans les abîmer. Aussi Tristan se permit avec son couteau Laguiole d'en prélever quelques-uns pour les étudier en classe mais aussi à une condition : les replanter tels quels dans le jardin de la cure en tant que plantes vivaces, par respect pour l'environnement, la conservation, la préservation de ces espèces sauvages naturelles qui persistent et fleurissent tous les ans au printemps, au même titre que les jonquilles, les violettes et les narcisses, dans les endroits humides du Gévaudan.

En revanche, en retrouvant le chemin longeant le Bramont, on put cueillir à volonté de jolies violettes, des coucous bien fleuris et jaunes, et même des ficaires éblouissantes, les côtoyant et se mélangeant comme pour s'y refléter ou miroiter de leurs teintes luisantes, fluorescentes et rayonnantes empruntées à l'astre solaire lumineux et brillant de mille feux. Au-dessus du chemin, contre les parois boisées, en levant les yeux et suivant le sentier forestier tout tracé, s'alignaient, accrochées aux pierres par la terre et leurs racines enchevêtrées, les cytises et leurs nombreuses grappes de fleurs retombant en provocants chapelets jaune d'or éclatant, éclairant les coteaux habités aussi par les pins sylvestres, gardiens fidèles, mesurant la hauteur et la profondeur du précipice et signalant par leur présence effective la qualité de la falaise rocheuse, jusqu'aux abysses les plus sombres, angoissants et inaccessibles aux êtres vivants et humains. En attirant l'attention des enfants sur les falaises vertigineuses et rocheuses de Balduc, se dressant menaçantes et dangereuses en face d'eux, du côté opposé de cette montagne appelée Truc et servant de rempart, protégeant et séparant en deux vallées le Valdonnez, Tristan fit remarquer que le Truc de Balduc était semblable à un pachyderme gigantesque surveillant Varazoux et Saint-Étienne, autrement dit à un éléphant au repos, la trompe allongée, faisant le gros dos, indifférent à Brenoux, Langlade, Lanuéjols et aux Terres Bleues. En revanche, jamais personne ne s'était risqué à escalader ses falaises, au risque de se rompre le cou et les os. Toutefois, un sentier forestier permettait d'accéder au sommet de Balduc, où était érigée, sur son plateau, une jolie petite chapelle en hommage à saint Étienne, le saint protecteur de la paroisse. Tristan leur promit de s'y rendre après avoir recherché des fossiles tout autour de ses terres argileuses et bleues. Ces trouvailles feraient l'objet de la prochaine classe de découverte. En observant la progression du Bramont, parallèle au chemin emprunté et fleuri, les enfants constatèrent que le cours d'eau grossissait, s'élargissait, évoluait en gracieux méandres et continuait sa course plus calmement et régulièrement, sans grand tapage. Une fois arrivés au hameau de Chalhac, habité par quatre familles de paysans, et au terme de leur classe verte, les élèves eurent droit à une longue récréation au fond de la vallée, en cul-de-sac, spacieuse et alimentée de plusieurs rus descendants, dispersés et désordonnés, sans direction précise mais terminant leur course au fond de cet entonnoir broussailleux, caillouteux et humide, sans issue, immense et plat, bref, un espace sans danger, agréable pour les enfants, prédisposant au jeu dans cette impasse acculée au rempart naturel montagneux. Après s'être recréés, ressourcés, plus ou moins reposés dans un joyeux vacarme de cris d'enfants et imprégnés de leurs jeux ou de leurs échanges partagés, on fit à regret le chemin à l'envers : on repassa devant Chalhac, on remonta le courant calme et uniforme du Bramont, dont les eaux quelquefois laissaient éclater de grosses bulles clapotant avant de mourir sur les pierres moussues de ses berges où, dans l'eau stagnante, pullulaient force têtards et grenouilles ; on resta alignés sur le chemin du retour, avec interdiction de le quitter ; on cueillit encore des violettes et des coucous en se pressant ; on traversa le grand verger habité de Pruneyrolles, où les premiers bourdons commençaient à butiner les fleurs des arbres fruitiers ; on remonta la côte du Pré du Juge, en direction du Moulin-Bas, en remarquant de part et d'autre, dans les prés verdoyants, des pousses plus sombres et fournies de narcisses des poètes, qui n'allaient pas tarder à montrer leurs inflorescences blanches, étoilées, immaculées et odorantes.

De Pâques à la Pentecôte, on ne vit pas le temps passer, si ce n'est l'abbé Ribourel qui se préparait en aparté à annoncer les noces de Tristan Vallet avec Lucie Mallet de la manière la plus solennelle possible, lors de l'office religieux, avec l'accord de monseigneur Choiseul-Beaupré, conseillé et recommandé par l'abbé Peytavin. En cette fin de printemps particulier, chacune et chacun, obnubilés par leurs occupations, avaient bien meublé leur temps, si bien que l'annonce de l'union des deux jeunes gens du village de Saint-Étienne-du-Valdonnez n'étonna personne, car depuis un an à présent on les voyait toujours ensemble avec les enfants : ils faisaient partie du paysage valdonnézien et tout le monde se réjouissait de ce mariage heureux qui s'annonçait après la Pentecôte sans tambour ni trompettes mais approuvé et célébré par toute une population laborieuse et reconnaissante pour ses propres enfants. Lorsque les cloches carillonnèrent au-dessus de l'église stéphanoise, les villageois endimanchés accoururent pour assister aux noces de leurs protégés, en ce dernier dimanche de mai 1769. Installés depuis un bon moment sur leurs bancs respectifs, tous les paroissiens, les yeux braqués sur le fond de l'édifice, attendaient, impatients, l'arrivée des futurs jeunes mariés et de leurs proches. Soudain, au bras de son père, ému, apparut Lucie, toute parée de soie blanche moirée, ses beaux cheveux relevés en chignon et retenus par un diadème de roses de crêpe, laissant échapper quelques anglaises sur ses tempes et son front dégagés. La robe à manches courtes et à peine décolletée, bien que toute simple, droite et cintrée, maintenait en avant sa taille haute et fine, descendant en plis légèrement évasés sur les hanches fuyantes et galbées de Lucie, et dissimulait ses longues jambes fuselées juchées sur d'invisibles escarpins assortis. Sur son teint de porcelaine, sur ses joues, sur son cou, aucun fard, aucun bijou, seuls le rose naturel de son visage, le rouge de ses lèvres et le bleu horizon de ses yeux ; quant à l'annulaire de sa main gauche, sa bague de fiançailles sertie d'une grosse améthyste, elle allait sous peu céder la place à l'anneau d'or scellant l'alliance et la fidélité des deux futurs époux. Suivirent ensuite Tristan, élégant et digne dans son costume de marié, au bras de Mme Mallet, stoïque et fière. Sa veste ouverte pour la circonstance laissait entrevoir la chemise blanche en dentelle à jabot choisie de préférence pour son futur gendre avec le plus grand soin. Au refus de Lucie de faire suivre un voile encombrant et inutile, Marcelle Mallet s'était rabattue sur le prêt-à-porter de Tristan qui, d'abord amusé puis conquis et même séduit par son bon goût, s'était laissé faire sans arrière-pensée. Marie Vallet, ayant constaté cette nouvelle et curieuse attention, lui fit remarquer gentiment à l'oreille :

« Tristan, mon fils, je crois que Marcelle Mallet est tombée sous ton charme. Elle t'habille comme un jeune premier !

– Mère, c'est justice car pour Lucie il faut que je sois le premier et le seul jeune premier ! »

Marie et Antoine Vallet, bras dessus, bras dessous, suivis de Victor et d'Anne, fermèrent la marche des proches, les oncles et les tantes, les cousins et les cousines, absents, empêchés, n'avaient pas eu le temps de se manifester, encore moins de s'informer, ni sur le point de s'excuser, faute d'avoir été invités ou sollicités ; les jeunes mariés se chargeraient ultérieurement de leur communiquer l'heureux événement, le secret de leurs épousailles étant solidement bien gardé. Discrétion oblige ! Qu'à cela ne tienne, dans le cœur des uns et des autres, Tristan et Lucie étaient bien là devant monsieur le curé : ils souriaient, se disaient oui, échangeaient leurs alliances et s'embrassaient au vu et au su de tous ; personne ne pouvait ni contester ni s'opposer à leur mariage, désormais approuvé et enregistré dans les mémoires et dans les archives paroissiales au même titre que leurs dates de naissance, de baptême, de leur première communion ; et il en serait de même pour leurs propres enfants, inscrits sur le registre paroissial stéphanois régulièrement mis à jour. La messe nuptiale, embellie par les cantiques et les psaumes joyeusement interprétés par les chœurs d'enfants, bien entraînés, fut aussi émouvante que sublime et chacun dut se retenir pour ne pas laisser échapper quelques larmes. La sortie des jeunes mariés se fit sous une pluie nourrie de pétales de roses blanches les accompagnant de place en place, de celle de l'Église à celle d'Auriac, jusqu'à celle du Couderc, où ils purent quasiment s'abriter, de telle sorte que les rues de Saint-Étienne furent rapidement recouvertes d'un tapis blanc uniforme et odorant.

« Lucie, mon épouse chérie, bien que tu sois ma reine de Saba, les Stéphanois en ont décidé autrement et ont fait de toi leur propre reine avant tout, et je suis plutôt jaloux !

– Tristan, mon époux chéri, j'ai la chance et le bonheur d'avoir à mes côtés le roi qui m'a choisie telle que je suis, pour le meilleur et pour la vie. Et j'en suis heureuse à l'infini. »

Tristan ne put s'empêcher d'attirer son épouse contre lui et de l'embrasser tendrement devant tous ses proches, ravis.

Contre toute attente, le repas de noces eut lieu dehors, derrière la maison des Vallet, dans la cour attenante au jardin, où deux tables et des bancs étaient installés : sur les nappes brodées de liserons mauves, roses et jaunes, les couverts et serviettes étaient disposés avec la vaisselle et les cristaux d'usage pour les grandes occasions, avec les meilleurs crus du Languedoc, le Saint-Chinian, le Faugères et le muscat de Frontignan, sans oublier le vin de Champagne, offert à volonté par Étienne Mallet. Se succédèrent cailles au nid, perdrix dorées, palombes sur canapés, tranches fines de jambon, petits pâtés aux cèpes, aux girolles, aux grisets, faisans au plumage bigarré et flamboyant, trois gros gigots d'agneau aillés et juteux accompagnés de macédoine de légumes et de doucettes, le tout bien arrosé de bon vin rouge agrémenté de généreux morceaux de pain délicatement découpés dans de jolies corbeilles d'osier tressé. Les deux plateaux de fromages variés gévaudanais eurent autant de succès et, comme il est de coutume et d'usage, chacun se servit de chaque spécialité sans bouder ni la tomme blanche, ni la tomme bleue, ni le fédou ou le pélardon au lait cru de brebis, ni le bleu des Causses et la fourmette d'Aumont ou de Grandrieu, en trinquant à la bonne santé de chacun. Les délicieuses pâtisseries de Mende firent encore saliver les papilles et les petits choux à la crème pâtissière de la pièce montée furent très vite dilapidés à la vitesse de l'éclair et disparurent des assiettes à dessert en même temps que le niveau de vin de Champagne dans les coupes, constamment remplies jusqu'à la dernière goutte par Antoine Vallet, métamorphosé en véritable sommelier, pendant que Marcelle Mallet et Marie Vallet, sollicitées et accordées, servaient et desservaient tour à tour raisonnablement, pour contenter tout le monde, sous l'œil attentif et attendri de l'unique invité au repas de noces, l'aimable et bienveillant abbé Ribourel, témoin oculaire du bonheur de deux familles de sa paroisse attitrée. Alors que les convives remplissaient leur compotier de fruits au sirop que leur présentait Marie dans l'énorme saladier, Tristan en profita pour tenter d'enlever sa reine, après lui avoir glissé à l'oreille, dans un murmure des plus convaincants, on ne peut plus pressant et langoureux :

« Lucie, mon épouse chérie, je n'ai plus d'appétit pour toutes ces douceurs, mais il me vient une terrible envie de t'emmener dans mon jardin secret afin d'en connaître avec toi dans mes bras d'autres plus intimes et de les partager, insista Tristan de son regard très significatif, amoureux, le plus pénétrant et troublant.

– Tristan, tes désirs sont les miens, je ne saurais rien te refuser. Il me vient à moi aussi la même envie, celle de t'aimer enfin librement et chez nous. »

Prétextant le besoin de se changer, sans plus attendre, Lucie entraîna Tristan hors de la vue de leurs proches : ils descendirent en riant, en courant la rue verticale, passèrent sous le porche, débouchèrent sur la rue Droite et se rendirent directement dans l'appartement de la cure et fermèrent vite la porte à clé. Là, essoufflés, haletants, tremblants, ils se livrèrent à une fête des sens jouissive et fusionnelle sur le lit malmené : elle s'abandonna à ses avances, lui à ses caresses câlines et félines ; il explora la moindre parcelle de sa chair rosée, de sa peau parfumée, avec ses lèvres, ses mains, sa bouche sensuelle et gourmande ; elle voulut connaître le secret de sa force, de ses muscles, sentir, toucher, goûter, humer le grain de sa peau musquée et hâlée, et tout savoir du corps de l'homme viril adoré en train de la déflorer avec amour, douceur et respect. Entre ses membres caressants, Lucie mourait de plaisir et donnait tout d'elle-même, en lui confiant en même temps que son intimité sa virginité tout entière, alors que Tristan lui offrait en échange sa propre sexualité saine à partager. Blottis l'un contre l'autre, leurs deux corps épousés, se rendant baiser pour baiser, caresse pour caresse, ils s'aimèrent toute la nuit et jouirent en symbiose à plusieurs reprises, épuisant leurs forces jusqu'aux lueurs roses de l'aube, où ils s'endormirent, rassasiés comme deux enfants comblés et repus, réunis et heureux de se retrouver côte à côte dans le plus beau matin du monde, émerveillés, étonnés, étourdis de plaisir dans les bras l'un de l'autre en nageant dans le bonheur de l'hyménée enfin réalisé et consommé. Pourtant, il fallait se rendre à l'évidence, on devait bientôt se lever pour vaquer chacun à ses diverses occupations : lui dans les bois avec son père, elle sur place à accueillir les enfants pour une nouvelle journée de classe de la semaine commençant. Comme une fée du logis, Lucie, percevant la respiration régulière et paisible de son époux, le réveilla d'un baiser volé avec douceur et lui caressa le torse et la joue avec amour :

« Tristan, mon époux chéri, il est temps de penser à aller travailler. Je vais à la cuisine réchauffer le café et tartiner quelques tranches de pain de beurre et de confiture.

– Lucie, ma chérie, je me contenterai bien volontiers d'un acompte de caresses et de baisers avant de partir dans la nature loin de toi.

– Tristan, mon chéri, je pense que nous nous sommes donné le maximum d'amour toute notre nuit de noces durant, n'est-ce pas ?

– Tu as parfaitement raison, ma reine. Tu es tellement belle et désirable que j'ai envie de t'aimer toute la journée. Nous nous rattraperons ce soir après souper. À présent, apprêtons-nous et déjeunons ensemble : une belle journée commence et il y en aura d'autres aussi belles à partager avec toi, ainsi que des nuits divines et câlines entre tes bras, ma douce épouse chérie.

– En attendant, apprécions ensemble notre premier petit déjeuner d'amoureux matinal pris aux aurores en tête à tête et tranquillement.

– Lucie ma chérie, ce petit déjeuner servi par toi de si bonne heure est une joie de plus ajoutée à notre bonheur d'être ensemble.

– Et, Tristan chéri, il en sera toujours ainsi tous les matins du monde que Dieu nous accordera.

– Lucie, ma chérie, tu es l'amour incarné, et le bonheur que je partage avec toi est une incommensurable source d'énergie, d'espoir et d'une immense vitalité. Bonne journée, ma chérie, avec tes élèves. Comme d'habitude, ton père viendra te chercher pour les repas et te ramènera en veillant à votre sécurité.

– Que mon amour t'accompagne toute la journée dans les bois ! Et surtout, mon roi, redouble de prudence dans les pentes et les travers avec les chevaux ! Ne prends pas de risques inutiles dans tes travaux de débardage avec ton père. Un accident est si vite arrivé. À ce soir, mon époux chéri.

– À ce soir, ma toute douce compagne. Ton amour me donne des ailes et je sais que Dieu, les saints et les anges veillent sur notre bonheur. Nous pouvons être confiants et rassurés maintenant. »

Après s'être longuement embrassés, les jeunes mariés, motivés, se concentrèrent avec plaisir et conscience professionnelle, doublée d'une application scrupuleuse, probe et assidue, à leurs tâches journalières respectives, rythmées par la course du soleil et les cloches de l'église, martelant fidèlement les heures pour tous les villageois de Saint-Étienne et ses environs. L'angélus les ramenait à midi à la maison pour dîner et à 19 heures, au bercail, pour rentrer définitivement et souper puis veiller dans leur maisonnée. Chaque soirée ramenait et réunissait Tristan et Lucie qui retrouvaient leur parfaite intimité : ils avaient tant de choses à se raconter et autant d'amour à se donner ! Or la nuit leur appartenait et ils en disposaient comme bon leur semblait en joignant d'abord l'utile à l'agréable en décrivant leur journée ; Lucie procédant aux corrections, à la préparation de ses cours, Tristan lisant les faits divers dans la gazette ou quelque ouvrage conseillé ; ensuite ils échangeaient leurs idées sur l'actualité avec intérêt, objectivité et impartialité. Après avoir épuisé leurs sujets de conversation, malgré la fatigue, ils cédaient à leurs désirs conjugaux, leurs envies l'un de l'autre, recherchant à se donner, à s'abandonner dans leur tenue d'Adam et Ève sans retenue, le plus naturellement du monde, en s'aimant une partie de la nuit et s'adonnant aux plaisirs de la chair de leurs jeunes corps offerts, assouvis, renforçant un peu plus chaque jour, avec leur besoin d'amour, leur fidélité et leur attachement à la beauté du corps, de l'esprit, du cœur et de l'âme, à travers leurs ébats amoureux, lors des actes sexuels conjugués et réguliers, échangés et partagés dans leurs élans fusionnels et leur entente conjugale, pour le meilleur et pour la vie, pleine et saine.

Le mercredi après-midi, ils partageaient leur joie de vivre dans la nature avec les enfants : quand ils n'étaient pas dans les Terres Bleues autour du Truc de Balduc à rechercher des fossiles, ils se trouvaient sur son plateau à parcourir les champs remplis de mousserons ou assis dans la chapelle pour s'y reposer et comparer entre eux leur cueillette, avec interdiction formelle de s'approcher des bords de la falaise, combien accidentogène ; puis c'était la ruée dans les champs à chardons, tout autour du petit village de Varazoux, où les plus agiles et dégourdis, ou les plus rapides, découvraient, bruns et luisants, en famille, les pleurotes, surnommés « oreillettes » en raison de leur forme d'oreille de souris, à la fin du mois de juin pluvieux et déjà chaud, voire même orageux ; Tristan et Lucie emmenèrent leurs joyeux lurons dans les bois des Cignolles : ils gravirent sans difficulté la montée de Tricailloux et se divisèrent en deux équipes homogènes et volontaires : celle de Lucie devait emprunter les lacets partant du premier sous le hameau de Ventalhac jusqu'au plateau des Cignolles ; celle de Tristan couperait à travers bois entre chaque lacet, inspecterait les travers et les coupe-feux, les coudes et les virages, en évoluant en allers-retours et en progressions parallèles, de sorte à sonder chaque coin et recoin des bois attentivement, lentement et patiemment. À chaque découverte, des cris de joie fusaient et résonnaient sous les futaies : à la vue d'un ou plusieurs cèpes émergeant de la mousse, abrités sous un sapin ou perchés entre les pierres et les feuilles du talus d'un sentier, les enfants, excités, ne cachaient pas leur plaisir et le faisaient savoir au point d'inquiéter les oiseaux réduits au silence complet, privant les habitants de la forêt de leurs joyeux trilles et surtout affolant, surpris, les écureuils, craintifs et dérangés par tout ce bruit et ce remue-ménage intrusif dans leur propre territoire ; ce qui ne les empêchait nullement de reprendre de plus belle, une fois les imposteurs passés et bien éloignés, leur rituel habituel comme si de rien n'était. Pendant ce temps, les enfants, insouciants, continuaient avec émulation leurs recherches, inspectant le moindre tapis de feuilles, les abords d'un talus, la montée d'un sentier, le moindre endroit sous les branches d'un sapin, l'intérieur d'une clairière, le pourtour d'un pin ou d'un mélèze, les accotements moussus d'un lacet, bien exposés à la lumière, un petit groupe d'enfants scrutant à gauche, l'autre à droite, d'un regard appuyé et bien entraîné. Munis d'un petit canif de marque Laguiole, ils savaient maintenant s'en servir pour couper ras la queue des champignons sans l'arracher, en laissant le mycélium en terre, avec, disséminées autour, les épluchures de chaque pied. Toutefois, certains enfants étaient moins patients pour nettoyer les petites queues des nombreuses girolles émergeant en nappes très serrées, de tailles diverses et de grosseurs différentes, les plus petites étant laissées telle quelles sur place. D'autres préféraient fouiller sous les ramures des pins sylvestres des hautes cimes, sous les palmes des sapins centenaires, les espaces plus ou moins jonchés de pommes de pin, décortiquées et abandonnées pêle-mêle dans un enchevêtrement d'écorces mortes et d'aiguilles plantées dans la mousse, exhalant un parfum spécial de pin et de résine, mélangé à celui, discret et subtil, des myrtilles et des framboisiers en pleine floraison et des moisissures de toutes sortes avec, en prime, toutes les odeurs florales que Dame Nature, au mois de juin, mariée à la brise légère, agréable et douce, disperse dans l'air à travers les futaies, au-dessus des fougères en éventail, des bruyères roses, des clairières inondées de lumière et couvertes de mousse et d'airelles généreuses encore vertes mais prometteuses. Lorsque les enfants, enivrés de ces senteurs particulières de fin de printemps parfumant le dernier lacet, terminèrent leur lente ascension sur le vaste plateau des Cignolles, au lieu de s'asseoir sur quelques roches granitiques disséminées au milieu des grands conifères agités par le vent, plus frais et malin, soufflant à travers leurs frêles ramures, se balançant élégamment, formant un curieux rempart protecteur jusque sous leurs menues ramilles persistantes, alors, infatigables, ils cherchèrent encore autour de leurs troncs sveltes et altiers, dans la terre et les aiguilles multiples, abrités et bien cachés, les bolets à tête de nègre, les plus recherchés des champignons comestibles et les plus prisés des Gévaudanais. À force de persévérance et de pugnacité, les plus aguerris et rompues à ces recherches mirent la main sur leurs dernières trouvailles et finirent par remplir et alourdir leurs besaces de leurs précieuses cueillettes. Tristan et Lucie rassemblèrent enfin tout leur petit monde et chacun put se résigner à faire l'inventaire de sa propre cueillette, avec force détails, comparaisons, cris plus ou moins enthousiastes et joyeux, mais dans la bonne humeur et sans brimades. Tristan passa devant chacun des enfants pour les complimenter et s'aviser surtout que personne n'avait cueilli d'amanite phalloïde printanière ni de bolet de Satan. À sa grande surprise, il constata que tous les élèves de Lucie savaient différencier les champignons comestibles des champignons vénéneux, du moins les cèpes, les girolles et les bolets, trouvés en nombre par des mains de connaisseurs expertes. En tant que responsable majeur de cette classe découverte, autorisée par des parents confiants stéphanois et valdonnéziens, Tristan put se rassurer et remercier mentalement la reine de cette expédition en pleine nature. Aussi, d'un commun accord, complice et respecté, jugèrent-ils d'assurer le retour de cette classe verte dans la plus stricte discipline, en prenant le chemin des écoliers ; autrement dit effectuer la descente groupés deux par deux, du dernier lacet au premier, sans se disperser, Tristan en tête, guidant les enfants d'un bon pas régulier, Lucie fermant la marche afin d'éviter toute distraction et le moindre retard du groupe causé soit par un besoin pressant, soit par une chute dans le sentier plus ou moins sécurisé. De temps en temps, Tristan, s'assurant que tout le monde suivait, se retournait, ralentissant ou accélérant le pas : alors, d'un signe de la tête, Lucie le confortait dans le rythme de leur progression, lente ou rapide, à suivre ou à poursuivre jusqu'à destination. Avec prudence et régularité, d'un bout à l'autre du sentier, serpentant sans danger apparent, ils arrivèrent sans problème dans le dernier bois de Tricailloux, un peu plus accidenté, rempli de buissons, de pierres et d'ornières, qu'ils évitèrent en obliquant vers le chemin de Ventalhac ; et, à hauteur du petit pont enjambant le cours d'eau de Merdaric, arrosant les prés avoisinants, ils descendirent sur la voie romaine et pavée débouchant sur le Couderc, le quartier haut de Saint-Étienne, traversèrent la place d'Auriac, s'arrêtèrent devant la fontaine, se désaltérèrent et entrèrent dans la cure, où il retrouvèrent avec plaisir leur salle de classe au rez-de-chaussée. Discrètement, Tristan, les laissant s'installer, s'éclipsa, prétextant de se rendre au Moulin-Bas pour constater et contrôler l'avancement des travaux du gros œuvre de la petite maison du « Chon del Mouly » où Tristan et Lucie comptaient s'installer à la rentrée prochaine. Effectivement, le toit de lauze grise était posé et les menuisiers étaient à pied d'œuvre, montant et finissant, consolidant châssis et fenêtres, portes et volets ; les vitriers pourraient bientôt poser les dernières fermetures des doubles vitrages au-dessous des deux marquises, sur les quatre fenêtres et les multiples carreaux de part et d'autre de la véranda prolongeant la façade orientée plein sud. Seules les deux portes en bois de chêne rouvre que Tristan devait fixer et poser n'avaient pas encore été livrées. Qu'à cela ne tienne, la maison était déjà bien avancée et Tristan, l'observant de tous les côtés, était plutôt satisfait : dans trois mois, tout serait sur pied, on pourrait l'aménager et y habiter. Il fit toutefois le tour du propriétaire en long, en large et en travers jusqu'à l'abri de jardin ; au milieu, bien alignés, les arbres fruitiers, très fournis en feuilles, avaient donné maintes fleurs persistantes malgré les nombreuses pluies printanières et offriraient autant de pommes, de prunes et de poires pour les tartes à venir que les compotes ou les confitures futures, de même que les deux cerisiers tardifs dont les fruits grossissant de jour en jour promettaient d'être très prolifiques et juteux dès la fin de ce mois de juin ; à ce sujet, Tristan se dit qu'il fallait prévoir une bonne échelle haute et solide pour que Lucie, sa reine, puisse aisément cueillir les bigarreaux sans se blesser ni chuter. Lucie avait seulement 19 ans dorénavant et était mariée depuis peu. Conscient de sa vulnérabilité, il se devait de la protéger face à toute éventualité fâcheuse ou malheureuse et surtout face à l'adversité malencontreuse et mal intentionnée. Pas question de laisser toute seule Lucie une journée ou une nuit, ou même quelques heures, éloignée du village, loin de lui, loin des siens. L'annonce de leurs épousailles avait fait le tour du Valdonnez et de tout le Gévaudan, de bouche en bouche, jusqu'aux oreilles des notables de la noblesse et du clergé lésés et frustrés, assez réticents et indignés : d'après l'abbé Ribourel, prévenu par l'abbé Peytavin, la famille du Tournel et Philibert, dit Gilles de Montialoux, n'avaient pas accepté leur union en catimini, sans publication de bans ni information de la cérémonie sur la gazette et sans avis. Désormais, sur les conseils ecclésiastiques et sages des deux abbés, Tristan, son épouse et leurs familles devaient-ils se tenir sur leurs gardes et rester prudents dans leurs allées et venues, leurs déplacements ou leur absence prolongée et leur éloignement plus ou moins repéré. Ce qui inquiétait le plus Tristan, c'était laisser un seul instant Lucie esseulée sans surveillance et sans défense. Aussi, pour ne pas l'effrayer ni éveiller chez elle la moindre crainte, il agirait en conséquence en dressant deux bons chiens de garde. Pour se donner du courage et éviter de penser à mal pour les mois à venir, il se mit à biner les fanes des poireaux, des carottes, du céleri et les feuilles de salade, tout autour des lilas en boutons, des rosiers grimpants bourgeonnant bientôt en magnifique floraison. Pour Lucie, son épouse chérie, rien n'était trop beau : elle lui faisait entièrement confiance, il devait non seulement la protéger mais aussi la gâter et démontrer constamment qu'elle pouvait compter sur lui quoi qu'il advienne. De plus, Antoine, son père, et Étienne Mallet pouvaient le seconder et les Stéphanois, comme la plupart des Valdonnéziens, l'estimaient : dorénavant, il n'était plus esseulé et avait des alliés dans toute la vallée. Après avoir travaillé la terre et rangé les outils dans le cabanon, et avoir vérifié que tout était en ordre, il ferma le portail de la propriété et remonta d'un pas rapide le chemin du Moulin-Bas, alors que le clocher de l'église égrenait les sept heures de l'angélus. Tristan aimait ce moment où l'on pouvait enfin lâcher prise en retrouvant les siens et échanger avec eux des instants merveilleux. Et le moment qu'il attendait le plus, après le souper partagé avec ses parents ou sa belle-famille, était sans nul doute, à la tombée de la nuit souveraine, celui où il retrouvait rien que pour lui Lucie, son épouse chérie, l'attendant patiemment à la cure débordante d'amour et d'attention. Pour lui, elle revêtait après la journée de travail une de ses plus belles robes à fleurs ou à ramages, laissait ses longs cheveux flotter librement sur ses épaules, sentant le parfum de la violette et sa peau traitée au lait d'ânesse rehaussait son teint délicat de porcelaine rare et fine, qu'il adorait effleurer ou caresser de ses lèvres ou de ses mains impatientes. Comme il s'excusait de n'avoir pu se changer, faute de temps, et qu'il sentait la transpiration, Lucie, lui mettant les bras autour du cou, lui déclara avec sincérité :

« Tristan Vallet, vous êtes mon Robin des Bois, vous apportez dans votre sillage toutes les odeurs d'essences florales de moult espèces rares de la forêt et de la campagne environnantes, que même le vent ne saurait mieux ramener et porter que vous sur votre corps et votre visage brunis par les intempéries. Et vous êtes le plus beau des hommes de la terre, emportant les parfums naturels des plantes, des fleurs et des arbres des montagnes, des champs et des prés. Et je vous aime, vous, mon Robin des Bois, tel que vous êtes, un homme de la nature semblable à Robinson Crusoé.

– Si vous me flattez, Lucie, ma chérie, vous paraissez ainsi vous moquer d'un pauvre bûcheron qui sent aussi la transpiration. Pour tout vous dire, j'ai meublé le temps en binant les légumes du potager, tous les lilas et les rosiers de notre propriété du "Chon del Mouly", où les travaux sont déjà très avancés. Je n'ai pas ménagé ma peine ni la sueur de mon front et de mon corps.

– Tristan Vallet, sachez que je ne me permettrai jamais de me moquer de l'homme que j'aime le plus au monde. D'ailleurs, je vais vous le prouver sur-le-champ. »

Et Lucie, se serrant un peu plus contre le torse de Tristan, l'embrassa tendrement en noyant son regard bleu horizon dans le vert abyssal et émeraude de son époux, médusé et subjugué par tant d'affection amoureuse de la part de sa reine. Resserrant son étreinte et frémissant de plaisir, Tristan couvrit de baisers brûlants son visage, son cou, ses bras, la naissance de sa gorge et ses mains fines de pianiste qui savaient aussi le caresser et l'exciter en temps voulu. Mais, dans un dernier sursaut de volonté et de sagesse, il savait au dernier moment se maîtriser et modérer leurs effusions afin de ne pas profiter à son avantage de l'abandon total et de l'innocence de son épouse adorée, se donnant sans compter, elle, sans modération, en toute occasion.

Alors, il trouvait toujours une échappatoire pour ne pas succomber à la tentation en tombant encore sous son charme et ses caresses répétées, déclenchant d'étranges et troublantes sensations sur tout son corps en émoi et en parfait mâle accompli et réceptif. En ce 20 juin, après la classe découverte dans les bois des Cignolles, son stratagème de fuite fut vite tout trouvé et on ne peut plus concret :

« Lucie, ma chérie, si tu n'y vois pas d'inconvénient, pour être plus présentable, je vais procéder à une toilette complète dans le baquet familial afin de me débarrasser de toutes mes impuretés. »

Tristan adorait l'eau et ses bienfaits : bien qu'il fasse tous les matins ses ablutions, le soir il appréciait avec plaisir et délectation un bon bain purifiant, frais et relaxant. Lucie le savait et le respectait ; pour rien au monde elle ne le dérangerait en ce moment intime et personnel, même si elle l'entendait et l'écoutait en souriant avec une envie pressante de le surprendre ou de l'asperger. Non, en aucune façon elle n'agirait ainsi contre son gré : elle aimait trop Tristan pour lui manquer de respect, et son admiration envers lui ne connaissait pas de bornes. Tristan c'était, pour Lucie, son époux, son amant, son Adonis, l'élu de son cœur, l'homme providentiel, son conseiller et bientôt le père de ses enfants. Quand il lui réapparaissait revêtu d'une chemise d'un pantalon propres, parfumé d'eau de Cologne aux notes d'ambre particulières, ses épais cheveux noirs de jais retombant sur sa nuque en plis soyeux dégageant son large front et ses tempes brunes, ses grands yeux interrogateurs émeraude en amande semblaient vous pénétrer et vous sonder de la tête aux pieds pour vous jauger jusqu'à vous décontenancer et même vous déstabiliser, si vous aviez quelque chose à vous reprocher. Certains en avaient fait malheureusement les frais. Pour Lucie, son regard vert, abyssal et mystérieux avait quelque chose de caressant, de captivant, de fascinant et de troublant ; et son sourire, un peu malicieux mais respectueux et émouvant, quelquefois légèrement suppliant, était irrésistible et séduisant pour la gent féminine, qui s'y laissait prendre. Or, sans le savoir, Tristan plaisait aussi bien aux jeunes filles valdonnéziennes des trois ordres qu'à certains garçons, dont Justin Trémolet, en tête de liste, durement éconduit et lésé, qui n'hésiterait pas à se venger. Or Tristan avait eu la présence d'esprit et la franchise d'en faire part à Lucie qui avait pris très au sérieux cette affaire inquiétante de déviance amoureuse sur fond d'homosexualité malsaine et haineuse. Quant aux jeunes filles stéphanoises tombées sous le charme de Tristan, Lucie, loin d'en être jalouse, était plutôt fière et flattée que son époux ait toujours autant de succès, car Tristan sous-estimait sa beauté physique, concrétisée par sa haute stature athlétique, sa masse musculaire façonnée par son métier physique journalier, ses traits réguliers, sa chevelure brune à la Samson, sa bravoure, sa droiture et sa probité lui valant l'estime de toute la population du Valdonnez, enfin de presque tous, sans citer le nom de quelques récalcitrants ou de soi-disant concurrents potentiels. Autrement dit, Lucie aimait tout chez Tristan : son visage magnifique et expressif, son corps svelte et bien fait, souple et chaud, sa force herculéenne, ses mains habiles et douces mais fermes, son large torse et ses bras musclés protecteurs, ses grandes jambes faites pour la vie au grand air en pleine nature, ou les longues marches, les randonnées et même pour la course à pied ou à cheval par monts et par vaux. De plus, au repos, lors de leurs nombreux échanges sur tous les thèmes débattus en aparté, Tristan, alors, excellait sur les sujets d'actualité : des faits divers aux lectures récentes des événements, aux tentatives de réformes des gouvernements des ministres Choiseul et Maupéou, en exercice, et notamment de soumettre les privilégiés à l'impôt en raison de l'essor économique florissant confirmé en fin de règne de Louis XV le Bien-Aimé. À ce sujet, de sa voix basse et posée, Tristan fit remarquer à Lucie, très intéressée :

« Lucie, ma chérie, sais-tu que le cardinal de Fleury a engagé la France dans les guerres de Succession de la Pologne et de l'Autriche ? Que le comte Étienne-François de Stainville, duc de Choiseul, secrétaire d'État aux Affaires étrangères, à la Guerre et à la Marine, lui a déclenché la guerre de Sept Ans de 1756 à

1763 contre la Prusse et l'Angleterre, nous faisant perdre toutes nos colonies aux Indes, au Canada et en Louisiane, même si nous n'avons gagné que la Lorraine et la Corse depuis l'année dernière ? Toutes ces guerres ont beaucoup coûté à la France en hommes et en possessions, et l'Angleterre, alliée à la Prusse, toutes deux pays vainqueurs, a forgé un immense empire. Pourtant, on ne peut pas reprocher au duc de Choiseul d'avoir resserré l'alliance avec l'Autriche, nous apprend *La Gazette de France* ; le duc lui-même est un grand ami des philosophes encyclopédistes.

– Toutefois, les français de France et de Navarre reprochent à notre bon roi Louis ses relations amoureuses et ses liaisons avec Mme de Pompadour, devenue marquise et maîtresse attitrée du roi jusqu'en 1764 et remplacée depuis peu par Jeanne Bécu, comtesse du Barry, pour égayer la vie du roi, assez dépressif paraît-il. Il est vrai que Louis XV le Bien-Aimé fut marié contre son gré à Marie Leszczynska, la fille du roi de Pologne, qui lui donna dix enfants. De la régence de Philippe d'Orléans au gouvernement du duc de Bourbon, de celui du cardinal de Fleury, notre bon roi a dû faire face à de nombreux échecs et actuellement il doit essuyer les défaites imposées par l'Angleterre qui, outre-Manche, ne se prive pas de bafouer l'image et l'autorité de la France en la personne même de notre roi qui est souvent moquée et raillée dans les gazettes par les journalistes britanniques. Et l'affaire de la bête du Gévaudan n'arrange pas les choses, puisque les Français, nous sommes devenus la risée de nos ennemis héréditaires, les Anglais, depuis hélas la guerre de Cent Ans.

– Oui, Lucie chérie, avec les Anglais c'est une vieille histoire de famille nourrie de rancune et de ressentiment, d'affronts et de rancœur, de vexations. À présent, l'Empire britannique s'étend un peu partout sur les cinq continents et notamment aux Indes, en Louisiane, aux Antilles et au Canada. Et si Marie-Thérèse d'Autriche dut céder au traité d'Hubertbourg le 15 février 1763 définitivement la Silésie à la Prusse, cette impératrice, reine de Hongrie et de Bohême, qui succéda à son père, l'empereur Charles VI, épousa quel personnage ? François de Lorraine, en 1736, dont elle a maintenant quinze enfants. Si elle perdit la guerre de Sept Ans, grâce à l'Angleterre, elle conserve désormais son héritage suite à la guerre de succession d'Autriche, qui a tout de même duré de 1740 à 1748.

– Quelle maîtresse femme cette Marie-Thérèse, impératrice d'Autriche ; à 23 ans, reine de Hongrie et de Bohême, elle a su gérer intelligemment son empire, prendre toutes ses responsabilités avec abnégation, en menant de front sa vie de famille et assurant une importante postérité. Grâce à son mariage en 1736 avec François, duc de Lorraine, on comprend mieux pourquoi elle nous l'a cédée si facilement !

– Chez la gent féminine, il n'y a pour moi qu'une seule maîtresse femme : c'est celle qui m'a choisi et qui partage quotidiennement ma vie, et que j'adore pour sa beauté sublime, sa noblesse d'esprit et sa grandeur d'âme.

– Tristan chéri, tu exagères beaucoup trop ! Tu dois te rendre à l'évidence : l'impératrice Marie-Thérèse d'Autriche a beaucoup de mérite, c'est une femme admirable et de caractère. À 19 ans, elle épouse le duc François de Lorraine ; à 23 ans, elle succède à son père et prend les rênes du pouvoir de son empire, s'allie à la Russie et à la France contre l'Angleterre et fait face aux guerres de succession et à celle de Sept Ans, tout en essayant efficacement de garder son héritage. Comment peut-on gérer efficacement un vaste empire, la politique économique, financière, commerciale et étrangère de son pays, et ses affaires familiales, dont l'éducation de tant d'enfants ?

– Lucie, ma chérie, je ne t'apprendrai rien en soulignant que, chez les têtes couronnées, la vie privée, très secondaire, ne se borne pas à des unions consenties mais imposées, où l'intérêt, la raison et le profit règnent en maîtres afin d'assurer la pérennité des grandes familles royales ou impériales, l'extension des territoires, des colonies, des possessions et du patrimoine évidemment.

– Pourtant, en ce qui concerne Marie-Thérèse d'Autriche, nous apprenons que très tôt elle tomba fort amoureuse de François de Lorraine, fort bel homme, et qu'il lui donna entière satisfaction : entre eux, ils filèrent, chose très rare, dans ces grandes familles célèbres, le parfait amour ; ses quinze maternités en témoignent.

– Cependant, d'après certaines sources proches de la famille de l'impératrice, on rapporte que l'empereur d'Autriche aurait multiplié les aventures passagères extraconjugales que l'on qualifierait d'adultères aujourd'hui.

– Alors, Tristan, que penser d'Henri IV, surnommé « le Vert galant » en raison de ses nombreuses maîtresses ? De Louis XIV avec ses liaisons officielles : Mlle de La Vallière et Mlle de Fontanges, Mme de Montespan dont il eut sept enfants élevés par Mme de Maintenon ; et de Louis XV avec la marquise de Pompadour, remplacée par la jeune comtesse du Barry, l'actuelle favorite, alors que la pauvre Marie Leszczynska, épuisée par les dix grossesses imposées par le roi, est passée de vie à trépas l'année dernière, bafouée, humiliée, répudiée par le roi et rejetée ouvertement par ses maîtresses ? Et les enfants, que deviennent-ils dans toutes ces intrigues douteuses et malsaines, mêlés à tous ces secrets d'alcôve ?

– Lucie ma chérie, tu n'as pas à t'inquiéter, les nourrices, les précepteurs, les gouvernantes, les meilleurs conseillers les prennent sous leur coupe, les instruisent, les éduquent dans les règles et les lois les plus strictes. Mme de Maintenon fut une gouvernante de référence exemplaire, au point que le roi Louis XIV l'épousa en secret en 1683 en raison de sa grande influence sur lui, notamment dans le domaine religieux. Certaines personnalités couronnées, au même titre que Marie-Thérèse d'Autriche ou Mme de Maintenon, quoique très différentes, sont dignes d'éloges. Toutefois, nous n'avons pas le droit de juger nos dirigeants et nos gouvernants précédents d'après leurs actes et leurs antécédents. Dieu seul est leur juge.

– Pourtant, Tristan chéri, nous pouvons constater les faits et gestes des grands de ce monde en constante et croissante évolution, leurs actes et les progrès réalisés, les victoires et les défaites des uns et des autres. Sauront-ils tirer les leçons des échecs et produire des réformes plus justes et équitables pour que chacun d'entre nous trouve sa vraie place dans la société à laquelle tous les Français du royaume aspirent, dans l'esprit humaniste des philosophes des Lumières qui prônent plus de libertés et d'égalité. Même s'il ne nous appartient pas de juger nos semblables, nous avons le devoir d'apporter chacun notre contribution à l'élaboration de cette société nouvelle, où tous les hommes se sentiront enfin égaux entre eux et en droits dès leur naissance. Le droit à l'instruction, à la liberté de conscience et l'abolition des trois ordres, de la monarchie absolue, de l'esclavage sous toutes ses formes, dont la soumission, la lutte contre l'illettrisme, la superstition et la sorcellerie, et surtout l'égalité de tous devant l'impôt, toutes ces revendications germent déjà dans tous les esprits et sont légion dans un peuple en marche et souverain qui réclame écoute, justice, libertés et droits.

– Lucie chérie, cette prise de conscience populaire et volontaire affole au plus haut point les notables de la noblesse et du clergé. Le gouvernement du chancelier de France, Charles René Nicolas Augustin de Maupéou, tente avec l'abbé Terray et d'Aiguillon des réformes visant les privilégiés qui refusent violemment de se soumettre à l'impôt, avec le parlement.

– Peut-être qu'à la longue cet affrontement contre la noblesse de cape, d'épée et de robe portera enfin ses fruits, car les mentalités changent et évoluent. Il est vrai que la classe travailleuse et laborieuse dont nous faisons partie intégrante, avec les paysans, les ouvriers journaliers et tous les bourgeois, est consciente des injustices sociales et fiscales subies depuis le moyen Âge par les privilégiés et les ministères de la monarchie absolue. Autrement dit, le peuple du royaume de France, instruit, enseigné, motivé, soutenu par les philosophes humanistes des Lumières comme Voltaire, Rousseau, Montesquieu et les Encyclopédistes, revendiquent de plus en plus ouvertement, dans tous les terroirs des provinces, à la campagne comme dans les villes, changements, transformations, réparations, au même titre que l'égalité devant l'impôt et la même justice pour tous, avec les mêmes libertés et les mêmes droits. Tous les Français savent à présent qu'ils naissent libres et égaux en droits. Ils savent aussi qu'ils sont responsables de leurs actes. Et s'ils ont des libertés, ils doivent assumer des devoirs : il n'y a pas de sot métier ; le travail bien fait avec conscience professionnelle anoblit chaque individu, et tout travail mérite salaire et reconnaissance.

– Jean de La Bruyère déclarait à ce propos : "Quand une lecture vous élève l'esprit et qu'elle vous inspire des sentiments nobles et courageux, ne cherchez pas une autre règle pour juger de l'ouvrage, il est bon et fait de main d'ouvrier."

– Lucie, ma chérie, voilà une magnifique citation d'un remarquable écrivain et académicien ! Elle s'applique à merveille à tout travail, qu'il soit intellectuel ou manuel. Et toi, tu sais toujours trouver les mots justes, appropriés, et les embellir de citations françaises. Ton érudition me subjugue ! Je me sens vulnérable et je passerais bien la nuit à tes côtés, car je suis le plus chanceux et le plus heureux des hommes ! Or, en tant qu'aîné et conseiller personnel, je m'octroie le droit de te suggérer de t'accorder un repos bien mérité entre mes bras protecteurs, dans notre lit conjugal, insista Tristan avec malice.

– Tristan chéri, n'y va pas par quatre chemins et sois de bonne foi. Il est tard, j'en conviens, et si tu veux mon avis je suis prête à t'accorder une nouvelle nuit d'amour entre tes bras car je t'aime plus que tout au monde et je ne sais rien te refuser. »

Et sans se faire prier, Tristan, souvent, la portait dans ses bras jusque sur le lit conjugal, où Lucie s'abandonnait et se donnait tout entière, corps et âme, à l'homme providentiel qu'elle adorait et respectait. Alors, leurs deux corps épousés, ils ne faisaient qu'un dans la nuit qui leur appartenait avec son lot de baisers, de caresses et de jouissances partagées et répétées. Quand les lueurs pâles de l'aurore rosissaient le ciel du petit matin blafard, éteignant, effaçant les étoiles une à une dans leur constellation, faisant place à des nuées grises et mauves, des résidus laiteux éphémères, alors la lumière éblouissante d'un nouveau jour les réveillait, heureux, comblés, repus, satisfaits, émerveillés de se retrouver côte à côte, prêts à affronter une nouvelle journée de labeur, chacun de son côté, mais sûrs et certains de se rejoindre le soir à la même heure pour échanger et partager librement beaucoup de choses.

Après un solide petit déjeuner, Lucie s'apprêtait pour recevoir ses élèves ; Tristan partait travailler dans les bois avec son père et les deux chevaux comtois et ne rentrait que pour souper avec les siens ; il ne retrouvait son épouse chérie qu'à 20 heures. Fort heureusement, comme prévu, ils passaient les après-midis des mercredis ensemble, avec les enfants, en classes vertes, soit dans les champs à chardons, à la cueillette des mousserons et des pleurotes, soit dans la forêt des Cignolles, du Sapet ou de la Crémade, à la recherche des champignons comestibles. Bien rodés et entraînés, les enfants du Valdonnez étaient rompus à ces classes découvertes et en redemandaient, intéressés par la flore sauvage et les offres généreuses de Dame Nature, au rythme des saisons et du calendrier. Et l'enseignement interdisciplinaire proposé améliorait et enrichissait leurs connaissances, en même temps que leur vocabulaire, leurs apprentissages fondamentaux, leur expression écrite, où se greffaient le chant, la poésie, le dessin et la peinture, l'histoire et la géographie des lieux, les sciences de la vie et de la terre, sans oublier la lecture à la bibliothèque ou les « Fables » de Jean de La Fontaine. Vaste programme dans l'emploi du temps scolaire où Lucie devait jongler sur les priorités du moment, privilégier la préparation des cours, des leçons à donner, à apprendre, les corrections et les comptes rendus collectifs ou l'installation des ateliers des travaux manuels. Lucie pouvait compter sur un conseiller pédagogique érudit et de choix : l'abbé Ribourel, déchargé d'instruction car se consacrant uniquement au service religieux et au catéchisme, apportait avec bienveillance son aide et son soutien matériel et didactique à Lucie, qui ne demandait qu'à suivre ses conseils et ses propositions pertinentes et utiles sur la marche à suivre, à long terme, dans son enseignement. D'autant plus que l'ecclésiastique devait faire avec obligeance un rapport complet et concret sur le travail effectué par sa protégée en matière de moralité, de pédagogie, de connaissances et d'apprentissages dispensés et acquis par les enfants du Valdonnez par ladite enseignante, Lucie Mallet, mariée au mois de mai 1769 au respectable Tristan Vallet, tous deux issus du tiers ordre et exerçant dans la paroisse de Saint-Étienne. Donc l'abbé Ribourel devait adresser à monseigneur Choiseul-Beaupré, l'évêque de Mende, un rapport détaillé avec un avis favorable sur l'enseignement de Lucie Vallet afin de reconduire son expérience didactique pour la rentrée scolaire prochaine et, le cas échéant, les années à venir.

Pour joindre l'utile à l'agréable et divertir quelque peu Lucie, quelquefois débordée ou dépassée, Tristan lui proposait de l'accompagner à la pêche de bonne heure le samedi matin en remontant le Bramont jusqu'à la ferme de Bassy, ce qu'elle accepta avec joie. Levés aux aurores, tous deux bien bottés, depuis le moulin d'Auriac, ils longeaient le cours d'eau, lui taquinant la truite, sous une cascade ou dans les remous d'un gouffre, elle en retrait, choisissant ses plus belles mouches, lui présentant son panier de pêche à chaque touche avec des feuilles fraîchement cueillies pour y placer les jolies truites brunes à points rouges frétillantes, ruisselantes et se débattant avec l'énergie du désespoir avant de finir ensemble, inertes, sur le tapis de feuilles mouillées. À son grand soulagement, Lucie comprit que les poissons, dont la colonne vertébrale était sciemment coupée d'un coup sec, ne souffraient pas mais qu'ils suffoquaient à l'air libre une fois sortis de l'eau, très oxygénée, hors de leur milieu aquatique naturel. Lorsque le Bramont, encombré d'orties et de ronces épineuses, était quasi impraticable pour les jambes fines et les bras nus de Lucie, Tristan lui conseillait gentiment d'emprunter le sentier parallèle au cours d'eau où elle put cueillir à loisir des myosotis ou quelques fraises sauvages. Ces escapades très matinales en effet leur changeaient assurément les idées : pour rien au monde Lucie n'aurait voulu manquer ces moments uniques passés dans les gorges du Bramont avec son époux chéri, heureux de s'adonner à son sport favori et de le faire partager.

En revanche, d'un commun accord, ils avaient décidé de descendre dès les premiers rayons du soleil levant, les truites ne mordant plus à l'hameçon mais jugeant l'un et l'autre qu'ils devaient prendre un peu de recul et bénéficier d'un moment de temps libre pour se ressourcer et faire le point sur la semaine passée : Lucie, tenant son cahier-journal d'enseignante, devait penser à l'organisation et la teneur de ses cours pour la semaine à venir ; elle dînait chez ses parents et se remettait devant sa table de travail avec ses livres et ses cahiers, dans un calme complet, jusqu'à l'angélus, pendant que Tristan contrôlait l'avancement des travaux au « Chon del Mouly ». Les cloches les réunissaient chez les Mallet, où ils veillaient quelquefois après le souper ; le dimanche, ils se rendaient à la messe avec leurs proches puis partageaient le repas chez les Vallet et jouaient aux cartes, aux petits chevaux, au jeu de l'oie avec Victor et Anne, et même au jeu de loto quand le temps était pluvieux ou orageux. Dès le mois de juillet, les deux familles se donnaient rendez-vous sur la route du Pont Rouge, de Varazoux ou du chemin du Moulin-Bas, en promenade, après avoir partagé et bu le café.

Le mois d'août s'annonçant, Tristan proposa à Lucie un séjour de vacances particulier bien mérité en ces termes :

« Lucie, ma chérie, après ces longs mois de labeur nous avons besoin de vacances. Que dirais-tu, pour tes 19 ans, d'un séjour dans les gorges du Tarn ? Ton père Étienne veut bien nous prêter son char à banc pour emporter quelques affaires et voyager sans risques et sans problème. Joyeux et Courageux nous y conduiront : nous pouvons compter sur ces deux chevaux bien entraînés et aguerris.

– Tristan chéri, c'est une bonne idée après cette première année de travail et de vie commune. Détaille-moi l'itinéraire des gorges du Tarn depuis Saint-Étienne.

– De bon matin, nous devrons monter jusqu'à Montmirat. Une fois parvenus au col, nous descendrons en direction des Cévennes tranquillement jusqu'à Florac ; ainsi, nous passerons devant Nozières et suivrons dans la vallée encaissée et étroite le cours d'eau du Tarn, d'Ispagnac jusqu'à la Malène. Nous longerons ainsi les villages médiévaux et leurs rues tortueuses pavées de galets de Quézac, de Montbrun, de Blajoux, de Castelbouc et son château, de Prades, de Sainte-Énimie et la Burle, sa source miraculeuse pour les maladies de peau, Pougnadoires, Saint-Chély du Tarn et enfin la Malène et ses bateliers légendaires. Qu'en penses-tu ma chérie ?

– Tristan chéri, ce séjour dans les gorges du Tarn que je ne connais pas est synonyme de voyage de noces et avec toi j'irais au bout du monde, pour, la nuit, décrocher les étoiles. Où pourrons-nous nous arrêter pour déjeuner, dîner, souper et nous reposer ?

– Trois possibilités de haltes s'offriront à nous au cours du séjour : d'abord à Sainte-Énimie, l'hôtel et le restaurant du Moulin de la Digue, ensuite le manoir de la Caze au bord du Tarn et celui de Pierre de Montesquiou, comte d'Artagnan, maréchal de France de Louis XIV, qui combattit à Malplaquet et à Denain, parent proche du capitaine des mousquetaires du roi, d'Artagnan. Les trois actuels propriétaires des hôtels-restaurants nous offriront le gîte, le couvert et le coucher.

– Ce sera une lune de miel merveilleuse avec toi, mon époux, à mes côtés jour et nuit, matin, midi et soir, en villégiature et en visites guidées et commentées, car je suppose que les gorges du Tarn ne te sont pas inconnues. Quand partirons-nous ?

– En consultant le calendrier, j'ai certes constaté que le 15 août tombait un mercredi cette année. Nous pourrions partir la semaine d'après, à savoir le 20, à la Saint-Bernard, jusqu'au lundi 27 août pour la Sainte-Monique ; et si le temps le permet, rien ne nous empêchera de rallonger notre séjour de quelques journées supplémentaires jusqu'à la fin du mois. Qu'en dis-tu ma chérie ? C'est toi qui décides.

– Tristan chéri, si tu veux mon avis, nous allons en parler à nos chers parents qui pourront nous conseiller raisonnablement et ensuite nous, nous aviserons selon nos moyens.

– Lucie chérie, je tiens à t'informer que ton père, évidemment, est déjà au courant puisqu'il nous propose son propre moyen de locomotion. En revanche, nous aurons du mal à rassurer mes propres parents et surtout ma mère et mon frère et ma sœur : je ne les ai jamais quittés ; ils auront du mal à supporter un long éloignement.

– Alors, Tristan chéri, c'est simple : nous commençons le mois de juillet seulement ; nous avons donc un mois et demi devant nous pour préparer nos proches à ce séjour privilégié et unique, sans toutefois les effrayer ni les brusquer, en leur expliquant honnêtement et franchement que nous avons, après une bonne année laborieuse, grand besoin de quelques jours de vacances et de détente avant d'attaquer une nouvelle rentrée scolaire. Évitons de leur parler de voyage de noces ou de lune de miel, nous passerions pour de jeunes mariés égoïstes, ingrats et sans scrupules. Ils ne comprendraient pas.

– Mais oui, ma Lucie chérie, préparons le terrain dès dimanche prochain sans heurter leur sensibilité, avec diplomatie, pour ne pas déclencher la moindre réticence ou le désaccord conflictuel. En attendant cet heureux aboutissement, j'ai une nouvelle classe verte et découverte à te proposer et expérimenter pour mercredi prochain. En parcourant avec mon père le bois des Cignolles, du Sapet et de la Crémade, j'ai observé les framboisiers : ils sont en pleine maturité, les branches alourdies de fruits juteux et rouges croulent sous leur poids conséquent et prometteur. La cueillette de ces framboises sauvages et parfumées s'annonce fructueuse. Les fruits, si on ne les cueille pas, vont bientôt tomber et s'abîmer. Il est temps de penser à les ramasser, c'est le mois idéal. Qu'en penses-tu ? Es-tu prête à emmener tes élèves dans les bois des Cignolles avec leurs petits seaux un de ces mercredis après-midi ?

– Oui, Tristan chéri, je n'ai rien prévu de spécial pour ce mercredi. Les enfants seront ravis de remonter dans les bois des Cignolles et de cueillir ces fruits précieux, et leurs parents aussi. Cette première cueillette nous permettra aussi d'observer les myrtilles qui doivent commencer à mûrir. Qu'en penses-tu ?

– Oui, ma chérie, tu as deviné. Les jolies baies de myrtilles ont commencé à bleuir. Si tu es disponible avec les enfants, je me porterai volontaire pour vous accompagner ; et les quatre mercredis de juillet, je te l'avoue, ne seront pas de trop, car les fruits précoces sont bel et bien mûrs. Quant aux champignons, le temps chaud et orageux va favoriser certainement une dernière sortie avant l'automne : nous aurions presque intérêt à aller faire un tour dans les lacets et les travers du plateau des Cignolles à la fin du mois. Quel est ton avis, ma chérie ?

– Alors là, mon époux chéri, ces sorties dans la nature à la découverte de la flore sauvage, des champignons et des baies m'enthousiasment autant que les enfants du Valdonnez. Tous les mercredis après-midi, avant notre voyage de noces, seront bien remplis si l'on s'en tient aux classes vertes et aux cueillettes estivales.

– Toutefois, ma chérie, si ces six semaines pleines et continues semblent contraignantes et épuisantes pour toi, je peux te dispenser de pêche à la truite le samedi matin afin que tu reprennes des forces et que tu souffles un peu.

– Tristan chéri, je crois que tu sous-estimes mes forces et mon endurance ! Il n'est pas question que je paresse à la cure et que je reste confinée dans ma classe ou devant ma table de travail, abrutie dans les livres et mes cahiers. J'adore me lever tôt et comme toi me ressourcer au plus près de la nature, dans les champs, les bois ou au bord de l'eau. J'ai besoin de faire aussi le vide, car mon métier d'enseignante me demande beaucoup d'énergie et de concentration. Et le retour à la nature à travers les randonnées, dans la quiétude et la luxuriance incomparable du Valdonnez, me ressource : elles sont indispensables et riches d'enseignements, aussi bien pour moi que pour mes élèves. Enfant et adolescente, j'ai été privée de toute liberté au profit d'une éducation stricte et studieuse chez les religieuses de l'ordre enseignant de Notre-Dame de Mende, très rigoureux, dans cette institution pour jeunes filles de bonne famille. Si j'ai bénéficié de l'instruction et de l'érudition pertinente et privilégiée des professeurs et de l'apprentissage de la musique et du piano, je me suis trouvée bien vulnérable, sans arme et sans défense, livrée au plus offrant des notables imposés à la sortie, sans aucune expérience sentimentale et très démunie. Enfermée et emmurée de plein gré à la Providence, une idée saugrenue mais volontaire, en opposition aux principes impitoyables de mon honorable mère, a germé dans mon esprit tourmenté : mon avenir était tout tracé. Le savoir qui me fut donné, je voulais le partager officiellement avec tous les enfants du Valdonnez, soutenue par la bienveillante mère supérieure, avec l'accord de l'abbé Ribourel et celui de l'évêque de Mende. Et Tristan Vallet, mon époux chéri, a fait brillamment le reste. Mon projet éducatif s'est réalisé et, si Dieu le veut, va se pérenniser.

– Lucie, ma chérie, n'oublie pas que ce Tristan Vallet en question et en personne a fait de ton plein gré ton éducation sentimentale et sexuelle, pour le meilleur et pour la vie.

– Tristan chéri, c'est la raison pour laquelle je t'offre en partage, dans le don et l'abandon total de ma modeste personne, mes jours et toutes mes nuits d'amour. »

En l'embrassant tendrement, Tristan ne pouvait s'empêcher de la serrer contre son corps en émoi et de lui dire des mots d'amour passionnés et enflammés qui ne faisaient qu'augmenter leur désir l'un de l'autre, leurs envies et leur besoin d'amour, de baisers, de caresses, en renforçant l'intensité de leur amour conjugal et charnel, assouvissant aussi leur appétit sexuel dans leurs élans fusionnels consentis et leurs relations échangées, partagées, consommées conjointement avec régularité et respect.

Leur amour conjugal, sain et naturel, leur donnait tout autant de l'aisance, de l'assurance, de l'allant et surtout de la vitalité à œuvrer dans leur région du Valdonnez et même dans leur province du Gévaudan, en pleine effervescence et évolution constante et croissante vers une société nouvelle plus juste et pleine d'espoir pour la population du royaume de France et de Navarre, sans se douter que dans vingt ans, en 1789, les idées de liberté et d'égalité allaient se débattre dans la rue et se réaliser par des actes de violence en un bain de sang et de terreur, sous forme de révolution inévitable et irrémédiable, populaire et inéluctable, mettant un terme déterminant et décisif à la monarchie absolue et aux trois ordres établis. Effectivement, les grands gagnants du revirement de cette nouvelle société plus juste, préméditée, annoncée et soutenue par les philosophes et savants du courant humaniste des Lumières, seront évidemment tous les individus laborieux du tiers état, notamment les bourgeois, les paysans et les ouvriers journaliers, qui plus est les petites gens, opprimées depuis trop longtemps par les seigneurs et maîtres de la noblesse et du clergé. Sans le savoir, les petites mains du tiers ordre et les bourgeois réunis allaient enfin obtenir gain de cause et satisfaction quant à leurs revendications et profiter des fruits de leur travail avec les mêmes droits et les libertés partagés avec tous leurs semblables, dans un esprit de justice et d'égalité, de fraternité et d'équité. C'est du moins ce que chacun espérait dans son for intérieur, sans appréhender ni prévoir les conséquences, car les Français du royaume voulaient tout simplement vivre décemment, sans rébellion et sans violence, et en paix.

En tout cas, dans le Valdonnez, en ce mois de juillet 1769, les Stéphanois s'activaient toute la journée, qui dans les champs avec leurs bêtes, qui dans les prés, qui dans les jardins, qui dans les bois, comme Tristan avec son père, à débarder, à débroussailler, à entretenir chemins, sentiers et lacets, à réguler les essences végétales trop envahissantes au profit de jeunes arbres plus vigoureux, bref à éclaircir les futaies et à privilégier quelques coupes de hêtres destinées à la fabrique de meubles commandés par quelques particuliers, et dont les troncs débardés, découpés en rondins et écorcés étaient soigneusement déposés sur la charrette conduite par les deux comtois acheminés jusqu'à la menuiserie la plus proche, quelquefois jusqu'à Balsièges, sous l'œil vigilant des deux bûcherons. Déjà, dans les champs à céréales, les femmes des paysans en chapeau de paille coupaient les longues tiges du blé ou du seigle, en actionnant habilement le manche de leur faux, en progressant régulièrement, alignées en rang d'oignons d'un bout à l'autre de l'étendue de la parcelle : le soleil étincelant miroitait sur les lames qui crissaient et les éblouissaient, sans les empêcher de travailler. Dans les champs voisins, d'autres femmes ramassaient et liaient les gerbes qu'elles disposaient en bûchers coniques prêts à être chargés et emportés sur les charrettes et amenés dans la cour des fermes afin d'extraire les grains des épis au fléau, par les autres membres de la famille. Dans chaque ferme, on s'occupait de la sorte jusqu'à la fin du mois d'août et chacun mettait la main à la pâte. Dans les prés autour de Saint-Étienne paissaient tranquillement les troupeaux de vaches avec leurs veaux. La laiterie, en haut du village, du matin jusqu'au soir, où le lait de la traite était apporté d'une étable à l'autre, faisait aussi office de buron où le beurre battu et obtenu dans les barattes et les fromages écaillés et affinés étaient fabriqués, fonctionnait à plein régime ; de même, le four à pain du boulanger que le meunier du Moulin-Bas, sans répit, alimentait en précieuses farines de blé, de froment et de seigle broyées et mélangées pour la fabrication des miches et des fougasses, ne chômait pas.

Au-dessus de Saint-Étienne et de Varazoux, dans les champs à chardons, paissaient les moutons qui, laissant leurs engrais indispensables en automne pour la sortie des pleurotes et des mousserons, appréciés et prisés, satisfaisaient les Valdonnéziens : cuits, rissolés, en omelette ou séchés, ces champignons amélioraient leurs repas. Dès que les cloches de l'angélus ramenaient les troupeaux à l'étable ou à la bergerie, on entendait tintinnabuler leurs clochettes, masquant les meuglements répétés ou les bêlements continus, attisés par les aboiements bruyants des chiens hurlant, les ramenant, les rassemblant, les regroupant dans une joyeuse cacophonie alimentée par les cris stridents et incessants de leur berger les interpellant. Malgré tout, les sonnailles estivales égayaient la vie de la paroisse et ses environs : chacun, n'ayant pas ménagé sa peine, était content de rentrer au bercail et de partager le souper familial, et même les bêtes, pressées d'être traites, soulagées de retrouver de la paille fraîche et de ruminer à leur aise, repues et reposées.

Après sa journée de classe mouvementée et les derniers enfants partis ou sortis de la bibliothèque, les sonnailles des troupeaux et les cloches de l'angélus apaisaient Lucie, retrouvant le calme et la quiétude de la nuit tombante et rassurante, faisant le bilan et le point en attendant son père venant la chercher pour le souper et la ramenant après 8 heures, comme le lui recommandait discrètement mais rigoureusement Tristan, qui ne lésinait pas sur la protection et la sécurité de Lucie, son épouse chérie, de sorte qu'elle soit toujours accompagnée par mesure de prudence. Effectivement, de l'angélus de 7 heures du matin, où Tristan laissait Lucie pour vaquer à ses occupations, à l'angélus du soir, il ne la voyait pas de toute la journée et il n'était rassuré qu'à partir de 20 heures, où il la retrouvait tranquille, posée assise devant son bureau. Tristan n'était pas jaloux mais il était plutôt et parfois préoccupé et inquiet des passages des pèlerins et de certaines notoriétés frappant souvent à la porte de la cure à n'importe quel moment de la journée. L'abbé Ribourel, qui avait cédé son appartement et ses dépendances à Lucie pour les besoins de sa profession, au plus près des élèves, logeait à la cure de Brenoux et honorait de sa présence seulement la cérémonie religieuse du dimanche, les sacrements occasionnels à Saint-Étienne et les leçons de catéchisme le jeudi après-midi. Désormais, seul le bedeau avait le droit d'entrée pour actionner les cloches, entretenir les plates-bandes et les allées, arroser les fleurs de saison à des heures indues, décorer l'autel et la chapelle, et ouvrir aux passants les portes de l'église dès le matin de bonne heure pour les fermer après l'angélus du soir. Donc Lucie se trouvait inexorablement seule avec ses élèves toute la journée en semaine. Tristan avait eu vent du retour de Gilles de Montialoux sur ses terres : très mécontent à l'annonce de leurs noces, le comte éconduit s'était vanté à la taverne de l'auberge du Bramont de prendre des mesures en haut lieu pour annuler ce mariage avec Lucie Mallet qui, d'après lui, lui revenait de droit dans le Valdonnez, où il régnait en seigneur et maître. Souvent accompagné de quelques comparses et notamment des deux fils du comte de Morangiès, Tristan craignait qu'il fomentât une intrusion à la cure pour enlever Lucie par tous les moyens malgré la sécurité renforcée. Ce qu'il redoutait avant tout c'était que Lucie ouvrît par inadvertance, à tel point qu'il jugea bon de lui en faire part sans détour avant que son pressentiment vire au cauchemar. Elle l'écouta jusqu'au bout, comprit son inquiétude et réalisa consciemment son éventuelle souffrance aux conséquences engendrées, au cas où Gilles de Montialoux parviendrait à réussir cet enlèvement et promit à l'avenir de n'ouvrir à quiconque sous aucun prétexte et de rester vigilante.

Les fructueuses cueillettes de framboises, de myrtilles et de champignons remplirent à profusion tous les paniers et les seaux de juillet et d'août, déjà bien meublés par l'emploi du temps des époux. La fête de l'Assomption fut bien respectée, sans anicroche et sans orage, agréablement, en famille, par un temps splendide présageant un été indien pour la population du Gévaudan souhaitant en profiter après les moissons, dans les jardins, pendant quelques jours de vacances bien mérités où chacun pouvait enfin lâcher prise ou s'adonner à quelque passion comme la vannerie, la couture ou la broderie, ou encore le travail de gravure sur bois, sur écorce et dessous-de-plat, ou la confection de chapeaux de paille pour d'autres, pendant que certaines jeunes filles, devant leur porte, filaient la laine sur leur rouet ou leur métier à tisser ; les plus âgées, la tête couverte d'un fichu sombre, sortaient sur le chemin du pont Rouge et longeaient le Bramont pour couper les tiges des joncs nécessaires à travailler puis à tresser toutes sortes de paniers d'osier. Les hommes les plus habiles continuaient à fabriquer des chaises et des tabourets, des tables et des vaisseliers, des huches à pain, des maies ou des chaufferettes pour les pieds, des bahuts et des armoires en chêne ou en hêtre massif ; d'autres rempaillaient les chaises ou fabriquaient des échelles, des montées d'escalier en pin ou en sapin que leur fournissaient en abondance et en qualité les bois des forêts gévaudanaises, découpés dans les scieries de Saint-Étienne et de Balsièges, alors florissantes.

Dans les jardins, on cultivait, on sarclait, on binait, on arrosait les légumes et les fraises ou d'autres fruits de saison et même les plantes en pleine floraison dans les jardinières, sur les rebords des fenêtres et les tombes des cimetières entretenues et fleuries. C'était la période préférée des Valdonnéziens, libérés des travaux saisonniers. C'est aussi cette période privilégiée que choisirent Tristan et Lucie pour commencer leur voyage de noces dans les gorges du Tarn. Comme prévu, ils se levèrent de très bonne heure, le 20 août, attelèrent le char à banc avec le strict nécessaire, même si Tristan avait exigé que Lucie emportât ses plus belles robes pour ce séjour idyllique où elle était la reine de la fête. Leurs parents respectifs avaient compris et accepté les requêtes de leurs enfants qui avaient grand besoin de distance, d'évasion et d'un peu plus d'intimité après une année éprouvante, laborieuse mais déterminante et concluante. Ils faisaient confiance à Tristan et à ses chevaux bien rodés, à sa grande maturité et à sa clairvoyance ; ce que les mères craignaient pour leur progéniture, en réalité, ce n'était ni la longueur du voyage dans ces gorges, ni la dangerosité, ni les moyens employés pour suivre et longer le Tarn, mais plutôt les mauvaises rencontres lors des pauses et des haltes prolongées de jour comme de nuit. Tristan, connaissant les gorges du Tarn pour les avoir visitées avec son père, et sur les instances d'Étienne Mallet, ayant eu affaire avec les propriétaires des manoirs de la Caze et de Montesquiou, ainsi que les restaurateurs des auberges et des maisons d'hôtes d'Ispagnac, de Sainte-Énimie, de Prades, de Blajoux, de Saint-Chély-du-Tarn, de Castelbouc, de Montbrun ou de la Malène ; tous deux, avec force détails sur l'intégrité des propriétaires et des commerçants, réussirent à les convaincre de la sécurité et de leurs services. Malgré les conseils de prudence et les adieux éplorés de leurs mères, quasi négligés, le départ fut donné et la joyeuse équipée intrépide franchit le col de Montmirat sans problème. Le temps était splendide ; le ciel, sans nuage à l'horizon, perdait rapidement toutes ses traces roses et laiteuses, semblant se laver et faire honneur et place à des lueurs dorées et bleues, au fur et à mesure que l'on progressait vers les Cévennes, vers Florac, orientée à l'est du Gévaudan. La descente un peu vertigineuse et accidentée autour des contreforts montagneux et escarpés fut freinée sans répit par Tristan, actionnant les rênes par pressions régulières sur ses chevaux, compréhensifs et obéissants. Lucie, les cheveux dans le vent, avait tenu à s'asseoir à côté de son époux, attentive à chaque paysage changeant sur le chemin élargi, car bordé de chênes verts, de saules et de châtaigniers, remplaçant comme par magie les hêtres et les sapins, les bouleaux et les sempiternels pins sylvestres des forêts du mont Lozère, ce qui lui permit d'observer la qualité de ces penchants boisés et d'évaluer à sa droite la profondeur angoissante et impressionnante du précipice s'amenuisant sensiblement depuis le village des Faux, après Nozières, à mi-parcours. À mesure que le char à banc un peu secoué descendait vers la vallée cévenole et que le ciel lumineux bleuissait, la température de l'air tiède et ambiant montait et se réchauffait agréablement en s'emplissant de parfums d'essences florales, cocasses, épicées, nouvelles, mêlées à l'humus végétal musqué et poivré titillant les narines, que le lever de l'astre solaire, rayonnant, n'allait pas tarder à renforcer et amplifier dans l'atmosphère estivale de fin d'été, malgré la présence et le passage du Tarn et de ses affluents rafraîchissant momentanément, avec la brise légère matinale, les accotements des gorges et les falaises rocheuses, conservant la chaleur étouffante de la journée, de Florac jusqu'à la Malène, devant s'atténuer seulement au crépuscule et chuter brusquement, à la tombée de la nuit, sans se refroidir tout à fait. C'est pour cette raison qu'il fallait rester à proximité du cours d'eau, voire le longer en permanence : même à son niveau le plus bas, en été, l'air y était encore frais et respirable ; et le chemin, tout tracé et fréquenté, était accessible à toutes les montures, les charrettes et les chars à bancs. Quand ils arrivèrent à Florac, animé et embouteillé, ils ne le traversèrent pas mais l'évitèrent à l'embouchure des trois rivières, dont le Tarmon, et suivirent en aval le Tarn en direction d'Ispagnac, plus calme et moins bruyant, ce village, perché au-dessus de ses cultures maraîchères et ses vergers de cerisiers, de pommiers, de pruniers et de poiriers, prisés, en particulier pour ses légumes de saison et ses fruits, grâce au climat doux et méditerranéen exceptionnel. Tristan fit remarquer qu'Ispagnac abritait une magnifique église romane en pierres ocre bâtie au XIIe siècle, sous l'égérie de la famille du seigneur local de l'époque, dont les portraits, que l'on peut observer de part et d'autre du chœur, figurent et sont visibles, très bien encadrés. Tristan proposa à Lucie, enthousiaste, de la visiter sur le chemin du retour, ce qu'elle accepta, très intéressée. D'ailleurs, elle se fit la réflexion que si elle était à l'aise en littérature et en musique, lui, Tristan, féru d'histoire et de géographie locale, régionale et nationale, des lieux et des dates, excellait dans ces matières et son savoir digne d'éloges qu'il attribuait avec modestie à l'abbé Ribourel, leur professeur, était indéniable et sans limite quant à ses précisions personnelles vérifiées, additionnées, multipliées à juste titre, inversement proportionnelles à ses connaissances avérées. Car Lucie était fière de ses qualités manifestes et grandiloquentes, également proportionnelles à son étrange beauté unique, caractérisée par ses traits réguliers et ses grands yeux vert émeraude pénétrants, captivants, hypnotisants, où elle aimait se laisser prendre, se noyer, s'abandonner dans ses bras musclés en caressant sa magnifique chevelure brune et sa nuque virile ; touchant, humant, goûtant, respirant le grain de sa peau hâlée et écoutant, de son visage contre sa poitrine imberbe, les battement de son cœur réguliers et rassurants. Tristan, son roi, son mentor, son conseiller providentiel, son époux, son amant et bientôt, si Dieu le voulait, le père de ses enfants ; elle lui jetait de temps à autre des regards furtifs d'admiration, de fierté et d'amour, ou l'observait attentivement, avec respect, sans lui répondre pour ne pas le gêner dans sa façon de conduire, sa manière de négocier les tournants, d'encourager les chevaux ou de les sommer de ralentir le pas dans la descente sur Florac, de les féliciter pour leur obéissance et leur assiduité, de leur permettre, en récompense, de trotter à partir d'Ispagnac vers Blajoux, de Castelbouc à Prades, où ils purent ensemble admirer leur château respectif, tels des gardiens veillant sur le cours du Tarn, comme d'irréprochables et légendaires vigiles.

Si Tristan savait parler à ses chevaux, cela ne l'empêcha nullement, en les guidant consciencieusement, de commenter le parcours qu'effectivement il connaissait bien et mieux que quiconque pour l'avoir entretenu, débroussaillé avec d'autres gardes forestiers au rythme des saisons et des nombreuses crues du Tarn, dues aux intempéries et à la fonte des neiges, évidemment, du printemps à l'hiver, les forçant à intervenir souvent et efficacement afin de déblayer et de nettoyer la rive droite de la rivière, de la débarrasser de ses divers obstacles apportés par les eaux pour restituer aux riverains des villages concernés et touchés un chemin propre et praticable pour se déplacer entre les gorges et recevoir le strict nécessaire pour se nourrir et retrouver et renouer avec les produits de leur travail, et notamment des cépages renommés des coteaux des gorges d'Ispagnac, de Blajoux à Sainte-Énimie, jusqu'aux Vignes, aux portes du Rouergue ; car le vin du Tarn, prisé par les Gévaudanais, était le meilleur cru millésimé du Languedoc. Et certains notables renommés de Mende, de Marvejols, d'Aumont, de Saint-Chély, du Malzieu et de Saint-Alban encourageaient et contrôlaient les récoltes des grappes jusqu'aux pressoirs et la mise en bouteille.

Toutefois, tout en apportant des commentaires précis sur les gorges du Tarn sans la regarder, Tristan sentait la présence de Lucie tout près de lui, séduisante, épanouie et confiante. Pour lui, elle avait revêtu sa plus belle robe à fleurs, légèrement décolletée, découvrant ses bras nus et moulant sa taille fine et ses formes douces et harmonieuses. Il la connaissait depuis ses 15 ans et à présent elle était devenue une superbe et belle jeune femme qu'il venait d'épouser pour son plus grand bonheur : le rêve qu'il bâtissait avec elle depuis quatre ans se réalisait. Or, alors qu'ils s'approchaient du carrefour de Sainte-Énimie, à la croisée de plusieurs chemins, dont l'un menait vers le causse de Sauveterre, l'autre vers Meyrueis et le troisième vers la Malène et Les Vignes, Tristan savait que cet endroit très fréquenté était un lieu de rencontres concrétisées lors des foires et des fêtes par différents commerces, trafics, négoces en tout genre entre le causse de Sauveterre, via Mende, le causse Méjean via Meyrueis ou le causse Noir vers le Rouergue, via Millau, et plus à l'est, vers le Gard, via les villes des Cévennes Anduze, Nîmes, Saint-Jean-du-Gard et plus près Alès. Au carrefour de Sainte-Énimie, on faisait des affaires et surtout de bonnes comme de mauvaises rencontres. Il fallait donc rester sur ses gardes et vigilant. Pourtant, pour ne pas effrayer Lucie, Tristan préféra honnêtement la prévenir de cet état de choses. Ce qu'il craignait le plus, c'était l'attirance que dégageait la beauté de son épouse et les convoitises de gens malintentionnés lors des pauses multiples obligées. À Sainte-Énimie, trois auberges réputées offraient des services sérieux et sécurisés : l'Hôtel du Nord, l'auberge de la Burle et l'auberge du Moulin de la Digue, près du Tarn, où s'arrêtaient les voyageurs, les commerçants, tous les pèlerins et même les chevaux pouvant s'abreuver et trouvant paille et foin à volonté dans le hangar du moulin, monnayant quelques écus supplémentaires. À ce sujet, Étienne Mallet avait remis une enveloppe conséquente à Tristan pour remédier aux dépenses d'hébergement : il avait tellement insisté, avec énergie, en prétextant que par conséquent les parents de Lucie contribuaient et participaient au bonheur de leurs enfants avec cette modeste gratification, que Tristan, ému par la délicatesse de sa belle-famille, finit par accepter. Et Dieu sait si les deux époux allaient en avoir besoin au cours de leur séjour. Chemin faisant, après avoir admiré le village de Prades et son château moyenâgeux imposant, et laissé derrière eux celui de Castelbouc, féodal, quelque peu menaçant, les chevaux Joyeux et Courageux accélérèrent le trot avec plaisir sur le chemin longeant le Tarn et bordé de trembles et de saules aux feuilles jaunissantes. Bercés par le balancement du char à banc et le léger clapotis de l'eau heurtant les berges, les pierres et les nombreux galets du cours d'eau s'écoulant tranquillement sans courant, sans cascade, serpentant entre les falaises sculptées, façonnées, ciselées par l'érosion, creusant son lit étroit dans les gorges et souvent enjambé par des ponts impressionnants, Tristan et Lucie arrivèrent enfin au portes de Sainte-Énimie sur les coups de midi : les cloches de l'église le leur signalèrent en carillonnant gaiement. Chose curieuse et étrange, les abords de l'auberge de la Digue étaient quasiment déserts et le hangar du Moulin, près du Tarn, était vide : le mauvais pressentiment de Tristan s'effaça instantanément ; il se rendit à l'évidence, car, après le 15 août, le village se vidait inévitablement de ses pèlerins et les commerçants suivaient également. De plus, Tristan se félicitait d'avoir effectivement choisi le lundi après l'Assomption pour voyager avec Lucie. Comme si elle devinait ses pensées et comprenait sa préoccupation, Lucie le devança comme pour chasser toute éventualité négative ou nuisible et s'exprima avec ravissement :

« Tristan, quel merveilleux village, et ce moulin près de l'eau avec sa plage de petits galets m'enchante. Nous pourrions faire halte ici et faire boire les chevaux.

– Lucie, ma chérie, vois comme ils bougent leurs oreilles. Ils ont entendu tes paroles et savent qu'ils vont s'abreuver et se reposer. Il ne me reste plus qu'à prévenir l'aubergiste pour retenir une chambre et commander nos repas, car, comme je te l'avais souligné, celui-ci propose le gîte, le couvert et le coucher, et même la paille et le foin pour les chevaux.

– Tristan chéri, quelle aubaine, nous pourrons à loisir visiter le village médiéval, ses rues tortueuses et pavées, et découvrir la Burle.

– À présent, ma chérie, nous devons nous restaurer et penser à nous après nous être assurés que les chevaux ne manqueront de rien, qu'ils seront tranquilles dans le hangar et que le char à banc, débarrassé de nos bagages, sera en parfaite sécurité pendant la journée. »

Alors que Tristan faisait boire ses chevaux, Lucie, toute proche, observait l'eau turquoise du Tarn, un peu plus sombre contre la falaise rocheuse, et elle eut le plaisir d'apercevoir dans l'onde profonde, transparente, de la rivière quelques truites qui évoluaient indifféremment et librement en remontant inlassablement le courant et rejetant de grosses bulles d'oxygène s'écrasant à la surface de l'eau, décrivant de larges cercles éphémères, disparaissant, réapparaissant aussitôt, se formant, se déformant, se reformant dans un éternel recommencement. Comme s'ils étaient attendus, l'aubergiste, prévenant et courtois, les reçut chaleureusement, leur montra leur chambre, s'occupa de leurs bagages et les convia au dîner dans la salle à manger, où ils s'installèrent devant une jolie petite table ronde recouverte d'une nappe blanche et de deux couverts sciemment disposés. Assis face au cours d'eau, l'astre solaire, au zénith, miroitant dans l'onde immobile, semblait s'amuser à décomposer de son prisme rayonnant et éblouissant les teintes claires, en camaïeu de turquoise, en nuances jade ou émeraude virant au vert tendre, puis changeait en mouvement argenté ou doré la surface irisée de la rivière qui évoluait, tranquille, égale à elle-même, indifférente dans sa course continue, immuable et lente aux reflets étincelants. Dans cet endroit paradisiaque et idyllique, confortablement installés, Tristan et Lucie firent honneur à leur premier repas d'amoureux en tête à tête. Toute rose de plaisir, adorable dans sa robe à fleurs et désirable à souhait, Lucie ne voyait ni n'entendait le maître d'hôtel vanter les plats de son menu champêtre mais elle n'écoutait et n'avait d'yeux que pour son époux, qui lui servait modérément à boire et copieusement à manger ; il lui parlait par intermittence de choses et d'autres, provoquant des exclamations juvéniles et des éclats de rire cristallins peu communs. Sans le vouloir, sa jeunesse débordante et libérée fit impression sur l'assistance et précisément sur quelques notables présents et intéressés voulant absolument connaître l'identité de cette jeune personne inconnue et séduisante par l'entremise de l'aubergiste, chargé expressément de chuchoter quelques requêtes en guise d'invitations à l'oreille de Tristan, quelque peu vigilant. Mi-choqué, mi-offensé par leurs réactions effrontées, Tristan ne donna aucune suite à leurs intentions déplacées. Maître de ses moyens, il joua l'indifférence totale et afficha une froideur impassible frisant l'ignorance volontaire mais déguisée et parfaitement calculée. Constatant les allées et venues suspectes et les chuchotements en aparté de l'aubergiste, Lucie réalisa que son manège en disait long sur l'interprétation de l'attrait physique particulier qui se dégageait de sa personne et elle en fut profondément affectée. À la mine inflexible et méprisante de son époux vis-à-vis de l'assistance irrespectueuse, elle se ferma comme une huître et après avoir avalé son dernier morceau de tarte aux myrtilles elle se leva précipitamment, prit le bras de Tristan et l'entraîna rapidement dans leur chambre sans se retourner. Une fois à l'intérieur, affolée, elle se jeta dans ses bras, les larmes aux yeux, implorant le pardon et sa pitié :

« Tristan chéri, je me suis comportée très légèrement en public en riant aux éclats de manière inconsciente et indiscrète. Sauras-tu me pardonner de t'avoir imposé un tel affront ?

– Lucie, ma chérie, tu n'as rien à te reprocher, tu n'es responsable de rien. Il existe partout des êtres malfaisants qui cherchent à nous nuire. Mais nous sommes deux, nous saurons toujours nous faire respecter. Viens t'allonger dans cette alcôve, nous allons nous reposer avant de visiter le village médiéval. »

Ainsi fut fait ; après avoir fermé la porte à clé, tiré les doubles rideaux de la fenêtre pour soustraire la luminosité agressive éclairant toute la pièce, Tristan s'étendit près de Lucie qui, confiante et rassérénée, s'endormit dans ses bras protecteurs. Bien que l'incident fût clos, Tristan, lui, ne ferma pas l'œil durant cette courte sieste. Il se fit la réflexion que Lucie, sa reine, avait très bien agi, réalisant immédiatement le danger et y mettant rapidement un terme assez spectaculaire et décisif, laissant derrière elle l'assistance ébahie et pantoise. En revanche, Tristan était plutôt fâché contre l'aubergiste, métamorphosé en maître d'hôtel précieux et hypocrite faisant le jeu de quelques notables prétentieux et indélicats. Aussi, dès que possible, il lui en toucherait deux mots et sans ambages pour éviter qu'une telle situation se reproduise à nouveau. Discrétion et respect obligent. Dans son for intérieur, il se disait également : « Quiconque s'en prendrait à ma reine passerait de vie à trépas. Autrement dit : évitez de pratiquer ce jeu-là sous peine de vous faire occire ! » Lucie lui faisait entièrement confiance. Il la protégerait envers et contre tout.

Une fois reposés, d'après un plan déterminé et tracé par Tristan à l'avance, ils s'apprêtèrent à arpenter les rues du bourg de Sainte-Énimie, blotti contre les montagnes rocheuses dans un méandre du Tarn. Par précaution, Lucie avait échangé sa robe à fleurs pour une robe bleue unie, longue, couvrant sa gorge, ses jambes et ses bras pour ne pas se faire remarquer. Par chance, toutes les rues montantes de la cité médiévale étaient désertes : elles étaient toutes sciemment pavées et menaient, par des chemins détournés, au monastère et à l'ermitage qu'Énimie, fille de Clotaire II et sœur du roi Dagobert, avait fondés. D'après l'histoire mérovingienne, sous le règne des Francs, jusqu'en 751, on sait qu'Énimie, atteinte de la lèpre, fut guidée en Gévaudan vers la fontaine de

Burle, où elle fut guérie, et se fixa dans le bourg de Burlatis, où de nombreux miracles se produisirent depuis et qui porte désormais son nom. Même si, en remontant d'innombrables escaliers pour découvrir ces deux sites religieux, tenus, le premier par des moines bénédictins, le second par des religieuses de Notre-Dame, Lucie préféra admirer l'intérieur de l'église romane, en contrebas, où les statues et les vitraux multicolores étaient sublimes et la rosace, unique en son genre, attirait le regard en sortant. Quant aux chapelles latérales et opposées, dédiées à la Vierge, l'Enfant Jésus et les saints, elles étaient, dans les règles de l'art, toutes les quatre savamment décorées de bouquets frais de dahlias et de roses assorties. À gauche en rentrant, le chemin de croix en bois, remarquablement sculpté, devait, d'après les dires de Tristan, très connaisseur en la matière, être l'œuvre de plusieurs artistes en ébénisterie reconnus à l'époque, tout comme les bâtisseurs d'églises et de cathédrales, dont on peut constater le savoir-faire dans les énormes piliers soutenant la voûte, à la croisée du transept et le vaisseau central de la nef, maintenu et renforcé par les solides et épais bas-côtés ; dans l'abside, le chœur et l'autel, faiblement éclairés par trois longs vitraux discrets laissant dans une pénombre fraîche le déambulatoire jusqu'aux bras opposés du transept ; là, deux magnifiques chapelles rayonnantes étaient creusées profondément chacune d'un vitrail arrondi de couleurs vives mettant en évidence les présentoirs où siégeaient des plantes vertes vivaces et des portraits de saints et de scènes religieuses au-dessus des nappes immaculées et brodées supportant des fleurs artificielles sur socle doré ou argenté. Derrière l'autel, fleuri d'arums et de roses pastel, un Christ sur un crucifix agonisant désespérément et éternellement rappelait son sacrifice et la rémission des péchés du genre humain. Dans cette douce quiétude prêtant au recueillement et à la prière solitaire ou à la méditation des pèlerins de passage, fouillant dans sa poche, Tristan prit deux cierges qu'il alluma et disposa sous la statue de la Vierge Marie tenant dans ses bras l'Enfant Jésus avec amour, en face de saint Joseph, attentif et bienveillant. Puis, agenouillé près de Lucie, tous deux recueillis et sereins, ils leur confièrent leur destinée, sous leur protection particulière, et surtout leurs projets d'avenir professionnels, culturels, sociaux et familiaux, avec bien entendu une intention particulière et prémonitoire à la fertilité, intercédant auprès de la sainte famille représentant à la fois l'amour conjugal et l'amour filial.

Renforcés dans leur foi chrétienne et surtout leur fidélité amoureuse, ils sortirent d'un pas léger en direction de la source de Burle que Lucie avait hâte de connaître. Ils traversèrent le chemin montant et serpentant vers le causse de Sauveterre et descendirent directement sur l'emplacement de cette source miraculeuse qui guérit les maladies de peau les plus sérieuses. Arrivés sur place, quelle ne fut pas la surprise de Lucie de découvrir la couleur abyssale d'une eau turquoise sortie des antres de la terre calcaire, très schisteuse, malaxée par l'érosion de la falaise verticale, stagnante sur les côtés et bouillonnante en son centre, d'un vert foncé cuivré. Interdits de s'en approcher, les époux en firent le tour pour certes mesurer la teneur et la profondeur considérable de cette source émergeant du centre souterrain du causse de Sauveterre qui, comme le causse Méjean et le causse Noir, est truffé de grottes et d'avens où l'eau infiltrée réapparaît en sources multiples enrichies de nutriments bénéfiques. Ils suivirent ensuite en aval le cheminement de la Burle jusqu'à son embouchure, où elle se déversa calmement dans le Tarn en éternel recommencement, pour le plus grand plaisir des majestueux saules pleureurs profitant de son passage et de sa fraîcheur naturelle.

Sur leur lancée, Tristan et Lucie empruntèrent l'imposant pont aux quatre arches enjambant la rivière, que la réverbération du soleil sur sa surface liquide renvoyait en clins d'œil agressifs aux passants se penchant et recevant gratuitement des éclairs étincelants et éblouissants, jusqu'à la tour où les gardes contrôlaient les allées et venues des voyageurs, des montures, des attelages, des carrosses et des charrettes se déplaçant d'une montagne à l'autre, soit vers Meyrueis, soit vers Millau, soit vers Florac, soit vers Mende, en taxant les commerçants et les négociants, leur livrant un droit de passage d'une province à l'autre, tels des vigiles douaniers et frontaliers, assurant ainsi la sécurité mais aussi appliquant la loi des redevances et toujours la gabelle, l'impôt sur le sel, cette substance constituée de chlorure de sodium indispensable et nécessaire pour conserver les charcuteries et assaisonner les aliments. Toutefois, cet impôt sur le sel était toujours en vigueur sous le régime de Louis XV le Bien-Aimé et les gabelous, très impopulaires, qui le percevaient le faisaient encore payer au prix le plus fort aux éleveurs et aux marchands ambulants. Une fois passé le pont, et n'ayant rien à déclarer, les époux s'engagèrent dans une rue montante et tortueuse, et prolongèrent leur promenade au-dessus de Sainte-Énimie, en observant la vue d'ensemble s'offrant devant leurs yeux, sous un soleil radieux et illuminant les voûtes des toitures grises autour de l'église, égayées par les cris stridents des hirondelles, les chants discrets et craintifs des martinets, les roucoulements des tourterelles continus s'appelant et se répondant inlassablement, et les étourneaux, en ribambelle, se disputant avec des cris perçants. Parfois, dans l'azur, sans brise et sans nuage, un épervier en chasse décrivant de larges cercles tournoyait dans le voisinage au-dessus d'un poulailler précis dans sa ligne de mire, en quête de quelque volaille, poussant de petits cris brefs et lugubres déchirant la tranquillité de l'espace, faisant fuir un instant les éventuelles proies alentour.

Bientôt, les chants d'oiseaux habituels seraient couverts et masqués par les chocs répétés des sabots des chevaux piaffant et renâclant, par le grincement des roues de charrettes et de carrosses sur la pierre du pont, les interpellations des gardes et de la maréchaussée, les éclats de voix criardes résonnant et se répercutant en écho. Aussi, lorsque le clocher égrena les 6 heures du soir, avant que se manifestent les attroupements bruyants rentrant, Tristan et Lucie s'apprêtèrent à prendre le chemin du retour pour éviter d'être pris en étau dans un quelconque embouteillage quelque peu gênant et compromettant. Discrétion oblige ! Il fallait éviter les bains de foule et les voies de passage aux heures de pointe comme les mauvaises rencontres de surcroît. Tristan s'en faisait un devoir primordial et une règle de conduite : la prudence était de rigueur et la vigilance de mise. Ils franchirent à nouveau le pont encore désert, jetèrent un dernier regard sur le panorama pittoresque que le soleil déclinant derrière la montagne emprisonnant le village allait cesser d'éclairer et faire place nette à la douce pénombre de fin août. Ils longèrent le Tarn, indolent, aux reflets d'argent changeant au gré de son faible courant l'agitant légèrement, en l'absence du moindre souffle, de la moindre brise dans cette oasis paradisiaque. Quand les époux, à l'hôtel du Moulin de la Digue, arrivèrent enfin, Sainte-Énimie était déjà plongée dans l'ombre mais commençait à s'animer de rue en rue, de place en place, de toutes parts : bientôt, l'Hôtel du Nord, l'auberge de la Burle, l'auberge du Moulin, les boutiques et les tavernes seraient pris d'assaut par les pèlerins et les habitués notoires. Tristan, le sachant, avait anticipé par mesure de précaution : la première chose qu'il fit sous le regard amusé de Lucie fut de rendre visite à ses chevaux, de vérifier la paille et le foin, et de les faire sortir pour les faire boire à l'eau fraîche du cours d'eau devant le moulin, avant que d'autres équidés, dont on entendait déjà les hennissements, ne viennent eux aussi s'abreuver à leur tour, sous l'œil vigilant des cochers ou de leurs cavaliers.

Pendant que son épouse se changeait et rangeait quelques affaires dans la chambre, Tristan alla trouver l'aubergiste de l'hôtel afin d'avoir une explication franche et concluante entre hommes honnêtes pour mettre un terme décisif à tout comportement équivoque de sa part, lui rappelant haut et fort qu'il était marié et qu'il leur devait le respect, à Lucie et à lui, expressément, sous peine de voir sa réputation et sa renommée dénoncées et altérées. Si Tristan avait l'art et la manière de se faire respecter, Lucie ne sut jamais comment il s'y était pris et ne voulut le savoir en aucune façon. Une chose était sûre : quand il se présenta devant elle, fier, déterminé et plus amoureux que jamais, Lucie comprit qu'il avait réussi à s'imposer en réglant définitivement ce différend et lui déclarant :

« Lucie, ma chérie, tu es resplendissante : cette robe rose te va à ravir et tu es de plus en plus belle. Il ne me reste plus qu'à me changer pour être à la hauteur et digne de toi.

– Tristan chéri, tu es toujours égal à toi-même et je t'aime tel que tu es, ne l'oublie pas », lui répondit-elle en lui mettant les bras autour du cou et lui offrant ses lèvres.

Tristan ne put s'empêcher de l'embrasser tendrement et de serrer sa reine contre son cœur. Une fois rasé de frais et revêtu de sa plus belle chemise blanche et d'un pantalon noir, prenant son épouse par la taille, il l'entraîna dans la salle à manger, éclairée de plusieurs candélabres argentés disposés au centre de la pièce sur une grande table oblongue nappée, dotée de vaisselle rutilante, de bonnes bouteilles de vin du meilleur cru et de coupes de cristal d'Arques ciselé, près de jolies corbeilles de pain en osier tressé. Tout autour, une douce lumière diaphane tamisait chaque table sciemment apprêtée et fleurie d'un petit bouquet d'immortelles roses à bractées séchées dans un pot de porcelaine émaillée. De ce fait, l'ambiance ouatée et romantique, les pas feutrés amortis par la moquette souple recouvrant le parquet et le silence discret du maître d'hôtel et de son serveur allant et venant d'une table à l'autre invitèrent les quelques convives au souper, se prêtant à la confidence sans être nullement dérangés, ni écoutés, ni épiés, ni critiqués. Il est vrai que ceux qui s'étaient donné rendez-vous ce soir-là n'avaient rien à voir avec les clients aperçus et présents en plein jour au cours du repas de midi. Ceux-là mêmes, anonymes et différents, correctement habillés, s'entretenaient discrètement en parlant à voix basse et inaudible, sans toutefois s'en cacher. Ce souper quelque peu galant ou idyllique réunissait des couples s'exprimant en chuchotant ou susurrant des paroles dissimulées proches du secret, s'interrogeant, répondant, acquiesçant ou s'étonnant, se comprenant mutuellement, réagissant et souriant. Quelquefois, par inadvertance, un petit rire singulier et furtif fusait et troublait, le temps d'un court instant, l'intimité de cette ambiance calfeutrée d'où rien ne pouvait s'ébruiter, se divulguer ou fuiter, tant les confidences exprimées en aparté s'échangeaient dans la plus grande discrétion lors de ces tête-à-tête particuliers symbolisés par les réactions changeantes, intenses, expressives des visages anonymes. Ces couples n'étaient point là pour débattre de choses graves ou sérieuses mais plutôt pour lâcher prise et se confier ni plus ni moins discrètement.

Conscients et rassurés sur l'ambiance régnant dans cette salle à manger, Tristan et Lucie apprécièrent et partagèrent le repas proposé : la soupe aux légumes variés, les salades composées, les omelettes aux cèpes et aux girolles, les fromages du terroir, les îles flottantes à la crème brûlée et les petits choux à la crème pâtissière, le tout arrosé de bon vin de Faugères, ravirent et calmèrent leur jeune estomac. Comme Lucie, Tristan refusa le café, le champagne et les alcools forts. Alors que les clients attablés s'attardaient ostensiblement, les deux époux s'éclipsèrent discrètement et regagnèrent leur chambre sur la pointe des pieds. Ils devaient se lever tôt le lendemain matin, vu qu'ils avaient projeté de visiter le château de Prades et ses environs. Or, ils ne voulaient en aucun cas s'abstenir ni se priver de leur rituel sensuel avant de s'accorder un sommeil réparateur dans les bras l'un de l'autre. Ils s'aimaient trop pour renoncer à leur appétit sexuel : pour l'un comme pour l'autre les plaisirs de la chair échangés et partagés dans leurs rapports sexuels consentis et fusionnels contribuaient à renforcer leur amour conjugal, et ils tenaient à les pérenniser avec assiduité et régularité, avec pour objectif de les satisfaire et de les assouvir avec fidélité. Après tout, ils n'avaient pas fait vœu de chasteté ! D'un commun accord, dans la quiétude de la nuit souveraine, dans la chambre faiblement éclairée de la flamme vacillante d'un bougeoir, ils s'adonnèrent aux plaisirs des sens et son lot de caresses câlines avec douceur puis félines, afin que leurs corps épousés, ne faisant qu'un sur la couche moite et complice, jouissent en silence ensemble, rassasiés et satisfaits d'avoir consommé en symbiose, une fois encore, leur amour conjugal. Ainsi, comme deux jeunes mariés se découvrant pour la première fois dans leur nudité, ils s'abandonnèrent et se donnèrent avec amour et générosité : toutes les nuits de la vie tout entière leur appartenaient sans compter. Demain, il ferait jour : ils seraient motivés et en pleine forme pour se rendre à pied à la découverte du gardien de l'entrée des gorges du Tarn, le château de Prades et celui de Castelbouc et son village accroché sous les rochers, pittoresque, au bord du Tarn, face opposée.

Les premières lueurs roses de l'aurore prometteuse les réveillèrent, émerveillés de se trouver réunis ensemble dans le plus beau matin du monde pour commencer une journée s'annonçant exceptionnelle et nouvelle que Dieu, le Grand Architecte de l'univers, leur accordait sans délai. Une brise légère annonçait les prémices du soleil levant qui peu à peu, sans ambages, allait chasser les dernières nuées du matin blême pour émerger dans le firmament de ses rayons triomphants, éblouissants. Le ciel, alors épuré, lavé et bleuissant par la fraîcheur naturelle d'un doux zéphyr, égayé par les chants timides des martinets très tôt levés, incita les époux à se préparer à une nouvelle aventure pédestre, à la conquête de nouveaux sites historiques célèbres recherchés par les pèlerins et les voyageurs de passage.

Après un solide petit déjeuner pris à l'hôtel de la Digue et bien chaussés, ils partirent à la découverte des deux châteaux moyenâgeux dominant la falaise vertigineuse, juchés sur un pic rocheux surplombant la lente progression du Tarn, indolent, serpentant entre les gorges encaissées, indifférent aux bourgs rencontrés le long de ses berges étroites et sinueuses recouvertes de galets, souvent bordées de saules pleureurs, les pieds dans l'eau, et de buissons d'osier ; en haut, sur le versant opposé, les coteaux bien exposés et ensoleillés laissaient entrevoir les feuillages rougis et mordorés des cépages étagés, dissimulant les grappes de raisin gorgées de précieux jus en voie de maturité, depuis les vignes de Blajoux, de Montbrun, de Prades et de Castelbouc, présageant que la récolte serait fructueuse et le vin obtenu du meilleur cru. Cependant, si le château de Castelbouc, de l'autre côté du Tarn et inaccessible, n'offrait rien d'original aux jeunes Valdonnéziens, en raison de son ancienne construction défensive du XIIIe siècle et de ses murailles lézardées et mangées par le lierre, envahissant et impitoyable, le château de Prades, plus récent, gardant l'entrée des gorges du Tarn et protégeant le village du même nom, dissuadait, par la sévérité austère de ses tours et de ses remparts, imposants et offensifs, tout intrus d'emprunter les ponts ou les routes sans en avoir au préalable réglé les taxes, dont la gabelle, et l'envahisseur imposteur d'enfreindre les lois des ordonnances en cours, et qui plus est les droits de péage, sous peine de sanctions. Quant aux pèlerins respectueux des lieux, la prudence était recommandée tout le long des gorges du Tarn, lors des haltes dans les villages. Les visites des alentours de ces deux châteaux et de leurs villages, à découvert sous un soleil brûlant dardant ses rayons indiscrets sur leur visage non protégé par leur chapeau, sur leurs bras nus, les forcèrent à terminer leur randonnée et rentrer à l'heure pour le dîner. Qu'importe, les époux avaient satisfait leur curiosité et meublé le temps de leur deuxième matinée de leur voyage de noces, se déroulant sous les meilleurs auspices et sans anicroche. Avant de regagner leur chambre pour se changer, Tristan et Lucie rendirent visite à leurs chevaux : tous deux, tenant qui Joyeux, qui Courageux par la bride, les menèrent au bord de l'eau du Tarn pour les faire boire, ce qu'ils firent, confiants, avec plaisir. Puis, dans le hangar faisant office d'écurie, Tristan vérifia et changea la paille et le foin à disposition et à profusion. Après avoir prodigué ces soins et quelques caresses aux équidés, Tristan et Lucie retrouvèrent leur chambre pour se rafraîchir et s'apprêter. Tristan ne put s'empêcher de prendre Lucie dans ses bras et de l'embrasser avec effusion avant de lui avouer :

« Lucie, ma chérie, je ne te savais pas aussi proche de la faune domestique. Tu t'occupes d'un cheval comme si tu avais fait cela depuis toujours. De plus, tu es capable de marcher toute une matinée sans te fatiguer. Ma reine, tu es d'une résistance extraordinaire à toute épreuve ! Tous les jours que Dieu fait, tu es remarquable et admirable. Je suis le plus heureux des hommes et je t'adore !

– Tristan chéri, tu exagères beaucoup : tu m'as tout appris jusqu'à présent et je ne demande qu'à apprendre de toi davantage chaque jour qui passe. À ce sujet, ce que je voudrais savoir de plus, c'est monter à cheval et chevaucher avec toi dans la mesure du possible. Qu'en penses-tu ?

– Lucie, ma reine, rien de plus facile. Nous commencerons ton apprentissage dès notre rentrée de septembre et avec Joyeux, qui aura le plaisir d'être monté par toi, très heureux de partager nos escapades. Effectivement, le maréchal-ferrant du Couderc me propose un pur-sang noir qui a fait ses preuves : il attend ma réponse d'un moment à l'autre. Qu'en dis-tu ma chérie ? »

En guise de remerciement, Lucie se jeta dans les bras de son époux, lui baisa le visage, le cou, les mains, et s'arrêta sur ses lèvres adorées, l'empêchant de parler. Tristan retint et prolongea tendrement son baiser, caressant doucement ses cheveux ondulant et flottant, indisciplinés, sur ses épaules, écartant les boucles et les mèches insolentes et rebelles de son front pour embrasser la peau douce, presque veloutée voire brunie de ses joues, de ses bras nus et de sa gorge offerte à ses lèvres chaudes, fermes et gourmandes. Soudain, Lucie se dégagea de l'étreinte sensuelle et fiévreuse de son époux en riant :

« Tristan chéri, ne nous égarons pas ! Préparons-nous pour ce deuxième dîner en tête à tête et faisons honneur à ce repas.

– Lucie, ma muse, tu as raison, chaque chose en son temps. Il y a un moment pour tout », ajouta Tristan, non sans malice.

Le repas se déroula sans anicroche, comme il l'avait prévu. Les époux apprécièrent sans être interpellés les charcuteries, les salades, le gigot d'agneau aux petits légumes, les fromages variés du terroir et la tarte aux framboises, le tout arrosé de Saint-Chinian, vin rouge chaud et fruité. Pour digérer le copieux et succulent dîner, ils commandèrent un bon café aux arabicas précieux et rares ; puis, après l'avoir siroté, ils regagnèrent leur chambre afin de s'adonner à une petite sieste bien méritée. Rassasiée et sereine, l'insouciance et l'innocence retrouvées dans la sérénité la plus totale, Lucie fut la première à se laisser aller et s'assoupir sur le lit défait. Il n'en fut pas de même pour Tristan, quelque peu inquiet : bien qu'ils n'aient été aucunement dérangés au cours du repas proposé et consommé, il avait été toutefois troublé par le regard insistant et brillant d'un homme jeune, à peine plus âgé que lui, discret, bien mis, attiré plus par la beauté et l'élégance féminine de Lucie que par leur présence et leur conversation, alors que son épouse, indifférente, n'y prêtait pas du tout attention. Pourtant, les grands yeux noirs de ce notable attablé à l'écart, dans l'angle opposé de la salle à manger, solitaire et silencieux, n'exprimaient aucune convoitise, aucune intention mauvaise, malsaine ou fâcheuse, mais plutôt une interrogation persistante, voire une certaine curiosité inhabituelle. En observant leur couple et plus précisément Lucie, sans pour autant la dévisager de façon permanente et persévérante, avec la plus grande insistance, que cherchait-il à percevoir dans leur manière de se comporter en société, au milieu des clients de l'hôtel de la Digue ? Pourquoi avait-il jaugé son épouse depuis son entrée dans la salle à manger, pendant le repas et à sa sortie précipitée et remarquée, faisant peut-être impression sur l'assistance ? Qui était cet homme au comportement sournois et atypique ? Était-ce un écrivain, un philosophe, un enquêteur ou bien un courtisan prédateur ? Quel intérêt avait-il à tirer profit d'une intrusion quelconque ? Tristan se fit la réflexion qu'il devrait rester sur ses gardes pour protéger Lucie de toute influence ou emprise néfaste, perverse, perfide ou pernicieuse. En regardant son épouse radieuse, endormie près de lui, il se rassura tout à fait. Après tout, il devait se faire des idées et il n'y pensa plus. Et pour cause : la fatigue bienfaisante le gagna à son tour ; malgré le clair-obscur diffusé dans la chambre que les doubles rideaux maintenaient difficilement, les paupières de Tristan, agressées, ne purent résister à la sensation de picotement et se fermèrent automatiquement sur son regard vert ; sa vue se troubla et il s'endormit du sommeil du juste tout près de son épouse chérie dont le souffle léger, régulier, rassurant l'invitait à se reposer à ses côtés.

Quoique les cloches de l'église de Sainte-Énimie eussent martelé les trois coups, c'est la demi-heure suivante qui les réveilla tous deux, frais et dispos. Tristan proposa :

« Lucie, ma reine, te sens-tu d'attaque pour m'accompagner jusqu'à Pougnadoires en longeant évidemment le Tarn ? Les gorges étroites entre les hautes falaises sont pittoresques et le cours d'eau sinueux est plus profond. La seule condition, c'est d'être bien chaussé et de suivre fidèlement le chemin.

– Dans ce cas, Tristan chéri, hâtons-nous ! » répondit Lucie avec enthousiasme.

En passant devant le hangar ouvert, un hennissement inhabituel et singulier attira leur attention. Côtoyant Joyeux et Courageux, un bel étalon, un pur-sang blanc très nerveux, piaffant désespérément, semblait attendre avec impatience son maître. Intrigué mais déterminé, Tristan, sachant parler à l'oreille des chevaux, s'approcha doucement de lui, lui caressa les flancs et la crinière, lui adressa quelques mots pour le mettre en confiance, observant ses oreilles et ses beaux yeux. Réceptif à la voix tranquille de Tristan, à son toucher, à ses caresses, à sa maîtrise apaisante, l'étalon se calma rapidement et se mit à brouter le foin frais que Tristan étendit devant lui à l'aide d'une fourche, comme si de rien n'était. Interloquée, Lucie s'exclama :

« Quel beau cheval ! Mais à qui appartient-il ? Il parait dépaysé, désorienté. En tout cas, ce pur-sang n'est pas abandonné. Regarde la selle et ces armoiries blasonnées singulières, caractéristiques et significatives de la petite écurie de la garde montée du roi. Ce superbe étalon appartient à un notable portant les quatre initiales suivantes : PCDL, déclara avec force Lucie.

– Qu'importe, Sainte-Énimie est un bourg frontalier pour les voyageurs de passage se dirigeant vers le causse, les Cévennes, le Gard ou le Rouergue.

– Tu as entièrement raison. Ce bourg frontalier est un village-étape, voire un lieu de repos pour tous les voyageurs de passage.

– Effectivement ma chérie, les trois hôtels tiennent lieu d'auberges et d'écuries pour toutes les montures et les attelages des charrettes avec fourrage compris pour les équidés et même le gîte, le couvert et le coucher pour tous les voyageurs et les pèlerins comme nous.

– Tout de même, Tristan, cet étalon blanc me paraît échapper à la règle et ne doit pas appartenir à n'importe qui. Son propriétaire s'est sans nul doute arrêté dans notre hôtel. N'est-ce pas étrange ? Tristan chéri, qu'en dis-tu ?

– Lucie, ma chérie, qu'à cela ne tienne, ce notable a dû s'arrêter ici soit à la fin du dîner, soit pendant notre sieste pour faire une pause : son cheval, quelque peu effrayé, en témoigne assurément, rétorqua Tristan de mauvaise foi, agacé par ce contretemps contrariant, mais essayant de sauver la face, il avança posément : Lucie, ma reine, pour te rassurer, dès notre retour nous nous renseignerons et nous serons définitivement fixés sur les origines de ce mystérieux chevalier. À présent, faisons notre promenade tranquillement. Nous n'avons que trop tardé. »

Pour la première fois de sa vie amoureuse et conjugale, Tristan prit peur. Mais en voyant le visage réjoui et souriant de son épouse près du sien, sereine, il se ressaisit : elle marchait à ses côtés, observant et admirant les hauts peupliers et les saules jaunissant, saluant le cours d'eau irrégulier au gré des aspérités rocheuses et clapotant sur les galets moussus de ses rives incertaines rétrécies ; dans quelques gouffres latéraux où l'eau noire semblait figée, il stagnait plus profond, en l'absence de courant, de vent, du moindre mouvement. Or, lors de la fonte des neiges ou des pluies diluviennes printanières, le Tarn impétueux, descendant du mont Lozère comme son voisin le Lot, en parallèle, se changeait en torrent tumultueux, dévastateur, dévalant les pentes, se faufilant avec violence entre les gorges érodées et encaissées en submergeant les accotements et les plages de galets, inondant tout sur son passage, ne ménageant ni les villages de Castelbouc ni de Prades, de Blajoux ou de Sainte-Énimie. Charriant branches mortes et même troncs d'arbres arrachés ou déracinés, feuilles, pommes et aiguilles de pin au gré du courant dans sa course effrénée. Pourtant, dans la douceur estivale moite due à la chaleur suffocante journalière, après les orages violents, tonitruants et fracassants résonnant en écho et se répercutant de roche en roche, le long des falaises vertigineuses, parfois ventrues et difformes, surmontées de rochers sculptés aux formes insolites, le Tarn, lui, serpentait, indifférent, régulant ses eaux avec parcimonie, les maintenant à leur niveau le plus bas, s'économisant et s'accordant un répit nécessaire avant de subir les assauts des perturbations automnales et les ardeurs impitoyables de l'hiver, redoutés par les riverains concernés et témoins. Or, sous la chaleur torride du mois d'août, le cours d'eau paressait nonchalamment dans son lit, de sorte que, sautant de pierre en pierre, on pouvait se rendre facilement de l'autre côté sans problème, sans se mouiller les pieds, autrement dit le traverser. C'est ce que firent à un moment donné Tristan et Lucie après avoir cheminé une bonne heure et demie et délaissé le chemin pour faire une halte au bord du cours d'eau indolent. Lucie, tentée par la traversée, se risqua et, de caillou en caillou, stable et sec, elle franchit le Tarn hardiment et inspecta l'autre rive : à l'ombre, bien cachées, des touffes bleues de myosotis fleurissaient en famille ; dans les encoches inaccessibles des falaises abruptes, une multitude de petits œillets étoilés et roses mettaient çà et là des notes de douceur sur la grisaille des roches schisteuses, calcaires et austères, les décorant comme par défi, s'exposant avec arrogance, les narguant en paradant. Malheur à celui qui essaierait de grimper à la verticale sur ce versant rocheux abrupt, peu sûr ni sécurisé pour arracher un bouquet de ces fleurs sauvages singulières séduisant le profane sans expérience. Tenter cette ascension périlleuse sans appui, sans équipement spécial, sans baudrier ni cordages, sans piolet pour dérober ces plantes ornementales symboliques, ce serait aussi tenter le diable et dévisser, se briser et se fracasser le crâne et les os dans la chute fatale et finale. Mère Nature, dans toute sa splendeur, a des qualités innombrables, incommensurables, remarquables et admirables, mais vouloir se mesurer à ses défauts, c'est prendre des risques considérables et létaux. Plusieurs individus aguerris et intrépides ont bravé cette nature inflexible, immuable, inébranlable, vieille de plusieurs millénaires, pour accéder à ses crêtes rocheuses sculptées, ciselées, érodées dans leur texture à la fois calcaire, schisteuse et granitique, inaltérable, pour la maîtriser et la dompter. Autrement dit, pour Tristan, pratiquer la varappe le long de ces falaises imposantes, abruptes et vertigineuses représentait un acte insensé, suicidaire, perdu d'avance, semblable à un pacte signé avec Lucifer en lui vendant son corps et son âme par orgueil et vanité pour accomplir un tel acte irraisonné et sans limite. Lucie, en l'écoutant, observait l'ensemble de ces aspérités inégales et rudes, mesurant la dangerosité de ces roches plus ou moins saillantes, parfois fissurées ou coupantes, offrant plusieurs cachettes secrètes aux grands vautours charognards ou de petits promontoires aux rares plantes atrophiées de genêts fanés et aux nombreuses touffes d'œillets vivaces, inondées de soleil et de lumière à longueur d'année. Quelquefois, au sommet des crêtes rocheuses, tournoyaient quelques rapaces en chasse, notamment des éperviers nichant sur les causses opposés, décrivant de larges cercles, poussant des cris stridents et lugubres dans un ciel orphelin de nuages, les rendant visibles et audibles, presque arrogants, dans leur manège de prédation habituel. Cependant, leur ballet circulaire et rotatif évoquait un stratagème mortifère, sinistre, semblable à un rituel unique en son genre, comme une parade artistique, symbolique et dramatique avant la mise à mort de leurs proies potentielles, émettant simultanément des signaux sonores d'avertissement. Étrange paradoxe dans les lois des chaînes alimentaires. Tout compte fait, en accord avec Lucie, Tristan déclara que face à Mère Nature il fallait faire preuve de vulnérabilité, d'acceptation et de modestie, d'humilité, que l'on se trouve en montagne, à la campagne, face à la Méditerranée ou à l'Océan. Bref, comprendre la nature, se faire apprivoiser et non vouloir à tout prix la provoquer, la braver, la dominer ou la dompter, mais prendre en exemple la faune sauvage sachant s'adapter à tous les écosystèmes qu'elle propose et entretient depuis la nuit des temps. Si nous avons souvent recours à la nature, nécessaire et utile à nos besoins immédiats, en contrepartie elle nous demande de conserver et de préserver toutes ses essences, et nous incite à consommer ses offrandes avec modération, quand par exemple nous cueillons les baies sauvages comme les framboises et les myrtilles, les fraises des bois et les airelles, les champignons, dans les champs, les prés, les forêts, les plantes aromatiques ou médicinales telles la jaune et jolie gentiane, la bourrache bleue, la passiflore et la valériane, la camomille et l'ortie blanche, pour ne citer que ces simples, communes en Gévaudan.

Ainsi s'entretenaient les époux, assis sur de grosses pierres entourées de galets délavés et blancs, polis, de diverses tailles, grisâtres : ils en choisirent quelques-uns pour enrichir leur collection et les montrer aux élèves de Lucie. En trempant leurs pieds, en riant, ils délogèrent un couple de grenouilles et traversèrent le cours d'eau ; à l'ombre de l'autre rive, dans l'eau stagnante et tiède, grouillaient des têtards. Lucie ne put résister à cueillir quelques pousses de myosotis, ces fleurs bleues magnifiques qui leur portaient bonheur, leur disant sans cesse : « Ne m'oubliez pas ! » Tristan, séduit, la regardait faire et, en admirant son épouse, se dit : « Dieu qu'elle est belle ma Lucie, j'ai épousé une reine aux qualités multiples : la pureté unique de son corps, de son esprit et de son âme, se conjuguant à sa beauté plurielle, rare et sublime, me subjugue chaque minute, chaque heure, chaque jour que Dieu de l'univers nous donne, comme ces rayons de soleil présents, lumineux et gratuits, qui nous éclairent, nous réchauffent, nous unissent et nous confortent, en symbiose, pour le meilleur et pour la vie. Mais Dieu que je l'aime ! » Comme si les pensées de Tristan s'étaient communiquées en osmose à celles de Lucie, affairée, cueillant les myosotis avec application, empressement et minutie, celle-ci, en riant, présentant le gros bouquet bleu porte-bonheur, symbolique et significatif à son époux charmé, le lui offrit avec amour, sans détour, avec l'innocence caractéristique d'une jeune épouse amoureuse et fidèle.

Elle n'eut pas le temps de prononcer un seul mot : Tristan reçut le bouquet et sa reine dans ses bras puissants, les referma aussitôt et la couvrit de baisers tendres et passionnés.

Si Tristan et Lucie, embrassés, dissimulés derrière les buissons de joncs et d'osier, en contrebas, près du cours d'eau, se croyaient à l'abri, protégés des regards indiscrets, un chevalier et pas des moindres, sur un étalon blanc aux armoiries blasonnées de la garde montée du roi et de sa famille, les observait d'une curieuse manière, un sourire particulier aux lèvres, le regard profond et amusé mais appuyé. Pour ne pas se laisser surprendre, songeur et dubitatif, il mit son cheval au pas puis, ayant assisté suffisamment à cette scène charmante et inhabituelle, étrange et idyllique, rarissime et des moins anodines par les temps courants, en cette fin de règne de Louis XV le Bien-Aimé, médusé, il passa son chemin en direction de la Malène. L'inconnu de passage, qui n'était autre que le dénommé Pierre Choderlos de Laclos, attaché militaire et écrivain, sujet loyal du roi, se fit la réflexion suivante et obsédante : « Dans mes recherches sur mon roman en préparation "Les liaisons dangereuses", ces jeunes gens mariés font vraiment exception à la règle, même s'ils semblent appartenir au tiers ordre. Pourtant, la jeune femme, superbe et gracieuse dans sa robe à fleurs, a quelque chose d'élégant et de noble dans sa manière de se comporter, des éclairs dans le regard et une voix douce et enjouée mais persuasive, un rire cristallin franc, fascinant et communicatif et même contagieux ; son port de tête magnifique, sa taille svelte et fine, son corps de vestale digne des dieux romains, comme Vénus face à Adonis, dans la pureté de leur amour particulier. Quant à son époux, bel athlète grec à la chevelure d'ébène et aux yeux émeraude, tel Samson face à Dalila, au regard fier mais honnête, il représente à mes yeux l'époux amoureux et respectueux idéal, et pour cause : quand il la regarde, quand elle lui parle ou lui répond, il boit ses paroles et la dévore des yeux ; elle lui offre un bouquet de myosotis avec délicatesse, il la prend dans ses bras et la couvre de baisers brûlants. Sans nul doute, ces deux-là, ils s'aiment et s'adorent, à rendre envieux et jaloux courtisanes et courtisans avides, pervers et perfides, à la recherche d'intrigues malsaines et intéressées ou de secrets d'alcôve les plus croustillants. Or, les comportements de ces jeunes mariés, contraires à la pratique de leur convoitise habituelle d'usage, à la mode dans la noblesse de cape et de robe, à la cour de Versailles, alimentant au plus haut degré les ragots, les décevraient assurément. Et cette jeune et belle personne que son époux a pris soin de mettre à l'écart pour ne pas l'exposer au plus offrant, à l'abri de la prédation et de la séduction, quoique son épouse, libérée, loin de paraître une ingénue, semble avoir un caractère bien trempé et a de la repartie. Toutefois, si je me demande où la placer dans notre société, j'aurais du mal à la situer chez la petite noblesse ou dans la grande bourgeoisie, car cette jeune femme a des manières raffinées, distinguées et élégantes, mais en aucune façon précieuses ni prétentieuses. Quant à son élocution intéressante et mesurée, elle est pertinente : cette belle personne semble jouir d'une saine éducation, voire même d'une bonne érudition. Son époux, lui, vu sa stature athlétique et musclée, son savoir et son amour pour l'environnement, l'histoire et la flore gévaudanaises, est certainement un ouvrier journalier au service de la nature, des Eaux et Forêts, bûcheron ou garde forestier, et un parfait autodidacte issu du tiers état. Peut-être l'avenir me le confirmera… »

Ainsi cogitait, sur son pur-sang bai blanc, le chevalier Pierre Choderlos de Laclos, cheminant au-dessus du Tarn, absorbé dans ses pensées sous le soleil rougeoyant, entre les falaises des gorges incendiées dans un décor privilégié de carte postale, où miroitaient par intermittence les eaux amorphes de la rivière alanguie se prélassant dans son lit étroit mollement, se faufilant tranquillement entre les obstacles rocheux et les racines noueuses et enchevêtrées des saules immergés, serpentant entre les dunes de sable et de galets amoncelés la divisant en son centre contre son gré en deux bras liquides inégaux, la forçant à sortir de sa torpeur paresseuse et lente pour reprendre vigueur, essayant de retrouver et d'adopter un débit plus homogène et régulier. Peu à peu, une ombre timide mais franche effaça les effets éblouissants et trompeurs de la réverbération, que le soleil flamboyant et déclinant emportait avec lui derrière la montagne caussenarde, laissant en prime dans le ciel irradié des nuées dorées à l'or fin, des traînées roses et rouge orangé en souvenir de sa présence, avant de disparaître entièrement, faisant place nette à l'apparition de l'étoile du Berger, du crépuscule naissant et de la Voie lactée, dégradant insensiblement toutes les couleurs incendiaires, les rendant fugaces, livides et éternelles, pour devenir tout à fait invisibles à l'œil nu. Avant que la pénombre ne s'installe, c'est ce moment précis que choisirent Tristan et Lucie pour prendre le chemin du retour, bien qu'ils eussent préféré rester un peu plus dans leur abri idyllique jusqu'à la tombée de la nuit. À regret, ils le quittèrent pourtant mais enthousiastes et réjouis, même si Tristan, le dos alourdi de petits galets et de précieux myosotis, appréhendait de se confronter au mystérieux chevalier au pur-sang bai blanc aperçu au cours du dernier repas. Ils rentrèrent tranquillement sans rencontrer âme qui vive. En revanche, arrivés aux portes de Sainte-Énimie, des rumeurs multiples parvinrent de la bourgade animée aux oreilles de Tristan et Lucie. Par prudence, ils ne la traversèrent pas mais longèrent le Tarn jusqu'à l'hôtel de la Digue discrètement et sûrement. Poussant des cris aigus et stridents, les hirondelles effectuaient nerveusement en rase-mottes des allers-retours de la source de la Burle à la rivière, où les premiers chevaux commençaient à s'abreuver, tandis que les tourterelles s'appelaient tour à tour en roucoulant sans répit et que les martinets, craintifs, aux aguets, veillant assidûment sur leurs nichées, semblaient accrochés sous les faîtes des toits le temps d'un été, avant de repartir pour le Maghreb et les températures d'Algérie ou de Tunisie, bien plus clémentes. En attendant, à Sainte-Énimie, on s'agitait de tous côtés : sur le pont, investi et encombré, arrivaient de Meyrueis ou de Florac divers attelages, charrettes et chars à bancs, que les chevaux, impatients, piaffant et renâclant, évitaient de caramboler et essayaient de mener à bien et à terme dans la plus grande confusion, sous les cris des cochers, la harangue des douaniers dans la tour de contrôle, le sifflement des fouets, le crissement des roues des charrettes, l'écho sourd des sabots sur la pierre et souvent le bruit singulier et grinçant d'un rare carrosse imposant et pressé forçant le passage obligé sur ce pont douanier où les commerçants et les négociants devaient déclarer leurs marchandises et payer les taxes en vigueur, notamment l'impôt sur le sel, la gabelle, ou le vin, et régler leurs droits de péage pour traverser les gorges du Tarn, se rendre dans les Cévennes, en Rouergue ou regagner le causse de Sauveterre ou, à l'opposé, dans les gorges de la Jonte, vers le causse Méjean : bref, de véritables chassés-croisés. Inutile de préciser les livraisons à effectuer dans les auberges et les boutiques, et les dates de tous les jours de foire, où beaucoup de produits du terroir étaient exposés, car tous les Gévaudanais y étaient conviés. Pour éviter tout embouteillage, Tristan et Lucie passèrent sans anicroche sous le pont, véritable caisse de résonance entre la pierre et l'eau, où les hennissements des chevaux, les aboiements des chiens, les voies criardes s'apostrophant en patois ou en occitan, les sons, les chocs retentissants, les voix dominantes et sévères des gardes et de la maréchaussée assurant l'ordre et la sécurité se répercutaient dans un vacarme assourdissant. Même les chants d'oiseaux des passereaux, habitués à ce genre de cacophonie spectaculaire aux heures de pointe sur le pont de péage, n'arrivaient point à l'atténuer tout à fait. Qu'à cela ne tienne, dans une bonne heure et demie, tout rentrerait dans l'ordre : les auberges et les hôtels seraient remplis, les hangars servant d'écuries occupés et complets, tous les riverains et résidents attablés pour le souper avec, assurés évidemment, le gîte, le couvert et le coucher. Bientôt, Sainte-Énimie retrouverait, désertes et calmes, ses rues tortueuses et pavées entre ses maisons typiques, groupées autour de la source de la Burle, de l'église et de l'ermitage, avec ses places vides et silencieuses sciemment dallées, la route et le pont de pierre enfin libérés. Autrement dit, une bourgade engourdie, assoupie dans le temps arrêté d'une nuit d'été. Seuls les rossignols, invisibles mais présents, communiquant entre eux d'un arbre à l'autre, égaieraient de leur chant mélodieux, sous la voûte céleste étoilée scintillant de mille feux, la cité sainte en s'interpellant et se répondant, poussant la sérénade joyeusement sans être inquiétés ni dérangés, avant que le cri monotone, ponctuel, répété du hibou en chasse ou que le chant lugubre et morbide de la chouette hulotte ne déchirent l'air doux et tiède de la nuit particulière et secrète, une nuit de tous les dangers. Pour les êtres vivants, qu'ils soient en chasse ou au repos, à l'abri ou à découvert, dans les maillons des chaînes alimentaires, vivre ou survivre pour se nourrir et se reproduire se décide, pour certaines espèces animales, dans l'ombre et les drames nocturnes, entre les prédateurs et leurs proies potentielles. Toutefois, les nuits d'été sont aussi agréablement rythmées par le concert tenace et incessant des grillons, infatigables, entrecoupé près de l'eau endormie par les coassements des grenouilles et, de temps à autre, par les froissements ou les frôlements, les claquements furtifs d'ailes d'un grand-duc ou d'une chouette chevêche, quelquefois interrompus un moment par des craquements insolites et singuliers, alors que dans les buissons épineux, les bardanes piquantes ou les orties urticantes et le chiendent irritant, les lucioles phosphorescentes et fluorescentes se transforment en vers luisants pour attirer l'attention. Qui mange qui ? Qui mange quoi, et comment ? Puisque nous savons pourquoi. Éternel recommencement, telle une histoire sans fin du règne animal dépendant du règne végétal, dans le domaine de la prédation, où l'on passe du plus petit prédateur au plus grand, l'homme. Éternel débat sur l'homme éleveur ou l'homme chasseur, ou encore l'homme pêcheur. Quand le philosophe anglais Thomas Hobbes déclare dans le « Léviathan » de 1651, certes, que l'homme est un loup pour l'homme, à la manière d'un despote. Ainsi semblait réfléchir Tristan en ces termes sur le chemin du retour, très bruyant et animé.

Enfin parvenus sans encombre devant leur hôtel, ils se rendirent en priorité dans le hangar pour soigner les chevaux et surtout les faire boire, renouveler paille et foin de façon à améliorer leur bien-être. La première à s'étonner d'un changement apparent fut Lucie, s'exclamant, intriguée :

« Tristan chéri, le bel étalon blanc aux nobles armoiries a quitté les lieux avec son étrange propriétaire. Qu'en penses-tu ?

– Lucie, ma chérie, ce notable a dû faire halte à Sainte-Énimie momentanément et a repris sa route soit vers les Cévennes, soit vers le causse de Sauveterre, soit vers Meyrueis, le causse Méjean ou les gorges de la Jonte pour remplir un devoir particulier ou une mission spéciale », avança Tristan, très soulagé de savoir que le notable en question n'aurait plus les yeux fixés sur son épouse précisément lors du souper, s'annonçant rassurant et tranquille, loin de s'imaginer que tous deux avaient été épiés de longues minutes dans leur intimité par ce mystérieux chevalier.

« Tristan, mon chéri, cette agréable randonnée m'a mise en appétit. J'ai une faim de jeune loup. Apprêtons-nous pour le repas sans tarder.

– Dans ce cas, ma chérie, je serai de la partie et l'époux que je suis sera aussi un loup affamé, et de ton amour avant tout.

– Alors, mon époux chéri, pour être à la hauteur de tes sentiments, je vais revêtir la robe bleue que tu aimes tant », répondit Lucie en lui offrant ses lèvres qu'il baisa tendrement.

Pendant que Lucie, procédant à sa toilette, se rafraîchissait et se parfumait à l'eau de violette en chantonnant, Tristan, lui, plaçait avec amour et application les myosotis un peu flétris dans le vase en céramique blanche rempli d'eau fraîche posé sur le petit guéridon central et rangeait les jolis galets sur le rebord de la petite cheminée factice, face à la psyché, lui renvoyant tous les objets de la chambre et surtout l'image de sa belle aimée apparaissant, radieuse, dans sa jolie robe bleue.

« Lucie, ma reine, tu es magnifique, tu vas faire sensation dans la salle à manger !

– Et toi, Tristan, mon roi, tu seras le seul à mes côtés. Toi seul mérites mes faveurs et mes attentions, car, je te le répète, tu es l'homme de mon cœur, l'homme de ma vie !

– Lucie ma chérie, tu es ma reine de Saba et ma muse, que nul ne pourra me ravir, sous peine de passer de vie à trépas. Et je te l'assure, rien ne pourra nous séparer. Notre amour intouchable et inaltérable est le plus fort. »

Pour le justifier et le confirmer en une preuve concluante, la prenant par la taille, Tristan la fit tournoyer sur le parquet ciré de la chambre, transformée en piste de danse réduite, ce qui déclencha chez Lucie des éclats de rire cristallins communicatifs ô combien contagieux. Une fois remis, rafraîchis et changés, les époux firent leur apparition dans la salle à manger tamisée afin de faire honneur au souper aux chandelles. Ils comptaient s'attarder volontiers, profitant de la douce quiétude ouatée et calfeutrée régnant autour d'eux, partagée par quelques personnes échangeant ou plutôt murmurant à voix basse des paroles imperceptibles, inintelligibles, inaudibles, proches de la confidence ou du secret, ce que ni les voisins de table, ni le maître d'hôtel se déplaçant discrètement ne pouvaient entendre ni comprendre, d'autant plus que les deux fenêtres ouvertes donnant sur le Tarn déserté permettaient d'ouïr les premiers bruits de la nuit tombée : les clapotis de l'eau de la rivière devant le moulin accompagnant les chants tenaces et fidèles des grillons, les coassements répétés et simultanés des grenouilles, les cris monotones et saccadés des hiboux prévenant avant la chasse, le concert particulier et significatif des rossignols invisibles perchés dans les branches des peupliers immobiles ou dans les saules voisins bordant le cours d'eau assoupi, comme figé dans les abysses de ses rares gouffres sombres et insondables. Cependant, dans la nuit s'installant progressivement, aucun bruit furtif, insolite, aucun froissement d'ailes inquiétant, aucun claquement menaçant, aucun son étranger ne venait troubler ni déchirer l'air tiède ambiant et caressant. Bref, un calme plat dans une nuit tranquille, alors que précédemment dans la journée, nerveuses et versatiles, les infatigables hirondelles, les tourterelles et leurs roucoulements routiniers, les moineaux et les étourneaux et leurs cris stridents et répétés autour des maisons grises de l'ermitage et de l'église, les chants fluets et prudents des martinets laborieux et actifs, tous ces volatiles diurnes avaient disparu volontairement du paysage, se taisaient et semblaient avoir pris congé, rejoignant définitivement leur nid douillet, réduits au silence, s'accordant un repos bien mérité. Toutefois, d'autres oiseaux tels les grands-ducs et les chouettes nocturnes, chevêches ou effraies, se préparaient à une chasse impitoyable, entre autres à celle des rongeurs imprudents, des campagnols notamment. Pour l'heure, tous les êtres vivants profitaient d'une trêve douce, apaisante et rassurante, avant de sombrer dans le sommeil ou l'oubli de la nuit souveraine de tous les dangers pour le règne animal infiniment petit, face au règne prédateur déployant et exerçant avec art leurs moyens stratégiques plus ou moins sophistiqués pour vivre ou survivre dans l'ombre. Or, la loi du plus fort n'est pas toujours la meilleure contre celle du plus malin, du plus rapide, du plus dégourdi ou du plus malicieux dans l'art du camouflage ou de la supercherie. Autrement dit, à chacun sa méthode, ses moyens, sa stratégie et sa chance pour vivre, se nourrir, se reproduire et survivre dans les lois de la nature et son habitat, en fonction des chaînes alimentaires et de ses maillons complémentaires et nécessaires indispensables à la régulation de la faune sauvage, dans un juste équilibre de prédation modérée et préservée. Vivre, survivre, se nourrir et se reproduire obligent.

Lucie ne se lassait pas d'écouter les propos de son époux, tellement amoureux de la nature qu'il décrivait avec savoir et précision. C'est pourtant ce moment privilégié de quiétude idyllique que Tristan choisit pour lui annoncer solennellement :

« Lucie, mon épouse chérie, demain matin, pour ton dix-neuvième anniversaire, je t'emmènerai au château de la Caze où nous passerons quelques jours, avant de nous rendre au château de la Malène. Ces deux manoirs sont à présent reconvertis en auberges et hôtels particuliers réputés ouverts aux pèlerins de passage et à certaines notoriétés de renom, sur recommandation et réservation assurées. Ton honorable père me les a vivement conseillés.

– Tristan chéri, tes projets sont les miens, à condition que ces nouveaux séjours ne soient pas trop dispendieux.

– Lucie chérie, ces deux châteaux ont effectivement l'avantage d'assurer, en plus du site exceptionnel, du couvert et du coucher, une pleine sécurité à ne pas négliger ni écarter par les temps qui courent, d'autant plus que nous aurons l'assurance et la garantie d'être bien protégés par les propriétaires, nous, les chevaux et nos affaires personnelles, une fois à l'abri de tout danger ou de situation fâcheuse.

– Oui, Tristan chéri, ne lésinons pas sur la protection et la sécurité. Nous sommes avertis et responsables de notre vie et des chevaux ; or, nous ne devons en aucun cas inquiéter nos parents. À quelle heure partirons-nous ?

– Lucie chérie, si tu n'y vois pas d'inconvénient, nous nous lèverons de très bonne heure. J'ai prévenu notre aubergiste en lui promettant de faire une nouvelle halte sur notre chemin de retour. Qu'en penses-tu ?

– Dans ce cas, Tristan chéri, ne tardons pas inutilement ce soir. Allons retrouver notre nid d'amour. La nuit nous appartient désormais. »

Et ils consommèrent leur nouvelle nuit de noces sous les clins d'œil actifs de la lune et les feux des astres lumineux, indiscrets, filtrant entre les doubles rideaux pourtant bien tirés, bercés par les petits bruits nocturnes, les clapotis de l'eau du Tarn miroitant sous l'effet de la voûte céleste constellée d'étoiles se mirant dans l'eau moirée aux reflets d'argent, brillant et étincelant par intermittence.

Chose promise, chose due. Si les premières lueurs roses de l'aurore et les chants matinaux des coqs voisins chassèrent les derniers cris lugubres des hulottes, résignées et retardataires, si les étoiles scintillantes s'étaient éteintes une à une, comme à regret, et que la lune et l'étoile du Berger s'effaçaient de manière fantasmagorique pour disparaître tout à fait, un jour nouveau estival commençait à poindre en perçant les traînées laiteuses, blafardes et grises, gommant toutes les traces progressivement pour teindre en bleu roi turquin le ciel nettoyé et lavé avec, en prime, l'attente de l'astre solaire dardant ses rayons ultraviolets et généreux.

Avant que ne s'égrènent les 7 heures de l'angélus, Tristan et Lucie, fins prêts, attelèrent le char à banc et rangèrent leurs affaires à l'arrière, tandis que Joyeux et Courageux, trépignant d'impatience, piaffaient de plaisir à l'idée de trotter de nouveau le long du Tarn. Lorsque tout fut vérifié, l'attelage et ses occupants s'élancèrent tranquillement sur le chemin tout tracé et encore peu fréquenté. Malgré l'absence de brise, l'atmosphère avait gardé la fraîcheur passagère de la nuit et l'air estival et doux, plus léger, était respirable, propageant à la fois des relents agréables de feuilles jaunissantes, de terre sèche et de sable mouillé, d'osier parfumé à maturité, de vase fraîche remuée par les batraciens sortant de leur torpeur au milieu des têtards grouillant dans l'eau stagnante des rives caillouteuses, parsemées de multiples galets et de petits buissons épineux et de moins en moins accessibles, en se rétrécissant le long du cours d'eau, de plus en plus sinueux et tortueux dans son lit enserré entre les falaises des gorges étroites, encaissées, assez accidentées et escarpées. Fort heureusement, le chemin surélevé contre l'abrupte falaise adverse, fréquemment emprunté et d'accès facile, ne présentait pas de dangerosité pour les attelages des charrettes, les carrosses et les chars à bancs, même si la prudence était de mise lors des croisements imprévus entre les véhicules spacieux et encombrants circulant.

Tristan, connaissant les gorges du Tarn pour les avoir traversées et entretenues régulièrement, après les pluies diluviennes de printemps et d'automne, avec son père, ou lors des crues, le savait : il était particulièrement vigilant en raison des nombreuses chutes de pierres se détachant des parois rocheuses, suite aux intempéries et aux violents orages précisément. Aussi se résolut-il à freiner l'allure des chevaux en jouant souvent des rênes pour anticiper, prévenir et leur éviter les embûches imprévisibles pouvant les blesser. À sa mine grave, concentrée et préoccupée, son regard braqué sur les contours et détours du chemin, prévoyant, il lui arrivait parfois d'arrêter les équidés pour retirer une pierre ou une grosse branche au milieu de la route, ou, au dernier moment, contourner ou sortir d'une ornière remplie d'eau des suites d'un orage des étés précédents, même si leur présence et le char à banc rempli de leurs affaires bien rangées, faisant un équilibre, ne risquait pas de se renverser au moindre soubresaut ou au moindre écart. Lucie, attentive et observatrice, ne pouvait qu'admirer l'adresse, l'habileté et la virtuosité exceptionnelles avec lesquelles Tristan menait la direction de l'attelage, le char et les chevaux obéissant à sa voix particulière, à la pression des rênes et à sa complicité extraordinaire avec eux, car il savait leur parler, les guider calmement sans fouet, sans agressivité, de façon à les mettre en confiance, les encourager ou les féliciter et les conduire sans cravache, en s'aidant uniquement des gestes et de la parole, mesurée, ferme ou modérée, et en faisant toujours appel, en symbiose, à leur attention, à leur sensibilité, en tenant compte de leur complémentarité et de leur compréhension, douée d'intelligence pratique avérée. Oui, Lucie en était sûre et certaine : les chevaux sont des êtres vivants doués d'intelligence et de sensibilité, tout comme les êtres humains. Or, tous les animaux réunis sont pourvus et munis de ces mêmes qualités. Tristan et ses chevaux étaient un exemple réel et flagrant : il suffisait de les observer ou de les écouter et de les voir évoluer en symbiose. En tant qu'amis de l'homme, les chevaux, guidés par lui, étaient à la fois complices et complémentaires : il suffisait surtout de les comprendre et de les conduire avec patience, douceur et échanges, en partageant les mêmes situations, dans le plus grand respect ; car si les chevaux sont capables de compréhension, une fois établie la confiance, ils parviennent à réagir intelligemment et à rendre des services concrets, adaptés et appropriés aux demandes de leur maître, à ses exigences, en agissant de connivence, en pleine conscience et entier discernement, éprouvant en retour l'utilité et la reconnaissance responsable de leurs actes aux réactions de leur maître, les assurant de sa totale confiance en les récompensant : le mouvement de leurs yeux, de leur queue, de leurs oreilles, de leur crinière, de leur corps tout entier, même leurs attitudes changeantes et significatives en témoignent : qu'ils soient au trot, au galop, au pas, en situation ou au repos, leurs comportements sont remarquables et exemplaires en tous lieux. Admirative des chevaux de Tristan, Lucie se réjouissait à l'idée qu'il devrait lui apprendre à monter à cheval, et sur Joyeux notamment, l'étalon alezan.

Si le château moyenâgeux de Prades garde et défend l'entrée des gorges du Tarn, secondé également par celui de Castelbouc, imposant et menaçant, entre Ispagnac et Blajoux, à mi-parcours du cours d'eau, le site de Saint-Chély-du-Tarn attire l'attention et le regard du pèlerin de passage. Ce qui retient son attention, c'est surtout l'architecture des huit arches oblongues, en ogive, soutenant la voûte du pont de pierre, élevé en chemin de ronde surplombant et enjambant gracieusement le Tarn pour se rendre dans le village de Saint-Chély, sur le coteau adverse, niché contre la falaise boisée et rocheuse autour de son château féodal et ses dépendances dominant les habitations, au-dessus du cours d'eau et de sa large plage sablonneuse bordant la rivière colorée d'un bleu-vert turquoise, nuancé d'émeraude aux endroits les plus profonds et les plus sombres, en donnant une touche verdâtre aux gouffres abyssaux du Tarn, où les truites fario trouvent refuge et s'encavent d'ordinaire pendant l'hiver. Pour observer en détail ce site singulier de l'autre côté du Tarn, plus impressionnant par ses teintes et sa profondeur particulière, au fur et à mesure qu'on le suivait en aval, Tristan mit ses chevaux à l'arrêt pour permettre à Lucie d'admirer l'architecture caractéristique du coquet village médiéval, ses maisons caussenardes très stylées en schiste et en granit, aux toitures en lauze d'ardoise locale recouvrant toutes les charpentes et même les tours, le donjon et les dépendances du château féodal, régnant comme un suzerain sur Saint-Chély-du-Tarn, tel un seigneur et maître de ce lieu, s'agrippant à la falaise protectrice, dominant ses sujets, ayant élu domicile de part et d'autre du sentier escarpé sinueux et montant, serpentant le long de la paroi montagneuse, curieusement boisée et verdoyante, où la végétation luxuriante d'essences florales diverses contrastait et détonnait face à l'austérité de la falaise abrupte, rocailleuse, opposée, sans une once de verdure, aux aspérités coupantes, proéminentes ou effilées, sans pousse ni bardane aucune, seulement de la pierre grise et ocre apparente ayant pour seul et grand avantage de faire un rempart au chemin et son site séparant les deux falaises en vis-à-vis, creusant de plus en plus le lit étroit et profond du cours d'eau entre les gorges encaissées, procurant une ombre fraîche et bénéfique au village de Saint-Chély-du-Tarn, profitant en partie de l'absence des agressions de l'astre solaire renvoyant la lumière car protégé par ce double rempart mais dûment éclairé et irrigué, de surcroît, par les eaux douces de la rivière arrosant ses pieds et ses jardins, à défaut de crue importante et rarissime, le village étant surélevé et hautement sécurisé par un mur de soutènement en continuité avec celui du pont servant de contrefort et d'appui aux premières fondations des maisons s'échelonnant d'un côté et de l'autre de la rue principale et montante de ce village médiéval égayé de bouquets d'arbres et paré d'un cachet discret et charmant, dans un site atypique et singulier, à la fois paradisiaque et idyllique de surcroît.

Tristan comprit, à la vue du visage émerveillé de Lucie, de ses grands yeux bleus fixés sur ce site, dont l'expression intense exprimait le ravissement, qu'une halte dans ce coquet village s'imposait, avec pour prétexte non seulement de faire boire les chevaux mais encore de le visiter discrètement en long, en large et en travers. Il faisait beau et frais, on avait le temps, et le temps au sens propre comme au sens figuré s'y prêtait. Le char et ses occupants s'engagèrent prudemment sur le pont de pierre surplombant le Tarn aux eaux turquoise et ils purent, se penchant, intéressés et intrigués, mesurer potentiellement la profondeur impressionnante du gouffre angoissant s'offrant, indifférent, sous leurs yeux. Le pont débouchait sur une place où bifurquaient trois rues : celle de droite descendait légèrement vers le cours d'eau en pente douce ; celle de gauche longeait la montagne rocheuse et boisée ; quant à la rue principale, menant au château, elle montait de plus en plus haut et les maisons étagées de part et d'autre, bien exposées, semblaient, par leur orientation à l'adret, rechercher la lumière du jour et du soleil, du moins leur réverbération indirecte. Tristan gara le char à banc en retrait sur la place ; ils dételèrent Joyeux et Courageux et les conduisirent à la fontaine pour qu'ils s'abreuvent. Après s'être ébroués, ils les menèrent avec eux jusqu'à la plage sablonneuse en contrebas, sous le pont : du milieu de l'eau profonde, de grosses bulles venaient éclater à la surface égale et plane, décrivant de larges cercles où les insectes, imprudents, n'y prenant garde, voletant au ras de l'eau, risquaient d'être happés, gobés par des truites, n'hésitant pas à surgir, sauter de l'onde et s'emparer subitement de leurs mets favoris, puis à replonger dans les abysses de la rivière en l'espace fulgurant de quelques secondes et ensuite renouveler la même technique pour se nourrir de la sorte sans subir la présence de prédateurs concurrentiels comme les hérons cendrés ou les martins-pêcheurs, qui peuplent les abords des lacs, des rivières tels le Lot et la Truyère, aux larges méandres et aux accotements plus accessibles. Les truites vives du Tarn, elles, ont à craindre et redouter plutôt les pêcheurs à la ligne invétérés comme Tristan Vallet qui, au passage, tremperait bien le fil de sa canne à pêche dans un de ces gouffres prometteurs, entre Saint-Chély-du-Tarn et la Malène, qui offrent de belles opportunités. Toutefois, il n'était pas question de trop s'attarder dans les parages, le village allait bientôt s'animer, réveiller les curieux, les badauds, réactiver les mauvaises langues des bigotes en mal d'information et raviver leurs mauvaises intentions, nourrissant leur mauvaise foi. Tout de même, ils s'aventurèrent dans la rue montante et passèrent devant le château, où quelques chevaux aux armoiries singulières stationnaient côte à côte : le hennissement d'un étalon blanc attira leur attention ; ils le reconnurent et, sans mot dire, pensifs et dubitatifs, ils se hâtèrent de terminer la visite de ce village mythique, non sans arrière-pensée. Ils retrouvèrent leurs montures et le char à banc avec plaisir et, mine de rien, ils se mirent en route en direction du château de la Caze, leur destination pour quelques jours et quelques nuits. Il faisait beau et chaud, et le chemin, encore désert et droit, permit aux chevaux de trotter gaiement sans être agressés par les mouches en quête de sueur autour de leurs museaux écumants, fort heureusement rafraîchis par l'eau de la fontaine et celle de la rivière. L'été, Tristan évitait à ses chevaux d'évoluer l'après-midi : c'est la raison pour laquelle il privilégiait les heures du matin pour les faire travailler ou voyager, en veillant assidûment sur leur bien-être. C'était primordial pour lui et pour eux. Chemin faisant, au fur et à mesure qu'on avançait et qu'on approchait du but, on s'écartait du Tarn qu'on longeait pourtant en parallèle, séparé par une dense végétation de saules, de trembles altiers et de peupliers, qui le dérobaient derrière un rideau de longues branches enchevêtrées, comme pour le cacher à la vue des passants, quoique entrecoupé de quelques rares passages étroits pour y accéder, telles d'illusoires feintes furtives, incertaines, fuyantes mais miroitantes. Soudain, superbe et majestueux, il leur apparut dans toute sa splendeur. Le château de la Caze, manoir fortifié du XVe siècle flanqué de tours carrées, d'un donjon personnalisé avec ses mâchicoulis d'époque, sa façade percée de larges fenêtres et son rez-de-chaussée éclairé de baies vitrées, entouré de haies de buis taillés, à l'ombre des branches palmées des sapins princiers, tournant le dos à la route, sécurisé par un muret de créneaux et de merlons s'élevant en balcon jusqu'à la grande salle aux volets tirés ; or, l'accès était interdit par deux gardes armés dissimulés derrière une herse ouvragée servant de barrière en fer forgé, aux armoiries particulières du maître de ces lieux, le seigneur de la Caze et ses ancêtres.

D'abord intimidés par la magnificence de ce château insolite contrastant avec la rudesse des gorges érodées, ce manoir atypique apportait un semblant de coquetterie originale, stylée, où apparaissaient, là où on ne les attendait pas, le cachet et les titres de noblesse d'une vieille famille vivant dans l'anonymat, en retrait, à l'abri des regards indiscrets, semblant avoir fui les fastes et les frivolités de la cour de Versailles pour vivre tranquillement dans une stricte et discrète intimité, simplement proche de la nature sauvage et hostile des gorges du Tarn. Ce que Tristan et Lucie ignoraient totalement, c'est que le château de la Caze était le lieu de rendez-vous de quelques aristocrates de passage et pas des moindres, les plus titrés. Cependant, sans perdre son sang-froid, Tristan se présenta avec courtoisie aux deux gardes en déclinant leur identité : il leur remit en mains propres le billet de recommandation de feu son beau-père, l'épicier du Valdonnez, Étienne Mallet. Lucie étant quelque peu inquiète de l'accueil soupçonneux de ces gardes, Tristan dut après coup la rassurer, lui assurant qu'il était d'usage de remplir cette formalité. La réponse ne se fit pas attendre : après avoir inspecté le contenu du char à banc et contrôlé l'identité des époux, ils ouvrirent la barrière et les firent entrer dans la cour intérieure, où ils purent confier les chevaux au palefrenier. Là, un valet dévoué proposa ses services pour prendre les bagages et les diriger vers leur chambre, située à l'étage, face au Tarn, leur précisant que le repas de midi était servi dans la grande salle, entre le salon et la bibliothèque, et toutes les dépendances du manoir. Pour information, il déclara avec dignité que plusieurs notables, dont le chevalier Pierre Choderlos de Laclos, étaient attendus dans la soirée et seraient présents pour le souper.

« Sans indiscrétion, monsieur, connaissez-vous en particulier le seigneur de Laclos ? Est-il un intime de votre maître ?

– Monsieur, le sieur Pierre Choderlos de Laclos est chevalier de la garde montée du roi et écrivain : d'après ses dires, il vient souvent dans les gorges du Tarn pour se ressourcer et trouver l'inspiration ; il s'arrête régulièrement ici. Monsieur, non seulement le chevalier de Laclos est un ami intime du seigneur de la Caze, mais il est aussi un noble intègre, fidèle, et a beaucoup d'esprit et de bonté pour nous.

– Je vous remercie de nous donner ces renseignements précieux en toute confiance.

– Vous êtes les invités de mon maître, je suis à votre service. Si vous avez besoin de quoi que ce soit, n'hésitez pas à me sonner. Bienvenue au château de la Caze. »

Et le valet s'éclipsa avec respect avant que Tristan et Lucie n'eussent le temps de s'exprimer. Ils explorèrent avec intérêt et curiosité leur petit appartement, composé d'une chambre à lit à baldaquin, d'une commode à quatre tiroirs, de deux petits chevets, d'une table basse, de deux chandeliers à trois branches, de trois chaises confortables, d'un joli secrétaire en chêne laqué avec sous-main, plumes d'oie, papiers, encres et fusains, crayons et encriers, la pièce décorée de tapisseries d'Aubusson ; la fenêtre aux tentures rouge et or assorties au couvre-lit et aux housses des coussins, des taies d'oreiller et du traversin ; et, dans l'angle, une petite cheminée en pierre marbrée aux bords généreux présentant trois petits vases en verre, des morceaux de bois précieux sculptés incrustés d'immortelles séchées, de pommes de pin, de diverses mousses et d'écorces travaillées. Or sur les murs, en évidence, étaient accrochées non pas des portraits peints, des ardoises finement gravées et décorées ou des images religieuses ou pieuses, mais d'authentiques collections de papillons de tous les pays recensés, inventoriés, répertoriés, des plantes exotiques sous forme d'herbiers vivants et des oiseaux des cinq continents, des plus grands aux plus petits, des colibris aux aigles royaux, des perroquets aux condors de la cordillère des Andes, avec à l'appui nom scientifique, origine, habitat, mode de vie, aux plumages variés, aux couleurs les plus claires ou les plus foncées, les plus vives, rutilantes ou chatoyantes, les plus étranges, les plus insolites. Il ne manquait plus à tous ces papillons épinglés, réduits au silence mais plus vrais que nature, que la mobilité de leurs belles ailes singulières pour s'échapper, voleter et aller butiner les fleurs les plus attirantes et odorantes du jardin. Et aux oiseaux fixés sur le papier blanc pour l'éternité on pouvait imaginer entendre, dans le lointain, leurs chants, leurs cris, leurs sifflements, leurs appels ou leurs joyeux trilles, comme ceux de tous les passereaux voisins. Toutefois, ces affiches savantes et illustrées, ces échantillons colorés à l'effigie d'insectes, de plantes et de volatiles étaient, à n'en pas douter, l'œuvre d'un artiste amoureux de la flore sauvage et exotique, doté de l'expérience d'un voyageur connaisseur de l'environnement et d'un don talentueux de recherche de collections scientifiques rares, précieuses et uniques, disséminées sur la planète bleue.

Au fond de la chambre, à présent occupée, bien cachée, une petite porte tapissée s'ouvrait sur un cabinet de toilette avec lavabo et baignoire, savonnettes et savons de Marseille sur présentoir, serviettes de bain, petit meuble de rangement avec tiroir et une charmante psyché pour se mirer, remettre de l'ordre dans ses tenues ou ses cheveux défaits. Bref, ce petit deux-pièces bien meublé parut charmant à Lucie et Tristan, d'autant plus qu'il offrait une vue imprenable sur ce site paradisiaque et enchanteur. Effectivement, depuis la fenêtre ouverte, on dominait le Tarn s'écoulant calme et limpide au-delà des magnifiques tilleuls et des peupliers centenaires, dont les multiples feuilles en forme d'as de pique commençaient à se colorer de jaune doré. En bas, de chaque côté du manoir, tels des gardiens séculaires, deux énormes séquoias n'en finissaient pas de s'élancer vers le ciel, tandis que leurs ramures les plus basses et bien fournies prodiguaient une ombre fraîche et protectrice à qui voudrait bien s'y réfugier pour échapper aux brûlures des rayons solaires, ou tout simplement se reposer ou méditer et lâcher prise. Entre les deux immenses conifères, face au manoir éclairé justement par la réverbération de la lumière miroitante du cours d'eau, des saules pleureurs à la chevelure fournie et retombante abritaient, tout en longueur, un massif cultivé de roses trémières, de dahlias pompons, de bégonias doubles et variés, de maints œillets des poètes et mignardises, alternés d'hortensias roses et bleus à grosses fleurs sur tiges élégamment agencés. Toutes ces inflorescences chinées, bigarrées, plus ou moins parfumées, dégageaient en osmose des senteurs délicates légèrement poivrées, voire épicées, mêlées à celles odorantes des rosiers grimpants rouges et anciens à l'assaut de la muraille de la façade, s'accrochant, munis d'épines invisibles et tenaces dissimulées sous les feuilles et les roses au parfum oriental, rare et raffiné mais très envoûtant. Les rosiers remontants, agressifs et insolents, semblaient s'aventurer avec force et pugnacité sur la pierre grise du château et même dessous et entre les fenêtres vitrées des chambres d'hôtes, diffusant coûte que coûte leur senteur sensuelle et cuivrée dans l'air tiède et doux, estival, presque méditerranéen.

Satisfaits, les deux époux, s'étant approprié les lieux, ayant terminé l'inventaire et rangé convenablement leurs affaires, commencèrent à s'apprêter pour le dîner, la fenêtre ouverte, avec vue sur la rivière, bercés par les cris aigus et stridents des hirondelles, le chant des bergeronnettes près de l'eau, les roucoulements d'un couple de tourterelles, les appels discrets et fluets des martinets nichant sous les toitures, troublés par les sifflements des merles dans les arbres, impatients, en quête de quelques miettes des repas précédents de la veille, oubliées. Avec sa mine réjouie et radieuse dans sa jolie robe bleue légèrement décolletée, découvrant ses beaux bras nus et révélant sa taille fine, élancée et cintrée, rehaussant sa ferme et jeune poitrine, à 19 ans, Lucie était adorable et au mieux de sa forme. En la regardant évoluer, libre comme un papillon de fleur en fleur, ajustant les pans de sa robe et coiffant ses longs cheveux châtain doré avec soin autour de ses épaules, Tristan eut malgré lui, pour la deuxième fois de sa vie, un petit pincement au cœur. Son épouse adorée risquait de séduire l'assistance singulière des nouveaux arrivants, autrement dit les hôtes particuliers du seigneur de la Caze et sa suite. Le chevalier Pierre Choderlos de Laclos n'était-il pas vivement attendu au souper par le maître de ces lieux et tout le personnel ? Comme si Lucie devinait ses pensées, et pour dissiper tout soupçon, elle augura avec enthousiasme et franchise :

« Tristan chéri, mon roi, avec ton pantalon noir et ta chemise à jabot bien blanche, ta magnifique chevelure brune et tes grands yeux verts étonnés, tu ressembles à un gentilhomme ténébreux un peu soucieux et inquiet. J'aimerais, au cours du dîner, que tu m'accordes tes égards, tes faveurs et tes sourires sans arrière-pensée. Je ne désire les mériter que de toi, que par toi, qu'avec toi, comme je t'accorde ma confiance. Tristan, mon époux chéri, est-ce là trop te demander ? questionna Lucie en riant.

– Lucie, ma chérie, tu sais très bien que j'ai la plus grande confiance en toi et que je n'ai d'yeux que pour toi. Seulement, pour être tout à fait franc avec toi, je suis préoccupé par l'arrivée annoncée de notables plus ou moins recommandables à qui nous devrons faire amende honorable. Et ce n'est vraiment pas dans mes habitudes de me rabaisser.

– Tristan chéri, ta franchise t'honore. Sache que si ton inquiétude est fondée, moi non plus je ne céderai à aucune soumission. En revanche, sans afficher la moindre prétention, en société, il nous suffit de rester courtois et de faire preuve de naturel, de simplicité et de dignité, car, en tant qu'époux et jeunes mariés, nous n'avons de compte à rendre à personne. Soyons polis et distants. Discrétion oblige. Allons, mon époux, faire honneur au dîner sans nous faire remarquer. »

En prenant son bras avec plus d'assurance, Tristan la remercia d'un sourire conciliant et la conduisit, plus confiant, dans la salle à manger où le carillon de l'horloge de chêne verni venait de sonner les douze coups de midi : le comte de la Caze en personne vint à leur rencontre, prit la main de Lucie et la baisa puis invita les deux époux à sa table et leur présenta sa femme et ses deux fils, très honorés de faire leur connaissance. Si Lucie fut charmée de leur accueil chaleureux, Tristan préféra garder ses distances lorsque le comte de la Caze s'exprima sans ambages en ces termes :

« Ainsi, vous êtes la jeune mariée stéphanoise dont mes amis de passage m'ont tant vanté les mérites. Étienne Mallet, votre honorable père, et votre aimable mère m'ont caché votre existence jusqu'à ce 27 mai où votre mariage avec Tristan Vallet a fait beaucoup de bruit, d'envieux et de malheureux, si l'on pense à Philibert, dit Gilles de Montialoux du Tournel, éconduit. Lucie, vous êtes de plus une enseignante érudite et émérite appréciée des gens du Valdonnez et de leurs enfants.

– Monsieur le comte, avec l'accord de monseigneur Choiseul-Beaupré, je ne fais que seconder l'abbé Ribourel.

– Chère Lucie, si votre talent didactique et votre modestie vous honorent, vos charmes n'en sont pas moins sublimes. Et votre époux doit être le plus heureux des hommes, je dirais même le plus chanceux.

– Monsieur le comte, si j'ai choisi l'homme le plus valeureux de la terre, c'est pour ses qualités exemplaires et exceptionnelles dans tous les domaines ; et si c'était à refaire j'épouserais aujourd'hui même l'homme que j'aime ici présent, Tristan Vallet.

– C'est bien ce que je pensais et redoutais à la fois. Vous avez un caractère bien trempé et de la repartie, je vous en félicite. Je souhaite à Thibault et à Geoffroy, mes fils, de rencontrer une aussi belle et intelligente personne.

– Monsieur le comte, vous m'en voyez flattée. Or, tous les mérites que vous m'attribuez, je les dois surtout à Tristan qui a osé me sortir des griffes de certains notables avides et intéressés convoitant ma dot et encouragés par la folie des grandeurs de mon honorable mère. Sans le soutien de l'abbé Ribourel et de la mère supérieure de la Providence, et sans l'intervention périlleuse de mon fiancé, je serais cloîtrée à vie dans quelque couvent en tant que carmélite. Bien que je sois fille unique et riche héritière de mes parents, issus de la haute bourgeoisie, je suis fière de faire toujours partie du tiers ordre. C'est la raison pour laquelle nous avons décidé, Tristan et moi, de nous unir pour le meilleur et pour le pire, et de vivre des fruits de notre travail journalier, mon époux comme bûcheron garde forestier et moi comme maîtresse d'école, au plus près de la population enfantine du Valdonnez et des familles. »

Par sa volonté enthousiaste à tenter de se justifier, Lucie, usant de sa faconde naïve, juvénile et habituelle, comprit par la pression expresse du bras de Tristan qu'elle y allait un peu fort, alors que les yeux noirs et perçants de Thibault et de Geoffroy brillaient intensément face à cette franche et sincère déclaration.

« Chère Lucie, vos pensées sont nobles et vous avez fait un bon choix en fonction de vos fidèles convictions, en toute liberté et responsabilité, avança Thibault dans un soupir mêlé d'étrange tristesse. Mon frère et moi, nous n'avons pas la possibilité de choisir cette liberté. Nous sommes issus de la noblesse et voués au métier des armes. Toutefois, nous rejetons la vie des courtisans que nous offre notre roi Louis XV le Bien-Aimé, après avoir rempli de loyaux services lors des guerres de succession et celle de Sept Ans. Nous préférons vivre dans le château de nos ancêtres, en famille, au plus près de la nature, de nos pèlerins de passage et de nos amis.

– Voilà une noble cause qui vous permet de vivre de vos rentes dans un site paradisiaque et idyllique, ajouta Lucie, sûre d'elle.

– Ce qui nous permet d'être actifs, accueillants et prévenants à l'encontre de nos hôtes, qu'ils soient écrivains, commerçants, philosophes, négociants ou simplement pèlerins. Avec notre père, si nous veillons à leur bien-être, nous participons également à l'entretien des chambres d'hôtes, des communs, du verger et des jardins. Et nous essayons de contribuer au mieux à une bonne restauration avec pour seul objectif essentiel l'excellence. Vous n'êtes pas sans savoir que votre honorable père nous livre régulièrement les meilleurs ingrédients du terroir pour améliorer nos repas recherchés par nos convives avec, pour ce faire, trois bons cuisiniers, dont notre père, chef étoilé. »

Les époux purent effectivement, non seulement apprécier mais encore savourer le dîner servi à point, arrosé de Saint-Chinian et de Faugères, les meilleurs crus du Biterrois et du Roussillon, faisant passer dans les gosiers les morceaux de gigot d'agneau concoctés avec des champignons coupés en lamelles, mijotés et mitonnés dans son jus onctueux, aromatisé d'épices, de thym et d'ail. En mastiquant lentement la viande saignante et juteuse, on pouvait percevoir également le craquant, le ferme et le parfumé ou le tendre et le moelleux des girolles et des bolets, cueillis dans les bois du Gévaudan. On apprécia de même les fromages et les tartes aux myrtilles et aux framboises arrosés aussi de bon vin de Champagne et de muscat de Frontignan. Tristan et Lucie sortirent de table un peu grisés, assez rassasiés mais aussi songeurs et dubitatifs quant au discours engagé et déterminé de Thibault de la Caze. Tristan, mutique durant le repas, fut le premier à se manifester auprès de Lucie, enchantée :

« Lucie, ma chérie, je trouve que ton intervention quelque peu violente a fait réagir Thibault de la Caze de façon arrogante et agressive. Son regard noir et foudroyant à ton égard en témoigne. En as-tu conscience ?

– Évidemment, Tristan chéri ! Le faire s'exprimer franchement et sincèrement était mon seul objectif. Je voulais tout simplement connaître comment ces nobles jeunes gens passaient oisivement leur vie privilégiée dans leur château, loin de Versailles et de ses courtisans.

– Eh bien, nous voilà avertis et rassurés. Tout de même, Thibault et Geoffroy, les yeux braqués sur toi tout au long du dîner, étaient plutôt irrespectueux et prétentieux.

– Détrompe-toi, Tristan chéri, le comte de la Caze et ses enfants, s'ils ont testé nos façons d'envisager notre avenir et nos projets, sont des gens compréhensifs et bienveillants, différents des notables rencontrés par mes parents côtoyant plutôt la cour et Paris.

– Pourtant, Thibault de la Caze a eu un comportement quasi entreprenant avec toi. Il ne t'a pas quittée une minute des yeux.

– Tristan chéri, quand tu as de l'humeur, tes yeux verts courroucés sont fulgurants et lancent des éclairs foudroyants. Sais-tu que tu es très beau en colère ? Et je t'en aime davantage. Embrasse-moi pour te faire pardonner et ne restons pas fâchés.

– Lucie, ma chérie, excuse-moi d'avoir mal jugé nos hôteliers et de ne pas te faire entière confiance. Je suis un peu fatigué du voyage et aspire à un peu de repos après ce bon dîner.

– Dans ce cas, mon époux chéri, tirons les rideaux et adonnons-nous à une petite sieste avant toute chose. Viens près de moi. »

Après avoir embrassé tendrement sa reine, il vérifia le verrou de la porte, tira les rideaux et s'allongea près d'elle, tout à fait rasséréné. Ils s'assoupirent jusqu'à 15 heures ; quand les trois coups de l'après-midi retentirent à l'horloge de la grande salle, d'un commun accord, ils décidèrent d'aller taquiner la truite en remontant le courant du Tarn. Tout était calme quand ils entrèrent dans le hangar pour récupérer les deux cannes et l'attirail de pêche, rangés soigneusement dans le char à banc. Si le soleil chauffait l'atmosphère avec violence, ses rayons étaient déjà derrière eux et une ombre douce les accompagna, protégée et renforcée par la haie de saules et de peupliers altiers les dissimulant à leur avantage tout à fait. Tout excitée de partager enfin le sport favori de son époux, Lucie le suivit d'un pied ferme de gouffre en gouffre, prudemment et patiemment, surveillant le bout du fil de sa canne, sciemment montée de plombs, d'un hameçon et d'une magnifique mouche rutilante de sa collection. Quelle ne fut pas sa surprise lorsqu'elle sentit une brusque vibration se répercuter sur le bout de la canne de façon pressante. Comme le lui avait appris Tristan, elle ferra et dut faire faire un effort considérable à son poignet pour soulever, au bout du fil, une superbe truite semblable à un vrai paquet de muscles, se débattant à l'air libre, suffoquant et tentant avec l'énergie du désespoir de se décrocher du terrible hameçon, ayant avalé la mouche. Tristan, qui assistait à la scène, mit rapidement un terme à cette belle prise et sans qu'elle eût le temps de souffrir ni même de réagir, la truite, inerte et détachée, fut déposée sur le léger tapis de feuilles de peuplier, dans la canastelle de Tristan. Celui-ci fixa avec habileté une autre de ses plus belles mouches sur l'hameçon et Lucie, fière de sa prise, tenta de nouvelles expériences à contre-courant du cours d'eau, offrant dans ses gouffres profonds et sombres d'extraordinaires opportunités. À force de patience et de pugnacité, Lucie souleva quelques autres belles truites que Tristan aussitôt s'évertuait à décrocher : elles allaient rejoindre les autres sur les feuilles mouillées, rivalisant de couleur noire, argentée et moirée, incrustées des célèbres jolis petits points rouges. Bien que Tristan passât les trois quarts de son temps au montage et au décrochage avec la même rapidité et le même soin, il attrapa lui aussi quelques poissons, remplissant sa canastelle. En longeant en amont la rivière et ses abysses généreux, ils se trouvèrent non loin du charmant village de Saint-Chély-du-Tarn, quelque peu animé. Tristan déclara en riant avec malice :

« Lucie, ma divine pêcheresse, semblable à la Diane chasseresse des Romains, il serait presque temps de rebrousser chemin et de nous laver les mains. Rien de mieux que des saponaires et l'eau claire et limpide de la rivière pour se débarrasser de l'odeur désagréable et collante du poisson mouillé : tous les pêcheurs font de même après leur pêche.

– Oui, mais ils n'ont pas près d'eux une pêcheresse : elle leur rappellerait Marie-Madeleine, l'autre pécheresse, amie du Christ.

– Lucie chérie, je voulais te comparer tout simplement à une divinité telle Diane, la déesse de la chasse, sans équivoque.

– Tristan chéri, je l'ai bien compris, comme toi, que je compare à Adonis, le dieu de l'amour. Mais dis-moi, qu'allons-nous faire de toutes ces belles truites que nous ne pouvons cuisiner à présent ?

– Lucie chérie, c'est fort simple. Nous allons les offrir au comte de la Caze qui se fera un plaisir de les préparer dans les menus qu'il aime présenter à ses invités. Car le seigneur de la Caze est un excellent cuisinier : il partage son art culinaire avec son épouse et ses fils. Tous les quatre, ils mettent la main à la pâte autour d'un chef étoilé de renom. De plus, ces offrandes de truites fario régleront notre couvert et notre coucher durant trois jours. Lucie, ma reine, es-tu satisfaite ?

– Tristan, mon époux chéri, l'échange est raisonnable et équitable. J'apprécie la manière dont tu joins l'utile à l'agréable.

– Lucie chérie, avant que la luminosité ne décline, nous devons rebrousser chemin et rentrer avant le souper.

– Alors ne tardons plus. Nous avons suffisamment abusé et agressé le cours d'eau, et il nous a largement récompensés. Cette escapade le long du Tarn, bénéfique et fructueuse, m'a enchantée. Avec toi, j'ai l'impression de me marier chaque jour avec un amoureux de la nature et d'en partager les avantages.

– Lucie chérie, je te rappelle que la pêche est un sport de régulation : il est sain et naturel. »

En faisant le chemin à l'envers, les époux, bien bottés, se hâtèrent, évitant les ornières, les pierres et les orties agressives que Tristan, attentif, prenait soin d'écarter en les piétinant pour qu'elles ne fouettent pas les jambes fines de Lucie. Celle-ci prit même le temps de cueillir un bouquet de myosotis, ces jolies fleurs bleues porte-bonheur et symboliques. Chemin faisant, d'un pas régulier et soutenu, ils arrivèrent enfin devant les portes du manoir de la Caze puis dans la cour, où plusieurs attelages et montures, dont le pur-sang bai blanc aux armoiries du chevalier PCDL, stationnaient tous devant le hangar servant d'écurie. Intrigués et circonspects, pour ne pas se faire remarquer, Tristan et Lucie, très anxieux, regagnèrent rapidement leur chambre sans mot dire. Toujours est-il qu'ils utilisèrent la salle de bains en silence et songeurs. En se changeant, s'apprêtant, se coiffant, ils retrouvèrent peu à peu la parole et se ressaisirent avec objectivité. Lucie fut la première à positiver :

« Tristan chéri, je te sais soucieux à l'approche du souper. Plusieurs personnalités, dont le chevalier Pierre Choderlos de Laclos, seront présents céans. Bien que nous soyons de jeunes mariés issus du tiers ordre, nous n'avons rien à nous reprocher ni à leur envier. Gardons la tête haute, soyons courtois et naturels, et montrons-leur que notre amour, indéfectible et inaltérable, fait notre force, et tout ira bien.

– Mais oui, ma chérie, tu as raison, même si c'est plus facile à dire qu'à faire. Tu es si belle et si adorable que je crains que ces notables te fassent une cour assidue.

– Tristan, mon époux chéri, nous ne sommes pas des courtisans de Versailles ni ceux d'un salon mondain parisien, mais les invités du comte de la Caze et de sa famille. Nous ne craignons absolument rien ; nous devons garder et leur faire confiance. Il ne peut rien nous arriver de fâcheux, le rassura Lucie en ajustant le jabot de sa chemise, le parfumant d'eau de Cologne et l'embrassant sur le front.

– Tout de même, Lucie, ma chérie, je ne saurais partager tes égards, tes faveurs, tes sourires et tes charmes avec un autre. J'en mourrais !

– Tristan chéri, moi non plus, je te l'assure, car je t'adore, lui rétorqua-t-elle en lui mettant les bras autour du cou et lui offrant ses lèvres qu'il baisa tendrement avec effusion. Amour, confiance, fidélité obligent », dit-elle.

Lucie avait le don, charmeur et rassurant, de dépassionner un sujet épineux ou alarmant et d'apaiser l'anxiété de Tristan par de sincères, vraies et saines paroles. Et c'est confiant et sûr de lui qu'il alla trouver le comte de la Caze à la cuisine pour lui offrir les fruits de leur pêche. À sa mine réjouie au retour, Lucie constata avec plaisir que le seigneur de la Caze devait être ravi autant qu'ému, car la tension nerveuse de Tristan retomba aussitôt ; son visage détendu et rassuré retrouva le calme et la gaieté : il était prêt à affronter sereinement tous les convives invités au souper du comte de la Caze et de sa famille. Sans s'en douter, au contact de la société aristocratique, Tristan, discret, digne et respectueux, allait sortir grandi des épreuves qu'il allait endurer, et même très honoré et apprécié des notables croisés au château de la Caze. D'autant plus que Tristan, sous-estimant sa beauté rare et singulière, concrétisée par sa stature athlétique et musclée, son visage hâlé aux traits réguliers, ses grands yeux vert émeraude, son épaisse et abondante chevelure noir ébène et son sourire franc et enjoué, aurait pu se faire passer pour un Don Juan ténébreux, séducteur et prédateur, portant aussi bien la toilette de circonstance avec chemise blanche à jabot et redingote que les vêtements de toile grossière des ouvriers journaliers. Eh bien non ! Avec sa beauté physique et ses nobles manières, ses attitudes soignées et son comportement exemplaire et particulier avec sa belle épouse radieuse et superbe. Avec elle, il symbolisait le parfait amour, sincère et fidèle, et imposait le respect avant l'envie ; loin de s'imaginer que Tristan plaisait aussi bien aux jeunes filles qu'aux jeunes hommes homosexuels, même s'il en avait fait la triste et malsaine expérience avec son ami Justin. Bref, Tristan, bien que joli garçon, jugeait la beauté physique non comme une qualité mais plutôt comme un handicap, car impossible de passer inaperçu lorsqu'on est jeune marié au bras de sa ravissante et charmante épouse.

Quand les 7 heures sonnèrent à la vieille horloge, ce n'est pas un couple anodin qui fit son entrée dans la grande salle à manger éclairant de plusieurs candélabres les jolies petites tables sciemment apprêtées avec serveurs en livrée, mais deux jeunes et beaux époux distingués qui attirèrent malgré eux l'attention. Autrement dit, Lucie et Tristan, plutôt discrets, firent grande impression sur les notables déjà installés et attablés. Quand le garçon d'honneur, les guidant, les plaça à la demande expresse de Tristan dans un angle de la salle légèrement tamisé et reculé, les bouches se turent, les yeux se levèrent et se fixèrent avec intérêt sur Lucie, dont la taille élancée, prise dans une élégante robe violet parme aux reflets soyeux, légèrement décolletée, aux coquettes manches ballon ourlées de fine dentelle blanche, assortie à la ceinture rehaussant sa jeune et haute poitrine galbée, fit une impressionnante sensation sur l'assistance silencieuse et admirative, dont les regards, un instant braqués sur elle avec intensité, en dirent long sur leurs pensées. Qu'à cela ne tienne, Lucie ne se sentit nullement décontenancée, intimidée ni humiliée, quoique déshabillée de la tête aux pieds, comme le lui ferait remarquer peut-être son époux, mais elle était fière d'être la plus belle pour Tristan, son amoureux, son roi, son dieu. D'autant plus que dans l'assistance quelques belles dames raffinées observaient également son époux, lui aussi très élégant, séduisant mais bien distant. Celui-ci reconnut à la table du comte de la Caze le chevalier Pierre Choderlos de Laclos s'entretenant avec lui et ses deux fils, en regardant de temps à autre les couples alentour, et dans leur direction Lucie et Tristan, particulièrement, comme s'il observait leurs réactions en société. À force de dévisager Lucie, celle-ci rencontra ses grands yeux noirs inquisiteurs et envoûtants : elle soutint son regard un instant de la même manière et d'un air de reproche, pour lui signifier qu'il était à la fois déplacé et indécent de l'observer ainsi en compagnie de son époux. Comme s'il avait compris ce message pressant, le chevalier cessa de la regarder en discutant de choses et d'autres avec la comtesse de la Caze et ses deux fils, comme si de rien n'était, avec la plus haute indifférence, usant certainement de son titre de noblesse et de sa considération respectueuse et distingué aux yeux du seigneur de la Caze et de sa famille, autant réputé que renommé à la cour de Versailles et à Paris assurément.

Puis, comme si les convives s'étaient familiarisés avec tous les invités et les lieux, autour du comte de la Caze et du chevalier de Laclos, réussissant leur examen de passage et de visionnage, les élus, honorés, se concentrèrent nécessairement sur le bon souper concocté par le chef étoilé. Au menu proposé, on goûta aux omelettes aux cèpes, aux pleurotes et aux girolles, au gigot de chevreuil, aux morceaux de choix de lièvre en civet, aux jardinières de légumes nouveaux et tubercules de pommes de terre coupés en dés, mijotés dans le jus onctueux du gibier et servis dans des plats de porcelaine blanche avec saucières assorties ; et enfin, pour digérer le tout, on apprécia les salades composées de laitue, d'oseille et de chicorée, aux noix et aux olives vertes et noires dénoyautées. Le vin rouge et rosé du Roussillon coulait à flots avec générosité dans les verres en cristal d'Arques ; les esprits s'échauffaient, se lâchaient et se défoulaient sans ambages mais restaient dans les limites du raisonnable et la mesure en s'exprimant avec gaieté, lâchant prise avec franchise. Il est vrai que depuis l'année 1768, au royaume de France et de Navarre, comme en Gévaudan notamment, on avait retrouvé la paix et la vie économique et commerciale reprenait dans les provinces. Après la période effroyable de la bête du Gévaudan qui terrorisa la Margeride pendant trois ans consécutifs, les guerres de succession et celle de Sept Ans, s'achevant contre l'Angleterre en 1763, les Français, soutenant le bon roi Louis XV le Bien-Aimé et le gouvernement objectif et positif du duc de Maupéou, grâce à son triumvirat avec Terray et d'Aiguillon, et leurs réformes judiciaires, économiques et politiques en symbiose, les Gévaudanais avaient repris espoir et confiance en l'avenir et se mettaient avec ardeur à reconstruire le pays, avec dans l'esprit les idées humanistes de liberté et de droits, dans une société plus juste, instruite et fraternelle, prônée par les philosophes des Lumières tels Voltaire, Montesquieu, Diderot, Rousseau et d'Alembert. Fonctionnaient à plein régime les fours à pain, alimentés par les meuniers broyant les grains de blé, de froment et de seigle dans leurs moulins à eau ; les burons fabriquant beurres et fromages au lait de vache et de brebis ; les filages et les tissages des laines enrichies par les tontes d'ovins fréquentes et régulières ; les vanniers travaillant l'osier tressé pour créer moult paniers et rempaillaient les chaises ; les chantiers de maçons, de maints couvreurs d'ardoises de lauze grise, de charpentiers et de menuisiers posant avec art fenêtres et volets ; et, depuis peu, d'excellents vitriers. Bref, les ouvriers journaliers s'activaient de tous côtés dans les fabriques ou les scieries et les menuiseries, ou encore dans les carrières de schiste et de granit ou d'ardoise, destinées à la construction, au dallage ou aux toitures des maisons ; on restaurait de même les églises et les clochers, les pièces ou les façades des châteaux, on agrandissait également les bâtiments des fermes, les étables, les bergeries et même les écuries ou les forges du maréchal-ferrant ; les écoles religieuses accueillaient maintenant tous les enfants pour leur apprendre à lire, à écrire, à compter et à calculer et à s'instruire sur l'histoire de France et la géographie du pays. Quant aux bûcherons et gardes forestiers, ils entretenaient les Eaux et Forêts pendant que les agriculteurs travaillaient aux champs et que les éleveurs, utilisant à présent des chiens et des bergers adultes, s'occupaient dans les pâturages de leurs bêtes, le gardiennage d'enfants étant proscrit, voire interdit désormais. On récurait de nouveau les fossés, les chemins vicinaux, on entretenait la voirie, les rues, les places ; on nettoyait les abreuvoirs, les fontaines et les lavoirs ; on fleurissait le devant des maisons et souvent les églises et les cimetières au rythme des fêtes et du calendrier chrétien. On s'activait dans les jardins potagers et les vergers des contrées. Les foires égayant à la fois printemps et automne reprenaient et les fêtes populaires des villages, au son de l'accordéon, s'échelonnaient en résonnant joyeusement dans les campagnes. Autrement dit, on savourait le temps présent dans la paix retrouvée.

Alors que les notables invités au château de la Caze partageaient des instants de convivialité autour d'un bon souper, Lucie et Tristan, à présent silencieux et attentifs, saisirent quelques bribes de conversations pas le moins anodines, tandis qu'ils dégustaient une île flottante à la crème brûlée et des fruits de saison au sirop aromatisé, qu'un serveur puisait avec application dans un immense saladier avec une louchette en argent et remplissait les coupelles stylées présentées à chacun des convives s'accordant une large pause après avoir honoré le plateau de fromages du terroir et siroté leur dernier verre de vin rouge. Si certains parlaient bas, d'autres, élevant la voix et haussant le ton, ne cachaient ni leurs convictions sur l'actualité du moment, ni leurs inquiétudes sur les événements à venir, et s'exprimaient avec gravité sans détour :

« Depuis quelques mois, il flotte dans le royaume de France, jusqu'en Gévaudan, comme un souffle de liberté. De bouche à oreille, par toutes les gazettes, riches d'informations, les idées humanistes des philosophes des Lumières se répandent comme une traînée de poudre : le peuple laborieux du tiers état apprend avec joie que “les hommes naissent libres et égaux et ont tous les mêmes droits”. Ils veulent bénéficier des mêmes libertés : la liberté de s'instruire et la liberté d'expression et de conscience les occupent à présent, encouragées par la bourgeoisie qui réclame avec eux l'égalité de tous les Français devant l'impôt, c'est-à-dire l'abolition des privilèges des notables, de la noblesse et du clergé, jusqu'alors exonérés. De plus ils exigent pour leurs enfants l'accès à la culture afin de lutter contre l'ignorance, la superstition et l'illettrisme où on les a trop longtemps confinés et contre l'esclavage et la soumission dont ils furent, depuis la nuit des temps, les objets asservis et exploités.

– Ce que demande maintenant le peuple de notre siècle, c'est aussi et surtout l'abolition des trois ordres en même temps que celle de la monarchie absolue qui les opprime. Les gens du tiers ordre, représentés par les paysans, les ouvriers journaliers, la petite et moyenne bourgeoisie, réclament à cor et à cri plus d'égalité dans une société nouvelle et plus juste fondée sur les libertés fondamentales et les mêmes droits pour tous. Liberté et égalité exigent avant tout !

– Ce vent de folie qui souffle au-dessus des têtes des Français et s'engouffre dans leur conscience est entretenu ouvertement par les philosophes des Lumières qui influencent le ministre Maupéou et son triumvirat, l'incitant à tenter des réformes économiques et judiciaires en soumettant les notables de la noblesse de cape, d'épée et de robe à l'impôt, dans un esprit de justice et d'égalité.

– C'est là le drame ! Une fois instruit, le peuple va manifester, revendiquer, s'insurger à la moindre injustice, au moindre manquement. Tous les moyens seront bons pour alimenter et nourrir leurs revendications. On ne peut pas maîtriser un peuple en colère. Leur union dans les rues des villes et dans les villages fera leur force. Un peuple en rébellion est incontrôlable.

– D'autant plus que les membres du clergé vont être supplantés par des enseignants profanes et laïques pour instruire les enfants français. Les écoles religieuses vont perdre leur prestige, leur suprématie dans l'éducation de la jeunesse et peut-être la tenue des registres paroissiaux, jadis remplis par les abbés.

– Dans tous les cas, l'Ancien Régime de nos rois pourrait un jour disparaître au profit de la bourgeoisie, de la paysannerie et de tous les ouvriers journaliers. Dans ce cas, le tiers ordre, alors laborieux, sera enfin victorieux et les aristocrates, les grands perdants, verront tous leurs privilèges abolis devant la bourgeoisie montante, florissante et gagnante, rêvant, comme le bourgeois gentilhomme de Molière, de s'anoblir grâce à ses richesses accumulées cotées en Bourse. À défaut de vouloir travailler, les notables pourront encore vivre de leurs rentes.

– C'est ce qui nous attend, nous autres ici présents, tant que notre bon roi Louis restera en place et au pouvoir.

– Pourtant, notre ami seigneur de la Caze, après de bons et loyaux services dans l'armée du roi, semble avoir anticipé et, loin de la cour, il préfère rester actif et influent dans tout le Gévaudan.

– De plus, le comte est non seulement un excellent cuisinier, mais il sait recevoir ses amis avec délicatesse, courtoisie et générosité.

– Ce qui le différencie des courtisans dans les salons mondains parisiens usant de flatteries hypocrites, c'est la simplicité de ses manières distinguées et raffinées, la maîtrise de ses goûts talentueux de chef étoilé qu'il met à profit avec altruisme et humanisme, au service de ses invités de tous bords, sans distinction.

– Toutefois, mon ami, si vous suivez mon regard, tous les yeux sont fixés sur un couple d'amoureux atypique, sous la bienveillante protection du seigneur de la Caze et du chevalier de Laclos qui l'observent intensément. Si notre chef étoilé porte un regard clément et paternel sur les jeunes mariés, Pierre Choderlos de Laclos n'a d'yeux que pour elle, ce qui semble offenser son époux.

– Mais comment rester insensible à la beauté de cette jeune femme ? Ce serait pécher de ne point l'admirer. C'est la pureté et la grâce en personne, une Vénus de Botticelli portant avec élégance la toilette avec des manières distinguées et raffinées mais très discrètes. En revanche, ses grands yeux bleus ne brillent que pour ceux de son époux, très bel homme, fier et amoureux. Et ses lèvres semblent ne boire que ses paroles, indifférente à tous ceux qui les entourent. Dites-moi, mon cher ami, qui sont-ils ? D'où viennent-ils ? Que font-ils précisément dans le Gévaudan ?

– D'après les confidences de Thibault de la Caze, la jeune femme est la fille unique du célèbre épicier du Valdonnez qui livre au manoir les meilleurs produits du terroir et les crus des meilleurs chais du Roussillon.

– Qui est ce bel athlète brun aux yeux émeraude et distant, un peu méprisant ?

– Eh bien ! Cet homme méfiant a de bonnes raisons de garder ses distances. Son épouse, issue de la grande bourgeoisie, convoitée par de nombreux notables tant pour sa dot que pour sa beauté juvénile, a éconduit en public Philibert, dit Gilles de Montialoux du Tournel, un jour de foire sur la place de Saint-Étienne-du-Valdonnez, en pleine affluence et effervescence. Lucie Mallet, c'est son nom, s'est réfugiée chez les religieuses de la Providence à Mende. Sur les instances d'Étienne Mallet, son père, et l'accord de la mère supérieure et de l'abbé Ribourel du Valdonnez, Tristan Vallet, son fiancé, l'a délivrée et les deux tourtereaux se sont mariés après la Pentecôte. On suppose qu'ils sont en voyage de noces dans les gorges du Tarn pour quelques jours.

– Mon cher ami, savez-vous ce qu'ils font dans la vie puisqu'ils font partie du tiers ordre tous les deux ?

– Refusant la dot laissée par ses parents, Lucie Mallet a décidé de mettre à profit son érudition auprès des enfants du Valdonnez, avec l'appui de l'abbé Ribourel qu'elle seconde et l'accord tacite de monseigneur Choiseul-Beaupré, l'évêque de Mende, très compréhensif. Bref, elle exerce le beau métier d'enseignante en tant que maîtresse d'école : elle apprend aux enfants à lire, écrire et calculer, l'histoire, la géographie du pays, les sciences naturelles et la musique également. Les résultats scolaires s'avérant positifs et bénéfiques pour les enfants stéphanois et valdonnéziens, Lucie Mallet peut renouveler cette expérience en septembre, encouragée et distinguée par l'évêque et même largement rétribuée pour son excellent travail effectué.

– Alors, mon cher ami, c'est là une des premières qualifications féminines en France que de privilégier une nomination de professeur d'école à un enseignant profane, non religieux, et qui plus est à une femme. On connaissait l'excellence des précepteurs à domicile du clergé enseignant, mais jamais, au grand jamais une seule maîtresse d'école en France !

– Eh bien, cher ami, en voilà une. Regardez-la bien, elle est parfaite. Radieuse et superbe dans sa jolie robe parme, sa beauté est divine et ses manières sublimes. Prière de s'abstenir aux soupirants, aux envieux, aux courtisans et aux plaignants entreprenants !

– Il n'est pas du tout étonnant que son époux la couve des yeux. Il ne voit qu'elle, n'entend qu'elle, ne touche qu'elle. C'est un couple fusionnel qui ne fait pas semblant mais qui s'affiche pourtant discrètement au grand jour comme on n'en voit que fort rarement. Mais venons-en au fait, comment ce bel inconnu sans titre de noblesse a-t-il attiré et mérité les atours, les égards et les charmes de cette belle personne refusant les avances des meilleurs partis des notables du Gévaudan et du Tournel, pourtant très avantageux pour son avenir ? S'agit-il d'un coup de foudre purement et simplement ?

– Cher ami, vous avez vu juste. Après de longs mois d'amour idyllique, les fiancés ont réussi à convaincre Mme Mallet de les marier envers et contre tous le 27 mai dernier, les futurs époux refusant la dot et désirant vivre des fruits de leur métier journalier, elle comme enseignante, lui comme bûcheron et garde forestier des Eaux et Forêts. Voilà leur secret !

– Pourtant, cher ami, l'époux ne paraît ni jaloux ni possessif mais plutôt sur ses gardes, sur la défensive et très protecteur. Il veille…

– Et il a raison de se tenir sur ses gardes, sa belle épouse, en ce moment, est l'attraction singulière et particulière de l'assistance qui la dévore des yeux, comme le fait avec impertinence et défi le plus redoutable d'entre nous, le chevalier Choderlos de Laclos.

– Comment cette belle personne dévisagée et épiée de toutes parts va-t-elle résister au regard insoutenable et inquisiteur du chevalier qui persiste et signe sans vergogne sur une nouvelle victime, et pas des moindres, en essayant, tel un prédateur, de sonder en profondeur son esprit et son âme ?

– Le plus surprenant et offensant pour le chevalier qui l'observe avec insistance et indécence, c'est que la belle ne daigne même pas le regarder et l'ignore totalement, tout occupée précisément aux échanges partagés avec son époux, vigilant et très attentionné. Quant aux personnes qui entourent ce couple amoureux en tête à tête, l'un comme l'autre semblent vouloir de leur plein gré les ignorer royalement. Leur amour conjugal est plus fort que tout et bien entendu fait leur force.

– Jusqu'à quand ? En tout cas, ne tentons pas le diable, car qui s'y frotte s'y pique. Et le concurrent est de taille ! »

C'était sans compter sur la vigilance consensuelle de Tristan ayant fait promettre au seigneur de la Caze, en offrant les truites, de mettre Lucie sous sa protection et de préserver sa vulnérabilité selon la recommandation expresse d'Étienne Mallet, son ami épicier, insistant sur sa responsabilité dans le suivi de l'accueil. Le comte avait promis de faire son possible pour que la requête de Tristan soit respectée et veillait à ce que la bonne entente régnât entre tous ses invités, en toute équité, quoiqu'il ne fût en son pouvoir de braver cet inconnu, le hasard, non prévu d'avance. Or, le chevalier Choderlos de Laclos, qui lui avait paru curieux, interrogateur et inoffensif à l'hôtel de la Digue, à Sainte-Énimie, osait, à la table du comte de la Caze, jeter des regards insistants, incendiaires et persévérants tout au long du souper dans leur direction et sur son épouse avertie mais non réceptive. Ses regards fulgurants et soutenus étaient intolérables, en disaient long sur les intentions de l'imposteur, s'avérant indécentes et déplacées. Les bribes de conversations chuchotées à voix basse et recueillies par Tristan et Lucie confirmèrent cette appréhension. Mine de rien, les époux terminèrent leur dessert, acceptèrent une coupe de vin de Champagne, refusèrent les alcools de prune et de framboise, de cognac et d'armagnac, les cerises à l'eau-de-vie. Et, au grand étonnement de l'assistance médusée, plutôt déçue, Tristan se leva, prit la main de son épouse consentante et souriante, et, sans regard aucun pour autrui, fier et digne, il s'éloigna rapidement, dirigeant son bras sans détour vers la sortie. Une fois rendus dans le parc du manoir, Tristan et Lucie, soulagés d'avoir affronté cette épreuve humiliante mais nécessaire, préférèrent savourer l'attitude de cette nuit exceptionnelle où, sous la voûte céleste constellée d'étoiles scintillantes et clignotantes, les odeurs de terre et de vase mouillée se mêlaient aux parfums subtils des roses exotiques, à ceux poivrés des œillets et aux senteurs particulières des feuilles de tilleul et de peuplier jaunissantes, se fanant et se froissant à regret, avant que le vent d'automne ne les emporte comme celles des arbres fruitiers du verger, côtoyant les aiguilles et les pommes de pin des séquoias, à moins qu'elles ne soient prises en otage dans la rivière puis contraintes de naviguer au fil de l'eau afin de terminer leur course dans quelque endroit reculé pour enrichir de leurs moisissures le compost d'humus végétal, de part et d'autre du Tarn. En s'approchant du cours d'eau, on percevait de temps en temps quelques clapotis légers et des bruits furtifs, éphémères, semblables à de petits gargouillements, brefs et spontanés, qu'une grenouille intrépide, besogneuse faisait en plongeant ou en sortant de l'eau et, de galet en galet, s'activant en sautant pour gober quelques insectes imprudents, et retourner au milieu des têtards grouillant en les éclaboussant. En revanche, en s'éloignant du Tarn, depuis la terre assoupie, s'élevaient, infatigables, tenaces, incessants, entêtants, les chants des grillons s'exprimant en symbiose à l'unisson, en un concert régulier et répétitif, cachés mais bruyants, alors que, à découvert, les lucioles fluorescentes et lumineuses s'affichaient dans l'herbe desséchée sous les buissons épineux, les orties blanches ou les saponaires, aux fleurs roses invisibles et endormies, comme les signes rayonnants et avant-coureurs d'une parade nuptiale prometteuse et nocturne comme des prédatrices confirmées.

Tristan avait entouré de son bras puissant les belles épaules de son épouse et les pressait doucement, comme pour les préserver de la fraîcheur de la nuit et des dangers de cet endroit paradisiaque pourtant inexistants. Lucie, appréciant cette pression familière et rassurante, lui sourit et se serra davantage contre lui, confiante et apaisée. Ils restèrent encore quelques minutes à se promener autour du château entouré d'ombres féeriques et magiques, où les gorges du Tarn, dans une nuit fraîche d'août, prenaient des airs idylliques et sensuels qui prêtaient à l'imagination créatrice, au ravissement et à l'extase, à une vraie paix du cœur, de l'esprit et de l'âme retrouvée chez un couple d'amoureux jouissant en symbiose des choses simples et naturelles de la vie, lâchant prise et se protégeant de l'adversité. Soudain, Lucie, percevant des bruits de voix rapprochés, supplia Tristan de regagner aussitôt leur chambre sans se faire remarquer. Revenus à la réalité, ils gravirent d'un pas alerte les quelques marches menant à leur nid d'amour, ni vus, ni aperçus. Comme des enfants désobéissants recherchés par leurs parents, échappant derechef à leur surveillance, les deux époux, ravis de leur exploit et sûrs d'eux, éclatèrent de rire, se déshabillèrent, se mirent au lit et retrouvèrent enfin leur intimité amoureuse. Désormais, cette belle nuit d'été leur appartenait.

La nuit souveraine et paisible, comme par enchantement, passa trop vite pour les deux époux, réveillés par le carillon de la vieille horloge égrenant les sept heures de l'angélus avec une telle résonance que Lucie, ayant le sommeil léger, sursauta, affolée, sur le lit défait. En prêtant l'oreille, elle entendit sous la fenêtre de leur chambre un bruit de bottes singulier et le choc produit par les sabots d'un cheval que l'on montait précipitamment tandis qu'il renâclait. Ayant enfilé un déshabillé à la hâte, elle ouvrit la fenêtre et se pencha : le mystérieux chevalier aussitôt leva la tête et l'aperçut ; arborant un curieux sourire aux lèvres, il souleva son chapeau et, triomphant, il la salua puis, talonnant son pur-sang, il s'enfuit sans demander son reste au galop, et pour cause : effrayée, Lucie avait reconnu le seigneur Pierre Choderlos de Laclos. Or, elle avait daigné soutenir son regard et son sourire arrogant sans toutefois lui répondre. Elle était tellement bouleversée qu'elle s'empressa d'en faire part à Tristan, à moitié réveillé mais attentif :

« Lucie, ma chérie, si le chevalier de Laclos t'a saluée en souriant, c'est par courtoisie et considération. C'est un hommage et c'est l'usage tout simplement.

– Oui, bien sûr, tu as raison, Tristan chéri, je m'inquiète pour un rien. Apprêtons-nous pour le petit déjeuner, le comte de la Caze le sert de bonne heure. »

Quand ils entrèrent dans la salle de séjour, encore éclairé des chandeliers, les odeurs agréables de lait, de café et de thé exhalaient des effluves qui chatouillaient les odorats habitués et initiés, conjuguées au parfum du pain frais et des viennoiseries excitant autant les papilles et réveillant tous les estomacs vides et affamés. Quelques personnes étaient déjà attablées, et les serveurs assidus versaient dans les tasses et les bols les boissons chaudes sur les petites tables rondes où les corbeilles, remplies de pain en tranches fines et de morceaux de fougasse, de croissants dorés, de pains aux raisins, les pots de miel et de confiture de fraises, de framboises et de myrtilles ouvraient l'appétit et mettaient tout le monde d'excellente humeur et d'accord. Le maître d'hôtel, toujours d'humeur égale, leur souhaita le bonjour et leur annonça d'une voix solennelle :

« Mes chers invités, nous aurons certainement l'honneur d'avoir au dîner mon ami Antoine Augustin baron Parmentier, qui, comme vous le savez, est un pharmacien agronome réputé, et, avec lui, le fils du marquis de Laplace, Pierre-Simon, jeune étudiant en mathématiques, physique et astronomie. Je sais que vous saurez leur faire bon accueil et partager leur compagnie particulière, et je vous en remercie à l'avance. Comme il est d'usage dans notre famille, je vous souhaite de passer une agréable journée parmi nous et un bon appétit. Ici, nous pratiquons le bon usage de la langue française, celle du seigneur Claude Favre baron de Pérouges de Vaugelas, à laquelle nous restons fidèles avec respect. »

En regagnant leur place habituelle, Tristan demanda discrètement qui au juste était ce baron de Pérouges de Vaugelas si important aux yeux du comte de la Caze. Lucie, toute de bleu vêtue, les cheveux relevés en chignon, de son air le plus digne lui répondit :

« Le baron de Pérouges de Vaugelas est un brillant grammairien qui a enrichi la langue française dans ses "Remarques" lui valant une place de mérite, en 1637, à l'Académie française. Il prône avec Jean Racine, Pierre Corneille, Jean de La Fontaine et Molière le bon usage et surtout la pratique de la richesse de la langue française, nourrie de grammaire et de style, comme le fit avant lui, avec tact et scrupule, Jean de La Bruyère au siècle dernier sous le règne de Louis XIV, le Roi-Soleil, ami des arts et des lettres, deux fleurons français.

– Si j'ai bien compris tes savantes explications, nous devons nous exprimer céans dans une langue de Molière encore plus précieuse, sophistiquée et enrichie qu'à l'ordinaire. J'ai bien peur de ne pas être à la hauteur face à la pratique de cet "élégant badinage", dit Tristan, très perplexe.

– Détrompe-toi, Tristan chéri, le langage que permet le comte de la Caze n'a rien de précieux ni de pédant. Ce qu'il réclame dans l'assistance avant tout c'est le respect des convenances et des bonnes mœurs dans la façon de nous comporter en société. Autrement dit, nous devons éviter les paroles vulgaires ou grossières : elles n'ont pas leur place au manoir de la Caze et de cette illustre famille. Et c'est plutôt rassurant.

– Je comprends mieux à présent. Pourtant, il va nous falloir faire profil bas devant toutes ces personnalités notoires.

– Tristan chéri, ne sois pas défaitiste ! Nous ne devons avoir aucun complexe, même si nous faisons partie du tiers état. Soyons naturels, courtois, discrets, respectueux et sincères, et tout ira bien. Prenons des forces maintenant. »

Après avoir pris leur petit déjeuner, Tristan accompagna Lucie à la bibliothèque dont les rayonnages en bois de rose veiné contenaient maints volumes répertoriés par thème et par ordre alphabétique, où il était aisé de trouver la pièce rare convoitée sans demander de l'aide. Donc, Lucie s'installa à son aise sur un des fauteuils style Renaissance et se plongea dans la guerre de Cent Ans et notamment sur l'intervention de Bertrand Du Guesclin en Gévaudan. Pendant ce temps, Tristan soignait ses chevaux dans le hangar que plusieurs attelages et montures occupaient et s'entretenait avec le palefrenier, se vantant de prendre soin d'autant d'équidés de janvier à décembre, et surtout de juin à septembre, et pas des moindres ni des moins anodins, ceux des seigneurs français ma foi les plus généreux et les plus accommodants. À son tour, Tristan lui parla de son métier de garde forestier des Eaux et Forêts et de son égale passion pour les chevaux. Finalement, les deux hommes, se familiarisant avec franchise, s'accordèrent qu'ils avaient l'un et l'autre un beau métier. Toutefois, avec un intérêt particulier, le palefrenier lui conseilla ouvertement de se méfier, surtout du chevalier Choderlos de Laclos, le qualifiant de grand séducteur prétentieux et vicieux, en ajoutant sans ambages : « Ce seigneur chasse aussi bien les femmes que les bêtes. Et il est tenace, d'autant plus qu'il décrit avec force détails et expressions toutes ses conquêtes ; car ce chevalier âgé de 28 ans est non seulement un officier de la garde montée du roi mais, à ses heures, il est un écrivain cynique et corrosif de la pire espèce dans la société des lettres. Ne vous y frottez pas ! Vous voilà prévenus, restez, vous et votre épouse, en dehors de sa ligne de mire. Ce notable peut être très dangereux dans ses liaisons et vous porter préjudice. Lucidité, vigilance et prudence obligent. Un homme averti en vaut deux ! » La bonne foi de l'honnête palefrenier ne rassura pas Tristan, à présent prévenu et fixé sur les faits et gestes du chevalier de Laclos. À moitié convaincu, plus craintif qu'intrigué, Tristan jugea préférable de ne point alarmer Lucie, mais il ferait son possible pour la tenir à distance de cet éventuel prédateur, si ces déclarations emphatiques étaient réellement fondées. Changeant de sujet de conversation, le palefrenier avoua tout de même que tous les seigneurs amis du comte de la Caze n'étaient point avares mais plutôt partageurs : ainsi, l'un comme l'autre, non seulement lui laissaient avec confiance absolue sa monture mais lui permettaient de temps à autre de l'emprunter pour chevaucher dans les parages et lui donner le temps de joindre l'utile à l'agréable, d'entraîner l'équidé mais aussi de se détendre en parcourant les gorges du Tarn dans les chemins de traverse, au risque de se rompre le cou et les os. Ce qui déclencha des éclats de rire communs et détendit quelque peu Tristan, content d'avoir trouvé enfin un ami à qui parler avec sincérité. Qui plus est, cet honnête et consciencieux palefrenier s'avérait être un précieux indicateur quant aux renseignements plausibles et crédibles qu'il apportait en toute franchise, sans se cacher. Cependant, Tristan se devait de rester très discret sur sa vie privée. Il s'efforça de ne point fournir plus d'écoute en s'épanchant à une oreille exercée et attentive. Discrétion oblige !

Les douze coups de midi venaient de sonner dans la salle à manger lorsque le comte de la Caze annonça fièrement à ses invités l'arrivée du baron Parmentier et du jeune marquis de Laplace, accompagnés du chevalier de Laclos revenant de la chasse. Si tous les regards étaient braqués sur les nouveaux arrivants, dans un silence complet et profond, ceux de Lucie et de Tristan étaient plutôt gênés et circonspects. Effectivement, trois paires d'yeux, en quelque sorte, avaient fait un tour de tables et s'étaient posées avec indécence et intérêt sur la personne de Lucie, rougissante et intimidée. Les trois notables, très à l'aise, s'installèrent avec une assurance singulière et un certain sourire aux lèvres à la table du seigneur de la Caze, qui annonça par la même occasion qu'un bal de bienvenue serait donné en leur faveur après le souper, auquel tous les invités sans exception étaient conviés évidemment, dit-il en appuyant sur les derniers mots. Lucie, choquée, et Tristan, outré, auraient voulu rentrer sous terre et disparaître à jamais. Mais, reprenant le dessus, se prenant et serrant les mains inlassablement, ils unirent leurs forces pour rester impassibles et dignes. D'ailleurs, ils firent honneur aux diverses charcuteries et surtout aux truites meunières aux amandes savamment préparées par le chef étoilé, le comte de la Caze, faisant élégamment remarquer qu'elles avaient été fraîchement pêchées par l'époux de la charmante Lucie Mallet, ici présente. Quoique flatté par le compliment officialisé devant ses invités, Tristan se fit la réflexion qu'ils devraient tous deux se tenir sur leurs gardes et maintenir leurs distances désormais. Enfin, les fromages et les tartes aux fruits, tout en les occupant, les calmèrent un peu et le café, sans digestif alcoolisé, les apaisa tout à fait. Alors, au lieu de s'attarder dans le salon autour des tables de jeu et du fumoir, déjà très investis, les deux époux s'éclipsèrent discrètement. Quoique le temps fût orageux et se dégradât dans un ciel encombré de cumulus noirs en réunion assombrissant l'atmosphère, l'air doux et parfumé des fleurs de saison était agréablement respirable et embaumait le parc pour les deux promeneurs solitaires, ravis de profiter dorénavant de leur entière liberté quelques instants avant de retrouver leur intimité dans leur nid d'amour sacré. Contournant le manoir, passant inaperçus et s'arrêtant sous les tilleuls, Tristan ne put résister à décrocher du pan du mur deux roses rouges qu'il fixa habilement dans les cheveux de Lucie, reconnaissante et ravie, qui à son tour arracha du massif fleuri de magnifiques boutons d'œillets de poète en signe de fidélité qu'elle plaça sur la chemise de Tristan contre son cœur en riant. Les deux amoureux ainsi parés éclatèrent de rire et échangèrent tendrement un long baiser, comme pour évacuer l'inquiétante tension endurée pendant le dîner. Et ils montèrent quatre à quatre les escaliers pour s'adonner l'un contre l'autre à une petite sieste réparatrice.

Des coups de tonnerre fracassants et tonitruants retentirent et réveillèrent les époux endormis. L'orage, venant d'éclater, était si violent au-dessus du manoir que Lucie se réfugia avec effroi dans les bras de Tristan, essayant vainement de la rassurer :

« Lucie, ma chérie, ici, entre les gorges du Tarn faisant écho, un orage est plus sonore et spectaculaire quant au bruit qui se répercute contre les parois rocheuses en s'amplifiant. À l'abri dans une habitation, on ne risque absolument rien. Or, malheur à celui qui, dehors, tente de s'abriter sous un arbre quel qu'il soit. La foudre, attirée par le faîte de l'arbre, prend le chemin le plus court pour toucher la terre et la personne qui pense être protégée entre les deux sous l'arbre est électrocutée de facto. Il ne faut pas jouer avec les forces de la nature ! Les Gaulois, essayant de les braver, avaient toujours peur que le ciel leur tombe sur la tête, dit Tristan en riant.

– Voilà pourquoi, invoquant les cieux, les druides, avec du gui en symbole, leur apportaient protection et soutien bien avant de s'adresser aux dieux des Romains. Tout de même, ces éclairs fulgurants et éblouissants excitent le système nerveux de tous les êtres vivants.

– Cela s'explique par le choc des gros cumulonimbus se rencontrant dans l'atmosphère qui s'électrise aussitôt, d'où le bruit fracassant du tonnerre qui suit le courant électrique à travers l'air ambiant de la masse nuageuse jusqu'à résonner et impacter la terre. Dans nos vallées et nos plaines gévaudanaises, les orages d'été sont moins sonores, mais en montagne et dans les gorges, ils sont, quant à la résonance engendrée, plus spectaculaires, avec son et lumière. En revanche, on ne peut évaluer la quantité d'eau de pluie que ces orages d'été peuvent générer : elle est dérisoire. Toutefois, si ces orages bruyants sont violents, ce que redoutent les jardiniers et surtout les vignerons, ce sont les gros grêlons qui détruisent les fleurs, les fruits, les grappes des cépages : en l'absence de bourgeons et de fleurs, les récoltes seront maigres et donc infructueuses ; pas de fleurs, pas de fruits ! Et pas de vin pour les gourmets !

– Eh bien, Tristan chéri, ce n'est pas réjouissant pour les cultivateurs de fruits, de légumes et de raisins.

– D'autant plus qu'on ne peut que déplorer le manque à gagner du travail de toute une année. Or, la culture de la vigne est un véritable sacerdoce, un travail de tous les jours, au rythme du calendrier et des perturbations.

– Tristan chéri, ne jouons pas les rabat-joie ! Les années passent et heureusement ne se ressemblent pas. Savourons l'instant présent ! Profitons de ces quelques jours de vacances avec sérénité et optimisme. Il faut positiver !

– Lucie, ma toute belle, tu as entièrement raison. Pardonne-moi si je suis un peu pessimiste. À vrai dire, je suis un peu inquiet.

– Et pour quel motif, mon époux chéri ? Dis-moi ce qui te chagrine au point d'altérer ton humeur.

– Pour être franc, Lucie, ma reine, l'annonce du comte de la Caze ne présage rien de bon pour nous deux : il organise un bal en l'honneur de ses jeunes amis, auquel nous sommes obligatoirement conviés sans exception. Le jeune marquis de Laplace, le baron Parmentier et le chevalier de Laclos vont tour à tour t'inviter à danser : ils vont te prendre, te serrer dans leurs bras et peut-être t'embrasser. Voilà pourquoi, ma chérie, je suis de mauvaise humeur. Car je suis déjà à la torture.

– Tristan chéri, si je ne peux refuser la moindre danse, je dois tout de même respecter les convenances. Toutefois, sache que je ne daignerai pas regarder dans les yeux mon danseur quel qu'il soit et je garderai mes distances sans renouveler une danse avec le même danseur. De plus, je n'ai vraiment pas l'intention de m'attarder très longtemps à cette soirée dansante. Je compte sur toi pour m'enlever des griffes de ces notables prétentieux et entreprenants en leur faisant comprendre du regard que leur persévérance est indécente, déplacée et choquante. Ensuite, nous trouverons un prétexte pour nous retirer discrètement. Tristan chéri, ma réponse te donne-t-elle satisfaction ? Si oui, donne-moi un baiser !

– Lucie, ma chérie, ta déclaration est on ne peut plus raisonnable. Nous agirons en ce sens pour le mieux. L'orage est passé, nous devons rendre visite aux chevaux pour les rassurer. »

Tristan n'eut pas le temps de continuer : Lucie, très amoureuse, lui avait mis les bras autour du cou et lui présentait en souriant son visage. Ivre de bonheur, Tristan ne put résister à la demande de son épouse et l'embrassa tendrement, comme pour occulter son inquiétude.

Le palefrenier, présent dans le hangar pendant l'orage, avait calmé tant bien que mal les chevaux, affolés par les éclairs et le tonnerre. À la vue de leur maître, Courageux et Joyeux poussèrent des hennissements de soulagement et de reconnaissance. Tristan, vérifiant paille et foin, les caressa en leur parlant doucement : les équidés, en compagnie d'autres chevaux aux différentes armoiries blasonnées, ne semblaient aucunement dépaysés. Bien au contraire, leur présence et les soins continus prodigués leur convenaient tout à fait et parfaitement. Le ciel avait peu à peu retrouvé sa clarté habituelle et les époux, comptant bien en profiter, s'accordèrent une bonne promenade le long du Tarn avec leur canne à pêche sur le sentier aménagé, bordé de saules, de trembles, de peupliers altiers saluant de leurs branches basses aux feuilles en as de pique jaunies le cours d'eau aquatique indifférent aux promeneurs, évitant ronces agrippantes et agressives, orties irritantes et galets irréguliers pour les pieds mal chaussés. Si l'on s'approchait de la rivière, la végétation plus hospitalière dévoilait des buissons ocre d'osier et des bouquets de saponaires finissant de rosir et, dans l'ombre fraîche, inattendues et secrètes, quelques pousses de myosotis offraient, discrètes, de jolies notes bleues. Encore plus près, au milieu de maintes herbes folles où pullulaient dans l'eau stagnante de nombreux têtards évoluant tranquillement, de jolies libellules aux ailes bleues voletaient gracieusement au-dessus des lentilles d'eau avec légèreté, au mépris des dangereuses grenouilles s'activant bruyamment dans cet endroit naturel, aquatique, grouillant de vie. Sans le vouloir, Lucie et Tristan, s'avançant et observant, avaient surpris et fait fuir quelques grenouilles en chasse qui, se sentant dérangées ou menacées, prirent la poudre d'escampette en sautant de galet en galet avec une vélocité comique si subite qu'elle déclencha des éclats de rire chez les époux, alors que les beaux insectes aux ailes bleues s'évertuaient à changer de direction, en quête d'autres eaux dormantes plus sûres et tranquilles.

Plus en aval, Tristan repéra justement le long du cours d'eau sans courant plusieurs gouffres prometteurs que de nombreux petits insectes survolaient avec insouciance et indifférence après l'orage dissipé. Il savait que dans les abysses de ces eaux sombres veillaient de redoutables prédateurs pour ces mouches imprudentes. Effectivement, sous l'eau noirâtre et profonde, invisibles chasseresses, les truites visionnaient leurs proies à la surface de l'eau et surveillaient avidement leur évolution, attendant le moment opportun. Puis, brusquement, tel un paquet de muscles déployés, une truite surgissait hors de l'eau tel un poisson volant comme l'exocet et happait le malheureux insecte qui avait osé s'aventurer au-dessus de l'eau, comme ses voisins, devant être trop près aussi, bientôt gobés d'un moment à l'autre. Posant sa canastelle d'osier à terre, pleine d'hameçons, de petits plombs, de belles mouches rutilantes artificielles et multicolores, Tristan arma les deux cannes à pêche de la plus belle mouche et chacun d'eux, s'installant bien en retrait et en amont d'un joli gouffre où foisonnaient une multitude d'insectes bourdonnant et s'activant, trempa avec précaution le fil plombé de sa canne au-dessus de ce petit monde volant à la surface de l'eau tranquille et lisse, et attendit patiemment une touche opportune. Elle ne se fit pas attendre : Lucie, dont le poignet perçut une légère vibration en même temps qu'un rond dans l'eau, s'élargissant en un léger clapotis, ferra d'un coup sec et souleva subitement sa canne à pêche au bout de laquelle se débattait une belle truite ruisselante et suffocante que Tristan décrocha rapidement en mettant un terme décisif à ses souffrances. Pendant ce temps, Lucie, enthousiaste, tapissait de feuilles de saule fraîches le panier d'osier et choisissait un nouveau leurre pour remplacer la belle mouche mouillée, un peu fripée. Une fois la canne à nouveau apprêtée, Lucie se remit patiemment à pêcher. Puis ce fut au tour de Tristan de soulever une magnifique truite appâtée. Il fit remarquer à Lucie qu'avant et après un orage, les truites, très nerveuses, étaient non seulement affamées mais encore tout ce qui brillait ou était coloré en teintes vives et rutilantes les excitait intensément, au point qu'elles avalaient avec avidité les mouches les plus factices s'agitant comme par défi dans leurs eaux sombres. C'était la raison pour laquelle, de père en fils, dans la famille Vallet, on fabriquait avec art de belles mouches avec des fils de fine soie multicolore retirés des écheveaux des mallettes à couture et de certaines petites plumes de coq. Et chose curieuse, entre autres teintes, les truites préféraient de loin la couleur rouge. Les deux époux, appliqués et assidus, persévérèrent deux heures et demie et ne furent pas déçus : leur patience, au-dessus de quelques gouffres engourdis, les récompensa ; à eux deux, ils attrapèrent plus d'une douzaine de poissons, tous à la maille et conséquents, alourdissant un peu plus la canastelle d'osier portée en bandoulière par Tristan ; Lucie avait pris soin de séparer dans un petit sac de toile les plombs, les hameçons, les leurres récupérés, les fils de pêche de crin rembobinés. Pour enlever l'odeur tenace du poisson et laver leurs mains collantes, ils durent arracher quelques feuilles de saponaire, les frotter vivement et enfin les rincer dans l'eau claire de la rivière nonchalante mais abondante. Satisfaits et contents, Lucie et Tristan décidèrent de rentrer avant le coucher du soleil, s'annonçant progressivement par la douce pénombre qui enveloppait le rempart protecteur et rocheux des gorges. Il fallait rentrer bien avant l'heure du souper, faire un brin de toilette, se changer et faire bonne figure dans la société de la noblesse du comte de la Caze, aussi bien au repas qu'à la soirée dansante, en l'honneur de quelques notoriétés. En piétinant rageusement les orties invasives et écartant les ronces intrusives le long du chemin de ses pieds bien bottés, Tristan essayait de chasser de son esprit son anxiété à l'approche du manoir émergeant du feuillage luxuriant, tel un château imposant et menaçant, voire hostile, pour la suite des événements à venir. Même s'il avait entière confiance en Lucie, il savait qu'elle n'était pas à l'abri des convoitises malsaines et perverses : il devait la protéger envers et contre tous. Pour l'amour de sa reine qui marchait derrière lui, dans ses pas, confiante et sereine, il devait absolument trouver une solution pour la soustraire coûte que coûte à une quelconque séduction. Jouissant assez d'instruction, de savoir et de l'usage des convenances mondaines, Tristan avait toutefois l'art et la manière de plaire et de persuader de ses intentions, avec calme et un certain charme qui lui était propre, tous ses interlocuteurs jusqu'à présent. Mais face au beau chevalier de Laclos, élégant et ténébreux, au jeune marquis de Laplace, au baron Parmentier et aux deux fils admiratifs et intéressés, Thibault et Geoffroy de la Caze, comment sa Lucie, radieuse, au charme irrésistible et raffiné, allait-elle réagir et leur résister ? Pourtant, Tristan, bénéficiant de l'appui bienveillant et conciliant du comte de la Caze, pouvait, en cas de besoin ou de conseil, compter sur lui en toutes circonstances. Et qui sait, dans cette société de notables, le seigneur de la Caze paraissait le personnage le plus raisonnable et influent, autant qu'il était le plus important avec sa famille. Riche de cette pensée, Tristan, retrouvant son assurance et son énergie habituelles, renforcées par l'offrande des fruits de leur pêche présentée au comte de la Caze sachant les cuisiner, s'arma de courage et de bonne volonté pour affronter avec honneur et respect toutes ces personnalités. Homme de cœur et d'esprit, époux aimé et comblé, il le devait pour sa Lucie adorée. D'ailleurs, elle aussi ne comptait-elle pas sur son aide précieuse pour la tirer d'embarras en cas de besoin ? Le prétexte était tout trouvé : ils agiraient l'un comme l'autre par devoir, Lucie en refusant leurs avances, lui en venant à son secours et lui offrant naturellement son bras pour se retirer dans la dignité et la fierté du lien d'époux les unissant par amour et fidélité. Honneur, devoir, respect obligent. Fort de cet engagement à venir et à tenir, Tristan afficha une mine réjouie se communiquant instantanément à Lucie, partageant sa bonne humeur et son allant. Il est vrai que sa reine avait un comportement à la fois admirable et digne, sage et remarquable en société, séduisant pour Tristan mais déstabilisant pour les invités au repas du seigneur de la Caze, quelque peu décontenancés ; car, sans afficher un profond mépris ni un dédain offensant, Lucie avait à leur égard une attitude distante et polie, marquée de courtoisie et de beaucoup d'indifférence qu'elle tâchait de maintenir avec froideur et constance.

C'est dans cet état d'esprit que Tristan se rendit en cuisine pour offrir toutes les belles truites que Lucie et lui avaient l'honneur de lui présenter afin que le comte de la Caze puisse les préparer à sa guise dans la mesure de ses possibilités, quitte à Tristan de vider et nettoyer les poissons lui-même, selon sa propre volonté, avec son savoir-faire. Pendant ce temps, Lucie soignait sa toilette dans la chambre sécurisée que Tristan avait fermée à clé à sa demande : elle revêtit une robe de mousseline blanche peu décolletée mais très cintrée sur une chemise de percale et un jupon de soie moirée, le tout bouffant et retombant sur ses chevilles fines et ses petits pieds chaussés de beaux escarpins ; sa robe blanche à manches courtes mettait en évidence et en valeur ses jolis bras nus, sa taille fine et sa jeune poitrine haute, son port de tête auréolé d'une chevelure châtain doré et bouclée, avec son regard bleu horizon ainsi que son teint rose de porcelaine que le bon air estival commençait à brunir sur ses joues, faisant ressortir le rouge pourpre de ses lèvres, semblable à celui d'un fruit mûr. Sur sa joue droite, trois grains de beauté alignés descendaient, indiscrets mais sagement, passant chez certaines dames jalouses pour indécents et arrogants, et pour le sexe opposé plutôt charmants et aguichants. En brossant ses longs cheveux, Lucie savait qu'elle n'avait point besoin d'artifices, ni mouche, ni fard, ni poudre de riz, ni rouge à lèvres, ni cache-misère : elle privilégiait le naturel, l'eau de bleuet, l'eau de violette ou de rose, et, pour nettoyer sa peau, le bon lait pur d'ânesse et surtout l'eau claire et fraîche de la fontaine avec le savon de Marseille pour laver son corps de toutes ses impuretés. Si Lucie se faisait la plus belle, soignait sa toilette et sa coiffure, c'était pour le plus charmant des hommes, le plus amoureux et le plus attentionné, son époux adoré : elle voulait partout, en tous lieux, lui faire honneur. Tristan était pour elle le plus pur, le plus délicat, le plus honnête des hommes, son mari, son amant, son maître, son dieu. Puisqu'elle était sa reine de Saba, lui, Tristan, était son roi. Plongée dans ses pensées amoureuses et chantonnant, Tristan trouva Lucie devant la psyché en train de se coiffer. Il resta interdit quelques secondes derrière son épouse, sursautant, la brosse en l'air, avant de s'exclamer avec étonnement et inquiétude :

« Lucie ma chérie, où comptes-tu aller en tenue de soirée ? Tu es très en beauté, comme une jeune mariée allant seule à l'église rejoindre un prince charmant, que dis-je ?, un beau chevalier inconnu, et qui plus est en robe blanche !? Explique-moi !

– Tristan chéri, je te rappelle que je suis une jeune mariée depuis le 27 mai, ce jour même où tu as daigné unir ta vie à la mienne, pour le meilleur et pour le pire. Si je me suis ainsi parée, c'est pour te faire honneur au lendemain de nos épousailles, par amour et par fidélité. Toutefois, si tu juges que ma tenue est provocante ou ne convient pas pour cette soirée particulière, je puis en changer sur-le-champ. Pour l'amour du Ciel, Tristan chéri, cesse de me regarder avec ces yeux si courroucés ! J'ai peur ! » répondit Lucie dans un sanglot sincère.

Les larmes baignaient son visage et effrayaient Tristan, ne sachant que faire ni que dire tant il était démuni. Pour la première fois de sa vie, il venait de blesser maladroitement et brutalement Lucie : de la découvrir si belle dans sa robe blanche, les cheveux libérés, l'avait carrément effrayé ; ce n'est pas par jalousie qu'il lui avait parlé sur ce ton de reproche mais par peur de la perdre. Dans l'espace d'un éclair, il croyait la voir partir vers un autre que lui et en robe de mariée en prime, éblouissante et très amoureuse. Affolé et sans voix, Tristan réalisa qu'il venait de peiner son épouse de façon volontaire et directe. Comment retirer ces remontrances infondées et injustes envers son épouse adorée et réparer cet affront impardonnable ? Pendant quelques secondes qui lui parurent une éternité, Tristan, sidéré, ne put faire un seul geste à l'encontre de Lucie, en pleurs. Tout à coup, Lucie fut la première à réagir : sans réfléchir, elle se jeta dans ses bras puis, relevant la tête, elle se mit à couvrir de baisers mouillés le visage de Tristan, bouleversé et attristé :

« Tristan chéri, je t'en prie, pardonne-moi de m'être montrée provocante dans cette robe blanche que tu trouves très choquante. Je voulais être belle pour toi et te faire une surprise en l'honneur de notre mariage et de notre voyage de noces. Je pensais que c'était l'occasion opportune, rêvée pour ce soir. Eh bien, ma tentative déplacée et indécente elle est, je l'avoue, très maladroite. Tristan chéri, je te présente mes excuses ! »

Pendant que Lucie s'exprimait avec franchise, Tristan, retrouvant ses esprits, buvait ses larmes en même temps que ses paroles et la serrait contre son cœur qui battait la chamade, éperdu de bonheur mêlé de honte et d'amour. Enfin, réaliste et lucide, Tristan trouva les mots pour, lui aussi, présenter ses excuses :

« Lucie ma chérie, quand je t'ai vue ainsi revêtue, en robe blanche immaculée, j'ai pris peur. Je me suis imaginé que tu t'enfuyais vers d'autres horizons à la rencontre d'un autre homme que moi et peut-être un grand seigneur comme ceux conviés par le comte de la Caze. Et c'est avec effroi que je croyais te perdre. Voilà pourquoi je t'ai adressé maladroitement et brutalement des propos humiliants. Je te prie de me pardonner pour t'avoir reproché d'être aussi belle. C'est une méprise, un malentendu, j'ai agi par amour pour toi. Si tu me quittais, ma reine, j'en mourrais !

– Tristan chéri, moi aussi je suis fautive et responsable. Je voulais être la plus belle pour toi. La prochaine fois, je te demanderai céans, comme c'est notre habitude, ton avis quant à ma tenue à revêtir. Mon époux chéri, les torts sont partagés. N'oublie pas que tu es le seul amour de ma vie et que je t'aime à en mourir. Sans toi à mes côtés, moi aussi, j'en mourrais !

– Lucie, ma reine, ne change rien à ta tenue. Tu es non seulement magnifique mais ta beauté juvénile est sublime : ton amour sincère me subjugue et me donne des ailes. Je serai le plus fier des hommes de te mener à mon bras au souper et honoré de te conduire au bal et de te voir danser.

– Alors, Tristan chéri, ne tarde pas plus longtemps. Endosse ton plus beau pantalon et ta chemise blanche. Et allons faire honneur au repas. J'ai grand faim ! Au fait, quel accueil t'a fait le seigneur de la Caze en cuisine ?

– Très admiratif et ravi, le comte nous remercie tous les deux. Quand je lui ai offert mes services pour vider et nettoyer les truites, le comte, comblé, m'a déclaré en riant qu'il n'en était nullement question. Pour lui, c'était un exploit remarquable que de les avoir pêchées : or, il était de son ressort de les préparer. Au fait, ma chérie, je ne sais pas danser !

– Eh bien, mon époux chéri, il n'est pas trop tard pour apprendre. J'ai suivi des cours de danse avec ma mère, ceux de Jean-Baptiste Lully, surintendant de musique à la cour de Louis XIV. Je t'apprendrai, tu verras, c'est facile et gracieux. Et ça détend. La musique adoucit les mœurs », ajouta-t-elle en lui présentant son eau de Cologne pendant qu'elle se parfumait à l'eau de violette, sa préférée.

Tristan ne répondit pas : ivre de bonheur, il enlaça son épouse, baisa son front, son cou, la naissance de sa gorge et s'arrêta sur ses lèvres douces qu'il embrassa passionnément. Il était fou d'amour. Au point que Lucie, réceptive, lui confia en riant :

« Tristan chéri, si nous nous laissons aller, nous risquons d'engendrer un enfant tout de suite ! Et le moment est mal choisi ! dit-elle en se dégageant à regret. Allons souper. »

Les deux époux éclatèrent de rire et descendirent dans la salle à manger où tous les convives étaient déjà installés à leur table respective et discutaient entre eux. Quand les jeunes mariés souriants entrèrent dans la grande salle, ils firent une telle impression sur l'assistance que les voix se turent aussitôt, les yeux braqués sur ce jeune couple atypique et heureux. Le comte de la Caze annonça solennellement :

« Je vous prie d'honorer à nos tables la présence du plus charmant couple de jeunes mariés de l'année. Et au nom de vous tous réunis à ce souper, je souhaite un joyeux anniversaire à Lucie Mallet, épouse Vallet, pour ses 19 ans, la fille unique de mon respectueux ami Étienne Mallet de Saint-Étienne-du-Valdonnez. Lucie est une excellente maîtresse d'école où elle enseigne la littérature, les mathématiques, les sciences de la vie et de la terre, l'histoire et la géographie et le solfège, car elle pratique le piano et la musique depuis sa petite enfance. Lucie exerce son enseignement à la cure de l'abbé Ribourel et accueillera tous les enfants du Valdonnez à la deuxième rentrée scolaire prochaine, autrement dit ce mois de septembre 1769. On ne peut que lui souhaiter une excellente année d'enseignante riche en résultats auprès des enfants et de leurs familles. Je vous signale que c'est monseigneur Choiseul-Beaupré de Mende en personne qui encourage et soutient l'expérience didactique de Lucie Vallet, avec l'appui des abbés Ribourel et Peytavin, et de la mère supérieure de la Providence. Or, Lucie n'est pas préceptrice mais institutrice, C'est-à-dire professeur d'école dans tout le Valdonnez. En attendant de reprendre son service, Lucie et Tristan Vallet sont en voyage de noces dans les gorges du Tarn. Mais attention, ils sont de redoutables pêcheurs de truites : ils sont en train de vider tous les gouffres du Tarn des plus beaux poissons pour les déguster avec nous, je l'avoue. Autrement dit, la pêche à la mouche fait partie de leurs vacances et ça les connaît. Jusque dans nos cuisines, pour notre plus grand plaisir. Ma famille et moi, nous dédions cette soirée dînatoire et dansante aux heureux époux Vallet. Je vous prie, chers amis ici présents, de leur réserver un accueil chaleureux et respectueux tout au long de leur séjour parmi nous. Levons nos verres en l'honneur de ces jeunes mariés sympathiques, bon appétit et joyeuse soirée à tous ! »

À chaque table, dans un seau à champagne, une bouteille du précieux vin pétillant était à disposition de chaque invité. Sur la table des Vallet, un gros bouquet de roses rouges trônait avec le nombre de cartes de visite de vœux de bonheur des signataires présents, entre autres celles des seigneurs de la Caze, de Laclos, de Laplace, de Parmentier et d'autres notoriétés inconnues des époux, près du seau à champagne. Tristan, le sourire aux lèvres, servit à Lucie, le rose aux joues, très émue et resplendissante, une coupe de vin très mousseux ; tous deux, joyeux, levèrent à leur tour leur verre, très acclamés par des « Heureux anniversaire ! » et « Longue vie aux jeunes mariés ! » à l'unisson.

« Eh bien, ma princesse, tu es la reine de la fête. Es-tu heureuse de l'accueil de l'assistance ? On n'en espérait pas mieux. Qu'en penses-tu mon épouse chérie ?

– Tristan chéri, je suppose que tu n'es pas complètement étranger à ce déferlement d'éloges qui mettra certainement un terme à toute convoitise à mon encontre…

– Le comte de la Caze est un fervent et fidèle ami de ton honorable père, principal fournisseur en vin, fruits et légumes de notre verger du Valdonnez, en viandes et fromages du terroir et primeurs en tout genre, comme l'huile, le sel, le savon et les parfums, et tous les produits de première nécessité. Les chasseurs, ses amis, font le reste, ils lui rapportent le gibier. Il ne lui reste qu'à cuisiner pour les recevoir et les régaler.

– Tristan, en parlant de mon père, veux-tu me signifier qu'il est le fournisseur principal en marchandises du comte de la Caze, le plus régulier ?

– Oui, ma chérie, c'est cela. Le comte de la Caze entretient des relations amicales et assidues avec ton père : il apprécie beaucoup, en même temps que la fraîcheur et la primeur des marchandises, l'honnêteté et la sincérité de ses services, bref, sa probité et son intégrité en tant que commerçant et bon bourgeois besogneux et respectueux. Autrement dit, ton honorable père est devenu un ami indispensable pour le seigneur de la Caze.

– Je commence à comprendre pourquoi mon père s'absentait deux jours durant quand il partait avec son char à banc plein à craquer vers les Cévennes. Or, il ne mentionnait jamais ses visites dans les gorges du Tarn.

– Lucie ma chérie, c'est tout à fait compréhensible : ton honorable père, prenant des risques, ne voulait pas te causer du souci dans ses périples plus ou moins périlleux dans la descente vers Florac, Trois Rivières, la route d'Ispagnac, de Castelbouc à Blajoux, de Sainte-Énimie à Saint-Chély-du-Tarn, du manoir de la Caze au manoir de Montesquiou ou à la Malène, jusqu'aux Vignes, où il livrait toutes ses marchandises avec des haltes fréquentes mais surtout des pauses importantes chez son ami de longue date, le seigneur de la Caze et sa famille.

– Tout de même, Tristan, je ne m'explique point tous les renseignements apportés sur ma personne étalés en public et adressés à l'assistance par le compte de la Caze. J'aurais aimé rester dans l'anonymat et la discrétion la plus totale.

– Lucie, ma chérie, le comte de la Caze a cru bien faire en célébrant ton anniversaire, en vantant ta réussite didactique en matière d'enseignement, en soulignant cette expérience féminine encouragée et soutenue par l'évêque de Mende. Ton honorable père en personne a dû, lors d'une de ses visites, informer le seigneur de la Caze. Quant à moi, aux questions posées sur notre identité, je n'ai révélé que les jours de notre mariage récent et de ton anniversaire, afin qu'il n'y ait plus d'équivoque sur nos relations officielles en raison de ta minorité.

– Pourtant, Tristan chéri, j'ai l'impression que tous ces notables me dévisagent et me déshabillent de leurs regards indiscrets et insistants. C'est à la fois choquant, révoltant et indécent. Je ne pourrai jamais m'y habituer.

– Lucie, ma chérie, cela vaut mieux ainsi. Ces gens sont maintenant fixés sur ton âge, tes origines, ta situation familiale et ta profession. Ils n'oseront pas te poser des questions indiscrètes puisqu'ils ont céans les réponses et éviteront de te harceler. En principe, les amis du seigneur de la Caze sont des notables bien élevés et de noblesse respectable.

– En principe dis-tu ? Alors explique-moi pourquoi le marquis de Laplace, Pierre de Laclos et deux autres notables inconnus jusque-là me jaugent sans cesse, discutent entre eux en souriant et me jettent des regards appuyés et insolents ?

– Lucie chérie, c'est tout à ton honneur. Tu es tellement jolie et adorable que tu ne passes pas inaperçue. Ces jeunes gens, à peu près du même âge que Pierre Choderlos de Laclos, un peu désœuvrés, semblent s'être donné rendez-vous cet été et lâcher prise, avant de vaquer à d'autres occupations plus sérieuses. En ce moment, ils ont l'air de se prélasser et de profiter du temps passant et ensemble des bonnes grâces du seigneur de la Caze et de ses bienfaits généreux.

– Toutefois, le baron Parmentier, qui est un grand voyageur, semble faire exception à la règle. Il s'entretient sérieusement avec le comte : peut-être envisage-t-il de partir en Amérique à la découverte de quelques nouvelles plantes ou tubercules pour enrichir la gastronomie. On dit de lui qu'il poursuit des études d'agronomie pour améliorer les progrès scientifiques dans l'agriculture, intéressant au plus haut point les cuisiniers et surtout l'art culinaire du comte de la Caze et de ses fils. Quant au seigneur de Laclos, il converse avec intérêt avec deux autres seigneurs de son âge. Les connais-tu ? De qui s'agit-il ? Ils sont peut-être officiers comme lui et écrivains à temps perdu. Qu'en penses-tu ?

– Lucie, ma chérie, je me souviens à présent que le comte de la Caze m'a annoncé l'arrivée d'un certain Jean-François de Galaup comte de La Pérouse, natif d'Albi, se destinant à la navigation, et la venue imminente du jeune duc François de La Rochefoucauld-Liancourt, de mon âge et philanthrope.

– En voilà du beau monde ! Et dire qu'il me faudra leur accorder une danse à chacun d'eux !

– Lucie chérie, ne t'inquiète pas à l'avance. Mets-toi en tête que tu dois respecter les convenances et faire ton devoir, comme dans les salons mondains que tu as fréquentés avec ton honorable mère. Quand tu le jugeras nécessaire, tu me feras un signe, je viendrai te libérer.

– Mais oui, mon époux chéri, ta solution est claire et simple. Pensons à nous avant tout. Que cette conversation ne nous coupe pas l'appétit. »

Les omelettes au jambon, les fricassées de cèpes et de girolles, les petits pâtés sur canapés de mie de seigle, les cailles au nid, les tournedos bien bardés et saignants, la jardinière de petits légumes ne tentèrent pas Lucie, jetant son dévolu sur une omelette et une fricassée de champignons, la salade composée aux noix et aux olives, et une part de tarte aux myrtilles, pendant que Tristan, plus affamé, goûtait à tous les plats avec modération. Pourtant, Lucie et Tristan, délaissant le champagne, apprécièrent un verre de vin rouge de Faugères avec un morceau de tomme et du fédou au lait cru de brebis. Après le dessert, les époux refusèrent le café, les liqueurs de framboise et de prune, le cognac et l'armagnac, mais choisirent par gourmandise une cerise à l'eau-de-vie dans un tout petit verre à pied. Puis ils décidèrent de filer à l'anglaise, alors que l'horloge égrenait les 9 heures. Ils savaient que tous les invités étaient sur le point d'investir le salon et la bibliothèque pour fumer et se concerter. Tristan et Lucie disposaient d'une bonne heure de liberté avant la soirée dansante. Dehors, l'air était doux et respirable, et la nuit noire, constellée de milliers d'astres scintillants, incita les époux à faire le tour du parc, désert et grouillant agréablement et naturellement de la vie familière de la faune sauvage, dans la flore endormie et indifférente à la paix retrouvée pour quelques heures seulement. Dans cette trêve estivale, la voûte céleste, bien qu'éclairée par la lune complice, la Voie lactée, la Grande et la Petite Ourse, Vénus ou Bételgeuse et les nombreuses étoiles clignotantes lumineuses des constellations, dissimulaient, en les effaçant par endroits, les essences florales où se terraient des milliers de petites bêtes, des rongeurs, des fourmis, des sauterelles, des criquets, des hannetons ou des papillons, des araignées ou de petits mammifères, bref, cachait toute une faune diurne tâchant d'échapper dans leurs abris à la traque et la chasse des prédateurs nocturnes. Seuls bruissaient, infatigables et tenaces, les grillons dans leurs chants répétitifs, les coassements des grenouilles à l'unisson, les cris brefs et singuliers des grands-ducs, des hiboux, et les chants lugubres et lancinants des chouettes hulottes. Uniques et mélodieux, en appels charmants et amoureux, les rossignols communiquaient librement entre eux dans les arbres alentour. Invisibles mais présents et fidèles, on les devinait autour du manoir, dans les tilleuls et les séquoias ou les saules pleureurs, perchés dans les ramures, s'appelant et se répondant d'un arbre à l'autre ou se déplaçant gracieusement et discrètement. (Si l'on cherche vainement à les apercevoir ou si l'on tente de les déranger dans leur parade musicale amoureuse, on sera doublement déçu : les rossignols, virtuoses et équilibristes, dans les feuillages, signalent alors leur présence seulement par leurs chants gratuits et fortuits ; on ne les voit pas mais on les écoute, ces musiciens talentueux.) En écoutant et percevant les chants, les sons et les cris familiers de cette nuit estivale, Tristan et Lucie partageaient avec respect et plaisir cette quiétude nocturne où les bruits légers et furtifs, plus ou moins sonores, se mêlaient aux odeurs, aux parfums, aux senteurs des feuilles jaunies, de la terre mouillée et stagnante, des lichens et des lianes, des moisissures, de la vase et des mousses que la chaleur de la nuit s'installant amplifiait et rendait plus odorantes, mêlées à celles des aiguilles et des pommes de pin, des genêts secs et craquants dont les gousses pleines éclataient en délivrant bruyamment maintes graines à maturité et renforcées par les odeurs fortes et musquées du compost de la résine, des écorces de l'humus végétal. Or, dans les orties et les bardanes, les lucioles excellaient dans leurs parades nuptiales et particulières. Ces vers luisants, phosphorescents et fluorescents avaient toujours l'art et la manière de plaire en attirant l'attention. Tristan et Lucie se sentaient bien vulnérables mais privilégiés et admiratifs face à cette nature apaisante et hospitalière ; ils communiaient avec joie de tous leurs sens avec la vie nocturne de la faune et de la flore, en cette nuit estivale de fin août, et saluaient, en regardant la voûte céleste éblouissante d'astres lumineux et la terre peuplée d'êtres grouillant de vie intense, le Grand Architecte de l'univers qui les comblait de nombreux plaisirs bienfaisants et simples, fortifiants et réparateurs, apaisants pour le corps, l'âme et l'esprit. Car, pour Lucie et Tristan, où que l'on soit, de jour comme de nuit, si l'on faisait un peu attention, Dieu était partout : dans l'air, dans l'eau, sur terre, dans le ciel, sous terre, au milieu de ses propres créatures, parmi les êtres vivants, dans la flore et la faune sauvages, et autour des êtres humains ; un Dieu de bonté et d'amour et de miséricorde bienveillant, distribuant au rythme des saisons des présents et des cadeaux en habillant Dame Nature avec générosité. Dieu était très présent en tous lieux : incarné dans toutes ses propres créations terrestres, florales, animales, humaines et célestes ; transcendé dans toutes ses créatures depuis la genèse du monde où il a décidé de créer l'univers, les planètes du système solaire avec les étoiles fixes, les différentes constellations, la planète bleue, la Terre, tournant et se réchauffant autour du soleil, le règne végétal, le règne animal et enfin les êtres humains, avec les mers et les océans, les fleuves et les rivières. Ainsi s'accordaient les deux époux méditant sur la toute-puissance de leur Dieu universel, supervisant et veillant sur le monde terrien et interplanétaire, aussi bien sur l'infiniment grand que sur celui de l'infiniment petit et vulnérable. Effectivement, Tristan et Lucie louaient en Dieu la magnificence et la souveraineté de ce Grand Architecte de l'univers, le créateur des cieux et des cinq continents, de la planète bleue, la Terre, de l'élément liquide et de l'oxygénation d'un air pur bienfaisant. La responsabilité du respect de tous ces systèmes intercontinentaux et interplanétaires universels, créés par Dieu, faisant confiance aux hommes, ses créatures, leur incombe quant au maintien, à la protection, à la conservation, à leur préservation en l'état. Confiance, respect, responsabilité obligent les hommes de bonne volonté.

Les deux époux avaient besoin de leur foi chrétienne et en Dieu, présent dans la nature et toute chose, pour affronter la diversité quotidienne, traverser les moments simples ou complexes, les joies comme les peines devant être rencontrées tout au long de leur vie : ils puisaient leur force au sein de cette nature généreuse une et plurielle gévaudanaise. Et cette nuit exceptionnelle, dans la quiétude paradisiaque et idyllique de fin d'été, était une nouvelle occasion de lâcher prise et de faire le point pour aller de l'avant. Tout comme les promenades en forêt, à travers la campagne, le long du Bramont, dans les gorges, le long du Tarn et les nuits au clair de lune, la pêche à la truite, avec les cris de joie, les fous rires et surtout le rire cristallin de Lucie qui égayaient les parties de nature de Tristan et le rassuraient sur leur avenir étaient autant d'extraordinaires occasions pour se ressourcer et se réconforter l'un l'autre.

Tristan avait entouré de son bras robuste les épaules fines de Lucie car la fraîcheur nocturne s'était installée définitivement au-dessus et autour du parc apaisant ; or, une brise légère s'invitait et chassait la chaleur moite de la journée jusqu'à faire agréablement frissonner les époux. Quand soudain une musique de cour monta des entrailles du manoir, agressant les oreilles de Tristan et de Lucie, ayant oublié royalement le bal organisé par le seigneur de la Caze en leur honneur. Le charme particulier de cette nuit était rompu à jamais. Il fallait se rendre à l'évidence, observer les convenances et faire son devoir. Un peu contrariés mais déterminés, les époux s'empressèrent de descendre au sous-sol dans l'immense salle de bal, où la soirée dansante venait de commencer. Le seigneur de la Caze avait ouvert le bal par un quadrille de quatre couples de danseurs entraînés par ses musiciens attitrés : le duc François de La Rochefoucauld, le marquis de Laplace, Pierre Choderlos de Laclos et le comte Jean-François de La Pérouse, suivis de belles dames raffinées, dansaient avec élégance et application au rythme de la musique, entraînante et scandée, en exécutant des figures chorégraphiques précises, marquées et stylées. Discrètement, sans se faire remarquer de l'assistance, Tristan et Lucie se placèrent derrière quelques personnes, loin du comte de la Caze s'entretenant avec le baron Parmentier et de Thibault et Geoffroy, cherchant des yeux quelqu'un ou quelqu'une pour danser la prochaine fois. Lucie fit remarquer à Tristan que les danseurs exécutaient des danses rythmiques que Lully, grand chorégraphe musicien, proposait régulièrement à la cour de Versailles de Louis XIV, les mêmes présentées actuellement aux courtisans de notre bon roi Louis XV le Bien-Aimé, et celles-là mêmes qu'elle avait apprises et pratiquées dans les rendez-vous mondains voulus et imposés par sa mère ; car, dans la noblesse de cape, d'épée et de robe, la danse fait partie de l'éducation et de l'apprentissage des bonnes manières et des convenances par surcroît. Tristan trouva ces danses sophistiquées et maniérées, en comparaison avec celles populaires, au son de l'accordéon, de son cher Valdonnez, ce qui déclencha chez Lucie un rire franc mais nerveux et pour cause : Thibault de la Caze, l'ayant aperçue, ne la quittait pas des yeux, envisageant expressément de l'inviter, non pas pour un quadrille positionnant les danseuses à distance, voire très éloignées, mais par couples détachés deux par deux, enlacés, autrement dit rapprochés inévitablement et face à face. C'est ce que redoutait le plus Lucie : danser dans les bras d'un prétendant avenant et entreprenant. Et Thibault de la Caze, qui depuis son arrivée au manoir la dévorait des yeux, était ce genre de personnage, grand, conscient de sa beauté et de son rang, noble, élégant et brillant, supplantant non seulement Geoffroy, son frère, plus distant et discret, mais encore les prétendants potentiels et concurrentiels. Le changement de physionomie de Lucie, alors souriante et subitement anxieuse, confirma le mauvais pressentiment évoqué par elle lors du souper, lorsque, le quadrille une fois terminé, une musique lente et langoureuse incita rapidement Thibault de la Caze à l'inviter à danser sans détour. Lucie, qui ne put refuser sa demande, se composa un visage de circonstance et de contenance, la tête haute et digne, essayant de ne rien laisser paraître sur ses traits inquiets, et adopta dans les bras de Thibault le rythme et les pas de danse que la musique entraînante mais lente lui dictait en mesures cadencées, en postures, avec souplesse et virtuosité, en s'imaginant simplement qu'elle participait naturellement, avec des jeunes filles de son âge, à un cours de danse de son professeur attitré pendant son adolescence. D'autant plus que Thibaut, resserrant son étreinte, maintenait son visage constamment près du sien : elle sentait son souffle léger et régulier, son parfum viril et musqué, sa main ferme serrant la sienne et son bras entourant sa taille. Perçut-il une attitude figée et rigide chez Lucie et sur son visage, une expression méprisante et dédaigneuse, son demi-sourire froid et glacial à son encontre, on ne peut plus offensant ? Toujours est-il que, profitant d'une habile manœuvre où Lucie virevoltait en gracieux mouvements, Thibault, la rattrapant fortement par la taille, l'arrêta vivement contre lui quelques instants, la forçant à le regarder dans les yeux, lui déclarant fermement :

« Chère Lucie, vous dansez divinement et je suis sensible à vos charmes. Sachez que vous êtes la plus belle jeune femme céans que je connaisse. On ne peut résister à votre beauté sublime et à vos qualités rares. Pourtant, vous affichez à mon endroit un mépris effronté, que sais-je, un dédain particulier que je ne m'explique pas. Une personne aussi belle peut-elle offrir ses atours, ses égards, ses charmes, à un seul homme, alors que dans cette salle de bal tous les autres, admiratifs et subjugués comme moi, Thibault de la Caze, sollicitent quelque attention de votre part, vous, si discrète et si distante ? Pourquoi me témoignez-vous autant d'indifférence, comme si je n'existais pas ? Sachez, chère Lucie, que depuis que je vous ai aperçue au bras de votre époux, sage, magnifique, épanouie, à notre table, je suis tombé sous le charme de votre belle personne, fou amoureux, et je ne pense qu'à vous jour et nuit. Or, vous ne daignez m'accorder un seul regard de vos beaux yeux bleus que j'adore. Lucie, regardez-moi je vous prie, par pitié, votre indifférence méprisante me met au supplice et me torture chaque jour davantage. »

Enfin, Lucie osa regarder Thibault froidement dans les yeux sans sourciller. Son regard bleu fulgurant et insistant, très courroucé, sembla lancer tant de flèches empoisonnées que Thibault, déstabilisé et décontenancé, dut lâcher prise et se rendre à l'évidence, quand il entendit Lucie lui apporter sa réponse, cinglante :

« Thibault de la Caze, vous venez de trahir céans la confiance que je vous accordais et de déshonorer l'image de mon état de jeune femme mariée. Monsieur, il vous faut raison garder. Je vous prie à l'avenir de tenir vos distances, de rester digne et respectueux à mon encontre. Il y va de ma réputation et de ma dignité. Je ne saurais vous rappeler vos devoirs de propriétaire à l'égard de vos hôtes particuliers. Dignité et respect obligent ! »

Après l'avoir défié du haut de ses escarpins blancs, Lucie, soulagée, rejoignit tranquillement le groupe où se trouvait Tristan, impatient de la retrouver. Elle préféra taire l'incident pour ne pas l'affoler inutilement. Quand un nouveau quadrille démarra, le duc de La Rochefoucauld, le chevalier de Laclos, le comte de La Pérouse et le jeune marquis de Laplace l'invitèrent à danser avec trois jeunes femmes élégantes : elle se prêta joyeusement au jeu et dansa admirablement avec eux. Les quatre notables la réclamèrent à chaque quadrille : tous se comportèrent comme de parfaits gentilshommes. Même lorsque chacun d'eux, en particulier, l'emmena tournoyer sur la piste de danse sans difficulté. Toutefois, le comportement de Pierre Choderlos de Laclos, sans être ni irrespectueux ni indigne, la laissa quelque peu interdite, perplexe et circonspecte. En lui faisant une cour plutôt discrète, voulait-il éprouver sa vertu, tester son degré de résistance au pouvoir de la séduction, la préserver des dangers de la convoitise ou de l'hypocrisie malsaine et perverse de certains prédateurs sexuels manipulateurs ? De plus, le chevalier semblait faire allusion à Thibault de la Caze sans le nommer en donnant quelques sages conseils à Lucie lorsqu'il lui déclara en dansant, avec fermeté et sûr de lui, lors de l'entretien :

« Noble dame, depuis que je vous observe et vous vois évoluer parmi nous, je constate avec satisfaction que, loin d'être libertine ou prude, vous avez beaucoup d'assurance et une forte personnalité. Vous êtes insensible aux compliments justifiés, vous évincez avec détermination tous les soupirants entreprenants et audacieux, et les laissez sans recours et pantois après avoir été royalement éconduits. Votre lucidité clairvoyante, votre rapidité de décision et d'action, vos attitudes responsables et libres vous honorent. Vous êtes une jeune femme intelligente, libre et moderne, et vous avez réponse à tout, bref, vous aimez la vie et les choses saines. Tristan Vallet, votre époux, a de la chance d'obtenir vos faveurs. Il doit être le plus heureux des hommes, et je lui rends hommage. Si je devais choisir une jeune fille de votre âge, de bonne famille, pour engager ma vie avec elle, j'opterais sans hésiter pour une belle personne telle que vous.

– Messire Choderlos de Laclos, vos belles paroles pourraient me séduire mais il n'en est rien. Vos éloges exceptionnels sur mes charmes et mes qualités sont exacerbés de surcroît. Même si j'ai bénéficié d'une excellente éducation et d'un soutien suivi et moral dans mes études privilégiées et prodiguées par l'ordre enseignant de l'institution de Notre-Dame à Mende et de la confiance conciliante de la mère supérieure de la Providence. En tant que jeune fille issue de la bonne bourgeoisie laborieuse, j'ai décidé de mettre toutes les connaissances de mon savoir au service des enfants du Valdonnez, afin d'instruire ce peuple enfant dans l'esprit du courant humaniste qui inspire, dans ce sens, les philosophes des Lumières, qui prônent ce droit indispensable et nécessaire à la jeunesse de notre siècle. Et je suis fière et honorée de mettre à profit ce droit à la connaissance dans le Valdonnez. En espérant vivement que d'autres jeunes gens, inspirés par mon expérience d'enseignante professionnelle et personnelle dans les paroisses du Gévaudan, prennent et assurent la relève.

– Chère Lucie, ne craignez-vous pas que vos projets didactiques visant à instruire le peuple et à lui donner tous les droits à la connaissance ne vous attirent les foudres des notables de la noblesse et du clergé, privilégiant uniquement des précepteurs dans leur famille enseignant le grec, le latin et les belles lettres ?

– Nenni, messire de Laclos ! Car seuls les enfants des familles aristocrates ont le privilège d'être instruits, de s'adonner à la littérature, de découvrir et connaître les mathématiques et les progrès scientifiques, l'histoire, la géographie et la musique, ou d'avoir accès à tous les arts et de jouer d'un instrument de leur choix. Les enfants issus de la noblesse jouissent exceptionnellement d'un bain de culture immense, pluriel et interdisciplinaire. Pourquoi ne pas en faire profiter pleinement tous les petits Français sans exception dès l'âge de raison ?

– Chère Lucie, bien que j'admire et que je loue ce projet éducatif ambitieux que vous revendiquez avec franchise et probité, expérimenté, devant être mis en pratique une deuxième année scolaire durant, je doute que la société conservatrice de notre gouvernement actuel adhère à l'application de ce droit à l'instruction pour tous et à la création d'écoles publiques dans les paroisses de France et de Navarre sans anicroche.

– Messire de Laclos, il faut réveiller et changer les vieilles mentalités ! Les Français aspirent à une société plus juste, avec plus de droits et de libertés : la liberté de conscience, d'expression et de culte les anime ; le droit à l'instruction et à la connaissance, l'égalité devant l'impôt, l'abolition des trois ordres et des privilèges, de l'illettrisme et de l'esclavage, dont la soumission sous toutes ses formes, sont leurs principales revendications. Car, s'ils reconnaissent avoir des devoirs envers la société, ils savent à présent et désormais qu'ils naissent tous égaux entre eux et en droits. Comme le prônent Voltaire, Montesquieu, d'Alembert, Diderot et surtout Jean-Jacques Rousseau, les philosophes du courant humaniste des Lumières. Toutes ces idées de liberté, d'égalité et de justice sont ancrées dans les esprits des Français. Messire de Laclos, je n'ai rien inventé, et vous le savez fort bien ! avança Lucie, enthousiaste, d'une seule traite.

– Eh bien ! Chère Lucie, vous raisonnez comme une noble dame érudite, cultivée et philosophe, dans un de ces salons semblables au Procope, à Paris, dans les pas et les convictions de Jean-Jacques Rousseau. Noble jeune femme, prenez garde de ne pas trop divulguer vos idées résolument démocratiques et modernes. Vous n'êtes pas sans savoir que Jean-Jacques Rousseau, brouillé avec Voltaire et les Encyclopédistes depuis la publication en 1758 de la "Lettre à d'Alembert sur les spectacles", hôte à Montmorency du maréchal du Luxembourg, chez qui il acheva "Julie ou La Nouvelle Héloïse", "Du contrat social" et surtout "L'Émile" sur l'éducation en 1762 ; poursuivi par le parlement et réfugié en Suisse puis en Angleterre en 1766, eh bien le voilà de retour en France : il vient de publier un dictionnaire de la musique. Il continue d'écrire ses "Confessions", commencées en 1765 ! De plus, il ne cesse de prôner ses idées humanistes de liberté, d'égalité et de droits pour une société plus juste dans ses œuvres et participe à enrichir de ses traités et ses "Discours sur les sciences et les arts" l'Encyclopédie. En revanche, son "Discours sur l'origine de l'inégalité parmi les hommes" condamne la société fondée sur la propriété et lui oppose un état de nature idéal. Sans parler du passage de "L'Émile, nommé pour profession de foi du vicaire savoyard", attisant la colère des parlementaires du clergé, d'où son exil précipité en Suisse puis en Angleterre de 1762 à 1766. Ce sont toutes ces raisons qui m'obligent à vous dissuader d'afficher ouvertement en public les convictions attribuées à Jean-Jacques Rousseau que vous adoptez librement et imprudemment.

– Soyez rassuré, messire de Laclos. Loin d'étaler mes idées humanistes, je les applique du mieux possible, pour le bien de la nouvelle société dans laquelle je désire me rendre utile et en partie dans l'instruction du peuple enfant, à la manière de "L'Émile" de Jean-Jacques Rousseau et sans prétention. Messire, soyez remercié de m'avoir quelque attention accordé et permis d'entretenir cette intéressante et riche conversation. Veuillez me pardonner si j'ai abusé de votre précieux temps. Ayant rempli mon devoir et respecté les convenances dictées par le comte de la Caze, je dois me retirer expressément, mon époux m'attend et me fait signe. Nous vous souhaitons tous deux une bonne fin de nuit. »

Comme convenu, patient et confiant, Tristan attendit que Lucie eût fini de converser avec le chevalier de Laclos. Lui-même, tout en ayant gardé un œil sur la piste où Lucie avait gracieusement dansé avec tous les notables conviés et à présent sur les petits groupes formés en grande discussion, il s'était entretenu longuement avec le baron Parmentier sur ses prochains voyages prometteurs en Amérique du Sud et ses découvertes dans les Andes chiliennes et péruviennes à la recherche de nouveaux tubercules riches en amidon destinés à enrichir l'agriculture et l'art culinaire, intéressant notamment le seigneur de la Caze. Tristan remarqua que le maître des logis était un peu inquiet : Thibault de la Caze, après avoir dansé avec Lucie, avait brutalement faussé compagnie et l'on ne le vit jamais revenir dans la salle de bal. Le comte de la Caze ne put cacher son anxiété et se confia au baron, qui le rassura du mieux qu'il put :

« Mon ami, ce n'est pas dans les habitudes de Thibault de fausser compagnie à ses amis lors d'une soirée dansante. C'est lui qui organise les bals ; il insiste pour que tout le monde soit présent et s'amuse. Et il adore danser ; or, il n'est pas resté très longtemps…

– Mon ami, Thibault est jeune et susceptible. Peut-être a-t-il essuyé une quelconque déception ? Demain, rien n'y paraîtra. Tiens, justement, voilà Geoffroy, son frère, qui va nous renseigner.

– Mon fils, as-tu des nouvelles de Thibault ? Sais-tu pourquoi il nous a quittés si précipitamment ? J'ai besoin de savoir où il est en ce moment. Son absence est inquiétante et très remarquée par l'assistance qui se pose maintes questions. On le réclame partout.

– Père, Thibault est monté en courant dans sa chambre : il a fermé la porte à clé et s'est couché. Il paraissait contrarié et même fâché. »

Cette conversation n'échappa pas à Tristan : il crut comprendre le motif de l'absence de Thibault lorsqu'il l'avait vu parler en dansant avec sa Lucie ; l'entretien n'avait pas dû être facile entre eux, connaissant le répondant de Lucie et sa repartie catégorique. Peut-être n'avait-il pas apprécié qu'elle danse tous les quadrilles et refuse une autre danse avec lui ? Il est vrai que sa Lucie était la reine de la fête et qu'elle respectait les convenances. Pour lui, c'était un vrai plaisir de la voir heureuse et danser avec des jeunes gens de son âge bien élevés. De plus, elle était de bonne compagnie et conversait respectueusement avec tous les invités sans exception de choses et d'autres. Cependant, Pierre Choderlos de Laclos l'avait longtemps retenue. Sûre d'elle, Lucie avait dû sérieusement lui tenir tête pendant qu'il discutait avec le baron Parmentier. À sa mine réjouie, les joues roses de plaisir, délaissant le seigneur de Laclos, quelque peu surpris, pantois et frustré, Lucie s'élança vers le groupe de Tristan, souhaita comme il est d'usage une bonne nuit au seigneur de la Caze et entre autres au baron Parmentier, prit le bras tendu de son époux et tous deux, sans demander leur reste, gravirent quatre à quatre les marches menant à leur nid d'amour. Les époux ne dormirent pas de la nuit : Lucie prit un malin plaisir à raconter presque mot à mot ses entretiens avec ses différents partenaires, les joyeux quadrilles et les parties de rire, la déclaration amoureuse sans issue de Thibault de la Caze, la longue conversation complexe et sérieuse sur les idées nouvelles du courant humaniste des philosophes des Lumières et même très houleuse et controversée sur les œuvres censurées de Jean-Jacques Rousseau. Or, le chevalier de Laclos n'appréciait nullement l'influence du philosophe sur le peuple et la jeunesse, sur Lucie elle-même, la dissuadant impérativement de divulguer ses idées publiquement, lesquelles pourraient lui porter préjudice. Ce à quoi Tristan répondit posément :

« Lucie, le chevalier n'a pas tout à fait tort. Pierre Choderlos de Laclos est un aristocrate qui, bien qu'officier et écrivain, bénéficie des privilèges de la noblesse et du clergé, très conservateurs. Comme tous les notables, il tient à les conserver et s'oppose aux idées nouvelles, contraires à leur statut de privilégiés, d'autant plus que le nouveau gouvernement du ministre de Maupéou et son triumvirat veut absolument les soumettre à l'impôt, ce qu'ils réfutent catégoriquement. Alors, quand tu lui déclares sans ambages que le peuple doit avoir accès à la connaissance et soit instruit, non plus par des précepteurs ou de futurs abbés mais des professeurs d'école, enseignants laïques, il faut comprendre sa réaction et son conseil de prudence.

– Tristan chéri, j'ai répondu au chevalier de Laclos que je n'affichais pas mes convictions ouvertement mais que j'appliquais les idées modernes de Jean-Jacques Rousseau sur l'enseignement en instruisant consciencieusement le peuple enfant, avec le soutien et l'appui de l'évêque de Mende et des abbés Ribourel et Peytavin.

– Ma Lucie chérie, c'est effectivement ce qui le désole et l'inquiète notamment, lui et ses amis de la haute noblesse. Ils ne supportent pas que l'enseignement religieux, donné par de jeunes vicaires dans les familles aristocrates en tant que précepteurs de leurs enfants, soit ainsi supplanté par des professeurs d'école, autrement dit des instituteurs laïques. Et toi, ma chérie, tu es la première à revendiquer ce droit et à inverser les rôles frontalement.

– Oui, Tristan chéri, j'ai volontairement dévoilé mon adhésion à cette sorte de substitution obligatoire que propose honnêtement et franchement Jean-Jacques Rousseau sur l'éducation dans son œuvre "L'Émile", attirant les foudres du parlement. Et je n'y suis pas allée de main morte devant le chevalier de Laclos ! D'ailleurs, il m'a rappelée catégoriquement à l'ordre et à la raison, m'exhortant à la plus grande prudence, que dis-je, à la discrétion la plus totale.

– Lucie, ma toute belle, il a eu en partie raison. Tu ne dois pas vanter ce mérite exceptionnel qui te donne l'avantage d'accéder à un poste d'enseignante encouragé par des membres du clergé et pas des moindres. D'en faire étalage parmi les invités du seigneur de la Caze pourrait effectivement te porter préjudice, susciter des jalousies et du ressentiment ou rallumer et remettre en question le statut des privilégiés, vieux comme le monde des notables, de la noblesse et du clergé, extrêmement et rigoureusement conservateur.

– Le chevalier de Laclos a été clair, honnête et franc. Dans ses réponses sans appel, il semblait me donner des conseils d'ami pour effectivement éviter toute situation conflictuelle ou représailles vindicatives et désagréables.

– Oui, ma chérie, c'est cela. À l'avenir, évite de mettre en avant ton expérience personnelle, modère et tempère tes opinions sur l'enseignement des enfants actuel. Distance et discrétion obligent.

– Oh, mon époux chéri, tu trouves toujours de raisonnables conclusions à me soumettre et de sages conseils. Mais je suis stupidement égoïste, je ne parle que de moi. Tu as dû t'ennuyer au cours de cette soirée dansante. Comment as-tu meublé ton temps ? Raconte-moi tout ! demanda-t-elle en se blottissant contre lui sur leur couche moite.

– Lucie, ma reine, j'ai passé une excellente soirée à te regarder danser et à discuter ensuite avec le baron Parmentier qui m'a appris beaucoup de choses passionnantes sur ses voyages en Amérique du Sud. Dis-moi précisément ce que tu as déclaré à Thibault de la Caze pour qu'il prenne la poudre d'escampette après avoir dansé avec toi. On ne l'a plus jamais revu ! Or, son père et les invités se sont posé maintes questions à son sujet. Sois franche, je t'en prie, ma chérie.

– Eh bien ! Je ne vais pas y aller par quatre chemins. Ce jeune homme m'a carrément déclamé sa flamme en m'annonçant qu'il était tombé fou amoureux de ma belle personne et il ne comprenait pas pourquoi je lui manifestais autant d'indifférence. Or, il n'accepte pas que j'accorde tous mes charmes à un seul homme uniquement et me réclame quelque attention particulière à son encontre. Ma réponse a été cinglante : je lui ai rétorqué qu'il avait trahi ma confiance et déshonoré l'image de mon statut de jeune femme mariée en lui rappelant expressément ses devoirs de propriétaire à l'encontre de ses hôtes, qu'il se devait de respecter et de ce fait surtout ma réputation et ma dignité. Enfin, je l'ai prié de raison garder et je me suis retirée, n'ayant rien à attendre de plus de Thibault de la Caze. Voilà certainement la raison de son départ précipité. Ce seigneur a peut-être l'habitude qu'on lui cède tout et s'est comporté comme un enfant gâté et susceptible. Qui puis-je, suis-je responsable ? Est-ce vraiment ma faute ? ajouta dans un souffle Lucie, les larmes aux yeux.

– Lucie, ma chérie, tu es tellement jolie et adorable que tous les jeunes hommes tombent sous ton charme. Tu ne pouvais prévoir que tu blesserais Thibault de la Caze en le remettant à sa place. Car ce qui est vraiment ennuyeux alors, c'est que Thibault de la Caze, d'après son père et les dires de son entourage, soit victime d'une contrariété, d'autant plus que c'est la première fois qu'il fausse brutalement compagnie à ses amis lors d'un bal qu'il organise lui-même.

– Tristan, mon époux chéri, tu ne voulais de tout de même pas que je me jette dans ses bras pour lui faire plaisir, à lui et à tout le monde, comme une fille à soldats ? Ce fut déjà assez pénible de danser entre ses bras. J'aurais mieux fait de me cloîtrer à la Providence pour échapper à toutes ces convoitises, rendant malheureux tous les hommes que je côtoie depuis cette triste foire de printemps. »

Et Lucie, inconsolable, éclata en sanglots dans les bras de Tristan, un moment ému et impuissant. Puis, se ressaisissant, il réussit à calmer tant bien que mal Lucie, baignant dans ses larmes :

« Lucie, ma reine, tu dois cesser de te rendre coupable. Tu n'es en rien responsable de cet état nouveau qu'éprouve Thibault de la Caze. Cette longue soirée t'a épuisée et doit être réparée par quelques heures de sommeil. Reste dans mes bras et endors-toi. N'oublie pas que tu es l'amour de ma vie, rien ne pourra nous séparer tant que tu seras à mes côtés », la rassura tendrement Tristan en caressant sa peau mouillée et remettant de l'ordre dans ses cheveux défaits.

Lucie, mi-sanglotant, mi-souriant, à travers ses larmes remercia Tristan et finit par s'endormir dans ses bras, rassérénée, jusqu'au petit matin. Tristan, impressionné, n'osa pas la déranger en l'écoutant respirer et l'observant avec amour se dit : « Mon Dieu, que mon épouse est belle ! J'ai épousé une déesse, tous les jeunes hommes ne résistent pas à sa beauté en la découvrant pour la première fois, quand ils ne la dévorent pas des yeux ou la déshabillent du regard. La réaction de Thibault ne m'étonne pas du tout : il est vrai que dès notre arrivée le fils aîné du comte de la Caze n'a eu d'yeux que pour Lucie et a cherché par tous les moyens à attirer son attention. Danser avec elle et essuyer un refus méprisant lui a été fatal. Sans parler des cavaliers les plus frustrés, comme Geoffroy de la Caze, le jeune marquis de Laplace, le comte de La Pérouse, le duc François de La Rochefoucauld et le moraliste chevalier de Laclos, qui ont tout fait, en dansant et parlant, pour la séduire. Même amusée et flattée, ma reine s'est pourtant jouée d'eux et a pris plaisir à évoluer sciemment avec eux dans les différents tours de passe-passe, de virevolte, de volte-face, les tours et retours très rapides sur elle-même, les revirements souples et gracieux, retrouvant enfin son cavalier, déclenchèrent son rire cristallin particulier et entraînèrent des fous rires contagieux partagés. Sans chercher à plaire, sans prétention aucune, pour être franc, la prestation de Lucie dans ces quadrilles et les autres danses en couples sur la piste de danse fut à la fois très remarquée, recherchée et appréciée. De voir effectivement Lucie s'amuser aussi joyeusement dans cette soirée dansante organisée en l'honneur de son anniversaire avec tous les jeunes gens conviés avait indubitablement été un insupportable affront traumatisant pour l'aîné dès la Caze, à qui personne, semble-t-il, ne résistait. De plus, de l'avoir délaissé frontalement avec mépris et dédain pour s'en aller danser avec d'autres jeunes hommes plus gais, voire plus impertinents ou séduisants, lui avait porté peut-être un sacré coup. À son orgueil ? À son cœur ? À son esprit torturé ? Ou bien à son succès habituel, décrié, rivalisé, et à sa capacité de séduction ? Ou tout simplement un premier et véritable amour déçu ? Et pour qui je vous prie ? Si c'est à l'endroit de Lucie, c'est on ne peut plus dramatique. Le baron Parmentier n'avait-il pas répondu au comte de la Caze, pour le rassurer, que, sachant Thibault très susceptible, il pouvait avoir essuyé quelque déception ? Mais de là à tourner si brutalement les talons et disparaître du paysage festif, cela ne lui ressemblait pas, avait rétorqué son ami, soulignant que ce n'était vraiment pas dans ses habitudes, d'autant que son frère Geoffroy l'avait vu monter dans sa chambre plutôt contrarié et fâché et en courant pour aller se coucher la porte fermée à clef. Sans aucun doute, Thibault de la Caze était amoureux. Que faire ? Partir dès le lendemain ? Non, fuir serait d'une lâcheté lamentable et inexcusable, tout à fait contraire au respect des convenances que l'on devait envers le comte de la Caze, de sa famille et de ses amis. Nenni, garder la tête haute, agir comme si de rien n'était. » Après tout, Lucie, très sérieuse et fidèle, n'avait absolument rien à se reprocher. Et surtout, il ne devait en aucun cas ni lui en tenir rigueur, ni l'effrayer. Elle avait plus que jamais besoin de sa protection assidue, de son soutien permanent et d'un réconfort quotidien, en raison de son extrême jeunesse, de sa vulnérable fragilité, malgré son courage juvénile et ardent, son tempérament bien trempé, conjugué à sa beauté singulière et princière, à ses charmes adorables, particuliers, et ses qualités multiples enviables. Confrontée à une société plurielle de gentilshommes et d'individus de tous bords des trois ordres, sans sécurité protectrice, Lucie risquait d'être une proie facile, voire même une cible dans ce monde de brutes ; dans les temps de paix retrouvée, après toutes les guerres récentes de succession et celle de Sept Ans, les notables jouissaient de congés et de temps libre, et plus ou moins désœuvrés ils s'adonnaient à des plaisirs dispendieux, éphémères et faciles dans leur château ou les salons. La prudence et la vigilance de rigueur s'imposaient inévitablement. Tristan y veillerait jour et nuit. Ainsi, toutes ces pensées pénibles, quoique réalistes, agitèrent l'esprit éveillé et tourmenté de Tristan jusqu'au petit matin blafard et calme. Les lueurs roses et blanches, encore pâles et timides, de l'aurore commençaient à poindre, perçant progressivement la voûte céleste noire et encombrée, effaçant un à un les astres résistants : l'étoile du Berger et la lune durent à regret se retirer et laisser place nette au lever du jour lumineux, effaçant définitivement le voile sombre et nocturne du firmament qui s'annonçait doucement, malgré les derniers cris lugubres des hulottes terminant leur chasse et les premiers avertissements des geais, accompagnés des roucoulements routiniers des tourterelles, des chants furtifs et aigus des martinets, matinaux, sous les toitures ou dans les branches des tilleuls voisins, alors que les pies jacassaient dans les haies et que les merles sifflaient déjà dans les séquoias, les trembles et les saules pleureurs, investis par tous ces volatiles saluant le nouveau matin, bientôt éclairé par le soleil levant.

Une fois passées les pensées anxiogènes dans la nuit finissante, Tristan retrouvait dans les prémices rassurants de l'aurore les ressources apaisantes et y puisait le courage indispensable et nécessaire dont il devrait s'armer avec lucidité pour affronter calmement une journée nouvelle, peut-être pleine d'embûches ; mais qu'à cela ne tienne, loin d'être fataliste ou pessimiste, Tristan était d'un naturel gai, joyeux et optimiste, d'autant plus que près de lui dormait la plus belle et la plus amoureuse des femmes, qui le rendait le plus chanceux et heureux des hommes. Quand l'angélus sonna les 7 heures dans la grande salle à manger encore déserte, Tristan préféra laisser Lucie se reposer. Les invités s'étaient couchés fort tard : il les avait entendus longtemps discuter et Lucie s'était endormie en fin de nuit ; or le petit déjeuner était servi jusqu'à 9 heures ; pour une fois, ils paresseraient un peu au lit. Après tout, ils étaient en voyage de noces, ils s'aimaient et les conditions étaient requises pour s'y prêter.

Tout à coup, vers les 8 heures, branle-bas général bruyant au rez-de-chaussée. Des éclats de voix, des bruits répétés, des portes s'ouvrant et claquant parvinrent aux oreilles de Tristan. Effectivement, une agitation particulière régnait dans le salon et la bibliothèque, entre autres les voix du seigneur de la Caze et du baron Parmentier, s'interpellant avec anxiété, alors que, venant aux nouvelles, le chevalier de Laclos, le duc de La Rochefoucauld, le marquis de Laplace et le comte de La Pérouse interrogeaient à l'écart Geoffroy de la Caze avec inquiétude. Quelque chose de tragique venait de se passer et d'être éventuellement découvert dans une des chambres. Tristan eut comme un mauvais pressentiment qui allait se concrétiser sous peu. Doucement, pour ne pas réveiller Lucie, il se leva et à pas feutrés ouvrit la porte avec précaution et s'avança sur le palier de sa chambre, tout ouïe, à l'écoute des discussions en cours de part et d'autre du couloir d'en bas. Il entendit alors les réponses angoissantes de Geoffroy relatant les faits réels :

« Quand mon père et moi nous forçâmes la porte de la chambre de Thibault pour le réveiller et s'enquérir de sa santé, nous fûmes surpris de le trouver inanimé, des substances de noix vomique à proximité de sa couche. Il allait passer de vie à trépas : sa pâleur livide était terrifiante, il respirait difficilement. Fort heureusement, notre ami le baron Parmentier, qui est agronome et pharmacien, a toujours dans ses trousses des antidotes puissants contre le poison que Thibault a tout de même absorbé en grande quantité. La potion magique prescrite et administrée avec force par le baron Parmentier a été bien ingurgitée par Thibault, revenu définitivement à lui avec des haut-le-cœur. D'après le pharmacien, c'est bon signe : l'antidote agit bien dans l'estomac et le tube digestif de mon frère, qui s'en tirera avec une bonne indisposition et un dérangement désagréable mais passager. Toutefois, mon père et moi nous étions sidérés, sans voix, quand nous alertâmes en catastrophe le baron Parmentier qui intervint sur-le-champ et efficacement. Trois questions terribles et horribles nous hantent avec effroi : pourquoi Thibault a-t-il attenté à ses jours de cette manière ? Voulait-il vraiment mourir ? Pour qui et pourquoi ?

– Encore heureux que Thibaut n'ait pas absorbé un poison plus violent comme on en trouve plusieurs dans la nature sous forme de plantes et de baies ou de graines : on en retire des alcaloïdes très toxiques comme l'atropine dans les belladones, la conicine dans les ciguës, l'arsenic dans la mort-aux-rats ou la digitaline, extraite des digitales pourpres, sans oublier les colchiques d'automne, la ricine et le cyanure. »

Tristan, prêtant toujours l'oreille, fut surpris par la déclaration concluante et déterminante du baron se rapprochant de ses amis pour leur préciser à voix basse en ces termes sans détour :

« Mes chers amis, soyez tous rassurés. Thibault n'a pas voulu mourir, sinon il aurait absorbé un poison plus violent. Or, en ingurgitant de la noix vomique, toxique, il s'est infligé un drôle de châtiment, comme pour expier soit une peine de cœur, soit une faute, en quelque sorte une certaine déception. Au final, son geste létal ressemble à vrai dire plutôt à un appel au secours et à l'aide. Il n'a pas commis un acte d'orgueil ni de lâcheté mais l'acte désespéré d'un jeune homme amoureux éconduit au cours de la soirée dansante par quelque dame lui résistant.

– Mon ami, répondit le seigneur de la Caze, très éprouvé, je savais mon fils Thibault très susceptible mais j'ignorais qu'il était aussi sensible à l'encontre des jeunes femmes. Je le croyais jusqu'à présent très indifférent. Ne disait-il pas "une de perdue, dix de retrouvées" ?

– Oui, mais cette fois-ci il n'a pas supporté un refus frontal et catégorique. C'est là le drame.

– Cher baron, reste à savoir quelle est la personne issue de la gent féminine qui s'est refusée, lui a résisté et l'a éconduit sans ambages et sans ménagement.

– Mon ami, il faut raison garder. Qu'est-ce que cela changerait pour nous ? Le plus concerné n'est-ce pas Thibault, et le plus meurtri, en se faisant du mal, même si nous sommes tous touchés et traumatisés par son geste désespéré. N'ajoutons pas de peine à la sienne : son cas mérite tout notre dévouement et notre affection, tous nos soins et notre compréhension. La jeunesse bien accompagnée guérit de tous les maux, même des chagrins d'amour. C'est une question de temps.

– Tout de même, si un chagrin d'amour persiste dans le temps, ne peut-on craindre que Thibaut commette un acte de sang-froid irréparable et fatal ?

– Non, cher ami, si nous entourons Thibault d'empathie, de confiance, de toute notre compréhension, avec une affection régulière et soutenue, il retrouvera la santé du corps et de l'esprit, la paix du cœur et de l'âme. Laissons-le se remettre sur pied. Et surtout, un dernier conseil d'ami sincère : ne faites à Thibault aucun reproche ni remontrance désobligeante ni semonce répréhensible en lui soutirant des réponses à force de questions embarrassantes, agressives et indiscrètes. Ce serait aggraver son cas. En revanche, faites-lui entièrement confiance : le moment venu, il se livrera et se confiera à vous, ce sera le début de la guérison. Pour l'instant, aucune visite intempestive. Laissons agir l'antidote. Je veille sur lui. »

Sur ce, tous les invités du seigneur de la Caze laissèrent et remercièrent le baron Parmentier se rendant au chevet de Thibault. Ensuite, ils furent conviés à prendre le petit déjeuner en toute discrétion pour ne pas éveiller l'attention malveillante et éventuelle du personnel en quête d'informations.

Soupçonneux et songeur, Tristan retourna sur la pointe des pieds dans la chambre imprégnée de leur odeur et d'une douceur tiède et ouatée que les volets clos, les rideaux tirés conservaient dans un clair-obscur d'ombre et de lumière filtrant légèrement dans la pièce de tous côtés. Sur le lit défait, dans son déshabillé rose froissé, Lucie s'agitait, cherchant Tristan vainement pour lui demander l'heure et les causes de ce remue-ménage continuel et bruyant. Il préféra taire la découverte de l'état inquiétant de Thibault ; et, soulagé de savoir qu'elle n'était pas au courant de sa tentative suicidaire, il minimisa la situation en déclarant posément :

« Les serviteurs ont dû remettre en ordre et en état le mobilier du salon et de la bibliothèque autour des tables de jeu, du fumoir et de la salle à manger, où les convives se sont longtemps attardés hier soir avant de participer à la soirée dansante. Es-tu en mesure de descendre afin de prendre le petit déjeuner ? Il est un peu plus de 8 heures et le temps s'annonce beau.

– Oui, Tristan chéri, à condition que tu viennes m'embrasser comme tu le fais d'habitude chaque matin que Dieu fait. »

Et elle lui ouvrit les bras, lui offrant son visage en riant.

« Lucie ma chérie, tu es de plus en plus belle. Comment te souhaiter le bonjour autrement, mon épouse adorée ? »

Écartant les mèches rebelles de sa chevelure châtain indisciplinée, Tristan, amoureux plus que jamais, baisa son front, ses yeux, ses lèvres, le bas de son décolleté ouvert et offert, ses bras nus avec fougue, sans limite, au point que Lucie, les siens noués autour de son cou, dut le repousser et le gronder gentiment, dans un éclat de rire cristallin qu'il aimait tant.

« Tristan chéri, il n'est pas l'heure de procréer ni de prolonger l'extase de l'hyménée. Si nous nous laissons aller encore et nous égarer, nous risquons d'être privés du petit déjeuner et, de facto, de nous faire remarquer. Or, j'ai grand faim. Et toi, qu'en penses-tu ? »

Le fou rire fut contagieux. Après une rapide toilette commune dans la petite salle de bains, toujours riant, ils s'apprêtèrent rapidement. Toute vêtue de bleu, les cheveux relevés en chignon, arrêtés par une broche argentée, Lucie était resplendissante de beauté et de jeunesse incarnée : l'amour de Tristan la rendait à la fois joyeuse et radieuse, heureuse et courageuse : sa bonne humeur d'ordinaire était communicative et appréciée en société. Tristan le savait et se sentait rassuré et conforté par l'impression solaire et généreuse qu'elle dégageait et répandait autour d'elle. Or, le succès de ses atours et de ses nombreuses qualités faisait l'admiration des jeunes hommes qu'elle approchait, s'éprenant tout de suite de sa belle personne et de ses charmantes manières. Tout cela, Lucie semblait ou voulait l'ignorer et se consacrait uniquement et entièrement à son époux adoré : elle affichait publiquement son amour pour Tristan, ce que n'appréciaient guère, n'admettaient ni ne concevaient les notables conviés chez le comte de la Caze et sa famille. Ce qui faisait leur force et leur différence c'est que ces époux atypiques natifs du Valdonnez en Gévaudan étaient issus du tiers ordre et le montraient officiellement sans complexe ni retenue dans les hôtels et les auberges des gorges du Tarn, les châteaux et les manoirs, à présent fréquentés. Toutefois, ils n'étaient ni nobles, ni bourgeois, ni paysans, ni roturiers mais plutôt de bons fonctionnaires du tiers état, qu'ils étaient fiers et honorés de représenter auprès du peuple gévaudanais, et de bonnes mœurs de surcroît. De quoi alimenter et augmenter les intrigues, les convoitises et les jalousies, et irriter le mauvais esprit malsain des notables de la noblesse et du clergé. Pourtant, Lucie et Tristan n'étaient ni méprisants, ni prétentieux, ni dédaigneux, ni égoïstes : ils partageaient tout simplement avec amour leur bonheur conjugal et leur joie de vivre, dans la quiétude et la plénitude de leur lune de miel, qu'ils voulaient douce, heureuse et joyeuse, dans l'entourage qu'ils côtoyaient indifféremment, ni plus ni moins. Cependant, Tristan, vigilant, plus lucide et réaliste que Lucie, sa reine, intrépide, veillait prudemment et discrètement à distance, et pour cause. Quand ils firent irruption dans la salle à manger comble, où flottaient des effluves de lait et de café titillant les narines et faisant saliver les papilles, ouvrant l'appétit et réveillant les estomacs vides, eh bien l'ambiance morose et silencieuse étonna particulièrement Lucie, pas du tout habituée à ce genre d'accueil froid et inhospitalier, voire même distant. En revanche, Tristan ne fut ni surpris ni affecté par les couples, plus appliqués à observer leurs boissons chaudes et leurs viennoiseries et concentrés sur leur petit déjeuner à consommer, les yeux baissés, indifférents à leurs voisins de table et à l'arrivée des nouveaux venus qui daignaient s'inviter à leurs côtés et les déranger derechef. Tout ce beau monde, fort occupé et pas du tout partageur, ignora royalement les deux époux s'installant discrètement à leur table habituelle. Seul un serviteur, attentionné et souriant, leur proposa ses services, leur apporta lait, café et morceaux de fougasse, miel et confitures, et un peu de réconfort. Manquaient à l'appel le baron Parmentier et Thibault de la Caze, d'ordinaire très ponctuels. Inquiets, Lucie et Tristan n'osaient parler et déjeunèrent eux aussi dans un silence tendu et lourd de conséquences. Pour la première fois de sa vie, Lucie perçut dans cette noble société beaucoup d'inimitié et un certain ressentiment à leur encontre. Que signifiaient ce défaut de courtoisie, ces absences volontaires, ces réactions collectives et générales, où le dédain, l'ignorance, le mépris, l'indifférence des invités du seigneur de la Caze pesaient amèrement sur les épaules des époux Vallet. Que s'était-il passé depuis la veille pour que le respect des convenances se soit à ce point dégradé et soit même inexistant, d'autant plus que le comte, Geoffroy de la Caze et la comtesse elle-même n'avaient pas levé les yeux ni souhaité le bonjour ni, comme il est d'usage chez les hôteliers, un bon appétit aux époux Vallet ? Loin de s'imaginer la vraie raison de cette froideur glaciale et pourtant visible sur tous les visages, sans mots pour le dire, Lucie se posait maintes questions sur son comportement de la veille lors de la soirée dansante et se trouvait des circonstances atténuantes, ayant mis en respect, en valeur et en évidence sa réputation, sa dignité et son honneur de jeune femme mariée, qu'elle avait catégoriquement défendus. Oui, elle avait remis à sa place Thibault de la Caze, trop prévenant et entreprenant. Elle ne l'avait pas éconduit mais tout simplement recadré puis éloigné en lui faisant entendre raison. Et après ? Devait-on la punir d'un reproche injuste et offensant et de plus en plus collectif de la part de toute la société du seigneur de la Caze ? Défendre sa vertu serait-il condamnable et répréhensible ?

De son côté, Tristan, voyant le regard soucieux de Lucie et sa mine quelque peu offusquée s'attristant progressivement, jugea qu'il serait préférable, et le plus tôt possible, d'aviser son épouse de la dramatique réalité qui affectait toute la société des notables présents. Une fois leur petit déjeuner avalé, ils se retirèrent sans précipitation et se dirigèrent vers le hangar pour soigner leurs chevaux : ils furent accueillis par l'aimable palefrenier s'empressant de leur dire sans ambages :

« Ne soyez pas étonnés si le comte de la Caze est de fort méchante humeur aujourd'hui. Son fils aîné, Thibault, a tenté de se suicider cette nuit avec de la noix vomique. Son acte désespéré a nécessité des soins particuliers dont le baron Parmentier seul détient le secret et qu'il lui a immédiatement administrés : il reste céans à son chevet. En plus d'être son médecin et son pharmacien, il est aussi son parrain. Si j'ai un conseil à vous donner, absentez-vous quelques heures dans les gorges du Tarn et faites en sorte de revenir pour le souper guillerets, comme si rien ne s'était passé au manoir. D'ici là, le seigneur de la Caze et son entourage auront retrouvé le sourire.

– Merci mon ami. Justement, mon épouse et moi nous avons l'intention de chevaucher jusqu'à la Malène où nous prendrons quelque repos au manoir de Montesquiou, puis nous tâcherons de rentrer avant l'angélus.

– Vos chevaux sont en forme, ils ne demandent qu'à se dégourdir les pattes. Votre épouse sait-elle monter ?

– Non, mon ami, mais à partir d'aujourd'hui Mme Vallet désire apprendre et je vais la guider sur-le-champ. »

Aussitôt dit, aussitôt fait. Tristan hissa Lucie sur Courageux, très content d'avoir été choisi pour sa maîtresse, que Tristan installa avec précaution et souplesse. Ravie et retrouvant son sourire, oubliant son tourment, Lucie caressa l'équidé et s'empara des rênes, prête à suivre Joyeux, le cheval de son époux chéri. Le palefrenier, ébahi et admiratif de ce couple amoureux et sympathique, les regarda partir au pas et se félicita d'avoir non seulement mérité leur confiance mais encore leur amitié sincère et désintéressée, bien différente de celle, plus hautaine et vaniteuse, de quelques aristocrates arrogants. Il se fit la réflexion qu'il ferait tout son possible pour conserver cette rare amitié avec respect et discrétion. Cela, lui mettant du baume au cœur, le conforta pour entamer une nouvelle journée de travail au service des notables qui n'allaient pas tarder à se manifester pour reprendre leur monture : il fallait présenter à chacun des aristocrates leur selle, leurs harnais et les armoiries, en les apprêtant scrupuleusement et s'acquittant également parfaitement des soins quotidiens apportés à leurs étalons. Ce qu'il faisait de gaieté de cœur, en échange de leurs confidences et de leur générosité conséquente mais justifiée.

Pendant ce temps, Tristan et Lucie chevauchaient tranquillement sur le chemin aménagé bordant le Tarn, encore désert mais salué par un joyeux concert d'oiseaux bruissant dans les feuillages jaunis des trembles, des peupliers et des saules immobiles, centenaires et impassibles, les caressant de leurs branches basses. Les sabots des chevaux, en piétinant et froissant les feuilles sèches déjà tombées, crissaient à chaque pas, faisant fuir les pies dérangées à regret en jacassant bruyamment et s'envolant de mauvaise grâce. Or, les époux, écoutant les chants mélodieux des oiseaux, côte à côte et toujours au pas, perdus dans leurs pensées, finirent par arriver à la Malène, où le manoir de la famille de Pierre de Montesquiou, comte d'Artagnan, gardait fidèlement l'entrée de cette coquette paroisse accrochée et blottie contre la paroi rocheuse impressionnante de la falaise contournant le lit du Tarn, sinueux et profond, que traversait un pont imposant conduisant à l'autre rive sans problème et au chemin tout tracé remontant à rebours le cours d'eau de la Malène vers Sainte-Énimie. En aval, en revanche, en l'absence de pont, il fallait recourir aux barges amarrées des bateliers pour rejoindre les petits hameaux situés de l'autre côté de la rivière. Le Tarn, s'élargissant en gracieux méandres profonds, se prêtait à la navigation à partir des rives de la Malène vers les Vignes, le Rosier et le Rouergue, tout proche. Le site, surprenant et paradisiaque, enchanta immédiatement Lucie, séduite par le château et la vue pittoresque. Elle sursauta lorsque Tristan, d'une voix assurée, lui déclara avec enthousiasme :

« Lucie, ma chérie, tes honorables parents m'ont vivement conseillé de faire une halte de quelques jours au manoir de la famille de Montesquiou d'Artagnan, dont tu peux admirer la magnificence de son architecture. Ma toute belle, tu n'es pas sans savoir que Pierre de Montesquiou, comte d'Artagnan, maréchal de France, combattit brillamment à Malplaquet et à Denain : ses enfants vivent ici à présent depuis son décès au Plessis-Piquet, en 1725. Un de ses parents, Charles de Batz d'Artagnan, gentilhomme gascon, fut capitaine des mousquetaires de la garde montée du roi et de la reine. Il se distingua jusqu'à sa mort au siège de Maastricht, en 1673, et par de bons et loyaux services avec un dévouement absolu, exemplaire et héroïque, au péril de sa vie.

– Eh bien, mon chéri, je suis honorée de connaître ton savoir sur cette illustre famille gasconne. Je ne te savais pas autant féru d'histoire locale, avec force détails et précisions.

– Lucie, je te rappelle que toi-même m'incites à consulter les livres d'histoire dans la bibliothèque de la cure de Saint-Étienne et, comme toi, j'aime bien connaître les origines des familles et leurs sites historiques que nous avons la chance de visiter au cours de notre lune de miel. Avant d'effectuer notre voyage de noces, j'ai cherché dans les archives et j'ai pu me documenter sur les illustres familles de Batz d'Artagnan et de Montesquiou, sans oublier celle de la Caze.

– Tristan chéri, riches de ces informations, hâtons-nous de nous introduire dans le manoir de Montesquiou d'Artagnan. Ce parcours précipité et imprévu dans notre emploi du temps a réveillé ma curiosité. Les gorges du Tarn ont bien des surprises à nous révéler. Allons de ce pas nous présenter à la famille.

– Lucie, ma chérie, rien de plus facile en effet. Les enfants de Pierre de Montesquiou d'Artagnan connaissent et estiment un certain Étienne Mallet, le célèbre épicier de primeurs et de vins du Valdonnez. Ils seront ravis de connaître sa superbe fille, de l'accueillir, de l'héberger et de la restaurer avec son époux, fidèle et chevalier servant.

– Tristan chéri, te voilà transformé en charmant cachottier. Je n'en demandais pas tant !

– Ne dis-tu pas à l'instant que tu recherches les surprises ? En voilà une, et elle est de taille, à condition qu'elle soit acceptée et validée par un baiser », ajouta tranquillement Tristan avec un sourire malicieux.

Lucie fit pression sur les rênes de Courageux, Tristan fit de même sur celles de Joyeux et, se penchant tous deux, ils échangèrent un long et tendre baiser, sans se douter qu'à distance un chevalier vêtu de noir les suivait et les observait avec intérêt depuis un bon moment. Pourtant, les époux, déterminés, le pied à terre, conduisaient déjà par la bride leurs chevaux dans la cour du manoir, en direction de l'écurie où le palefrenier, informé de leur identité, s'occupa des équidés et les dirigea vers le salon de réception de ses maîtres.

Quentin, Gauthier et Aurore de Montesquiou d'Artagnan, les petits-enfants du maréchal de France, les reçurent chaleureusement une fois leur identité déclinée. La blondeur, la finesse des traits réguliers des deux frères, le regard bleu et vif, perçant et pénétrant, presque inquisiteur, contrastaient avec le teint presque mat, la chevelure brune et les grands yeux noirs et doux de leur sœur Aurore. Tous trois étaient grands, bien bâtis, d'une élégance raffinée mais nullement maniérée et d'une bienveillante simplicité qu'ils voulaient naturelle. Toutefois, le regard langoureux et soutenu qu'Aurore adressa à Tristan n'échappa pas à Lucie lorsqu'il précisa l'objet de leur visite au manoir. À sa demande sur un éventuel passage de quelques journées à la Malène, elle répondit avec enthousiasme en appuyant impérativement sur les derniers mots en souriant : « Madame et monsieur Vallet, vous serez toujours les bienvenus chez nous. Nous vous attendrons patiemment. »

Quentin et Gauthier installèrent avec beaucoup d'attention les époux sur la terrasse donnant sur la rue principale et la petite église, dont le clocher venait d'égrener les 10 heures en carillonnant joyeusement. C'était jour de marché et les commerçants ambulants avaient déjà exposé leurs produits du terroir sur les étals de la place, où ils vantaient à grands cris leurs marchandises aux villageoises munies de leur panier d'osier, accompagnées de leurs enfants dont on entendait les questions et les exclamations mêlées à celles, plus sonores et grossières, des adultes interrogeant, répondant, apostrophant, grondant, commentant, bref, communiquant bruyamment entre les différents étalages fournis des corps de métier gévaudanais. Depuis la terrasse du manoir, où Lucie et Tristan sirotaient dans un grand verre de l'eau fraîche anisée, ces clameurs populaires et gaies montaient et arrivaient progressivement jusqu'à eux et les réjouissaient. Un savoureux repas champêtre fut servi dans la magnifique salle à manger aux majestueux murs épais et arrondis en forme de voûte et aux poutres apparentes de chêne rouvre, où régnait une fraîcheur particulière entretenue par l'ouverture de petites et jolies baies symétriques, vitrées et habillées de rideaux frangés de mousseline, brodés, légers et transparents. Sur chaque table ronde, éclairée d'un petit chandelier à trois branches, étaient disposés deux à quatre couverts en argent de style Renaissance et de la porcelaine de Limoges avec des serviettes brodées aux armoiries de la famille de Montesquiou d'Artagnan et, au centre, un petit bouquet bigarré d'immortelles séchées posé dans un vase de céramique décorée.

Au cours du dîner, arrosé de Saint-Chinian et de Faugères, les époux Vallet firent la connaissance d'un autre couple atypique, charmant et généreux, placé à leur table de leur plein gré. Antoine Laurent de Lavoisier et sa jeune épouse étaient de passage dans les gorges du Tarn et s'accordaient quelques jours de repos chez leurs amis hôteliers avant de regagner Paris et de reprendre leurs travaux de chimie sur la nature de l'air et de l'eau, le rôle de l'oxygène et de l'oxydation de la respiration en composés carbonés. Les recherches scientifiques d'Antoine Laurent de Lavoisier passionnèrent les Vallet, qui échangèrent tour à tour leurs expériences, tout en appréciant leurs travaux respectifs et leur passion commune pour la nature sous toutes ses formes et ses aspects. Mme de Lavoisier avoua :

« En Gévaudan, l'air est sain et plus respirable que celui de Paris. Ici, la flore est diversifiée et luxuriante, et les essences sont variées et prolifèrent à l'état sauvage et naturel, alors qu'en ville les espaces verts s'amenuisent et sont de plus en plus réduits, que l'on se trouve au bois de Boulogne, au jardin du Luxembourg et des Plantes ou en forêt de Sénart, où les notables désœuvrés organisent des chasses à courre à n'en plus finir d'Antin à Rougeaud dans l'Essonne et jusqu'à Melun ou Blois. Pour trouver un peu de tranquillité et la pureté de l'air et de la nature, afin d'enrichir nos recherches et nos travaux scientifiques sur la qualité de l'air et de l'eau, nous sommes obligés de nous transporter en forêt de Fontainebleau pour pratiquer de nouvelles expériences et effectuer des comparaisons chimiques.

– Qu'à cela ne tienne, vous faites un métier passionnant, apportant des progrès scientifiques sur la respiration végétale, animale et humaine, à partir de l'oxygène. Grâce à vos travaux concrets sur l'air et l'eau, vous faites évoluer et avancer la science en démontrant que la respiration est une oxydation en composés carbonés, d'où l'importance de la flore et notamment celle des arbres, véritables poumons de la terre, qui les absorbent et les rejettent dans l'atmosphère dans un éternel recommencement.

– Effectivement, de nos expériences chimiques nous avons extrait les formules suivantes, à savoir H_2O, pour la molécule de l'eau. L'hydrogène est de loin l'élément le plus abondant dans l'univers et il se combine avec presque tous les autres éléments, comme l'oxygène que nous respirons, en donnant des hydrures. C'est un excellent réducteur car il entre dans de nombreuses combinaisons. Il représente la quasi-totalité de la matière interstellaire. Si l'hydrogène se liquéfie et peut se solidifier comme un gaz très léger, l'oxygène, gaz incolore, insipide et inodore de formule O_2, à l'état pur est l'élément le plus abondant de la couche terrestre, précisément dans les eaux naturelles et dans les roches. L'oxygène représente un volume très important dans l'atmosphère, indispensable à la vie végétale, animale et de tous les êtres vivants. Les combinaisons de l'oxygène avec les autres éléments s'appellent des oxydes et leurs réactions, des oxydations. La respiration des êtres vivants entraîne une forte consommation d'oxygène, régénéré par la fonction chlorophyllienne des essences florales et notamment celle des arbres et des végétaux possédant cette double fonction d'assimilation du carbone de formule CO_2 par photosynthèse en échanges gazeux. »

Buvant les paroles savantes du jeune chimiste et scientifique avéré et expérimenté, Tristan, fin connaisseur, adhérant pleinement aux résultats concrets de ces recherches nécessaires et indispensables à la conservation de la flore naturelle cohabitant avec la faune sauvage des chaînes alimentaires, précisa que son métier de bûcheron et garde forestier des Eaux et Forêts consistait justement à conserver cette flore, la préserver ou la réguler et surtout reboiser les espaces naturels endommagés par les catastrophes climatiques ou naturelles imprévues et les intempéries en respectant la sélection que Mère Nature impose aux plus vieilles essences végétales et florales.

« Il nous incombe, à mon père et à moi, avec nos chevaux comtois, de nettoyer sous-bois et sentiers encombrés de branches et de troncs morts, de les débarder dans les travers, d'éclaircir les coupe-feux et les lacets, d'élaguer les plus hautes ramures des hêtres et des mélèzes, des bouleaux et des sapins imposants étouffant les jeunes pousses des arbres, afin de leur donner place et lumière au milieu des bois et sous-bois des forêts du Valdonnez. Préservation, conservation, protection et respect de la nature font partie de notre devise quotidienne.

– Monsieur Vallet, vous avez un emploi noble et louable. Et si nous admettons que c'est un travail de force très physique, nous pouvons aussi affirmer : nos deux métiers sont complémentaires, puisqu'ils font intervenir et interférer à la fois les fonctions naturelles de l'esprit à travers des données et des expériences vécues, dans un même esprit de compréhension et de sauvegarde, de respect et de protection de la nature, dans un contexte également analysé en commun car réfléchi, général et pertinent pour le bien de la science et de ses progrès.

– Quant au projet éducatif réalisé par votre épouse, c'est une première avancée dans l'instruction des enfants et une nouveauté didactique intéressante à légaliser, même si les membres du clergé, et notamment les jésuites et leurs précepteurs, vont se sentir non seulement concurrencés mais évincés et frustrés, avança Mme de Lavoisier.

– Il est vrai que je m'efforce de marcher dans les pas de Jean-Jacques Rousseau car j'applique à la lettre ses méthodes d'enseignement pour donner au peuple enfant l'accès à la connaissance de la langue française, des mathématiques, des sciences de la vie et de la terre, de l'histoire et de la géographie, des prérequis de la musique et du solfège, du chant et de l'expression par le dessin aux craies d'art et à la peinture sur chevalet. L'instruction du peuple dans l'esprit du courant philosophique et humaniste des Lumières est ma priorité. Ayant moi-même reçu et bénéficié d'une riche éducation dans toutes les disciplines dispensées par l'ordre enseignant de Notre-Dame à Mende, j'ai fait le choix de mettre mon savoir et mes connaissances au service des enfants, avec le soutien et les conseils des abbés Ribourel et Peytavin, et les encouragements de monseigneur Choiseul-Beaupré, évêque du Gévaudan. Mon objectif premier est de combattre l'ignorance et l'illettrisme, et surtout de substituer la superstition dès le plus jeune âge par l'accès à la connaissance raisonnée.

– Chère Lucie, vos convictions humanistes sont nobles et vous honorent. Toutefois, évitez d'en faire étalage sur la voie publique partout où vous vous produirez. Vous risquez d'attirer les foudres des notables de la noblesse et du clergé des provinces qui s'opposent catégoriquement à ces idées nouvelles de liberté, de droits, d'égalité et de justice circulant de bouche à oreille dans le royaume de France et de Navarre et les réfutent violemment. Ils ne portent pas dans leur cœur les traités et les œuvres de Jean-Jacques Rousseau, dont "L'Émile", sur l'enseignement, fait de nouveau scandale et les irrite, qu'ils exècrent assurément. Ainsi, je vous exhorte à rester discrète quant à vos propos sur l'instruction du peuple. Sachez garder vos distances sur la question et faites preuve de réserve et de retenue pour éviter tout soupçon malencontreux et attirer l'attention de quelques opposants malveillants. Ce qui ne vous empêchera nullement d'enseigner selon votre conscience et vos convictions les matières fondamentales aux enfants du Valdonnez, en toute liberté, ajouta avec bienveillance Antoine de Lavoisier.

– Monsieur de Lavoisier, le chevalier Choderlos de Laclos m'a donné avec insistance ce même sage conseil que j'observerai volontiers. Chez le seigneur de la Caze, qui nous loge ces jours-ci, nous avons l'honneur de côtoyer le jeune marquis Pierre-Simon de Laplace, étudiant en mathématiques, physique et astronomie, le duc François de La Rochefoucauld, le comte de La Pérouse, le baron Parmentier ainsi que Thibault et Geoffroy de la Caze, notables galants et de bonne compagnie. Fréquentez-vous ces gens d'esprit ? Leur faites-vous confiance ?

– Nous connaissons bien la famille de la Caze et le baron Parmentier, et de même Pierre Choderlos de Laclos, officier et écrivain réaliste et engagé enquêtant sur les relations particulières qu'entretiennent les gens de notre société ; il analyse de façon incisive et corrosive les rapports cyniques, perfides et vicieux de certains courtisans intéressés mettant tout en œuvre pour arriver à leurs fins perverses. Le chevalier de Laclos prépare un roman sur ce qu'il nomme à bon escient “les liaisons dangereuses”. Ne soyez pas effrayés s'il vous observe, s'il vous questionne tel un officier de police assidu qui suit quelque suspect et le traque pour comprendre ses motivations. Tel un enquêteur pugnace, il ne juge pas, il cherche et constate ; il trouve et compare les liens particuliers de quelques tartuffes dont l'influence et l'emprise néfaste et destructrice peuvent briser et ruiner une famille entière.

– Monsieur de Lavoisier, vous êtes en train de nous dire que le chevalier de Laclos se comporte comme Gabriel Nicolas de La Reynie, le célèbre lieutenant général de police de Paris, celui-là même qui traqua et arrêta la marquise de Brinvilliers d'Aubry en 1676, coupable d'avoir empoisonné son père et ses deux frères ? Quelle affaire sordide et effroyable ! La marquise fut décapitée et brûlée. Il est vrai qu'elle a subi l'empire ascendant et nuisible, et la domination morale et acharnée de son bel amant, le chevalier de Sainte-Croix.

– Noble dame, ne craignez rien. Sous le règne de Louis XIV, Gabriel Nicolas de La Reynie a dû, avec ses officiers de police, régler l'affaire des poisons dans laquelle furent impliquées Mme de Montespan et des personnalités notoires de la cour du roi. De plus, il a su rétablir la sécurité et l'ordre, et développer l'hygiène dans Paris en remplissant avec probité et fidélité ses ordres de mission. Ce fut un excellent policier.

– Monsieur de Lavoisier, vous nous rassurez. Mais venons-en au fait qui nous intéresse céans. Pourquoi Pierre de Laclos enquête sur notre société actuelle et que va-t-il relater dans ses écrits qui pourrait nous compromettre ?

– Madame Vallet, si le chevalier de Laclos observe les attitudes et les comportements des uns et des autres, ce n'est ni pour critiquer, ni pour juger, ni pour tromper, ni pour importuner, c'est tout simplement pour dénoncer les travers, les abus, les excès des courtisans de la noblesse et des bourgeois trop avides dont les convoitises déguisées et les intrigues malsaines empoisonnent l'existence de certaines familles naïves, pusillanimes et vulnérables, au seul tort qu'elles ont des jeunes filles riches à marier avec de conséquentes dots à l'appui, et pas des moins anodines. Souvenez-vous de la comédie de Jean-Baptiste Poquelin, dit Molière. Son "Tartuffe" illustre bien ce genre d'homme vicieux, hypocrite et pervers. Tranquillisez-vous. Cet état d'esprit malsain et perfide ne concerne que les notables de familles aisées, où les unions d'intérêt et de raison, pour remplir les cassettes et augmenter les fortunes existantes, priment sur les mariages d'amour. Tout est dans l'art et la manière de séduire pour duper, convoiter et usurper les biens d'autrui. Êtes-vous satisfaite de ces précisions ?

– Monsieur de Lavoisier, si je comprends bien votre déclaration, j'en déduis que le chevalier de Laclos dénonce l'avidité, la perfidie, la perversité nourries d'hypocrisie cynique et de vice malsain dans les rapports et les relations douteuses doublés de convoitise, où la séduction et l'emprise sont de mise. Ainsi cherche-t-il à mettre en garde les proies éventuelles ciblées, fragiles et influençables, contre ces liaisons dangereuses.

– Chère Lucie, vous avez tout compris. Le chevalier souhaite à mon avis éclairer les consciences bien-pensantes, bousculer les mentalités, faire appel à la raison et à la réflexion. Il recommande aux personnes vulnérables de faire preuve de lucidité, de prudence et surtout de vigilance afin de n'être ni dupées ni abusées.

– Toute réflexion faite, le chevalier Pierre Choderlos de Laclos est un écrivain moraliste, conclut Lucie, plus soulagée que rassurée.

– Oui, mais j'ajouterai que c'est un témoin oculaire très observateur, avisé et déterminé, qui analyse avec une justesse pertinente et une compétence très lucide les paroles et les actes issus de relations douteuses, entachées de cynisme et de perversité dans les rapports dangereux entretenus par une société corrompue et vaniteuse, avide et pernicieuse, où tous les moyens sont bons et employés pour séduire, détruire, compromettre, ruiner, briser au sens propre comme au sens figuré une personne ou toute une famille, aussi bien physiquement que moralement et psychologiquement. Les constats réalistes décrits par le chevalier de Laclos, officier et écrivain, pourraient à juste titre s'intituler "Les liaisons dangereuses", d'après ses propres aveux.

– Pour une révélation inédite, elle est plutôt surprenante, mais elle nous éclaire sur l'étrange personnalité véritable de Pierre Choderlos de Laclos. Après tout, et finalement, un homme averti en vaut deux. Lucidité et vigilance obligent. »

Au cours de la conversation, Quentin, Aurore et Gauthier, les ayant régalés de charcuteries, de gigot d'agneau, de fromages du terroir, de tartelettes aux myrtilles et aux framboises des bois, le tout bien arrosé, se joignirent aux Lavoisier et aux Vallet, et leur offrirent du vin de Champagne dans de jolies flûtes de Baccarat récemment importées de Meurthe-et-Moselle pour boire un verre et sceller leur amitié. La bonne humeur et le rire cristallin de Lucie, mêlés aux joyeuses exclamations des jeunes gens enthousiastes, firent le reste. On leva les verres remplis de vin pétillant et mousseux, et on trinqua à l'amitié, aux projets d'avenir et au plaisir de se retrouver autour de la même table. Le café et les liqueurs, le cognac et l'armagnac furent servis sur la terrasse, sous les tilleuls et leur ombre fraîche. Alors que Lucie, Mme de Lavoisier et Aurore de Montesquiou dégustaient des cerises à l'eau-de-vie dans leur petit verre à liqueur, Quentin déclama d'une voix de stentor retentissante en levant son verre :

« Comme notre aïeul, cadet de Gascogne d'Artagnan, le capitaine des mousquetaires du roi, nous nous proclamons : "Tous unis, tous pour un, un pour tous, à la vie, à la mort !" »

Ce qui déclencha des éclats de rire. Pour fixer ce moment convivial et unique, Quentin et Gauthier servirent une rasade de vin de noix fait maison dans les tasses à café, quelques liqueurs supplémentaires aux dames, un peu plus d'armagnac ou de cognac aux messieurs, comme pour retenir davantage leurs invités dans ces instants intimes et heureux.

Mais l'après-midi estival s'étirait et bientôt l'astre solaire allait disparaître derrière la paroi rocheuse et assombrir les gorges, les priver de luminosité nécessaire et indispensable pour effectuer sans embûche le chemin du retour. Aussi, Tristan et Lucie jugèrent d'un commun accord de refaire le chemin à l'envers sans tarder pour rentrer au manoir de la Caze avant le souper, comme convenu et prévu. Antoine Laurent de Lavoisier, Quentin et Gauthier de Montesquiou baisèrent avec respect la main tendue de Lucie, toute rose de plaisir, mais refusant de répondre aux regards séducteurs et appuyés de Quentin et aux paroles enjôleuses de Gauthier, acceptant tout de même les adieux respectueux d'usage des époux Lavoisier. On se quitta bons amis et on promit de venir passer quelques jours à la Malène avant de repartir pour le Valdonnez. Seul le chevalier tout de noir vêtu, ayant assisté à la scène de départ, talonna son cheval et disparut sur le sentier tout tracé en direction de Sainte-Énimie, soulevant un nuage de poussière et de feuilles mortes. Au même moment, les époux Vallet s'apprêtaient à chevaucher au pas et quittaient tranquillement le village où ils venaient de passer une journée inoubliable entre amis.

En cheminant le long du Tarn, calme et indifférent, Tristan et Lucie, quelque peu émoustillés mais nullement éméchés par le copieux repas arrosé de bon vin de Saint-Chinian, de Faugères et de Champagne, éliminaient rapidement dans l'air tiède imprégné de l'odeur de terre mouillée, de feuilles jaunissantes et de vase, les effluves de la bonne chère, mais retenaient les meilleurs moments d'euphorie, alimentés par leurs passionnantes conversations. Ils avaient fait la connaissance exceptionnelle du jeune couple des Lavoisier qui leur avaient décrit avec précision leurs expériences enrichissantes sur l'air, l'eau et la respiration, le rôle de l'hydrogène, de l'oxygène combinés, des échanges gazeux et des oxydations en composés carbonés, rejetés par l'action chlorophyllienne des arbres dans l'atmosphère, en éternel recommencement. Tristan avait souligné l'importance de ces échanges gazeux dans la respiration des êtres vivants, absorbant de l'oxygène et rejetant du gaz carbonique. D'où son métier de bûcheron et garde forestier des Eaux et Forêts, où l'air pur et l'eau, de formule H_2O, sont nécessaires et indispensables à la vie et à la survie de la flore, qu'il devait protéger et préserver, et à celle de tous les êtres vivants et du genre humain. À vrai dire, les termes d'oxydation dans la respiration, de combinaisons carbonées, hydrogénées et oxygénées dans l'évaporation et l'action de la photosynthèse chlorophyllienne de la flore, caractérisée par les plantes et les arbres dans tous ces échanges gazeux, avaient enrichi son vocabulaire et donné un véritable sens aux rapports importants que la nature entretenait avec l'air et l'eau dans les chaînes alimentaires. Ils renforçaient ses propres convictions et les critères de sa déontologie dans l'exercice de ses fonctions de garde forestier des Eaux et Forêts et de bûcheron, à savoir : le respect, la régulation, la conservation et la préservation de la flore qu'il avait la charge et la responsabilité d'entretenir dans la campagne et les forêts du Valdonnez. Car, si son métier consistait à abattre les arbres vieillissants ou morts, à élaguer les autres, à nettoyer et débarder, à éclaircir et réguler toutes les essences végétales et florales, il se devait de reboiser dans un même esprit de conservation et de juste équilibre ces mêmes essences manquantes, avec respect et fidélité, en conformité avec les exigences de la nature déjà existantes, imposant ses lois dans les chaînes alimentaires. Pour Tristan, la nature était souveraine et sélective. Il fallait savoir l'observer, l'écouter, l'entendre, la goûter, la toucher mais surtout l'assister et l'accompagner dans toutes ses métamorphoses, au rythme des saisons, des perturbations, des intempéries et du calendrier, la défendre et l'aider à se réaliser pleinement en comblant quelquefois ses insuffisances, ses absences et ses carences temporaires, sans l'altérer ni inhiber ses actions dans son florilège luxuriant.

Alors que Tristan cogitait, absorbé dans ses pensées et bercé par le pas cadencé et régulier de son étalon, Lucie ne pouvait s'empêcher de porter ses regards amoureux sur son époux, toujours aussi beau et admirable. Tous les yeux étaient braqués sur lui lorsqu'il avait exposé brillamment son métier physique au service de la nature et avait débattu avec intérêt et passion les expériences chimistes d'Antoine Laurent de Lavoisier. Emporté par un engouement illimité pour ses travaux exceptionnels et primordiaux, Tristan n'avait pas été en mesure de remarquer les yeux brillants, doux et envieux d'Aurore de Montesquiou, et ceux plus fiers et ambitieux de Mme de Lavoisier à l'endroit de son époux, très honoré d'avoir un interlocuteur aussi intéressé et pertinent, coopératif et compétent en matière de nature. Toujours aussi subjugué par ses connaissances extraordinaires et scientifiques avérés, Tristan n'avait pas vu non plus que dès que lui-même ouvrait la bouche et s'exprimait posément, tous buvaient ses paroles, et Aurore et Gauthier le dévoraient des yeux. Si Lucie, elle, trouvait tout à fait normal qu'Aurore tombât sous le charme envoûtant de Tristan, elle était plus que troublée par la capacité de séduction que Gauthier dégageait et entretenait à l'encontre de son époux. Effectivement, le comportement maniéré de Gauthier vis-à-vis de Tristan était plus que suspect, à la façon d'un certain Justin, son intime ami d'enfance, qu'il avait dû éconduire et évincer, non sans mal d'après ses dires. Alors Gauthier n'aimait-il que les garçons ou en faisait-il trop pour attirer l'attention, à l'ombre de la forte personnalité de Quentin, son frère, pour exister et être reconnu de tous leurs invités ? En tout cas, il serait très aisé de vérifier cette hypothèse lors de leur futur séjour à la Malène et de valider cette intuition plus ou moins anodine. Toutefois, Lucie se fit la réflexion que les petits-enfants du maréchal de France de Montesquiou d'Artagnan étaient fort sympathiques et chaleureux. Pourtant, au fur et à mesure que les époux s'approchaient du manoir de la Caze, leur appréhension redoublait et, sur leurs visages inquiets, une réelle crainte désenchantée se lisait, au point que, croisant leurs regards, ils finirent par renouer ensemble le fil de leur conversation en exprimant tout haut et franchement ce qu'ils pensaient tout bas :

« Tristan chéri, crois-tu que l'ambiance que nous allons trouver au château de la Caze sera la même que celle qui régnait le premier jour de notre arrivée ? Sinon, quelle attitude devrons-nous prendre suivant l'humeur du moment ?

– Lucie, ma chérie, dans tous les cas, nous agirons comme si de rien n'était. Comme il est d'usage, nous nous enquerrons de la santé de chacun et nous leur souhaiterons le bonsoir. Dans le cas où les nouvelles de la santé de Thibault de la Caze se seraient aggravées, je m'adresserais directement au baron Parmentier pour connaître son diagnostic. Lui seul est en mesure de nous informer en toute équité. Tranquillise-toi ma chérie, j'en fais mon affaire. Tu ne dois pas te sentir concernée.

– Tristan chéri, tua as entièrement raison. Après tout, nous ne sommes pas du tout responsables, nous n'avons rien à nous reprocher. Nous n'avons pas fui, nous avons suivi les conseils raisonnables du palefrenier.

– À ce sujet, ma reine, nous pouvons compter sur lui, c'est la sagesse incarnée. Il est au courant des faits et gestes de toute la maisonnée. Laisse-moi faire, ce genre d'affaire se traite d'homme à homme, et entre hommes. Surtout, ma chérie, reste en retrait.

– Tout de même, j'ai de l'empathie pour ce pauvre Thibault de la Caze. Par ma faute, il a attenté à ses jours. Si sa vie était en danger, jamais je ne me le pardonnerais.

– Lucie chérie, as-tu réalisé que si j'étais moi aussi gentilhomme, je devrais laver cet affront en le provoquant en duel ? Et l'un de nous deux passerait de vie à trépas. Fort heureusement, je ne suis qu'un misérable bûcheron et je dois me résigner à tout endurer sans réagir.

– Tristan chéri, pardonne-moi d'avoir été aussi directe et maladroite. Je ne voulais pas te blesser. Je ne supporte pas que quelqu'un souffre à cause de moi et par ma faute de surcroît.

–Alors, ma chérie, va donc te mettre à ses genoux, demande-lui pardon et jette-toi dans ses bras pour qu'il guérisse définitivement. À ce moment-là, c'est moi, pauvre bûcheron, qui souffrirai en silence comme le plus vil des gueux. »

Lucie, interloquée et déstabilisée, arrêta net son cheval comtois et, les larmes aux yeux, fixa sincèrement Tristan en articulant difficilement :

« Tristan, est-ce toi qui mets en doute et éprouves ma vertu de façon vulgaire et pitoyable ? Qu'ai-je fait de répréhensible ? T'ai-je manqué de respect ces jours-ci et en quoi suis-je fautive à tes yeux pour que tu t'adresses à moi sur un ton de reproche inhabituel ?

– Lucie, ma chérie, je voulais seulement éprouver ta bonne foi et connaître ton point de vue sur le comportement malheureux de l'aîné de la Caze et surtout ton degré de sensibilité à son encontre suite à la soirée dansante où tu t'es beaucoup investie et fait énormément remarquer.

– Tristan, mon époux chéri, cette soirée dansante et les demandes des différents cavaliers, je n'ai pu les refuser ni les choisir à mon gré. J'ai obéi aux vœux ordonnés par le comte de la Caze et en particulier à Thibault, son fils, qui a organisé ce bal en l'honneur de mon anniversaire. J'étais loin de me douter qu'il me ferait une déclaration d'amour que j'ai immédiatement rejetée de façon brutale et catégorique.

– C'est ce que Thibault de la Caze, à qui rien ne semble résister, n'a pu supporter en te voyant évoluer sur la piste de danse dans les bras de tous ses amis. Ma chérie, ne me tiens pas rigueur, je te prie de m'excuser. Je suis impardonnable.

– Dans ce cas, Tristan chéri, arrêtons-nous un court instant, prends-moi dans tes bras et embrassons-nous pour clore ce malentendu sans issue. Nous devons nous faire entièrement confiance et éradiquer une fois pour toutes tout soupçon équivoque.

– Pardonne-moi, ma chérie, je m'inquiète inutilement pour un rien lorsque tous ces jeunes gens tournent autour de toi comme des prédateurs.

– Oui, mon chéri, je pense que tu exagères beaucoup. Tu n'as plus de souci à te faire. »

Devant leurs fidèles chevaux, ravis de s'arrêter en chemin et de s'abreuver de l'eau du Tarn, à portée de leur museau agressé par les mouches tenaces, les deux époux s'étreignirent un moment. Tristan, caressant les cheveux indisciplinés de Lucie, couvrit son joli visage mouillé de baisers passionnés. En réalité, il n'avait aucune raison de soupçonner Lucie, victime de son propre succès auprès des jeunes hommes charmés et séduits par sa beauté et ses belles manières, mais il n'admettait pas qu'elle leur trouvât des circonstances atténuantes et qu'elle s'épanchât avec une mansuétude trop indulgente sur leur malheureux sort. Et la fatigue aidant, qu'il avait accumulée depuis deux jours sans dormir, lui avait fait perdre ses moyens puis monter très haut le ton et la pression. Il en était conscient à présent ; pourtant, il se devait de veiller sur sa jeune épouse et la protéger : Lucie n'avait que 19 ans et ne passait jamais inaperçue. Apaisés, rassérénés, les époux, confortés par leur amour intouchable et indéfectible, mirent leur pied à l'étrier et se dirigèrent tout droit vers le domaine de la Caze, dissimulé derrière les feuillages jaunis.

Une fois arrivés devant l'écurie ouverte où les attendait le palefrenier, Tristan conseilla gentiment à Lucie de regagner leur chambre pendant qu'il s'occuperait des chevaux en conversant avec lui. Alors qu'elle se hâtait de gravir les quelques marches menant à la chambre, elle entendit derrière elle les pas et le souffle de quelqu'un se rapprochant et la rattrapant rapidement. En l'espace d'un éclair, elle se retourna brusquement et se retrouva nez à nez avec Thibault de la Caze, au teint pâle et au regard malheureux, trouble et évasif. S'armant de courage, Lucie s'entendit lui dire avec véhémence :

« Messire de la Caze, j'ai appris avec beaucoup de tristesse que votre état de santé s'était altéré la nuit dernière et que le baron Parmentier vous avait apporté tous les soins de sa science de pharmacien. Je constate avec plaisir que vous allez mieux. Votre parrain est un remarquable médecin.

– Noble dame, si le baron Parmentier a su nettoyer mon estomac et tout mon tube digestif, il ne peut soigner la blessure sentimentale et incurable que vous m'avez brutalement infligée en public. Depuis votre arrivée au manoir, je suis tombé amoureux de votre belle personne et de vos nobles et charmantes manières. Je ne pense qu'à vous jour et nuit. Or, vous me rejetez, vous me fuyez. J'ai espéré vainement que vous viendriez à mon chevet, j'ai attendu toute la journée de vous rencontrer pour avoir cette explication avec vous.

– Eh bien ! Messire de la Caze, me voici de retour au manoir. Je compatis à votre déception mais j'étais loin de m'imaginer que je serais la cause de votre état de santé. Sachez qu'en tant que jeune mariée, j'ai juré fidélité, pour le meilleur et pour le pire, à Tristan Vallet, mon époux, dont je suis follement amoureuse.

– Noble et chère Lucie, qui peut rester insensible à vos charmes et à votre sublime compagnie ? Vous, belle, élégante et raffinée, vous êtes érudite, d'une éducation noble et recherchée, très cultivée, vous avez une élocution savante et pertinente. Dotée d'un caractère bien trempé, déterminée et obstinée, vous avez de la repartie et possédez avec talent du répondant. Avec votre port de reine, vous auriez pu épouser un prince ou un marquis, que dis-je, un comte comme moi, Thibault de la Caze. Au lieu de choisir un tel parti, vous venez de vous unir à un homme issu du tiers ordre, et qui plus est un garde forestier !

– Messire de la Caze, sachez que j'ai déjà éconduit et évincé un gentilhomme de la baronnie du Tournel, Gilles de Montialoux, pour choisir en mon âme et conscience, pour la vie, Tristan Vallet, l'homme le plus valeureux, le plus honnête, le plus charmant du Valdonnez et du Gévaudan.

– Chère Lucie, c'est là mon drame. Votre honorable père avait coutume de nous livrer tous les meilleurs produits du terroir du Gévaudan, mais il a pris grand soin de nous cacher votre belle existence lors de ses fréquentes visites au manoir. Pourquoi ne l'ai-je jamais interrogé depuis quatre ans ? J'aurais pu faire votre connaissance en tant que premier prétendant et soupirant puis demander votre main et vous offrir derechef mes biens, mon nom et une vie de reine. Au lieu de cela, vous épousez un bûcheron, vous refusez la dot conséquente de vos parents puis vous consacrez votre temps à instruire les enfants du Valdonnez ; vous vivez des fruits de votre travail et de plus soutenue et encouragée par le clergé, représenté par l'évêque en personne, monseigneur Choiseul-Beaupré. Comment avez-vous fait, belle Lucie, pour obtenir les faveurs de l'évêque et séduire à la fois les abbés Ribourel et Peytavin et la mère supérieure de la Providence pour arriver à vos fins ?

– Messire de la Caze, sachez que je suis issue d'une famille bourgeoise laborieuse du tiers état. Comme mes parents, j'ai fait le choix de me rendre utile dans la société actuelle et nouvelle en me vouant à l'enseignement des enfants. Le métier de maîtresse d'école est à mes yeux le plus beau métier du monde qu'une femme puisse exercer. Ce projet éducatif que je réalise grâce au soutien du clergé, je le dois à un seul homme, l'homme de ma vie, et à la complicité bienveillante, compréhensive et attentive de la révérente mère supérieure de la Providence. Pour soigner votre déception sentimentale passagère, il y a une saine et efficace solution, c'est de renouer avec vos amis avec franchise et dignité. Le remède à tous ces maux sentimentaux qui éprouvent la jeunesse est de conserver l'amitié. Comme je ne suis pas rancunière, je vous propose la mienne. Restons bons amis. »

Et avant que Thibault de la Caze, qui rêvait de la prendre dans ses bras, ne lui réponde, Lucie le laissa sur le pas de sa porte bouche bée et pantois puis ferma le loquet à double tour ; alors, elle respira profondément, se débarrassa de ses habits moites collant à sa peau et se plongea avec soulagement dans l'eau fraîche de la baignoire que Tristan avait fait remplir avant le départ pour la Malène sous ses yeux par le fidèle serviteur à qui ils faisaient pleinement confiance. En se savonnant avec son éponge, en se rinçant et s'aspergeant généreusement pour se purifier, au sens propre comme au sens figuré, de toutes les agressions présentes et passées, Lucie préféra penser au retour imminent de son époux chéri sans trop s'attarder dans son bain, privilégiant le temps présent. Il s'agissait expressément de s'apprêter correctement pour partager le souper et faire honneur à la société du seigneur de la Caze avec exactitude et courtoisie. Autrement dit, afficher une mine de circonstance, selon le contexte ambiant, et paraître d'accord sur tout, bref, apprécier et faire semblant en frisant soit l'amnésie, soit l'hypocrisie. Or, si ce genre de façade artificielle et insupportable lors des réunions et des repas mondains et malsains était d'usage et fréquente dans la société de la noblesse en Gévaudan, Lucie savait par expérience qu'à chasser le naturel, il revenait au galop. Il n'était aucunement question qu'elle adhère à ce genre d'attitude digne du Tartuffe de Molière, conformiste et avilissant, et de fort mauvaise foi. Pas question de se rabaisser ni de donner une fausse image de soi en se faisant, comme le dit le vieil adage, plus royaliste que le roi. Les notables soi-disant bien-pensants ne supportaient ni la contradiction, ni l'échec, ni l'affront, ni l'offense, et leur susceptibilité mal placée se transcendait en vanité prétentieuse et venimeuse. Aussi, en revêtant soigneusement sa jolie robe violet parme aux manches ballon rehaussant sa jeune poitrine ferme et mettant en valeur sa taille altière en retombant en gracieux plis évasés et élégants sur ses jambes fines, juchées sur de jolis escarpins noirs compensés, Lucie résolut de faire preuve de naturel et de simplicité au cours du souper, ni plus ni moins, comme à son habitude. Elle était en train de se parfumer avec son eau de violette préférée lorsqu'elle entendit frapper trois coups légers à la porte : reconnaissant la façon de toquer mêlée à la voix particulière de Tristan, elle s'empressa de lui ouvrir aussitôt :

« Lucie ma chérie, tu es très en beauté ce soir. Cette robe te va à ravir et tu es magnifique. Ne crains-tu pas de faire tourner la tête à tous les gentilshommes invités à la table du comte de la Caze et surtout à un certain Thibault, fou amoureux, transi et éconduit ?

– Tristan chéri, je me suis parée ainsi pour toi, rien que pour toi, pour te faire honneur. Si tu juges que cette robe est provocante, je puis en changer sur-le-champ.

– Pardonne-moi ma chérie. Tu es tellement belle que j'ai pris peur. Je me suis imaginé que tu dansais encore dans les bras de Thibault de la Caze et qu'il t'enlevait loin de moi. Je te prie de m'excuser. Mes nuits sans sommeil en sont peut-être la cause. Je t'aime tant !

– Tristan chéri, je suis la seule responsable. Comment est-ce possible ? J'aurais dû me rendre compte bien plus tôt de mon comportement égoïste attirant bien des ennuis, altérant même ton sommeil. Mon époux chéri, si tu es d'accord, nous partagerons le repas mais nous ne nous attarderons pas longtemps. En revanche, nous nous coucherons de bonne heure après avoir pris le frais dans le parc tous les deux en amoureux.

« Lucie ma toute belle, ne change rien à ta mise. Quant à moi, je vais rapidement changer la mienne.

– Voici des apprêts sur la chaise : ils n'attendent que toi pour te faire beau, le plus beau pour moi ; car je te rappelle que tu es le seul homme de ma vie, celui qui m'a choisie pour partager ma vie. Et n'oublie pas que je t'aime plus que tout, envers et contre tous !», finit-elle par dire en se jetant dans ses bras.

En la serrant dans ses bras musclés et l'embrassant tendrement, il s'imprégna de son odeur singulière que le parfum de la violette avait fixé avec subtilité sur le teint de porcelaine de sa peau rose et offerte à ses lèvres avides et gourmandes, la humant et la respirant avec sensualité et amoureusement. Or il devait à la hâte lui aussi s'apprêter avant que les sept coups de l'angélus annoncent dans la salle à manger le repas du soir en retentissant bruyamment hors du cadran de la belle horloge en bois de rose sculpté, carillonnant et égrenant avec sonorité les heures et les demi-heures nuit et jour en résonnant dans toutes les pièces du manoir. Comme pour rappeler à chacune et à chacun l'assiduité, la ponctualité et la régularité dues à la seigneurie de la Caze et son illustre famille. Tandis que Tristan enfilait une chemise blanche à jabot dentelé et un pantalon de velours noir, Lucie en riant s'évertuait à le parfumer à l'eau de Cologne en appliquant par petites touches, du bout des doigts, un peu de cet élixir sous ses oreilles, sur son cou, le creux de ses poignets et sur sa nuque adorée, en provoquant sans s'en douter d'étranges frissons sur sa peau affolée et réveillant agréablement sa sensualité virile de mâle accompli. Lucie était non seulement adorable mais désirable à souhait. Par ses caresses câlines très sensuelles et félines, elle avait le don particulier d'exciter sa sensibilité aux plaisirs de la chair, de ses charmes qu'elle lui accordait et attribuait lors de leurs ébats consentants et leurs relations fusionnelles concertées, échangées, partagées à travers leurs rapports sexuels dispensés dans le lit conjugal de leur nid d'amour. Les nuits leur appartenaient pour renouveler leur union intime, sensuelle, charnelle, avec force caresses et étreintes raffinées et recommencées pour pérenniser avec fidélité leur hyménée sur l'autel sacré des plaisirs fusionnels et consentis de leurs jeunes sens en éveil, excités jusqu'au paroxysme érogène, jouissif, orgasmique de leurs actes sexuels revendiqués conjointement, amoureusement et passionnément, consommés et assouvis sainement. Les pensées érotiques et personnelles justifiées et précises de Tristan, amoureux de sa belle épouse, radieuse dans sa robe parme et le rose aux joues, le mirent en joie et de bonne humeur quand, fin prêt et parfumé, les sept coups de l'angélus retentirent en bas dans la grande salle à manger. Retrouvant son allant, conforté par l'amour sincère et partagé de sa reine, Tristan se lança :

« Lucie ma chérie, prends mon bras et allons de ce pas partager le repas du comte de la Caze et de tous ses invités sans aucune arrière-pensée. Après tout, nous y sommes conviés et nous nous comporterons avec respect et dignité, avec le naturel et la simplicité habituels qui sont nôtres, rien de plus. »

Rassérénés, les époux firent leur entrée dans la salle éclairée de maints chandeliers, où régnait un brouhaha général diffus autour des petites tables, toutes déjà occupées par les gentilshommes et leurs épouses ou les invités de la famille de la Caze au complet. Lorsque, guillerets, Lucie et Tristan, bras dessus, bras dessous, firent irruption parmi eux et se dirigèrent vers leur table habituelle, un silence subit et profond, lourd de reproches refoulés, les accompagna et s'éternisa de longues secondes jusqu'à ce que le comte de la Caze vînt enfin à leur secours en le rompant par ses hommages d'usage :

« Chers amis, ma famille réunie et moi-même nous vous souhaitons le bonsoir et un excellent appétit à notre table. Après le souper, vous êtes toutes et tous conviés aux parties de cartes, de loterie et d'échecs dans la bibliothèque et la salle de billard, gracieusement organisées par mes deux fils, Thibault et Geoffroy, qui comptent absolument sur votre présence effective dans les deux salles de jeu. Les paris, comme d'habitude, sont importants et conséquents, et les gains flatteurs et juteux. À ceux qui ne souhaitent pas jouer, le salon et la salle de danse sont disponibles : ils vous appartiennent. En attendant, chers amis, prenez des forces et restaurez-vous bien. »

Le comte de la Caze avait le tact et la délicatesse de détendre l'atmosphère ambiante et de mettre ses invités à l'aise. Pourtant, malgré ses conseils humanistes et bienveillants, certains regards froids et sévères, lancés et accentués à la hâte et à la dérobée en direction de la table des Vallet, en disaient long sur leurs pensées appuyées quant à la mine abattue et malheureuse de l'aîné de la Caze, qui ne quittait pas des yeux Lucie. D'autant plus qu'au milieu de leur table, sciemment apprêtée, paradait un joli bouquet de roses rouges au parfum envoûtant motivé par une carte de visite au nom de Thibault de la Caze faisant ainsi officiellement de Lucie sa favorite dans la société de la seigneurie de la Caze. Il est vrai que Lucie Vallet, avec ses beaux cheveux châtains relevés en chignon, le cou serti d'une rangée de perles de nacre, la taille fine cintrée dans sa robe parme, valorisant ses formes harmonieuses et charmantes, le teint empourpré par l'émotion, qui illuminait ses grands yeux bleus ourlés de longs cils noirs interrogateurs, attirait l'attention de la gent masculine mais aussi l'envie et la jalousie féminine directement et ouvertement. Lucie, connaissant la signification de ce présent des plus osés et insolents pour sa vertu, aurait voulu se dérober à ces regards désobligeants et plus ou moins vicieux. Toutefois, comprenant la situation compromettante dans laquelle son épouse se trouvait, Tristan la réconforta en riant :

« Lucie ma chérie, il n'y a rien de dramatique. Après tout, si tu es la reine de cette société, ne t'inquiète pas, je ne me battrai pas en duel avec Thibault de la Caze. Il est bien, par ma foi, en piteux état. Il n'y a pas de mal à être la plus belle, du moment qu'il n'y a pas d'infidélité. Tout compte fait, c'est un honneur pour moi de te savoir remarquée et admirée. Les séducteurs, les envieux, les hypocrites et les prédateurs n'ont qu'à bien se tenir ! Je serai toujours là près de toi, avec toi, rien que pour toi. Tu peux compter sur moi. »

En faisant pression sur ses mains, ses yeux vert émeraude dans les siens, inquiets, Tristan réussit à lui décrocher un sourire et à la tranquilliser.

« Tristan chéri, tu as raison. À présent, soupons et faisons comme si de rien n'était. »

Les salades composées, les omelettes aux champignons, les côtelettes d'agneau grillées accompagnées de petits légumes, les crèmes brûlées et les parts de tartes aux fraises calmèrent non seulement leurs estomacs mais dissipèrent le temps du repas leurs inquiétudes, même s'ils refusèrent les vins et les autres alcools forts présentés par le même serveur, aimable, avenant et courtois. À la fin du repas, bien arrosé et animé, ils profitèrent d'un moment d'inattention pour s'éclipser afin de profiter comme prévu de l'air frais et odorant du parc désert mais rempli des bruits de la nuit estivale. Tristan et Lucie aimaient écouter effectivement les bruits familiers nocturnes concrétisés particulièrement par les coassements des grenouilles, les clapotis furtifs de la rivière, les grésillements des grillons, les cris tenaces, brefs, répétés et routiniers des hiboux, les chants lugubres et lancinants des hulottes en chasse, le concert de quelques rossignols retardataires s'appelant, se répondant et communiquant, invisibles mais présents partout car dissimulés dans les branchages, diffusant leur chant d'amour à qui voulait bien l'entendre. Dessous les buissons entretenus, survolés par les insectes, les moucherons et les papillons de nuit, actifs, quand, de ses rayons brillants, la lune éclairait par moments les allées des peupliers et des tilleuls ou des frênes, les chevelures des saules pleureurs jaunis et les deux séquoias séculaires, les lucioles fluorescentes et phosphorescentes alors avaient le champ libre et s'activaient nonchalamment en rivalisant de signaux lumineux, sans crainte des prédateurs, dans les herbes folles, sous les toiles ouvragées des araignées, entre les minuscules galets et les bardanes vivaces. Si certains animaux tels que les batraciens, les criquets, les arachnides, les rongeurs ou quelques oiseaux et une multitude d'insectes vivent prudemment la nuit plus ou moins cachés, les lucioles, au contraire, intrépides et voyantes, se donnent en spectacle au plus fort de l'été et pour le plaisir des yeux.

Lucie et Tristan parcouraient le parc dans tous ses coins et recoins, délaissant les allées, préférant les abords plus sauvages et même ceux du Tarn où, sur les galets, ils dérangèrent un couple de grenouilles qui, affolées, sautèrent bruyamment dans la rivière et disparurent dans les remous. Il flottait dans la brise légère et fraîche comme de curieuses odeurs fades de vase et de terre mouillée, alliées au parfum subtil et singulier des roses et à celui, plus épicé et poivré, des œillets, ou à ceux plus discrets des bégonias doubles, des dahlias pompons et des glaïeuls multicolores et frangés, mêlés aux senteurs des rosiers grimpants anciens sur les murailles du manoir assoupi et indifférent, dans la nuit étoilée, bref, des parfums composés et en osmose, répandus, mariés, dilués dans cette nature luxuriante et paradisiaque. Tristan et Lucie, savourant la quiétude idyllique de cette nuit estivale, enivrés par les odeurs singulières, les cris, les sons, les bruits familiers et les couleurs particulières, se grisaient de la vie nocturne animée par la faune et la flore de ce havre de paix au bord du Tarn. Et pour cause ! Si dans le parc régnait une sereine quiétude, à l'intérieur du manoir, dans les salles de jeu, l'ambiance était en pleine ébullition et l'effervescence à son comble était à son plus haut paroxysme. On misait, on pariait, on jouait des sommes conséquentes, on gagnait, on rejouait, on perdait ; or, le son montait, nourri par les mises et les pertes, et l'animosité allait crescendo. Les adeptes de ces jeux d'argent étaient, en ce siècle des Lumières, nombreux et perdaient de fortes sommes considérables. Les plus ciblés concernaient les jeunes aristocrates aisés, cotés et fortunés, hélas souvent désœuvrés, assignés dans leur résidence ancestrale : faute de mission, de guerre et d'engagement au service du royaume de France et de Navarre, ils consacraient leur vie et la plupart de leur temps aux divertissements en tout genre, même si quelques-uns dérogeaient à ces plaisirs malsains et dispendieux en mettant leurs biens, leur art et leur savoir au service des sciences, dans l'esprit du courant humaniste des Lumières, pour ne citer que les époux Lavoisier, les Montesquiou d'Artagnan, le duc de La Rochefoucauld, le jeune marquis Simon de Laplace, le marquis de Condorcet et le baron Parmentier, plusieurs philosophes et écrivains philanthropes œuvrant pour moderniser la société nouvelle et plus juste. Les époux Vallet condamnaient ces jeux onéreux et coûteux qui pouvaient dilapider, désargenter et ruiner des familles nobles entières, comme le fit sans vergogne le comte Jean-François Charles de Molette de Morangiès, qui déshérita ses frères et sœurs de leurs biens en menant une vie fastueuse et frauduleuse, douteuse et dépravant, empruntant, escroquant et ruinant ses créanciers à Paris et vivant, à présent, reclus dans son château de Saint-Alban-sur-Limagnole, en Gévaudan.

Il fallait pourtant se hasarder quelques instants dans toutes les salles du manoir en respectant les convenances établies par le comte de la Caze qui allait et venait, supervisant les tables de jeu investies et très animées, affichant un demi-sourire satisfait sur son visage jovial et réjoui. Évitant la bibliothèque comble et la salle de billard où les joueurs assidus, les yeux fixés sur leurs paris, les ignoraient totalement, Tristan et Lucie s'introduisirent discrètement dans le salon, où le baron Parmentier conversait sérieusement avec le duc de La Rochefoucauld, le jeune marquis Simon de Laplace et le chevalier Pierre Choderlos de Laclos sur les projets de réforme proposés par le triumvirat du nouveau ministère de Maupéou au bon roi Louis XV le Bien-Aimé. Sceptique, le chevalier de Laclos interrogea le baron avec intérêt et inquiétude :

« Cher ami, croyez-vous sincèrement que ce nouveau ministère présidé par Maupéou, Terray et d'Aiguillon réussira à soumettre à l'impôt les notables de la noblesse et du clergé, bref, les privilégiés que nous sommes ?

– Messire de Laclos, ce serait justice pour la société entière et une bonne réforme pour le peuple français, en pleine reconstruction après toutes ces guerres qui ravagèrent le royaume de France. D'autant plus qu'en perdant nos colonies, nous venons d'acquérir la Lorraine et la Corse, et nous vivons en paix depuis la guerre de Sept Ans. Tous les Français sans exception doivent contribuer à cette reconstruction et payer des impôts, les trois ordres compris, répondit fermement le jeune duc de La Rochefoucauld.

– Encore faut-il que les parlementaires acceptent cette réforme et qu'elle soit appliquée intelligemment et avec raison.

– Les raisons sont toutes trouvées et bien réelles depuis la nuit des temps. Tous les gens du tiers état, laborieux, sont écrasés de taxes et d'impôts, qu'ils soient ouvriers journaliers, bourgeois ou paysans, commerçants, aubergistes ou épiciers, hôteliers, vignerons ou maraîchers ; or, tout travail mérite salaire et reconnaissance, il valorise tout manouvrier. Toutefois, les gens du tiers ordre sont les plus imposés et pénalisés, ils subissent depuis trop longtemps ces injustices !», répondit avec assurance et franchise Lucie, qui ne put s'empêcher d'intervenir au milieu de ce petit comité d'amis. Ce à quoi rétorqua avec sincérité et sans ambages le chevalier de Laclos :

« Noble dame, nous entendons et comprenons vos doléances. Elles sont nobles et louables, et reflètent une profonde empathie humaniste à l'encontre des gens du tiers ordre. Cependant, il sera quasiment impossible de convaincre les notables et les parlementaires : ils ne voudront jamais payer des impôts !

– Messire de Laclos, les notables de la noblesse et du clergé sont des privilégiés capables de claquer des sommes colossales sur les tables de jeu et de se ruiner, vivant richement de leurs rentes, accordées généreusement par les bonnes grâces et les faveurs du roi, et dans l'opulence, sans payer le moindre impôt, ni la moindre taxe, ni la moindre redevance !

– Chère et noble dame, vous oubliez que nos vieilles familles aristocrates fournissent aux troupes royales de valeureux bras pour défendre le royaume de France et de Navarre : nous autres gentilshommes, nous sommes des sujets loyaux, voués au métier des armes, au service du pouvoir et des ordres du roi, de son gouvernement et de ses ministres. Nous devons obéissance, abnégation et dévouement absolus à Sa Majesté qui, en échange, nous assiste et nous gratifie en fonction de nos missions et de nos mérites. De plus, nous devons, dans sa garde montée, assurer sa sécurité et sa protection au rythme de ses déplacements.

– Messire de Laclos, vos nobles activités vous honorent. Toutefois, je réitère ma requête : vivant de votre beau métier des armes et de vos rentes dans l'opulence, ne serait-il pas juste et raisonnable de contribuer à la vie économique du pays en apportant votre redevance personnelle en fonction de vos revenus et, de ce fait, participer à l'impôt collectif et équitable pour remplir les caisses de l'État ?

– Noble et charmante dame, j'appliquerai ou non une telle requête lorsque les parlementaires voteront une telle loi sur l'impôt. Pourtant, je doute fort que les notables acceptent d'y être soumis bientôt. Vous n'êtes pas sans savoir que cette demande populaire de contribution est directement insufflée du courant humaniste des idées nouvelles de droits et de libertés que les philosophes des Lumières véhiculent, propagent et diffusent dans les salons, leurs écrits et l'Encyclopédie qu'ils éditent depuis peu et qu'ils prônent à cor et à cri et revendiquent.

– Tout de même, messire de Laclos, le peuple français à l'unisson réclame plus de liberté, plus d'égalité et de justice. Il ne supporte plus que la noblesse et le clergé soient et restent des privilégiés. Il faut changer les mentalités ! Et, à propos, qu'en pensent le roi et ses courtisans à Versailles, mis à part le chancelier de Maupéou, l'abbé Terray et le duc de Vignerot, Emmanuel Armand d'Aiguillon, le triumvirat réformateur ?

– Chère Lucie, si je m'octroie le droit de vous appeler ainsi, je ne vous apprendrai pas que, depuis la mort de sa maîtresse, la marquise de Pompadour, en 1764, et celle de la reine, Marie Leszczynska, l'année passée, épuisée par dix maternités, Louis XV notre roi bien-aimé a retrouvé l'amour et la gaieté avec une jeune femme de petite vertu, Jeanne Bécu, devenue grâce à son comparse la comtesse du Barry. Elle fait le bonheur de Sa Majesté : elle séduit les courtisans et tous les gentilshommes côtoyant Versailles par sa beauté et sa charmante compagnie dont elle use et abuse par son goût de la magnificence et du luxe. Le roi, amoureux, la choie ou la gâte et la satisfait. Il n'y voit que du feu et de la passion pour sa jeune favorite qu'il couvre de cadeaux. Son entourage s'inquiète qu'elle ne dilapide bientôt la fortune royale et les biens de la Couronne. Reste-t-il suffisamment à Sa Majesté le roi de raison et d'esprit pour décider ce qui est bien, juste et bon pour son peuple, après les guerres de succession et celle de Sept Ans, qui décimèrent, ravagèrent et ruinèrent le royaume, au point de perdre toutes les batailles et les colonies ? Depuis cinq ans seulement nous sommes en paix et tous les Français, après avoir été vaincus, brimés et moqués par nos ennemis héréditaires anglais, aspirent maintenant à une paix plus durable avec des droits et des libertés, encouragés et soutenus par les libres penseurs des Lumières. C'est intolérable et inadmissible !

– Messieurs ici présents, avança Lucie aux quatre gentilshommes et à Tristan, médusés et subjugués par tant d'autorité enthousiaste. Voici une raison de plus pour contribuer ensemble à la reconstruction du royaume en apportant chacun d'entre nous notre part active et responsable, selon nos moyens, nos talents, nos possibilités. Au lieu de rester inactifs et passifs, engageons notre savoir-faire pour œuvrer à cette société collective commune, plus utile et plus juste, pour le bien de tous. Car si nous naissons égaux en droits et libres, nous sommes responsables de nos actes dans le temps présent et futur, et dans l'espace. Et nous devons aussi assumer les devoirs et la responsabilité qui nous incombent. Il ne sert à rien de déplorer ces trente ans de guerres engagées par le cardinal Fleury depuis 1733 contre l'Angleterre, notamment, assombrissant amèrement l'autorité de notre bon roi Louis qui, en fin de règne peut-être, noie son désespoir avec Mme du Barry, ni de se morfondre inutilement sur les conséquences néfastes du ministère précédent, concrétisées par le duc de Stainville de Choiseul, secrétaire d'État aux Affaires étrangères, à la Guerre et à la Marine. Ami des encyclopédistes, il ne faut pas négliger que M. de Choiseul nous fit acquérir en 1766 la Lorraine et l'année dernière la Corse. Allons de l'avant et faisons, comme notre bon roi Louis, confiance au ministère compétent du chancelier de Maupéou et de son triumvirat annonçant des réformes objectives à venir et à tenir. L'économie du royaume reconstruit et le commerce florissant, alliés à nos savoir-faire, à la valorisation de nos fleurons et de nos métiers, de nos arts et de notre culture identitaire judéo-chrétienne, avec nos talents réunis, notre participation volontaire et nos engagements, feront de nous des Français motivés, valeureux, épanouis. Nous retrouverons notre fierté dans une France solidaire, pacifiste et réconciliée, libre et juste. En attendant ces jours meilleurs, messieurs, mon époux et moi-même nous vous souhaitons une bonne nuit. »

Avant que l'un d'entre eux puisse prononcer un seul mot, en réponse, Lucie prit le bras de Tristan, quelque peu soulagé mais aussi stupéfait suite au discours engagé et réaliste de son épouse, prêtant certainement à une interprétation soupçonneuse et prétentieuse de sa part à l'encontre des quatre gentilshommes ébahis et peut-être frustrés. Si le marquis de Laplace, le duc de La Rochefoucauld et le baron Parmentier souriaient à demi, Pierre Choderlos de Laclos riait jaune et paraissait, d'après Tristan, soucieux et de plus en plus scandalisé. En prêtant l'oreille dans le couloir, il lui sembla percevoir derrière son dos des réponses négatives :

« Mes chers amis, cette jeune femme très sûre d'elle et érudite est une fervente disciple de Jean-Jacques Rousseau et applique ses idées à la lettre, en instruisant les enfants du Valdonnez en toute liberté dans l'esprit philosophique et humaniste des Lumières avec la plus grande conviction.

– Pourtant, Lucie Vallet, d'origine bourgeoise, est franche et sincère dans ses déclarations, ajouta Simon de Laplace, très admiratif.

– Cette jeune femme très belle et élégante est d'une charmante compagnie. Elle a, en plus de ses qualités, un caractère bien trempé et de la repartie avec force détails et arguments plausibles et crédibles. Son époux, un peu ténébreux et discret, semble de connivence, déclara François de La Rochefoucauld avec bienveillance et respect.

– Il ne faut pas s'étonner que cette belle jeune femme fasse tourner la tête à quelques jeunes gens attentifs, avenants et entreprenants. Thibault de la Caze, éconduit, vient d'en faire les frais cette nuit. Il est plus à plaindre qu'à blâmer, répondit calmement Simon de Laplace, un peu troublé.

– Oui, mes amis, Tristan Vallet aura à l'avenir beaucoup de souci à se faire au cours de sa vie, répliqua froidement le chevalier de Laclos.

– Monsieur de Laclos, ne soyons pas aussi médisants. Avouez que Lucie et Tristan Vallet forment un couple charmant. Ils ne renient pas leurs origines ni leurs convictions et se comportent dignement et respectueusement », conclut le baron Parmentier.

Quand les dernières bribes de conversations se perdirent dans l'effervescente confusion ambiante régnant dans les salles de jeu et le couloir traversés, Lucie et Tristan eurent l'étrange surprise de trouver, soigneusement placé devant la porte de leur chambre, le bouquet de roses rouges avec la carte de visite de Thibault de la Caze. Tristan insista pour que Lucie le place rapidement dans le vase posé sur la cheminée et le remplisse d'eau fraîche. Après tout, c'était un présent honorable et raffiné, offert avec respect par l'aîné de la Caze. Lucie devait accepter ce cadeau : c'était tout à son honneur. Tristan, fier que l'on admire et considère avec déférence son épouse, réussit à la persuader de prendre soin de ce bouquet en gage de reconnaissance et de remerciement. Lucie s'exécuta de mauvaise grâce : en arrangeant les roses très parfumées dans le vase rempli d'eau, elle éternua. Les époux se regardèrent et éclatèrent de rire.

« Tout compte fait, nous avons passé une merveilleuse journée. Il est temps de se mettre au lit.

– Lucie ma chérie, que dirais-tu d'une partie de pêche demain matin dans les gouffres de Saint-Chély-du-Tarn ?

– Tristan chéri, c'est une excellente idée. Nous nous lèverons aux aurores. »

En quelques secondes, ils furent déshabillés et, sans la moindre gêne, une fois dénudés, ils se blottirent expressément l'un contre l'autre amoureusement. La nuit et leurs ébats leur appartenaient. Les premières lueurs de l'aube derrière les rideaux tirés, éclairant faiblement leur chambre, les réveillèrent en même temps que le premier chant du coq de la basse-cour voisine attenante au manoir endormi, rompant la quiétude et le calme plat entourant le parc de la Caze et ses dépendances, réduits pour quelques heures au silence complet. Tristan et Lucie aimaient se lever à la pointe du jour et savouraient ces instants ludiques et privilégiés où la voûte céleste, débarrassée de ses astres clignotants, chasse les derniers résidus nuageux et moutonneux pour se parer, avec l'aide de la brise matinale et légère, dans l'azur lavé de bleu irisé et de rose pastel, célébrés par les premiers chants du merle siffleur, du geai annonciateur de la pluie ou du beau temps, des premiers roucoulements des tourterelles ou des cris nerveux et stridents des hirondelles rasant les murs ou les dalles et les allées du parc jusqu'aux abords de la rivière que l'on entendait par intermittence clapoter doucement, alors que les étourneaux s'évertuaient à picorer les miettes des derniers repas dispersées généreusement par les nappes régulièrement secouées, sous l'œil narquois des pies voleuses et envieuses et à l'affût ; plus prudents et discrets, perchés au-dessus des toitures du manoir, les martinets veillaient fidèlement sur leur progéniture, attendant le moment propice pour aller se nourrir et se gaver de graines et de moucherons ou boire à la fontaine du parc. Tandis que le coq continuait son chant sonore, dans le ciel clair et lumineux tournoyait parfois un rapace, effectuant de larges cercles, en poussant des cris aigus et perçants au-dessus de la basse-cour où, déjà, les poules rousses et blanches évoluaient en caquetant bruyamment. Si la faune et la flore s'étaient déjà donné rendez-vous aux aurores dans les gorges du Tarn, les invités du seigneur de la Caze dormaient à poings fermés dans le château silencieux. Seuls le comte et ses fidèles serviteurs s'activaient en cuisine pour préparer le petit déjeuner. C'est le moment précis que choisirent les époux Vallet pour descendre dans la salle à manger, où l'horloge égrena les cinq heures et demie en carillonnant joyeusement. Quelle ne fut pas la surprise de Lucie de voir installé en vis-à-vis Thibault de la Caze, ravi enfin de pouvoir s'entretenir librement avec elle en l'absence de Tristan, conversant avec son père. Il en profita pour lui dire :

« Chère Lucie, ne trouvant pas le sommeil, j'ai pris la liberté de me lever avant l'aube, sachant pertinemment que je vous trouverais ici avec votre époux. J'ai bien réfléchi à votre aimable proposition. J'accepte votre amitié et vous offre sincèrement la mienne.

– Voilà chose faite. Avant de partir à la pêche le long du Tarn, veuillez partager notre déjeuner avec nous. Tristan aura un réel plaisir à faire votre connaissance. Justement, le voilà. »

L'entretien, quoique bref et courtois, fut sincère et amical. On remit à regret la causerie à plus tard dans la journée, peut-être avant le dîner ou en fin d'après-midi, si le temps et l'espace s'y prêtaient, autrement dit sans fixer l'heure ou le lieu. Pour s'excuser de ce contretemps et se dédouaner, Tristan expliqua avec franchise et en riant que l'on devait remonter le courant du Tarn le plus tôt possible et taquiner les truites avant le lever du soleil, précisant qu'à partir de 9 heures les poissons ne « mouchaient » plus, ils ne mordaient plus à l'hameçon. Amusé par les explications passionnantes de Tristan pour la pêche, l'aîné de la Caze écouta avec patience et intérêt, et souhaita aux deux époux bonne chance et bonnes prises, comptant bien en savoir plus dans la journée. Sans délai ni se faire prier, Tristan et Lucie se hâtèrent de récupérer les cannes et le matériel de pêche se trouvant dans le char à banc, sous le hangar, bien gardé par l'aimable et fidèle palefrenier. Bien bottés et munis de leur attirail de pêche, un chapeau de feutre sur la tête, les époux longèrent la rivière à contre-courant et se postèrent patiemment en retrait des meilleurs gouffres, plongeant maintes fois le fil de leur canne pourvu des plus belles mouches, cachant l'hameçon létal et fatal dans les abysses sombres du Tarn et les remous prometteurs. Ces leurres multicolores, tels des appâts chatoyants et attrayants, attiraient le regard des truites, en quête de proies faciles mais plus alléchantes que celles voletant habituellement au-dessus de l'eau, aux couleurs fades et ternes. Bref, les truites aiment les couleurs vives et brillantes : or, les mouches séduisantes de Tristan, chinées et bigarrées, savaient les appâter, elles excitaient et attisaient leur appétit dès le matin. Lorsqu'une mouche factice se présente en s'agitant dans l'eau trouble, la truite, tel un muscle déployé en puissance, se jette sur sa proie aveuglément et la gobe avec avidité et voracité. Dès la moindre vibration, d'un coup sec du poignet, on ferre aussitôt pour éviter à la truite qu'elle avale l'hameçon. Ainsi, chemin faisant, en sondant le Tarn dans ses profondeurs, en direction de Saint-Chély, les époux Vallet firent de belles prises que Tristan savait certes décrocher, abrégeant radicalement leur vie sans les faire souffrir et les posant délicatement sur le tapis de feuilles fraîches de sa canastelle largement ouverte. Ensuite, il vérifiait chaque canne et l'hameçon, bien fixé, remplaçait la mouche factice mouillée par une autre, vive et rutilante, de sa fabrication et chacun reprenait passionnément sa pêche en progressant lentement et patiemment.

Le soleil était déjà haut mais la paroi rocheuse de la falaise le cachait encore et ses puissants rayons ne parvenaient pas à se refléter dans l'eau profonde et sombre de la rivière. Tristan et Lucie pouvaient pêcher à leur aise, tandis que l'astre solaire n'apparaîtrait pas au zénith, c'est-à-dire à midi : ils en profitèrent pour en lever quelques-unes, malgré la clarté éblouissante de cette journée estivale s'annonçant chaude et peut-être orageuse. Toutefois, après 10 heures, ils soulevèrent quelques petites truites follettes, imprudentes et frétillantes qu'ils durent relâcher, n'étant pas à la maille et devant frayer et se reproduire plus tard. Vivre, survivre, se nourrir et se reproduire obligent, selon les lois de la nature, dans un éternel recommencement des chaînes alimentaires.

Assise à même les galets, Lucie fit l'inventaire de leur pêche : dans la canastelle d'osier, archi pleine à craquer, elle dénombra deux douzaines et demie de truites, autrement dit une trentaine de poissons encore ruisselants : sur leurs flancs lisses aux écailles noires et luisantes se détachaient de jolis points rouge vif, éclatants, contrastant avec leur chair ventrale et leurs branchies irisées et blanches, à ne pas confondre avec les truites arc-en-ciel d'élevage, américaines, repeuplant certains lacs et cours d'eau. Cependant, dans les rivières gévaudanaises, que ce soit dans le Tarn ou le Lot et leurs affluents, le Bramont, la Colagne ou la Truyère, on n'attrapait dans ces eaux froides et courantes que des chevesnes et surtout des truites fario à points rouges, recherchées par les gourmets et les restaurateurs pour leur chair fine et raffinée que l'on cuisine avec des amandes après les avoir vidées et enfarinées.

« Tristan chéri, grâce à toi la pêche a été excellente. Le comte de la Caze va se réjouir et te féliciter pour ces belles truites.

– Lucie, ma chérie, tu en as attrapé autant que moi, si ce n'est plus. Je ne manquerai pas de le lui faire savoir. Tu sais très bien pêcher.

– À vouloir trop vanter mes mérites, mon époux chéri, le seigneur de la Caze risque de m'attribuer des diminutifs ou des sobriquets imagés. Il pourrait me surnommer "Diane chasseresse" ou "Marie-Madeleine pécheresse" selon les circonstances. Il me faudra alors disparaître et rentrer sous terre pour cacher ma honte, dit Lucie en riant.

– Voyons ma chérie, tu as de l'humour mal placé. Tu n'es ni Diane ni Marie-Madeleine, tu es ma reine chérie. Tu as de multiples talents et tu apprends vite. Nul ne doit salir ton nom. J'y veillerai et je serai intraitable, crois-moi !

– Dans ce cas, mon chéri, en offrant ces truites, dis tout simplement au comte de la Caze que j'ai participé à la partie de pêche, rien de plus. Il ne doit en aucune façon faire étalage de mes talents imaginaires ou de mes qualités en public et notamment dans sa société au moment des repas. Les gentilshommes et leurs compagnes m'observent d'un mauvais œil. Je dirais même que tous me regardent plutôt de travers, excepté le baron Parmentier, François de La Rochefoucauld et Simon de Laplace, sans oublier le pauvre Thibault de la Caze qui nous offre son amitié et ses roses rouges. C'est inquiétant et affligeant.

– Lucie, ma chérie, déclara Tristan en riant, tu n'as aucun souci à te faire. Tous les notables conviés à la table du comte de la Caze sont des gens bien élevés et courtois, même si les dames sont un peu jalouses de tes charmes et ton succès, qui font d'eux des soupirants admiratifs et frustrés. Ne change rien à tes manières. Tu es une épouse exemplaire et digne, et je t'adore. »

Assis sous un des trembles bordant la rivière, Lucie ne put s'empêcher de mettre ses bras nus autour du cou de Tristan et de l'embrasser tendrement. Son époux avait le tact et la délicatesse de la rassurer, de la réconforter avec raisons à l'appui. Sans jamais s'emporter ni la brusquer, Tristan possédait l'art et la manière d'expliquer et de persuader, de démêler le vrai du faux, le bien du mal, le beau du laid et le juste de l'équitable, jouissant d'une grande maturité, d'une forte personnalité et du sens des valeurs inculquées dans son éducation. Tristan aurait 22 ans en janvier 1770, Lucie venait d'avoir seulement 19 ans et depuis un peu plus d'un an, malgré ses connaissances et son érudition, elle se trouvait brutalement projetée dans un monde qui lui paraissait à la fois impitoyable et injuste. C'était sans compter sur l'optimisme et le réalisme de Tristan, et son amour incommensurable et indéfectible envers Lucie pour l'accompagner, la soutenir et l'orienter dans leurs projets d'avenir et leur réalisation, et enfin fonder une famille. L'adage ne dit-il pas que s'aimer, ce n'est pas seulement se regarder l'un l'autre mais regarder ensemble dans la même direction ? Pour Tristan, c'était à la fois l'une et l'autre propositions. Et pour cause ! Ils venaient de se marier le 27 mai de cette année. Depuis le dernier dimanche d'avril 1768, il était fou amoureux de Lucie et son amour était réciproque. Faits l'un pour l'autre, dans un amour fusionnel, rien ne pourrait les séparer. Tristan, en serrant sa reine contre son cœur, le savait et il en jouissait avec elle nuit et jour.

Le soleil, fidèle au rendez-vous, dardait maintenant de ses rayons éclatants les gorges du Tarn, mises à nu sous un ciel bleu turquin orphelin de nuages et, en miroitant dans les eaux limpides et transparentes de la rivière, il semblait s'y mirer sans vergogne, faisant fuir les batraciens et se cacher les truites démasquées dans les profondeurs jusqu'au soir, sans plus donner signe de vie. Seuls mais nombreux et bourdonnant au-dessus de l'eau, les insectes, les libellules aux grandes ailes bleues et les moucherons évoluaient régulièrement ensemble dans un concert incessant et assidu, renforcé par le grésillement des grillons et le chant choral et particulier des oiseaux ayant élu domicile le long du lit du cours d'eau, dans les feuillages des frênes, des saules et des peupliers altiers et centenaires. En revanche, en remontant sur le sentier surchauffé, où voletaient de jolis petits papillons blancs, jaunes, orangés ou bleus, les accotements étaient remplis d'orties grimpantes et de ronces persistantes s'accrochant comme des lierres au pantalon de Tristan et aux bas de Lucie, malgré leurs bottes montantes. Aussi, ce que Tristan craignait par-dessus tout en passant devant et martelant de ses talons le sol encombré de buissons urticants et griffants, ce n'était point les griffures des épines mais plutôt la présence de vipères aspic se déplaçant vers la rivière pour nager dans l'eau tiède après s'être bien chauffées au soleil estival. Quoique très craintives et par instinct de conservation, en les frôlant ou les effrayant, elles n'hésitaient pas à piquer tout individu violant leur territoire. Et leur morsure venimeuse n'était pas anodine, nécessitant dans l'urgence des soins particuliers et spéciaux. Le sachant, Lucie, marchant dans les pas de Tristan et vigilante, redoublait de prudence.

Il était 11 heures quand ils arrivèrent devant le hangar du manoir. Ils y déposèrent leur attirail de pêche et se séparèrent devant les cuisines : tandis que Lucie regagnait leur chambre pour se rafraîchir, Tristan se dirigea vers les fourneaux avec les trente truites à présenter au comte de la Caze, d'excellente humeur en le voyant. L'aimable valet de chambre avait rempli la baignoire sabot et renouvelé les serviettes et le savon de Marseille : Lucie s'y plongea avec plaisir et procéda rapidement à sa toilette. Ensuite, sur les parties accessibles de son corps, elle appliqua du lait d'ânesse et se parfuma à l'eau de violette. En raison de la chaleur suffocante de la mi-journée, elle revêtit une jolie robe bleue un peu décolletée sans manches mettant en valeur ses bras nus, ses formes douces et sa gorge. Elle brossa ses longs cheveux châtains et les releva en chignon d'où quelques boucles rebelles s'échappaient de chaque côté de son front dégagé et sur sa nuque.

Elle devait être belle pour Tristan en toutes circonstances et lui faire toujours honneur. Quand, joyeux, Tristan la rejoignit, très content de lui mais troublé, il la prit dans ses bras et la fit tournoyer dans la chambre comme une danseuse étoile. Tout étourdie et grisée, Lucie se laissa faire et, quand il l'embrassa passionnément, elle s'abandonna dans ses bras puissants et protecteurs, un moment seulement :

« Tristan chéri, ne nous égarons pas ! Nous devons être prêts pour dîner. Quel a été l'accueil du seigneur de la Caze ?

– Lucie ma chérie, chaque fois que je te retrouve tu es de plus en plus belle, adorable et désirable. Comment ne pas succomber à la tentation de t'enlacer, de t'embrasser et de te serrer contre mon cœur. Ah oui ! À propos, le comte nous félicite tous les deux et nous remercie vivement. Comme il se doit, il videra les truites et les cuisinera avec des amandes pour nous régaler tous au souper. J'ai cru comprendre qu'il nous estimait beaucoup. Pour le gratifier de notre reconnaissance pour sa généreuse hospitalité, certes nous ne devons ni fuir ni nous dérober mais prendre dans sa société de gentilshommes guindés et élégants toutes nos responsabilités avec dignité, même si nous ne partageons en aucun cas leur mentalité libertine ni leur mode de vie fastueux et dispendieux, en conservant secrètement nos convictions et le sens des valeurs qui nous habitent avec fidélité et respect.

– Voilà une bonne résolution, tu as raison. Ne partons pas. Au contraire, partageons honorablement la généreuse et charmante hospitalité du seigneur de la Caze et de sa famille. Nous avons beaucoup à apprendre de ses invités notoires tels que François de La Rochefoucauld, Simon de Laplace, le baron Parmentier agronome et apothicaire, très érudits, et même du chevalier de Laclos, officier et écrivain. Le jeune Jean-François de Galaup de La Pérouse est également annoncé et attendu aujourd'hui dans la journée et doit séjourner une semaine au manoir de la Caze, et souhaite les rencontrer. Il a une passion pour la navigation et se met sous la protection de l'ancien secrétaire d'État à la Marine, Étienne comte de Stainville, duc de Choiseul, au ministère de la Guerre et des Affaires étrangères. D'après le comte, il veut surtout contacter le baron, grand navigateur et découvreur de nouvelles plantes, de fruits, de tubercules, de fèves de caféier, de cacaoyer pour améliorer l'art culinaire et les desserts des Français. En parcourant les Amériques, le baron Parmentier nous rapporta les plantes à haricots verts, blancs ou rouges, les pommes de terre, riches en amidon et en féculents, les cerises de café et les fèves de cacao, et qui plus est de nouvelles plantes médicinales pour la pharmacie et les officines.

– Lucie, ma toute belle, je dois m'apprêter à mon tour et me faire beau pour toi, déclara avec malice Tristan, plongeant avec un malin plaisir dans le bain parfumé et frais qu'avait laissé Lucie, s'imprégnant de son odeur singulière, de celle des roses et de la violette, au milieu des grosses bulles de savon de Marseille qu'il affectionnait, en respirant toutes ces senteurs sensuelles et particulières qui le mettaient en joie. Il savait que sa reine lui appliquerait un peu de son lait d'ânesse sur sa peau mate et hâlée, et de sa crème protectrice et réparatrice, et qu'elle le frictionnerait d'eau de Cologne de ses mains fines et agiles énergiquement sur son torse ou son dos, sur sa nuque ou sous ses aisselles, provoquant des frissons, des chatouilles et des éclats de rire réciproques en attendant leurs rapports consentants et intimes, fusionnels et nocturnes, leur appartenant naturellement.

Bien lavé, bien frictionné, voire même agréablement massé et parfumé, Tristan s'habilla proprement à la hâte d'une chemise blanche éclatante mettant en valeur son teint mat, éclairé par ses prunelles d'un rare vert émeraude, troublant et envoûtant pour la gent féminine le côtoyant et contrastant avec le teint clair et rosé de Lucie, follement charmée et très amoureuse de sa chevelure noir ébène, de son teint brun et de son torse svelte et musclé de mâle bien bâti et accompli, son prince, son roi, son époux adoré et chéri, son dieu terrestre de l'amour, son Éros fougueux, ardent mais délicat, attentionné, caressant et respectueux, comme Adonis pour sa Vénus. D'ailleurs, Lucie ne se gênait pas pour le lui rappeler souvent avec sincérité.

« Tristan, mon époux chéri, tu es beau et propre comme un sou neuf. Je me sens toute petite, fragile et vulnérable en face de ta prestance.

– C'est pour mieux te plaire et t'aimer, mon épouse adorée.

Il faut que je sois le plus beau pour toi. Les prétendants seront nombreux aujourd'hui et la concurrence déloyale entre séducteurs risque d'être intense, très tenace et rude pour un pauvre bûcheron comme moi, devant toujours se maintenir en lieu et place en tant que favori et soupirant de la plus belle épouse du monde, convoitée pour ses charmes par tous les hommes de la terre.

– Tristan chéri, comme d'habitude, tu exagères énormément. N'oublie pas que les compagnes des gentilshommes présents au manoir de la Caze sont très sensibles à ton physique singulier, à tes beaux yeux inquisiteurs et ensorceleurs, et à ta personnalité atypique et discrète qui les intrigue et les fascine. Il faut être aveugle pour ne pas remarquer les regards appuyés, soutenus et lancés à ton endroit au cours des repas. Je suis fière et honorée de te savoir observé et admiré.

– En attendant, ma chérie, de faire nos preuves l'un pour l'autre allons donner le champ libre, ou plutôt la chambre vide, pour laisser à Camille et Ludovic, nos gentils serviteurs, le soin de faire un peu de ménage et de vider la baignoire. Descendons à la bibliothèque en attendant les douze coups de midi.

– Eh bien, Tristan, mon époux chéri, au moins c'est précis, clair et net. J'apprécie ton réalisme et tes décisions sages, franches et raisonnables. Allons de ce pas affronter non pas la diversité mais la société du comte de la Caze et sa famille. C'est de plus en plus intéressant et riche d'enseignements. »

En riant et de fort belle humeur, les deux tourtereaux descendirent tranquillement les quelques marches qui les menèrent tout droit vers le salon, la bibliothèque étant prise d'assaut. Qu'à cela ne tienne, sans le vouloir, leur gaieté simple et naturelle se communiqua à leur entourage se concertant avant de partager le dîner. Si les conversations animées allant bon train attirèrent leur attention, ce qui captiva l'intérêt de Lucie ce furent les joyeuses notes d'une sonate de Joseph Haydn jouées avec virtuosité par un interprète inconnu sur le piano à queue du salon. Qui était ce musicien qui jouait divinement bien ? Comment s'était-il procuré les partitions du compositeur autrichien ? D'autant plus qu'il multipliait les prestations des sonates pour piano de Haydn, le musicien préféré de Lucie, qui, de plus en plus séduite par la musique et conquise par l'interprétation des différentes compositions qu'elle avait elle-même déchiffrées et étudiées, se rapprocha du pianiste, observa les doigts fins de ses mains agiles courant sur le clavier, suivit près de lui, sur un tabouret, discrètement en enregistrant dans son for intérieur, très concentrée, les notes de toutes les mesures joyeuses et cristallines jouées avec des accords majeurs parfaits et des temps exécutés à la perfection. Ce fut pour Lucie, admirative et subjuguée, un moment intense et sublime. Son professeur de piano à l'institution Notre-Dame de Mende ne jouerait pas mieux ces sonates. Pour ne pas déranger le musicien virtuose, Lucie, silencieuse et toute ouïe, retenait son souffle avec peine et continuait à interpréter mentalement en même temps et de mémoire les différentes mélodies des partitions connues comme si, à quatre mains, en symbiose, elle jouait les morceaux musicaux avec lui. Obnubilée par l'amour de son art retrouvé et transposé là devant elle, elle n'entendit pas la grande horloge marteler les douze coups de midi malgré la main impatiente de Tristan appuyant plusieurs fois sur son épaule. Cependant, se sentant épié avec insistance, le mystérieux musicien se tourna brusquement vers Lucie qui, confuse, n'eut pas le temps de s'excuser.

« Qui me vaut l'honneur de s'intéresser à ma musique et de m'imposer une si belle présence à l'improviste avec des attraits aussi charmants ? Mais vos beaux yeux bleus éclairés d'une lumière particulière sont remplis de larmes ! Et je suis au regret de vous faire pleurer en interprétant joyeusement ces sonates. Veuillez me pardonner si j'ai réveillé quelque souvenir douloureux ou quelque mauvaise fortune. Je ne voudrais pas que ces mélodies vous causent de la peine, que dis-je, une infinie tristesse. Vous êtes une très belle personne.

– Monsieur, en entendant ces sonates de Haydn que j'ai déchiffrées et étudiées pendant mon adolescence, j'ai éprouvé une immense joie qui m'a émue aux larmes. Vous jouez si divinement et avec virtuosité que je pensais me trouver près de mon professeur de piano. Vous avez fait rejaillir un merveilleux souvenir qui fait mon bonheur avec des larmes de joie. C'est à moi de vous présenter des excuses car j'ai interrompu brutalement votre intense et remarquable prestation.

– Votre présence impromptue et charmante est un plaisir pour moi. À qui ai-je l'honneur de parler, si ce n'est trop vous demander ?

– Mme Vallet, de passage dans les gorges du Tarn avec Tristan, mon époux que voilà ici présent, invités du comte de la Caze pour quelques jours au manoir.

– Pour faire plus ample connaissance, je me présente, je suis Pierre Augustin Caron de Beaumarchais, écrivain et professeur de musique, ami de longue date du seigneur de la Caze et de sa famille, et, comme vous, de passage au manoir afin de rencontrer mes nombreux amis et de me détendre quelques jours en Gévaudan. En été, la vie est intenable et l'air irrespirable à Paris. Aussi, je lâche prise et renoue avec la musique en jouant les sonates de Haydn et de Bach, que j'affectionne en particulier. Voilà, vous savez tout, chers amis.

– Mon épouse et moi-même vous souhaitons un excellent séjour au château de la Caze et, par la même occasion, un bon appétit au repas auquel nous sommes généreusement conviés. »

Sans attendre la réponse de M. de Beaumarchais, un peu trop entreprenant de l'avis de Tristan, celui-ci entraîna rapidement Lucie dans la salle à manger sous prétexte de ne pas arriver en retard au dîner. Quelque peu contrarié par ce contretemps inopiné, Tristan, témoin de la scène compromettante qui n'avait échappé à personne, avait en partie raison : effectivement, ils arrivèrent en retard et se firent remarquer dans l'assistance attablée. Lucie, sous le coup de l'émotion et encore troublée par l'écoute de ses morceaux préférés, sciemment interprétés par un professeur de musique du nom de Beaumarchais, écrivain de surcroît, ne perçut pas certes de suite les regards courroucés et admonestés par la gent féminine ni les demi-sourires amusés de quelques gentilshommes plus ou moins satisfaits ou médusés. Or, le silence régnant, pesant et profond à leur entrée, la surprit et lui fit retourner à la réalité du moment, d'autant plus que derrière eux suivait, sans d'ailleurs se presser et indifférent mais sûr de lui et content, Pierre Augustin Caron de Beaumarchais en personne, l'invité du jour en somme, attendu avec impatience par le comte de la Caze, qui désirait ardemment commencer le repas avec tous les invités au complet. Tristan fit gentiment remarquer à Lucie qu'ils avaient imprudemment et involontairement retardé l'heure du dîner et que le comte de la Caze paraissait mécontent, comme certaines personnalités et leurs compagnes, qui leur lançaient des regards de reproches fulgurants par intermittence. Pourtant, le seigneur de la Caze, rassuré, ne tenant plus compte de ce léger retard, souhaita la bienvenue à tous les convives enfin réunis et un bon appétit. Il déclara toutefois qu'il fallait faire bonne accueil à M. de Beaumarchais qui leur faisait l'honneur de partager avec tous ses amis son hospitalité. Il rappela aussi que, d'un moment à l'autre, le comte Jean-François Galaup de La Pérouse les rejoindrait également pour séjourner quelque temps au manoir, comme à son habitude. Et, pour clore les hommages d'usage, il signala, comme pour apaiser ou ramener le calme dans les esprits, avec bienveillance et bonhomie :

« Si, dans notre société de gentilshommes, nous sommes appréciés en tant que parfaits chasseurs de tout gibier, alimentant les abattoirs des bouchers-charcutiers, les restaurateurs des auberges, d'autres excellent dans l'art de la pêche. Pas plus tard que ce matin, deux pêcheurs valeureux et assidus me ramenèrent en cuisine une trentaine de truites fario que je préparerai dès ce soir avec des amandes comme il se doit pour vous les faire déguster au souper. Les heureux pêcheurs ici présents, en voyage de noces, ou si vous préférez effectuant leur lune de miel, ne sont pas inactifs puisqu'ils pratiquent de bonne heure et de grand matin leur sport favori. Veuillez applaudir Mme Lucie et M. Tristan Vallet, qui nous régalent avec leurs belles truites prises dans le Tarn avec courage et patience tous les jours. »

Aussitôt dit, aussitôt fait. Une tempête d'applaudissements retentit dans la salle à manger archicomble et plus ou moins enthousiaste. Si la gent masculine frappait dans ses mains à l'unisson avec plaisir, quelques belles dames indignées s'en dispensèrent visiblement et ouvertement. Surprise et émue, le rose aux joues, mal à l'aise, Lucie n'en était que plus belle et adorable. Radieuse dans sa robe bleue de la couleur de ses grands yeux étonnés, rehaussant sa taille fine et valorisant ses formes charmantes, sans bijoux précieux apparents à l'exception de l'améthyste de son alliance en or et de son collier de perles d'huître ornant son cou élancé, avec son teint de porcelaine rosé et son port de reine, semblaient fasciner tous les gentilshommes mais déplaisaient à la majorité de leurs compagnes, affichant leur désapprobation. Qu'à cela ne tienne, Lucie Vallet, magnifique de beauté et de pureté naturelle, aux multiples talents et qualités, était la reine du manoir de la Caze en cette fin d'été 1769 et représentait, pour les personnalités conviées, le symbole et le modèle de l'épouse amoureuse, idéale, érudite, rêvée. Qu'importe, pour Tristan, complaisant et se rendant à l'évidence, fier de sa reine de Saba rien qu'à lui ; il se fit la réflexion que tous avaient reconnu l'excellence de leur sport, proche de la nature, et leur accordaient tout compte fait sans hypocrisie, avec franchise et sincérité, de la sympathie par l'intermédiaire du seigneur de la Caze, humaniste et pacifiste, détecteur de talents parmi les gens de qualité de ses amis invités à sa table. Cependant, ce que la gent féminine n'acceptait pas, c'est que Lucie soit non seulement sacrée reine de la société de la seigneurie de la Caze mais encore la favorite qui plus est de Thibault de la Caze en personne, qui la couvait des yeux, les roses rouges offertes faisant foi. Même si elles trouvaient Tristan séduisant et très charmant, de quoi attiser la jalousie des uns et des autres. Lucie et Tristan le savaient et affichaient la plus grande indifférence, les yeux dans les yeux fixés sur leurs assiettes, évitant de regarder le nouveau gros bouquet de roses rouges du soupirant paradant au milieu de leur table, au parfum oriental envoûtant. Insolent pour Lucie mais scandaleux pour ses soi-disant rivales, indignées et délaissées par leurs compagnons, les yeux braqués et rivés toujours sur elle, attirant sans cesse leurs regards fascinés et séduits par cette jeune femme mariée. C'est du moins ce qu'elles pensaient, d'autant plus que Lucie venait de faire la conquête du nouvel arrivant, le comte de Caron de Beaumarchais. Et ça, elles ne le lui pardonnaient pas car le comte lui aussi n'avait d'yeux que pour elle et s'entretenait avec le seigneur de la Caze à son sujet en l'observant souvent et avec insistance. D'ailleurs, tous les gentilshommes, dès son apparition impromptue, tombaient sous son charme et ses attraits.

C'est tout juste si elles ne la comparaient pas à la nouvelle favorite du roi, Jeanne Bécu, devenue la comtesse du Barry, présentée à Louis XV à la cour de Versailles. Et leurs regards méprisants en disaient long à Lucie qui, consciente, avança :

« Tristan chéri, après le repas nous pourrions comme hier après-midi sceller nos chevaux pour nous rendre à la Malène et nous laisser aller au fil de l'eau dans une barque de batelier.

– Oh oui ! Ma chérie, c'est une bonne idée. Ici, l'ambiance est étouffante. Nous partirons à 15 heures, après une courte sieste. »

Après avoir dégusté les parts de gigot de chevreuil et les pommes de terre rissolées dans son jus, tous les fromages variés du terroir, arrosés de vins d'Ispagnac et de Blajoux, fait honneur aux tartes aux fruits des bois, avant la pause-café, les alcools forts d'armagnac et de cognac, les cerises et les prunes à l'eau-de-vie, les liqueurs de framboise et de noix, le seigneur de la Caze annonça d'une voix triomphale :

« Mes chers amis, ma famille et moi espérons que ce dîner vous a satisfaits. Comme c'est la coutume de souhaiter la bienvenue au nouvel arrivant, Thibault et Geoffroy organisent un bal dansant ce soir à 21 heures auquel vous êtes toutes et tous sans exception conviés. En attendant, passez un bon après-midi. Disposez à votre guise des salles de jeu et de la bibliothèque. M. de Beaumarchais se fera un plaisir de vous interpréter quelques morceaux choisis de ses compositions sur le piano à queue du salon.

Une fois le café avalé, sans demander leur reste, Tristan et Lucie s'éclipsèrent discrètement et montèrent quatre à quatre les escaliers menant à leur chambre. Porte close, allongés sur le couvre-lit, les volets en clé, ils s'assoupirent, enfin tranquillisés. Tristan pensa que finalement la vie en société, surtout celle des aristocrates privilégiés, n'était pas de tout repos. Quant à Lucie, fatiguée après la matinée passée à la pêche et excédée par le mépris ironique et les convoitises malsaines infondées, les sous-entendus et les arrière-pensées des uns ou des autres, elle paraissait à la fois soulagée et rassérénée aux côtés de son époux adoré. Lui seul savait la protéger, la rassurer et l'aimer d'un amour profond, véritable, sain et durable. Elle lui faisait totalement confiance en s'abandonnant dans ses bras. Il ne put s'empêcher de baiser son doux visage, ses paupières closes, sa bouche vermeille et pulpeuse comme un fruit mûr. Mon Dieu qu'elle était belle sa reine et comme il l'aimait ! Le plus invraisemblable c'était que même Thibault de la Caze, qui la couvrait de fleurs, l'aimait aussi comme un fou et ne pouvait le cacher à son entourage. Inutile de mentionner également d'autres soupirants respectueux, modérés et séduisants, comme le jeune marquis Simon de Laplace, le duc François de La Rochefoucauld, le chevalier Pierre Choderlos de Laclos et maintenant François de Caron de Beaumarchais. Qu'en serait-il du comte Jean-François de Galaup de La Pérouse qui arrivait ce soir pour souper ? Chose étrange, si Lucie avait été présentée par ses parents à ces jeunes gentilshommes bien nés et cultivés deux ans auparavant, avec l'embarras du choix, lequel de ces notables rencontrés dans les salons mondains ou dans les salles de bal aurait choisi sa Lucie dans l'ordre de préférence, compte tenu de l'élimination flagrante de Gilles de Montialoux et de Thibault de la Caze ? En souriant avec complaisance et très amusé, Tristan se dit qu'il poserait la question à sa reine, qui se reposait dans ses bras innocemment. Quand, tout à coup, au fond du couloir il entendit une vive altercation inquiétante entre le seigneur de la Caze et son fils Thibault :

« Mon fils, aurais-tu perdu la raison ? Tu sais cet amour impossible et tu t'acharnes à offrir des roses de Baccarat à une jeune femme mariée ! De plus, tu te donnes en spectacle et abuses de boissons alcoolisées, fortement déconseillées avec les médicaments sédatifs prescrits par le baron. Arrête de te ridiculiser et retrouve la raison avec tous tes amis ! Où vas-tu avec ton bouquet de fleurs ?

– Père, je monte simplement le déposer devant la chambre de celle que j'adore à en mourir, Lucie Mallet, épouse Vallet. Elle m'a offert et renouvelé son amitié, pour laquelle je manifeste ainsi ma reconnaissance. Cette jeune femme si belle, si douce, charmante et cultivée est la compagne idéale que j'attendais : ses attraits magnifiques, sa grâce rare et naturelle, ses manières élégantes et raffinées, ses qualités exceptionnelles et son érudition extraordinaire, son engagement pour assurer l'instruction et l'enseignement du peuple enfant, son engouement pour la littérature, la musique et la peinture, dans l'esprit humaniste et philosophique des Lumières, dans les pas de Jean-Jacques Rousseau, développant ses multiples talents et proche, avec son époux, de la nature où ils s'évadent et se ressourcent, si j'en crois Pierre de Laclos. Le chevalier les a suivis discrètement : quand ils ne sont pas à la pêche, Lucie et Tristan chevauchent jusqu'à la Malène où ils s'arrêtent au manoir de Montesquiou : là, ils rencontrent non seulement les enfants du maréchal de France, Quentin, Gauthier et Aurore, mais aussi l'illustre chimiste et l'épouse d'Antoine Laurent de Lavoisier, avec lesquels ils ont beaucoup sympathisé, échangé et commenté sur leurs intéressants travaux sur l'air, l'eau, la respiration, la combustion et l'évaporation, avec force formules chimiques passionnant les époux Vallet, surtout Tristan, très motivé en tant que garde forestier des Eaux et Forêts dans le Valdonnez. D'après le chevalier de Laclos, ils ont l'intention d'y passer quelques jours et ont promis d'y retourner cet après-midi.

– Mon fils, je sais tout cela. Pas plus tard qu'à 11 heures, en m'offrant ses belles truites, Tristan Vallet, qui est un remarquable et honnête jeune homme, responsable et probe, m'a certifié avec franchise qu'il continuerait à honorer de leur présence notre hospitalité, qu'ils trouvent unique, précieuse, parfaite et excellente dans notre société, remplie de gens d'esprit, tout le temps que durera leur voyage de noces. Il n'est pas du tout question qu'ils délaissent le manoir de la Caze pour celui de Montesquiou. Cela ne les empêche pas de chevaucher jusqu'à la Malène ou jusqu'à Saint-Chély-du-Tarn l'après-midi et d'aller à la pêche le matin de bonne heure. Bien qu'issus du tiers état, Lucie et Tristan Vallet sont des êtres libres, travailleurs et bien élevés, connaissant les usages, et sont de bonnes mœurs, même s'ils ne partagent pas les nôtres, autrement dit ni les jeux, ni la chasse, ni nos divertissements. Si Lucie a été élevée dans la noblesse par la volonté de sa mère et a reçu une excellente éducation à Notre-Dame et à la Providence de Mende pour parfaire ses études et s'adonner à la musique en bénéficiant des leçons de piano qu'elle maîtrise aisément, elle ne renie pas ses origines bourgeoises et met tout son savoir et ses connaissances au service des enfants qu'elle instruit avec le soutien des abbés Ribourel et Peytavin ; et, chose curieuse et étrange, avec les encouragements de l'évêque en personne, monseigneur Choiseul-Beaupré, appuyé fortement par le syndic de Mende, Étienne Lafont. Quant à Tristan Vallet, recommandé par notre ami épicier Étienne Mallet, il est issu du tiers ordre, d'une famille respectable, laborieuse et appréciée du Valdonnez et de tous, dans laquelle de père en fils on exerce le métier journalier de bûcheron et garde forestier des Eaux et Forêts. Tristan a été instruit par l'abbé Ribourel : il est autodidacte et défenseur acharné de la nature et de l'environnement, faune et flore sauvages confondues, qu'il protège, préserve, contrôle et régule, en respectant les chaînes alimentaires et la conservation de tous leurs maillons à partir des végétaux jusqu'aux grands prédateurs.

– Père, cela ne m'empêche pas de déposer mon bouquet de roses oublié devant leur porte : Lucie et Tristan, qui ne sont pas rancuniers ni susceptibles, m'ont offert en retour leur sincère amitié.

– Dans ce cas, mon fils, rends-toi à la raison et va retrouver tes amis qui t'attendent dans les salles de jeu. Ton frère Geoffroy ne peut seul tout assumer et compte sur toi pour organiser les festivités de ce soir en l'honneur des comtes de Beaumarchais et de La Pérouse. »

Thibault de la Caze obtempéra. Tristan l'entendit déposer le bouquet de roses contre la porte de leur chambre et descendre sans bruit les marches de l'escalier. Voilà un prétendant sérieux, assidu, fidèle et régulier qui marque concrètement son territoire, pensa Tristan avec empathie. À ce rythme-là, leur chambre allait devenir prochainement une roseraie fleurie et odorante.

Lorsque 15 heures sonnèrent, les époux se changèrent et, bien bottés, ils retrouvèrent leur cheval respectif, bien sellé et apprêté par l'aimable palefrenier, qui aurait bien aimé les accompagner. Tristan lui permit toutefois de monter son étalon alezan le matin de bonne heure pendant qu'ils seraient à la pêche.

Sur le sentier ombragé, le long du Tarn, bordé de trembles et de saules, ils ne rencontrèrent personne, quoique suivis à distance par le mystérieux chevalier tout de noir vêtu sous sa grande cape, son large chapeau rabattu sur son visage quasi méconnaissable. Les sabots des chevaux dérangèrent quelques papillons blancs et réveillèrent des myriades de mouches agressives et tenaces volant autour de leurs naseaux ou des membres nus des époux et de leurs visages exposés, en les accompagnant fidèlement jusqu'à destination de manière désagréable, du moins pour les équidés en sueur, alors qu'ils allaient tranquillement au pas. Une bonne heure leur suffit pour mettre enfin pied à terre dans le petit village charmant de la Malène, accroché autour de l'imposante paroi rocheuse de la falaise. Ils entrèrent dans la cour du manoir de Montesquiou, où le fidèle et aimable palefrenier, les reconnaissant, les reçut et prit soin des chevaux aussitôt. Aurore de Montesquiou d'Artagnan parut la première, suivie de Quentin et de Gauthier, ravis, qui vinrent joyeusement à leur rencontre et leur proposèrent de prendre avec eux le café et quelques viennoiseries sous la tonnelle recouverte d'une jolie vigne vierge d'un beau rouge cramoisi remplie de nombreuses grappes noires au bout de leurs minuscules tiges vrillées attirant moult insectes et oiseaux. Autour de la cour dallée, des hortensias roses et bleus décoraient de leurs doubles inflorescences des vasques de terre blanche intercalées de géraniums vivaces blancs et pourpres à grosses feuilles, dans leurs jardinières de terre rouge, alors que les rosiers anciens à petites fleurs couleur pastel grimpaient librement et gracieusement sur les murs de la façade sud-ouest du château sans retenue, embaumant la cour tout entière, atténuant un peu la chaleur estivale ambiante. Ce lieu charmant et coquet était pour les pèlerins et les passants paradisiaque et, pour les amoureux, idyllique à souhait.

C'est la raison pour laquelle les époux, conquis et séduits par l'état des lieux de la Malène, décidèrent de revenir chaque après-midi passer quelques heures au village ou à proximité du manoir et sur le Tarn dans une barque de batelier. Dans cet état d'esprit positif, accueillis chaleureusement par les trois propriétaires du château, ils partagèrent avec eux café, vin de noix et morceaux de fougasse ou pains aux raisins. Après quoi, Tristan et Lucie se dirigèrent droit vers le Tarn où un gentil batelier proposa ses services monnayant quelques pièces d'argent pour les conduire dans sa barge au fil de l'eau vers les Vignes et le Rosier jusqu'à Peyrelau, en Rouergue. Le cours d'eau s'élargissait en se frayant un passage entre les défilés rocheux érodés, impressionnants, en gracieux méandres où l'eau, plus profonde et sombre, permettait à la barque plate de glisser facilement sur la rivière calme et navigable jusqu'à Millau, en Aveyron. Le batelier n'avait besoin de sa longue pagaie en forme de gros bâton que pour maintenir sa barge bien au milieu du Tarn, en aval, et pour éviter galets et rochers du bord. En revanche, pour remonter le courant jusqu'à la Malène, il devrait constamment battre le fond avec efforts et insistance de son long bâton pour faire avancer progressivement la barge et la diriger avec adresse. Le batelier expliqua à ses occupants qu'avec ses camarades ils devaient quotidiennement servir et desservir les petits hameaux isolés de chaque côté de la rivière, autrement dit d'une rive à l'autre, et par là même permettre aux habitants de se rendre à Saint-Chély-du-Tarn, à Pougnadoires, à Sainte-Énimie ou à la Malène, à défaut de pont, et donc d'embarquer ou de débarquer du lieu-dit souhaité. Effectivement, au niveau du village de Hautes-Rives, ils durent embarquer trois ouvriers journaliers rentrant au bercail et prenant place derrière Tristan et Lucie, observant les lentilles d'eau blanches occupant par endroits les eaux plus dormantes et stagnantes, le long des rives où grouillaient de nombreux têtards au milieu de quelques craintives grenouilles qui, dérangées et effrayées, s'enfuirent en sautant sur les galets en coassant désespérément puis disparurent pour un temps de façon comique dans les herbes folles et les joncs d'osier. Il n'était pas rare d'apercevoir, sur un des bords, un héron cendré en train de pêcher en toute insouciance. Le batelier déclara avec humour que c'était un jeune prédateur retardataire car, de grand matin, les hérons cendrés, comme les martins-pêcheurs, se nourrissent de très bonne heure. Au fur et à mesure que l'on descendait au fil de l'eau du Tarn les gorges aux parois abruptes, menaçantes et inaccessibles, au sommet façonné de roches en forme d'objets grandioses, sculptés de statues ou de gargouilles hideuses et d'animaux préhistoriques, alors qu'était imprimé le visage du Christ de profil sur une paroi au-dessus de la rive gauche, on pouvait à juste titre imaginer, en levant les yeux sur les hauteurs, apercevoir des vases de Chine et de Sèvres, d'énormes champignons, des cèpes de Bordeaux ou des bolets de Satan ou des gorgones effroyables et des cyclopes effrayants sortis de la mythologie grecque, momifiés et statufiés, rappelant également les monstres rabelaisiens légendaires, matérialisés en pierres éternelles très concrétisées par les frasques horribles et grotesques de Pantagruel et Gargantua, infréquentables, ayant accompli leurs prouesses burlesques et épouvantables en laissant au sommet, au hasard des gorges et des causses, çà et là, leurs travaux inachevés et, à titre posthume, un chaos de roches gigantesques, pittoresques, uniques et de rochers granitiques, calcaires et schisteux, érodés comme des vestiges, et pas des moindres, de leurs passages effectifs. L'imagination pouvait se donner libre cours en parcourant les gorges du Tarn. En revanche, plus on s'approchait de la province du Rouergue, plus les parois rocheuses élevées des falaises entourant et surmontant le cours d'eau changeaient d'aspect, et plus elles s'amenuisaient et devenaient lisses et ventrues, en perdant leur allure monstrueuse et menaçante et leur forme hideuse, en s'arrondissant jusqu'à perdre de leur volume imposant et adopter peu à peu un relief plus clément. À Peyrelau, village frontalier, on refit la promenade à l'envers en remontant le courant du Tarn avec le soleil dans le dos et derrière soi mais irradiant de ses rayons orange et éclatants toutes les aspérités des falaises, effaçant le gris foncé des parois et adoucissant le pourtour vertigineux et anxiogène des gorges, illuminées, puis offrant, au fur et à mesure que se profilaient et défilaient les sculptures rocheuses décorées, peintes, transformées par l'astre solaire, un spectacle plus accueillant et même magique jusqu'au couchant, avec ses couleurs incendiaires de rouge sang, jaune orangé, de violet parme et foncé dilués dans le rose et le bleu du ciel. En l'absence de courant et de vent, le batelier dut redoubler d'efforts pour remonter le cours d'eau, indolent et indifférent, et mener sa barge à bon port à la Malène, passer le relais à un camarade qui assurerait les transports allers-retours des passagers éventuels. Satisfaits et contents, les époux Vallet, remerciant le sympathique batelier, quittèrent à regret le lit du Tarn si apaisant pour retrouver la terre ferme du village de la Malène. Ils se précipitèrent dans la cour du château de Montesquiou, donnèrent un bref compte rendu de leur promenade du fil de l'eau, s'excusèrent du retard, promirent de revenir le lendemain après-midi, de passer plus de temps en leur aimable et agréable compagnie. Au moment des adieux, Lucie refusa même que Quentin lui baisât la main et Tristan évita de serrer la sienne avec celle de Gauthier, amoureux et le dévorant des yeux ; or, il ne put échapper au regard ardent et langoureux d'Aurore lorsque rapidement il la salua respectueusement. Pressés de reprendre la route, ils mirent un terme à ces effusions pour le moins douteuses et, mine de rien, récupérèrent promptement leurs chevaux et sans demander leur reste, prirent tranquillement le chemin du retour, quelque peu soulagés. Arrivés sans encombre au manoir, ils n'eurent que le temps de se rafraîchir et de se changer pour partager le souper et la soirée s'annonçant riche en événements festifs, récréatifs et dansants, et en retrouvailles intéressantes, intelligentes et constructives lors des conversations relationnelles et humanistes des nouveaux arrivants conviés pour la circonstance. C'est du moins ce que supposaient Lucie et Tristan qui ne devaient en aucune façon déroger aux invitations du seigneur de la Caze, leur offrant son hospitalité avec bienveillance dans son manoir luxueux, où toutes les réceptions successives de ses amis aristocrates prenaient actuellement des tournures de plus en plus mondaines et sophistiquées pour les époux Vallet qui, lucides et vigilants, restaient tout de même sur le qui-vive, quoique très à l'écoute mais prudents.

Quand, sous les coups de l'angélus, Lucie, toute de violet parme vêtue, les cheveux bouclés flottant sur les épaules, qu'elle n'avait pas eu le temps nécessaire de relever en chignon, mais arrêtés par un diadème broché d'argent, le sourire aux lèvres et le rose aux joues, le cou serti de son sempiternel collier de perles fines d'huître, juchée sur de jolis petits escarpins blancs, au bras de son bel époux brun au teint hâlé et mat, éclairé par l'éclat mystérieux de ses prunelles d'un vert à la fois émeraude et turquoise, à la chevelure noir de jais et à la stature athlétique, grecque, musclée, bien faite, aux traits réguliers, élégant et séduisant sans plus, eh bien, ce couple atypique qui se voulait tout simplement correct et discret, et passant inaperçu fit une grande impression dans l'assistance, dès son apparition, en traversant la salle à manger afin de regagner sa table habituelle gracieusement et sans déranger. Si Lucie, elle-même impressionnée par le silence qui suivit à leur arrivée, rougit intensément et se sentit observée, voire même dévisagée et déshabillée de la tête aux pieds, Tristan, digne et impassible, conduisit stoïquement son épouse, sans sourciller et sans s'indigner. Sûr de lui, bien dans ses bottes, n'ayant rien à se reprocher, ne devant rien à personne, il ne risquait pas de perdre ses moyens ni de s'abaisser ni de se soumettre car, en tant qu'homme honnête et respectueux, il était libre et de bonne moralité. Il resterait toujours maître de lui, sauf si, par inadvertance ou volontairement, on manquait de respect à son épouse adorée. Celui qui s'en prendrait à sa reine vivrait un très mauvais quart d'heure et, s'il persistait, il passerait de vie à trépas, qu'il soit noble ou bourgeois, paysan, ouvrier journalier, gentilhomme ou va-nu-pieds. Il suffisait à tout un chacun de bien se tenir en société.

Pourtant, en voyant la mine désolée de Lucie, voulant rentrer sous terre, Tristan fut le premier à la rassurer simplement et objectivement. Avec humour, il réussit à la faire sourire :

« Lucie, mon épouse adorée, il est temps que tu m'apprennes à danser. Je suis prêt, dès ce soir, à faire quelques pas avec toi dans notre chambre, quitte à me ridiculiser dans tes bras. Qu'en penses-tu ma reine ? Avec un peu d'entraînement, je finirai bien par me débrouiller comme les autres. Après tout, ce n'est pas la mer à boire.

– Tristan chéri, si j'avais le choix, je refuserais d'assister à cette soirée dansante, car j'appréhende les invitations de tous ces gentilshommes qui ne me laisseront aucun répit. J'aime bien les quadrilles mais je redoute ces nouvelles danses enlacées par couples où certains prétendants resserrent leurs étreintes. C'est sensuel, très indécent et compromettant.

– Lucie chérie, conduis-toi comme la dernière fois. N'accepte qu'une danse à la fois en respectant comme il se doit les convenances. Quand tu seras fatiguée, tu me feras un signe et je viendrai te chercher. Agis selon ton devoir et surtout sois naturelle, tout se passera bien. Quant à moi, en te regardant danser, ma reine, je m'entretiendrai avec le baron Parmentier ou avec d'autres gentilshommes. Tout compte fait, ici, chez le seigneur de la Caze, nous sommes entre gens bien élevés et bien éduqués, sérieux et respectueux. Je m'en porte garant.

– Au fait, quels sont ces nouveaux gentilshommes invités à la table de la famille de la Caze ? Ils paraissent bien jeunes et intéressés. Vois comme ils nous observent et nous interrogent du regard. Ludovic, notre aimable palefrenier, les a-t-il identifiés lors de leur arrivée ?

– Lucie, ma chérie, si je ne m'abuse, celui qui se trouve assis à droite du seigneur de la Caze doit être le comte de Péluse, Gaspard Monge, étudiant en mathématiques et notamment en géométrie descriptive. Il travaille sur le calcul intégral des équations aux dérivées partielles. Son objectif, entre autres, est de fonder une école polytechnique avec ici présent le jeune marquis Pierre-Simon de Laplace, mathématicien comme lui et de plus physicien et astronome. En revanche, le plus âgé, à gauche, doit être le comte Jean-François de Galaup de La Pérouse, qui se destine au service du roi à la navigation et aux découvertes, à travers le monde, avec ses deux navires, l'*Astrolabe* et la *Boussole*, comme le baron Parmentier.

– Finalement, le seigneur de la Caze reçoit des personnalités notoires et célèbres en été. Ils semblent tous se connaître et heureux de se retrouver ensemble à sa table. Ce qui me désole et m'inquiète assurément, c'est qu'ils ne sont pas accompagnés. Ils doivent être célibataires et de plus en vacances.

– Mis à part le baron Parmentier et le chevalier de Laclos, ils sont tous relativement jeunes et aussi beaux et séduisants les uns que les autres, de bons partis dans la haute noblesse pour les jeunes filles à marier offrant une importante et conséquente dot.

– En attendant ces heureux événements, ces gentilshommes de haute naissance et élégants s'accordent du bon temps et profitent de leur désœuvrement en bénéficiant des largesses et des faveurs de la seigneurie de la Caze sans compter.

– Lucie ma chérie, la noblesse de cape, d'épée et de robe, comme tu le sais, est une grande famille qui regroupe quelques comtes, marquis, ducs et barons renommés, respectables et respectés. Certains étudient, expérimentent, œuvrent pour faire évoluer les sciences, progresser la médecine, améliorer la qualité de l'alimentation, voyager pour découvrir de nouvelles essences, de nouvelles épices ou des fruits exotiques ; d'autres notables se penchent sur les arts et métiers ou planchent sur les travaux de Benjamin Franklin, ami des encyclopédistes, étudiant les phénomènes des éclairs et de la foudre produisant de l'électricité et inventant le paratonnerre, pendant qu'Antoine Lavoisier et son épouse dégagent les formules chimiques de l'air, de l'eau, de l'hydrogène et du gaz carbonique que nous rejetons grâce à la photosynthèse chlorophyllienne. Ces chercheurs ne sont ni oisifs ni désœuvrés, même s'ils s'accordent quelques jours de repos et de vacances. S'ils aiment se retrouver, c'est pour échanger leurs idées mais aussi pour lâcher prise et se détendre avant de reprendre leurs études, leurs travaux, leurs expériences en automne et une année durant.

– Tristan chéri, dans le monde des arts, des sciences et de la culture, seuls les notables de la haute noblesse font partie intégrante des élites. Et les jeunes gentilshommes ici présents sont des élites privilégiées, soutenues et encouragées. Dans le tiers état, aucun personnage de ce genre ne se distingue par ses inventions ou ses écrits. N'est-ce pas injuste ?

– Lucie chérie, dans les familles nobles, encore aujourd'hui, les gentilshommes sont également voués au métier des armes ou s'orientent vers le clergé en tant qu'hommes d'église, évêques ou archevêques. Guillaume de Grimoard est devenu même pape sous le nom d'Urbain V et fut soigné par un homme du peuple originaire du Malzieu, médecin et chirurgien reconnu, Gui de Chaulhac, au XIVe siècle, pendant la guerre de Cent Ans. Ce dernier, détecté par la baronne de Mercœur, lui a permis de faire des études de médecine à l'université de Montpellier et d'exercer son métier de chirurgien en Gévaudan, motivant depuis tous les étudiants qui s'inspirent positivement de ses travaux enrichissants et innovants.

– Si je comprends bien tes explications précises et justifiées, j'en déduis qu'il est temps d'instruire le peuple et de lui donner rapidement accès aux connaissances et à tous les savoirs vérifiés, certifiés et prouvés dans les écrits comme dans les actes. Les gens du tiers ordre ne doivent pas rester dans l'ignorance ni confinés dans la superstition ou dans la soumission.

– Lucie ma chérie, en mettant à exécution, en pratique et en œuvre les enseignements de ton projet éducatif, tu contribues largement de façon positive à l'instruction du peuple, à son émancipation et à son épanouissement dans un esprit de justice, de respect, de liberté et de dignité. De tous les métiers, celui de maîtresse d'école et d'enseignante de toutes les disciplines est le plus beau métier du monde, je l'avoue.

– Tristan chéri, tu ne dois pas sous-estimer ton métier de garde forestier des Eaux et Forêts. Respectueux de la flore et de la faune sauvages et de tout l'environnement, ton métier est noble, beau et louable.

– À présent, ma reine, faisons honneur au savoureux souper concocté par le seigneur de la Caze. La fricassée de cèpes et de girolles persillée et aillée, la quiche aux pleurotes et les omelettes baveuses aux mousserons sont délicieuses. Les oignons et l'ail leur donnent un goût semblable aux noisettes fraîches et font ressortir leurs odeurs champêtres naturelles de dessous les palmes des sapins et des pins sylvestres, ou le parfum particulier musqué de ceux des moisissures des champs à chardons ou des prés broutés avec leurs engrais naturels, laissés par les bovins ou les ovins, du printemps à l'automne.

– Tristan chéri, te voilà devenu poète maintenant. Voilà les truites aux amandes dans leur plus simple apparat. Elles sont divines et sentent bon la friture, en oubliant le Tarn, leur habitat naturel, pour finir dans nos assiettes de prédateurs.

– Mon épouse chérie, ne sois pas triste. Si nous mangeons les plus grosses, les autres, et surtout les plus petites qui vont se reproduire et se développer, elles, sont en liberté. Dans la nature, tout doit être régulation et équilibre. Pour les êtres vivants, il s'agit de vivre, survivre et se reproduire sans oublier de se nourrir. C'est vital et valable aussi pour les êtres humains comme nous. »

Aux viandes rôties de bœuf et d'agneau, ils privilégièrent plutôt les salades vertes aux noix et aux œufs durs, à la vinaigrette, la tomme blanche et les fédous au lait cru de brebis, le tout arrosé de Saint-Chinian. Quand les garçons serveurs apportèrent et présentèrent les parts de tartes aux framboises, aux myrtilles et aux prunes aux invités, le comte de la Caze annonça fièrement :

« Mes chers amis, j'espère que ce souper vous convient et vous satisfait. Je vous prie de faire bon accueil à MM. les comtes de La Pérouse et Gaspard Monge de la Péluse, qui nous font l'honneur de leur présence effective pour quelques jours au manoir. Pour leur souhaiter la bienvenue, Thibault et Geoffroy se font un plaisir d'organiser un grand bal pour leur rendre hommage auquel vous êtes toutes et tous conviés sans exception. Ma famille et moi-même comptons sur vous et vous souhaitons de passer une excellente soirée. »

Le comte de la Caze, en fixant avec insistance tous ses invités, était on ne peut plus clair et précis. Impossible de se dérober à l'invitation sur ordonnance, il fallait obtempérer pour le plus grand plaisir de la gent masculine, à l'unanimité, dont les yeux brillaient d'une lueur de satisfaction particulière et de convoitise dévoilée et assurée. En revanche, ce n'était pas pour rassurer Lucie ni ses rivales qui la fusillaient du regard, comme pour lui reprocher d'avance son succès ou la mettre en garde et l'admonester carrément. Percevant les œillades douteuses des uns et des autres et le malaise ressenti par Lucie à l'annonce de la soirée dansante, Tristan appuya fortement ses mains sur les siennes en la regardant droit dans les yeux pour lui donner du courage. Puis il lui dit posément, comme si de rien n'était :

« Lucie, ma chérie, veux-tu profiter de la fraîcheur du parc comme à notre habitude ?

– Volontiers, Tristan chéri, j'aime tant observer avec toi les étoiles, écouter les bruits de la nuit et sentir les mille parfums du parc. »

Discrètement, les époux quittèrent la salle à manger et firent le tour du manoir, non seulement pour digérer le copieux repas mais encore pour faire le vide et positiver. Ils n'avaient pas besoin de parler, ils se comprenaient et marchaient côte à côte, Tristan enserrant de son bras les épaules de Lucie qui, reconnaissante, lui souriait et se laissait guider. Bien que la nuit fût encore tiède, près de l'eau du Tarn, une brise légère chassait inexorablement les derniers relents de chaleur intense et torride de la journée ; et l'air, plus sain et parfumé, était plus respirable et agréable autour du manoir assombri. Malheureusement, ils durent écourter ce moment idyllique car les premières notes de musique retentirent dans la salle de danse en contrebas. Aussi, sans s'attarder davantage et à regret, ils descendirent les quelques marches et firent leur entrée. Toutes les dames et leurs cavaliers étaient déjà en place pour le premier quadrille : Thibault de la Caze vint en personne chercher sa favorite, autrement dit Lucie, et ils ouvrirent joyeusement le bal en effectuant les différentes figures, passes et présentations qu'ils exécutèrent à la perfection, au rythme de la musique de l'orchestre. En changeant de cavaliers et de cavalières, les quadrilles se succédèrent de façon à ce que Lucie se trouvât tour à tour placée face aux comtes de Beaumarchais, de La Pérouse, de la Péluse ou au jeune marquis de Laplace, au duc de La Rochefoucauld, au chevalier de Laclos et, pour finir, entre Thibault et Geoffroy de la Caze, face au baron Parmentier, bref, devant et près de tous les gentilshommes réunis qui la faisaient tournoyer, virevolter, changer de partenaire, l'aidant à se retourner, à faire volte-face ou la reprenant vivement par la taille, la faisant évoluer, saluant respectueusement et jouant de passe-passe entraînant avec le partenaire suivant. Lucie aimait beaucoup les quadrilles gracieux que le musicien de Louis XIV, Jean-Baptiste Lully, d'origine italienne, avait composés pour le roi. Ses ballets de cour à Versailles, à la demande de Mme de Montespan, étaient toujours en vogue sous le règne du bon roi Louis XV le Bien-Aimé. Ces danses un peu rapides et formées par quatre couples de danseurs effectuant une suite de figures sciemment exécutées mobilisèrent donc les huit gentilshommes mentionnés en deux groupes bien distincts, le neuvième se résignant à laisser sa place. Le plus âgé, homme d'esprit et conciliant, se retira expressément, le sourire aux lèvres, en disant :

« Place à la jeunesse ! Je donne ma place à tous ces jeunes gens qui sont à présent plus alertes que moi. Ces danses de plus en plus rythmées et rapides ne sont pas compatibles avec mes articulations et risquent de me le faire savoir bientôt, déclara Augustin Parmentier à Tristan en riant. Cher Tristan, je vous serais obligé d'accepter mon insupportable compagnie vu que vous ne dansez pas.

– Monsieur le baron, c'est toujours un immense plaisir avec vous de converser sur vos travaux agronomiques et pharmaceutiques. Quels sont vos projets d'avenir ? Comptez-vous vous rendre aux Amériques du Sud prochainement et pour quelles découvertes s'il vous plaît ?

– Mon cher ami, ce n'est pas l'envie qui me manque. Or, je dois convaincre avant tout les agronomes de France et de Navarre de cultiver les nouveaux tubercules riches en amidon que je nomme à bon escient pommes de terre, importées comme les haricots d'Amérique du Sud. Si nous avons la chance de les cuisiner à l'eau dans les soupes ou frites dans les poêles rissolées ou en purée, les agriculteurs de nos terroirs ne demandent eux qu'à les planter pour améliorer les repas des Français. Je me dois absolument, avec mes collègues du ministère, de divulguer la consommation de ces pommes de terre. »

Leur conversation fut interrompue par l'arrivée de Lucie, désirant souffler un peu près de Tristan. Mais le répit fut de courte durée pour les époux Vallet. L'orchestre accorda tous ses instruments et entama une série de danses venues d'Autriche et notamment de Vienne en faisant gémir violoncelles et violons, en particulier, sur des rythmes à trois temps.

« Tristan chéri, ces danses nouvelles à la mode en Autriche sont les valses de Vienne, où l'on doit tournoyer en marchant sur trois temps et marquer le premier pour recommencer de la sorte en tournant. C'est entraînant et très dansant, gracieux et élégant.

– Lucie ma chérie, je serai ravi et flatté de te voir évoluer sur la piste et danser. »

Avant que les gentilshommes eussent le temps de choisir leur cavalière, dans l'espace d'un éclair Thibault de la Caze fendit les groupes animés, enleva Lucie des bras de Tristan, ébahi et pantois, et l'amena au beau milieu de la piste. Les couples se formèrent et s'adaptèrent au pas et au rythme des valses viennoises avec souplesse et grâce, faisant voler les robes élégantes et longues des dames, tels des papillons multicolores tournoyant, virevoltant et revenant sur leurs pas pour tourner et retourner également en musique. En observant Lucie dans les bras de Thibault au milieu des autres couples enlacés, tous concentrés et appliqués, Tristan eut l'impression d'assister à une sorte de ballet rotatif coloré, attractif, gravitant autour d'une sphère lumineuse et sonore féerique et céleste, étrangement artistique et artificielle. Mais, se rendant à la réalité, Tristan sut qu'il ne rêvait pas : l'art de la danse, bien pratiqué et exécuté, est magique pour les yeux de l'observateur et l'incite à métaphoriser et avec beaucoup de subjectivité précisément. Quand la musique s'arrêta, Thibault salua respectueusement Lucie qui s'échappa lestement et retrouva avec plaisir Tristan qui la félicita vivement. Le répit fut encore de très courte durée : chacun des huit gentilshommes se présenta tour à tour pour l'emmener danser une de ces joyeuses danses viennoises ; or, l'assistance, intéressée, put admirer tous les couples de danseurs et surtout, au centre de la piste, celui de Lucie qui évoluait, radieuse, charmante et gracieuse, avec souplesse dans les bras de chacun, contente et d'humeur égale, se concentrant uniquement sur les pas, le rythme et la musique de chaque valse en tournoyant gaiement. Les valses de Vienne se succédèrent à une vitesse effrénée et Lucie n'en refusa aucune, même à Thibault de la Caze, ni au comte de La Pérouse, ni à Gaspard Monge, ni à Simon de Laplace, ni à François de La Rochefoucauld ou au chevalier de Laclos, bref à chacun des jeunes gens présents au manoir, courtois et respectueux, qui la remercièrent et la saluèrent, avec révérence à l'appui, appréciant certes son talent, sa grâce et sa souplesse sublimes, mais aussi son impartialité dans ses échanges et le partage de son art avec chacun d'eux. Même l'aîné de la Caze, qui la couvait des yeux, détecta avec joie cette qualité première : il n'était plus jaloux de cette jolie jeune femme mariée affichant la joie de vivre et lui offrant une amitié sincère, à lui comme à tous ses amis réunis. Pour Thibault de la Caze, ce trait de caractère chez une jeune et jolie bourgeoise n'était pas très courant dans la société de la noblesse. Les jeunes femmes, plus ou moins bien mariées, pouvaient être volages, libertines et vivre en toute impunité dans l'adultère sans choquer l'opinion bien-pensante des notables. En ce siècle des Lumières, la beauté ne rimait pas avec fidélité dans la noblesse de cape, d'épée et de robe ; et la bourgeoisie ne faisait pas du tout exception : au contraire, comme un phénomène à la mode et en vogue, on évaluait l'importance et la réussite réelle d'un notable fortuné au nombre de ses maîtresses et son épouse aux liaisons insolites avec ses amants, évoluant dans leurs salons mondains au vu et au su de tous. Pourtant, Lucie, qui ne voulait faire aucun jaloux mais contentait tout le monde, tout en respectant les convenances et faisant son devoir, attirait les regards de tous les gentilshommes sans exception tant par sa beauté singulière et sublime que par ses manières charmantes et raffinées, par ses talents et ses qualités uniques, par sa vivacité d'esprit et son élocution intelligente et intéressante sur tous les sujets relevant d'une éducation privilégiée, additionnée d'une érudition hors normes, voire, aux yeux des notables à l'écoute au cours des discussions animées, exceptionnelle et brillante. D'autant plus que Lucie était belle, pure, d'une incroyable fidélité, sociable et humaniste, compréhensive et bienveillante, honnête, franche et bonne pour son prochain, incapable de méchanceté et de vengeance mais plutôt encline au consensus et à la paix des personnes entre elles. Le seul défaut apparent de Lucie, c'était son charme physique avec ses formes adorables et désirables, admirables, que, sans s'en rendre compte, elle mettait gracieusement en valeur dans ses tenues coquettes qui lui allaient à ravir, sans provoquer ni choquer, sauf les yeux connaisseurs et avertis. N'étant ni ingénue, ni prude, ni mijaurée, Lucie était dotée d'un caractère bien trempé ; elle n'avait pas la langue dans sa poche et surtout donnait de la repartie. En fréquentant les salons mondains et partageant les invitations et réceptions imposées par sa mère très tôt, elle fut confrontée à la mentalité particulière de la noblesse de son temps, faite d'intérêts, de convoitises et d'hypocrisie, où l'appât du gain, de titres, de dots conséquentes, à coups d'éloges, d'hommages arrogants, de séduction et de tartufferie malsaine, Lucie s'était fait sa propre opinion et avait développé une personnalité lucide, légèrement incisive, doublée d'une certaine prudence réactive qui désarmait souvent ses interlocuteurs sur les sujets d'actualité, dans leurs propos ou leurs arguments désobligeants qu'elle critiquait avec pertinence au cours de leurs conversations hautaines, vaniteuses ou pédantes, excluant à la fois les idées reçues et les préjugés, privilégiant plutôt un avenir plus sûr dans une société nouvelle plus juste pour tout un chacun, plus libre, plus égale et plus fraternelle. Cette finesse d'esprit et d'analyse n'était pas pour déplaire à certains notables de la noblesse et du clergé, quelquefois dépassés par la personnalité d'une jolie bourgeoise inoffensive œuvrant pour la bonne cause sans se laisser marcher sur les pieds ni sur ses plates-bandes. Toutefois, même subjugués, pourquoi vouloir changer la société, en commençant par substituer les précepteurs par des enseignants publics et profanes pour instruire tous les enfants du peuple de France et de Navarre ? N'était-ce pas attenter à l'ordre enseignant tout entier, sans parler de la suppression de tous les autres privilèges attribués aux aristocrates de la noblesse et du clergé, bien nés et favorisés ? Jusqu'à présent, l'instruction et l'éducation étaient dispensées par les prêtres des paroisses, de jeunes vicaires ou des précepteurs particuliers dans les familles nobles ou bourgeoises fortunées. Lucie Mallet, épouse Vallet, issue de la petite bourgeoisie rurale, était-elle disciple du célèbre philosophe des Lumières, ami de Voltaire et de Montesquieu, ayant produit une œuvre scandaleuse sur l'enseignement, « L'Émile », Jean-Jacques Rousseau lui-même, elle qui, promue, soutenue et encouragée par les abbés Ribourel et Peytavin et l'évêque de Mende en personne, Choiseul-Beaupré ? À cette question quelque peu embarrassante, Mme Lucie Vallet aurait argué purement et simplement qu'ayant bénéficié d'une riche et instructive éducation au pensionnat de l'institut Notre-Dame à Mende et à la Providence, son vœu le plus cher était de faire partager les fruits de ses études à tous les enfants du Valdonnez sans distinction et de mettre en pratique son projet éducatif en tant que maîtresse d'école au service du peuple enfant. Projet réalisé et réussi avec brio, et renouvelable indéfiniment tous les ans. Voilà en quelques phrases ce qui résumait à peu près ce que pensaient tout bas quelques personnes de l'assistance en regardant danser Lucie, tournoyant dans les bras de tous les gentilshommes, séduits, à cela près qu'elles faisaient partie de la gent féminine bien-pensante, élégante et envieuse de son succès auprès des hommes, et pas des moindres, les plus recherchés et convoités du royaume, qu'ils soient comtes, ducs, marquis ou barons. D'après ces belles dames, cette jolie bourgeoise prétentieuse, dont la beauté éclatante encore juvénile les fascinait, semblait tous les mépriser avec une certaine et hautaine arrogance teintée d'une impertinence effrontée et rebelle due à sa jeunesse et à son statut d'épouse indépendante et très libre. Pourtant, Lucie Vallet, refusant les meilleurs partis, avait choisi pour prince charmant un garde champêtre des Eaux et Forêts, et bûcheron de surcroît, certes fort bel homme brun et très amoureux de son épouse, érudite, musicienne et aimant danser, et, comme lui, proche de la nature. Bref, tous deux issus du tiers ordre. Autrement dit et pensé par les mauvaises langues : qui se ressemble s'assemble. Qu'à cela ne tienne. Tristan, qui de fait exprès se trouvait près des belles dames médisantes et quelque peu délaissées, se disait dans son for intérieur :

« Quoi qu'on dise de nous, Lucie est la plus belle femme de cette société. Non seulement elle est charmante et ravissante sur la piste, au milieu des autres danseurs, mais elle évolue royalement et gracieusement, comme une danseuse étoile dans un bal digne de ceux de Jean-Baptiste Lully, à la cour de Versailles. Tous les gentilshommes se disputent ses bras et elle accepte gentiment et franchement. » Ne lui avait-elle pas déclaré en riant que de ses brillantes études à Notre-Dame elle privilégiait la littérature, la musique et la danse, apprises sciemment en parallèle avec les mathématiques, l'histoire, la géographie, les sciences de la vie et de la terre, la peinture et le solfège entre autres ? Que de belles choses.

La soirée dansante touchait à sa fin : or, l'aîné de la Caze devait choisir sa favorite pour effectuer seul à son bras la dernière valse et permettre ensuite à tous les couples de se reformer pour clôturer en beauté le bal. Lucie avait rejoint Tristan et faisait mine de se retirer sans délai à son bras, lorsque Thibault de la Caze se précipita vers eux et brutalement enleva Lucie qui, impuissante et surprise, se vit emportée au milieu de la piste de danse, devant les gentilshommes et leurs compagnes, indignés et déçus. Pour sauver la face et faire bonne figure, évitant un esclandre, Lucie se piqua au jeu et se mit au pas, au rythme de la musique entraînante, dans les bras entreprenants de Thibault, resserrant de temps à autre ses étreintes. La joue contre la sienne, il osa lui dire amoureusement :

« Ma chère Lucie, tant que vous séjournerez ici, au manoir, vous serez, aux yeux de toutes et de tous, la femme que j'aime le plus au monde et, de ce fait, ma favorite. Si j'accepte votre amitié sincère, moi, je vous offre mon amour, car vous êtes le seul amour de ma vie. Lucie, regardez-moi, je vous aime ! »

Au moment où il allait l'embrasser, Lucie se fit violence et détourna brusquement la tête puis continua de danser comme si de rien n'était. Fort heureusement, les couples s'étaient formés au signal donné par l'orchestre et le geste osé de l'aîné de la Caze passa inaperçu. Quand enfin les derniers accords des instruments retentirent, Lucie, libérée et soulagée, rejoignit Tristan sous les applaudissements de l'assistance, comblée et ravie de cette soirée organisée bien orchestrée et animée.

Tristan et Lucie n'écoutèrent pas le comte de la Caze remercier au nom de sa famille tous les invités et leur ouvrir les salles de jeu. Quatre à quatre, ils montèrent les escaliers menant à leur chambre : ils se couchèrent aussitôt et se retrouvèrent dans les bras l'un de l'autre, fatigués mais émerveillés. La nuit, du moins ce qu'il en restait, leur appartenait naturellement.

Toutefois, les époux Vallet, enfermés à double tour, n'entendirent pas la violente dispute éclatant entre les deux frères de la Caze, ni les semonces de leur père qui suivirent au fond des escaliers, tout en bas, entre les salles de jeu, ni la vaine intervention du baron Parmentier essayant de ramener la paix. Il faisait presque jour quand le calme revint, avec les premiers assauts de l'aurore, réconciliant presque tout le monde dans le manoir endormi pour quelques heures durant. Effectivement, le lever du jour était le moment favori et choisi pour les époux Vallet, déterminés à se préparer à aller, comme tous les matins et de bonne heure, à la pêche à la truite dans le Tarn. Pourtant, ce matin-là, Lucie n'était pas au mieux de sa forme : elle avait mal à la tête et était un peu barbouillée, et le fit savoir à Tristan :

« Tristan chéri, j'ai dû trop danser et mal digérer le copieux souper. Me voilà indisposée pour la matinée et je ne pourrai t'accompagner à la pêche comme convenu.

– Écoute ma chérie, je comprends très bien ton état. Tu as

abusé de tes forces lors de la soirée dansante. Tu dois ménager ta santé car, ici, les journées chargées comme les soirées sont très mouvementées. Reste encore couchée et repose-toi ce matin. Je te monterai un plateau de petit déjeuner avant d'aller à la pêche.

– Merci, Tristan chéri, je suis désolée de ce contretemps. J'aurais tant voulu venir avec toi ! »

Lucie essaya de se lever pour prendre sa robe de chambre quand, prise d'un malaise vertigineux, elle faillit tomber sur le parquet ciré, Tristan la retenant in extremis.

« Lucie ma chérie, tu es blanche comme un linge. Tu es sur le point de t'évanouir dans mes bras. Comme tu es pâle, mon amour !

– Tristan chéri, ne t'inquiète pas. Mon malaise et mon envie de vomir s'expliquent comme une évidence. Je crois que j'attends un heureux événement, un enfant de l'amour, de notre amour.

– Mon amour, ma reine chérie, ma muse, mon étoile solaire qui illumine notre avenir, je t'adore et je te vénère, toi, ma reine de Saba. Je suis le plus heureux des hommes ! s'emporta de joie et de bonheur Tristan, fou d'amour, et couvrant de baisers passionnés et brûlants son épouse, riant aux larmes, allongée sur le lit défait.

– Et moi, Tristan, mon époux chéri, je suis la plus chanceuse et la plus comblée des femmes dans ton royaume et surtout la plus honorée. Moi aussi, mon amour, je t'adore et je vais te donner bientôt un enfant, notre enfant, le premier de notre amour conjugal. »

Tristan, en quelques secondes, s'habilla, fit une toilette de chat, dévala les marches et courut dans la salle à manger, où il trouva le serviteur ami en train de disposer sur la table centrale les tasses et les bols de porcelaine du petit déjeuner, plusieurs cafetières, les théières avec les viennoiseries, dont les fougasses découpées en parts égales, les croissants et les bugnes, le miel et les couverts en argent.

« Monsieur Vallet, vous êtes bien matinal ! Aurais-je l'honneur de vous servir le premier pendant que ces messieurs et dames dorment encore, je crois, pour longtemps ?

– Oui, mon ami, comme d'habitude, mais avec une petite variante. Peux-tu placer sur un plateau deux bols de lait chaud, deux tasses, une petite carafe de café, le miel et des viennoiseries s'il te plaît ?

– Avec plaisir, monsieur Vallet. Je cours de ce pas à la cuisine chercher un pot de lait bien chaud. Désirez-vous du beurre et de la confiture de myrtilles ou de la gelée de framboises à tartiner sur des morceaux de fougasse ?

– Oui, mon ami, ajoute quelques tranches de miche de pain. Mon épouse et moi avons grand faim.

– Monsieur Vallet, j'ai entendu dire que votre épouse a beaucoup dansé et avec élégance avec tous les gentilshommes, ce qui a créé beaucoup de jalousie entre Thibault et Geoffroy de la Caze, se disputant violemment à la fin de la soirée, se terminant à 4 heures du matin. Le seigneur de la Caze, très mécontent, les a réprimandés et le baron Parmentier a su ramener le calme et la paix.

– Mon ami, tout compte fait, tout est bien qui finit bien. La belle journée qui s'annonce nous ouvre l'appétit. Merci mon ami de rapporter tout ce qu'il y a de meilleur en cuisine. »

Tristan n'eut pas longtemps à attendre que le plateau d'argent se remplisse de toutes les bonnes choses du petit déjeuner. Heureux et fier comme Artaban, il retrouva Lucie qui, radieuse, avait repris des couleurs et salivait déjà en sentant les parfums du pain frais, du lait et du café chauds, de la fougasse et des croissants au beurre bien dorés. Pour ne pas tacher les draps du lit défait, ils s'installèrent autour de la table basse et consommèrent avec plaisir l'excellente collation, qui avait un goût d'amour conjugal et sensuel, un goût de revenez-y, un goût de lune de miel échangé, fusionnel, partagé, bref, la saveur de l'amour.

Une fois ce délicieux petit déjeuner consommé en tête à tête, si Tristan se pressait pour partir à la pêche, Lucie, elle, paressait encore au lit, le regardant faire et se hasardant à lui dire :

« Tristan chéri, j'ai très envie de renouer avec la musique de Haydn et de Bach en interprétant leurs principales sonates et leurs concertos pour clavecin sur le piano à queue du salon. Qu'en penses-tu ?

– Lucie, ma chérie, ne crains-tu pas de réveiller tous ces gentilshommes et leurs compagnes en fanfare et de les irriter ?

lui répondit Tristan en riant.

– Le salon, entre la bibliothèque et les salles de jeu, est insonorisé. Rassure-toi, je n'ai pas l'intention de déranger qui que ce soit maintenant. Je vais profiter de la salle de bains un moment, mettre un peu d'ordre dans la chambre et descendre après 10 heures discrètement.

– Bien, ma chérie, je ferme à clé derrière toi. Fais-toi belle et n'oublie pas de fermer à double tour avec la seconde clé que tu cacheras avec soin dans une de tes poches.

– Merci mon chéri de ta confiance. J'agirai prudemment comme il se doit. À mon tour je te recommanderai d'être très prudent et de redoubler de vigilance en longeant le Tarn ou en le traversant.

– Ah ! J'oubliais : au cas où tu aurais besoin de quoi que ce soit, adresse-toi à Ludovic. Ce sympathique et fidèle valet est un homme à tout faire méticuleux et de confiance. De plus, il a les doubles des clés des chambres sur lesquelles il veille assidûment comme sur la prunelle de ses yeux. À tout à l'heure ma chérie et joue pour moi tes plus beaux morceaux », ajouta Tristan en baisant tendrement ses doigts fins de pianiste puis ses lèvres douces qu'elle lui offrait avec amour.

Lucie attendit quelques instants encore avant de procéder à la toilette de son corps que Tristan avait honoré avec délicatesse, respect, de maintes caresses, tant de fois, de ses mains fermes et chaudes, de ses lèvres douces et sensuelles, de sa bouche avide et gourmande, lors des rapports sexuels fusionnels échangés et partagés dans l'abandon le plus total de leurs deux corps épousés et consentants. À présent, elle portait en elle sa semence prometteuse, qui scellait leur amour conjugal pour toujours, pour l'éternité et la postérité. Lucie en était sûre à présent. Elle était enceinte d'au moins deux mois : elle portait en elle un enfant de Tristan, l'enfant de leur amour ; elle ferait tout son possible pour le faire naître à son terme, en ménageant sa santé et en particulier son hygiène de vie : en privilégiant la marche, la lecture et la musique, et renouvelant son projet éducatif en tant que maîtresse d'école dès septembre, dans le Valdonnez ; elle suspendrait de plus durant quelques mois les chevauchées dans les bois et la campagne, tous les bals et les soirées dansantes.

En se savonnant avec le précieux savon de Marseille sur toutes les parties de son corps, elle se réjouissait de son état et bichonnait sa peau avec soin, la palpant, la massant ou la frictionnant, et la rinçant abondamment dans la baignoire sabot remplie le soir par Ludovic et vidée avant midi par cet aimable et consciencieux serviteur apportant et changeant les serviettes quotidiennement. Une fois séchée, elle appliqua un peu de lait d'ânesse sur les parties accessibles de son corps et sur son visage, se parfuma à l'eau de violette de Toulouse. Puis, sur sa chemise légère en dentelle de Calais et son jupon de soie moirée, dérobant ses sous-vêtements blancs ourlés de broderie anglaise, elle se para d'une jolie robe rose cintrée à la taille, un peu décolletée mais sans trop, aux coquettes manches ballon, retombant en plis gracieux sur ses longues jambes fines, juchées sur des ballerines blanches à petits talons hauts. Elle prit le temps de brosser et de relever ses longs cheveux bouclés aux reflets châtain ambré, retenus par un diadème crème et une broche en argent fixée au-dessus de la nuque, dévoilant son port de tête altier et ses jolies épaules dont le teint de porcelaine rosé prenait maintenant une couleur légèrement hâlé que le grand air et le chaud soleil d'été lui donnaient de jour en jour en faisant ressortir l'éclat de ses grands yeux bleu horizon et le rouge de ses lèvres pulpeuses, semblables à des fruits mûrs, c'était du moins ce que pensait Tristan. Sans s'enorgueillir de l'image satisfaisante que lui renvoyait la psyché, sa préoccupation première était de ne pas provoquer ni choquer son époux par sa tenue vestimentaire : elle voulait paraître à ses yeux fraîche et naturelle, ni plus ni moins, mais la plus belle des épouses. Comme promis, elle arrangea leurs affaires et mit de l'ordre dans la chambre, ouvrit la fenêtre, changea l'eau des roses, Tristan y tenait, et prépara sur une des chaises les vêtements de Tristan, posa en évidence savon, rasoir et eau de Cologne, brosse et peigne, et les serviettes mouillées sur le présentoir, secoua la descente de lit et les draps, chose que lui avait pourtant déconseillée le valet de chambre, et refit soigneusement le lit.

Lorsque 10 heures précises retentirent à l'horloge en bois de rose de la salle à manger, Lucie, fin prête, se dirigea discrètement vers le salon muni de quelques partitions de Bach et de

Haydn. Toutes les pièces traversées, de la bibliothèque aux salles de jeu, étaient désertées, silencieuses mais encombrées de cartes, de billets, de pions sur damier et échiquier avec maintes figurines renversées, dont les fous, les cavaliers, reines et rois gisaient désespérément au milieu des jetons, pêle-mêle, et retournés comme des pièces sans importance, inutiles, délaissées, carrément abandonnées après une nuit de paris très agitée en jeux d'argent, très dispendieux, où le rêve et la désillusion avaient dû, avec les mises mirobolantes et faramineuses, se côtoyer en même temps que les gains et les pertes des sommes colossales tour à tour engagées sur les tapis verts, dans les roulettes ou avec les atouts des cartes dévoilées sur les tables au cours de maintes parties. Comme si la soirée dansante ne suffisait pas, la jeunesse oisive invitée chez le comte de la Caze avait besoin d'étaler ses titres et ses richesses, de gagner, de dépenser et de perdre, d'enrichir ou de dilapider la fortune de leur famille, et même de se désargenter pour exister, mieux paraître et briller en société et se faire admettre et reconnaître par tous ses semblables, nobles, bien nés et dotés. Or, déjà, deux laquais consciencieux désignés étaient à pied d'œuvre autour des tables de jeu et y mettaient bon ordre avec soin, efficacité et rapidité pour enrayer tout ce foutoir donnant une mauvaise image du manoir du seigneur de la Caze à ses convives. Il est vrai que s'il leur offrait le gîte, la table et le coucher, ses fils, Thibault et Geoffroy, eux, s'occupaient des divertissements, et pas des moindres ni des moins anodins, créant parfois des disputes et des différends entre les deux frères et leurs concurrents plus ou moins désœuvrés et quelquefois avinés.

Pourtant, le comte de la Caze, le baron Parmentier, le chevalier de Laclos, le marquis Pierre-Simon de Laplace, Gaspard Monge, comte de Péluse, le duc François de La Rochefoucauld, le comte Jean-François de Galaup de La Pérouse semblaient plus modérés et se comportaient en gentilshommes bien élevés et raisonnables tout au long de leur séjour dans les gorges du Tarn et intéressaient particulièrement les Vallet par le biais de leurs études, de leurs recherches scientifiques, mathématiques ou littéraires, ou celles des expériences des Lavoisier sur l'air, l'eau, la respiration, la combustion et l'évaporation, la photosynthèse chlorophyllienne de la flore déclenchant les échanges gazeux et les formules chimiques de l'eau (H_2O) et du gaz carbonique (CO_2) dégagé dans l'atmosphère et rejeté ; tout comme les importations agroalimentaires du pharmacien agronome Augustin Parmentier enrichissant l'art culinaire de nouveaux tubercules améliorant les soupes, les fameuses pommes de terre, les légumes verts, blancs ou rouges, les haricots, et un fruit rouge riche en vitamines, cru, cuit ou en coulis, la tomate, mangée en entrée, en salade, en sauce ou bien farcie ; les fèves des caféiers et celles des cacaoyers alimentant de nouvelles boissons chaudes, les viennoiseries et les pâtisseries. Toutefois, le seigneur de la Caze recevait avec joie dans son manoir de jeunes talents, les propres fils de ses amis intimes et particuliers dont l'avenir s'annonçait florissant : Pierre-Simon de Laplace, étudiant brillant en mathématiques, physique et astronomie, comme Gaspard Monge, comte de Péluse, étudiant en chimie descriptive et travaillant sur le calcul intégral des équations aux dérivées partielles et polytechnicien de surcroît, tous deux amis du marquis Nicolas de Caritat de Condorcet, lui-même mathématicien et économiste de l'école des physiocrates, devant bientôt se rencontrer entre chercheurs, philosophes et écrivains, scientifiques et navigateurs, tels La Pérouse et Parmentier, sans oublier le dernier gentilhomme pluriculturel arrivé récemment dans les gorges, Pierre Augustin Caron de Beaumarchais, à la fois écrivain, horloger, professeur de musique et financier. Fort heureusement, le salon était vide et propre, accueillant et frais. Lucie s'installa sur le tabouret face au clavier du magnifique piano à queue ouvert et offert aux doigts agiles de ses mains fines de pianiste avérée. Après avoir réuni toutes ses partitions pour clavecin et piano sur le présentoir, elle consulta celles apportées par M. de Beaumarchais, dédicacées à son nom, et effectua quelques gammes, leurs arpèges et leurs différents accords parfaits pour délier ses doigts et les assouplir d'un bout à l'autre du clavier qui, ma foi, semblait bien accordé, avec des graves, des aigus sans reproche et des sons cristallins justes, égrenés sans problème dans la gamme chromatique montante et descendante par demi-tons constitutifs et successifs. Suite à cet échauffement des mains et cette mise en route sans anicroche, Lucie commença à interpréter un prélude de Jean-Sébastien Bach, suivi de quelques-unes de ses sonates pour piano, truffées de maints dièses et de bémols à la clé, et de doubles croches en forme de trilles, accompagnés d'accords subtils et précis. Quoique difficiles, techniques et ardus, les morceaux de Bach pour clavecin étaient joyeux et raffinés et plaisaient beaucoup à Lucie qui communiait intensément avec ce brillant musicien. Un autre jeune artiste venait de se faire connaître grâce à l'hommage que lui rendait le philosophe Jean-Jacques Rousseau, son mentor. Il s'agissait de Ludwig van Beethoven, jeune virtuose, compositeur allemand de sonates pour piano et violon, de concertos et de symphonies. Lucie avait déchiffré facilement sa « Sonate au clair de lune » et son « Hymne à la joie » sur le poème de « L'ode à la joie » de Schiller. Elle se concentra sur ces deux compositions en pensant fortement à Tristan et elle lui dédia toutes les interprétations qui se succédèrent allègrement sans fausse note assurément. Ensuite, pour reposer ses mains et ses doigts éprouvés, elle joua pour lui des mélodies russes et surtout « Les yeux noirs » puis des barcarolles, des rhapsodies et des ballades aussi joyeuses que tristes, en accords mineurs comme en accords majeurs. Dans sa lancée et infatigable, oubliant le temps présent, elle emprunta également à Joseph Haydn plusieurs sonates qu'elle interpréta à la perfection et à merveille, toute au respect de son art musical autrichien porté à maturité. Dans ce salon tranquille et silencieux, les vibrations sonores des compositions se propageaient avec une excellente capacité acoustique, phénoménale et exceptionnelle, allant crescendo. Effectivement, cette pièce placée entre l'immense bibliothèque et les salles de jeu avait la meilleure acoustique et répondait aux besoins musicaux du moment et à tous les instruments utilisés en solo ou en concert pour piano, violon et instruments à cordes. Tellement bien que Lucie, se croyant seule au monde face au piano, les doigts parcourant indifféremment tout le clavier dans un joyeux ou discret tintamarre, en marquant soupirs, accords et silences, martelant noires, croches ou doubles croches, soignant les blanches et les rondes, faisant vibrer les trilles et lanciner les bémols ou resurgir les dièses dans les mesures des mélodies, où la main droite, impitoyable et acharnée, imposait à la main gauche, docile, un accompagnement adéquat avec des accords bien adaptés, idoines et particuliers, suivant le rythme effréné des ritournelles imposées dans les différentes œuvres musicales et toutes leurs partitions, eh bien Lucie, loin d'être seule, avait ameuté quelques gentilshommes qu'elle avait dû arracher au sommeil brutalement. Tous, et pas des moindres, se trouvaient placés derrière elle, n'osant la déranger, subjugués par l'interprétation musicale et extraordinaire des sonates de Bach, de Haydn et des mélodies russes un peu tristes mais joliment jouées. Lorsqu'elle plaqua ses derniers accords sur « Les yeux noirs », le silence anormal et pesant qui suivit la fit instinctivement s'arrêter et se retourner. Plusieurs paires d'yeux admiratifs et remplis de convoitise l'affolèrent et embrasèrent son visage qui s'empourpra, ajoutant à son charme naturel et juvénile, l'éclat de ses grands yeux bleus interrogateurs et le volume de ses cheveux châtain ambré, relevés en chignon au-dessus de sa nuque et retombant en quelques mèches rebelles autour de son front auréolé d'un diadème crème et arrêtés par une jolie broche dorée à l'or fin. Pourtant, dans sa robe rose cintrée un peu décolletée, mettant en valeur ses épaules de dos, son cou entouré de perles d'huître, ses bras nus, Lucie, se sentant dévisagée et peut-être déshabillée de la tête aux pieds, ne pouvait fuir ; elle aurait voulu disparaître sous terre et se dérober à ces yeux avides et indécents. Voyant son trouble et sa bonne foi d'épouse surprise, M. de Beaumarchais, compréhensif, vint aussitôt à son secours :

« Tranquillisez-vous noble dame. Mes amis et moi-même nous avons été attirés par votre prestation musicale. Vous interprétez avec justesse et virtuosité les sonates de Bach et de Haydn, et vous jouez divinement bien, avec passion et conviction. Nous vous prions de pardonner notre intrusion et, de ce fait, notre présence à vos côtés. En écoutant toutes vos interprétations exceptionnelles et tout à fait inattendues et imprévues, après cette nuitée de fête tardive, nous avons tous été surpris et émus d'entendre de douces musiques apaisantes, magiques et joyeuses dans ce salon abandonné de tous. C'est la raison pour laquelle, mes amis fins connaisseurs et moi, nous sommes là pour vous écouter : nous n'avons pas pu nous empêcher de descendre, la tentation était trop forte et la curiosité de connaître ce nouvel interprète nous a donné rendez-vous ici, intrigués et captivés, et, si j'ose le dire, vous m'en excuserez volontiers, admiratifs et subjugués.

– Monsieur de Beaumarchais, pour me faire pardonner de vous avoir réveillés si bruyamment et involontairement, je vais faire amende honorable en vous interprétant, pour terminer ma prestation, deux œuvres du jeune et révélé virtuose allemand Ludwig van Beethoven, remarqué et mis à l'honneur par le philosophe Jean-Jacques Rousseau : d'abord la "Sonate au clair de lune", ensuite l'"Hymne à la joie", sur un poème de Schiller. »

Ainsi, Lucie, concentrée et toute à son art, interpréta avec précision, nuance, modulation et virtuosité cette sonate prêtant à la rêverie, à la méditation, au lâcher prise ou à la réflexion, c'est selon son imagination, dans une écoute profonde et complète bruissant non de paroles mais de pensées subjectives et bien entendu intimes. Chose inattendue et inopinée, tous les gentilshommes présents l'entourèrent et d'un commun accord applaudirent à l'unisson : ils bissèrent avec un enthousiasme partagé et une volonté sincère et commune cette fameuse sonate de Beethoven jusqu'alors inconnue des professionnels, excepté de M. de Beaumarchais qui, d'un coup d'œil, incita Lucie à la rejouer une deuxième fois pour le plaisir et satisfaire l'assistance. Alors, elle respira profondément, ferma un instant les yeux, imagina Tristan à son bras dans le parc, sous les étoiles scintillant dans une belle nuit estivale, souveraine et idyllique, et, de ses doigts souples et agiles, arracha aux touches blanches et noires du clavier la mélodie plaintive et amoureuse de deux cœurs s'épanchant dans ce lieu paradisiaque éclairé par un superbe clair de lune les réunissant tous les deux conjointement. Bien que sa prestation soit subjective et très personnelle, elle n'en était pas moins intense et sublime. Or, les gentilshommes, en bonne intelligence et avertis, comprirent le message communiqué et significatif de cette étrange sonate. Et, chose curieuse, ils n'applaudirent pas cette fois en communion, avec respect, jusqu'aux dernières notes de la mesure et de l'accord final. Pendant quelques secondes d'ailleurs ils restèrent songeurs et silencieux. Pour dissiper le trouble occasionné par cette composition particulière et évacuer toute émotion, Lucie enchaîna tout de suite avec le joyeux « Hymne à la joie » joué en majeur avec des accords parfaits, entraînants, dans les différents couplets du poème de Schiller mis en musique par le jeune Beethoven et en mineur à chaque refrain avec, pour message, le symbole de la fraternité entre les peuples des cinq continents de la terre, symbole universel unissant tous les êtres humains égaux entre eux sans distinction aucune. Pour clôturer le tout, Lucie suggéra à M. de Beaumarchais de reprendre l'« Hymne à la joie » en le jouant à quatre mains allègrement. Si ce joyeux morceau musical enthousiasma les personnalités accourues de tout le manoir pour entendre ces deux musiciens doués jouer en symbiose ce nouvel hymne, repris et applaudi à maintes reprises, ce ne fut pas le cas chez toute la gent féminine qui, indignée, voire scandalisée, qualifia ce concert improvisé et bruyant de « tintamarre cacophonique » des plus populaires. Qu'à cela ne tienne, c'était sans compter sur l'appui et le soutien des gentilshommes qui approuvaient l'art talentueux, sérieux et assidu d'une jeune épouse se consacrant à la musique et à son projet éducatif au service du peuple enfant et à son épanouissement, dans l'esprit du courant humaniste et philosophique des Lumières.

Lucie savait tout cela et comprit tout à fait les réactions de certaines dames. Aussi, pour éviter toute suspicion conflictuelle avec elles, elle les salua respectueusement, comme pour s'excuser du désagrément sonore involontaire, remercia toutefois avec élégance M. de Beaumarchais et tous ses amis venus l'écouter et la supporter, leur souhaita de passer une bonne journée et s'éclipsa discrètement avec ses partitions sans attendre la moindre réponse. Lucie, en s'en allant, laissait derrière elle dans les esprits une singulière impression, unique et particulière : tous étaient conquis par la personnalité de cette jeune bourgeoise mariée, même si leurs compagnes restaient perplexes et dubitatives face à son érudition et ses projets, à ses talents et ses bonnes manières. Il est vrai que Lucie n'en finissait pas d'étonner la société des notables conviés chez le seigneur de la Caze et au manoir, sans s'en rendre compte, si Lucie faisait sensation par sa beauté naturelle et ses qualités multiples, en fascinant les gentilshommes attentifs et admiratifs, elle inquiétait sérieusement la gent féminine lui reprochant de dévoiler ses charmes dans ses tenues vestimentaires certes raffinées mais provocantes et choquantes, séduisant et attirant les regards masculins ; de plus, elles ne lui pardonnaient pas d'afficher ses idées bourgeoises de jeune femme mariée et libérée, son projet éducatif engagé dans l'instruction du peuple, son excellente érudition, son engouement pour les arts et surtout pour la musique, ravissant M. de Beaumarchais et tous les gentilshommes sans exception. Désormais, au manoir de la Caze, pour elle, Lucie Vallet, aux multiples talents, amoureuse d'un seul homme, et garde forestier de surcroît, différente de mentalité et d'idées, enseignante et pianiste, avec ses charmes juvéniles et sa curieuse personnalité humaniste et sincère, son caractère bien trempé et son érudition surprenante dans toutes ses conversations, alliées à son excellente élocution logorrhéique, sa repartie sans gêne face à la faconde exagérée et hypocrite ou vaniteuse des uns et des autres, symbolisait une jeune femme plutôt philanthrope, franche et probe, séduisante et enjouée, qui plus est talentueuse et professionnelle dans son enseignement éducatif auprès du peuple enfant, représentant aux yeux des hommes un modèle particulier hors du commun et un exemple moderne et nouveau à suivre ou imiter : car, pour eux, Lucie Vallet n'était pas une favorite à conquérir ni à séduire pour ses charmes, ses bonnes manières, son agréable compagnie, ses qualités et ses talents uniques et rares, mais une femme admirable et exquise, exceptionnelle, sociable et exemplaire, aimable et gaie, souriante et solaire, compréhensive, bienveillante et conciliante, exemptée d'orgueil, de vanité, d'avidité ou de cupidité, mais remplie d'empathie et d'humanisme envers tous ses semblables des trois ordres établis. Bref, au manoir de la Caze, Lucie apportait, avec sa joie de vivre qu'elle voulait partager, des rayons de soleil nouveaux issus de son éducation, ses convictions personnelles, et un autre regard sur le champ des possibles à venir et des valeurs à restaurer dans une société où soufflait déjà par intermittence un vent de liberté, d'égalité et de justice populaire revendiquée, où pourrait se joindre bientôt une saine fraternité longtemps espérée. Ce sont ces idées nouvelles et « révolutionnaires » répandues par les philosophes des Lumières dans les salons des villes du royaume de France que certains notables, conservateurs et privilégiés, de la noblesse et du clergé, intransigeants et irréductibles, redoutaient et réfutaient catégoriquement, d'autant plus que les instigateurs des commanditaires de ce courant humaniste prônant une société plus juste n'étaient autres que les travailleurs du tiers ordre, à savoir ceux de la petite et moyenne bourgeoisie, les ouvriers journaliers agricoles, les manouvriers, entraînant la masse de la paysannerie, autrement dit tout le peuple de France, réclamant à cor et à cri d'une seule voix unanime la suppression de la monarchie absolue, des privilèges, l'égalité de tous devant l'impôt, l'instruction du peuple, la liberté de conscience, la tolérance, entre autres l'abolition de l'esclavage, de la soumission face à la superstition et la sorcellerie, autrement dit le droit à la connaissance, à l'égalité, à la justice et aux libertés individuelles, attendu que « tous les hommes naissent libres et égaux entre eux et en droits ». En tout cas les nobles dames bien nées et dotées, titrées et privilégiées de la société du seigneur de la Caze ne l'acceptaient pas et reprochaient à Lucie Vallet, petite bourgeoise de province rurale, son statut de jeune épouse libérée, indépendante et professionnelle, instruisant et éduquant les enfants de sa région avec ses idées nouvelles propagées par le courant philosophique et humaniste concrétisé par Jean-Jacques Rousseau qui, dans son œuvre sur l'enseignement « L'Émile », scandalisait les courtisans et les précepteurs du clergé, le gouvernement du régime et les sénateurs. Tout compte fait, la belle Lucie Vallet représentait à leurs yeux le portrait idéal de la gent féminine contestataire, fascinant et séduisant les hommes par son esprit, son élocution convaincante, son érudition encyclopédique, ses jolies manières, sa charmante compagnie, ses qualités et ses talents, tour à tour dévoilés au cours des soirées dansantes dans la salle de musique, à la bibliothèque ou lors des repas pris en commun. Si elle méprisait et détestait les salles de jeu, comme une sauvageonne, accoutrée comme une paysanne, elle n'hésitait pas à accompagner son époux tous les matins à la pêche et ils passaient tous leurs après-midis à chevaucher en direction de la Malène, où ils faisaient halte au château de Montesquiou : ils avaient même rencontré les

Lavoisier et sympathisé avec eux, d'après le chevalier de Laclos qui les suivait, les observait, les espionnait dans ses filatures quotidiennes. Parfois, ils remontaient le cours d'eau avec leurs cannes à pêche jusqu'à Saint-Chély-du-Tarn et ils attrapaient beaucoup de truites qu'ils offraient au comte de la Caze, chef de cuisine étoilé, qui avait beaucoup d'affection pour ce couple atypique et solaire, amoureux et joyeux. Ainsi conversaient les nobles dames sur le compte de leur prétendue rivale, qui attirait, fascinait et captivait leurs compagnons en toute impunité : certains même, comme Thibault de la Caze, étaient très tôt tombés amoureux de Lucie Vallet ; son état de santé, d'après le baron Parmentier, était déplorable ; quant aux jeunes hommes soupirants l'invitant à danser, l'écoutant jouer du piano, il fallait être aveugle pour ne pas s'apercevoir qu'ils l'admiraient, la dévorant des yeux, et qu'elle les obsédait. D'après ces nobles dames envieuses et plutôt jalouses, son époux Tristan Vallet, s'il n'y prenait garde, aurait du souci à se faire et devrait redoubler de vigilance car cette jeune femme venait d'avoir 19 ans seulement et tous les jeunes hommes, comme des papillons volages, tournaient autour d'elle, charmés par sa pureté de corps, d'esprit, de cœur et d'âme, qualités rares chez une jeune épousée par les temps qui couraient.

Pourtant, dans la chambre fermée à double tour, Lucie, esseulée, ne se préoccupait en aucune façon du qu'en-dira-t-on des mauvaises langues, mais, quelque peu émotionnée par les instants exceptionnels, inoubliables passés dans le salon de musique, essayait en vain de mettre de l'ordre dans ses pensées. Si elle était contente d'avoir renoué avec la musique, sa passion, elle était loin de se douter que les sonates de Bach et de Haydn auraient ainsi intrigué M. de Beaumarchais et tous ses amis gentilshommes. Ce professeur de musique était à la fois galant homme et respectueux : elle lui était reconnaissante d'avoir volé à son secours et d'être intervenu aussi intelligemment au milieu de tous ces jeunes gens venus en nombre pour l'écouter. Il lui tardait que Tristan rentre de la pêche pour lui relater ce moment unique et intense, et finalement partagé : c'était sa préoccupation première, elle craignait que son époux chéri l'apprenne par d'autres bouches malveillantes ou malintentionnées.

N'avait-elle pas perçu, en partant précipitamment, tous ces yeux furibonds et les regards étonnés à son passage de tous ces gens qu'elle avait ameutés et dérangés ? Même les serviteurs et les laquais, entendant les mélodies, quittant leur poste, avaient voulu connaître la personne qui jouait si bien dans le salon avec M. de Beaumarchais et que l'on applaudissait bruyamment avec un tel enthousiasme. Qu'en penserait Tristan et quelle serait sa réaction ? Effectivement, lorsque Tristan arriva, son humeur était plutôt maussade et dévoilait son mécontentement. Lucie ne put placer un seul mot quand il annonça d'une voix sévère :

« Le palefrenier et Ludovic n'ont pas arrêté de vanter tes mérites, tes qualités et ton talent pour la musique. Quant au comte de la Caze, que je viens de rencontrer en cuisine pour lui offrir les produits de ma pêche, il est aux anges, heureux d'avoir détecté une pianiste virtuose, appréciée de facto par M. de Beaumarchais et tous ses amis réunis, très admiratifs et subjugués. Inutile de dire que tous ces jeunes gens bien nés sont tombés sous ton charme, en d'autres termes sont amoureux de toi. En bas, dans toutes les salles, on ne parle que de toi, même les serviteurs sont conquis et ravis par ta prestation musicale inédite et inattendue. Te rends-tu compte de l'effet impressionnant que tu as produit dans la société du seigneur de la Caze, engendrant certainement des jalousies de la part de la gent féminine qui ne partage pas cette admiration inopinée de leurs compagnons pour Lucie Vallet ? Envieuses et délaissées, elles doivent te traiter de jeune bourgeoise impertinente et intruse dans leur société de notables respectables, très bien élevés et bien-pensants. Rends-toi à l'évidence, tu as fait une telle sensation sur l'assistance, venue nombreuse pour t'écouter et t'admirer, qu'il nous faudra à l'avenir craindre des conséquences outrageantes dans notre ménage. Et je ne pourrai le supporter ! Nous ne sommes admis dans la seigneurie de la Caze que par amitié pour ton honorable père, Étienne Mallet, meilleur épicier et livreur du comte et de sa famille. En tant que membres du tiers ordre, nous devons ne pas abuser de son hospitalité, rester discrets et garder nos distances, bref, ne plus nous faire remarquer sans arrêt. »

Les larmes aux yeux, très mal à l'aise, à son tour Lucie raconta en détail la véritable version des faits de cette matinée mouvementée et inimaginable. Comme prévu, elle s'était rendue à 10 heures dans le salon de musique pour interpréter les sonates connues de Bach et de Haydn ainsi que les nouvelles œuvres de Ludwig van Beethoven, le jeune prodige allemand. Elle expliqua que lorsqu'elle avait joué la « Sonate au clair de lune » et l'« Hymne à la joie », après les mélodies russes, elle avait eu la surprise, en se retournant, de découvrir la présence de M. de Beaumarchais et de tous ses amis gentilshommes accourus en nombre.

« Sache, mon époux chéri, que, comme tu me l'as demandé, j'ai interprété tous ces morceaux choisis en pensant à toi avec amour. Puis, pour me débarrasser de tous ces jeunes gens intrus, j'ai suggéré à M. de Beaumarchais de jouer à quatre mains l'"Hymne à la joie". Voilà mon crime, Tristan chéri. Sauras-tu me pardonner cette imprudence involontaire et tout à fait imprévue ? Désormais, je ne jouerai les sonates que tu aimes et les autres mélodies qu'en ta présence effective, pour ne pas nous attirer d'ennui.

– Lucie ma chérie, je te prie d'excuser ma franchise maladroite, brutale et inconsciente. En entendant les propos plus ou moins injurieux sur ton talent et ta propre personnalité, j'ai pris peur et je me suis affolé. Voilà pourquoi j'ai réagi si violemment. Pour me faire pardonner, je t'offre le rempart de mes bras et toute l'affection du monde. Je t'aime tant, ma toute belle ! »

Il enlaça son épouse, la couvrit de baisers tendres et la serra contre son cœur amoureux et enfin rassuré. Puis, rapidement, il plongea dans la baignoire savonneuse et parfumée, s'apprêta avec les habits que lui tendait gracieusement Lucie, qui lui appliqua un peu de son eau de Cologne préférée, mit de l'ordre dans sa chevelure brune, ajusta sa chemise blanche à jabot et le pria en riant de se mirer dans la psyché. Chose qu'il fit en éclatant d'un rire joyeux et contagieux.

« Me voici à présent propre et habillé comme un sou neuf, avec l'aide de la plus adorable des épouses. Nous voilà fin prêts pour partager le dîner du seigneur de la Caze sans peur et sans reproche aucun. »

En descendant dans la salle à manger, ils croisèrent Ludovic, fidèle et souriant, qui devait procéder au ménage de leur chambre : Tristan lui conseilla de fermer la porte à double tour et de profiter de l'agréable journée. Les douze coups de midi avaient déjà retenti depuis un bon quart d'heure et leur entrée fut à la fois remarquée et même critiquée. Qu'à cela ne tienne, les époux, guillerets, n'avaient de comptes à rendre à personne, si ce n'est à un seul homme qui leur pardonnait et leur souriait, en leur souhaitant un bon appétit, tel un père attentif, soucieux et soulagé de voir arriver un couple retardataire mais tellement amoureux, atypique et talentueux. Thibault et Geoffroy, les deux frères ennemis, perplexes, ne semblaient guère du même avis. Quant aux jeunes gentilshommes, ils n'avaient d'yeux que pour eux. Lucie, devant son assiette, évita de lever les siens pour ne pas voir les regards admiratifs des jeunes gens ni ceux courroucés des nobles dames lui reprochant d'être belle, désignée d'office comme jeune favorite de la seigneurie de la Caze. Il est vrai que Lucie, se sachant enceinte de deux mois de son époux chéri, avait une mine lumineuse et radieuse : sa beauté juvénile n'en était que plus affirmée et appréciée de tous. D'ailleurs, les époux firent honneur à toutes les entrées du menu du jour, dévorèrent les belles tranches de rôti de veau aux petits légumes arrosées de bon vin de Saint-Chinian, ne boudèrent par les fromages variés. Quant aux desserts, les parts de tartes aux framboises et aux myrtilles furent les bienvenues avec un vin muscat sucré de Frontignan. Après le café, sans digestif, les époux Vallet saluèrent les convives, évitèrent les salles de jeu, firent un rapide tour du parc ensoleillé, désert mais animé par le vol gracieux des papillons blancs, le grésillement tenace, continu et entêtant des grillons invisibles, le chant des petits oiseaux passereaux et les roucoulements assidus et routiniers des tourterelles autour des toitures grises du manoir, alors que les hirondelles effectuaient des allers-retours rapides jusqu'au cours d'eau, rasant le sol en poussant des cris stridents, tandis que les insectes, bourdonnant, butinaient en se déplaçant constamment de fleur en fleur, tranquillement, dans un ballet incessant, obsédant, répétitif, sonore mais musical. Avant que la forte chaleur s'installe, les époux Vallet, apaisés et satisfaits, remontèrent dans leur chambre pour s'adonner à une petite sieste légitime. Avant de s'allonger, Tristan demanda calmement :

« Lucie, ma chérie, te sens-tu en forme pour chevaucher avec moi jusqu'à la Malène ?

– Avec toi, Tristan chéri, j'irai au bout du monde ! »

Et Lucie se plaça au creux des bras de son époux, et tous deux s'assoupirent, tout à fait rassérénés, le plus naturellement du monde. Au bout de quelques minutes de silence trompeur régnant sur le manoir, une violente altercation éclata et résonna en bas du couloir : Tristan crut reconnaître les voix des frères de la Caze et peut-être celles du baron Parmentier et du chevalier de Laclos tentant difficilement de répliquer, de s'interposer, de s'imposer pour calmer Thibault et Geoffroy, en pleine dispute et plus ou moins avinés. Quel différend aussi virulent pouvait si souvent opposer avec une telle violence les deux frères ? Tristan ne tarda pas à en avoir confirmation en prêtant l'oreille, ravivant ses craintes. Son cœur se mit à battre plus fort lorsque le mot « enlèvement » fut prononcé à plusieurs reprises par Thibault avec colère et obstination, alors que Geoffroy essayait vainement de lui faire entendre raison. Effectivement, l'aîné de la Caze menaçait, tel un forcené déterminé mais incontrôlable, de forcer le passage, maintenu énergiquement par Pierre de Laclos, Augustin Parmentier et son propre père. Élevant la voix pour l'en empêcher, non sans arguments, Geoffroy lui répétait sans relâche :

« Thibault, mon frère, aurais-tu perdu la raison ? Rends-toi à l'évidence : tu ne dois pas convoiter une jeune femme mariée et encore moins l'enlever à l'homme qu'elle a épousé et qu'elle aime par-dessus tout. Je t'en prie, au nom de notre noble famille, renonce à ta décision diabolique et conduis-toi dignement, comme un gentilhomme bien élevé et responsable ! »

Thibault, en état second et pitoyable, dut éventuellement renoncer au projet de monter l'escalier pour accomplir son méfait revendiqué à cor et à cri, encerclé très fermement par ses proches et ses amis, le refoulant vers la pharmacie de l'apothicaire Augustin Parmentier, son parrain et bienfaiteur, pour le soigner et l'apaiser. Une chose était sûre et certaine : Thibault de la Caze était fou amoureux de Lucie. Éconduit et désespéré, il était de plus en plus transi et perdait la raison au point de vouloir l'enlever coûte que coûte et la séquestrer contre son gré dans un endroit inconnu et lointain. De toute évidence, Tristan devait sans délai avoir un entretien sérieux avec le seigneur de la Caze, pour lui rappeler sans ambages que Lucie et lui étaient jeunes mariés depuis le 27 mai et qu'ils s'accordaient quelques jours seulement de voyage de noces dans les gorges ; de plus, leur lune de miel était sur le point de s'achever en cette fin de mois d'août. Or, il fallait remonter dans le Valdonnez pour préparer la rentrée de septembre s'annonçant des plus laborieuses pour tous les deux. Inutile de déclarer que Lucie était enceinte de deux mois et que le comportement déplacé et scandaleux de l'aîné à son encontre imposait un éloignement immédiat et définitif. Le tout était de convaincre le comte de la Caze de leur éventuel départ pour Saint-Étienne-du-Valdonnez à la fin de ce voyage de noces s'éternisant et se terminant agréablement et positivement. Autrement dit, mettre un terme raisonnable à leur lune de miel, car tout a une fin. Mais encore, selon Tristan, un terme définitif aux esclandres répétés de Thibault de la Caze, enfant gâté et têtu, et aussi à la cour assidue, vaniteuse et hypocrite des gentilshommes conviés à la table du seigneur de la Caze et face à leurs courbettes et à leur convoitise, à leurs divertissements dispendieux, bref, à leur oisiveté, mère de tous les vices, profitant et abusant des bonnes grâces du comte, du gîte, du couvert et du coucher au manoir, de sa bonne chère et de ses soirées, organisées, dansantes et bien arrosées. Pourtant, quelques jeunes notables, bien éduqués et respectables, faisaient exception à la règle dans cette société, à la fois hétéroclite et insolite : de passage dans les gorges du Tarn, le duc François de La Rochefoucauld, Pierre-Simon de Laplace, Gaspard Monge, comte de Péluse, Jean-François de La Pérouse et même M. de Beaumarchais, érudits et galants hommes, étaient des jeunes gens distingués, remarquables et de bonne compagnie, et respectables. Tristan recherchait et appréciait leurs conversations, et regretterait sans nul doute leurs échanges particuliers dans leurs débats littéraires ou scientifiques, partageant leurs idées et leurs riches expériences dans un esprit humaniste et philanthropique, au même titre que celui manifesté chez le couple Lavoisier, amis du mathématicien et marquis Pierre-Marie de Caritat de Condorcet ; tous ces gentilshommes bien nés, mettant à profit leur savoir et leur érudition, leurs études et leur science, leurs expériences, en symbiose, au service des arts et métiers, avec les encyclopédistes, dans le même courant philosophique des Lumières, représentaient aux yeux de Tristan la véritable image émergente de la noblesse active et travailleuse, une élite hors normes, inventive et créative, innovante, tournée inlassablement vers la recherche et le progrès afin de faire évoluer et améliorer dans tous les domaines les conditions de vie de tous les Français en matière d'éducation, d'instruction, de connaissances, d'utilisation et de création de nouveaux outils, de machines destinés à tous les corps de métiers ou de santé, entre autres, de meilleure alimentation. Autrement dit, ces jeunes notables encore étudiants mettaient en commun leurs talents et leur imagination créatrice, inventive, innovante et bénéfique au service du peuple français. S'ils s'accordaient quelques semaines de vacances en été et dans les gorges du Tarn pour se détendre ou lâcher prise, ce n'était en aucune façon pour s'adonner à ces divertissements douteux, coûteux et malsains comme les jeux d'argent, désastreux, néfastes et addictifs, mais pour se retrouver entre gentilshommes amis, pour échanger, partager leurs idées ou leurs travaux, et ensemble se ressourcer. Au manoir de la Caze, le comte, connu dans tout le Gévaudan pour son accueil chaleureux d'hôtelier et en tant que chef culinaire étoilé, aimait, avec ses fils, recevoir ces jeunes gens talentueux, les loger, les nourrir, les faire se rencontrer ou se retrouver, et mettait à leur disposition toutes les dépendances de son magnifique château, près du Tarn, où chacun pouvait à loisir profiter de sa bonne cuisine, lire, se documenter, jouer, danser ou pianoter dans le salon de musique et disposer le cas échéant du billard et des salles de jeu, quand ils n'allaient pas à la chasse dans les gorges ou sur les causses Méjean et de Sauveterre.

Ainsi cogitait Tristan pendant cette courte accalmie lui permettant de faire le point sur les événements et l'ambiance actuelle régnant dans le manoir avec une certaine lucidité doublée d'une évidente objectivité. Dorénavant, il devrait rester sur ses gardes, vigilant, et redoubler de prudence, maintenir ses distances car il se méfiait de l'eau qui dort. Lucie, son épouse chérie, qui fort heureusement ignorait ce qui s'était réellement passé, la concernant tout en bas, se reposait à ses côtés, confiante et sereine. Quand les trois coups de 15 heures retentirent dans la salle à manger, n'osant la réveiller, il déposa un baiser sur son front avec tendresse, délicatement, écartant quelques mèches rebelles, et pensa, amoureux :

« Dieu que Lucie est belle ! Il n'est pas étonnant que tous les jeunes hommes se retournent sur son passage et la considèrent avec admiration. J'ai épousé une reine qui possède à la fois la beauté physique, intellectuelle, spirituelle et morale. La beauté du corps, de l'esprit et de l'âme, bref, la beauté incarnée d'une vestale, que tous les futurs époux recherchent, que Dieu, notre créateur, m'a confiée et dont je suis le protecteur responsable pour le meilleur et pour le pire, uni à elle pour l'éternité et la postérité. Merci mon Dieu de m'accorder un tel bonheur ! Je suis le plus heureux des hommes, d'autant plus que Lucie porte en son sein le fruit de notre amour mutuel et conjugal, un enfant, qui devrait naître au printemps, fin mars 1770. »

Désormais, il accompagnerait tous les déplacements de Lucie en imposant très discrètement sa présence dans toutes les manifestations imposées par la société du seigneur de la Caze et les obligations à venir ailleurs, dans le Valdonnez ou partout dans le Gévaudan. Pas question de laisser Lucie au milieu d'inconnus ou en mauvaise compagnie : un homme averti en vaut deux !

Tristan sortit la montre de son gousset. Les aiguilles marquaient 15 heures et quinze minutes, il était temps de se préparer pour la promenade. Pour éveiller Lucie en douceur, il baisa tendrement son doux visage et ses paupières closes : en retour, elle lui accorda un sourire et l'espace de ses bras en lui murmurant joyeusement :

« Tristan chéri, cette sieste réparatrice près de toi m'a fait le plus grand bien. Je suis en mesure de t'accompagner jusqu'à la Malène. Apprêtons-nous sur-le-champ et rendons-nous au hangar sans tarder ! »

Chose dite, chose faite. Ainsi changés, Tristan et Lucie se hâtèrent, non sans s'être coiffés d'un chapeau de paille, les cheveux défaits et libres. L'étalon et le comtois, surpris, leur firent fête, piaffant, renâclant et hennissant de plaisir ; équipés de leur selle respective, ils étaient prêts pour une nouvelle balade, leurs petites oreilles mobiles et actives, leur belle crinière hérissée et leur magnifique queue en mouvement fouettant l'espace en faisaient foi. Les deux époux traversèrent le parc calme et désert et mirent au pas leurs chevaux impatients sur le sentier parsemé des premières feuilles jaunies ou roussies des trembles, des saules et des peupliers souverains que les prémices avant-coureurs automnaux commençaient à dérober aux branches altières et que les sabots impitoyables des équidés faisaient craquer d'un bruit sec en agonisant, pour finir dans un tapis fauve fourni, moelleux car orphelin d'aiguilles, de pommes de pin, mais recouvrant les galets et les pierres tranchantes éventuelles et imprévues, dégageant un parfum particulier d'humus végétal, de terre mouillée mêlée de vase odorante et de feuilles mortes encore fraîches en décomposition.

Effectivement, les feux de l'automne, avec leurs couleurs chatoyantes et rutilantes semblables à celles des couchers de soleil incendiés et rougeoyants, annonçant la fin de l'été, commençaient à teinter de jaune orangé et de roux ou de pourpre la végétation existante des gorges du Tarn en camaïeu, progressivement mais sûrement. Avec son lot singulier de couleurs changeantes et éclatantes, de maintes odeurs particulières, de parfums uniques et de moisissures mariées à celles du mycélium, l'automne présageait ainsi une saison riche en champignons. Sur les causses et les champs à chardons, des myriades de marasmes d'Oréade côtoyant les pleurotes marron et luisants feraient leur apparition dès la mi-septembre, tout comme, dans les sous-bois et les clairières, le long des sentiers frais et lumineux, les cèpes et les bolets ; enfin, autour des coupe-feux, dans les travers, en famille, les chanterelles orangées en forme de trompette et parfumées surgiraient abondamment jusqu'à la Toussaint, à condition que les pluies diluviennes conséquentes alimentent l'humus végétal des sous-sols et contribuent effectivement et abondamment à leur sortie, souhaitée et escomptée. À leur retour dans le Valdonnez, Tristan, en tant que garde forestier des bois des Cignolles, du Sapet et des forêts voisines, au-dessus de Lanuéjols, de Masseguin, jusqu'à

Bagnols, irait sur place se rendre compte et se ferait un plaisir de sonder les sous-bois avec son père. Quant aux mousserons et aux pleurotes, surnommés « oreillettes », les champs à chardons, que les moutons auraient enrichis de leur engrais naturel, se rempliraient au-dessus des villages de Saint-Étienne et de Varazoux de la mi-septembre à novembre de kyrielles de ces champignons très prisés des Valdonnéziens, cuisinés avec du persil et de l'ail, et poêlés, en omelettes ou concoctés en quiche et en tarte ou séchés pour enrichir les sauces des viandes, des rôtis de porc et des daubes.

En pensant à ces prochaines cueillettes, Tristan et Lucie se réjouissaient à l'avance en chevauchant tranquillement le long du Tarn, bercés par les chants mélodieux des passereaux, les bourdonnements incessants d'insectes et les grésillements assidus et fidèles des grillons invisibles les accompagnant, au rythme régulier de leur monture, allant toujours au pas. Il était un peu plus de 16 h 15 quand ils arrivèrent à la Malène, où les Montesquiou d'Artagnan les reçurent à bras ouverts dans leur beau manoir ; les chevaux reconnurent le hangar où ils purent à volonté s'abreuver et savourer de l'avoine sur de la paille fraîche. Aurore installa le couple Vallet sur la terrasse ombragée autour d'une grande table où elle disposa des tasses en porcelaine blanche ; peu après, Quentin apporta une grande cafetière et un pot de miel, tandis que Gauthier présentait sur un plateau d'argent du lait et des bugnes bien dorées et croustillantes, de la gelée de groseille et cinq petites cuillères avec des serviettes brodées. Et puis on but le café avec un nuage de lait en dégustant les fameux beignets avec gourmandise. Les frères et la sœur de Montesquiou questionnèrent les Vallet sur leur séjour au manoir de la Caze : Tristan et Lucie donnèrent des détails sur leurs journées, se gardant bien de mentionner les incidents les concernant, mais relatèrent uniquement les événements positifs de leur voyage de noces, les rencontres intéressantes, les débats pertinents et enrichissants avec certaines notoriétés de passage au cours des repas, des soirées organisées et animées par les frères de la Caze, sans oublier les matinées passées à la pêche à la truite et les promenades le long du Tarn jusqu'à Saint-Chély ou le soir dans le parc déserté, sous la nuit étoilée, loin des nuisances sonores dans les salles de jeux, caractérisées par les altercations et les éclats de voix de certains gentilshommes habitués à miser de fortes sommes d'argent jusque tard dans la nuit.

Sur ces entrefaites, pour la plus grande joie des Vallet, le couple Lavoisier arriva et s'assit à leur table et partagea leur collation gaiement. Avec leur engouement passionné pour les sciences expérimentales, ils venaient de faire des prélèvements intéressants sur la flore locale et les abords du Tarn : la respiration des végétaux et les échanges gazeux par photosynthèse chlorophyllienne des arbres, qu'Antoine de Lavoisier qualifiait de « poumons de la terre », captivaient aussi Tristan et Lucie, intéressés par les connaissances et les travaux de recherche expérimentaux des jeunes scientifiques, compatibles avec le métier de garde forestier, conservateur et régulateur, protecteur et préservateur de l'environnement végétal et arboricole. Tout dans la nature, à la fois végétale, animale et humaine, était respiration, combustion, échanges gazeux sur la terre, dans l'air et dans l'eau. De plus, Antoine de Lavoisier avait dégagé les formules chimiques des molécules indispensables à la vie : avec son épouse, il étudiait la nature et le rôle de l'oxygène et la composition de l'eau, l'importance de l'hydrogène, d'où la formule de l'élément liquide, H_2O ; de l'oxygène que respirent les êtres vivants et la flore, et qu'ils rejettent en oxyde de carbone, en CO_2, dans l'atmosphère. Antoine de Lavoisier en était convaincu : la respiration était une oxydation de composés carbonés. En outre, l'eau des rivières et des lacs, en s'évaporant dans l'atmosphère, diffusait dans le ciel de fines plumes blanches appelées cirrus, se transformant peu à peu en cirrocumulus, semblables à des flocons blancs, sous forme de voiles, en cirrostratus, annonçant un changement de temps ; ensuite, les altocumulus pommelés et les altostratus s'étalaient dans l'atmosphère sous forme de nappes grisâtres puis s'assombrissaient en nimbostratus pour se condenser en cumulostratus et stratus, contenant de fines gouttelettes liquides génératrices de brouillard ; enfin, les cumulus d'un blanc éclatant bourgeonnaient en nuages de beau temps au sommet ; en revanche, les cumulonimbus, au fort développement, de plus en plus noirs et menaçants, progressant verticalement, étaient porteurs d'orages, de grêle et de grosses averses. Toutefois, les pluies diluviennes nombreuses de printemps et d'automne contribuaient à remplir les lacs et les nappes phréatiques, les fleuves et les rivières, comme les sources, nourries de sédiments et de sels minéraux, notamment de calcium et de magnésium. Bref, le cycle de l'eau était en perpétuel et éternel recommencement. En écoutant attentivement les déclarations détaillées météorologiques et les résultats des travaux chimiques et scientifiques d'Antoine de Lavoisier, Tristan, suspendu à ses lèvres, ressentait une vive admiration pour ce jeune chercheur hors normes, assidu, très moderne et passionné, à l'imagination créatrice, inventive et innovante, qui répondait à ses questions et satisfaisait sa curiosité insatiable sur la respiration des végétaux, des êtres vivants et humains, les échanges gazeux, l'importance de la flore, de l'environnement, du cycle de l'eau et des perturbations météorologiques et atmosphériques, au rythme des quatre saisons, étudiés et analysés par le couple Lavoisier dans leur laboratoire parisien avec force éprouvettes et alambics, découvrant des formules chimiques très déterminantes sur la qualité de l'air que l'on inspirait et expirait, et sur les phénomènes changeants du temps qu'il faisait de janvier à décembre. Les réponses, concluantes et vérifiées en laboratoire, confirmaient, grâce aux travaux expérimentaux et scientifiques très poussés et approfondis, la logique des éléments chimiques et de leurs formules au cours de leur transformation, lors des échanges gazeux, se résumant ainsi pour la respiration : oxygène O inspiré → combustion et oxydation → gaz carbonique rejeté dans l'atmosphère en CO_2 ; pour l'eau, H_2O → évaporation → condensation → formation et production de nuages remplis de gouttelettes pour, au plus fort de la perturbation, averses de grêle, de neige ou pluies diluviennes en fonction de la saison en cours et du calendrier, respectant le cycle évolutif et continu en perpétuel recommencement. Enfin, Tristan pouvait mettre des mots et des formules chiffrées sur les phénomènes physiques et chimiques observés sur place lors de leurs transformations progressives et successives dans la nature qu'il côtoyait tout au long de l'année en tant que garde forestier, d'autant plus qu'il avait un goût prononcé pour les sciences expérimentales. Or, Antoine Laurent de Lavoisier était la personnalité bienvenue et souhaitée pour répondre à ses interrogations et le renseigner objectivement et positivement. Quant à Lucie, elle aussi admirative, elle appréciait la singularité de ce couple érudit, savant et très attachant. Entre eux s'était nouée une complice et solide amitié. Aussi, lorsque les Vallet annoncèrent aux Montesquiou et aux Lavoisier que leur voyage de noces était sur le point de se terminer, car la rentrée scolaire approchait à grands pas, on promit de se retrouver et de mettre en commun leurs travaux respectifs de l'année, soit au moment des fêtes de Noël, de Pâques ou de Pentecôte, soit durant l'été dans le Valdonnez, l'état de santé de Lucie et sa grossesse ne lui permettant pas de voyager en carriole, en char à banc ou de chevaucher. Le temps passant, on se quitta à regret et avec effusion : Lucie laissa Quentin, Gauthier et Antoine Laurent baiser respectueusement sa main et Tristan serrer les leurs chaleureusement. Seul le regard intense et soutenu d'Aurore ne put se détacher du visage de Tristan et le dévorait des yeux avec tristesse. Quand il fit ses adieux à Aude et à Aurore en baisant aussi leurs mains, les beaux yeux noirs de cette dernière se remplirent de larmes amères. Pour cacher son désespoir, car son attirance pour Tristan ne faisait aucun doute, Aurore se retira précipitamment, prétextant une tâche urgente à remplir avant le souper. La fuite soudaine, émouvante, n'échappa à personne, mais entre gens bien élevés et courtois, personne ne fit aucune remarque désobligeante et on se quitta en bonne intelligence et en excellents termes, avec promesse de se revoir bientôt. Retrouvant avec plaisir leurs montures, les époux Vallet se hâtèrent de prendre le chemin du retour pour tenter, malgré leur retard, d'arriver un peu avant le souper, loin de s'imaginer que derrière les rideaux brodés du restaurant du manoir, en retrait, Aurore de Montesquiou essayait de cacher ses larmes en les voyant s'éloigner et disparaître peut-être à tout jamais.

Cependant, chemin faisant, Tristan était déterminé : dès ce soir, après le repas, il aviserait le comte de la Caze de leur départ imminent pour le Valdonnez et, le cas échéant, dès demain à la première heure, si Lucie n'y voyait pas d'inconvénients. En pensant à leur agréable lune de miel passée dans les gorges du Tarn, Tristan jugeait qu'il était bon de faire leurs adieux au seigneur de la Caze et à sa famille, et de ne pas abuser de leur généreuse hospitalité et de leurs bienfaits. Il était temps de rentrer, de leur rendre hommage et de les remercier. Il insisterait, malgré le refus du comte de la Caze, pour participer aux frais d'hébergement, de couvert et de coucher. Comme son beau-père épicier, Étienne Mallet, qui contribuait aussi à financer quelque peu leur voyage de noces, Tristan y tenait fortement. Le contraire, pour Lucie et lui, ayant rassemblé en commun leurs économies pour le réaliser décemment, serait humiliant. Ainsi réfléchissait, déterminé et décidé, Tristan, chevauchant aux côtés de Lucie, songeuse mais la mine enjouée. Dans la dernière longue ligne droite, interminable, menant au château, déjà dans l'ombre fraîche que le soleil couchant, derrière le causse de Sauveterre, avait installé pour longtemps jusqu'à son lever tardif après l'aurore du lendemain matin, Tristan, devançant Lucie, mit son cheval au trot et Lucie, joyeusement, fit de même, de sorte qu'au bout de quelques minutes ils arrivèrent devant le parc désert et tranquille, avant que ne sonne la demie de 18 heures à l'horloge en bois de rose de la salle à manger du château. Une fois rendus devant le hangar, Tristan et Lucie confièrent leurs chevaux à Arnaud, le palefrenier, toujours aussi aimable et bavard, s'empressant de leur déclarer à l'intérieur de l'écurie :

« Eh bien ! Vous arrivez au bon moment : Thibault et Geoffroy de la Caze n'ont pas arrêté de se disputer avec beaucoup d'humeur. Le comte, leur père, suivi du chevalier de Laclos et du baron Parmentier, a tenté de s'interposer et de les raisonner. J'ai cru entendre et comprendre qu'ils parlaient de vous, vos noms revenaient sans cesse dans leur conversation houleuse et leur altercation, violente et démesurée, a bien duré une bonne heure. À présent, tout est rentré dans l'ordre. Leurs proches et leurs amis ont tout fait pour éviter un nouvel esclandre, mais en vain. Fort heureusement, vous étiez loin d'ici et c'est tant mieux, vous n'auriez pas supporté d'entendre leurs vulgaires insanités.

– Merci Arnaud de nous communiquer ces informations. Il est déplorable que les fils de la Caze se comportent de cette manière : leur statut de gentilshommes bien nés, bien lotis mais surtout trop oisifs et enfants gâtés les pousse immanquablement à manifester de telles attitudes indignes sans retenue aucune.

– Effectivement, leur comportement déraisonnable donne une mauvaise image de la noblesse et afflige profondément le comte. Pourtant, Thibault de la Caze n'a pas été toujours ainsi. Aux cuisines avec son père, il se montrait sous un meilleur jour, passionné comme lui de recettes culinaires. Or, depuis peu, il est triste et, d'après le baron Parmentier, il est très affecté et même dépressif, sans parler de son addiction à l'alcool comme pour noyer son désespoir, ce qui inquiète beaucoup ses proches. »

Arnaud profita de l'absence de Lucie, s'étant précipitée dans sa chambre, pour retenir Tristan par le bras et lui glisser à voix basse ces mots troublants et effroyables :

« Monsieur Vallet, j'ai cru saisir de la bouche de l'aîné de la Caze qu'il était sur le point d'enlever Mme Lucie et de s'enfuir à Londres ou à Paris avec elle prochainement. Le plan qu'il avait manigancé de toutes pièces avec deux comparses pour cet enlèvement était prêt et Geoffroy, son frère cadet, affolé, refusait de l'aider et d'y participer. Cette entreprise illégale et immorale porterait atteinte à leur réputation familiale et, en cas d'échec, ruinerait l'image ancestrale de leur noblesse locale, reconnue dans tout le Gévaudan, renommée et réputée jusqu'à la cour de Versailles de tous les gentilshommes côtoyant les courtisans de Louis XV, notre bon roi bien-aimé. Les arguments réalistes de Geoffroy, loin de convaincre Thibault et de le faire se rendre à l'évidence et à la raison, n'ont fait qu'augmenter et changer son courroux en colère noire. J'entends encore les insultes adressées à son frère, qu'il a traité de poltron, de trouillard, de froussard et de lâche. Ce qui a envenimé leur entretien. Geoffroy, scandalisé et outragé, n'a pas supporté cet affront, il a élevé aussi la voix et menacé de tout révéler à son père et à ses proches, ce qui a de facto alerté tous les siens et ses amis, venus aussitôt en nombre pour les séparer et les ramener à la raison. Ce fut long et pénible mais efficace.

– Eh bien, mon ami, il se passe bien des choses étranges pendant notre absence ! Le comte de la Caze est-il au courant de l'entreprise de son fils aîné ?

– En tout cas, plusieurs notables accourus et présents ont été témoins de ce nouvel esclandre, car même les murs ont des oreilles indiscrètes. Cher monsieur Vallet, je vais vous donner un conseil d'ami : ne laissez jamais à l'avenir votre jeune épouse seule au milieu de tous ces jeunes hommes aisés et oisifs. Tant qu'il est encore temps, fuyez ce milieu de notables imbus de leur personne, gâtés par la vie, où tout leur est dû, vaniteux, envieux et multipliant leurs convoitises en étalant avec orgueil leur richesse.

– Mon cher Arnaud, tous les gentilshommes rencontrés au manoir ne possèdent pas tous ces défauts. Quelques-uns de ces jeunes gens n'ont pas le même profil et font de loin exception. Ce sont des gentilshommes bien élevés et très respectueux. Tu as en partie raison pour les autres, même si tu exagères quelque peu. Certains sont en vacances et lâchent prise avant de reprendre leurs études et de repartir pour Paris. Toutefois, cher ami, je tiens compte de ton bon conseil. Sache que mon épouse et moi nous avons l'intention de regagner le plus tôt possible le Valdonnez car notre voyage de noces touche comme prévu à sa fin. Cher Arnaud, je te souhaite le bonsoir.

– C'est à la fois une bonne et une mauvaise nouvelle pour moi. Je vais regretter votre aimable compagnie mais je suis rassuré pour vous deux et je vous souhaite tout le bonheur du monde. »

Arnaud accepta la poignée de mains que lui offrait Tristan sincèrement et les serra chaleureusement, reconnaissant. Puis le jeune palefrenier s'éclipsa rapidement, visiblement touché et ému par la franchise et la gentillesse de Tristan, dont il s'était fait un vrai ami. Tristan monta quatre à quatre les escaliers et retrouva avec joie sa jeune épouse, revêtue de la robe violet parme qu'il adorait :

« Lucie ma chérie, tu es ravissante et de plus en plus belle, que dis-je, magnifique !

– Tristan chéri, tu y es pour beaucoup. Grâce à toi, j'ai retrouvé la joie de vivre et le bonheur. Prends-moi dans tes bras et embrasse-moi. »

Tristan, fou d'amour, l'enlaça et la couvrit de baisers tendres et passionnés, enivré de sa peau douce, veloutée et parfumée qu'il respirait. À regret, il se détacha de ses bras pour rapidement s'immerger dans l'eau tiède et savonneuse de la baignoire, précédemment occupée par Lucie, son épouse chérie, sa reine. Avec le savon de Marseille il lava énergiquement son grand corps musclé et bruni puis Lucie le rinça à l'aide du cruchon rempli d'eau fraîche qu'elle versa sur ses épaules et son torse imberbe en de petits jets délicieux qui déclenchèrent chez Tristan des chatouilles et des éclats de rire. Une fois essuyé et enfin propre comme un sou neuf, Tristan se hâta de revêtir son pantalon noir et sa chemise blanche à jabot, pendant que Lucie le parfumait à l'eau de Cologne délicatement. Elle le regarda coiffer ses longs cheveux noir ébène retombant avec souplesse sur ses tempes, sa nuque et son front, large et intelligent, dont la fidèle psyché lui renvoyait, agréable et virile, l'image d'un bel homme brun, charmant et aimant, son époux chéri, son roi. Elle ne put résister à l'envie de baiser sa peau mate éclairée par ses beaux yeux verts teintés de lueurs turquoise et parfois d'émeraude, suivant l'expression des traits réguliers de son visage, toujours en mouvement et changeants. À ce moment-là, en une fraction de seconde, surpris, Tristan se retourna subitement et leurs bouches se rencontrèrent pour leur plus grand plaisir : ils échangèrent un long baiser passionné puis se ressaisirent en riant, réalisant qu'ils allaient encore se mettre un peu plus en retard. Qu'à cela ne tienne, ils n'avaient de comptes à rendre à personne, ils étaient mariés et libres comme l'air. Ils descendirent tranquillement dans la salle à manger, déjà remplie, où le souper était avancé et servi depuis quelques minutes. Les époux Vallet ignorèrent les regards furtifs et insolents des uns et des autres, ou persistants de certains autres, ils ne voyaient qu'eux, rien qu'eux ; or, c'était le principal reproche qui se lisait sur leurs visages, mais Lucie et Tristan s'en moquaient éperdument. Le fidèle domestique garçon-serveur s'empressa de leur apporter le potage puis la salade, composée de crudités, d'œufs durs et de noix qu'ils apprécièrent, refusant le vin, préférant l'eau de source locale. Quand arriva l'omelette aux champignons dans leur assiette, truffée de mousserons, de lamelles de pleurotes des chardons, Tristan se hasarda avant d'y goûter :

« Ma chérie, il est temps de prévenir le seigneur de la Caze de notre éventuel départ, car notre voyage de noces s'éternise.

Qu'en penses-tu ?

– Tristan chéri, nous ne pouvons nous enfuir précipitamment du jour au lendemain en catimini comme des voleurs, j'en conviens. Une chose est sûre, le mois de septembre est déjà commencé et il faut rentrer sans tarder. Je suggère que nous partions après-demain de très bonne heure, de bon matin, aux aurores.

– Lucie, ma chérie, c'est le 5 septembre et la date tombe à pic mercredi pour annoncer notre départ officiel après-demain.

– Tristan chéri, peux-tu exiger que le comte de la Caze soit le seul à connaître cette date, autrement dit qu'il n'en fasse pas étalage à cor et à cri dans toute sa société ?

– Oui, ma chérie, j'y ai déjà pensé. Je crains que cette nouvelle, une fois annoncée et ébruitée, ne provoque toutes sortes de réactions désagréables. Aussi, dès ce soir, après le souper, j'aviserai le comte de notre départ prochain et le prierai qu'il fasse preuve de discrétion, bref de taire l'heure et le jour de notre rentrée imminente au pays. Lui seul, donc, sera informé et tenu au secret de notre départ officiel pour le Valdonnez. Es-tu rassurée à présent ?

– Oh oui, Tristan chéri, c'est la meilleure solution pour nous deux. Tant pis pour les récalcitrants déçus, nous serons très loin quand ils constateront notre absence et il sera trop tard pour montrer de l'indignation, réagir et critiquer nos faits et gestes.

– Lucie chérie, durant la sieste, j'ai beaucoup réfléchi au parcours de notre retour. Au lieu de faire le chemin à l'envers, de Saint-Chély-du-Tarn vers Sainte-Énimie, de Blajoux à Ispagnac, en direction de Florac, pour remonter de Nozières via Montmirat, notre voyage en char à banc serait des plus pénibles et périlleux, et extrêmement long, à fleur de montagne, le long d'un précipice vertigineux très anxiogène. Beaucoup de chevaliers s'y sont essayés et se sont rompu le cou et les os. Aussi, connaissant la région et tous les sentiers pour les avoir parcourus avec mon père, le chemin le plus sûr est de remonter de l'autre côté, dans l'autre sens, le causse de Sauveterre, puis de le traverser et de descendre dans la vallée du Lot jusqu'à Chanac, continuer et passer devant Barjac et Balsièges, se diriger vers Rouffiac et Saint-Bauzile, prendre le chemin de Venède, longer la Nize et sa vallée jusqu'à Brenoux et Langlade, contourner le Truc de Balduc et gravir la montée en pente douce vers Varazoux puis au plat jusqu'à Saint-Étienne-du-Valdonnez. Inutile de te dire que nous allons parcourir beaucoup plus de lieues mais, mis à part l'ascension sinueuse au-dessus de la Malène, vers le causse, l'itinéraire est plutôt agréable ; nous ne monterons plus encore mais nous aurons tendance à descendre pour chevaucher tranquillement au plat en côtoyant les différents villages rencontrés jusqu'à Langlade. Tu vois, en joignant l'utile à l'agréable, nous voyagerons toute la journée en admirant les paysages changeants. Qu'en dis-tu ma chérie ?

– Tristan, mon époux chéri, ce dernier voyage clôturant notre lune de miel sera merveilleux, je n'y trouve rien à redire.

– Ma toute belle, malgré sa longueur, le retour sera surtout moins pénible et beaucoup moins dangereux pour nous deux et pour les chevaux, qui peineraient en montant les côtes interminables, caillouteuses, très incertaines et périlleuses de la route de Florac jusqu'au col de Montmirat et tractant un char à banc, deux personnes et des bagages, dans une nature hostile et accidentogène.

– Oh oui ! Tristan chéri, nous l'avons constaté en faisant la route à l'aller et descendant sur le chemin jonché d'aiguilles de pin, de bogues de châtaignes sèches, de pierres tranchantes et d'ornières, de branches cassées de chêne vert et de gousses de genêt éclatées. Non seulement, dans la descente, nous avons dû éviter ou enlever quelques obstacles trop encombrants ou voyants, mais encore combien de fois tu as dû freiner les chevaux pour les empêcher de s'emballer, voire même de se blesser, puis les mettre au pas en leur parlant, les rassurant ou les encourageant.

– Lucie chérie, il n'y a rien d'exceptionnel à tout cela. En tant que bûcheron et garde forestier des Eaux et Forêts tous les jours que Dieu fait, dans les bois, je suis confronté aux aléas de la nature et je travaille avec deux fidèles chevaux comtois dans les pentes et les travers des montagnes du Valdonnez et ses environs.

– Oui, mon chéri, mais tu sais parler à leur oreille, tu leur parles comme à des amis. J'insiste, tu sais parler avec amour à l'oreille des chevaux comme nul autre pareil.

– Ma chérie, l'équidé est le premier ami de l'homme, qu'il soit cheval de trait, de labour ou de course. Comme tout autre animal, c'est un être vivant, intelligent, doué de sensibilité, tout comme les êtres humains, et nous devons le traiter comme ses semblables avec le plus grand respect, en lui parlant, le soignant et le remerciant pour tous les services rendus.

– Alors, c'est plus qu'un compagnon de travail ou de route, c'est donc un ami ; admets-le, mon chéri, les chevaux sont aussi tes amis. Et les autres animaux domestiques ?

– C'est pareil, ma chérie, les chevaux comme les chiens sont les meilleurs amis de l'homme. Et ils nous rendent meilleurs par leurs actions également. »

Tristan et Lucie avaient profité du brouhaha qui régnait dans la salle à manger pour converser à voix basse, comme si de rien n'était, et surtout pour ne pas éveiller l'attention de quelque oreille malveillante, en terminant leur repas sur une salade de fruits rouges et une tarte aux myrtilles dont ils raffolaient. Pour une fois, mine de rien, le couple Vallet s'éternisait dans la salle, à la grande surprise des invités conviés à la table du seigneur de la Caze, sans vouloir, comme à son habitude, s'éclipser dans le parc déserté, sous la nuit étoilée, avant de disparaître dans leur chambre jusqu'au lendemain matin. Et pour cause, les Vallet n'étaient aucunement pressés et guettaient le départ du comte de la Caze, qui ne tarderait pas à retourner dans ses cuisines. Tristan attendait précisément le moment propice pour l'y rejoindre. D'ordinaire, le comte, tôt après le souper, passait la main à ses deux fils et leur laissait l'entière liberté d'organiser et d'animer les soirées et les nuitées à leur guise, mais sous son étroite responsabilité et son contrôle assidu et régulier, utilisant le cas échéant son droit de veto en cas de conflit relationnel. Or, le seigneur de la Caze, discutant sérieusement avec ses fils, tardait indéfiniment à quitter la salle à manger. Était-il en train de sermonner Thibault et Geoffroy, et de les mettre en garde en les réprimandant face à leur comportement répréhensible et inhabituel ? En société, ils devaient être irréprochables, faire amende honorable en cas de bévue, conciliants et porteurs des valeurs inculquées pour sauvegarder l'honneur, la réputation et la renommée ancestrale de la seigneurie de la Caze, en toute transparence et impartialité. Pourtant, la mine abattue de Thibault et celle renfrognée de Geoffroy, sévère et renfermée, n'échappant à personne, captivaient au plus haut point l'attention de leur père et son intérêt particulier porté soit pour les réconcilier, soit pour les mettre d'accord sur la marche à suivre, afin d'assurer raisonnablement et de gérer la soirée s'annonçant dans les salles de jeu. À tel point qu'impatient et découragé Tristan se leva, entraîna Lucie, souhaita le bonsoir et l'emmena dans le parc, manière de digérer mais aussi de se prononcer sur l'éventuelle entrevue tardive et concrète avec le comte de la Caze sur leur prochain départ :

« Lucie, ma chérie, dans un instant j'irai rencontrer le comte en personne dans ses cuisines et le mettrai devant le fait accompli quant à notre départ imminent, dès mercredi matin sans faute. Tu peux demeurer un peu plus dans le parc et profiter de la fraîcheur de cette nuit estivale avant de remonter dans la chambre, mais ne tarde pas trop, je ne serai pas absent longtemps. »

Au bout de quelques minutes, Tristan se décida et laissa Lucie seule dans le parc bruissant d'insectes bourdonnants et de grillons insatiables et invisibles qui, tous à l'unisson, grésillaient inlassablement, indifférents aux papillons de nuit, attirés par la lumière active, fluorescente, éblouissante, éclatante des lucioles impudiques se faufilant dans les orties et les buissons desséchés, déployant leurs couleurs phosphorescentes, luisantes et artificielles en paradant nonchalamment. Dans la quiétude de cette nuit étoilée, remplie de bruits familiers et d'odeurs florales de fin d'été, Lucie, occupée à savourer tranquillement cet instant présent, n'entendit point les pas crisser et se rapprocher discrètement dans le gravier de l'allée derrière elle. En revanche, elle sentit sur son cou un souffle haletant, chaud et soutenu de plus en plus tenace et mêlé d'un parfum d'homme étrange, oriental et musqué. Se retournant subitement, quelque peu inquiète, elle se retrouva nez à nez avec Thibault de la Caze, très entreprenant mais courtois :

« Noble et belle Lucie, je vous retrouve enfin seule dans ce lieu paradisiaque et idyllique. J'ai tenté vainement de mettre à profit votre bon conseil. Or, votre amitié que vous daignez m'offrir en compensation de mon amour sincère pour vous ne me suffit plus. Votre présence quotidienne au manoir me met au supplice chaque jour que Dieu fait et je meurs à petit feu en vous apercevant toujours accompagnée de votre époux, ou courtisée par les gentilshommes de notre société qui, sensibles à votre beauté sublime, tournent autour de vous sans relâche comme des insectes tenaces, frivoles et volages. Mais vous ne les voyez pas, ni eux, ni moi, vous n'avez d'yeux que pour Tristan Vallet, ce bûcheron garde forestier à qui vous confiez votre vertu et votre avenir corps et âme. Moi, Thibault de la Caze, qui vous aime à en mourir et à me damner pour votre belle personne, sachez que je suis en mesure de vous offrir la fortune, tous mes biens et un meilleur avenir, autre que celui que vous avez choisi pour subvenir à vos besoins matériels et professionnels, en échange d'un peu d'amour pour moi qui vous comblerai de présents et de bonheur journalier. Y avez-vous songé céans ?

– Messire de la Caze, avec tout le respect que je vous dois, sachez que j'ai épousé de mon plein gré Tristan Vallet, l'homme le plus merveilleux au monde. Nous avons des projets d'avenir ensemble et je porte en mon sein le fruit de notre amour qui naîtra à terme au printemps prochain. Messire Thibault de la Caze, je vous somme de respecter mon statut de femme mariée et de future mère. En contrepartie, mon amitié, que je vous renouvelle, franche et sincère, tient toujours, soyez-en assuré.

– Chère belle et douce Lucie, si je comprends bien vos propos cruels à mon encontre, mon cas est désespéré et sans recours.

– Que nenni, messire de la Caze, vous êtes jeune et promis à un bel avenir. Ne gâchez pas vos plus belles années à vous tourmenter, à convoiter le bonheur d'autrui ou ressasser avec envie ce qui ne vous appartient en aucune façon, autrement dit, tous les fruits défendus. Vous avez des amis respectables, prenez donc exemple sur eux, car vous avez beaucoup à apprendre d'eux. Un jour viendra où l'âme sœur apparaîtra et vous tendra les bras. Soyez patient, ne désespérez pas.

– Chère belle et douce Lucie, permettez-moi de vous prendre dans mes bras une seule et dernière fois, car je vous aime plus que tout.

– Messire de la Caze, il n'en est pas question ! Vous auriez des comptes à rendre à mon époux qui, d'un moment à l'autre, ne saurait tarder à me rejoindre. Je vous prie de faire preuve d'éducation et de raison, et du plus profond respect à mon endroit, par amitié pour moi. L'amour quel qu'il soit ne donne pas tous les droits, même si, d'après le philosophe Blaise Pascal, le cœur a ses raisons que la raison ne connaît point. »

Ce raisonnement des plus explicites fit-il le meilleur effet dans l'esprit de Thibault de la Caze ? Toujours est-il que le gentilhomme, perplexe mais dépassé, se contenta de s'incliner et de prendre la main de Lucie et de la baiser tendrement. Elle le laissa faire avec bienveillance et s'entendit lui dire :

« Messire de la Caze, au nom de l'amitié qui nous unit, restons amis. Bonne nuit. »

Puis, sans précipitation aucune, Lucie le salua et prit congé de lui au milieu du parc, le laissant sur sa faim, frustré, pantois et admiratif à la fois.

Soulagée, Lucie regagna sa chambre en songeant à cette déclaration compromettante qui aurait pu mal tourner à son désavantage et altérer sa vertu. Fort heureusement, sa rapidité d'esprit et ses arguments expressifs avaient convaincu Thibault de la Caze et fait retrouver la raison à ce gentilhomme qui, en tant que jeune homme bien élevé, avait tout de même fait preuve de respect à son encontre. Ce qu'elle n'avait point prévu, notamment, c'est que l'amour du comte était sincère et pur : Thibault de la Caze, dans sa passion illimitée pour Lucie, était profondément blessé et malheureux. Il était plus à plaindre qu'à blâmer. Avec le temps passant et éloigné d'elle, il pourrait progressivement guérir de sa blessure et la résilier définitivement. Le hasard réserve certes bien des surprises sur un destin et son histoire, à moins que le mauvais sort ne s'acharne, en bien ou en mal, sur la même personne subséquemment. C'est la raison pour laquelle Lucie et Tristan devaient sans délai rentrer au pays, n'emportant dans leurs bagages que les souvenirs positifs de leur voyage de noces, riche en événements rencontrés et rebondissements concrets.

Quand, après quelques minutes interminables, Tristan arriva enfin dans la chambre, Lucie, impatiente, lui relata l'incident avec tous les détails de la déclaration, sans oublier un seul mot de Thibault de la Caze et de ses propres réponses dans sa repartie. Tristan, attentif, l'écouta jusqu'au bout sans l'interrompre et son visage s'éclaira à la fin pour lui annoncer sans ambages les propos du seigneur de la Caze en ces termes :

« Lucie, mon épouse chérie, le comte de la Caze comprend et accepte que nous mettions un terme à notre lune de miel et que nous rentrions dans notre cher Valdonnez mercredi matin. Il est entièrement d'accord pour taire notre départ. Par contre, il est très inquiet des réactions violentes de son fils aîné à l'annonce de ce départ et de l'absence définitive qui s'ensuivra inexorablement. Car, comme tu le sais, Thibault de la Caze est fou amoureux de toi et n'en démord pas.

– C'est la raison pour laquelle notre éloignement s'impose rapidement, comme prévu. »

Rassurés et apaisés, Tristan et Lucie se mirent au lit et, dans les bras l'un de l'autre, s'endormirent du sommeil du juste : le retour dans le Valdonnez leur mettait du baume au cœur et conforterait leur bonheur.

Le matin de bonne heure, ils préparèrent leur attirail de pêche, leurs bottes et leurs chapeaux de paille, et remontèrent le Tarn jusqu'à Saint-Chély taquiner la truite tranquillement sans être dérangés. Au manoir, tout le monde dormait ou presque. En ce 2 septembre 1769, malgré la fraîcheur matinale, la journée s'annonçait belle et chaude, même si de nombreux stratus investissaient le ciel depuis le midi, que le vent se levant dispersait au-dessus des gorges progressivement et étalait en bandes organisées tout au long de la matinée. Avec le vent marin, une chaleur orageuse allait s'installer au-dessus du Tarn. Sur le cours d'eau, même à son niveau d'été le plus bas, des myriades de moucherons voletaient sans cesse sur la surface de ses eaux tranquilles et surtout au-dessus des gouffres trompeurs, à peine éclairés par les rayons du soleil levant. Et les truites, affamées et voraces, n'avaient qu'à se servir d'une infinité de ces insectes imprudents, à leur portée, en surgissant et gobant, décrivant de larges cercles dans l'eau et multipliant leurs stratagèmes par des clapotis caractéristiques et singuliers connus des pêcheurs à la ligne invétérés et passionnés. Installé en retrait à contre-courant, le couple Vallet attendait patiemment que le fil de la canne à pêche, sous l'effet d'une truite vive, prise à l'hameçon, effectue une vibration particulière en profondeur pour ferrer d'un coup sec et remonter le poisson. Et leur patience paya dans leur lente progression jusqu'au petit village charmant de Saint-Chély-du-Tarn : ils soulevèrent une douzaine de truites frétillantes, toutes à la maille, que Tristan s'empressa de décrocher et de déposer dans sa canastelle sur un tapis de feuilles fraîches. Ils renouvelèrent leurs interventions jusqu'à ce que l'astre solaire darde ses rayons sur la rivière surprise, au point de rendre visibles et suspects les pêcheurs à la ligne : alors, les truites ne mouchaient plus et s'encavaient dans les abysses inaccessibles, jusqu'à réapparaître dans l'ombre laissée par le soleil se couchant avant l'angélus et ainsi s'accorder rapidement un autre nouveau festin d'insectes indifférents, telles des proies gratuites et faciles d'accès pour ces prédatrices carnivores du milieu aquatique naturel du Tarn. Quand le soleil, éclatant de mille feux éblouissants, illumina le lit du cours d'eau mis à nu dans sa course indolente, les Vallet descendirent en suivant son courant sans regret, car de nombreux nuages s'amoncelaient et s'installaient progressivement dans le ciel. Tristan précisa que ces cumulus annonçaient certainement pour l'après-midi un orage potentiel. Or, pas question de s'aventurer par un chemin de traverse sous une perturbation violente et électrique. Lucie rétorqua qu'ils profiteraient de cet enfermement providentiel pour rassembler leurs affaires et faire leurs bagages.

Un soleil de plomb cerné de cumulonimbus menaçants chauffait déjà à blanc les gorges du Tarn quand ils arrivèrent devant le manoir, en pleine effervescence. Aussi, par prudence, Tristan jugea bon d'accompagner Lucie jusqu'à leur appartement car certains gentilshommes stationnaient en discutant devant le hangar, attendant tour à tour que soit convenablement équipée par le palefrenier, qui avait fort à faire, leur propre monture, hennissant et piaffant de plaisir et d'impatience. Pas question d'attirer l'attention et de se faire aussi remarquer ! D'autant plus que Tristan devait offrir leurs dernières truites au seigneur de la Caze dans ses cuisines, en prenant bien son temps, naturellement, tout simplement. Et Lucie, une fois en sécurité dans leur chambre, pourrait à loisir se changer et s'apprêter.

Effectivement, Lucie apprécia l'eau tiède de la baignoire que le gentil Ludovic avait pris soin de remplir pendant leur absence prolongée et s'immergea tout à fait pour procéder à une ample toilette. Puis elle se revêtit de bleu et brossa ses longs cheveux auburn qu'elle releva en chignon, retenus par une broche argentée au-dessus de sa nuque d'où s'échappaient de part et d'autre quelques mèches rebelles bouclées. Tandis qu'elle appliquait son eau de violette préférée, Tristan, guilleret, arriva plus tôt que prévu : il déclara que le seigneur de la Caze était de fort belle humeur et avait accepté avec plaisir les grosses truites qu'il allait cuisiner pour le souper. En revanche, il déplorait leur départ imminent et regretterait leur compagnie attachante et sympathique, mais avait promis de ne pas révéler à ses fils le jour et l'heure de leur retour dans le Valdonnez, en redoutant cependant leur déception et surtout la réaction particulière de Thibault, le plus affecté de ce départ imprévu et brutal. Lucie évita de s'intéresser à cet état de fait qui ne la concernait plus et proposa plutôt à Tristan de l'accompagner une dernière fois dans le salon de musique pour écouter près d'elle ses meilleurs morceaux de Haydn et de Bach. Flatté et ravi, Tristan ne put s'empêcher de la prendre dans ses bras et de l'embrasser tendrement avant de s'immerger lui aussi dans l'eau savonneuse et odorante de la baignoire encore pleine du parfum intime de sa bien-aimée adorée.

Comme promis, une fois lavé et vêtu correctement, Tristan accompagna Lucie, munie de toutes ses partitions, jusqu'au salon de musique, encore désert et silencieux. Apparemment, les gentilshommes n'avaient pas encore investi le billard, les salles de jeu, la bibliothèque, encore moins le salon de musique. Les Vallet en profitèrent pour s'installer sur les deux tabourets et Lucie commença à se délier les doigts par une série de gammes et d'arpèges suivie des accords parfaits en mineur et en majeur afin d'assouplir également ses mains. Ensuite, Tristan lui présenta au-dessus du clavier les compositions successives pour clavecin de Haydn, joyeuses et cristallines. Quand, sur le présentoir, Tristan proposa à son épouse une à une les sonates de Bach qu'elle interpréta à merveille, quelques notables, attirés par les compositions musicales de Lucie et intéressés par ses prestations de pianiste virtuose, se donnèrent rendez-vous avec Pierre Augustin Caron de Beaumarchais dans le petit salon et se tinrent attentifs et tout ouïe, immobiles, derrière eux, captivés par les sons mélodieux de la musique, sciemment et savamment revisitée par des mains souples, agiles de pianiste experte. Percevant leur présence et surtout celle de M. de Beaumarchais, aucunement intimidée, Lucie l'invita pour la deuxième fois, à sa manière, à jouer à quatre mains l'« Hymne à la joie » du jeune prodige Ludwig van Beethoven, révélé depuis peu en Allemagne pour son génie précoce. Flatté et conquis, le gentilhomme s'exécuta de facto et tous deux interprétèrent joyeusement cet hymne inspiré par le poème de Schiller « L'ode à la joie ». Le petit salon n'était pas assez grand pour contenir toutes les personnalités ameutées par l'audition musicale unique en son genre par deux pianistes atypiques, chevronnés, l'un professeur de musique, l'autre interprète virtuose. Ces notables réunis dans l'amour de la musique et passionnés par cet art oubliaient leurs différends et savouraient cet instant privilégié en communiant intensément avec les interprètes prodiges, inattendus et imprévus, dans la société du seigneur de la Caze. D'autant plus que la principale interprète était une jeune femme bourgeoise, et pas des moindres, la belle Lucie Mallet, épouse Vallet, érudite, enseignante et musicienne de surcroît. Si leurs compagnes, indignées, ne participaient pas à ce concert improvisé et provocant, les gentilshommes, eux, captivés, admiratifs et subjugués, appréciaient, comme M. de Beaumarchais d'ailleurs et à leur juste valeur les prestations uniques, inopinées et subtiles de la jeune et jolie pianiste, accompagnée de son aimable et discret mari, très amoureux et fier de son épouse talentueuse chérie. Les douze coups de midi annonçant le dîner les privèrent définitivement de la musique de Bach et de Haydn : Tristan replia les partitions que Lucie avait consultées d'un œil distrait et referma le clavier sous le regard médusé, étonné et abasourdi des gentilshommes, époustouflés mais certes conquis et ravis. Sur leur lancée, Tristan les salua, Lucie les remercia de l'avoir écoutée et supportée, et, bras dessus, bras dessous, le couple Vallet se retira discrètement dans la salle à manger pour partager le repas de midi. Enfin, assis à leur table habituelle, les yeux dans les yeux, évitant de pouffer de rire, Tristan et Lucie se concentrèrent sur le menu que leur proposait le fidèle serveur en leur adressant un regard complice. Il est vrai que tous les yeux de l'assistance installée étaient braqués sur eux : ceux de Thibault de la Caze n'étaient pas en reste et ne cachaient pas son intérêt pour Lucie, ce qui n'échappait à personne et alimentait les mauvaises langues, et cela devenait presque indécent. Or, à part le seigneur de la Caze, informé, aucun des convives ne se doutait que les Vallet, très remarqués et en ligne de mire, lèveraient le camp le lendemain matin de très bonne heure pour retrouver leur cher Valdonnez et la tranquillité. Ils se moquaient royalement de ce que pensaient les uns et les autres et n'y prêtèrent plus attention : la matinée au grand air et prolongée les avait mis en appétit. Les petits pâtés de foie de porc, les tranches fines de jambon, le rôti à point et la macédoine de légumes du potager calmèrent leurs estomacs : ils ne refusèrent pas un verre de vin rouge de Faugères, les morceaux de fromages du terroir se résumant à de la tomme blanche et du fédou au lait cru de brebis. Puis la salade de fruits du verger, composée de fraises du jardin, accompagnée de larges parts de tarte aux reines-claudes, finit de faire saliver les papilles des invités à la table bien remplie du seigneur de la Caze, qui ne cachait pas sa satisfaction. Car la bonne chère calmait les esprits aussi. La pause-café, les liqueurs, le cognac et l'armagnac contentèrent tout le monde excepté les Vallet qui ne sirotèrent que leur arabica pour digérer le copieux repas. Après quoi, Lucie et Tristan se levèrent de table, saluèrent courtoisement les convives et se retirèrent dans leur nid d'amour pour s'y reposer, ou presque. Tristan mit les volets en clé, ferma la fenêtre et s'allongea près de Lucie, qui lui ouvrit les bras et lui offrit ses lèvres amoureusement.

Le repos fut de courte durée : Tristan avait deviné juste, ce qu'il avait présagé le matin arriva brusquement. Des coups de tonnerre assourdissants retentirent, suivis d'éclairs fulgurants et aveuglants. Tristan dut rabattre tout à fait les volets et calfeutrer la chambre en tirant les rideaux et en rassurant son épouse, quelque peu affolée par les coups tonitruants et répétés faisant écho en se répercutant entre les falaises rocheuses des gorges. Puis de gros grêlons crépitèrent contre les fenêtres et les toitures du manoir, sur toutes les façades de ses dépendances et au-delà du parc, réduit à l'immobilisme, à la soumission impuissante et à la résignation face aux premières violences de l'orage sévissant bien au-dessus du Tarn en début d'après-midi. Ce qui risquait de durer longtemps tant les cumulonimbus nombreux et consistants s'épanchaient en cernant les gorges depuis Ispagnac jusqu'à la Malène et au-delà, et risquaient de s'éterniser jusqu'au soir durant en déversant toute leur cargaison diluvienne. Or, de Saint-Chély-du-Tarn au manoir de la Caze, d'importantes averses conséquentes s'abattirent abondamment sur ces contrées, faisant grossir et monter le niveau du cours d'eau qui, après tout, en avait grand besoin tant ses eaux par endroits étaient des plus basses et néfastes pour l'environnement de sa flore et sa faune sauvage marine. Car, comme le fit remarquer Tristan à Lucie, dans ses bras, tout ouïe, certaines espèces sédentaires, manquant d'oxygène, étaient menacées de disparition alors que les truites, remontant le courant et se déplaçant sans cesse vers des eaux plus profondes, avaient plus de chances de résister à la sécheresse. « Contre les forces de la nature et ses lois, si l'on est vulnérable et souvent impuissant, elles sont toutefois bénéfiques pour remplir nos nappes phréatiques, renouveler l'eau de nos sources et alimenter tous les cours d'eau en irriguant également tous les prés et champs des vallées et des causses, et enrichissant l'humus végétal des sous-bois des forêts de nos montagnes. »

Suspendue aux lèvres de Tristan, en sécurité dans ses bras puissants et buvant ses paroles sur l'importance de l'eau pour tous les êtres vivants, petit à petit, Lucie oublia sa phobie de l'orage et ses manifestations violentes et, intéressée, se focalisa sur la description de cette leçon de choses savamment décrite et apaisante sortie de la bouche de son époux chéri. Lui seul, avec bienveillance et patience, savait lui expliquer le pourquoi du comment et la rassurer subséquemment avec art et manière, et surtout avec la plus grande délicatesse et maintes précisions. Tel un roi attentionné envers sa reine de Saba, il détailla l'importance des perturbations et leurs pluies, indispensables, printanières ou automnales, des solstices d'hiver et d'été, des phases de la lune, responsable des marées, la présence des quatre saisons bien distinctes de la France, royaume tempéré, sans oublier l'influence des vents dominants comme le vent du nord, le vent du midi et la tramontane sur le Gévaudan, apportant, chassant, refoulant ou rassemblant de nombreux nuages se formant et s'amoncelant au-dessus des eaux chaudes de la mer Méditerranée. En compagnie de Tristan, toujours actif au sens propre comme au sens figuré, on ne voyait pas passer le temps et on savait le meubler intelligemment tout au long de la journée. Petit à petit, la perturbation s'estompa, s'amenuisa et se déplaça en aval vers les Vignes et le Rosier ; si l'orage s'était tu, les dernières gouttes de pluie clapotaient sur la tonnelle protégeant la roseraie, au-dessus de la grande porte d'entrée du parc. Le silence qui suivit incita les Vallet à se lever : comme prévu, ils commencèrent à rassembler leurs affaires et à faire leurs bagages. En bas, dans la cour face au Tarn, devant le hangar, quelques gentilshommes s'apprêtaient aussi à quitter le manoir pour vaquer à d'autres occupations, comme le duc de La Rochefoucauld, le marquis Simon de Laplace, le comte de La Pérouse et celui de Péluse, le comte Gaspard Monge. Pensant tout haut, Tristan fit remarquer à Lucie que le départ de ces quatre personnalités notoires et distinguées allait causer un grand vide dans la société du seigneur de la Caze :

« Tristan chéri, leurs connaissances et leurs études scientifiques, leurs bonnes manières et leurs échanges pertinents et passionnants ont attiré toute notre attention et notre intérêt. Si ces gentilshommes ont l'avantage d'être bien nés et bien dotés, ils sont toutefois bien élevés, désintéressés et respectueux, plutôt obnubilés par leurs recherches et leurs travaux conjoints que par les divertissements et les salles de jeux.

– Certainement, ma chérie. En revanche, ils aiment beaucoup la musique et savent bien danser. Je suis bien placé pour les avoir vus te prendre dans leurs bras ou par la main lors des quadrilles et des nouvelles danses des soirées organisées.

– Tristan chéri, sache que l'éducation des jeunes notables inclut, en plus des belles lettres, des mathématiques et des sciences, l'apprentissage de la politesse et des bonnes manières, de la musique et de la danse.

– Et toi, ma chérie, à l'institution de Notre-Dame à Mende et à la Providence, tu n'as pas fait exception. Avoue-le !

– Non, mon chéri, et je ne le regrette pas. Et pour me faire pardonner cet injuste avantage, n'oublie pas que tu vas sous peu apprendre à danser dès notre retour à Saint-Étienne-du-Valdonnez », lui répondit-t-elle en riant aux éclats.

Elle se pencha à la fenêtre pour voir les gentilshommes s'affairer et enfourcher leur monture avec élégance et une certaine souplesse. Se sentant observés, ou par un curieux concours de circonstances, ou bien par un hasard fortuit et inexplicable, les quatre notables levèrent la tête, aperçurent Lucie, ôtèrent leur chapeau distinctif et respectif, et la saluèrent respectueusement avec panache ; puis ils talonnèrent leur cheval pour disparaître dans un nuage de poussière et remonter à Paris ou Versailles.

Le temps passant et leurs affaires rangées, Tristan, enthousiaste et déterminé, décrivit avec force détails l'itinéraire clair et précis qu'ils allaient emprunter de bon matin à la pointe du jour :

« Effectivement, nous prendrons le chemin de la Malène et monterons vers Coquenas pour traverser le causse de Sauveterre et le parcourir jusqu'à Vinoux en passant par le Mazel Bouissy ; nous continuerons jusqu'à la Capelle puis nous prendrons la direction de Chanac qui descend en pente un peu raide mais s'adoucit après le village jusqu'à Esclanèdes. Ensuite, la route, quoique très fréquentée, est très facile d'accès, puisqu'on peut chevaucher au plat le long du Lot et longer les jolis petits villages du Villaret avec son château, Bramonas et Barjac, jusqu'à Balsièges ; à l'embranchement, en direction de Mende, nous obliquerons vers Rouffiac et Saint-Bauzile et nous nous transporterons vers Venède puis Brenoux et Langlade. Enfin, il nous restera à gravir la côte menant à Varazoux et ensuite descendre vers le village de Saint-Étienne.

– Finalement, ce long voyage sera tout de même moins pénible que celui opposé à l'aller, de Florac au col de Montmirat.

– Oh oui, ma chérie ! Il est certain que ce périple au retour sera plus long mais moins périlleux pour nous et les chevaux, tractant le char à banc et nos bagages, dans la montée du causse de Sauveterre et la descente rapide sur Chanac et la vallée du Lot. Après l'effort, nos chevaux pourront aisément récupérer au plat et trotter de Balsièges à Rouffiac et de Venède à Langlade puis monter, reposés, au pas jusqu'à Varazoux, galoper un peu et descendre au trot jusqu'à la place Auriac et celle de l'église de Saint-Étienne.

– Tout compte fait, nous aurons besoin d'une journée entière pour effectuer autant de lieues sans encombre.

– Oui, ma chérie, c'est la raison pour laquelle nous nous lèverons à la première heure, si nous voulons arriver dans le Valdonnez avant la tombée de la nuit. Qu'en penses-tu ?

– Tristan chéri, ce dernier voyage autour et à travers le causse de Sauveterre et le long du Lot m'enchante déjà et va me faire découvrir des contrées nouvelles et des villages que je ne connais pas. L'itinéraire bien matérialisé et accessible que tu me proposes est concret et raisonnable.

– Lucie chérie, je te l'ai décrit en connaissance de cause pour l'avoir parcouru quelques fois avec mon père. Pour accéder aux gorges du Tarn, nous avions coutume de descendre sur Florac et de suivre le cours d'eau d'Ispagnac à Sainte-Énimie jusqu'à la Malène et de remonter de l'autre côté en direction de Chanac et de longer le Lot comme nous allons le faire demain.

– Tristan, mon époux chéri, c'est rassurant. En attendant, nous pourrions, avant le souper, nous promener autour du parc qui semble calme à présent.

– Tu as raison ma chérie, nous devons nous comporter comme d'habitude afin de ne pas éveiller le moindre soupçon sur notre départ se rapprochant. De plus, nous devons prévenir l'aimable palefrenier pour qu'il harnache de bonne heure en catimini les chevaux et sorte le char à banc à la dernière minute, au plus tard à 5 heures du matin. Il a l'habitude de se lever tôt et se fera un plaisir de tout préparer en temps voulu. Qu'en penses-tu, ma chérie ?

– Commençons donc par le prévenir. Un homme averti en vaut deux. Nous avons largement le temps. »

Ainsi fut dit, ainsi fut fait. Ils s'attardèrent dans le parc désert, où les arbres mouillés s'égouttaient sur les allées jonchées de pétales de fleurs arrachés aux rosiers, aux derniers glaïeuls frangés et aux dahlias ébouriffés et maltraités. Seuls les pétunias bigarrés et les roses d'Inde avaient survécu en résistant aux assauts de l'orage, mais la grêle, impitoyable, avait déchiqueté et troué certaines feuilles des plantes de saison de fin août. Comme convenu, Arnaud, le palefrenier, fut gentiment prévenu et fin prêt. Quant aux Vallet, ils firent mine de s'attarder lors du souper dans la salle à manger. En revanche, ils se contentèrent d'un repas léger assorti d'un potage, d'une salade composée aux noix, d'une omelette aux champignons, de fromage blanc et de compote de pommes et de poires du verger.

Alors que l'assistance, indécise, se dirigeait progressivement vers les salles de jeux, Lucie et Tristan, décidés, en profitèrent pour filer à l'anglaise et regagner leur chambre rapidement. Ils se frayèrent un chemin dans le couloir faiblement éclairé de chandeliers, aux flammes vacillantes, et à tâtons purent enfin retrouver, au milieu des nombreux bagages, leur couche et s'accorder un repos bien mérité avant le grand départ. Si Lucie s'endormit assez vite, Tristan, à moitié assoupi, sa montre à gousset posée sur le petit meuble de chevet, que l'unique chandelle encore vierge mettait en évidence, semblait par moments compter les heures de peur de s'oublier et veillait. Or, au plus fort de la nuit souveraine, le sommeil réparateur prit le dessus et Tristan ferma l'œil jusqu'aux aurores. Réveillé en sursaut mais bien reposé, Tristan, observant sa montre dont le tic-tac régulier le rassurait, vit que les aiguilles indiquaient 4 heures et 30 minutes. À regret, une fois habillé, il réveilla en douceur sa bien-aimée qui, en quelques secondes, fut sur pied. Une fois vêtue, Lucie prêta main-forte à Tristan pour descendre tous leurs effets et leurs objets personnels devant le hangar, où Arnaud avait déjà sorti le char à banc ; il était en train de harnacher les chevaux et de les calmer, car ils avaient compris qu'ils étaient sur le départ et piaffaient d'impatience. Tout fut prêt dans un laps de temps précis et compté : les chevaux attelés au char à banc, Tristan et Lucie installés sur leurs montures, les harnais vérifiés, Arnaud les accompagna jusqu'au grand portail, non sans émotion. Il leur souhaita bon voyage et prudence sur les routes. On promit de revenir bientôt et de se revoir. 5 heures venaient de s'afficher sur sa montre quand Tristan mit les chevaux au trot sur le sentier menant vers la Malène ; or, les premières lueurs blafardes de l'aube commencèrent à filtrer au-dessus des saules et des peupliers jaunis, s'étoffant au fur et à mesure que l'on progressait sur le chemin de la liberté, vers la lumière d'autres horizons, de lendemains prometteurs et porteurs d'enseignement, riches de projets, qu'un jeune couple amoureux de la vie et motivé allait réaliser pleinement en ce siècle des Lumières créateur et novateur.